The History
of Literature
in
the Wei and the Jin Dynasties

魏晋文学史

徐公持 ◎ 编著

中国社会科学院文学研究所 ◎ 总纂

图书在版编目（CIP）数据

魏晋文学史／徐公持编著. -- 北京：人民文学出版社，2024
（中国文学通史系列）
ISBN 978-7-02-018609-9

Ⅰ．①魏… Ⅱ．①徐… Ⅲ．①中国文学–古代文学史–魏晋南北朝时代
Ⅳ．①I209.35

中国国家版本馆 CIP 数据核字（2024）第 069795 号

责任编辑　高宏洲
装帧设计　刘　静
责任印制　王重艺

出版发行　人民文学出版社
社　　址　北京市朝内大街 166 号
邮政编码　100705

印　　刷　河北博文科技印务有限公司
经　　销　全国新华书店等

字　　数　488 千字
开　　本　880 毫米×1230 毫米　1/32
印　　张　21.25　插页 3
印　　数　1—4000
版　　次　1999 年 9 月北京第 1 版
印　　次　2024 年 8 月第 1 次印刷

书　　号　978-7-02-018609-9
定　　价　69.00 元

如有印装质量问题,请与本社图书销售中心调换。电话:01065233595

目　录

第二编　西晋文学

第一章　西晋文学概说

第二章　西晋前期诸文士

第三章　"二十四友"与潘岳

第四章　陆机与陆云

第三编　东晋文学

编写说明

文学史是文学研究整体中的一门重要学科。建国以来,由各大专院校、科研机构集体编写和专家个人编写出版的中国文学史各有特色,其中有些著作还发生过较大影响。但目前尚缺少一部论述较为详尽的多卷本文学史著作。为了弥补这种不足,按照全国哲学社会科学"六·五"规划的安排,由中国社会科学院文学研究所主持组织有关单位和有关专家编写十四册的《中国文学通史》,以期作为文学研究工作、高等院校教学工作以及其他文化工作中的参考用书。

按照长期以来文学史研究的实际情况,为了有利于编写者发挥专长,同时考虑到读者的方便,本书按时代分为十种十四册,计为《先秦文学史》、《秦汉文学史》、《魏晋文学史》、《南北朝文学史》、《唐代文学史》(上、下)、《宋代文学史》(上、下)、《元代文学史》、《明代文学史》(上、下)、《清代文学史》(上、下)、《近代文学史》。各册自成起讫而互作适当照应,合则为文学通史,分则为断代文学史。

本书编写的总要求是,在马克思主义指导下,阐述我国古近代文学的基本面貌,要求材料比较丰富翔实,叙述比较准确充分,力图科学地、全面地评价作家、作品,从而阐明各种文学现象形成的历史过程及其继承和发展关系。限于主客观的种种条件,实际的工作必然和上述要求有所距离,书中的不当以至错误必然不可避免,敬希海内外的学者专家和读者不吝指正。

下面是对编写工作中一些具体问题的说明。

一、本书由中国社会科学院文学研究所负责总纂,北京大学、南京师范大学协作编纂。

二、本书各册的编写方式不取一致,采用主编或编著者负责制。

三、本书设立编纂委员会,负责协调各册的编写工作及组织质量审定的工作。编纂委员会设正、副主任委员,负责处理有关工作。

四、编纂委员会聘请各协作单位的著名专家三人担任全书的顾问。

五、各册的编写服从于统一的全书编写方针,但各册的内容、体例均相对独立。各册之间的分工、衔接以及内容中必要的互见都经过讨论、协商。

六、少数民族文学是中国文学史的重要组成部分之一。由于各种原因,本书中仅对少量用汉语写成的少数民族古典文学作家、作品作了论述。中国社会科学院少数民族文学研究所目前正组织编写《中国少数民族文学史丛书》,出版后将可和本书互参互补。待将来条件成熟而本书又有机会作较大的修订,自当酌增这方面的内容。

七、本书的编写得到国家社会科学基金会的资助,得到中国社会科学院和文学研究所负责同志和有关单位负责同志的支持和赞助,也得到国内外学者的鼓励;在出版工作中又承人民文学出版社古典文学编辑室大力支持,谨此一并致以谢忱。

中国文学通史编纂委员会

第 一 编

三 国 文 学

第一章 三国文学概说

第一节 三国前期文学发展概况

三国时期,包括建安时期在内,总共七十年(196—265)。从文学史角度看,显然可以再分为前后两个时期,即习惯所称建安文学及正始文学两部分。前后期的划分宜以太和六年(232)为界,理由是建安文学最重要作者曹植于本年病卒,建安其他重要作者在此前基本都已谢世,所以这是建安文学的终结。而正始文学的主力阮籍、嵇康,此时尚未步入创作高潮,但阮已二十三岁,嵇则十岁,正在文学起跑线上蓄势待发。所以这是一个天然的文学分水岭。而且以此为界,前后时限各占其半(前期35年,后期34年),颇为平衡。而文学上分期,固不必与政治时期相印合。当然,在此前后两个时期内,也还可细分出若干小的文学阶段来。

三国前期文学,大致可分为三个小的阶段,第一阶段为建安十三年(208)之前,第二阶段为建安十三年至二十四年(208—219),第三阶段为黄初元年至太和六年(220—232)。

在第一阶段,建安文士们经历了一个由分散到聚合的过程。这就是曹植在事后说的："然今世作者，可略而言也。昔仲宣独步于汉南，孔璋鹰扬于河朔，伟长擅名于青土，公干振藻于海隅，德琏发迹于此魏，足下（指杨修）高视于上京。……吾王于是设天网以该之，顿八纮以掩之，今悉集兹国矣！"（《与杨德祖书》）曹操霸业不断取胜扩展的过程，也就是原本散处各地的文士先后投身曹魏阵营、陆续来到邺城的过程。最早入曹操幕中的是孔融，其次为阮瑀，稍后为陈琳、徐干等，建安十三年曹操克荆州，长期流寓南方的王粲北归，最后一位重要文士入邺，标志着各方文士聚合过程的结束。在此阶段，亦即建安前期，文士们大都身历了汉末战乱，体尝了兵燹之灾，其创作则以描写战乱、抒述忧患意识为主，如阮瑀《驾出北郭门行》、王粲《七哀诗》，以及曹操本人的《薤露》、《蒿里》等。这些都是产生于战乱衰世中的不朽杰作。在文学格调方面，这些忧时愍乱作品充溢着慷慨悲凉之气。刘勰谓："观其时文，雅好慷慨，良由世积乱离，风衰俗怨，并志深而笔长，故梗概而多气也。"（《文心雕龙·时序》）主要即指邺城之前时期的建安文学言。此后这种"慷慨"诗风虽仍被文士们"雅好"（曹植语），在作品中续有表现，但时势变易，"世积乱离，风衰俗怨"的环境既变为相对安定，文士处境亦已不同，所以"志深而笔长，梗概而多气"的文风自然有所减弱。

第二阶段为建安十三年至建安末（208—220）。此阶段文士们已完成由分散到聚合的过程，"邺下文人集团"正式形成。这个文人集团规模颇大，用锺嵘之说是：

> 降及建安，曹公父子，笃好斯文；平原兄弟，郁为文栋；刘桢、王粲，为其羽翼。次有攀龙托凤，自致于属车者，盖将百计。彬彬之盛，大备于时矣！
>
> ——《诗品·总论》

看来其人数超过此前任何文人群体,中国文学史上的一个高潮由此
兴起。这个文人集团是有首领的,他就是曹操。事实上,文士们投身
邺城的首要原因并非文学,而是政治,是曹操"唯才是举"方针吸引
着他们前来圆建立功业之梦。诚如王粲始归曹氏时在汉水之滨所发
表的一篇赞词中所说:

> 方今袁绍起河北,仗大众,志兼天下,然好贤而不能用,故奇
> 士去之。刘表雍容荆楚,坐观时变,自以为西伯可规;士之避乱荆
> 州者,皆海内之俊杰也,表不知所任,故国危而无辅。明公定冀州
> 之日,下车即缮其甲卒,收其豪杰而用之,以横行天下;及平江汉,
> 引其贤俊而置之列位,使海内归心,望风而愿治,文武并用,英雄
> 毕力,此三王之举也!
>
> ——《魏志》本传

文人们自以为是"奇士",是"俊杰",是"英雄",他们为了能被曹操
"置之列位"来到邺城,曹操是他们的当然领袖。没有曹操就不会有
邺下文人集团的出现。这个文人集团是有核心的,就是曹丕、曹植兄
弟。丕、植兄弟既有贵公子身份,而文士中的不少人又直接任过他们
的属吏,如徐干、刘桢、应玚等,所以在政治上本有一层主从关系;加
之丕、植兄弟的文学天资足以笼盖群伦,其核心地位无可替代。

　　在邺城时期,文士地位有了很大改变。曹操使大部分文士担任
自己的属吏,如"司空军师祭酒掾属"(徐干)、"丞相军师祭酒"(王
粲、陈琳、阮瑀、路粹)、"丞相主簿"(杨修、繁钦)、"丞相掾属"(应
玚、刘桢)、"门下督"(陈琳)、"丞相仓曹掾属"(阮瑀)等;又使部分
文士任丕、植等诸子官属,如"五官中郎将文学"(徐干、应玚)、"平原

侯庶子"（刘桢）、"平原侯文学"（应场）等。文士中职位最高者为王粲，曾升任侍中，不过此为建安十八年魏国始建后之事。这些属吏之职，品秩不高，当然不入公卿大臣之流；然而此皆曹操亲随吏员，与闻机要的程度明显超过朝廷显贵。如"军国书檄，多琳、瑀所作"（《魏志·王粲传》），这就非一般大臣所能做到。因此文士们能够感受到人主的信任。又因担任曹操亲随属吏，所以每当曹操亲征，文士们多得以随军征伐，这也使他们的情绪极受激励鼓舞。"从军有苦乐，但问所从谁？"（王粲《从军诗》）以高昂情绪咏唱从军之乐，表现了文士们的踊跃乐观心态。

文士地位和心态的变化，使得文学内容及风格都有转变。最明显的一点是，建安前期那种忧患情绪大为减少，功名追求意识明显增多。"……骋哉日月逝，年命将西倾。建功不及时，钟鼎何所铭？收念还房寝，慷慨咏坟经。庶几及君在，立德垂功名。"（陈琳《游览》之二）此种情绪颇为普遍。对功名的追求，使得文士在创作时多关注当时军国大事。曹操北征三郡乌丸，即有陈琳作《武军赋》以美之；曹操南征孙权，即有王粲作《浮淮赋》以颂之；曹操西征关中，即有应场作《西征赋》以赞之。徐干夙称"轻官忽禄，不耽世荣"（《魏志·王粲传》注引《先贤行状》），澹泊功名，但他在文士普遍情绪的传染下，也操翰撰写起了《西征赋》：

> 奉明辟之渥德，与游轸而西伐。过京邑以释驾，观帝居之旧制。伊吾侪之挺力，获载笔而从师。无嘉谋以云补，徒荷禄而蒙私。非小人之所幸，虽身安而心危。庶区宇之今定，入告成乎后皇。登明堂而饮至，铭功烈乎帝裳。

徐干觉得能够随曹操征伐，"载笔而从师"，是极大荣幸，他相信此行必定成功。其感激之情,溢于言表;而愿为之"挺力",亦直言不讳。在其他文士同类诗赋中,此种情绪,更甚于徐干。可知邺下文士对功名追求,极为投入。文士的功名追求,本为古来传统,是儒家修齐治平、"学而优则仕"观念体现,再者封建时代文士,除仕途之外,几无其他进身之阶。不过建安文士功名愿望显得特别强烈,则有当时具体原因。建安承汉末战乱之弊,文士们各自经历了二十年左右流离失所沦落四方的生活,得至邺城,他们自深知和平安定生活环境之可贵。对他们绝大部分人来说,邺城时期提供了建立个人功业的难得机遇,因而必须牢牢抓住。王粲、邯郸淳等大批士子曾经长时间滞留荆州,而刘表不能用之,相比之下,曹操对文士们就颇为重视。邺下文士们自很清楚,他们能够到邺,能够有这样的机遇,是与曹操这位"明君"的存在分不开的,因此而对曹操"唯才是举"广纳贤才措举深为感激。上引陈琳诗及王粲致词已经显示,歌颂曹氏功德成为邺下文士创作内容的一部分。应当说,对曹操的赞颂,在当时含有相当的真诚,不可简单目为谀词而予一概否定。尚可以孔融《六言诗》三首为例:

> 汉家中叶道微,董卓作乱乘衰,僭上虐下专威,万官惶怖莫违,百姓惨惨心悲。
>
> 郭李纷争为非,迁都长安思归,瞻望关东可哀,梦想曹公归来。
>
> 从洛到许巍巍,曹公忧国无私,减去厨膳甘肥,群僚率从祁祁,虽得俸禄常饥,念我苦寒心悲。

诗中述汉末以来战乱,朝廷颠沛,百姓凄惨,作为"万官"之一的孔融,亲历了这场巨大灾难,他从切身体验中痛感,若无曹操建安元年勤王迎献帝，“从洛到许”，灾难不可能停止，因此对曹操满怀敬仰感激之情，作诗说“曹公忧国无私”，这应当理解为肺腑之言。此诗作于建安元年“到许”后不久，孔融对曹操的了解尚不全面，所以孔融此时赞颂曹操，与日后“嘲戏”曹操并不矛盾。不过在诸子对曹氏父子的赞颂中，肯定也杂有不少庸俗的成分。如诸子皆有的《公宴》诗，其中有不少“愿我贤主人，与天享巍巍；克符周公业，奕世不可追”（王粲）等语，就显出幕宾奉承语气。《斗鸡》诗中对丕、植兄弟贵游活动的吹捧，更表现清客谀主态度。此点亦不难理解，因诸子身在曹氏幕中，不可能完全脱离对曹氏的依赖，这种客观上的主从关系，在文学中自然会有所反映。何况曹操这位“贤主人”还“性忌”（《魏志·崔琰传》），对文士的独立人格表现颇为敏感，他因事杀了孔融，后又杀了杨修，还曾杀了崔琰、娄圭等人，作为历史上著名强势统治者，令人望而生畏。他杀孔融、杨修，虽主要出于政治原因，但个人性格上的嫌忌，亦一要因。孔融多次“嘲戏”曹操，且在曹操面前自称“孔融鲁国一男子”，具有很强的独立性格；杨修恃才不谨，亦有诙谐嘲弄言行，以罣曹操之怒。甚至刘桢对甄氏稍有“不敬”，亦治以重罪。故而多数建安文士颂赞曹氏父子，实为势必之事。皇权官僚时代文士为求得社会存在空间，绝大多数难以保持自身独立地位，对于权势者的依附必然影响文学的独立性，此为时代悲剧。文人不得不帮闲，帮闲文学遂难免。

曹操自建安九年克邺以后，即将自己的大本营安置于此，邺城在汉末战乱中受破坏较小，加之曾经袁绍经营多年，无疑可算是当时全国最繁盛城市。建安后期的邺下生活，物质条件是相对优裕惬意的，而丕、植兄弟作为贵介公子，在父亲霸业日盛背景下，不免滋生骄矜之气，闲暇日多，贵游风气转盛；诸子文士，当时多任曹操属吏，甚至就是丕、植兄弟的属吏，以故时常追随左右，事实上形成以丕、植兄弟为首的贵游群体。由此,描写贵游活动诗赋骤增,成为邺城时期文学中一大景观。斗鸡走马,宴饮游乐,成为文士们写作一大题材。贵游文学,在文学史上早已有之,《诗三百》中《湛露》、《南有嘉鱼》之属大概就是最早的贵游诗,宋玉《高唐赋》,司马相如《大人赋》基本亦可归入此类。而数量多,蔚成风气,则推建安邺城时期。曹植写得最多,如《名都篇》、《箜篌引》、《妾薄命》(其二)、《斗鸡》、《侍太子坐》等诗,《游观赋》、《娱宾赋》等赋,皆所撰贵游之作。他人亦不落后,连向称清高的刘桢亦未能免俗,参与进了贵游群体,并撰有数篇贵游之诗。贵游文学,一般以权势集团及其附庸文人为主要制造者。它的出现可以是国势强盛政权稳定的反映,也可以是统治者腐败作风的表现。贵游诗赋在邺城时期的发展,给建安文学注入了一种复杂的成分。

　　邺下文士还有一种倾向,即他们一方面以极大热情描写当时军国大事,另一方面也将文学写作的注意力转向日常生活琐细事务。这在建安前期文学中是基本不存在的。例如他们大量以动物、植物,以及珍饰、玩物为写作题材,这一题材上的细小化倾向,以赋的创作方面最为突出。动物如鹦鹉、鹤、莺、雁、雀、龟、蝉、蝙蝠等,植物如柳、槐、芙蓉、橘、瓜等,珍饰玩物如玛瑙勒、车渠碗、迷迭香、圆扇、围棋、弹棋、投壶等,还有气候如大暑、霖雨、霁等,皆可成赋,而且众人共作,彼此唱和,蔚成风气。这类作品,一般篇幅短小,寄托或有或无,即使有所寄托,往往寓意不深,主要以描写精细巧妙见长,逞词使才的色彩很重,甚至令人感到文士们撰写这些作品,是在互相比赛技巧和辞采。所以这一倾向,实际上表现了作者们对文学技巧的日益重视。此类作品的大量出现,当然会减弱文学的思想浓度和深度,文学的社会道德伦理负载有所减轻。但是也不能简单斥之为"形式主义"而予否定,因为形式和技能的进步对于文学同样十分重要。事实上,邺下文士们通过这类作品的写作,确实提高了文字能力和描写技巧,在此基础上,五言诗及抒情小赋得以在建安时期臻于成熟。

邺下文学在产生方式上还有一特点,即群体性。不少作品为应和酬唱交流讨论场合产生,所以今存同题之作颇多。这种充分表现群体文学特征的活动,当然多以丕、植兄弟为中心,如今存曹丕《玛瑙勒赋》序及《寡妇赋》序中,皆曾言及本人作赋同时,"命陈琳、王粲并作","命王粲并作之"。此类情况甚多,参与其事者亦远不止陈、王二人,几乎诸子皆有同类作品存世。文体以赋最多,有将近二十题共数十篇。另外亦有诗、文,如曹植、应玚、刘桢皆有的《斗鸡》诗,丕、植兄弟及陈、王、应、刘、阮诸子皆有的《公宴》诗,曹植、王粲皆有的《三良诗》(《咏史诗》),诸文士之间彼此皆有的大量赠答诗和互致书笺,以及阮瑀、应玚皆有的《文质论》,王粲、阮瑀皆有的《吊夷、齐文》,丕、植兄弟及丁仪皆有的《周成汉昭论》等等。甚至还有"七"体文:

> 昔枚乘作《七发》,傅毅作《七激》,张衡作《七辩》,崔骃作《七依》,辞各美丽,余有慕之焉。遂作《七启》,并命王粲作焉。
>
> ——曹植《七启》序

王粲所作为《七释》,另徐干有《七喻》,似亦一时之作。这种群体性的文学活动,其情状正如刘勰所说:"……傲雅觞豆之前,雍容衽席之上,洒笔以成酣歌,和墨以藉谈笑。"(《文心雕龙·时序》)它不但营造出热烈繁荣的文学大气氛,还激发了各人的表现才华欲望,激励他们切磋琢磨精心创作一逞文思的积极性。这极有利于文学总体水平的提高。

总之,邺城时期是三国前期文学最为繁盛的一阶段。此时大乱初定,环境良好。当时全国优秀文学人物,几乎悉集于兹。邺城的统治者曹操重视文士,他本人对文学情有独钟,为文学繁荣提供了根本保证。对于曹操及陈琳、王粲等老一辈文士说,邺城时期已是他们创作生涯的后期;对于曹丕、曹植兄弟等年轻一辈文士而言,这是初登文坛崭露头角的创作前期。两代作者汇合邺城,各逞优势,发挥出旺盛创造力,成果众多,数量、规模、声势空前,不愧"彬彬之盛"之说。就文学精神看,邺城时期文学的主流是追求功名,积极用世,颂赞曹魏政权及曹操本人,文士们对前景充满信心,字里行间透露出乐观向上情绪。建安前期文学那种愍乱忧时精神,对本期文学仍有相当影响,如曹植所撰《送应氏诗》(其一),即体现出此种影响,但总体上说,文学精神已由反面的批判,变为正面的追求。这也是衰世文学与盛世文学在精神上的重要区别。此外,如贵游现象的出现等,也是旧时代盛世文学中的常见现象。而形式上的精致化、典范化,也是一般盛世文学所循的必由之路。当然,此前曾有以汉赋兴盛为重要标志的汉武帝时期,此后更有以诗歌繁荣为标志的唐代开元、天宝时期,与此两大盛世文学相比较,建安文学在规模和繁荣程度上还略显逊色,然而其盛世的性质,则已基本具备。

　　作为盛世文学的邺城时期文学,其基本风格也有了变化。随着愍乱忧时文学精神的减少,以及功名追求和贵游风气的发生,建安前期那种强劲的"风力",至此亦渐见靡缓。如曹操、陈琳、王粲、阮瑀这些老一辈作者的那种慷慨悲歌,此时有所减少;而以丕、植兄弟为代表的邺城诗赋,尽管文气不弱,亦有昂扬激情,但在骨力上,终难与相侔。敖器之对曹植的评语:"曹子建如三河少年,风流自赏。"(《敖陶孙诗评》)应当说并不全面,它只是说出了曹植在邺城时期写作的特点,对于曹植后期就未必适用。不过以"风流自赏"概括邺城时期文士写作的总体特点,倒也大致不差。因为其时邺下文士们的写作表现，虽然"辞各美丽"（曹植《七启》序），风力稍有减弱却是事实。

随着"七子"等大批文士戏剧性地在建安末相继辞世，尤其是曹操的撒手人寰，三国前期文学进入第三阶段。黄初以后，邺下文人集团事实上已不复存在，文坛热烈气氛顿然冷却，盛世景象亦已消失。然而两位核心人物却仍健在，支撑着文坛。不过曹丕已登极，曹植则由贵介公子沦为失去人身自由、面对经常性打压的"诸侯王"。身份的变易也使他们的文风发生根本改观：曹丕故作大言豪语，以壮帝王声威，但尽失此前的自然流畅，显出过分的矜饰；他进入了皇帝角色，同时不免丢失了文士身份。曹植则一洗此前"三河少年"的浮华气息，增加了不少深沉，其忧生之嗟尤为感人。正是有了后期生活和创作，曹植才又充实了风力，奠定了他文学史上的大家地位。从这一角度说，曹植能够经历后期一段生活，既是不幸，亦是幸运。若无黄初、太和这十馀年痛苦艰辛的摧折磨炼，曹植就缺乏足够的阅历和体验，来构撰那些充满忧患意识和悲怆情绪的优秀诗赋和文。所以三国文学前期的第三段，虽在繁荣热闹上远逊于第二段，盛世文学已告结束，甚至文坛颇为寂寞，但在这寂寞和孤独中，曹植真正走上了出类拔萃之路，这是一大收获。

除曹丕、曹植之外，黄初太和间也有另一些作者，如应璩、缪袭、曹睿等。应璩为应场之弟，建安后期已开始写作，不过当时文物鼎盛，他头角不显。好在他颇享年寿，迭经疾疫灾变，竟安然无恙，直活到三国后期正始年间。且老而弥健，后期创作力转盛，以故一般将他列为后期作者。至于曹睿，因其年辈皆晚于曹植，故亦置于后期论列。

总观三国前期文学三个阶段，都很重要，且各有特点。第一阶段（建安前期）作者们身历战乱，散处各地，他们关心国运民瘼，各自发为愍乱忧世之篇，所作诗赋，以慷慨悲凉为基本情调，产生一批"诗史"式作品,具有衰世文学特点。第二阶段(建安后期)作者们纷聚邺城曹氏幕中,激发出追求功名强烈愿望,所作篇章,数量大增,或写军国大事,或叙私情琐事,要皆透露乐观向上情绪,表现出盛世文学气质。他们或作公子贵游,或为幕僚颂圣,难免庸俗气息,然无伤其大雅。第三阶段(黄初、太和)曹操及多数文士辞世,丕、植兄弟尚存,然曹丕登极后,皇帝角色突出,文士身份隐去,唯有曹植一人在不断哀吟着他的悲歌。困顿危殆生活,使曹植脱胎换骨,脱去浮华,转入深沉,由此进入"情兼雅怨,体被文质"(锺嵘语)境界,成为"粲溢古今,卓尔不群"(同上)的一代大诗人。

第二节 建安风骨

三国前期文学不仅以中国文学史上的一个高潮引人注目,它还以独特的文学质地在文学史上闪耀千古光彩,这就是"建安风骨"。

"风骨"一语,初由刘勰提出并加正面阐述。《文心雕龙·风骨》虽未直接与建安文学相联系,但文中多举建安作者为例,如潘勖、孔融、徐干、刘桢等。锺嵘则提出"建安风力"(《诗品·总论》),作为品评历代诗歌的准绳。此后再提"建安风骨",已入唐代。陈子昂《修竹篇序》中说到"汉魏风骨,晋宋莫传",此"汉魏",包括建安在内,下文又有"可使建安作者相视而笑"语,可证所云"汉魏",实指建安。自此"建安风骨"(或"汉魏风骨")一语,在古代诗学理论中颇为流行。所以欲理解"建安风骨"的确切含义,尚需回到锺、刘二人的有关论述。锺嵘在《诗品·总论》里并未对所说"建安风力"作进一步解释。但从他对建安优秀诗人曹植、刘桢的评语中,可以了解其"风力"说的基本含义:

> 其源出于《国风》。骨气奇高,词采华茂,情兼雅怨,体被文质,粲溢古今,卓尔不群。……
>
> ——《诗品·卷上》

> 其源出于《古诗》。仗气爱奇,动多振绝。真骨凌霜,高风跨俗。但气过其文,雕润恨少。……
>
> (同上)

曹植与刘桢,在《诗品》中被列为三国时期优秀诗人的第一、第二位,可以认为,在锺嵘心目中,他们就是"建安风力"的代表。而这里所肯定的曹植诗"出于《国风》"和"骨气奇高",实即具备了"风骨"之意。而刘桢诗的"真骨凌霜"、"高风跨俗",更构成完整的"风骨"概念。所以所谓"风力",在意蕴上与"风骨"是相通的。

至于刘勰之说,主旨在分析"风骨"的形成和作用,其云:

> 故辞之待骨,如体之树骸;情之含风,犹形之包气。结言端直,则文骨成焉;意气骏爽,则文风清焉。若丰藻克赡,风骨不飞,则振采失鲜,负声无力。是以缀虑裁篇,务盈守气;刚健既实,辉光乃新。……
>
> ——《文心雕龙·风骨》

可知所谓"骨",指文之主干,所谓"风",指文的意气。欲使风"清"骨"成",必也"务盈守气"。从锺、刘二人的论述中可以发现,他们肯定"风骨"或"风力",都着重强调两点:第一,风骨或风力,是与"词采"或"丰藻"相对的,是指内容方面的"刚健"、"端直",是"真"、"高"。以今语绎之,则是真实、高尚、正直、刚健。第二,无论锺、刘,二人皆极重"气"。锺谓"骨气"、"仗气";刘直以"气"释"风",云"意气骏爽",更提出"务盈守气"。把握以上两点,即是理解"风骨"或"风力"之真谛。从建安文学的实际情形看,此两点正是其内容及风格的关键之处。

首先看内容的"真"与"高","刚健"与"端直"。这在建安前期文学中表现尤为突出。前述陈琳、阮瑀、王粲等描写汉末战乱、民生凋敝的诗歌,揭示了特定历史时期的社会真实;社会的破败,民众的苦难,成为诗人们关注焦点。他们直面现实人生,关心社会政治,透露出严肃的人生态度和强烈的责任感。作者们的价值观,显然是从正统儒家的"仁政"、"王道"理想出发的,在他们的作品中,体现着修齐治平的处世态度。可贵之处还在于,他们非仅"反映"现实而已,诗中还流露出浓郁的悲天悯人态度,以及深厚的忧患意识。"天降丧乱,靡国不夷。我暨我友,自彼京师。宗守荡失,越用遁违。……瞻仰王室,慨其永叹!良人在外,谁佐天官?"(王粲《赠士孙文始》)忧国忧民的口气,直似《大雅》中《板》、《荡》作者。而"出门无所见,白骨蔽平原","悟彼下泉人,喟然伤心肝!"(王粲《七哀诗》之一)更是充满人道精神和同情心。曹操虽为"乱世之奸雄",但面对汉末战乱造成的空前浩劫,他也从心灵深处泛起一片悲悯之情。他的《薤露》、《蒿里》二诗,十分简洁地概括了战乱过程,并以历史眼光,探讨战乱发生的原因。他认为最直接的起因是汉灵帝"所任诚不良",大将军何进"知小而谋强",导致帝室颠覆,贼臣专权,军阀混战,社会崩坏,生灵涂炭。其观点虽不能说很深刻,但确有一定道理。诗末又写:"播越西迁移,号泣而且行。瞻彼洛城郭,微子为哀伤。""铠甲生虮虱,万姓以死亡。白骨露于野,千里无鸡鸣。生民百遗一,念之断人肠!"前者哀朝廷,后者念百姓,真是忧国又忧民。不能不承认,曹操在诗中表现了阔大的襟怀,深厚的历史感和真诚的同情心。这些优秀诗篇,都堪称忧患文学,它们经得起"真"和"高","端直"和"刚健"标准的检验。此外,建安后期亦即邺城时期的以功名追求为主的诗赋,尽管缺少了忧患意识,由于它们表达了作者的真诚愿望,并且其愿望特别强烈,非常自信,抒发了积极向上乐观进取的精神,也体现出一种"盛世文学"特有的刚健素质。至于邺城时期居于非主流地位的一些表现个人独特品格的作品,如刘桢的诗,就更具备"真骨"和"高风"了。

其次看"气"。刘勰在《风骨》篇中既已主张"务盈守气",而在《时序》篇论及建安文学时又谓:"……观其时文,雅好慷慨,良由世积乱离,风衰俗怨,并志深而笔长,故梗概而多气也。"这就明确肯定了建安文学的尚气特质。事实上,建安文学正是尚气的文学。无论建安前期的忧患诗赋,或建安后期的功名追求作品,都充溢着强烈的"气"。这种"多气",具体表现为慷慨之气。自刘勰论述的前后逻辑中可知,"雅好慷慨",即是"梗概而多气";所以"多气"亦即慷慨。刘勰对建安文学"雅好慷慨"的概括,其实并非自创,而是本于曹植,曹植《前录自序》有云:"余少而好赋,其所尚也,雅好慷慨。"而曹植此语,又本于曹操,其《短歌行》有云:"慨当以慷,忧思难忘。"刘勰正是采撷曹氏父子的言论,建立起自己的建安文学的风格评论体系。

建安文学的尚气或"慷慨"风格,又多带有悲情倾向。上引曹操诗句,即已将"慷慨"与"忧思"相联系。又曹植有句云:"慷慨有悲心,兴文自成篇。"(《赠徐干》)"弦急悲声发,聆我慷慨言。"(《杂诗六首》之六)"慷慨对嘉宾,凄怆内伤悲。"(《情诗》)等等,皆以"慷慨"与悲情相表里。《说文》:"忼,慷慨,壮士不得志于心也。"可知"慷慨"一语,本有悲忧之义。建安诗赋,好作慷慨之言,好发悲情,成为一时风尚。前期一些著名愍乱忧时诗赋，内含深厚忧思悲情，自不待言；即在邺中时期，文士们亦好作悲忧之叹，对于悲忧题材，表现特别的喜爱。诸凡远出，独处，戍边，亲友离别，死亡，寡妇，出妇，甚至气候恶劣等事，无不以诗赋描写，彼此竞作，不厌其烦，其例甚多，难以枚举。即与悲忧情绪本无必然联系之事，如抒怀述志及友情赠答，亦常以悲情出之，如王粲《杂诗》及曹植《赠王粲》，刘桢《赠五官中郎将》等，以曹植、刘桢二人最多。更有甚者，在若干喜庆欢乐场合，邺下文人竟也忽发悲感，慷慨不止；此亦以曹植、刘桢最称能事。如曹植《感节赋》，本写"携友生而游观，尽宾主之所求"，游观之初，"欣阳春之潜润，乐时泽之惠休"，颇为欣豫欢乐；然其后则情绪急转直下：

> ……青云郁其西翔，飞鸟翩而上匿；欲纵体而从之，哀余身之无翼。大风隐其四起，扬黄尘之冥冥；鸟兽惊以来群，草木纷其扬英。见游鱼之涔灂，感流波之悲声；内纡曲而潜结，心怛惕以中惊。匪荣德之累身，恐年命之早零；慕归全之明义，庶不忝其所生。

忽然发悲原因，却是游观时看到了飞鸟游鱼等景致。此本阳春三月生机勃发欣欣向荣之征，在作者则成为引发悲情之物。"哀余身之无翼"，已是发想奇特；"感流波之悲声"，尤其出人意料。其哀其悲为何？却是"恐年命之早零"，是忧生之嗟。全篇始于春日游观，终于忧生之嗟，情绪变化呈突然性，非常规性；而其根源则在作者心中有一种根深蒂固的无名悲情，以故无论时间、地点、环境、场合如何，皆能出以悲感之声。"其所尚也，雅好慷慨"，曹植本人所言，洵为不虚。

要之,尚气、慷慨、悲情,是建安文学情感取向方面的特征,它与文学内容的真、高、刚、直特征,构成建安风骨的重要两翼。唯因有了风骨的支撑,建安文学遂臻于"蔚彼风立,严此骨鲠"(《文心雕龙·风骨》)的境界。

建安风骨(或曰"汉魏风骨")在文学内容和感情取向上,为后世树立了范式。此后凡当浮华靡弱文风盛行之时,有识之士起而纠正积弊,补救既溺,常引建安风骨为高标,以为济时良方。上述陈子昂即是最显著一例。又如殷璠在《河岳英灵集》序、《丹阳集》等著述中,也对风骨极为推重,并予提倡,以取疗救"声病"之效。此外李白在诗中亦云:"蓬莱文章建安骨"(《宣州谢朓楼饯别校书叔云》);皮日休在文中亦说及"建安风格"(《论白居易荐徐凝、屈张祜》),等等。至宋代,对于建安诗风的学习继承虽不似唐代声势宏壮,但随着诗论的日趋精微,对"建安风骨"的论述更加缜密细致,如范温《潜溪诗眼》有云:

> 建安诗辩而不华,质而不俚,风调高雅,格力遒壮。其言直致而少对偶,指事情而绮丽,得风雅骚人之气骨,最为近古者也。一变而为晋宋,再变而为齐梁。唐诸诗人,高者学陶谢,下者学徐庾,唯老杜、李太白、韩退之早年皆学建安,晚乃各自变成一家耳。如老杜"崆峒小麦熟","人生不相见",《新安》、《石壕》、《潼关吏》、《新婚》、《垂老》、《无家别》、《夏日》、《夏夜叹》,皆全体作建安语,今所存集第一第二卷中颇多。韩退之"孤臣共放逐",《暮行河堤上》、《重云赠李观》、《江汉答孟郊》、《归彭城》、《醉赠张秘书》、《送灵师》、《惠师》,并亦皆此体,但颇自加新奇。李太白亦多建安句法,而罕全篇,多杂以鲍明远体。

文中对"建安风骨"的实质及在唐代的影响,作了切实分析,而所说建安诗的特点,"风调高雅,格力遒壮"云云,亦颇中肯。至明清间,风骨受到各派诗论家的重视。"竟陵派"锺惺、谭元春反对前后七子步趋古调,主张抒述性情,然对建安诗人的"犹然气骨"、"高古之骨"、"宛笃有《十九首》风骨"(皆见所撰《诗归》)都持肯定态度;"神韵说"的提出者王士禛对风骨也很看重,他认为"当涂之世,思王为宗,应、刘以下,群附和之,唯阮公别为一派。司马氏之初,茂先、休奕、二陆、三张之属,概乏风骨",又称道杜甫"纯以忠君爱国为气骨"(《带经堂诗话》);"格调派"朱彝尊、沈德潜更重风骨,《古诗源》中对建安作品极为推尊,三曹、七子代表名篇几无遗漏;"肌理说"的倡议者翁方纲亦以风骨重于采丽,他在所著《石洲诗话》中对"风骨峻"、"气骨高"者倍加赞扬。由此可知,"风骨"论及其核心内涵和依据"建安风骨",在中国文学创作史和文论史上,影响都十分深远。建安风骨,是三国前期文学对中国文学史的贡献的结晶。

第三节　三国后期文学发展概况

　　三国后期文学,指曹植卒后至司马炎代魏称帝(233—265)之间三十余年文学。其间年号以正始最长,且正始末发生了高平陵事变,是为司马氏篡政之始,以故文学史上常以"正始文学"代指本期文学,犹以"建安文学"代指三国前期文学。曹植卒后,建安文士凋落几尽,新一代文士崭露头角,重新构筑曹魏后期文坛。后期文学与前期文学相比,呈不同面貌。首先规模略小。后期虽然也存在士人群体,主要有被称为"正始名士"与"竹林名士"的两批人物,但远不及建安文士的"盖将百计"之数。正始名士包括傅嘏、荀粲、裴徽、何晏、夏侯玄、王弼、锺会等,竹林名士包括阮籍、嵇康、向秀、刘伶、山涛、王戎、阮咸等。不过"名士"不等于文士,其中真正可算文学之士的也就是何晏、阮籍、嵇康等数人,其馀主要是思想家、学者;有些连学者都不是,如山涛、王戎、阮咸等。总观此时期,优秀文学家不多,唯嵇康、阮籍二人而已,其次为应璩、刘劭、何晏、向秀、刘伶等。此情形与前期大相径庭。究其因,主要是此时期玄学勃兴,作为新兴学术,吸引诸多士人注意,人们专注于幽思玄想,校练名理,诗赋文章之事,遂相形见绌。

其次在文学精神上,三国后期与前期亦有明显不同。建安前期,文学在战乱时代产生,文士以忧国忧民心情关注时事,针砭社会,由此涌现一批"诗史"式作品;建安后期,文士追求功名,热情高涨,文章写作被当作"经国之大业,不朽之盛事"予以重视。即使到了黄初、太和年代,曹植身受迫害,发出大量忧生之嗟,其诗赋文章中仍念念不忘时政,要求"名挂史笔,事列朝荣"(《求自试表》)。建安文学的主流,显然是积极用世的文学,是重人事的文学,是修齐治平的文学。三国后期则异于是,玄学的兴起改变了士人的生活态度及文化观念。玄学的基干是老、庄思想,老、庄对世俗社会生活的疏离,对传统儒家道德伦理的蔑弃,影响了一部分士人的人生态度,他们服膺"以无为本"(王弼《老子》第四十章注),强调自然之旨,提出"名教出于自然"(王弼),甚至"越名教而任自然"(嵇康《释私论》)。所谓"以无为本",所谓"自然",都是与儒家重人事、重政教相反的精神。在玄学精神影响下,魏末直到两晋的社会风尚都为之大变,此从《晋书·裴颜传》的记载中可知其大要:

（裴颜）深患时俗放荡,不尊儒术,何晏、阮籍素有高名于世,口谈浮虚,不遵礼法,尸禄耽宠,仕不事事。至王衍之徒,声誉大盛，位高势重，不以物务自婴，遂相放效，风教陵迟。

这里指出三点：思想文化上"不尊儒术"，政治伦理上"不遵礼法"，士子作风上"不以物务自婴"，总之是"风教陵迟"。这使士子精神面貌大异于建安。出于儒家传统的那种忧国忧民精神，对国家和社会的责任感、民本思想，乃至对社会事务的执着热情，都有所减弱；士流所被，唯尚"放荡"、"浮虚"。这种风气，对于文学与社会的关系当然只能起疏远作用。在魏晋玄学家眼里，"文章"不可能是同"经国"、"不朽"有必然联系的"盛事"。不过玄学对文学的影响不仅止于此。它蔑弃传统儒学所体现的面向社会的修齐治平精神，这是一方面；另一面，"不尊儒术"、"不遵礼法"，也不可否认具有冲破传统思想道德禁锢，瓦解"独尊儒术"僵化文化格局的作用。在那种僵化环境中，思想文化领域的创造性举措，往往被视为异端而受排斥、压制。因此，玄学的出现，不应认为是纯粹的消极文化现象，它的价值也不仅仅在于发展了一种精致的思辨方式。应当看到，玄学的出现，是在传统儒求文化体系内兴起的一次思想文化变革运动，是对汉代"独尊儒术"的一次意义重大的反摆。一般来说，魏晋玄学并不根本上否定君权（除个别持"无君论"者如阮籍、鲍敬言等外），王弼还论证过"以君御民"的合理性。儒术与玄学的扞格，主要在前者要将社会文化思想全部纳入"礼法"、"名教"的框架之内，代表了文化统一的取向；后者则要挣脱"礼法"、"名教"的约束，代表了文化分立的倾向。儒术代表着最高统治者对文化实施权力统制，体现文化对政治的臣服；魏晋玄学则超越"名教"，否定"礼法"，体现文化对政治权力的抗拒和疏离。

三国后期的玄学大家，首推王弼、何晏。他们提出"圣人体无"、"名教出于自然"的命题，强调"无"和"自然"的本体性质，以"名教"

为派生物,代表了魏晋玄学发展史上第一个阶段。他们理论的实质是抬高玄学的地位,使之驾乎儒学之上。王、何只是玄学的理论家,并非玄学实践者;他们在处世态度上并未表现出很强的"体无"或"自然"色彩,倒是另一位玄学家夏侯玄更有玄风。在文学创作方面,王、何也少有玄学印记。例如今存何晏的《景福殿赋》,难以看出其中的玄学成分。作为玄学家的阮籍、嵇康,他们在理论上提出"越名教而任自然"(嵇康),又说"礼岂为我设耶!"(阮籍)根本上否定儒术,比王、何更进一步,代表了玄学发展的第二阶段。嵇、阮等人在行为上也放浪形骸,步趋老庄,身体力行玄学理想。他们在政治上对司马氏集团取不合作态度,自有一些具体的缘由,但道家传统对世俗政治的鄙薄态度,也是重要因素。对于此点,一般论者认识不足。在玄学与文学的关系方面,阮、嵇比王、何重要得多,他们是融玄学于文学的能手,运用诗、赋、文等诸种文体,弘扬老庄,敷述玄理,同时对代表政权主流的"礼法之士"展开猛烈攻击,揭露其丑恶心理,谴斥其虚伪表现,显示了强大的批判力量。这种批判性,在阮籍作品中表现最为尖锐激烈,其名篇《大人先生传》、《达庄论》等,对"缙绅好事之徒"、"礼法君子"的伪善面目,作了严厉抨击。嵇康《与山巨源绝交书》思想倾向略同,只是态度稍为平缓。在诗歌方面,阮籍《咏怀诗》中也有部分作品,矛头指向礼法君子,如第六十七首("洪生资制度")、第六十首("儒者通六艺")等;嵇康《赠秀才入军》末章("流俗难悟")也相类。正是这种批判性,给三国后期文学注入了新的活力。从这方面看,三国后期文学,也呈现出衰世文学的特征。

玄学对文学的另一方面影响,表现在文风诗风上。在文的方面,此时作者们通过"校练名理",熟习了对玄学理论的诠解和阐释,通晓了抽象理念的思考和论辩,他们竞相撰写玄学论文,表述自己的玄学见解,因此思辨风气大盛。就论说文体而言,魏晋作者的水平明显度越前修,这与当时思辨风气的发达直接有关。从阮籍、嵇康所作长篇论文看,其析理之精细,论证之严密,皆显功力;而文章本身之结构布局,尤见匠心。在诗的方面,作者们明显表现了对于清虚高旷自然悠远诗歌风致的追求。这种风格追求,当然是同玄学精神相表里的,是与玄理相配合的诗风。它的形成,亦可理解为玄学诗人们景仰追慕老庄文风的结果,因为《老子》、《庄子》的文风就大体上属于清虚旷远一类。此种诗风,与三国前期诗歌"真、高、刚、直"指向,无疑有很大距离;这距离实质上即是玄学与儒学距离在文学上的反映。这种诗风,其实际效应有两方面:一方面是开拓了一种新的诗歌境界,形成一种与传统的求实、求真诗风不同的诗风。清虚旷远诗风,此前还不曾在文学史上出现过,因此这是三国后期诗人,尤其是阮籍、嵇康二人之创造性功绩。请举数例以明:

生命辰安在?忧戚涕沾襟。高鸟翔山岗,燕雀栖下林。青云蔽前庭,素琴凄我心。崇山有鸣鹤,岂可相追寻?

——阮籍《咏怀诗》之四十七

危冠切浮云,长剑出天外。细故何足虑,高度跨一世。非子为我御,逍遥游荒裔。顾谢西王母,吾将从此逝。岂与蓬户士,弹琴诵言誓?

(同上之五十八)

鸳鸯于飞,肃肃其羽。朝游高原,夕宿兰渚。邕邕和鸣,顾眄俦侣。俯仰慷慨,优游容与。

——嵇康《赠兄秀才入军诗》之一

息徒兰圃，秣马华山。流磻平皋，垂纶长川。目送归鸿，手挥五弦。俯仰自得，游心太玄。嘉彼钓叟，得鱼忘筌。郢人逝矣，谁与尽言？

（同上之十四）

诸篇皆有明确诗旨，既有现实生活感受，更含理想生命意识，而无不着意悠远，境界高旷。"流磻平皋，垂纶长川。目送归鸿，手挥五弦"，写出何等人生高致！此种诗风，无疑渗透了玄学情趣，"俯仰自得，游心太玄"，已经道出玄机。它在玄学背景下得以产生，亦可谓玄学对文学的一项贡献。清虚高远诗风，后世续有发展，尤其在东晋玄言诗发展到极致，成为一极重要的风格类型，唐代司空图《诗品》所述"冲淡"、"自然"、"飘逸"、"旷达"诸品，皆与此种诗风有关，甚至可以说由此演化而出。

另一种效应是，由于玄学对文学的过度浸润，或者一些作者出于本身兴趣所钟，以诗歌为敷述玄学理趣工具，无视诗歌固有文学特征，使诗歌迷失本性，而向玄学论文靠拢，"玄言诗"遂得以产生。玄言诗的得失功过，前人早有评骘，如锺嵘说两晋时诗：

……贵黄老，稍尚虚谈，于时篇什，理过其辞，淡乎寡味。爰及江表，微波尚传，孙绰、许询、桓、庾诸公诗，皆平典似《道德论》，建安风力尽矣！

——《诗品·总论》

所下评语，贬义甚明。"理过其辞"，"平典似《道德论》"，为其实质；

"淡乎寡味"，为其表现；"建安风力尽矣"，则是从诗歌流变史角度所作总结。然而此种"理过其辞"倾向，滥觞于三国后期，嵇、阮已肇其端，二人个别篇章，实已充溢玄理，旨多虚胜。如：

> 猗欤上世士，恬淡志安贫。季叶道陵迟，驰骛纷垢尘。宁子岂不类，杨歌谁肯殉？栖栖非我偶，惶惶非我伦。咄嗟荣辱事，去来味道真。道真信可娱，清洁存精神。巢由抗高节，从此适河滨。

——阮籍《咏怀诗》之七十四

> 绝智弃学，游心于玄默。绝智弃学，游心于玄默。遇过而悔，当不自得。垂钓一壑，所乐一国。被发行歌，和气四塞。歌以言之，游心于玄默。

——嵇康《代秋胡歌诗》之五

篇中亦有对于世事批判，然主在揭橥庄老玄理，"去来味道真"、"游心于玄默"，此其旨归也。玄言诗当溯源自此。

影响三国后期文学风貌者，除玄学思潮外，尚有另一要因，此为政治环境。魏明帝曹睿临终，使八岁孩童继位，是为少帝曹芳；又命曹爽、司马懿夹辅左右。至正始十年（249）司马懿发动政变，杀曹爽及其党羽，是为"高平陵之变"。自此开始司马氏专权时期，在十六年间，司马氏父子先后废弑三名少帝，又杀戮大批异己，一时血雨腥风，气氛惨酷。罹祸者不唯曹氏宗室及帝党，亦殃及不少名士。何晏、夏侯玄、桓范、李丰等皆一时俊彦，悉被杀害。"魏晋名士，少有全者"，此是实情。于此残酷政治环境中惨遭杀害者，尚有杰出文学家嵇康,此是司马氏集团对文学事业的直接摧残,罪恶昭彰,令人切齿。在此环境下,文士心灵受到极大压力,言行受到严重束缚,文学写作自不免有所顾忌。以故当时诗文,极少写及时政,与建安文学形成极大反差。一连串重大政治事件,在当时诗文中竟毫无反映,此非文士闭目塞听或麻木不仁,而是确有难言之隐。即有言之,亦必闪烁其辞,以免得咎。以嵇康、阮籍二人而论,他们内心对司马氏都存不满,而平时言行,颇为谨慎。史载“(阮)籍虽不拘礼教,然发言玄远,口不臧否人物”(《晋书》本传)。嵇康的表现则是:“与之游者,未尝见其喜愠之色。”(《魏志·王粲传》注引《魏氏春秋》)此皆全生远害手段甚明。与此相应的是,在其诗文中,激烈尖锐的批判仅限于对儒术、名教、礼法及礼法之士,而不涉具体政事、人物。阮籍《咏怀诗》在这方面最有代表性,颜延年等曰:“嗣宗身事乱朝,常恐罹谤遇祸,因兹发咏,故每有忧生之嗟。虽志在讥刺,而文多隐避,百代之下,难以情测。”(《文选·咏怀诗》李善注引)

三国后期诗歌风格与前期亦有内在贯通之处,此以“尚气”之点最为明显。刘勰曾指出:“嵇康师心以遣论,阮籍使气以命诗。”(《文心雕龙·才略》)“师心”即纵心,与“使气”对举为文,义近。此已指明嵇阮诗文尚气特点。阮籍《咏怀诗》虽“厥旨渊放,归趣难求”(锺嵘《诗品》卷上),但其慷慨尚气特点亦颇显著。锺嵘即谓其“颇多感慨之词”(同上),所谓“感慨”,即刘勰所说“梗概而多气”义。在《咏怀诗》中,诗人或“慷慨叹咨嗟”(之七十八),“慷慨将焉知”(之八十),“慷慨各努力”(之七十一);或“烈烈有哀情”(之六十一),“惆怅念所思”(之四十九),“怆恨使心伤”(之七十九);或“愤懑从此舒”(之五十九),“夸谈快愤懑”(之五十四),“日久难咨嗟”(之八十二),“忧戚涕沾襟”(之四十七)等等,诗人自述“有悲则有情”(之七十),“人情有感慨”(三十七),其情绪之强烈,诚为“使气以命诗”。

正是在尚气之点上,嵇阮作品继承着建安文学"风骨",而与后世玄言诗之间存在着不同。这是作者性格气质之差异,也是时代风气之差异。

第二章　曹　操

第一节　曹操与文学

曹操(155—220),字孟德,一名吉利,小字阿瞒,沛国谯(今安徽亳县)人,出身于具有宦官背景的家庭。在汉末发生的全国规模的军阀混战中,他脱颖而出,扫平群雄,统一了北方中原广大地区,建立了曹魏政权。曹操的成功,不是偶然的,他运用巧妙的政策方略,"挟天子以令诸侯","奉王命征讨不庭",远交近攻,各个击破,打败了许多强大的对手。此外,他极重视人材的接纳和使用,曾多次下令求贤,"士有偏短,庸可废乎?"(《敕有司取士毋废偏短令》)甚至说即使"不仁不孝而有治国用兵之术"者,亦应予重用(《举贤勿拘品行令》)。以致他幕中聚集了许多文臣武将,实力日渐壮大。他又坚持推行耕战政策,参照"秦人以急农兼天下,孝武以屯田定西域"(《置屯田令》)的"先代良式",在建安元年就开始推行屯田制,藉此逐步建立了强兵足食的优势。从曹操毕生的政治军事经历和政策方略中看,曹操的基本思想性格特征,就是头脑清醒,料事准确,机智灵活,谋略盖世,知人善任,"难眩以伪",意志坚强,百折不挠,文治武略,手段多样,严刑峻法,赏罚分明,"兵无常势",善于权变,又"性不信天命",总之,他是一位中国历史上少有的"治世之能臣,乱世之奸雄"(《魏志》注引《异同杂语》),在他身上,表现出极为鲜明的实用理性精神。

出于这种实用理性精神,曹操在思想上并不专宗某家,而是根据现实情势需要,兼采各家之长,为我所用,并随着时势的变化移易而适时调整,可以认为他就是一位杂家。例如他的社会政治理念是"夫治定之化,以礼为首;拨乱之政,以刑为先。"(《以高柔为理曹掾令》)这就是儒法兼取,礼刑互用。当然,由于曹操一生大部分时间都在从事"拨乱"事业,所以他给人的印象是重法治甚于礼治,"持法峻刻"(《魏志》本纪注引《曹瞒传》)。不过在某些情况下,他也决不轻视礼治的作用。他对战乱中儒学弛废现象颇多感慨,建安八年,即官渡之战后的第三年,他就颁布《修学令》,说:"丧乱以来,十有五年,后生者不见仁义礼让之风,吾甚伤之。其令郡国各修文学,县满五百户置校官,选其乡之俊造而教学之,庶几先王之道不废,而有以益于天下。"显然,他是准备一旦时机成熟,就要改"拨乱之政"为"治定之化"的。儒法两家之外,曹操最重视的是兵家,曹操深知"礼不可以用兵"(《孙子·谋攻篇》曹操注),在当时战乱环境中,这是安身立命创业成败所系的根本利益所在,因此他对古代兵书悉心钻研揣摩,成为优秀的军事家,且著述甚多。曹操善用兵,他的对手亦多叹服,刘备就曾说他"其用兵也,仿佛孙吴"(《蜀志》本传)。此外曹操对农家、墨家、道家等都有所浸染,要之他从实用理性出发,吸纳先代诸家之长,揆时度势,变化运用,做到"意之所图,动无违事;心之所虑,何向不济"(《让县自明本志令》)。

作为一位杰出的政治家、军事家,曹操也具有深厚的文化艺术修养。他对经学有相当造诣,据王沈《魏书》载,他在光和年间曾因从妹夫宋奇被诛而坐免官,"后以能明古学,复征拜议郎"(《魏志·武帝纪》裴注引),所谓"古学",当指古文经学,盖马融、郑玄所传之学。曹操古学修养之深厚,从他引述前代典籍中可见一斑。即以《诗经》为例,在今存著述中引用不下数十处,如引"听用我谋,庶无大悔"(《求贤令》)等等,又引述《论语》、《尚书》、《易》、《礼》、《春秋》亦复不少。此外又引述《楚辞》如"舍骐骥而弗乘,焉遑遑而更求"(《敕王必领长史令》)等。他对文学艺术的爱好十分突出,史载他"昼则讲武策,夜则思经传,登高必赋,及造新诗,被之管弦,皆成乐章"(《魏志·武帝纪》注引《魏书》);"上雅好诗书文籍,虽在军旅,手不释卷"(《典论·自叙》);"汉世,安平崔瑗、瑗子实、弘农张芝、芝弟昶,并善草书,而太祖亚之。桓谭、蔡邕善音乐,冯翊山子道、王九贞、郭凯等善围棋,太祖皆与埒能"(张华《博物志》)。毫无疑问,曹操是当时各路军阀和实力人物中文化水平最高者之一,如袁氏兄弟、孙氏父子、吕布、公孙瓒、刘备等,皆非其匹;他著述极丰,足以名家,文化上的优势,也是他陵轹群雄、鞭挞宇内的重要凭恃。

曹操重视文学事业,他对建安文学的兴盛起到了决定性的作用。这一作用首先表现于建安文人集团的形成上。汉末文士在战乱中颠沛流离,散处各地,是曹操将他们陆续吸纳罗致到自己幕中,徐干、阮瑀、刘桢、杨修、邯郸淳、吴质、陈琳、应玚、王粲等无不是在曹操本人的感召或延揽下,先后来到邺城,成为邺下文人集团的一分子,即如曹植所说:"吾王于是设天网以该之,顿八纮以掩之,今悉集兹国矣!"(《与杨德祖书》)此是曹操对建安文学的根本贡献。曹操平日军国事繁,不可能参与很多文学活动,邺下文人集团的活动核心无疑是曹丕、曹植兄弟,但是曹操是他们事实上的领袖,此点不容置疑,王粲在诗中称曹操为"贤主人"(《公宴诗》),道出了绝大部分建安文士与曹操关系的实质。其次,作为"主人"的曹操,鼓励文士们在为曹氏效力的同时努力从事写作。陈琳草具书檄，深得他的激赏，"数加厚赐"（《魏志·王粲传》注引《典略》）；阮瑀受命作书与韩遂，"因于马上草具，书成呈之。太祖揽笔欲有所定，而竟不能增损"（同前），亦受到表彰。第三，他自己"登高必赋"，"以相王之尊，雅爱诗章"（《文心雕龙·时序》），兴之所至，也往往要他人参与其事，形成集体性的文学活动，影响很大，起了推动风气的作用。如建安十七年邺城铜雀台新成，曹操率众登临，亲作《登台赋》，并命诸子同作。类似事件当日恐不少。于是形成文士们"傲雅觞豆之前，雍容衽席之上，洒笔以成酣歌，和墨以藉谈笑"（《文心雕龙·时序》）的局面。完全可以说，没有曹操就不会有邺下文人集团，就不会有建安文学的繁荣。

　　曹操对文学问题也有他自己的见解。因文献散佚太甚，有关这方面的论述难称系统，然自今存若干片断资料看，其见解亦颇具特色，且有一定深度，足堪重视：

　　　　昔魏武论赋，嫌于积韵，而善于资代。

　　　　　　　　　　　　　　　　——《文心雕龙·章句》

　　　　曹公称："为表不必三让，又勿得浮华。"所以魏初表章，指事造实；求其靡丽，则未足美矣。

　　　　　　　　　　　　　　　　——《文心雕龙·章表》

　　　　魏武称："作敕戒，当指事而语，勿得依违，晓治要矣。"

　　　　　　　　　　　　　　　　——《文心雕龙·诏策》

又诗人以"兮"字入于句限,楚辞用之,字出句外。寻"兮"字成句,乃语助馀声。舜咏南风,用之久矣。而魏武弗好,岂不以无益文义耶?

——《文心雕龙·章句》

故魏武称:"张子之文为拙,然学问肤浅,所见不博,专拾掇崔、杜小文,所作不可悉难,难便不知所出,斯则寡闻之病也。"

——《文心雕龙·事类》

可知曹操曾经论文、论诗、论赋,他也是一位文论者,所论问题虽多技术性的,仍可看出其基本态度是要求"指事而语",反对"浮华"、"肤浅",反对"无益文义"。他还批评那种"专拾掇"前人文句语辞以为点缀的文风。曹操的此种文学观念,是同他作为负有重大实际责任的政治家身份直接相关的,在他看来,文学与政治当然不可分割,而政治是解决社会实际问题的工作,所以文学也必须是务实的,尚朴的,一切"浮华"、"靡丽",都在应予摈斥之列。反对浮华的思想贯穿于曹操毕生,《度关山》一诗是正面表述其社会理想主张的,诗中说道:"……舜漆食器,畔者十国,不及唐尧,采椽不斫。世叹伯夷,欲以厉俗。侈恶之大,俭为共德。许由推让,岂有讼曲?兼爱尚同,疏者为戚。"宣扬上古淳朴俭约民风,批判奢侈习俗,推重墨家精神,态度鲜明。他在用人方面一向重真才而轻虚名,"未闻无能之人,不斗之士,并受禄赏,而可以立功兴国者也。故明君不官无功之臣,不赏不战之士"(《论吏士行能令》)。他在克服河北不久,针对冀州风俗,接连下了《整齐风俗令》、《禁复仇厚葬令》等,严厉扫除浮华浇薄风习。他杀孔融,原因固然很复杂,而所用口实则是"世人多采其虚名,少于核实,见融浮艳,好作变异,眩其诳诈,不复察其乱俗也"(《宣示孔融罪状令》)。仍然是浮华乱俗。他逐祢衡,杀杨修,也都有此种因素在内。他禁止厚葬,还实行在自己身上,临终遗令薄葬,"有不讳,随时以敛,金珥珠玉铜铁之物,一不得送"(《题识送终衣奁》)。他本人及家眷生活朴素,甚得时誉,曹植妻崔氏衣绣,被他得知,竟下令赐死。就是在继承人选择问题上,他的最终取舍也未始不是考虑了丕、植兄弟在这方面的各自表现。这是我们理解曹操文学思想的基点。

曹操著作,《隋书·经籍志》著录《魏武帝集》二十六卷,注"梁三十卷,录一卷"。又有《武皇帝逸集》十卷,《魏武帝集新撰》十卷。此是别集,外尚有《魏武帝兵书》十三卷,《魏主奏事》十卷,《魏武帝太公阴谋解》三卷,《孙子略解》三卷,《续孙子兵法》二卷,《兵书接要》十卷,《魏武四时食制》等。曹操别集,《旧唐书》、《新唐书》、《通志》皆著录三十卷。原本已亡,今存明代张溥所辑《魏武帝集》一卷,收入《汉魏六朝百三名家集》中;又近代丁福保《汉魏六朝名家集》内亦有辑本《魏武帝集》四卷。严可均辑其文入《全三国文》卷一至三,逯钦立辑其诗入《先秦汉魏晋南北朝诗·魏诗》卷一。1959 年,中华书局出版《曹操集》,此本以丁福保辑本为底本,稍加整理补充,并增入《孙子注》。曹操作品的注释本,有黄节《魏武帝诗注》,安徽亳县译注组《曹操集译注》。

第二节　曹操的诗歌

曹操今存诗歌,计得二十二首,包括作者有疑问的三首。[1]曹操诗歌全部是乐府诗,从诗题看,大部分袭用汉代乐府诗题,如《秋胡行》、《薤露》、《蒿里》、《短歌行》、《陌上桑》、《善哉行》、《董逃行》等，亦有自创新题者，如《对酒》即取诗之首句为题。汉代乐府歌辞，文人所作者不多，仅有西汉司马相如等作《郊祀歌》，大部分采集自民间，如《铙歌》、《相和歌辞》中的许多作品。东汉著名文人班固、张衡、傅毅、蔡邕等，今存诗歌不少，诗体有楚辞体、四言、五言、六言、七言等，唯独无乐府，可知后汉文人一般不事乐府诗写作。曹操出于自己的爱好，选择乐府为主要文学写作体裁，具有重要意义。

曹操创作乐府歌辞，并不沿用汉代旧法，而是有所新变。从内容上说，汉代乐府作品，曲题与歌辞切合无间，具有内容上的统一性，如《西门行》即写"出西门……"，《陌上桑》即写采桑女事，曹操打破此成规，他利用汉代旧曲，自创新辞。如《短歌行》，崔豹《古今注》曰："长歌、短歌，言人寿命长短，各有定分，不可妄求。"这是古辞内容，而曹操《短歌行》在咏唱"对酒当歌，人生几何"的同时，又加进了求贤的内容。此是既有继承又有创新之例；更有内容完全脱离汉乐府传统者，如《蒿里行》、《薤露行》，古辞皆丧歌，而曹操在此二曲题下写汉末时事。所以论者指出："乐府题，自建安以来，诸子多假用，魏武尤甚。"（朱乾《乐府正义》卷五）从形式上说，汉代乐府的曲与辞具有严格的对应关系，曹操的乐府诗则异于是，在这方面表现了充分的灵活性，他既有"依前曲，作新歌"（曹植《鼙舞歌序》），亦即在汉代旧曲的框架内作辞的做法，也有不依旧曲自作安排的情况，这从他所作新歌辞的章法、句法与乐府古歌辞异同上可以判断出来，具体说有以下四种情况：

一，严格的"依前曲，作新歌"。亦即他实行填词式的创作。如《善哉行》，古辞为四言体，曹操新辞（"太伯仲雍"）亦为四言句式；

二，新歌辞在章句格式方面与古辞部分相同，部分不同，表明他对"前曲"有所突破，作了部分改变。如《蒿里》，古辞为五、七言句

式,曹操新辞为全五言句式;

三,新歌辞与古辞句式全然不同,表明曹操所作不但歌辞是新的,而且曲调也有了大的改变,仅仅是借用旧题而已。如《步出夏门行》,古辞为五言体("邪径过空庐"),曹操新辞则为四言体;又如《薤露》,古辞为三、七句式,曹操新辞为全五言句式;

四,"新歌"与"前曲"毫无关系,连旧题都不借,曲、辞两方面全系新创,如《度关山》、《对酒》。

总之,曹操在继承发扬汉乐府的音乐与文学传统的同时,从现实创作需要出发,对乐府体制做了大胆革新,表现了他的尚实精神和通达作风。曹操的革新措施,拓宽了乐府文学的表现领域,给乐府文学注入了新的生命力。在曹操身体力行影响下,建安文人遂以很大精力投入乐府诗的创作之中,产生了许多优秀作品,乐府文学于是进入了新的发展阶段——文人乐府诗阶段。这是曹操在文学史上的一大贡献。

曹操今存诗歌,自题材内容看,基本可分四大类,即纪事、述志、游仙、咏史。纪事作品主要有《薤露》、《蒿里》、《步出夏门行》、《苦寒行》等。《薤露》、《蒿里》,本前汉丧歌,"言人命如薤上之露,易晞灭也。亦谓人死魂魄归乎蒿里。……至孝武时,李延年乃分为二曲,《薤露》送王公贵人,《蒿里》送士大夫庶人。使挽柩者歌之,世呼为挽歌"(崔豹《古今注》)。曹操用来写汉末时事。不过曹操新辞在情绪气氛上仍保持着悲伤的基调,显示出它们与乐府古辞间在情绪取向方面的某种潜在关联:

惟汉廿二世,所任诚不良。沐猴而冠带,知小而谋强。犹豫不敢断,因狩执君王。白虹为贯日,己亦先受殃。贼臣持国柄,杀主灭宇京。荡覆帝基业,宗庙以燔丧。播越西迁移,号泣而且行。瞻彼洛城郭，微子为哀伤。

——《薤露》

关东有义士，兴兵讨群凶。初期会盟津，乃心在咸阳。军合力不齐，踌躇而雁行。势利使人争，嗣还自相戕。淮南弟称号，刻玺于北方。铠甲生虮虱，万姓以死亡。白骨露于野，千里无鸡鸣。生民百遗一，念之断人肠。

——《蒿里》

前篇自汉灵帝任人不良起，写到董卓入据洛阳作乱；后篇自关东群雄联合讨董起，写到军阀开始混战。二篇紧相承接，时间上从中平六年（灵帝死）至建安二年（袁术称帝于淮南），先后共九年间大事，综观篇中，表现了对史事的高度概括力，故后人誉之为"汉末实录，真诗史也"（锺惺《古诗归》卷七）。

曹操以乐府写时事，尤其以军国大事入诗，上承《诗经·小雅·十月之交》、《雨无正》等篇传统，下启唐代杜甫等关心国运民瘼诗歌之先河，在中国纪事诗发展史上，此二篇"诗史"，实占有重要地位。又篇中悲情流宕，"白骨露于野，千里无鸡鸣。生民百遗一，念之断人肠"云云，表现了强烈的人本观念和深厚的同情心，"悯时悼乱"（朱嘉徵《乐府广序》），增加了作品的感染力。

《步出夏门行》、《苦寒行》、《却东西门行》等篇有一共同特点，即皆在征战中产生，是典型的"鞍马间为文"（元稹《唐故工部员外郎杜君墓系铭并序》），个性突出。《步出夏门行》作于建安十二年（207），包括"艳"及四解，写曹操北征三郡乌丸时体验及复杂心态：

云行雨步，超越九江之皋。临观异同，心意怀游豫，不知当

复何从。经过至我碣石，心惆怅我东海。（艳）

东临碣石，以观沧海。水何澹澹，山岛竦峙。树木丛生，百草丰茂。秋风萧瑟，洪波涌起。日月之行，若出其中；星汉灿烂，若出其里。幸甚至哉！歌以咏志。（观沧海。一解。）

孟冬十月，北风徘徊。天气肃清，繁霜霏霏。鹍鸡晨鸣，鸿雁南飞。鸷鸟潜藏，熊罴窟栖。钱镈停置，农收积场。逆旅整设，以通贾商。幸甚至哉！歌以咏志。（冬十月。二解。）

乡土不同，河朔隆寒。流澌浮漂，舟船行难。锥不入地，蘴藜深奥。水竭不流，冰坚可蹈。士隐者贫，勇侠轻非。心常叹怨，戚戚多悲。幸甚至哉！歌以咏志。（河朔寒。三解。）

神龟虽寿，犹有竟时。腾蛇乘雾，终为土灰。老骥伏枥，志在千里。烈士暮年，壮心不已。盈缩之期，不但在天。养怡之福，可得永年。幸甚至哉！歌以咏志。（龟虽寿。四解。）

一解《观沧海》写出壮伟景象和磅礴气势，透出诗人的阔大襟怀，后人推崇"有吞吐宇宙气象"（沈德潜《古诗源》），洵非过誉。四解《龟虽寿》中"神龟"、"腾蛇"之喻，"盈缩"、"养怡"之论，富含人生哲理，而"老骥伏枥"四句，更传达了诗人老而弥坚的进取精神和事业心，成为千古传诵的名句。二、三解描述北地风土民情，亦称佳构。综观《步出夏门行》全篇，浑茫壮阔，古朴苍凉，艺术个性鲜明，最能代表曹操诗风。《苦寒行》、《却东西门行》内容相近，都极写征战之苦，悲情流宕，反复渲染，诗人以周公自拟，悯士卒艰辛以哀其情，甚得《诗经·东山》之旨。而诗中又时见壮语，如"神龙藏深泉，猛兽步高岗"、"熊罴对我蹲，虎豹夹路啼"等，悲哀中仍见英雄底气，可谓哀而不伤。

述志之作有《对酒》、《度关山》等，作品直书诗人政治社会道德理念，从其内容正可看出曹操杂家本色，儒、法、道、墨、刑名、兵、农诸家主张，应有尽有。而作为一出生于战乱现实中的政治家，他在诗中描画了太平盛世的蓝图，"对酒歌，太平时，吏不呼门。王者贤且明，宰相股肱皆忠良。咸礼让，民无所争讼……"，对君、臣、民各方面都作出规范，颇具理想主义色彩，实为难能可贵，此亦正是曹操胜于其他政治人物处。不过从文学角度言，诗中政治理念术语排沓过多，略无间歇，其艺术感染力稍逊。同样写政治理念，《短歌行》艺术上更优：

> 对酒当歌，人生几何！譬如朝露，去日苦多。慨当以慷，忧思难忘。何以解忧？唯有杜康。青青子衿，悠悠我心。但为君故，沈吟至今。呦呦鹿鸣，食野之苹。我有嘉宾，鼓瑟吹笙。明明如月，何时可掇？忧从中来，不可断绝。越陌度阡，枉用相存。契阔谈宴，心念旧恩。月明星稀，乌鹊南飞。绕树三匝，何枝可依？山不厌高，海不厌深。周公吐哺，天下归心。

此诗主旨在求贤，末二句"周公吐哺，天下归心"，是曹操心中自己与天下贤才之关系。然而诗篇并不像《对酒》等直陈政见，而是从感慨人生不永此一永恒主题入手，强调时不我待，求贤心切，如此便赋予了诗篇以情动人的基调。又诗中大量运用比兴，从"譬如朝露"到"山不厌高，海不厌深"，取喻精妙，含义深广，形象性大为增强。

曹操今存游仙诗有《气出唱》三首、《精列》、《陌上桑》、《秋胡行》（"愿登泰华山"）等，此类诗上承汉乐府中游仙作品，描写神仙生活，期待轻举高蹈，兼及服食长生。这些诗的意蕴并不复杂，但对它们的理解却颇多歧见。有说它们表现了曹操对人生理想的追求，有说它们寄寓了诗人对精神自由的向往，皆可备一说。不过曹操的游仙诗,实际上并无太多寄托。从嬴秦、西汉以来,直到汉末,游仙诗皆与求仙有关,是求仙欲望的真实表现,不存在寄托传统,这一文化史背景必须予以重视。对于曹操来说,他"性不信天命",不信神仙,曾在诗中感慨"痛哉世人,见欺神仙"(《文选》卷二十四《赠白马王彪》诗李善注引曹操佚诗句),他作游仙诗,当然不可能为求仙,此是一方面;然而说他诗中有"人生理想"、"精神自由"等寄寓,恐亦无根据。因曹操作诗,基本上不用寄寓手法,这也是同他"指事造实"、"指事而语"的论文主张相合的。看曹操诗中,比兴手法固然不少,就如上举《短歌行》等篇,但皆属局部修辞手段,与全篇作整体的象征性寄寓式描写是两回事,不可相淆。曹操游仙诗的作意,当为娱乐性的,是在宴饮娱乐场合"被之管弦",作助兴侑酒自娱娱宾之用。[2]

　　曹操咏史诗有《善哉行》(之一)、《短歌行》(之二)等。所咏历史人物,有历代圣王如古公亶父、太伯、仲雍、姬昌等,有圣贤如伯夷、叔齐、孔子等,还有贤相如仲山甫、管仲、晏子等,及春秋时期霸主如齐桓、晋文。与班固等所撰咏史诗不同,曹操咏史更紧密联系自己现实体验,如他咏姬昌:"周西伯昌,怀此圣德。三分天下,而有其二。修奉贡献,臣节不坠。……"显以姬昌自比。曹操曾说过:"若天命在吾,吾为周文王矣。"(《魏志》本纪注引《魏书》)又常举文王事为己辩护,见所撰《让县自明本志令》等文,此种大胆率直近乎狂妄的比拟,只能出自曹操,唯他才具有这一份政治上的自信,同时也表现出毫不掩饰的霸气。又如他咏齐桓公:"齐桓之功,为霸之首。九合诸侯,一匡天下。一匡天下,不以兵车。正而不谲,其德传称。"亦明显藉古人夸耀自己功德与霸业,一如他在《让县自明本志令》中所云:"设使国家无有孤,正不知几人称王,几人称帝!"从现实自我出发,以咏古人方式写己心,这就是曹操咏史的基本特点。

　　无论何种题材何种主旨,曹操诗歌有一最基本的情调,此即慷慨悲凉。"慨当以慷,忧思难忘",实际上就是曹操诗歌风格的自我概括。《短歌行》旨在求贤,然而全篇"忧从中来,不可断绝","何以解忧,唯有杜康",诚如论者所云:"跌宕悠扬,极悲凉之致。"(陈祚明《采菽堂诗集》卷五)《步出夏门行》"经过至我碣石,心惆怅我东海",后又写及"老骥伏枥"、"烈士暮年",悲凉气氛浓烈。最奇特者乃是《苦寒行》,诗盖作于建安十二年征高干时,其时曹操已经基本上克定北方中原广大地区,他正统率着一支占压倒优势的大军向并州进发,对手则是已无很强实力的败军之将,此去势在必得,形势十分有利。然而曹操却在诗中极力渲染悲哀凄凉气氛:

　　　　北上太行山,艰哉何巍巍!羊肠坂诘屈,车轮为之摧。树木何萧瑟,北风声正悲。熊罴对我蹲,虎豹夹路啼。溪谷少人民,雪落何霏霏!延颈长叹息,远行多所怀。我心何怫郁,思欲一东归。水深桥梁绝,中路正徘徊。迷惑失故路,薄暮无宿栖。行行日已远,人马同时饥。担囊行取薪,斧冰持作糜。悲彼东山诗,悠悠令我哀。

读者感受到的是一片"悲"、"哀"情绪和"怫郁"、清凄、荒凉、寒冷、孤寂氛围,一唱三叹,极为浓烈。曹操为何在胜利的行军中作此情绪反差极强烈的诗篇?难道是他故意矫情自饰?他就不怕自沮了军心?合理的答案恐怕只能从曹操的性格特征、情绪类型和趣味爱好方面求得解释,那就是他对眼前的这场战争怀有必胜信心,胜券在握,强烈的自信和底气,使他感到不必再以豪言壮语来鼓励士气,这是一方面;另一方面,他对于艺术悲情有着特殊爱好,这种爱好,使他经常表现出一种"烈士"的悲凉壮烈气概,于是面对着即将发生的厮杀,他竟能够作出如《苦寒行》这种情调的诗篇。《步出夏门行》、《却东西门行》,还有《薤露》、《蒿里》、《短歌行》等作品,其基调大抵类此,成因亦略同。这就形成了曹操独有的、不同凡响的以沉雄浑厚、壮烈劲健、慷慨悲凉为特征的诗歌情调和风格。"魏武深沉古朴,骨力难侔。"(胡应麟《诗薮》内编卷二)"曹公莽莽,古直悲凉。"(王世贞《艺苑卮言》卷三)"魏武帝自然沉雄。"(周履靖《骚坛秘语》卷中)这些评论,皆中肯綮,切合曹操诗歌情调和风格的本质。如前所述,"慷慨悲凉"还是建安诗歌的共同的情调特征,是时代风格,而"慷慨"或曰"梗概而多气",是首先在曹操诗歌中表现出来的,连"慷慨"一语也是在曹操诗歌中首见的。所以不妨说曹操是建安文学时代风气的先觉者和创导人,是他奠定了建安诗歌的基调。

从体式上看,曹操诗歌有四言、五言、杂言三大类,数量各占今存之作约三分之一,可以说他诸体兼擅,且皆有成就。比较而言,他的四言诗似更出色,上举《步出夏门行》、《短歌行》,即四言优秀作品。四言诗自《诗经》以下,鲜见佳作,究其因恐是诗体本身难度较大,不易再兴波澜。汉代文人诗歌主要采取楚歌体及四言两种体式,间亦有五言、六言、七言者。四言诗虽为正宗诗体之一,却缺乏特色,较好者如韦孟《讽谏诗》、傅毅《迪志诗》等,其余成就平平。曹操四言诗,越汉人而上之,其佳处主要在于:第一,抒情述志,多与写景相结合。《短歌行》"心念旧恩"下,忽然插入"月明星稀,乌鹊南飞。绕树三匝,何枝可依"四句,此景句画面优美雅净,又充满动感,使诗篇精神倍增。最出色的写景四言还推《步出夏门行·观沧海》:"东临碣石,以观沧海。……"全解写景,不言情志,而情志自见。第二,多用比兴。《短歌行》中比兴迭见,已如前述;《步出夏门行》中比兴亦多,如末解《龟虽寿》,总共十四句,前六句全是比兴,且以比兴开篇。比兴既多且生动,致使诗篇神气振足,韵味深长。第三,节奏强烈。《短歌行》起句"对酒当歌,人生几何",便是发唱惊挺、震慑人心之语,以下忽起忽伏,语句多作突然转折,有论者指责"魏武《短歌行》意多不贯"(谢榛《四溟诗话》引刘才甫语),其实此正是曹操诗的佳处,他不欲为两汉式的平铺直叙沉闷平庸语,有意安排间隔,显出强烈节奏。总之曹操四言诗,是对两汉诗歌的超越,后世论诗者几有共识。明代徐祯卿说:"韦、仲、班、傅辈,四言诗窘缚不荡,曹公《短歌行》……工堪为则矣。"(《谈艺录》)又锺惺说:"夫《风》、《雅》后,四言法亡矣。然彼法中有两派:韦孟和,去《三百篇》近,而韦有韦之失;曹公壮,去《三百篇》远,而曹有曹之得。"(《锺伯敬合集》晟集二)所谓"去《三百篇》远",正是曹操通达作风与创新精神的体现,他不拘泥于《三百篇》旧法"窘缚",遂能脱颖而出,独立开辟出一块四言诗的新天地。"曹之得"即在此。

第三节　曹操的文

从《隋书·经籍志》著录本集卷数之多,即可知曹操是汉魏间文章一大家。今存曹操之文,多社会政治应用文,如表、疏、教、令、书等,这是同他作为长期居于政治风云中心的人物身份相符合的。由此形成曹操文在内容上的特色,即:第一,政治性、应用性很强;第二,曹操从建安元年(196)迎汉献帝以后,长期居"一人之下,万人之上"高位,凭恃着强大的政治军事实力,"挟天子以令诸侯",因此他的言论文章,常表现出自信、自负、直率、坦露的"强势"性格;第三,曹操少年时代就表现了"机警有权数"(《魏志》本纪)作风,得到当代名士"治世之能臣,乱世之奸雄"的评语,他的这方面品格也在文章内有所表露。如他在不少场合自拟周公,似乎他在全力维护汉王朝利益;但在另一些场合又自拟周文王,这就又明白表示要革汉王朝之命,这些就是典型的"奸雄"表现。

曹操文的魅力,主要就在它们淋漓尽致地非常自信地披露了作者的性格。今存他的优秀作品,无不如是:

……身为宰相,人臣之贵已极,意望已过矣。今孤言此,若为自大,欲人言尽,故无讳耳:设使国家无有孤,不知当几人称帝,几人称王! 或者人见孤强盛,又性不信天命之事,恐私心相评,言有不逊之志,妄相忖度,每用耿耿。齐桓、晋文所以垂称至今日者,以其兵势广大,犹能奉事周室也。《论语》云:"三分天下有其二,以服事殷,周之德可谓至德矣。"夫能以大事小也。昔乐毅走赵,赵王欲与之图燕。乐毅伏而垂泣,对曰:"臣事昭王,犹事大王;臣若获戾,放在他国,没世然后已,不忍谋赵之徒隶,况燕后嗣乎!"胡亥之杀蒙恬也,恬曰:"自吾先人及至子孙,积信于秦三世矣;今臣将兵三十馀万,其势足以背叛,然自知必死而守义者,不敢辱先人之教以忘先王也。"孤每读此二人书,未尝不怆然流涕也。孤祖父以至孤身,皆当亲重之任,可谓见信者矣,以及子桓兄弟,过于三世矣。孤非徒对诸君说此也,常以语妻妾,皆令深知此意。孤谓之言:"顾我万年之后,汝曹皆当出嫁。"──欲令传道我心,使它人皆知之。孤此言皆肝鬲之要也。所以勤勤恳恳叙心腹者,见周公有《金縢》之书以自明,恐人不信之故。然欲孤便尔委捐所典兵众,以还执事,归就武平侯国,实不可也。何者? 诚恐己离兵为人所祸也。既为子孙计,又己败则国家倾危,是以不得慕虚名而处实祸,此所不得为也。

──《让县自明本志令》

一段文字之中,虚虚实实,真真假假,既有惊人的坦率,亦有明显的伪饰,既有清醒的形势分析,亦有机警的策略选择,能臣和奸雄的双重性格组合,在这里表现得异常明显,作为其性格基础的实用理性精神,也在此得到完整的贯彻。这是今存曹操最长的一篇文,也最具代表性。其他如《上书谢策命魏公》满篇虚辞自饰,《与荀彧书追伤郭嘉》全文激情勃发,《与王修书》表现对心腹臣下的诚信不疑,《与太尉杨彪书》对政治异己恩威并施,《宣示孔融罪状令》《赐死崔琰令》则任意诛杀,欲加之罪何患无辞,此类文章无不表现了曹操性格的某一方面,真切而实在。

从文体上说,曹操的文是真正意义上的散文。东汉一代,文受着赋的影响,措辞结句,逐渐向典雅方向发展,而句式的对偶已普遍运用,文的骈化趋势愈益明朗。如汉末蔡邕之文,大部分堪称基本成熟的骈文。曹操的其他同时代人如仲长统、卢植、荀悦等,也有同样倾向。曹操则异于是,他几乎不写骈体文,在今存数十篇文章中,绝少骈化痕迹。我们看到的是,体式自由,很少规制,以散句为主,不事雕琢,少有藻饰,自然朴实,只求"指事造实",不避俗言俚语。因此他的文,包括一般认为最为典雅的表、令、书、疏在内,皆疏朗畅达,气韵流贯,略无窒碍。如《掩获宋金生表》:

> 臣前遣讨河内、获嘉诸屯,获生口,辞云:"河内有一神人宋金生,令诸屯皆云'鹿角不须守,吾使狗为汝守。'不从其言者,即夜闻有军兵声,明日视屯下,但见虎迹。"臣辄部武猛都尉吕纳,将兵掩捉得生口,辄行军法。

又如《手书与阎行》:

观文约所为，使人笑来。吾前后与之书，无所不说，如此何可复忍？卿父谏议，自平安也。虽然，牢狱之中，非养亲之处，且又官家亦不能久为人养老也。

曹操运用这种语体散文，我手写我心，随意发挥，尽纾胸臆，平易通畅，毫无遮隔。这种文体，正因其平易畅快，比起那些盛藻繁饰的文章，更能表现作者的个性。它与曹操的强势性格表里配合，遂使曹操之文具有了大气喷涌，一泻千里的气力。曹操文气的强劲，当时无与伦比。应当说，曹操之文，甚得力于孔、孟。他在文中引述最多的典籍是《论语》；而文中表现出的强势性格和浑茫文气，则颇近于孟轲。孟子为了说服对方，半以逻辑，半以气势，有时甚至专以气势取胜。曹操之文亦如是，如：

日出于东，月盛于东，凡人言方，亦复先东，何以省东曹？

——《止省东曹令》

近者奉辞伐罪，旄麾南指，刘综束手。今治水军八十万，方与将军会猎于吴。

——《与孙权书》

《止省东曹令》中根本未说不能撤销东曹的理由，只是举了三则与"东"方位有关而与东曹无涉的事例，便作结论道："何以省东曹？"《与孙权书》更是典型的"挟天子以令诸侯"的文章。在这些文章里，曹操或不屑或不能讲理，而它们的妙处亦不可于文字或道理上去推求，只应从气力上去体味。对于曹操之文，作为文学史家的鲁迅曾有所阐述："董卓之后，曹操专权。在他的统治之下，第一个特色便是尚刑名。……影响到文章方面，成了清峻的风格。——就是文章要简约严明的意思。""此外还有一个特点，就是尚通脱。他为什么要尚通脱呢？自然也与当时的风气有莫大的关系。因为在党锢之祸以前，凡党中人都自命清流，不过讲'清'讲得太过，便成固执，所以在汉末，清流的举动有时便非常可笑了。……个人这样闹闹脾气还不要紧，若治国平天下也这样闹起执拗的脾气来，那还成甚么话？所以深知此弊的曹操要起来反对这种习气，力倡通脱。通脱即随便之意。此种提倡影响到文坛，便产生多量想说甚么便说甚么的文章。""总括起来，我们可以说汉末魏初的文章是清峻，通脱。在曹操本身，也是一个改造文章的祖师，可惜他的文章传的很少。他胆子很大，文章从通脱得力不少，做文章时又没有顾忌，想写的便写出来。"(《魏晋风度及文章与药及酒之关系》，《而已集》)鲁迅所说的"清峻"，实际上是指曹操政治策略思想方面的特色，真正属于文章写作和表达方面的特色，主要是"通脱"这一点。而这一点也只属于曹操个人。在建安文坛上，曹操文风的影响当然是大的，君临文坛的地位决定了他一言一动都会产生巨大的反响，但多数建安作家却并未如在政治态度上那样唯曹操马首是瞻，他们仍然各自保持着固有的风格，甚至连曹丕、曹植兄弟也看不出他们有何步趋乃父风格的迹象。至于说当时产生了多量"想说甚么便说甚么"的文章，显非事实。总之曹操文的风格一如其人格，是独特的；不仅在汉魏的历史大背景下是独特的，即在建安这一特定时期文坛上也是唯一的，当时的作者群体——建安文人们尽管政治上处于对曹操的从属地位，但他们并未在文学风格上也一味向曹操靠拢。事实上，形成风格的因素太复杂了，非主观意志所能简单改变，即使作者本人希望改变，亦难立竿见影，何况曹操文的风格虽颇平易通脱，却平易中有襟怀，通脱中含霸气，非

"能臣"兼"奸雄"如曹操者，谁能学之？所以曹操这种"想说甚么便说甚么"的文章，并非人人能作。曹操文唯其独特，才显出它的难能可贵，恰如凤毛麟角，为世所珍。曹操的文风，即在后世，亦少有继者，魏晋两代颇尚通达，但这是在玄风盛行下发生的现象，是与悠闲放诞生活情趣联系在一起的文风，与曹操文章基于实用理性的平易通脱风貌有本质的不同。[3]

〔1〕　曹操诗歌作者有疑问的有：一、《塘上行》。《乐府诗集》署"魏武帝"作，又引《邺都故事》："魏文帝甄皇后……后为郭皇后所谮，文帝赐死后宫。临终为诗曰'蒲生我池中'云云。"又引《歌录》："塘上行，古辞。或云甄皇后造。"又引《乐府解题》曰："前志云：晋乐奏魏武帝《蒲生篇》，而诸集录皆言其词文帝甄后所作，叹以谗诉见弃，犹幸得新好，不遗故恶焉。"余冠英等《乐府诗集》校语曰："魏武帝：按本书解释则以为甄后作。朱炬堂《乐府正义》：'凡魏武乐府诸诗皆借题寓意，于己必有所为，而《蒲生篇》则但为弃妇之词，与魏武无当也，知其非魏武作矣。'徐按：余先生说是。自曹操今存乐府诗观之，皆直抒胸臆，无拟妇人声气者，故朱乾说甚有理。又诗中有"边地多悲风，树木何修修"等语，而甄后于建安八年即纳为曹丕妻，前后向在邺宫居住，无由身至"边地"，故诸说中以"古辞"说稍优。二、《苦寒行》。《乐府诗集》署"魏文帝"，然同书所引《乐府解题》却曰"晋乐奏魏武帝《北上篇》"云云，故余冠英等校本，径改"文帝"为"武帝"，其校语曰："据下文《乐府解题》及《宋书·乐志》、《文选》卷二七改。"三、《善哉行》之三（"朝日乐相乐"）。《乐府诗集·相和歌辞》十一署作者为"魏文帝"，《宋书·乐志》、《北堂书钞》卷五十一、《初学记》卷十四、《诗纪》卷十二皆同。而诗中有"慊慊下白屋，吐握不可失"等语，此自拟周公口吻，习见于曹操诗文，而非他人所宜道，故此诗似非曹丕所作，曹操作的可能较大。

〔2〕　曹植《辨道论》："世有方士，吾王悉所招致，……卒所以集之于魏国者，诚恐此人之徒，接奸诡以欺众，行妖恶以惑民，故聚而禁之也。岂复欲观神仙于瀛洲，求安期于边海，释金辂而顾云舆，弃文骥而羡飞龙哉？自家王与太子

及余兄弟,咸以为调笑,不信之矣。"这里所说对方士"聚而禁之",对神仙之说"咸以为调笑,不信之矣",正是曹操的态度,后者也可以作为曹操游仙诗作意的注脚。关于曹操游仙诗的娱乐"调笑"性质,还可以通过对他作品与当时有关的宴会诗进行对比研究,来加以证实。以下首先列举二篇典型的宴饮作品,一为曹植的《当车以驾行》:

> 欢坐玉殿,会诸宾客;侍者行觞,主人离席。顾视东西厢,丝竹与鞞铎。不醉无归来,明灯以继夕。

二为曹植的《元会》:

> 初岁元祚,吉日惟良。乃为佳会,宴此高堂。尊卑列叙,典而有章。衣裳鲜洁,黼黻玄黄。清酤盈爵,中坐腾光。珍膳杂沓,充溢圆方。笙磬既设,筝瑟俱张。悲歌厉响,咀嚼清商。俯视文轩,仰瞻华梁。愿保兹喜,千载为常。欢笑尽娱,乐哉未央。皇家荣贵,寿考无疆。

再看曹操的游仙诗《气出唱》:

> 华阴山,自以为大。高百丈,浮云为之盖。仙人欲来,出随风,列之雨。吹我洞箫,鼓瑟琴,何闾闾!酒与歌戏,今日相乐诚为乐。玉女起,起舞移数时。鼓吹一何嘈嘈。从西北来时,仙道多驾烟,乘云驾龙,郁何莾莾。遨游八极,乃到昆仑之山,西王母侧,神仙金止玉亭。来者为谁?赤松王乔,乃德旋之门。乐共饮食到黄昏。多驾合坐,万岁长,宜子孙。(其二)

> 游君山,甚为真。崔嵬砟硌,尔自为神。乃到王母台,金阶玉为堂,芝草生殿旁。东西厢,客满堂。主人当行觞,坐者长寿遽何央。长乐甫始宜孙子。常愿主人增年,与天相守。(其三)

撇开"神仙"、"西王母"等语词不说,曹操游仙诗所写内容,与前举曹植的宴会诗实在非常相近:首先,两方面都写了聚饮欢宴场面,场面中都有一位"主人",在"玉殿"和"金阶玉为堂"之内招待着众多来宾;宾客们都坐在"东西厢",而且排列整齐有序,显示着对"主人"的特殊尊敬,不待言此"主人"就是曹操,众宾客即是他的文武僚属。再者又都写到饮酒作乐,曹植写的是"欢笑尽娱,乐哉未央",曹操写的是"今日相乐诚为乐","乐共饮食到黄昏"。又都写及歌舞助兴事,曹操写的是"酒与歌戏"、"玉女""起舞""鼓吹""嘈嘈",曹植写的则是"筝瑟""笙磬","丝竹与鼙铎","悲歌厉响",可谓异曲而同工。此外又都写到祝酒,曹植写的是"皇家荣贵,寿考无疆",曹操写的是"多驾合坐,万岁长,宜子孙","常愿主人增年,与天相守",二者口气亦相仿佛,都是在祝"主人"寿,而此"主人"非曹操莫当。要之一方面是游仙诗,一方面是宴饮诗,而彼此内容非常接近,尤其是《气出唱》之三(游君山)与《当车以驾行》,二篇不但内容相近,即文句亦有相同者,直可以同类作品视之。可知曹操游仙诗以游仙为名,写宴饮欢会是实,游仙只是其"调笑"方式,与真正的游仙之旨相去甚远,也谈不上什么寄托之义。这里也涉及一个如何理解古代文学作品的含义问题,鄙意以为,无视和抹煞作品内涵的丰富性是不妥的,但在作品之外平添出某种"含义",或按照一己的理解去"挖掘"出某种本非作品所有的"寄托",亦属蛇足,同样违背科学精神。过犹不及,唯一正确的态度就是根据作品本身描写,结合作者思想性格生活经验,去作实事求是的理解和阐释,既不太多,亦不太少。脱离作品实际,刻意求深,并不可取。

〔3〕 鲁迅关于曹操文风的论述,盖源于刘师培:"两汉之世,户习七经,虽及子家,必缘经术。魏武治国,颇杂刑名,文体因之,渐趋清峻,一也;建武以还,士民秉礼,迨及建安,渐尚通兑,兑则侈陈哀乐,通则渐藻玄思,二也……"(《中国中古文学史讲义》第三课)而刘师培之论,又本诸傅玄:"近者魏武好法术,而天下贵刑名;魏文慕通达,而天下贱守节。……"(《晋书·傅玄传》)徐按:傅玄之说,指为政作风,言在上者政风影响社会风俗,而其本意在于敦崇王教儒学,"举清远有礼之臣",固不在文学也。刘师培用傅说而加以引申,由"魏武治国,颇杂刑名"引申到"文体因之,渐趋清峻",却颇有问题。因政策上的"贵刑名",与文学上的"趋清峻"未必成因果关系。首先,"贵刑名"政策的推行,或可导致某种相关政风、民风的形成,却未必能促使特定文风的出现。统治者的政策倾向对当时文学面貌有相当影响,此固不容否认,但此种影响主要表现在整个文学事业的兴衰以及文学的内容指向方面,至于对文学的表现风格的影响,则很有限。否则难以解释在同一时代同一政策环境下,会出现诸多不同风格的作家,即所谓"体有万殊"(陆机《文赋》)现象。其次,"清峻"一语含义,《说文》:"清,朗也,澄水之貌。"段注:"朗者,明也","引申之凡洁曰清"。又

《说文》:"峻,高也。"《中庸·孔子闲居》注:"峻,高大也。"要之"清峻"一语,揆其原义,盖清洁明朗而高大高峻之谓也。刘师培"清峻"之说,亦非自撰,当取自刘勰"风清骨峻"(《文心雕龙·风骨》)语,刘勰之论,实指"风骨"问题上一种造诣和境界,故云:"若能确乎正式,使文明以健,则风清骨峻,篇体光华。"由此可知,刘师培取此语以概括曹操文章风格,不甚切合。而鲁迅袭刘氏所用语,又诠释为"简约严明",亦失其旨。要之,对曹操文的风格,不如以"尚实"、"朴实"等给予说明更加贴切。至于"通脱"之评,亦须略为之说。按傅玄原文用"通达",且所指为"魏文",所说本为政风;刘师培改作"通兑",又移指"建安",所说已是文风;鲁迅又改作"通脱",更移指曹操。用语数改,所指三易,所说范围亦有改变。对照史实,傅玄所论,诚为事实,曹丕政风确实简易通达,造成"天下贱守节"之后果。刘师培所论,则于史实略有出入,所谓"兑则侈陈哀乐,通则渐藻玄思",又云"献帝之初,诸方棋峙,乘时之士,颇慕纵横,骋词之风,肇端于此";"汉之灵帝,颇好俳词,下习其风,益尚华靡,虽迄魏初,其风未革"云云,皆与建安时期文学"以情纬文,以文被质"(沈约语),文质相辅,"彬彬之盛,大备于时"(锺嵘语)的基本面貌有所不合。视建安文风为"华靡",亦与前引刘勰"魏初表章,指事造实,求其靡丽,则未足美也"等判断相悖。可知刘师培"通兑"之说,并不完全可靠。鲁迅以"通脱"说曹操之文,并释作"想写甚么就写甚么",就此点而言,无疑确切得多。这是鲁迅见解高于刘师培处。

第三章　曹　丕

第一节　曹丕与文学

曹丕(187—226),字子桓,是曹操卞氏所生第一子,因异母兄曹昂在建安二年征张绣之役中战死,他就成为曹操的长子。建安十六年(211)任五官中郎将,二十二年(217)立为魏太子,二十五年(220)曹操病故,嗣位为魏王,同年十月,汉献帝刘协"禅让",曹丕称帝,魏朝正式代汉。曹丕只当了六年皇帝即病亡,谥曰文,故称魏文帝。

曹丕在政治上不如曹操那样雄才大略、长于开拓,他基本上是位守成之君。他既未能完成曹操遗留下来的统一全国大业,也没有作出影响深远的政策革新举措。不过在他统治的短短几年中,北方中原地区局面愈加稳定,曹魏国力也渐有增长,在三国鼎立大势中居于强盛地位。曹丕作为一名政治家虽乏善可陈,但在文化事业方面则颇有建树。这与他自幼养成的兴趣才能有直接关系。曹丕文武兼资,"善骑射,好击剑"(《魏志》本纪注引《魏书》),他在《典论·自叙》中曾颇为得意地自夸武艺高强,能击败当时著名的剑术家。不过他的武功似乎主要在个人的技击方面,至于用兵作战,非其所长,至少在历史记载上看不到他作为军事统帅的实绩。[1]他的足以骄人的才能则在文事方面。史载他"年八岁,能属文。有逸才,遂博贯古今经传诸子百家之书"(《魏志》本纪注引《魏书》)。他在邺城浓厚的文学空气中度过了青年时代。建安九年(204),曹操攻下邺城,曹丕入城后的第一件事就是纳袁绍之媳甄氏为妻,此后他就基本上在邺城生活,直到建安二十五年(220)。在这一时期,曹丕的文学活动很多,成果丰硕,今存他的大部分作品,皆出于此时。曹丕在邺城时期(亦即建安时期)的文学贡献是多方面的。首先,他是建安文人集团的核心,许多活动都围绕着他还有曹植进行。这种地位的取得当然与他作为曹操长子直接有关,但他本身的文学才具无疑也是重要因素。从今存曹丕、曹植的不少诗赋及文中,可以看出当时建安文人经常有群体性的活动,这些活动一是游宴,二是文学写作。如前所述,丕、植兄弟及建安文人们,今存不少同题诗赋,如《公宴诗》、《斗鸡诗》、《迷迭香赋》、《弹棋赋》、《车渠碗赋》、《玛瑙勒赋》、《槐赋》、《柳赋》、《寡妇赋》、《出妇赋》等,甚至还有同题之文,如《文质论》、《周成汉昭论》等,这些同题诗赋及文,基本上都是群体文学活动的产物。另一方面,在诸文士作品中也可看到有关的描写,如应玚《斗鸡诗》中所写"兄弟游戏场",即指丕、植兄弟事;应玚又有《侍五官中郎将建章台集诗》,亦系侍游之作。刘桢有《赠五官中郎将》诗四首,又有《公宴诗》一首,写"永日行游戏……",基本上也是参与丕、植兄弟游宴活动的结果。徐干亦有《赠五官中郎将》诗,今仅存一句:"诒尔新诗。"(《文选》二十三《答何劭诗》注引)足以表明他与曹丕间的密切文学往还。徐干又有《于清河见挽船士新婚与妻别诗》,曹丕亦有同题之作,当为一时唱和之诗。王粲《公宴诗》有"克符周公业"等语,似在曹操宴饮场合所作;但他的《杂诗》写"日暮游西园"、"从君出西园"等,当亦从丕、植兄弟游园时作。以丕、植兄弟为核心的建安文人集团的形成,是我国文学史上的标志性事件,它直接促成了建安文学的繁荣,掀起了文学史上的一个高潮。

曹丕本人在此时期的创作,也取得了巨大成绩。曹丕诗、赋、文皆能,他甚至还涉足小说,堪称多面手。其诗赋内容,多写贵游生活,兼及其他一些题材,如征夫思妇之辞等。后者当然是些拟作,并非本人生活体验的抒述,不过这些作品一定程度上也表现了他对下层民众的关注。曹丕在邺城时总的说是一位贵介公子,他具备贵游子弟的一些基本特征,如好游乐宴饮,斗鸡走马,作风豪奢。以上所举例诗例赋中已有此方面描写,而曹植《侍太子坐》一诗写得更为集中:

> 白日曜青春,时雨静飞尘。寒冰辟炎景,凉风飘我身。清醴盈金觞,肴馔纵横陈。齐人进奇乐,歌者出西秦。翩翩我公子,机巧忽若神。

诗中写及的铺张浮华场面,都是在曹丕("太子"、"公子")处所发生的,末二句直接写曹丕本人,"翩翩"、"机巧"二语,形容其风流倜傥以及聪慧,写出曹丕的才气和浮华习气一面。曹丕自己亦写到过在建安年间富于浪漫情调的生活表现,他在《典论·自叙》中曾说到"建安十年,始定冀州"之时,与族兄曹真"猎于邺西终日";此外他在《答繁钦书》中说到有一位"善歌舞"的"奇才妙伎"名叫王孙琐的,他竟对她喜欢得"不能自胜",提出要"谨卜良日,纳之兰房"。曹丕在《与吴质书》中的一段文字,更是他此时期浮华作风的真切写照:

> 每念昔日南皮之游,诚不可忘。既妙思六经,逍遥百氏,弹棋闲设,终以六博,高谈娱心,哀筝顺耳,驰骛北场,旅食南馆,浮甘瓜于清泉,沉朱李于寒水,白日既匿,继以朗月,同乘并载,以

游后园。

曹丕也有诗自叙其"驰骛"、"旅食"生活场景：

> 良辰启初节，高会构欢娱。通天拂景云，俯临四达衢。羽爵
> 浮象樽，珍膳盈豆区。清歌发妙曲，乐正奏笙竽。曜灵忽西迈，
> 炎烛继望舒。翊日浮黄河，长驱旋邺都。
>
> ——《孟津诗》

但是曹丕毕竟不是个等闲纨绔少年，他也继承了曹操实用理性的某些精神，这表现在多方面。曹丕始终重视军国政治大事，对曹操交办的任何事务，从不掉以轻心。他可以纵情游宴，可以纳歌伎为妾，可以乘战乱自取袁绍儿媳为妻，他知道这些事情上曹操不会苛求，但像曹植建安二十四年受命为南中郎将、率军救曹仁，因醉而不能任事，使曹操大失所望的事，在曹丕就绝不可能发生。曹操在建安十六年西征关右，留守邺城的重任就交给了曹丕，而他兢兢业业，终不负父望；建安二十四年，曹操南征关羽，又使曹丕留守，其时有魏讽等欲乘虚谋反袭邺，被曹丕发觉，杀其党羽数十人，立下大功。这些表现，都使他在与曹植的明争暗斗中甚邀父宠，逐步由开始时的劣势转化为优势。曹丕"机巧"的性格亦颇突出，在与曹植的立嫡斗争中，他耍弄了不少权诈手段。如笼纳吴质事、逼醉曹植事等，都是设谋陷害竞争对手的行为；而祖道哭拜送曹操事，又表现了他善自伪饰的伎俩。总之曹丕十六年邺城生活，在政治上确立了太子地位，在文学方面也投入了许多精力，意气风发，挥翰洒墨，在建安文人集团的活动中，起到了核心作用，而他本人在创作上也取得了很大成绩。这是曹丕文学生涯的前期。

建安二十五年曹操去世之后，曹丕的身份有了很大改变，他由一位过着优游生活的公子——太子，变为君临一国的最高统治者。此时的曹丕接过曹操遗留下来的沉重政治担子，自然不可能再把自己混同于一个文学家，文化——政治人物变为纯粹政治人物。曹丕继位后有许多军国大事要做。首先他要稳定曹魏政权，不致因曹操之死而发生政权危机；接着他要完成"禅让"大典，让汉献帝把帝号移交给自己，这也是为了了结曹操生前的一桩心愿，——曹操毕生都自拟"周文王"，而将周武王的事业即改朝换代的工作，留给曹丕来做，曹丕也正是按照曹操的预期很快做了此事，改元"黄初"。不过有一点颇为滑稽，曹丕登极后给曹操的谥号却是"武帝"，而把"文帝"预留给了自己。另外他甫登极，威望未著，急着要建立权威，而最有效的办法就是取得一、二场军事胜利，于是曹丕即位不久，就多次发动征吴战役。可知后期当了皇帝的曹丕，政事实在繁忙。即使如此，后期曹丕也并未完全忘怀于文学。前期邺城生活给他种下的文学基因，仍在他身上起着作用。我们看到后期曹丕在文化方面还是采取了许多措施。首先他很重视兴复经学。他即位未久，就下令"缙绅考六艺，吾将兼览焉"（《延康元年七月令》）；其后又陆续下诏，规定选士"儒通经术，吏达文法，到皆试用"（《黄初三年选士诏》）；黄初五年，立太学，制五经课试之法，置"春秋穀梁"博士，等等。其次，他颇注意收集整理图书文献。当时文籍散佚情况十分严重，"董卓之乱，献帝西迁，图书缣帛，军人皆取为帷囊。所收而西，犹七十馀载。两京大乱，扫地皆尽。魏氏代汉，采掇遗亡，藏在秘书中、外三阁。……"（《隋书·经籍志》）这"采掇遗亡"的工作，是从曹操开始的，而曹丕做得更多。在广为收集图书文籍的基础上，曹丕还组织了一批文士，着手编辑《皇览》，这是一部大型类书，内容广泛，收罗宏富，包括五经群书，分四十馀部，每部数十篇，总八百馀万字，主其事者有桓范、王象、缪袭等人。此书的编辑，有功于文化建设和遗产的保存，开了我国编纂大型类书的先河。后世所出各种类书，无不沿袭《皇览》体制格局，如《艺文类聚》、《太平御览》等。《皇览》佚于唐代。至于曹丕本人的文学创作，后期亦未放弃，只不过数量稍少，且内容有所转变，不再以表现邺中优游风雅生活为主，而是着意张扬帝王威势，宣示文治武功，如《至广陵于马上作诗》等，此类作品过于政治实用化，缺乏个性，文学价值不大。但是他的《典论》写作也完成于黄初年间，此书作为文章和文论，两方面的价值都很高。史载他在洛阳，曾"故论撰所著《典论》、诗、赋，盖百馀篇，集诸儒于肃城门内，讲论大义，侃侃无倦"（《魏志·文帝纪》注引《魏书》）。显示着他的文化优势。这是曹丕文学生涯的后期。

综观曹丕一生，可以说文学上的成就及影响都大于政治领域。陈寿评曰："文帝天资文藻，下笔成章，博闻强识，才艺兼该；若加之旷大之度，励以公平之诚，迈志存道，克广德心，则古之贤主，何远之有哉！"（《魏志·文帝纪》）不失允当之论。

曹丕著作，《魏志·文帝纪》谓："初，帝好文学，以著述为务，自所勒成垂百篇。"《隋书·经籍志》著录有集十卷（注："梁二十三卷。"），《旧唐书》、《新唐书》皆著录其集十卷，《通志》则作二十三卷。原本亡，今所见有明代辑本《汉魏六朝百三名家集》所收《魏文帝集》二卷，近代辑本《汉魏六朝名家集》所收《魏文帝集》六卷。严可均辑其文入《全三国文》卷四至八，逯钦立辑其诗入《先秦汉魏晋南北朝诗·魏诗》卷四。曹丕作品注释本，则有黄节《魏文帝诗注》等。

第二节　曹丕的诗赋

　　曹丕诗歌今存四十馀首。就题材而论,大概可分三类,即纪军事、述游宴、拟写各色人物。前二类皆写己经验,后一类则是代人立言。前二类表现了不同场合下的个人心态,后一类也含有诗人的某种情愫,包括对不幸者的同情哀悯等。曹丕的纪事诗有《饮马长城窟行》、《董逃行》、《黎阳作诗》四首、《至广陵于马上作诗》等,这些作品大都与当时征伐事件有关,一般都极写军容壮盛,兵势威猛,表述克敌决胜的豪迈决心。其写法相近,甚至有些雷同。如描写军容"戈矛成山林,玄甲耀日光"(《至广陵于马上作诗》)、"戈矛若林成山,旌旗拂日蔽天"(《董逃行》)等;而诗中豪言壮语,亦嫌空洞少特色,如"猛将怀暴怒,胆气正纵横。谁云江水广,一苇可以航。不战屈敌虏,戢兵称贤良"(《至广陵于马上作诗》)。曹丕在此类诗中也希图学曹操,如写"岂如东山诗,悠悠多忧伤"等,似乎连周公也不在话下。不过他缺少曹操那种过人的胆略和沉雄气概,底气不足,空作豪壮语,反显得虚张声势,终嫌浮泛浅露。

　　曹丕今存不少游宴诗,基本上都作于邺城时。当时他作为五官中郎将,又是曹操长子,建安二十二年后又为魏太子,大部分时间过着优游暇豫的公子生活,这些游宴诗就是他生活的真实写照,如《芙蓉池作诗》、《于玄武陂作诗》、《夏日诗》、《孟津诗》、《于谯作诗》、《善哉行》等。这些诗的游宴内容上节已略作介绍;值得注意的是,它们在极写游宴盛况及欢娱场面之后,往往要归结到生命感慨。"乐极哀情来,寥亮摧肝心"(《善哉行》),"寿命非松乔,谁能得神仙?遨游快心意,保己终百年"(《芙蓉池作诗》),"兄弟共行游,驱车出西城……忘忧共容与,畅此千秋情"(《于玄武陂作诗》),人生享乐与生命悲哀相纠结。此种哀乐相生的倾向,汉末古诗中已经形成,如《今日良宴会》、《驱车上东门》、《生年不满百》等篇,皆流宕此情调。曹操诗中也有这方面内容,如"对酒当歌,人生几何"等。所以曹丕诗中的这种风貌,实际上表现了他对传统和时代诗歌取向的继承和吸纳。

曹丕的第三类作品较多,它们从内容到形式都有拟作性格,且以乐府为主,故可称典型的文人"拟乐府"。它们多拟征夫思妇,如《燕歌行》、《陌上桑》、《秋胡行》、《杂诗》二首等;亦有拟写具体人物的,如《代刘勋妻王氏杂诗》、《寡妇诗》(拟阮瑀妻作)等。这种代人立言的拟作诗,也兴起于汉末古诗,至建安时期颇为流行,曹氏丕、植兄弟所作尤多。这些作品一般揣摩人物心理相当逼真,加之刻画细腻,所以写得凄婉悲凉,颇得韵致,同时亦寄寓了诗人对不幸者的同情心。如《杂诗》二首写"客子"乡愁:

> 漫漫秋夜长,烈烈北风凉。展转不能寐,披衣起彷徨。彷徨忽已久,白露沾我裳。俯视清水波,仰看明月光。天汉回西流,三五正纵横。草虫鸣何悲,孤雁独南翔。郁郁多悲思,绵绵思故乡。愿飞安得翼?欲济河无梁。向风长叹息,断绝我中肠。

> 西北有浮云,亭亭如车盖。惜哉时不遇,适与飘风会。吹我东南行,行行至吴会。吴会非我乡,安得久留滞?弃置勿复陈,客子常畏人。

诗语平易亲切,颇近于汉乐府民歌,但比真正民歌更流畅、更婉转,直逼古诗十九首。沈德潜评曰:"二诗以自然为宗,言外有无穷悲感。"

（《古诗源》卷五）曹丕拟作诗中最优秀的是《燕歌行》，其内容为思妇词，"魏文代为北征者之妇思征夫而作"（王尧衢《古唐诗合解》卷三）：

> 秋风萧瑟天气凉，草木摇落露为霜，群燕争归雁南翔。念君客游思断肠，慊慊思归恋故乡，君何淹流寄他方？贱妾茕茕守空房，忧来思君不敢忘，不觉泪下沾衣裳。援琴鸣瑟发清商，短歌微吟不能长。明月皎皎照我床，星汉西流夜未央。牵牛织女遥相望，尔独何辜限河梁？

> 别日何易会日难，山川悠远路漫漫。郁陶思君未敢言，寄声浮云往不还。涕零雨面毁容颜，谁能怀忧独不叹？展诗清歌聊自宽，乐往哀来摧肺肝。耿耿伏枕不能眠，披衣出户步东西，仰看星月观云间。飞鸽晨鸣声可怜，留连顾怀不能存。

诗中使用了汉乐府及古诗中的常见语辞及意象如"秋风"、"天气凉"、"草木摇落"、"霜露"、"燕归"、"雁南翔"、"琴声"、"清商"、"月"、"星汉西流"、"牵牛织女"等，它们被诗人以纯熟自然手法重叠复合连缀融贯于诗中，营造出一片浓郁的清凄悲凉气氛，形成了很强的感染力。王夫之评曰："倾情、倾度、倾色、倾声，古今无两！"（《薑斋诗话》卷下）在建安文人拟作的所有思妇诗中，这无疑是最佳篇章。因此它受到后世尤其是六朝文人的普遍景慕，仿作者不绝。仅以《燕歌行》为题的作者就有陆机、谢灵运、谢惠连、萧绎、萧子显、王褒、庾信等，庾信说："燕歌远别，悲不自胜。"道出了他们的向往之情。不过后人仿作者虽众，而少见能够追攀曹丕的佳作。据陈祚明的分析，"后人仿此体多不能佳，往往以粗直语杂于其间，失靡靡之态也"（《采菽堂古诗选》卷五）。另外，后人往往以堆砌藻饰为能事，失其自然之态及民歌韵致,亦是原因。

《燕歌行》的文学史意义,还在于它是我国早期七言诗走向成熟的标志。七言诗起源甚早,在先秦即有以七言为主的作品,如荀子《成相辞》。楚辞中某些章句基本上亦呈七言形式,西汉七言谣谚不少,而文人七言亦登上诗坛,今存刘向等七言诗残句。东汉张衡创作了一首重要的七言诗,即《四愁诗》。不过总的说,在汉末以前,七言诗作者作品皆甚稀少,作为一种文学样式总体影响不大,且被多数文人认为"体小而俗"(傅玄《拟四愁诗》序),不受重视。曹丕不嫌其小,不避其俗,糅合吸取古诗题材和意境,撰成此篇,拓展了诗歌创作的天地,也提高了七言诗的品位。由此七言得以在四言、五言为主的当时文人诗坛上占一堂皇地位,而建安文学亦因有此《燕歌行》为代表的七言诗歌,更加表现出其超越前代的丰富多样性。

关于曹丕诗歌的总体评价,锺嵘曾指出:"其源出于李陵,颇有仲宣之体。"(《诗品》卷中)说甚是。因世传"苏、李诗",实际上也是汉末古诗一类作品,写征夫思乡之苦,多悲凉凄怆之词,曹丕那些拟作的征夫思妇作品,在题材和情调上无疑与其有一定渊源关系。锺嵘接着说:"则所计百许篇,率皆鄙质如偶语,唯'西北有浮云'(按即《杂诗》之二)十馀首,殊美赡可玩,始见其工矣。"对曹丕诗又予贬抑,并将其列入中品,则有所未安。所说"鄙质如偶语",是指曹丕的某些诗仿效汉乐府民歌语气,这里评价的尺度有偏颇。实际上曹丕此类作品,并非民歌的简单重复,应当说质而不鄙,如《钓竿行》:

> 东越河济水,遥望大海涯。钓竿何珊珊,鱼尾何簁簁。行路之好者,芳饵欲何为?

比较而言,刘勰的评论更公允:"魏文之才,洋洋清绮。"(《文心雕龙·才略》)又说他"乐府清越"(同上),这里皆着一"清"字,实道出曹丕诗歌风格的要点。曹丕诗歌,以"清绮"为特色,在建安诸诗人中独标一帜。他自己曾论述过"气之清浊有体"(《典论·论文》),并有扬清抑浊的取向,因此可以说,他本人的创作风格是与其文学理论相一致的,他的文学理论出自他的创作实践。

　　曹丕是建安辞赋作家之一,今存作品有二十六篇,数量仅次于曹植。曹丕之赋,题材基本可分两种,即纪述军国大事和日常事物感怀。前者如《述征赋》、《浮淮赋》等,后者如《离居赋》、《永思赋》、《感物赋》、《弹棋赋》、《寡妇赋》等,以后者为多,从取材上可以看出与当时由两汉体物大赋向魏晋抒情小赋过渡的总趋势相一致。今存曹丕赋都较短小,除《述征赋》、《浮淮赋》、《校猎赋》三篇可能有相当阙文外,其他作品大抵形体完足,并无严重缺损迹象。而它们一般仅作十馀句,最长的《柳赋》亦仅得三十八句,体现了形制上的短小精炼。另一方面,赋的抒情成分则有明显加重。即以下面两篇赋"霖"、赋"离"作品为例:

　　　　脂余车而秣马,将言旋乎邺都。玄云黮其四塞,雨蒙蒙而袭余。涂渐洳以沈滞,潦淫衍而横湍。岂在余之惮劳,哀行旅之艰难。仰皇天而叹息,悲白日之不旸。思若木以照路,假龙烛之末光。

　　　　　　　　　　　　　　　　　　　　　——《愁霖赋》

　　　　秋风动兮天气凉,居常不快兮中心伤。出北园兮彷徨,望众墓兮成行。柯条愔兮无色,绿草变兮萎黄。脱微霜兮零落,随风雨兮飞扬。日薄暮兮无悰,思不衰兮愈多。招延伫兮良久,忽踟蹰兮忘家。

　　　　　　　　　　　　　　　　　　　　　——《感离赋》

前一篇题为"愁霖"，重点不在"霖"，对霖雨本身叙述甚略而对作者内心活动描写甚详，重点显然在"愁"。后一篇写离思，以环境气氛烘托主体情绪感受，抒情性更为明显，赋中也运用了"秋风"、"天气凉"、"绿草萋黄"、"微霜零落"、"日暮"、"雁行"等意象，使作品面貌有类于《燕歌行》，而此篇主旨也正是要渲染那种离情别绪和失落感。由于抒情功能的加强，使赋这种文体具备了诗的某些功能，这就是所谓赋的诗化。在这方面，建安文人中王粲、曹植所起作用最大，而曹丕也是重要的参与者。

曹丕赋中亦有拟作，如《寡妇赋》，为拟阮瑀妻作，赋有序云："陈留阮元瑜，与余有旧，薄命早亡，每感存其遗孤，未尝不怆然伤心，故作斯赋，以叙其妻子悲苦之情。命王粲并作之。"看来写作态度颇为诚恳，非游戏调笑文字。此赋可与曹丕《寡妇诗》合观，诗亦有序："友人阮元瑜早亡，伤其妻子孤寡，为作此诗。"可知当时作有一诗一赋。此外又有《出妇赋》，为拟被出之妇作，此赋与作者《代刘勋妻王氏杂诗》所写内容仿佛，盖亦诗赋同写一事：

念在昔之恩好，似比翼之相亲。唯方今之疏绝，若惊风之吹尘。夫色衰而爱绝，信古今其有之。伤茕独之无恃，恨胤嗣之不滋。甘没身而同穴，终百年之常期。信无子而应出，自典礼之常度。悲谷风之不答，怨昔人之忽故。被入门之初服，出登车而就路。遵长途而南迈，马踟蹰而回顾。野鸟翩而高飞，怆哀鸣而相慕。抚腓服而展节，即临沂之旧城。践麋鹿之曲溪，听百鸟之群鸣。情怅恨而顾望，心郁结其不平。

——《出妇赋》

翩翩床前帐,张以蔽光辉。昔将尔同去,今将尔同归。缄藏
箧笥里,当复何时披?

——《代刘勋妻王氏杂诗》

刘勋妻因无子被出,当时成为文人们感兴趣题材,为之作诗、作赋者
有丕、植兄弟及王粲等。由上可知,曹丕拟作之赋与诗相类,皆表现
出揣摩和刻画他人心理相当纯熟的技巧。不过曹丕赋中此类拟作作
品不算多,而曹丕诗中同类作品几占半数,所以实际上曹丕之赋比诗
更多地担当着抒写本人情志的功能。他在赋中更多地袒露着自己的
心迹,记录着自己的心路。作为抒情载体,它比曹丕的诗更充实、更
丰满。

第三节　《典论》

曹丕之文,其地位不在诗、赋之下。除了后期所撰的若干诏、令
文字,具有官方公文性质,无多艺术价值外,他的书、论文章,则有不
少精品。其优点在于,第一,文中披沥思绪,颇见真情,悲喜个性,跃
然纸上;第二,叙述敷演,事贯理畅,既富变化,又饶兴味,文字优雅,
甚得记述之美。其代表作有《与吴质书》、《答繁钦书》和《典论》等。
《与吴质书》是他与一位挚友畅叙心腹的信札,书中回忆往昔同游之
乐,慨叹今日朋辈多已长逝,引发无限内心波澜,"物是人非,我劳如
何!"此皆真切心情自然流露,足以摇撼人心。作为抒情文,曹丕的
书笺,颇为出色。应当指出的是,曹丕书笺一般都以骈偶形式出之,
"高谈娱心,哀筝顺耳;驰骛北场,旅食南馆……",对偶已经相当工
整,在文的由散而骈演变过程中,起着重要作用。《文选》收入《与吴

质书》、《与锺繇书》等篇,反映了他在齐梁时受重视程度。

《典论》写作时间约在建安后期,至黄初三年尚有增补,是曹丕精心之作。曹丕写作《典论》的动机,原为立言扬名。在他的人生观中,这一点占有很重分量。他曾说:"生有七尺之形,死唯一棺之土,唯立德扬名,可以不朽,其次莫如著篇籍。疫疠数起,士人凋落,余独何人,能全其寿?"(《与王朗书》)出于对不朽的向往,曹丕很钦慕那些以著作传世的人物。孔、孟、马迁,固不待言,即当世之人,也颇受他的看重,如在建安二十三年,他对去世未久的徐干留下一部《中论》极表钦慕,说:"著《中论》二十馀篇,成一家之言,辞义典雅,足传于后,此子为不朽矣!"(《又与吴质书》)《典论》就是曹丕欲"传于后",以求"不朽"的著作。从书名上亦可看出他欲垂典范于后世的信心。《典论》成书后,曹丕甚为自得,他甫登极,即抄录一份送孙权,一份送张昭,以显示自己的文化优势。明帝曹睿时又刻石于太学,共六碑。

《典论》体例,大体沿袭东汉以来文人著论的成规,为一社会政治文化论文集。原著据吕向谓:"文帝《典论》二十篇,兼论古者经典文事。"(《文选》六臣注)今存若干散篇,据严可均《全三国文》辑录,有《奸谗》、《内诫》、《酒诲》、《论郤俭等事》、《自叙》、《太子》、《论文》、《论太宗》、《论孝武》、《论周成汉昭》、《终制》等篇。自描写文字观,最精彩者当推《自叙》:

> ……夫文武之道,各随时而用。生于中平之季,长于戎旅之间。是以少好弓马,于今不衰,逐禽辄十里,驰射常百步,日多体健,心每不厌。建安十年,始定冀州,濊貊贡良弓,燕代献名马。时岁之暮春,句芒司节,和风扇物,弓燥手柔,草浅兽肥,与族兄子丹,猎于邺西终日,手获獐鹿九,雉兔三十。后军南征,次曲

蠡，尚书令荀彧奉使犒军，见余，谈论之末，或言："闻君善左右射，此实难能。"余言："执事未睹夫项发口纵，俯马蹄而仰月支也。"或喜笑曰："乃尔？"余曰："埒有常径，的有常所，虽每发辄中，非至妙也。若夫驰平原，赴丰草，要狡兽，截轻禽，使弓不虚弯，所中必洞，斯则妙矣！"时军祭酒张京在坐，顾彧拊手曰："善！"余又学击剑，阅师多矣。四方之法各异，唯京师为善。桓、灵之间，有虎贲王越善斯术，称于京师。河南史阿，言昔与越游，具得其法，余从阿学之，精熟。尝与平虏将军刘勋、奋威将军邓展等共饮，宿闻展善有手臂，晓五兵，又称其能空手入白刃。余与论剑良久，谓言："将军法非也；余顾尝好之，又得善术。"因求与余对。时酒酣耳热，方食甘蔗，便以为杖，下殿数交，三中其臂，左右大笑。展意不平，求更为之，余言："吾法急属难相中面，故齐臂耳。"展言："愿复一交。"余知其欲突以取交中也，因伪深进。展果寻前，余却脚鄎，正截其颡，坐中惊视。余还坐笑曰："昔庆阳使淳于意去其故方，更授以秘术。今余亦愿邓将军捐弃故技，更受要道也。"一坐尽欢。

此段文字，总说自身武艺，既有概言，亦有具写；既有叙述，又有对话；前半说骑射，后半写技击。而写法又有变化：前半"句芒司节，和风扇物，弓燥手柔，草浅兽肥"等句，音节浏亮，辞采鲜明，甚有诗赋韵致；后半叙与邓展交手比武，写来舒展活泼，挥洒自如，情趣盎然，兴味极高，一篇之中，展现叙事才能，且有小说意味。作者文学才华若此，洵为建安文中优品。

　　然而《典论》之中历来最受推重的，却不是《自叙》，而是另一篇《论文》，《文选》不录《自叙》，只收入《论文》，即其证。揆其由，当是内容所致，《自叙》仅写曹丕个人事由，《论文》则是一篇文事专论，对文人以及作文的一些普遍性问题发表意见,自易受到广泛关注。应当说,《典论·论文》是我国文论史上第一篇较完整且自成体系的文的专论。当然,严格地说它还不是文学专论,而是文章学专论,但它确实论述到了一些重要文学问题,所以它是自《毛诗序》以来最重要的文论作品。

《典论·论文》论述的问题,就今存篇中看,主要有三大问题:关于文人相轻问题,关于文与"气"的关系问题,关于文章的功能问题。从本文的结构上看,第一个问题所占篇幅最多,从开首"文人相轻,自古而然",直到"唯通才能备其体",包括五个自然段。曹丕在这里着重分析了"文人相轻"这一"自古而然"现象的根源。他认为原因主要有二,一为文人都有"不自见之患","黯于自见,谓己为贤","以此相服,亦良难矣";二为"文非一体,鲜能备善,是以各以所长,相轻所短"。为说明他的论点,第二、第三两个自然段分别举例。第二自然段说文人"不自见之患",第三自然段指出他们各有长短。第四、第五两段则分别呼应申述第一段提出的基本论点。总的说,曹丕关于文人相轻问题的论述颇为周备,行文结构也很完整。[2] 在这一部分的行文中,曹丕也附带对一些具体文学问题发表了见解。他对当时的著名文人分别作了简明扼要的评论,指出他们的长短,其论点大致是切合实际的;在此基础上,他又提出了"七子"的说法,尽管他所指的七人(孔融、陈琳、王粲、徐干、阮瑀、应玚、刘桢)是否都是建安文学的代表者,尚有讨论的馀地,但"建安七子"之名称,遂广为流传,沿用至今;曹丕还就各种文体作了辨析,指出它们各自特点,"盖奏议宜雅,书论宜理,铭诔尚实,诗赋欲丽。此四科不同……"其说亦颇正确。关于"四科"的差异,由于各文体在性质上和应用范围上的不同,早已在两汉的创作中形成,但这种事实上已经形成的差异,却无人从理论上给以总结。扬雄曾说过:"诗人之赋丽以则,辞人之赋丽以淫。"(《法言·吾子》)在比较两种赋的差异中说出了"丽"是赋的基本特征,然而这仅仅是赋这一种文体的内部比较,尚未涉及其他文体。东汉别的文人亦偶有言及文体特征者,如王充云:"论贵是而不务华。"(《论衡·自纪》)然以只言片语,未成系统。曹丕的论述前进了一大步。此后两晋南北朝文论者凡说及文体问题,多受曹丕影响。如陆机《文赋》、挚虞《文章流别论》、李充《翰林论》、刘勰《文心雕龙》等,莫不如此。以上这些论述,虽有可贵见解,但在《典论·论文》中都只是曹丕论证"文人相轻"问题的附论。也正因此,这些论述并未得以展开,为其憾处。

《典论·论文》所论第二大问题为文气:

> 文以气为主,气之清浊有体,不可力强而致。譬诸音乐,曲度虽均,节奏同检。至于引气不齐,巧拙有素,虽在父兄,不能以移子弟。

曹丕所说的"气",当指人的气质、禀赋,"文以气为主",这就是将作家的气质、禀性,视为文的风格面貌的决定性因素。作者决定作品,作品决定于作者,风格即人,曹丕初步接触到了这一命题,因而具有重要的理论意义。曹丕的文气论,吸取了前代论者关于"气"的说法。"气"是上古重要理念,有多方面含义,既指宇宙间物质性构成,亦指生命的存在要素,也有指人的主体气质和精神。就后一种含义言,此前早有"气也者,神之盛也"(《礼记·祭义》),"气以实志"(《左传·昭公九年》),"气壹则动志也"(《孟子·公孙丑》上)等说法,而"气志"、"志气"连用的场合相当之多,如"气志如神"(《礼记·孔子闲居》),"志气塞乎天地"(同前)等,孟子的"养吾浩然之气"说,即基于此一层含义的理解。将"气"与文联系在一起,实始于汉代,《礼记·乐记》:"诗言其志也,歌咏其声也,舞动其容也。三者本于心,然后乐器从之。是故情深而文明,气盛而化神。"在这里,"情"、"文"、"气"、"化"是相互连结着的,而且"情"和"气"属于"本"的范畴,它们对于"文"和"化",居于一种根源性地位。然而第一次明确提出"文以气为主",指出"气"对于"文"的主导地位和支配作用,还是曹丕。曹丕还有意识地把文气说运用于具体的作家评论中,如他说"孔融体气高妙","徐干时有齐气"(皆见《典论·论文》),"公干有逸气,但未遒耳"(《与吴质书》)等。曹丕在这里又提出了"气之清浊"说。应当指出,在曹丕之前,汉末郦炎有《见志诗》:"贤愚岂常类,禀性在清浊。"已经道出"禀性"之有"清浊"不同,其"禀性"盖即曹丕所说的"气",因此曹丕之说并非凭空创造。

《典论·论文》所论第三大问题为文的功能问题:

> 盖文章,经国之大业,不朽之盛事。年寿有时而尽,荣乐止乎其身,二者必至之常期,未若文章之无穷。是以古之作者,寄身于翰墨,见意于篇籍,不假良史之辞,不托飞驰之势,而声名自传于后。故西伯幽而演《易》,周旦显而制礼,不以隐约而弗务,不以康乐而加思。夫然则古人贱尺璧而重寸阴,惧乎时之过已。而人多不强力,贫贱则慑于饥寒,富贵则流于逸乐,遂营目前之务,而遗千载之功,日月逝于上,体貌衰于下,忽然与万物迁化,斯志士之大痛也。融等已逝,唯干著论,成一家言。

"经国之大业,不朽之盛事",此二句概括了本段文字的基本意思,也最受论者所重视。此二句所说,实有两方面意义,前句所说为"经国",后句所说为"不朽",二者有联系又有区别。从曹丕本人来看,他在此处更重视的是"不朽",以下文字("年寿有时而尽"以下)几乎全为演绎"不朽"而设。关于"不朽"，为一古老命题，《左传·襄公二十四年》："太上有立德，其次有立功，其次有立言，虽久不废，此之谓不朽。"从此追求不朽（"三不朽"）便成为士子的自觉目标，成为一种人生观。而立德既为"太上"，唯圣人所能，一般士子莫能当之；立功固权势之阶，富贵所系，人人企慕，但机遇难得，亦极不易；唯立言一项，不依赖于他人，全在本人把握，最为一般文士所热衷。故曰"不假良史之辞，不托飞驰之势，而声名自传于后"。司马迁"成一家之言"的含义在于此，两汉以来文士致力于著述的着想亦在此，扬雄、王充等皆有此类言论。曹丕以赞扬语气说"唯（徐）干著论，成一家言"，言外之意，便是徐干已成不朽。所以曹丕眼中的"文章"，乃是达致"不朽"的途径和工具。曹丕作为帝王（或太子），其位望不能再高，却仍孜孜追求通过著述达致不朽，甚至说如不能做到此点而忽然死去，就是"志士之大痛"，这里正表现出他帝王兼为文人的特色。他不能满足于当世的权势及物质享受，他怀有深重的文化历史感。

关于"经国之大业"，曹丕并未详加阐述。揆其原意，当指文中所说及"奏议"、"书论"、"铭诔"、"诗赋"诸文体的政治实用功能。如奏议本为实用性文体，施于朝廷；而汉魏"书论"，如贾谊《新书》、扬雄《法言》、王充《论衡》、桓谭《新论》、徐干《中论》，包括曹丕本人的《典论》在内，皆以敷述政教伦理为基本内容；又铭诔之文，虽曰"系列生时行迹"（《礼记·曾子问》注），亦以记述功德为主；而诗在传统上也"用之乡人焉，用之邦国焉"（《毛诗序》），赋也具有"诗教"六义之一的功能。所以曹丕在这里的观点，是与从孔子"迩之事父，远之事君"的诗学理论开始的儒家历来所持观念紧相衔接的，这里是把文的固有社会功能加以提炼和归纳。当然，此种纲领式的归纳和强调，确有独到之处，且极引人注目，以致被视为中国古代文论中"提高文学的社会地位"的代表性论点。

关于"经国之大业,不朽之盛事",还必须指出一点:类似的说法当时并非只有曹丕一家,另一位重要作家杨修就曾说过:

> 若乃不忘经国之大美,流千载之英声,铭功景钟,书名竹帛,斯自雅量,素所蓄也,岂与文章相妨害哉!

——《答临淄侯笺》

杨修将"文章"与"经国之大美,流千载之英声"连结在一起,其义盖与曹丕"经国之大业,不朽之盛事"之说相仿佛。而细考写作时间,杨修尚在曹丕之前,[3]所以曹丕《典论·论文》中的论述,很可能是吸收了杨修的见解加以阐发而成,不能算作他的独创。[4]不过总的来说,荟诸多论点于一体,作此文章专论,《典论·论文》的意义是巨大的。这是古代第一篇文章学专论,对后世文论产生深远影响。

〔1〕 曹丕在继位魏王、尚未登极之际的延康元年(220)六月,即兴兵南征,当有度支中郎将霍性上疏谏止,指出"而今并基,便复起兵,兵者凶器,必有凶扰,扰则思乱,乱出不意"。奏上,曹丕大怒,遣刺奸就考,竟杀之。事见《魏志》本纪注引《魏略》。当时曹丕出于军事上的自信,决心一展其志。然而结果徒劳往返,无所收获。黄初三年(222)冬,曹丕又亲征孙权,调诸路大军并进,孙权临江拒守,曹丕只能"临江观兵"而已,一无所得。次年三月,不得不还洛阳。又黄初六年(225)十月,以舟师临江观兵,戎卒十馀万,旌旗数百里,亦因大寒水道冰,不能入江而还。

〔2〕 关于《典论·论文》,一般论者都将它析为四部分,即:一,论批评的态度;二,论文体之差异;三,论作家的气质;四,论文学的功能。数十年来所出有关论著几皆准此。徐按:此种理解实与曹丕撰论原意有所不合,主要在于,曹丕"论文体之差异",并非独立论题,而是作为文人相轻原因之一来谈,是文人相轻大论题中的一个论证环节。以故四论题说只是后人对《典论·论文》分析归

纳结果，而非曹丕原意。

〔3〕 杨修《答临淄侯笺》为答复曹植《与杨德祖书》而作。曹植来书时间可以推知，书中有云："仆少小好为文章，迄至于今二十五年矣。"曹植二十五岁时即建安二十一年，丁晏《陈思王年谱》即以《与杨德祖书》系是年。故杨修答笺，亦当在是年。又曹书及杨笺中皆说及王粲、陈琳、徐干、刘桢、应玚诸子，而未言诸子已故；建安诸子"徐、陈、应、刘，一时俱逝"（曹丕《与吴质书》），事在建安二十二年，此亦可证杨笺作于建安二十二年前。反观曹丕《典论·论文》中明言"融等（指包括徐干等'七子'）已逝"，可知文章作于建安二十二年后。因此可以推定杨修之笺作于曹丕《典论·论文》之前。

〔4〕 杨修所说"经国之大美"，文虽可通，然"大美"用法颇稀见。徐按：疑"大美"本作"大业"，"美"篆书作羙，"业"篆书作業，二字形近致淆的可能是存在的；而杨修此笺中，下文即有"光赞大业"语。如是，则曹丕"经国之大业"，即为照录杨修之文，其论点之创始人，当归于杨修。

第四章 曹 植

第一节 曹植的生平与性格

曹植（192—232），字子建，曹操卞氏所生第三子。他"生乎乱，长乎军"（《陈审举表》），十三岁前，一直随父过着动荡的军旅生涯。此时期他"南极赤岸，东临沧海，西望玉门，北出玄塞"（《求自试表》），从群雄逐鹿的时代大潮中激发出"忧国忘家，捐躯济难"，"自效于明时，立功于圣世"（《同上》）的志尚。此点极为重要，是他日后对政治功名历久不衰的热情的基础。也就在此童年时期，曹植已开始显露出众才华。他在学习武略的同时，表现出卓越的文学能力。史载他"十岁馀，诵读诗论及辞赋数十万言"，"善属文"（《魏志》本传），年纪轻轻就得了"绣虎"雅号。曹操起初颇存怀疑，以为有人代笔，曾当面出题令作文，他却援笔立成，此即《铜雀台赋》，辞甚可观，曹操大异。曹操本人文武兼资，一向重视以才取士，因此对曹植特加宠爱。从建安八年曹操攻克邺城并将大本营安置于此之后，曹植与众兄弟一样改变了生活方式，定居于邺城，直到建安二十五年初曹操病故。对曹植来说，邺城时期正值他十三至二十九岁的少年——青年期,他以公子身份,又恃父宠,过着斗鸡走马、驰骛宴饮的贵游生活;同时他与曹操幕中一批著名文人游宴过从,吟诗作赋,关系密切,形成邺下文士群体,而他与曹丕充当着这一群体的核心。当时他们的活动情状,在曹植本人的作品中也有所描述:

> 静闲居而无事,将游目以自娱。登北观而启路,涉云际之飞除。从熊罴之武士,荷长戟而先驱。罢若云归,会如雾聚。车不及回,尘不获举。奋袂成风,挥汗如雨。
>
> ——《游观赋》

> 感夏日之炎景兮,游曲观之清凉。遂衍宾而高会兮,丹帷晔以四张。办中厨之丰膳兮,作齐郑之妍倡。文人骋其妙说兮,飞轻翰而成章。谈在昔之清风兮,总贤圣之纪纲。欣公子之高义兮,德芬芳其若兰。扬仁恩于白屋兮,逾周公之弃餐。听仁风以忘忧兮,美酒清而肴甘。
>
> ——《娱宾赋》

这里写及了游观、宴饮、作诗文等事,此外在《斗鸡》、《名都篇》、《公宴》等诗及《离缴雁赋》、《感节赋》中更有斗鸡走马射猎等的详细描绘。

在邺城时期,曹植生活中的一件大事是立嫡之争。当时兄弟序齿,曹丕为长,次曹彰,又次曹植,以传统“立嫡以长”原则,曹丕当立为太子,然而曹操出于爱才之心,颇属意于曹植。一场立嫡之争持续了十馀年,以曹植失败告终,建安二十二年,曹丕被立为魏太子。关于丕、植成败原因,陈寿总结说:“……植既以才见异,而丁仪、丁翼、杨修等为之羽翼,太祖狐疑,几为太子者数矣。而植任性而行,不自雕励,饮酒不节;文帝御之以术,矫情自饰,宫人左右并为之说,故遂定为嗣。"(《魏志》本传)其说是。要之曹植失败原因在于他"任性而行",渐失父宠;曹丕"御之以术"倒在其次。他主要败于自己的性格作风。曹植作为一位天才文人,性格热情外向,作风简易放达。看他在初见邯郸淳时表现:

> 植初得淳甚喜,延入坐,不先与谈。时天暑热,植因呼常从取水自澡讫,傅粉。遂科头拍袒,胡舞五椎锻,跳丸击剑,诵俳优小说数千言讫,谓淳曰:"邯郸生,何如邪?"于是乃更着衣帻,整仪容,与淳评说混元造化之端,品物区别之意,然后论羲皇以来贤圣名臣烈士优劣之差;次颂古今文章赋诔及当官政事宜所先后,又论用武行兵倚伏之势,乃命厨宰,酒炙交至。坐席默然,无与伉者。及暮,淳归,对其所知叹植之材,谓之"天人"。

> ——《魏志·王粲传》注引《魏略》

集古今智慧、文武才能、雅俗技巧于一身,不诬"天人"之称。而曹植热情洋溢、喜交友、好表现、善谈论的外向性格,也表露无遗。然而曹植性格的弱点也与此相连结:他热情率真而欠深沉;擅于言论,而拙于任事;长于表现,而短于实际能力。加之邺城时期十馀年贵游生活,颇滋长纨绔习气,更增加了浮华浅薄作风。这些弱点,导致他在多项事件上犯了严重错误,如醉后私开司马门行驰道等;这些欠缺,自经不住"知人善察,难眩以伪"(《魏志·武帝纪》注引《魏书》)的曹操审察,所以曹操最终对他非常失望:"始者谓子建,儿中最可定大事","自临淄侯植私出开司马门至金门,令吾异目视此儿矣!"(《魏志·陈王传》注引《魏武故事》)曹丕在立嫡之争中取胜,固其宜也。

这一段立嫡之争经历,对曹植影响极大,决定了他后半生只能过困顿痛苦的生活。曹丕于延康元年(220)继位后,立即对曹植施以打击,首先处死其羽翼丁氏兄弟,又借故削其封邑,贬其爵位,更二次治其罪,甚至议成"三千之首戾"(《黄初六年令》),要行"大辟",幸得其母卞太后救护,保住了性命。终黄初之世,曹植一直在生命恐惧中度日,精神的压抑和苦恼令他难以承受,而封邑的迁徙流转和物质待遇的菲薄尚在其次。曹丕在位仅六年馀即违世,其子曹睿继帝位,即明帝。曹睿碍于叔侄之义,对曹植态度稍有好转,礼遇略有改善,然而在实际对待上仍有极严格的管束限制,曹植仍只能在贫瘠荒秽封地过孤独寂寞而不自由的生活。不过此时曹植终究成了皇帝的叔父,曹睿对他至少保持着表面的礼数,所以在曹睿太和年间,他已不存在性命之虞,胆子也渐渐大起来,不但敢于向曹睿诉说苦恼,而且竟敢提出要求,希望在政治上得到重用,去朝廷任事。他甚至提出让他带兵出征。他多次上书,表达这种愿望,显得非常天真。这里也表现了他热情外向、虑事不深的性格特色。曹睿虽然不像曹丕那样对他怀有积恨,但防范之心还是有的,所以根本不存在让他去朝廷担任公卿大臣或将军的可能,曹植只能继续在自己的封域里"禽息鸟视",做"圈牢之养物"(《求自试表》)。太和六年,曹睿开恩诏令诸侯王自封地去洛阳朝元会,曹植极受鼓舞,以为是他感动了曹睿,然而朝觐毕,只在洛阳游观了几天,即又受命返回封地陈。他汲汲寡欢,不久即抑郁而死。

曹植一生都企望成为政治家,渴望着建功立业,他在《与杨德祖书》中,曾表述对文学与政治关系问题的观点,他写道:

　　……夫街谈巷说,必有可采;击辕之歌,有应风雅。匹夫之思,未易轻弃也。辞赋小道,固未足以揄扬大义,彰示来世也。昔扬子云,先朝执戟之臣耳,犹称壮夫不为也。吾虽德薄,位为藩侯,犹庶几戮力上国,流惠下民,建永世之业,留金石之功,岂徒以翰墨为勋绩、辞赋为君子哉?若吾志未果,吾道不行,则将采庶官之实录,辨时俗之得失,定仁义之衷,成一家之言。虽未能藏之于名山,将以传之于同好。

曹植在此首先表示了对民间文艺的重视,将"街谈巷说"与"风雅"相提并论,无疑是受了汉乐府精神的影响。这是与建安文人乐府诗得到发展的大趋势相对应的文学观念,应肯定其文学上的进步意义。不过此段文字的重心,显然还在于表示作者对政治功名的热衷。"犹庶几……",完全是功名第一、文事第二论,或曰政治第一、文学第二论。曹植的这种强烈功名观念,在其他文章中也多有表示,可说是他的毕生追求。然而综观曹植一生,他完全没有留下什么政治"功业",有的恰恰就是翰墨"勋绩"。他的从政条件本来不差,尤其在前期建安年间,曹操对他曾寄以厚望,不但"几为太子者数矣",而且谆谆教诲:"吾昔为顿丘令,年二十三,思此时所行,无悔于今。今汝年亦二十三矣,可不勉欤!"(《魏志》本传)是他自己"任性而行、不自雕励、饮酒不节",令曹操失望,自毁了前程。可以说实际上曹植欠缺自知之明,他不具备政治家或军事家的必要素质。他的热情浪漫气质,决定了只能当个文人。而所谓"建永世之业,留金石之功"云云,只是一种典型的文人自许言论。不过中国古来文人大都如此,他们心气极高,自我期许也高,所以不必因此去苛责作者。但是由这种目标追求与现实际遇所形成的巨大落差,以及由此造成的文人心理上的失落、悲哀、绝望、怨怅、愤怒等等冲动,却成为产生优秀文学作品的情绪基础,所谓"《诗》三百篇,大抵圣贤发愤之所为作也"(司马迁语),即言此理。所以若无这种极强烈的功业追求心理,也就不会有一代诗人曹植。

曹植关于功业第一、文事第二的论述,是在"吾虽德薄"一语的前提下展开的,所以他的基本思路仍未跳出立德、立功、立言"三不朽"的范式,这与曹丕《典论·论文》的思路无大差异,可知这是当时文人的普遍观念。但是在具体论述上,却是各有特点。曹植重功业、轻文章的倾向很鲜明突出;而曹丕则平和得多,他甚至说"(功业)未若文章之无穷",他将一些人追求富贵名利说成是"遂营目前之务,而遗千载之功",几乎要置文章于功业之上。曹植对功业的强烈追求,也影响到他对不同文体的态度。他认为"辞赋小道",有轻蔑之意,但对于政论著作却颇为重视。"若吾志未果,吾道不行,则将采庶官之实录,辨时俗之得失,定仁义之衷,成一家之言,虽未能藏之于名山,将以传之于同好。"这里所说"采"、"辨"、"定"、"成",当谓史书(其说法有类于司马迁《报任少卿书》),或指政论之作(即曹丕所谓"书论")亦即后世所谓子书。这种对不同文体的轩轾,显然从他重功业轻文事观念中衍生,本身并无太多道理可说。

曹植在《与杨德祖书》中对当世作者也作了评论,指出他们皆怀珠抱玉者,为文坛杰出人物;然而亦指出各有长短:

> 仆少小好为文章,迄至于今,二十有五年矣。然今世作者,可略而言也。……然此数子,犹复不能飞骞绝迹,一举千里也。以孔璋之才,不闲于辞赋,而多自谓能与司马长卿同风,譬画虎不成反为狗者也。前有书嘲之,反作论盛道仆赞其文。夫锺期不失听,于今称之;吾亦不能妄叹者,畏后世之嗤余也。世人著述,不能无病。仆常好人讥弹其文,有不善,应时改定。昔丁敬礼尝作小文,使仆润饰之,仆自以才不过若人,辞不为也。敬礼

谓仆："卿何所疑难？文之佳恶，吾自得之，后世谁相知定吾文者邪？"吾常叹此达言，以为美谈。昔尼父之文辞，与人通流；至于制《春秋》，游、夏之徒乃不能措一辞。过此而言不病者，吾未之见也。

这里列举了"今世作者"情况，这与曹丕《典论·论文》说"今之文人"相仿而稍有差异。又指出他们虽然都自视甚高，但并非"一举千里"的盖世之才，每人都有不足之处。"世人著述，不能无病"，文人亦应有自知之明，实为深悟作文之道的切著之论。此点与曹丕所说"暗于自见，谓己为贤"、"各以所长，相轻所短"，意指相近；此文表现建安时期作家切磋风气之盛，亦当时重要文学批评文献。

第二节　曹植的前期创作

建安二十五年（220）之前，为曹植生活前期，也是他文学活动的前期。此时期他基本上都在邺城，故亦可称邺中时期。作为曹操爱子，又作为天才少年，曹植在邺城的生活充满着浪漫情调，这在他的不少作品中有所表现：

名都多妖女，京洛出少年。宝剑值千金，被服丽且鲜。斗鸡东郊道，走马长楸间。驰骋未能半，双兔过我前。揽弓捷鸣镝，长驱上南山。左挽因右发，一纵两禽连。馀巧未及展，仰手接飞鸢。观者咸称善，众工归我妍。我归宴平乐，美酒斗十千。脍鲤臇胎虾，炮鳖炙熊蹯。鸣俦啸匹侣，列坐竟长筵。连翩击鞠壤，巧捷唯万端。白日西南驰，光景不可攀。云散还城邑，清晨复来还。

——《名都篇》

篇中对斗鸡走马、驰骛宴饮的少年贵游生活,极尽描绘夸饰之能事,而所用第一人称语气,更显出自鸣得意神情,无所掩饰,这正是曹植的性格作风。诗中虽出以"京洛"、"平乐"等字,似写洛阳之事,但显为邺城借代语,不必泥解。丕、植兄弟及邺下文人的贵游作品颇多,非止此一篇,诸作品所写内容事端略同,而描写角度及文字技巧则不一,就中以此《名都篇》最为场面浩大、情绪奔放、气氛热烈,而且描绘出色,激扬蹈厉,诚可谓"巧捷万端",最具代表性。此外,曹植尚有《斗鸡》、《公宴》、《侍太子坐》、《箜篌引》、《赠丁翼》等诗,《游观赋》、《娱宾赋》等赋,皆为贵游之作。它们构成曹植前期文学创作的一大门类,也是他文学生涯的一大景观。众多的贵游作品,是他邺城时期"云散还城邑,清晨复来还"的纵放生活的写照。不过曹植在邺时期也并非一味纵放,他有时也还有所思考,如他的《节游赋》,前半写在"仲春二月,百卉丛生"时节,他"浮素盖,御骅骝,命友生,携同俦,诵风人之所叹,遂驾言而出游",这仍是贵游套路;后半却写道:"嗟羲和之奋迅,怨灵曜之无光。念人生之不永,若春日之微霜。谅遗名之可纪,信天命之无常。愈志荡以淫游,非经国之大纲。罢曲宴而旋服,遂言归乎旧房。"他第一想到人生不永,作为士子应当考虑抓紧时间"遗名";第二想到此种"淫游"显然"非经国之大纲"。前者实即"立德"、"立言"问题,后者实即"立功"问题,可知"三不朽"的老问题又回旋萦绕到他心头。这是曹植的深层人生观,它起着限制贵游欲望的制动阀作用,使建安时期的曹植不至于沉沦溺惑,无以自拔。同时,它也是曹植确立自己社会使命感的主要动力。曹植这里所说"经国之大纲",与杨修所说"经国之大美"、曹丕所说"经国之大业"虽然针对不同,含义却无异,皆指有关社会和国家的一种事功精神,它促使曹植去面对社会,面对人生。表现这种精神的作品有《泰山梁甫行》:

> 八方各异气,千里殊风雨。剧哉边海民,寄身于草野。妻子象禽兽,行止依林阻。柴门何萧条,狐兔翔我宇。

"边海民"如禽兽般的贫困艰苦生活,使他触目惊心,感喟中饱含同情,令人们看到了另一个曹植。又有《送应氏》(之一):

> 步登北邙阪,遥望洛阳山。洛阳何寂寞,宫室尽烧焚。垣墙皆顿擗,荆棘上参天。不见旧耆老,但睹新少年。侧足无行径,荒畴不复田。游子久不归,不识陌与阡。中野何萧条,千里无人烟。念我平生居,气结不能言。

这是曹植建安十六年随父西征过洛阳时作。历经汉末战乱,昔日京都已经残破不堪,面对荒凉萧条景色,诗人心灵受到巨大冲击,竟至"气结不能言"。在今存建安文士纪丧乱之诗中,本篇与王粲《七哀》诗同为最优之作,区别只在于王诗作于战乱当时,所写皆身历亲见之事,对百姓遭受灾难描述更为具体,场面至为惨痛,哀情更其感人;本篇则写于战乱十馀年后,以一少年目光看一场社会大劫难后果,他所见之状,无非荒残破败,班固、张衡所描画赞颂的"东都"、"东京"盛况,早已化为灰烬,而诗人以严肃态度如实记述目睹情状,始而"遥望"洛阳全貌,继又深入宫室里巷,同时写出内心所受震惊和所怀悲悼,其震撼力之强大,亦不让前者。《泰山梁甫行》与《送应氏》诗,展示了前期曹植人格精神的另一面,他对社会的关注度颇强,对百姓的同情心甚深,他能够严肃面对现实人生。这是与浮华贵游公子不同的另一个曹植。

《白马篇》在曹植前期作品中占有特殊位置。它以抒述功名信念和报国壮志为主:

> 白马饰金羁,连翩西北驰。借问谁家子?幽并游侠儿。少小去乡邑,扬声沙漠垂。宿昔秉良弓,楛矢何参差。控弦破左的,右发摧月支。仰手接飞猱,俯身散马蹄。狡捷过猴猿,勇剽若豹螭。边城多警急,虏骑数迁移。羽檄从北来,厉马登高堤。长驱蹈匈奴,左顾陵鲜卑。弃身锋刃端,性命安可怀!父母且不顾,何言子与妻?名在壮士籍,不得中顾私。捐躯赴国难,视死忽如归。

全篇写得慷慨激昂,勇烈雄壮,发扬蹈厉,如见狡捷身影,如闻马蹄得得声。其如虹气概,在曹植集中仅见。此"游侠儿"为谁?一般论者以为是曹植自况。无论其为谁,要之是曹植心目中正面英豪形象,体现特定理想人格。其基本要素就是:武艺超群,豪情满怀,甘赴国难,视死如归。

前期曹植还有一类作品亦颇值得重视,此即抒写友情诗赋。如《赠徐干》、《赠丁仪》、《赠王粲》、《送应氏》(之二)等与邺下文人的酬答作品,还有如《离友诗》、《释思赋》等与亲戚相赠的作品。

> 惊风飘白日,忽然归西山。圆景光未满,众星粲以繁。志士营世业,小人亦不闲。聊且夜行游,游彼双阙间。文昌郁云兴,迎风高中天。春鸠鸣飞栋,流飙激棂轩。顾念蓬室士,贫贱诚足怜。薇藿弗充虚,皮褐犹不全。慷慨有悲心,兴文自成篇。宝弃

怨何人？和氏有其怨。弹冠俟知己，知己谁不然？良田无晚岁，膏泽多丰年。亮怀玙璠美，积久德愈宣。亲交义在敦，申章复何言。

——《赠徐干》

此诗写出"志士"胸怀。一方面以志士自励，也以志士精神慰勉徐干。徐干在当时"独怀文抱质，恬淡寡欲，有箕山之志"（《魏志》本传），于邺下文人中最为清高疏宕，亦最不得意。曹植对他深表同情赞赏之馀，也对他的"宝弃"处境提出微讽，并多所期待，末又申之以亲交义，可谓情理兼至。陈祚明评曰："友谊真至。'知己谁不然'，亦寓不试之感。'良田'以下，慰勉有古风。"（《采菽堂古诗选》卷六）此说颇得其要。这种境界和态度，在曹植其他赠答作品中也存在，从中可见他的真诚品格和对友情的重视。《离友》二首则是另一类型：

王旅旋兮背故乡，彼君子兮笃人纲。媵予行兮归朔方，驰原隰兮寻旧疆，车载奔兮马繁骧。涉浮济兮泛轻航，迄魏都兮息兰房，展宴好兮唯乐康。

凉风肃兮白露滋，木感气兮柔叶辞。临渌水兮登重基，折秋华兮采灵芝，寻永归兮赠所思。感离隔兮会无期，伊郁悒兮情不怡。

此诗有序："乡人有夏侯威者，少有成人之风，予尚其为人，与之昵好。王师振旅，送予于魏邦。心有眷然，为之陨涕，乃作离友之诗。"又据《魏志·夏侯渊传》裴注引《世语》，知夏侯威为曹魏大将夏侯渊次子，后来贵历荆、兖等州刺史。曹操父曹嵩本出夏侯氏，故曹植与夏侯威实为戚属。诗当作于建安十四年（209），曹操征吴途经谯，此为曹氏原籍（诗中所云“故乡”），曹植随军到故里，得见夏侯威，夏侯威又送曹植到邺，然后返谯。篇中写出两位少年纯洁友谊，临别依依，为之陨涕，真情切至，诚意感人，十分可贵。曹植极重感情极重友谊的敏感型气质，在此诗中展现很真切。尤可注意者，曹植不仅对亲朋友好，甚至对自己的竞争对手曹丕，也表现出亲切自然的爱恋之情。例如他在《公宴》诗中赞美“公子敬爱客，终宴不知疲”，在《侍太子坐》中颂扬“翩翩我公子，机巧忽若神”，“公子”皆言曹丕。而《离思赋》中更有充分表露：

> 在肇秋之嘉月，将耀师而西旗。余抱疾以宾从，扶衡轸而不怡。虑征期之方至，伤无阶以告辞。念慈君之光惠，庶没命而不疑。欲毕力于旌旄，将何心而远之。愿我君之自爱，为皇朝而宝己。水重深而鱼悦，林修茂而鸟喜。

赋亦有序：“建安十六年，大军西讨马超，太子留监国，植时从焉。意有怀恋，遂作离思赋云。”[1]篇中对曹丕表达了一片友于真情，兄弟手足，无限亲切。“庶没命而不疑”，无纤毫芥蒂。考虑到建安十六年正值曹植“特见宠爱”、“几为太子”之际，在立嫡之争中居明显优势，此时曹植却对曹丕有如此表示，甚至说“愿我君之自爱，为皇朝而宝己”，言下颇有拥戴推尊之意，实令人惊奇。此无它，只能说明曹植性格甚是单纯，心地颇为良善，在他眼中，曹丕就是一位亲爱兄长，而事实上存在的政治争竞关系，竟被他撇过一边，不以为念。反观曹丕，尽管曹植再三对他表示“敬爱”亲情，他却并无相应的回报表示，至少在今存建安时期作品中他从未提及过一次曹植，只有在黄初年间以皇帝身份对曹植颁发过罪谴诏令。兄弟二人态度上有如此不同,再联系到他们各自在立嫡之争中的表现,一个"任性而行",一个"御之以术",更显出他们禀赋气质性格作风的鲜明反差。

曹植在建安时期也写过不少拟作诗赋,如《闺情诗》、《美女篇》、《弃妇篇》、《出妇赋》等;同时还作有不少咏物小赋,如《喜霁赋》、《愁霖赋》、《大暑赋》、《宝刀赋》、《迷迭香赋》、《车渠碗赋》、《槐赋》、《鹦鹉赋》等。这些诗赋多为邺下文人一时唱和之作,以故同题作品多见;也因此可以判断其为建安时所写。这些作品,或代人立言,或咏物言志,都有一定寄托,写出相当情致。如《出妇赋》,以自述语气写一"出妇"不幸遭遇,"妾十五而束带,辞父母而适人",嫁后小心谨慎,承接颜色,然而仍遭抛弃,"悦新婚而忘妾,哀爱惠之中零。遂摧颓而失望,退幽屏于下庭。痛一旦而见弃,心忉怛以悲惊。衣入门之初服,背床室而出征。攀仆御而登车,左右悲而失声。嗟冤结而无诉,乃愁苦以长穷……"另有一首《弃妇篇》,亦写弃妇事,其被弃原因为"无子":"……抚心长叹息,无子当归宁。有子月经天,无子若流星。天月相终始,流星没无精。栖迟失所宜,下与瓦石并。"一赋一诗,与曹丕《代刘勋妻王氏见出为诗》内容略似,很可能为同一题材,皆为刘勋妻而作。作品描述事主处境,甚是切当;体会弃妇心理,颇为细腻,皆能传达弃妇哀怨情绪,也表现了作者相当丰富的同情心。他的咏物小赋亦非专意咏物,如《愁霖赋》、《喜霁赋》二篇,以气候为题材,然而正如赋题中一"愁"一"喜"所示,作品注意抒写面对自然物的人的情感反应。不过,由于这两类作品本身性质,以及写作这些作品的特定环境(邺下文人多同题之作,表明当日有相互应酬仿效或竞赛游戏性质,是在刘勰所谓"洒笔以成酣歌,和墨以藉谈笑"场合产生),所以它们皆有骈词竞采倾向,其构思谋篇,遣辞结句,皆甚精致,包括比兴运用等,往往颇见匠心,如上举《弃妇篇》中以月比有子,以流星比无子,设喻既妙,又自然流转,明白晓畅,可以窥见"绣虎"天才文思。当然,这两类作品,因不关涉作者自身感情世界,所以时有感情浅薄或空虚弊病,而刻意模拟或精心雕琢的做法,也往往影响作品的内容深度。

综观曹植建安时期文学活动,其多方面的杰出才能已有充分显露,而其创作个性也已初步形成,这就是:兴趣广泛,题材多样;性格敏感,慷慨多气;既有贵游公子的浮华,又有面对现实的清醒;而其文思之敏捷,辞采之丰赡,更在邺下文士中天才秀出,无与伦比。

第三节　曹植的后期创作

曹植后期生活发生了根本改变,其文学活动的环境和内容,创作的情调和风格,也都相应有所变化。最明显的一点是他前期的那种乐观精神和洒脱风貌不见了,代之以或浓或淡无所不在的忧思和愁情。谢灵运谓:"平原侯植,公子不及世事,但美遨游,然颇有忧生之嗟。"(《拟魏太子邺中集诗序》)所说"但美遨游",当是前期表现,"颇有忧生之嗟",才是后期特点。曹植在黄初年间所受迫害最为严重,真正有性命之忧也就在此期间,所以此时期他的"忧生之嗟"也最为突出,例如他的《责躬诗》,作于黄初四年,其年诸王朝京都,曹植至洛阳,曹丕不予接见,令独处西馆,曹植惶恐不知所为,遂作此自责之诗以求宽宥。诗人此时心情犹如弓上之鸟,网中之鱼,一种求生本能,溢于言表,可怜之至。其诗本身无多精彩,只是颂恩及乞怜语句,其序则颇堪一读:

　　臣自抱衅归藩,刻肌刻骨,追思罪戾,昼分而食,夜分而寝。诚以天网不可重罹,圣恩难可再恃。窃感《相鼠》之篇无礼遄死之义,形影相吊,五情愧赧。以罪弃生,则违古贤夕改之劝;忍垢苟全,则犯诗人胡颜之讥。伏唯陛下德象天地,恩隆父母;施畅春风,泽如时雨。是以不别荆棘者,庆云之惠也;七子均养者,鸤鸠之仁也。舍罪责功者,明君之举也;矜愚爱能者,慈父之恩也。是以愚臣徘徊于恩泽而不敢自弃者也。前奉诏书,臣等绝朝,心离志绝,自分黄耇永无执圭之望。不图圣诏猥垂齿召。至止之日,驰心輦毂,僻处西馆,未奉阙庭。踊跃之怀,瞻望反侧,不胜犬马恋主之情。谨拜表,并献诗二首。

终篇所述,无非求生惧死。内心的忧惧惶急,表现为文字上的诚惶诚恐。为求生而自责自谴,已不择言词。这种自我精神鞭挞,固然是在高压迫害下的无奈之举,同时也反映了曹植性格的脆弱。曹植正是这样一种人:在顺境中意气风发,志气高扬,不知有所检抑;在逆境下则沮丧颓唐,志意摧折,难以保持自尊气骨。曹丕对他性格作风弱点,无疑了如指掌,正因此,黄初年间尽管反复治曹植之罪,最终却未置之于死地。因为曹植此时政治上已不可能有所作为,他已不再是危险对手,曹丕治他之罪,主要是为建安中立嫡之争事进行报复,有泄愤性质,并非从现实政治需要而采取的措施,此点相当明显。然而曹植精神上被生命恐惧所笼罩,难以洞澈曹丕对待自己态度的微妙之处,所以仍不断地自肺腑深处发出忧生之嗟。总之,曹植的忧患生涯及其忧生情绪,改变了他的人生,同时也改变了他的文学。毋宁说,他的文学写作还颇受其忧患生涯忧生思绪之惠,由于他前期基于贵游生活的那种浮躁情绪已失去生存土壤,遂使黄初以后的诗文在情调上转入深沉,表现为对社会人事的复杂性有了较多认识,对人生和生命的思考也有所深化,加之他的诗风亦更趋成熟,于是产生不少与忧生之嗟相联系的超越前期的优秀篇章。其中最称名篇的是《赠白马王彪》及《洛神赋》。

此一诗一赋，皆作于黄初四年朝京师之后。此次朝京师期间，曹植精神上接连遭受沉重打击，先有曹丕拒见之事，后有胞兄曹彰（任城王）暴薨事，都使他深受震惊，这就是一诗一赋的精神基础。两篇皆有序，《赠白马王彪》序云："黄初四年五月，白马王、任城王与余俱朝京师，会节气。到洛阳，任城王薨。至七月，与白马王还国。后有司以二王归藩，道路宜异宿止，意每恨之。盖以大别在数日，是用自剖，与王辞焉，愤而成篇。"言明作诗时背景状况及当时心情。看来曹植甫离洛阳，暂脱险境，虽然心有馀悸，不绝于怀，但他已敢于在悲哀之馀，表示某些"愤""恨"之情；而且对于生死问题似乎也思想豁然开朗，稍减恐惧。这是《赠白马王彪》有别于《责躬诗》的主要之点。除了出于自身遭际的这些悲哀愤恨外，诗中对曹彰的死别之思，对曹彪的生离之念，以及由生活的极端失望所产生的对人生价值的怀疑，更增加了作品感情的深厚度，也使作品具备了某些崇高的精神亮点：

　　谒帝承明庐，逝将归旧疆。清晨发皇邑，日夕过首阳。伊洛广且深，欲济川无梁。泛舟越洪涛，怨彼东路长。顾瞻恋城阙，引领情内伤。

　　太谷何寥廓，山树郁苍苍。霖雨泥我涂，流潦浩纵横。中逵绝无轨，改辙登高冈。修坂造云日，我马玄以黄。

　　玄黄犹能进，我思郁以纾。郁纾将何念？亲爱在离居。本图相与偕，中更不克俱。鸱枭鸣衡轭，豺狼当路衢。苍蝇间白黑，谗巧令亲疏。欲还绝无蹊，揽辔止踟蹰。

　　踟蹰亦何留？相思无终极。秋风发微凉，寒蝉鸣我侧。原野何萧条，白日忽西匿。归鸟赴乔林，翩翩厉羽翼。孤兽走索群,衔草不遑食。感物伤我怀,抚心长太息。

　　太息将何为? 天命与我违。奈何念同生,一往形不归。孤魂翔故域,灵柩寄京师。存者忽复过,亡殁身自衰。人生处一世,去若朝露晞。年在桑榆间,景响不能追。自顾非金石,咄唶令心悲。

　　心悲动我神,弃置莫复陈。丈夫志四海,万里犹比邻。恩爱苟不亏,在远分日亲。何必同衾帱,然后展殷勤? 忧思成疾疢,无乃儿女仁。仓猝骨肉情,能不怀苦辛?

　　苦辛何虑思? 天命信可疑。虚无求列仙,松子久吾欺。变故在斯须,百年谁能持? 离别永无会,执手将何时? 王其爱玉体,俱享黄发期。收泪即长路,援笔从此辞。

丰厚的感情内涵与不时闪烁的思想光彩,情、景、事、理诸因素的紧密交融,整饬的篇章结构与纯熟的五言诗体,使此篇呈现诗美的完整性。在这一方面,曹植以及建安文人的任何其他诗歌都莫能与相比肩,谓之曹植的以及整个建安时代的第一佳篇,亦不为过。有人甚至说此篇"沉郁顿挫,淋漓悲壮……遂开杜公之宗"(方东树《昭昧詹言》卷二)。

　　《洛神赋》虽与《赠白马王彪》为一时之作,[2] 但表现的重点却不同。赋并不涉及外在具体人事,只是表现曹植当时的内心情绪感受,因此它具有更浓郁的抒发性质。赋中描写了两位人物,即"君王"和"洛神",通过对此二人物尤其是对洛神的塑造刻画,渲染出笼盖天地弥漫一切的哀愁气氛。可以说,哀愁就是它的主旨。[3] 当然,这不是无端的哀愁,作为情绪表征的哀愁肯定有其发生源头,这源头就是曹植的现实遭际。篇中"恨人神之道殊兮,怨盛年之莫当。"实际上已经透露了哀怨所自来,即来自作者与曹丕的隔阂和不能互相沟通。然而此赋着重写了这一流程的后半,即哀愁的存在状态。君王是哀愁之王,洛神既是美丽之神,也是哀愁之神。二位人物的哀愁又融为一体,成为无法消解的情绪症结,所以洛神最后是"悼良会之永绝兮,哀一逝而异乡",君王最后是"揽骓辔以抗策,怅盘桓而不能去"。此种言有终而意无尽的哀凄悲怨,正是《洛神赋》能够摇撼人心的魅力所在。它写出了人性的一侧面,所以能感动千百年来读者。当然,《洛神赋》之所以成为曹植赋的代表作,与作者描绘技巧之高超亦有很大关系,赋中写洛神的一段文字历来被奉为描摹美女的经典手笔:

> 其形也,翩若惊鸿,婉若游龙;荣曜秋菊,华茂春松。仿佛兮若轻云之蔽月,飘飖兮若流风之回雪。远而望之,皎若太阳升朝霞;迫而察之,灼若芙蕖出渌波。秾纤得衷,修短合度。肩若削成,腰如约素。延颈秀项,皓质呈露。芳泽无加,铅华弗御。云髻峨峨,修眉联娟。丹唇外朗,皓齿内鲜。明眸善睐,靥辅承权。瑰姿艳逸,仪静体闲。柔情绰态,媚于语言。奇服旷世,骨相应图。披罗衣之璀粲兮,珥瑶碧之华琚。戴金翠之首饰,缀明珠以耀躯。践远游之文履,曳雾绡之轻裾。微幽兰之芳蔼兮,步踟蹰于山隅。于是忽焉纵体,以遨以嬉。左倚采旄,右荫桂旗。攘皓腕于神浒兮,采湍濑之玄芝……

在此曹植的文采又得到充分展示,无与伦比的骋辞结句天才,令他居于描写技巧领域的高山景行而使后人无比崇仰。

《赠白马王彪》、《洛神赋》作于曹植人生最困顿颠踬之际,而正是这两篇作品分别成为他诗赋的代表作,黄初时期因此也成为他文学创作的巅峰期。如果没有这一段十分艰辛危殆的人生遭际,如果曹植继续过他建安时期那种贵游生活，就不可能有此二篇杰构的产生，此理甚明。这正应着了"忧患出诗人"的成说。

曹植黄初年间作品，尚有《野田黄雀行》、《朔风》、《矫志》、《七步诗》、《七哀》、《美女篇》、《种葛篇》、《浮萍篇》、《吁嗟篇》等诗，《怀亲赋》、《九愁赋》等赋，《写灌均上事令》、《黄初五年令》、《黄初六年令》、《诰咎文》、《武帝诔》、《任城王诔》等文。这些作品，或哀挽既逝父兄，或伤悼被害挚友，更多的还是书写自己不幸处境和宣泄内心郁闷思绪。迫于当时曹丕派有"监国使者"，对他"吹毛求瑕，千端万绪"（《黄初六年令》），他已多次"无端获罪尤"，自不便亦不敢直书己志，所以其作品在情绪表现上往往有所控制，写法比较隐晦。如《野田黄雀行》以一黄雀入"网罗"，喻自己友人被害；又以一"少年""拔剑捎网罗"来表达希望获救的心情，大体上写成了一篇寓言诗。他的著名的《七步诗》亦其类。同类作品中《种葛篇》亦甚出色：

> 种葛南山下，葛藟自成阴。与君初婚时，结发恩义深。欢爱在枕席，宿昔同衣衾。窃慕《棠棣》篇，好乐如瑟琴。行年将晚暮，佳人怀异心。恩纪旷不接，我情遂抑沉。出门当何顾？徘徊步北林。下有交颈兽，仰见双栖禽。攀枝长叹息，泪下沾罗衿。良马知我悲，延颈对我吟。昔为同池鱼，今为商与参。往古皆欢遇，我独困于今。弃置委天命，悠悠安可任？

此篇以夫妇喻君臣。这是继承了由屈原开创的手法。篇中"君"、"佳人"皆指曹丕，曹植在《释思赋》中亦曾以"鸳鸯"喻君臣。篇中以婚姻过程喻丕、植兄弟（君臣）关系之演变，"昔为同池鱼，今为商与参"，是为前后关系演变的总括。这与《七步诗》写"萁"、"豆""本是同根生"相类。末四句实际上已直陈己意，说出"独困于今"的孤苦心境。

进入太和时期后，曹植随着处境的改变，诗风文风也略有不同。主要表现为他的"忧生之嗟"比黄初时明显减少，程度上也有所减轻。性命之忧似乎已不再成为问题，此时从他诗文中可以看到，他主要对连续不断地改变封邑，对物质生活的匮乏，对行动受到限制，不能与诸王兄弟交通等事，颇多抱怨。他在《迁都赋序》中说："余初封平原，转出临淄，中命鄄城，遂徙雍丘，改邑浚仪，而末将适于东阿。号则六易，居实三迁。连遇瘠土，衣食不继。"又在《求通亲亲表》中说："至于臣者，人道绝绪，禁锢明时，臣窃自伤也。不敢乃望交气类，修人事，叙人伦，近且婚媾不通，兄弟永绝，吉凶之问塞，庆吊之礼废，恩纪之违甚于路人，隔阂之异殊于胡越。""衣食不继"，可能略有夸张；"禁锢明时"，却为真确事实。不过这些抱怨，尚属次要，对于曹植来说，此时最大的苦恼却是政治上不能被任用。他反复上书曹睿，指陈天下情势，演述满腹经纶，要求让他出任朝官，一展宏伟抱负。因此太和年间曹植将自己的主要精力，用来写作表文，他在此时期的文学成就，也就主要表现为文，而不是如此前那样以诗赋为主。曹植此时期文的代表作，就是若干表文，其荦荦大者，有《求通亲亲表》、《求自试表》、《陈审举表》、《谏取诸国士息表》、《谏伐辽东表》等。在这些表文中，曹植对当时政治、军事各方面都发表自己的见解，包括一些批评性的意见。他最强烈的要求就是希望明帝曹睿能够让他以宗族身份，出任朝廷要职，参与实际政治事务。他认为自己完全够资格、有能力担当军政要职：

　　若使陛下出不世之诏，效臣锥刀之用，使得西属大将军，当一校之队；若东属大司马，统偏师之任。必乘危蹈险，骋舟奋骊，突刃触锋，为士卒先。虽未能擒权馘亮，庶将虏其雄率，歼其丑类,必效须臾之捷,以灭终身之愧。使名挂史笔,事列朝荣,虽身分蜀境,首悬吴阙,犹生之年也……臣昔从先武皇帝,南极赤岸,东临沧海,西望玉门,北出玄塞,伏见所以行军用兵之势,可谓神妙也。故兵者不可豫言,临敌而制变者也。志欲自效于明时,立功于圣世。每览史籍,观古忠臣义士,出一朝之命,以殉国家之难,身虽屠裂,而功铭著于景钟,名称垂于竹帛,未尝不抚心而叹息也。

——《求自试表》

臣伏自惟省,岂无锥刀之用?及观陛下之所拔授,若以臣为异姓,窃自料度,不后于朝士矣!若得辞远游,戴武弁,解朱组,佩青绂,驸马奉车,趣得一号,安宅京室,执鞭珥笔,出从华盖,入侍辇毂,承答圣问,拾遗左右,乃臣丹情之至愿,不离于梦想者也。

——《求通亲亲表》

夫能使天下倾耳注目者,当权者是矣。故谋能移主,威能慑下;豪右执政,不在亲戚。权之所在,虽疏必重;势之所去,虽亲必轻。盖取齐者田族,非吕宗也;分晋者赵魏,非姬姓也。唯陛下察之。苟吉专其位,凶离其患者,异姓之臣也;欲国之安,祈家之贵,存共其荣,没同其祸者,公族之臣也。今反公族疏而异姓亲,臣窃惑焉。

——《陈审举表》

再三致意,反复申述,其参政愿望之强烈,心情之急切,自信自负之语气,自夸自炫之态度,实难想象当时他还受着相当严格的禁锢。可知曹植的功名观念,实在是根深蒂固,稍有机会,即会萌发显露。曹植在表文中的见解,也不能说毫无可取之处,特别是他说的"取齐者田族"、"分晋者赵魏",似乎是一种政治预言,日后曹魏果然被司马氏晋室所灭。魏分晋,晋篡魏,只是一语之转;历史兴亡循环,曹植似乎颇识先机。不过总的看,曹植在这些表文中尽兴地发表自己的高议宏论,这种行为实在相当之鲁莽甚至幼稚。他这种毫不掩饰的功名心,急切希望参与政权的欲望,以及肆无忌惮的态度,不但难于得到曹睿的理解,甚至只能引起对他进一步的怀疑和警惕,至少会使曹睿强烈地感到这位叔父之难于驾驭。这无疑对曹植自身是很不利的。曹植在此再一次表现出缺乏应有的政治头脑,建安时期立嫡之争的失败,黄初时期身受种种严重的迫害,都未能使他增长多少处理实际事务的识见和聪明。他在太和时期所上的这些表文,既不考虑实际可能,亦不估量客观效果,只凭一己的愿望出发,便贸然从事,从根本上说,仍是"任性而行"的表现。真是禀性难移啊!

但是从文学上看,曹植这些表文写得实在精彩。作者以壮盛的气势,浩荡的情怀,贯注进每一篇章,每一段落,将章表这种朝廷公文,写出了勃勃生气;另外,表文词句典雅,藻采瑰丽,音节浏亮,篇体华美,极富阅读效果。文中又多引述先代史事,经典训诂,也不避采撷近人撰著,民间谣谚。总之这些表文词章彪炳,文义相扶,美轮美奂。李充说:"若曹子建之表,可谓成文矣。"(《翰林论》)刘勰亦曾指出:"魏初章表,指事造实,求其靡丽,则未足美矣。"接着又说:"陈思之表,独冠群才,观其体赡而律调,辞清而志显;应物制巧,随变生趣,执辔有馀,故能缓急应节矣。"(《文心雕龙·章表》)《文选》收入汉、魏、晋三朝表文作者十一人共十二篇,其中唯独曹植一人得二篇,亦颇说明萧统对曹植表文的倾心。要之曹植表文作品,在政治实用上甚为拙劣,在文学欣赏方面却价值极高。实用性与审美性矛盾若此,在整个中国文学史上亦属少见,而这一矛盾只是作者为一蹩脚政治家与天才文学家集合之反映。

第四节 曹植的成就及文学史地位

曹植是中国文学史上的一位全面型作者,他诗、赋、文皆能,而且在这些方面都作出了超越前人的贡献。

作为第一流诗人,曹植在诗歌史上的地位非常重要。

首先,他继承曹操开创的文人乐府诗传统,将取汉乐府旧题书写时事的做法进一步推广,"故依前曲,改作新歌"(《鼙舞歌序》),创作了更多的文人乐府诗。曹植今存诗歌较完整者有九十首左右,其中乐府诗占半数以上。这数量超过曹操、曹丕一倍,也比任何其他建安诗人为多。曹植以实际创作行动,为文人乐府诗的发展推波助澜,壮大声势,使之成为诗坛主流。其次,曹植写作文人乐府诗,不仅是数量之扩大,更有质地之提高。观曹植乐府诗,并不墨守曹操做法,而是另有开拓变化。具体言之,曹植不仅"以旧题写时事",还撇开旧题,径以新题命篇。如《吁嗟篇》,据《乐府诗集》三十三:"曹植拟《苦寒行》为《吁嗟》。"按《苦寒行》为曹操之作,曹操利用旧题旧曲写北伐高干事,是典型的"以旧题写时事"。而曹植仅袭用其曲调,(《魏志》本传裴注:"琴瑟调歌辞"),篇题则不再用旧名,直接依据自撰内容改为"吁嗟篇"。[4]父子比较,曹植所迈出步子更大。不过曹植并非每篇乐府诗皆自铸新题,其变化情形颇错综复杂,概括言,曹植乐府诗的曲、题、辞,有五种变化形态:

一、沿用汉乐府旧曲、旧题,另撰新辞;此即完全承袭曹操做法。

如《薤露行》、《陌上桑》、《泰山梁甫行》、《平陵东》、《怨歌行》等，篇题一望便知为汉乐府名篇旧题，但全系新辞；

二、沿用汉乐府旧曲，另撰新辞，篇题则既不用汉乐府旧题，亦不自拟新题，而是取曹操乐府诗文句为题。如《唯汉行》，篇题取自曹操《薤露行》首句"唯汉廿二世"，题意则与曹植自撰新辞（"太极定二仪……"）不相涉；

三、沿用汉乐府旧曲，自撰新辞，又据新辞另拟新题；除上举《吁嗟篇》外，尚有《鰕鲤篇》、《浮萍篇》等。又《鼙舞歌》五篇亦其类，曹植自序云："异代之文未必相袭，故依前曲，改作新歌五篇。"不但歌辞全为新作，即篇题亦系新拟，如第三首《大魏篇》，固非汉时旧有。但"故依前曲"一语，说出依傍汉时旧曲的事实；

四、不用汉乐府旧曲，另作新辞新曲；篇题题意与新辞内容相关，但命题文字则参酌其他文学作品产生。如《远游篇》，郭茂倩解题引述《楚辞·远游》章句，可证其题来自屈原《远游》。又如《飞龙篇》，郭茂倩解题亦曰："《楚辞·离骚》曰：'为余驾飞龙兮，杂瑶象以为车。'曹植《飞龙篇》亦言求仙者乘飞龙而升天，与《楚辞》同意。"（《乐府诗集》六十四卷《杂曲歌辞》四）。又如《仙人篇》，郭茂倩引《乐府广题》，指出其出于秦始皇时"仙真人诗"（《乐府诗集》六十四卷）；

五、不用旧曲、旧题，全部自拟新撰，如《盘石篇》、《驱车篇》、《种葛篇》、《名都篇》、《白马篇》等，据现有史料，其题、辞皆无所依傍，与汉乐府作品以及其他作品无任何方面的关联，其篇题皆以歌辞首句为文，可以判断全出作者自创。至于此类作品的曲的情况，则略无线索，无从考知，我们不妨认为它们实际上已经脱离了乐曲，亦即它们可能是一些无曲的歌辞，一些"徒歌"。

总的看，曹植乐府诗之曲，以继承沿用汉代旧曲较多，少部分沿用曹操之曲，自度新曲者亦有，但不多；甚至有些作品中已经无曲，辞与曲已经分家。其篇题则沿用汉代旧题者较少,又有少部分取自曹操或《楚辞》作品,但大部分为自创新拟。至于歌辞,则基本上全为新创,只有极少数例外。[5]由此可知,曹植在写作乐府诗时,对曲、题、辞三者采取相当灵活的态度,有因有革,有继承,又有创新,而其灵活的程度超过了曹操,也超过曹丕。这为乐府诗歌从一种具有汉代特色的文学样式,变成超越汉代的时代局限的一种通代文学样式,作出了意义重大的贡献。这为乐府诗在魏晋以后的生存和发展,开辟通达的门径。自建安时期起,文人写作乐府诗大增,几乎人人得而撰写乐府诗,究其因就是曹氏父子已经将乐府的曲、题、辞三者关系作了改革,扩大了乐府诗的创作自由度,更便于后世文人参与创作。而文人的大批参与,又大大促进了乐府诗艺术质量的提高。汉代乐府歌辞以民间作品为主,其中的优秀之作,几乎全部为民歌。但民歌毕竟以质实、浑朴为基本特色,缺少艺术上的精细雕琢。建安以后的文人乐府诗则大异于是,它们被贯注进了文人的全部艺术修养和技巧,其整饬、精致和圆熟的程度,非民歌所能比拟。如果说曹操走出了文人创作乐府诗的第一步,开辟了文人乐府诗的新园地,那么曹植就是在这一块园地中栽种了为数众多奇花异葩的第一人。至此,乐府作品才真正由“俗文学”变为“雅文学”。比起政治家兼文人的曹操来,曹植的文人气质无疑要浓烈得多,所以他的作品更雅化,更能够算作本格的文人乐府诗。另外,乐府文学在汉代只能称为“乐府歌辞”,因为它太依赖于音乐了;曹操改造了音乐与文学的关系,在保留旧有乐曲基础上创作新歌辞,“乐府歌辞”开始向“乐府诗”演化;曹植进一步使音乐与文学关系灵活化,形成多种曲、题、辞的关系,并且改变了音乐第一、文学第二的位置,突出了文学的地位,“乐府歌辞”才真正完成了向“乐府诗”的过渡。

曹植对非乐府诗的发展,也起了极大的推进作用。所谓“非乐府诗",在汉代原被称为"诗",与乐府歌辞完全是两家。它早已文人化,实际上就是汉代文人诗。如班固《咏史》、傅毅《迪志诗》、秦嘉《赠妇诗》等。汉代文人以主要精力投向辞赋创作,因此文人诗相对不发达,以最有代表性的文人班固、张衡为例,他们在撰写《三都》、《二京》赋上所费精力,远过于写作那些小诗。因此在钟嵘《诗品》中,汉代文人诗除假托的李陵、班婕妤外,获得最高评价的只有秦嘉、徐淑夫妇,列中品,其馀班固、郦炎、赵壹之作皆列下品。至于张衡、傅毅、蔡邕等著名文士,竟不入品流。建安文人诗有了极大发展,就数量看,已与乐府作品基本相当,成为文坛上一大品类;从作者方面看,除曹操外,几乎所有建安文人都涉足于两种诗体的创作,而且在数量上基本保持着平衡。其中曹植的非乐府诗有四十馀篇,领先于建安其他文人,其贡献亦冠于群伦。所以钟嵘说:"自陈思已下,桢称独步。"(《诗品·卷上》)又说:"故知陈思为建安之杰,公干、仲宣为辅。"(《诗品·序》)事实上,曹植《赠白马王彪》、《杂诗》六首等杰作,当时的确无人可及,刘、王等皆非其匹。刘勰《文心雕龙》分立《明诗》、《乐府》两篇,《明诗》当为专论非乐府诗甚明,而《明诗》篇中云:"兼善则子建、仲宣,偏美则太冲、公干。"所论似有未安,不及钟氏之说确切。经过曹植的大力创作,非乐府诗这种汉代文坛上偏安一隅的小品种,遂发展壮大为文人用以抒情述志的主流文体之一,历千百年不衰。

综合曹植在乐府诗和非乐府诗两方面的成就,曹植为建安第一诗人当之无愧。钟嵘评论其诗歌特色说:"骨气奇高,词采华茂,情兼雅怨,体被文质。粲溢古今,卓尔不群。"(《诗品》卷上)骨气与词采,一主内,一主外,为诗歌成功关键因素,缺一不可,诚如刘勰所说:"若风骨乏采,则鸷集翰林;采乏风骨,则雉窜文囿。"(《文心雕龙·风骨》)"骨气"含义,大体上近于"风骨",以风与气相通,"风……斯乃化感之本源,志气之符契也"。又曰:"情之含风,犹形之包气。"（同上）曹植诗中"骨气",或曰"风骨",主要表现为诗人的主体情志,无论悲喜哀乐,皆有强大坚实充盈的底气为基础,作品气力遒劲;这种"骨气",又集中表现为慷慨之气。曹植自述:"余少而好赋,其所尚也,雅好慷慨"（《前录·自序》);又他在作品中也多处写及:"怀此王佐才,慷慨独不群"（《薤露行》）,"慷慨对嘉宾,凄怆内伤悲"（《情诗》）,"慷慨有悲心,兴文自成篇"（《赠徐干》）,"弦急悲声发,聆我慷慨言"（《杂诗》其六）等等。曹植之慷慨诗风,无疑受了曹操的熏染,具有某种英雄主义色彩;不过父子之间也还存在明显的差异,曹操之慷慨透露出更多的政治家沉雄老健,曹植的慷慨则表现了更多的才子胸襟气概。

当然,在"骨气"方面,建安诗人中也还有其他人具备类似的精神素质,如刘桢,曹植的"奇高"还算不得独领风气;但在词采方面,曹植便是占尽了"华茂"之优势。曹植诗歌的"词采华茂",表现在诗歌艺术手段的几乎所有领域,包括多种诗体的写作尝试;比兴的广泛运用和多变;诗歌意境的营造建构;诗歌语言的世俗化与典雅化的结合;章法句法的变化创新;还有辞语运用的丰富多彩等等。以下分别举例说明其"词采华茂"诸方面表现。

关于多种诗体的写作,曹植除大量写作四言、五言诗歌外,还作有楚辞体（如《离友》）、六言体（如《妾薄命》之二）、三七言体（如《平陵东》）、六五言体（如《当事君行》）,以及各种杂言体。其中有些诗体古今稀见,表现了曹植在诗歌形式上的探索勇气,如:

> 人生有所贵尚,出门各异情。朱紫更相夺色,雅郑异音声。好恶随所爱憎,追举逐声名。百心可事一君,巧诈宁拙诚。

——《当事君行》

五六言错互为文,节奏奇特。丁晏评曰:"一句六言、一句五言合韵,别是一格。"(《曹集诠评》卷五)

关于比兴的运用,曹植诗歌中极为突出。即以《赠白马王彪》言,篇中比兴既多且妙。如"鸱枭"、"豺狼"、"苍蝇"之比,如"寒蝉"、"归鸟"、"孤兽"之兴,皆其例也。又如《杂诗》六首,首首用比兴。还有一些诗更是全篇皆比,如前引《吁嗟篇》,直可以寓言诗视之,而比一般寓言诗意蕴更深厚。此外如《当欲游南山行》,可谓集比兴之大成:

> 东海广且深,由卑下百川。五岳虽高大,不逆垢与尘。良木不十围,洪条无所因。长者能博爱,天下寄其身。大匠无弃材,船车用不均。锥刀各异能,何所独却前。嘉善而矜愚,大圣亦同然。仁者各寿考,四坐咸万年。

全篇共八韵,比兴占其五韵。而每一比兴,寓意深长,颇有格言意味。此篇主旨,只在"嘉善矜愚"一句常用理语,唯因有众多比兴衬托,遂立见精彩丰满。两汉文人诗用比兴很少,直至建安初文人作品如王粲诗歌,亦多直陈其事,少见比兴,其《七哀》及在荆州所作诸诗即是。曹植大量运用比兴,实开一代风气,当是自觉借鉴汉乐府民歌手法的结果;这是文人诗"乐府化"的具体表现之一。

在诗歌意境的营造方面,曹植也表现出独具匠心。情、事、理、境的融合,是他营造匠心的主要体现;《赠白马王彪》为一例,《杂诗》六首也很突出。

> 南国有佳人,容华若桃李。朝游北海岸,夕宿潇湘沚。时俗

薄朱颜,谁为发皓齿? 俯仰岁将暮,荣曜难久恃。

——《杂诗》之四

此篇融合屈原作品意境,写美人迟暮,喻志士失意,情态优美,幽深缠绵,有独到之处。

曹植诗歌语言,典雅化与世俗化的结合是一大特点。汉代文人诗一般写得比较典重文雅,但不免拘谨局促,刻板凝滞,加之他们大多作四言体,更显出似有上接风雅以承经典的倾向。曹植异于是,他变汉人的凝滞为凝炼,继承了他们语言典雅的优点,同时却能从乐府歌辞中吸取通俗明快、朴实流畅的手法,形成自己全新的语言风格。这是一种文语与口语兼容、雅俗结合的诗歌语言,无论用来抒情或叙事,都显示了全新生命力。比较而言,当时曹丕在这方面取得的成就要小些,看曹丕今存作品,他大胆学习乐府民歌,是其优点,却未能与文人化很好结合,呈世俗有馀典雅不足缺憾,遂不免于"率皆鄙质如偶语"(锺嵘《诗品》卷中)之讥。应注意一点是,曹植诗歌中有不少文句,事实上已成对偶,如"控弦破左的,右发摧月支。仰手接飞猱,俯身散马蹄。狡捷过猴猿,勇剽若豹螭。边城多警急,虏骑数迁移……"(《白马篇》)都可以说是对句。一般在探讨五言格律诗起源时,都要提及曹植。这里还表现了曹植援辞赋及骈文语言入诗的迹象。曹植诗歌语言运用方面颇为人所称道的还有工于起句。"陈思极工起调,如'惊风飘白日,忽然归西山',如'明月照高楼,流光正徘徊',如'高台多悲风,朝日照北林',皆高唱也。"(沈德潜《说诗晬语》卷上)由于起调很高,所以甚得发唱惊挺之效果。

在章句形式方面,曹植诗歌向乐府民歌学习之处甚多,如《赠白马王彪》全篇共七章,除第一章外,其馀六章皆作连章体。此种章间首尾相衔的结构方式,来自乐府民歌无疑。又如曹植诗中多用问答句："借问叹者谁？言是宕子妻。"(《七哀》)"借问谁家子？幽并游侠儿。"(《白马篇》)"借问女何居？乃在城南端。"(《美女篇》)"悲鸣夫何为？丹华事不成。"(《弃妇篇》)"先民谁不死？知命复何忧！"(《箜篌引》)诸如此类，不胜枚举。此皆乐府民歌中常见，而当时文人诗中运用不多，以曹丕为例，其诗歌用语虽颇通俗，却极少见此问答句式，显出同为学习乐府民歌，而取舍眼光不同。

以上种种"词采华茂"之表现，都展示了曹植诗歌技艺的综合才力，谢灵运"天下才有一石，曹子建独占八斗"之论，语虽夸大，亦有以也。当然，这里既寓含学力，亦富于天才。

曹植又是一位辞赋大家。他的主要贡献就是在两汉体物大赋向魏晋抒情小赋的转变过程中起了主力作用。两汉非无小赋，如司马迁《悲士不遇赋》等皆篇帙短小之制；桓谭《仙赋》序且自称"小赋"(《艺文类聚》卷七十八)；但两汉辞赋创作的主流无疑是那些以描写京殿苑猎、述行序志为能事的鸿篇巨制。邺下文士亦非无大赋，如徐干《齐都赋》、刘桢《鲁都赋》，今虽篇帙不完，然自佚文残篇观，当日规模亦颇宏大；但建安作者无疑以小赋为基本写作形制。其中曹植作赋数量最多，亦最具代表性。所谓代表性，即其作品题材最广，抒情性最强，而艺术价值亦最高。曹植辞赋题材，有写军国大事者，如《东征赋》；有写亲情者，如《怀亲赋》怀念已故父亲曹操，《慰子赋》悲悼"中殇之爱子"，《叙愁赋》慰"母氏"之"愁思"，《离思赋》则写对于曹丕的"怀恋"，《释思赋》抒发对"家弟"的"兄弟之爱"；有写时节之思，如《感节赋》、《秋思赋》；有写气候之感，如《喜霁赋》、《愁霖赋》、《大暑赋》；有写贵游活动者，如《游观赋》、《节游赋》、《娱宾赋》等；有写闲居幽思者，如《闲居赋》、《潜志赋》、《玄畅赋》；更多的则是写平常细物小事，如《神龟赋》、《白鹤赋》、《蝉赋》、《鹦鹉赋》、《蝙蝠赋》、《鹡雀赋》等写动物，《槐赋》、《橘赋》写植物，《九华扇赋》、

《宝刀赋》、《车渠碗赋》、《迷迭香赋》写用物，《酒赋》写食物，等等；此外尚有拟写他人之事者，如《出妇赋》。可以说，自有赋以来，写作题材唯此为广。诚所谓"草区禽族，庶品杂类"（《文心雕龙·诠赋》），无所不包。这是辞赋功能的加强和运用范围的扩大，利于辞赋的普及发达。

曹植辞赋更重要的特点在于其强烈的抒情性。《喜霁赋》、《愁霖赋》，如题所示，一"喜"一"愁"，触物生情；他写动物、植物、用物等，虽亦以描绘性状为能事，总归于抒述主观感情体验，或写出某种寄托。如《鹞雀赋》，写"鹞欲取雀"，皆以动物拟人，不但写其行为，且出以言语，鹞雀对话，甚是精彩，情趣盎然。[6]当然，曹植辞赋之抒情性，首推《洛神赋》，其情绪之浓烈，气氛之曼妙，形象之优美，藻采之丽雅，实为建安辞赋之冠，而"恨神人之道殊兮，怨盛年之莫当"二句，又透露出作者无限身世之感。《洛神赋》传诵千古，自是一个情字感动倾倒无数读者。辞赋抒情性的强化，改变着它的性质，转移着它的功能。实际上它正在跨越同诗歌的分界，向诗歌靠拢。这是赋的诗化。由此，辞赋获得了新的活力，开始了它发展史上的第二个大阶段——魏晋南北朝的抒情小赋阶段。

曹植又是一位文的重要作家。当时之"文"，基本上是"文章"。文又分骈、散二途。先秦时无骈文，但对偶文句则古已有之，如"无求生以害仁，有杀身以成仁"（《论语·魏灵公》），对句在文中占有主体地位方为"骈文"，时在东汉前期。究其因，则与辞赋兴盛大有关系，因赋体颇重对偶，风习影响，及于文章，遂形成骈文。班固、冯衍、傅毅等为主要作者，如"臣闻顺而成者，道之所大也；逆而功者，权之所贵也。是故期于有成，不问所由；论于大体，不守小节"（冯衍《说廉丹》）。至曹操，力抗潮流，不为骈体，专作散文。然而大势终难逆转，邺下诸文士无不以对偶从事，撰写各类文章。即曹操幕中"掌书记"之陈琳、阮瑀,亦多骈体,如《为曹公作书与孙权》(阮瑀)、《为曹洪与魏太子书》(陈琳)等。曹植之文,基本上以骈文为主,此在当时潮流之中。其特点则在于气韵更为清畅,藻采更为繁盛,因此"独冠群才",上节论其表文时已予评述,此不赘。要之,曹植以其天赋文思,撰写技艺性要求甚高的骈体文,驾轻就熟,自然天成。而对曹植来说,似乎唯其文体难度高,正利于充分发挥才情,显示自身优势,所以他的文章写得既多且长,每篇之中,尽情挥洒,长篇大论,往往收束不住,读来如入皇家禁苑,奇珍毕备,名花纷繁,金碧辉煌,瑰丽闳肆,目不暇接,惊心动魄。基本的感受就是篇中流宕冲激着无与伦比的才气。魏晋南北朝骈文大盛,自是时代文化诸因子造成,非个人之力所能为,但众所景仰如曹植这样的名家身先垂范,不能不说也是一种重要的激励因素。

曹植生前既有"绣虎"雅号,身后文名益著。曹睿在他死后不久所下诏文中,一方面说他"有过失",另一方面也不得不承认:"自少至终,篇籍不离于手,诚难能也。"西晋时,有人将曹冏《六代论》说成是曹植作品,晋武帝令曹植之子曹志核查,结果不是。曹志说:"以先王文高名著,欲令书传于后,是以假托。"(《晋书·曹志传》)这大概是第一例文章假托案件。之所以产生此一事件,就因为曹植"文高名著"。此后凡李充、沈约、刘勰、钟嵘等文论名家,无不推重曹植,钟嵘甚至说:"陈思之于文章也,犹人伦之有周、孔,鳞羽之有龙凤,音乐之有琴笙,女工之有黼黻。"(《诗品》卷上)至于曹植对后世文士在创作上的影响,则泽被非止一代;尤其在魏晋南北朝,影响非常广泛。如西晋及刘宋最重要作家陆机、谢灵运,钟嵘就认为二人都是"其源出于陈思"(同上),事实上二人在性格上文风上确与曹植有某些相近之处。

曹植著述繁富,生前曾自编作品选《前录》,收七十八篇,今存

《前录自序》片断;死后曹睿为之集录作品百馀篇。《隋书·经籍志》
著录有集三十卷,《旧唐书》、《新唐书》、《通志》皆著录其集二十卷,
又三十卷。而《郡斋读书志》著录仅十卷,晁公武曰:"按《魏志》:
'景初中,撰录植所著赋、颂、诗、铭、杂论,凡百馀篇。'《隋志》植集三
十卷,《唐志》植集二十卷,今集十卷,比隋、唐本有亡逸者,而诗文二
百篇,反溢于本传所载,不晓其故。"今存最早版本为北宋开宝七年
(974)刊本,见藏于北京大学图书馆,其次为南宋孝宗间江西大字刊
本,见藏于上海图书馆,又有南宋嘉定六年刊本,此即上海涵芬楼
《续古逸丛书》影印本。[7]诸宋本内容悉皆合乎晁氏所云"诗文二百
篇"、"十卷"。明代有李梦阳序刻本、薛应旗辑本(《六朝诗集》本)、
汪士贤辑本(《汉魏诸名家集》本)、张溥刻本(《汉魏六朝百三名家
集》本)等,诸明本皆作十卷,篇章编次有异,而文字大致相同。清末
有丁晏《曹集诠评》、朱绪曾《曹集考异》,二书对旧本篇章文字作校
订辑补,颇完备。有关曹植作品的注释本则有黄节《曹子建诗注》、
古直《曹子建诗笺》、余冠英《三曹诗选》,以上三种皆为部分作品注
释,全校注本则有赵幼文《曹植集校注》。

〔1〕 此序文称曹丕为"太子",按:建安十六年正月曹丕任五官中郎将,至
建安二十二年十月方得立为太子,序文盖事后所作也。曹植生前曾整理编订己
所著作,命名为《前录》,今存《前录自序》可证。此《离思赋》序当自编《前录》
时所撰。类似情况在曹植集中不少,如《叙愁赋》序:"时家二女弟,故汉皇帝聘
以为贵人。家母见二弟愁思,故令予作赋。"又如《宝刀赋》序:"建安中,家父魏
王乃命有司造宝刀五枚,三年乃就,以龙、虎、熊、马、雀为识,太子得一,余及余
弟饶阳侯各得一焉。其馀二枚,家王自杖之。"自称谓及语气皆可断定,诸序文
为事后所补拟,非作赋当时所有也。

〔2〕 关于《洛神赋》的作年,赋序云:"黄初三年,余朝京师,还济洛
川。……遂作斯赋。"李善注此赋首二句"余从京域,言归东藩"曰:"《魏志》曰:

'黄初三年,立植为鄄城王,四年徙封雍丘,其年朝京师。'又《文纪》曰:'黄初三年,行幸许。'又曰:'四年三月,还洛阳宫。'然'京域'谓洛阳,'东藩'即鄄城,《魏志》及诸诗序并云四年朝,此云'三年',误。一云《魏志》三年不言植朝,盖《魏志》略也。"(见《文选》卷十九)徐按:李善所举二说,当从前说,此可自作品内部找出支持佐证。《赠白马王彪》据诗序作于七月,诗中亦有秋日季候描写,如"秋风发微凉,寒蝉鸣我侧。原野何萧条,白日忽西匿"等,而《洛神赋》中亦有"夜耿耿而不寐,沾繁霜而至曙"语,"繁霜",盖秋季之症候也。观此知二篇皆作于秋日,时序相合,当一时之作。

〔3〕　关于《洛神赋》之主旨,有"感甄"一说。其说起源甚早,《文选》李善注曰:"《记》曰:'魏东阿王,汉末求甄逸女,既不遂,太祖回,与五官中郎将。植殊不平,昼思夜想,废寝与食。黄初中入朝,帝示植甄后玉镂金带枕,植见之,不觉泣。时已为郭后谗死,帝意亦寻悟,因令太子留宴饮,仍以枕赉植。植还,度轩辕,少许时,将息洛水上,思甄后,忽见女来,自云:我本托心君王,其心不遂。此枕是我在家时从嫁,前与五官中郎将,今与君王。遂用荐枕席,欢情交集,岂常辞能具为?郭后以糠塞口,今被发,羞将此形貌重睹君王尔。言讫,遂不复见所在。遣人献珠于王,王答以玉佩,悲喜不能自胜,遂作《感甄赋》。后明帝见之,改为《洛神赋》。"此说古来有相当影响,如李商隐《东阿王》诗曰:"国事分明属灌均,西陵魂断夜来人。君王不得为天子,半为当时赋洛神。"近世郭沫若亦赞成其说,谓"我看也不是不可能的事",见所著《论曹植》(《历史人物》,1948年版)。徐按:此说甚不可信,南宋刘克庄即曾驳之曰:《洛神赋》,子建寓言也。好事者乃造甄后事以实之。使果有之,当见诛于黄初之朝矣。唐彦谦云:'惊鸿瞥过游龙去,虚恼陈王一事无。'似为子建分疏者。"(《后村先生大全集》卷一百七十三)清何焯亦谓:"按:示枕、赉枕,里老之所不为,况帝又方猜忌诸弟! 留宴从容,正不可得;感甄名赋,其为不恭,夫岂特酗酒悖慢、劫胁使者之可比耶? 注又曰:'此枕是我在家时从嫁,前与五官中郎将,今与君王。'按数语俚俗,不复有文义。……"(《义门读书记·文选》卷一)又张云璈亦曰:"赋中子建自序,本只说是洛神,何由见其为甄后? 既托辞洛神,决不明言感甄,其附会之谬,可不辨自明。"(《选学胶言》卷九)说皆有理。又近人自《魏志》诸纪传中考

得曹丕纳甄氏时(建安九年),曹丕十八岁,甄氏二十岁,曹植则仅十三岁;且甄此前已为袁绍子袁熙妇,袁曹敌对,攻战多年,曹氏兄弟无由得识甄氏。即曹丕见甄氏,亦属偶然。以故根本不可能有曹植"汉末求甄逸女"及甄氏"我本托心君王"之事甚明。

〔4〕《吁嗟篇》,《诗纪》十三引《选诗拾遗》此篇题作"瑟调飞蓬篇"。然而无论为"吁嗟篇"或"飞蓬篇",篇题皆取自作者自撰新辞第一句"吁嗟此转蓬",皆舍弃旧题另拟新题做法。

〔5〕 曹植乐府诗中亦有极少数与汉乐府歌辞关系密切,最明显的一篇是《美女篇》。余冠英先生指出:"《美女篇》的前半显然采取了古辞《陌上桑》第一解的表现方法而加以变化。""两诗各自写了一位女性的居处、采桑、服饰和容貌。内容相同,风格情调也相近。但叙述的次第和详略,描写的重点和手法有同有不同。""从这几点的对照可以看出曹植写《美女篇》确实受到《陌上桑》的影响,但不是模仿,而且有所提高。因为描写更细致饱满,形象也就更具体生动(这里比较的是局部的描写,不是全篇)。曹丕的作品受民歌影响处有时还显露模拟的痕迹,给人以半成品的印象,如《临高台》就是。曹植则没有这种缺点。"(《三曹诗选·前言》,人民文学出版社1957年版)

〔6〕 钱锺书对此赋颇予好评,其云:"按游戏之作,不为华缛,而尽致达情,笔意已似《敦煌掇琐》之四《燕子赋》矣。雀获释后,公妪相语,自夸:'赖我翻捷,体素便附'云云,大类《孟子·离娄》中齐人外来骄其妻妾行径,启后世小说中调侃法门。植之辞赋,《洛神》最著,虽有善言,尚是追逐宋玉车后尘,未若此篇之开生面而破馀地也。"(《管锥编》第三册,中华书局1980年出版)

〔7〕 关于曹植集之编辑及现存早期版本源流,韩国朴现圭有详核调查及研究,见所撰论文《曹植集编纂过程与四种宋版之分析》,载《文学遗产》1994年第4期。

第五章　曹魏前期诸文士（上）

第一节　"建安七子"和建安文学

关于建安文士集团的构成，向有"三曹"、"七子"之说。"三曹"指曹操及丕、植兄弟，此无疑义。"七子"之称，稍有问题，请为辨说。"七子"之说，盖出曹丕，其谓：

> 今之文人，鲁国孔融文举，广陵陈琳孔璋，山阳王粲仲宣，北海徐干伟长，陈留阮瑀元瑜，汝南应玚德琏，东平刘桢公干。斯七子者，于学无所遗，于辞无所假，咸以自骋骥騄于千里，仰齐足而并驰。
>
> ——《典论·论文》

此说问题，主要在孔融。融以建安十三年春被杀，而其时王粲尚在荆州，未入邺城；应玚、刘桢二人因年事稍轻，也可能未入邺（说详以下有关诸节），总之其时邺下文士集团尚未完全结成，孔融未及参与集团活动，即已殒命，他与刘桢、应玚等年轻文士基本上无接触，与王粲甚至终身未曾谋面;再者孔融盛名早著,身为汉末清流名士,又曾任王国相、二千石,其位望非一般幕僚如陈琳、阮瑀等可比;而建安元年他投靠曹操,名义上亦在献帝朝廷任职,先后为将作大匠、太中大夫、少府,为朝廷高官,九卿之一,曹操亦未便以幕僚相待。融既任汉职,当常居许都,不能来邺参与文学之事,亦颇明显。以故将孔融与诸文士并列为"七子",似有未安。

对此曹植另有所说,是为上章所引《与杨德祖书》中所列"今世作者"共六人,包括王粲、陈琳、徐干、刘桢、应玚、杨修。与曹丕"七子"相较,曹植名单内少了孔融、阮瑀二人,而多出杨修一人。减去孔融,甚为合理;不列阮瑀,似所不当。不过尚有可说:曹植所谓"今世作者",意为在世之人,而植作此《与杨德祖书》,时在建安二十一年,当时所举六人皆在,而阮瑀已于四年前病故。至于杨修其人,以才子闻名当世,诗赋留存稍少,亦大致可与并列。但修为植党,将其列名为"今世作者"六人之一,似亦不免略存右袒之意。丕、植兄弟所说,既不同如此,后人乃各凭己见,一听取舍,说颇多歧。如鱼豢、陈寿、谢灵运、刘勰、锺嵘、颜之推、张说等,纷纭莫衷。比较而言,刘勰之说适得其中,其《文心雕龙·时序》云:

> 自献帝播迁,文学转蓬。建安之末,区宇方辑。魏武以相王之尊,雅爱诗章;文帝以副君之重,妙善辞赋;陈思以公子之豪,下笔琳琅。并体貌英逸,故俊才云蒸。仲宣委质于汉南,孔璋归命于河北,伟长从宦于青土,公干徇质于海隅,德琏综其斐然之思,元瑜展其翩翩之乐,文蔚、休伯之俦,子叔、德祖之侣,傲雅觞豆之前,雍容衽席之上。

这里说及建安文学的代表人物,除三曹外,尚有王粲、陈琳、徐干、刘桢、应场、阮瑀、路粹(字文蔚)、繁钦(字休伯)、邯郸淳(字子叔)、杨修(字德祖)等十人。对此十人,刘勰在叙述时略作轻重区分,即前六人每人一句,后四人则每二人合一句,以示其文学成就及重要性略有高下差别。如此概括介绍,基本上合乎文学史客观实际,庶免于私见偏颇,可谓贴切妥当。据此,对于流传已久的"建安七子"成说,本书虽不排斥摒弃,但在敷述史实时,不以之为根据,不受其约束,而是按照文学史实际设立章节,并作适当评介。

邺下文人集团是在曹操克定邺城,将大本营安设于此之后,才初步形成,即它的起始时间应为建安九年(204)。考虑到其年两位核心人物曹丕仅十八岁,曹植仅十三岁,又王粲(可能还有应场、刘桢)等尚未到邺,所以当时活动不会很多。建安十三年秋冬,曹操克荆州,流寓南方的大批文士遂得北还,王粲等入邺,加之丕、植兄弟已经长成,此时之邺城,才真正集中全国文学精英,堪称"彬彬之盛,大备于时",邺下文人集团于是进入活动高潮期。建安十七年,阮瑀卒;建安二十二年(217),发生大疾疫,"徐、陈、应、刘,一时俱逝",王粲亦于是年病死于征吴途中;二十三年,繁钦卒;二十四年,杨修被杀。至此邺下文士骨干已大部凋零,文人集团事实上已趋消散。次年曹丕登极,政治文化重心由邺城移至洛阳,改元黄初,建安文学正式结束。可知邺下文人集团的存在,先后历十五、六年,而其活动高潮,大约维持九年左右。

邺下文人集团的出现,在中国文学史上意义重大。首先它的规模空前。"盖将百计"的人数,史无前例。此前文人集团如战国时齐国稷下集团,楚国文人集团(宋玉、唐勒、景差之徒),西汉时淮南集团(淮南王安及小山之徒),梁园集团(枚乘、邹阳、庄忌等),东汉时永元文士集团(班固、崔骃、傅毅等),鸿都门文人集团等,除后者人数达到四十馀名外,其馀有名者不超过十位数。其次是它的集中度高。在鼎盛期,邺城荟萃了当时全国绝大部分一流和二流文学家,别处如吴、蜀两地虽有孑遗,相对实力却不成比例,不存在分庭抗礼局面。在此之前的任何一个文士集团,大多显出某种地方性或小集团性,又鸿都门集团还具有排他性,因而理所当然它本身遇到了别的文士的敌视。第三是它的水平很高。三曹、七子等创作了许多传世之作,在中国文学史上,盛唐之前还不曾有哪一个时期在短短十馀年间出现如此众多的名家名篇,并且形成鲜明独特的共同风格。因此建安文学成为公认的文学史上一高潮;"建安风骨"也成为后世文论家心目中的文学高标和典范。

邺下文人集团的形成,曹氏父子起了决定性作用。是曹操本人出于对文学的爱好,才广泛罗致众多文学之士到自己幕中;是丕、植兄弟以公子身份带头写作,激起了文士们从事文学活动的积极性。曹操是这个集团的当然领袖,而丕、植兄弟则是集团的核心。所以邺下文士身上仍保留着传统的对于政治权力的依附性,多数文人的独立人格尚未真正形成。出于这种依附性,他们在热衷追求功名的同时,也表现出某些庸俗的人生态度,这也是文士的传统局限性,非独邺下文人为然。不过在"七子"等人中,情况也有差异,如刘桢、徐干、杨修,还有孔融、祢衡,他们在某些场合以不同方式,程度不等地表现了文士的自尊心,以及对权势者的疏离甚至轻蔑,显示了独立人格意识的某种觉醒。这种觉醒,与不久之前发生在汉末桓、灵间的清流儒生同宦官集团的那一场对抗,有很大关联。在那场对抗中,清流儒生公然结成集团,形成强大的势力,与代表皇权利益的官宦集团作对。通过那场斗争,文士们培养了一种独立精神,以及清高耿介、不畏权势的品格。清流儒生们拥有人格道义上的优势,使他们在许多场合都表现出很强的自信心和节操感,面临政治打击乃至生命危险而不改其志。孔融实际上正是一位清流遗少,他十岁随父到洛阳,即投身"以天下名教是非为己任"(《世说新语·德行》)的清流领袖李膺门下,并且颇受青睐。尽管经历了一场酷烈的战乱,汉末政治格局已经大变,外戚、宦官、清流儒生三大势力或被消灭,或被打散,取而代之的是各路军阀,横行全国。然而那清流精神却在相当一部分文士身上得以承续,他们面对新的权势人物,仍以种种方式显示其孤傲耿介的清流品格。汉末清流传统,成为魏晋名士重要的精神源头。就汉魏间人物说,如袁绍,父祖皆清流人物,他面对董卓淫威,抗言"天下健者,岂唯董公!"(《魏志》本传注引《献帝春秋》)又如宗世林鄙薄曹操为人,不与交,及操为司空,总朝政,问:"可以交未?"答曰:"松柏之志犹存。"(《世说新语·方正》)皆有清流遗风。孔融出身名门,对"赘阉遗丑"的曹操本来心存轻蔑,所以时露傲态,多次"狎侮"曹操,终招杀身之祸,亦颇显清流本色。至于祢衡、杨修,皆与孔融交好,且作风接近,从气质品类上看,也是清流之属,他们对曹操都有不恭言行,非为偶然。刘桢父祖虽不及袁氏有名,亦清流辈也。要之清流意识既是一种身份意识,便也是一种道德意识,它在建安文士中广为存在,事实上成为他们的一种潜意识,使他们在军阀当道的衰世中用此作为维护文士自我价值的精神武器。

然而建安文士面对的是曹操这样一个特殊人物。他毫无疑问是一个军阀,而且从建安七年(202)袁绍死后便成为当时最大军阀;几乎一切军阀的恶劣品性他都有:专横、残暴,猜忌多疑,刚愎自用;然而他又具有一般军阀所没有的品质:雄才大略,知人善任;尤其是他本人的文化素质很高,对文士的理解颇为深刻,能用其长技,弃其短处。曹操渴求贤才,"但为君故,沉吟至今"(《短歌行》),文士来投之后,他多用为幕僚文人如"军师祭酒"之类,使"管记室";或任为丕、植等诸子的属吏如"家丞"、"庶子"之类。少数委以高位,如王粲为侍中,孔融为太中大夫等。此种任用文士方针方式,正表现曹操之高明,因为文士中多数人是否具有政治才能,实在颇存疑问。因此文士在曹操幕中,多有一种复杂感受:既有得到任用的感激,因为他们得到了比在其他军阀那里好得多的对待;又有位卑任轻的慨叹,总觉未尽自己大才。然而慑于曹操的雄威,他们一般并不敢有明显的不满表示,只有少数人清流意识强烈,表现出种种侮慢态度。这些人惹恼了曹操自取其祸,又反过来对其他文士起到儆戒作用,使之安于职分,不敢有越轨言行,即有清流意识,亦不能肆为发作。而清流意识较弱者,便有参与贵游、纵溺享乐甚至曲意谀颂等缺乏自检的表现。邺下文人的精神状态,大抵如此。

不过这种内心感受的复杂性,也造成了他们文学内容的复杂性,以及创作个性的多样化。建安七子等作为一个文学群体,无疑有共同的文学特征,亦即时代特征;同时他们也都有各自文学个性。这种个性既发源于他们来到邺城之前的不同经历,也植根于在邺城时期的不同生活际遇和感受。

第二节　王粲

王粲(177—217),字仲宣,山阳高平(今山东邹县)人。曾祖王龚,祖王畅,皆为汉三公;父王谦,灵帝时大将军何进长史。王粲出身世家,少有才名,见左中郎将蔡邕于长安,邕倒屣迎之,谓宾客曰:"此王公孙也,有异才,吾不如也。吾家书籍文章,尽当与之。"(《魏志》本传)蔡邕所谓"王公",指王畅,为汉末清流领袖之一,与李膺等同列"八俊",在士林名望极高。王粲十七岁受司徒王允辟,诏除黄门侍郎,因值董卓诸部将作乱,关中涂炭,皆不就,乃之荆州投刘表。表亦汉末名士,名列"八及",初颇礼遇王粲,后以粲貌寝体弱,作风通脱，便不甚器重。王粲客居荆州共十六年，颇郁郁不得志。建安十三年（208），曹操南征，刘表病死，其子刘琮举州降，王粲得以北归。曹操始辟为丞相掾，后迁军师祭酒；建安十八年，魏国既建，拜侍中。粲博学多识，曹魏兴立礼仪制度，他是主要参与者之一，所起作用超过锺繇、王朗等大臣。建安二十二年春，他随军征吴，病卒于道。王粲聪明颖慧，才思敏捷，精于算数；善属文，举笔便成，无所改定，时人常以为宿构。所著诗、赋、论、议等颇多，西晋时尚存六十篇，[1]《隋书·经籍志》著录有集十一卷，《汉末英雄记》十卷，《去伐论集》三卷。今存辑本，有明代张溥《汉魏六朝百三名家集》所收《王侍中集》一卷，杨德周《汇刻建安七子集》所收《王仲宣集》四卷，中华书局出版《建安七子集》所收《王粲集》等。又严可均辑其文入《全后汉文》卷九十、九十一，逯钦立辑其诗入《魏诗》卷二。注释本则有吴云主编《建安七子集校注》所含《王粲集》等。

　　王粲的文学创作亦可分前后两阶段。建安十三年前，是他经历汉末战乱及流寓荆州阶段。此时期的王粲颇多忧患意识，此种意识首先是社会性的。面对全国大战乱大破坏的现实，凡有社会责任心的志士仁人，都会产生忧国忧民之心。另一方面，亲历战乱险恶环境，身临兵燹威胁甚至死亡考验，肯定也要为本人的处境担忧，因此其忧患又具有个人性质。就王粲前期言，两种忧患意识并存，而在不同作品中有不同表现。表现社会忧患意识的作品首推《七哀》（之一）：

　　　　西京乱无象，豺虎方遘患。复弃中国去，远身适荆蛮。亲戚对我悲，朋友相追攀。出门无所见，白骨蔽平原。路有饥妇人，抱子弃草间。顾闻号泣声，挥涕独不还。"未知身死处，何能两相完？"驱马弃之去，不忍听此言。南登霸陵岸，回首望长安。

悟彼下泉人,喟然伤心肝。

此诗含两重内容,一重为诗人自身逃亡经历。为避豺虎祸害,他被迫逃离长安;诗中写及亲戚、朋友,表明是全民大流徙,非一二人出走;又写及所见景况,"白骨蔽平原",表明死者极多,惨绝人寰。二重为途中所遇"饥妇人"之事。人谁不爱子?而竟弃之草间,实出不得已也。全篇以自身体察及所"见"所"听",写出悲惨现实,"乱世之苦,言之真切"(陈祚明《采菽堂古诗选》卷七)。末引《诗经·下泉》,以示"念彼周京",并"思治也"(毛诗小序),显出忧国忧民意识。此诗与曹操《薤露》、《蒿里》,同为纪述汉末丧乱之优秀篇章。曹云:"白骨露于野,千里无鸡鸣。生民百遗一,念之断人肠。"此曰:"出门无所见,白骨蔽平原。""悟彼下泉人,喟然伤心肝。"有异曲同工之妙。区别则在曹作更概括,更有历史感,因而更悲壮;此篇更具体,情感更浓烈,因而更悲怆。

王粲表现个人忧患意识的作品更多些,其中以《登楼赋》最为著名:

登兹楼以四望兮,聊暇日以销忧。览斯宇之所处兮,实显敞而寡仇。挟清漳之通浦兮,倚曲沮之长洲。背坟衍之广陆兮,临皋隰之沃流。北弥陶牧,西接昭丘。华实蔽野,黍稷盈畴。虽信美而非吾土兮,曾何足以少留!遭纷浊而迁逝兮,漫逾纪以迄今。情眷眷而怀归兮,孰忧思之可任?凭轩槛以遥望兮,向北风而开襟。平原远而极目兮,蔽荆山之高岑。路逶迤而修迥兮,川既漾而济深。悲旧乡之壅隔兮,涕横坠而弗禁。昔尼父之在陈兮,有"归欤"之叹音。钟仪幽而楚奏兮,庄舄显而越吟。人情同于怀土兮,岂穷达而异心?唯日月之逾迈兮,俟河清其未极。冀王道之一平兮,假高衢而骋力。惧匏瓜之徒悬兮,畏井渫之莫食。步栖迟以徙倚兮,白日忽其将匿。风萧瑟而并兴兮,天惨惨而无色。兽狂顾以求群兮,鸟相鸣而举翼。原野阒其无人兮,征夫行而未息。心凄怆以感发兮,意切怛而憯恻。循阶除而下降兮,气交愤于胸臆。夜参半而不寐兮,怅盘桓以反侧。

全篇以登楼"销忧"始,而以"心凄怆以感发","气交愤于胸臆"结束。登楼所见,皆为美景,然而"虽信美而非吾土",反而滋生出满腹乡思来。于是"悲旧乡之壅隔兮,涕横坠而弗禁",眼前景物也就都变了色调,成了"风萧瑟"、"天惨惨"的悲凉景致。自赋中"遭纷浊而迁逝兮,漫逾纪以迄今"二句看,作此赋时,王粲滞留荆州地区已超过十二年,当在建安九年(204)以后。当时王粲因不得刘表重用,对荆州已感到厌倦,以故返回北方中原的欲念愈益强烈,乡愁无限。当时北方地区袁、曹相争,袁绍已死,战事虽未结束,但"挟天子以令诸侯"的曹操已取得优势,却已明朗,所以赋中"冀王道之一平兮,假高衢而骋力"二句,似乎王粲已从当时大局中看到了自己回归中原的希望。现实的失意与微茫的希望,又使他更加内心惆怅不安,于是"夜参半而不寐兮,怅盘桓以反侧"。此赋抒情写景,融合无间,而情绪的转换发展,写来又很微妙,为王粲辞赋代表作,也是赋史上抒情小赋名篇之一,《文选》收入"游览"类。

此外,王粲在荆州所作诗多篇,其意蕴亦略同于《登楼赋》,如《七哀》(其二)"荆蛮非我乡,何为久滞淫……",情绪,语气,甚至用词,都与《登楼赋》相近。王粲在荆州已住十馀年,却始终不能认同其地,客居心理特别强烈,在此诗中也表现无馀。又如所作几首赠友诗,《赠蔡子笃》、《赠士孙文始》、《思亲为潘文则作》,无不如此。他见蔡子笃自荆州返故里,便"慨我怀慕,君子所同";见士孙文始被封为澹津亭侯,受汉献帝所招北上就官时,更是惊羡不置,说"悠悠我

心,薄言慕之","瞻仰王室,慨其永叹!"很遗憾自己无此机会;为潘
文则作悼母之诗,也要借机发出"嗟我怀归,弗克弗逞"之叹。王粲
在荆州所作的这些思乡怀归诗赋,表达了人类的一种普遍平常情愫,
因此极易引起不同时代不同身份不同经历读者的广泛共鸣。

但是王粲在荆州时,也有另一类作品,即为荆州统治者刘表效力
的文章。如《荆州文学记官志》、《为刘荆州与袁谭书》、《为刘荆州与
袁尚书》。前一篇作于建安八年,[2]为记述赞颂刘表在州建立"文
学"(实即儒学)学官而作,文中提出:"夫文学也者,人伦之首,大教
之本也。"与杨修、曹丕关于"文章"的言论大意接近,而写作时间更
早,有相当的意义。文中又颂扬刘表,谓"天降纯嘏,有所底受。臻
于我君,受命既茂。南牧是建,荆衡作守。时迈淳德,宣其丕
繇……"热情赞美,不遗馀力。后二文代刘表而作,以袁绍死后,二
子内讧,兵戎相见,使曹操坐收渔利,刘表与袁绍本为同盟,遂致书袁
氏兄弟劝解。书中论说情理,颇为中肯,"且当先除曹操,以卒先公之
恨;事定之后,乃议兄弟之怨",等等。此文代人立言,与王粲本人思想并
无必然关联。但由此亦可知,王粲在荆州,事实上也曾为刘表效劳,刘表
也并非完全不重视他,只是重视或重用的场合可能不够多而已,因此引
发出他大量的牢骚怨悱。考虑到此二文亦作于建安八年,即《登楼赋》之
前不久,显出王粲在诗赋中发出的叹怨,似乎在某种程度上也夹杂了一
些浮躁,这使他的作品在思想感情的深度方面受到一定影响。

建安十三年后,王粲终于回到日夜萦怀的中原故土,他的文学创
作面貌也有了改变。这种改变,主要表现为他的忧患意识减少了,对
功名的追求意识增多了。表现社会忧患的作品,王粲后期似乎没有
写过。这不能构成责怪他的理由,因为事实上建安十三年后的北方
中原地区,在曹操强有力统治下,基本上已经实现了社会安定,民众
生产生活也已进入恢复和发展时期,曹魏与吴、蜀之间虽时有战争,

但基本上呈各方相持状态,对中原地区社会生活影响不大,他当然不可能再写"白骨蔽平原"之类诗文。表现个人忧患的作品,王粲后期写得也很少,这可以从他政治和生活处境的改善中得到合理解释。不过有迹象表明,王粲在邺下时仍有一些不满情绪。[3]这恐与他本人功名期待很强烈,而曹操基本上仍以文士待之有关。他自视甚高,对居于文学侍从地位仍有不满足感;不过曹操不比刘表,王粲即有不满,也不敢肆意发泄,所以形诸文字者不多。

表现功名追求的作品则数量不少,诗赋皆有。不过此类作品,往往与对曹操的赞颂融为一体,代表性作品有《从军诗》五首:

从军有苦乐,但问所从谁。所从神且武,焉得久劳师?相公征关右,赫怒震天威。一举灭獯虏,再举服羌夷。西收边地贼,忽若俯拾遗。陈赏越丘山,酒肉逾川坻。军中多饶饶,人马皆溢肥。徒行兼乘还,空出有馀资。拓地三千里,往返速若飞。歌舞入邺城,所愿获无违。昼日处大朝,日暮薄言归。外参时明政,内不废家私。禽兽惮为牺,良苗实已挥。窃慕负鼎翁,愿厉朽钝姿。不能效沮溺,相随把锄犁。熟览夫子诗,信知所言非。

(其一)

朝发邺都桥,暮济白马津。逍遥河堤上,左右望我军。连舫逾万艘,带甲千万人。率彼东南路,将定一举勋。筹策运帷幄,一由我圣君。恨我无时谋,譬诸具官臣。鞠躬中坚内,微画无所陈。许历为完士,一言犹败秦。我有素餐责,诚愧《伐檀》人。虽无铅刀用,庶几奋薄身。

(其四)

每篇都包含两部分内容:对曹操的赞颂和自身的功名愿望。诗篇气势磅礴,意兴高扬,节奏轻快,文词流畅,看来他写得很熟稔了。作为张扬军威、鼓舞士气、激励斗志之诗,应当说是不错的作品;不过在对曹操的颂美以及自我表态方面,还是流露出某些过分姿态,联系到当初他对刘表的颂赞,亦是"我君"、"我牧"如何如何,令人感到有些庸俗浅薄成分。古今才子,固多有此缺点,王粲自莫能免。《从军行》原为乐府旧曲,《乐府解题》曰:"《从军行》皆军旅苦辛之辞。"王粲反其意而用之,由苦而乐,亦建安文士以旧曲写时事风气之一表现。

王粲在邺下经常参与以丕、植兄弟为首的贵游活动,同时也撰作相关贵游诗赋。如《杂诗》(其二),写"列车息众驾,相伴绿水湄",结句为"白日已西迈,欢乐忽忘时"。与丕、植兄弟同类作品相似,盖应景凑趣之作也。此外还有不少赋,如《迷迭赋》、《玛瑙勒赋》、《车渠碗赋》、《槐树赋》、《柳赋》、《白鹤赋》、《鹦鹉赋》等,皆当时文士间奉和酬唱之作;同名之赋,多见于诸文人集中,一时形成写作小赋高潮。其中虽多竞采骋词倾向,间亦有佳篇,如《莺赋》:

> 览堂隅之笼鸟,独高悬而背时。虽物微而命轻,心凄怆而愍之。日奄蔼以西迈,忽逍遥而既冥。就隅角而敛翼,倦独宿而宛颈。历长夜以向晨,闻仓庚之群鸣。春鸠翔于南薨,戴鸧集乎东荣。既同时而异忧,实感类而伤情。

所谓"堂隅之笼鸟","高悬而背时",令人联想起某些受到高位优崇但聊备观赏、且不享自由之人,甚至就联想到王粲本人,以及他关于"惧泽不周"的"忧思",所以此处隐约似有寄托。末云"既同时而异忧,实感类而伤情",言人与鸟皆忧,作者睹物伤情,意有所指。作为抒情小赋,此篇写得精练紧辏,颇为成功。此外王粲也作有《出妇赋》、《寡妇赋》，前者似亦写刘勋出妻事，后者亦拟阮瑀妻作，皆邺下文士所同作。又有《七释》一篇，据曹植《七启》序，知此为奉植命而作。又有《仿连珠》一篇。

王粲后期还作有不少文，有颂、赞、书、檄、论、难、问、铭、吊、诔等，显示他掌握多种文体的才能。就中几篇论难较为重要，即《爵论》、《儒吏论》、《安身论》、《务本论》以及《难锺荀太平论》。这些文章寓含多方面政治主张，总的说其观点较为驳杂，儒、法、道兼取。如论安身，则以为"安身莫大乎存政，存政莫重乎无私，无私莫深乎寡欲"，宗老子之说；论爵，则以为应恢复赏爵制度，以代替货财、复除之赏；论吏治，则主张"吏服雅训，儒通文法"，皆出入儒法；而论太平，则以为"刑不可错"，持刑名之学；论务本，则主张劝农耕，严赏罚，似又浸淫乎商君之说。刘勰对于王粲之论，评价颇高，谓："魏之初霸，术兼名、法，傅嘏、王粲，校练名理……详观兰石之《才性》，仲宣之《去伐》……并师心独见，锋颖精密，盖论之英也。"（《文心雕龙·论说》）

总观王粲前后两期，文风颇见异同；以成就言，则各有侧重。然而其最著名作品如《七哀》诗、《登楼赋》，皆前期所作；后期篇数虽多，而能与此二篇并论者实不可得，《从军诗》等虽亦有名，但文学价值难与比肩。究其原因，当是前期王粲，虽然颠沛流离，无以家为，然其地位相对游离，人格亦较独立，社会及个人的忧患意识浓厚，是为产生优秀作品基础，所谓"忧患出诗人"也。后期生活安定，地位亦高，对曹氏的依附关系或主从关系十分明确，忧患意识既已淡薄，独立人格也渐削弱，一如"堂隅之笼鸟"，时时高歌啼啭，妩媚以悦人主，间或发出一二悲鸣而已。锺嵘评王粲曰："其源出于李陵。发愀怆之词，文秀而质羸。在曹、刘间别构一体，方陈思不足，比魏文有馀。"（《诗品》卷上）此所谓"质羸"，盖即曹丕所云："仲宣独自善于辞赋,惜其体弱,不足起其文。"(《与吴质书》)至于"发愀怆之词",则显然只能包括前期诗赋,即《七哀》、《登楼赋》诸作。又谢灵运曰:"王粲,家本秦川,贵公子孙,遭乱流寓,自伤情多。"(《拟魏太子邺中诗序》)末二句评语亦仅指前期。要之王粲文学成就,前期确实大于后期,后世论者所重视者,亦以前期诸诗赋为主。

第三节　刘桢

刘桢(？—217),字公干,东平宁阳(今属山东)人。父(一说祖父)刘梁,汉宗室子孙,为人正直,疾世多利交,邪曲相党,乃著《破群论》、《辩和同之论》,说"君子之行……进退周旋,唯道是务"(《后汉书》卷七十下《文苑列传》)。刘桢"少以才学知名,年八九岁,能诵《论语》、诗、论及辞赋数万言,警悟辨捷,所问应声而答,当其辞气锋烈,莫有折者"(《太平御览》卷三八五引《文士传》)。后以文名,被曹操辟为司空军师祭酒,又先后转五官中郎将文学、平原侯庶子,侍丕、植兄弟,成为邺下文士集团的重要分子。建安二十二年,染疾疫,与徐干、陈琳、应玚等一时俱逝。刘桢在任五官将文学时曾得罪,原由是:"……太子尝请诸文学,酒酣坐欢,命夫人甄氏出拜。坐中众人咸伏,而桢独平视。太祖闻之,减死输作。"(《魏志·王粲传》注引《典略》)曹操处以"减死输作",惩罚不轻;然而刘桢竟敢在大庭广众场合"平视"甄氏,其傲岸特立的个性确很突出。不过总的说,刘桢的经历要比王粲(还有陈琳)简单,他一入仕途,即投身曹氏幕中,未曾有过为敌对阵营效力体验。

从文学创作上看,刘桢入邺之前似乎已经成名,所以曹植说"昔……公干振藻于海隅",不过他的今存作品可以判断大抵都作于邺城时期，唯《鲁都赋》可能作于入邺之前，赋中不涉及任何时事，对曹操亦无一言褒贬，只是极力铺叙鲁国历史及都城形胜，大概当时与曹操尚未接触。他应曹操辟后的第一篇作品，当为《遂志赋》，赋述初应辟时惊喜激动心情，显示初出茅庐涉世未深受宠若惊状态：

> 幸遇明后，因志东倾。披此丰草，乃命小生。生之小矣，何兹云当？牧马于路，役车低昂。怆恨恻切，我独西行。去峻溪之鸿洞，观日日于朝阳。释丛棘之馀刺，践檟林之柔芳。曒玉粲以曜目，荣日华以舒光。信此山之多灵，何神分之煌煌！聊且游观，周历高岑。仰攀高枝，侧身遗阴。磷磷礧礧，以广其心。伊天皇之树叶，必结根于仁方。梢吴夷于东隅，掣叛臣乎南荆。戢干戈于内库，我马蘩而不行。扬洪恩于无涯，听颂声之洋洋。四宇莫以无为，玄道穆以普将。翼俊乂于上列，退仄陋于下场。袭初服之芜秽，托蓬芦以游翔。岂放言而云尔，乃旦夕之可忘？

他将曹操辟召自己说成"披此丰草，乃命小生"，表示愧不敢当。他西行赴邺，途中所见景物，悉皆光明灿烂，神灵煌煌。他觉得自己此去是"仰攀高枝，侧身遗阴"，托庇于大树；他认为曹操必将统一全国，自己到那时即可退隐还乡。此赋如题所示，表现刘桢入曹操幕时的"遂志"心态。从"梢吴夷于东隅，掣叛臣乎南荆"二句看，赋当作于建安十三年至十五年之间。因建安十三年前，曹操对手主要在北方，尤其是袁氏势力；曹操建安十二年尚在北征三郡乌丸及袁氏兄弟，至建安十三年正月才胜利回到邺城。建安十三年赤壁战后，曹操主要敌人才是占据吴地的孙权集团及占据荆州的刘备集团。此情况正与刘桢赋中二句相合。至于建安十五年后，刘备又已入据益州西川,其主要据点设于成都,那时对于曹操敌人的一般说法,应当是东吴与西蜀,犹曹植所云:"顾西尚有违命之蜀,东有不臣之吴。"(《求自试表》)而不以"南荆"与"东吴"对举。由此亦可知,刘桢到邺时间,在邺下文士中较晚。

刘桢入邺后,带着此种"遂志"心态,成为文人集团一员。他在邺下既先后为曹操及丕、植兄弟属吏,自不免要参与他们的贵游活动。于是他也撰写起《公宴诗》、《斗鸡诗》、《射鸢诗》之类诗赋,附庸风气。其中也不免要奉承人主,如说"我后横怒起,意气凌神仙","庶士同声赞,君射一何妍"等等。另外,他也写了一些奉命之作,如《瓜赋》,赋序曰:"桢在曹植坐,厨人进瓜,植命为赋,促立成。其辞曰……"不过相对而言,刘桢所写此类作品尚属较少者。而在邺日久,过着属吏供驱遣繁琐庸碌生活,"遂志"心态日渐消减,厌烦情绪相应滋生。他曾对邺下文士中作风最淡泊萧散的徐干倾诉此种情绪:

> 谁谓相去远,隔此西掖垣。拘限清切禁,中情无由宣。思子沉心曲,长叹不能言。起坐失次第,一日三四迁。步出北寺门,遥望西苑园。细柳夹道生,方塘含清源。轻叶随风转,飞鸟何翻翻!乖人易感动,涕下与衿连。仰视白日光,皭皭高且悬。兼烛八纮内,物类无颇偏。我独抱深憾,不得与比焉。
>
> ——《赠徐干》

由"隔此西掖垣"句可知,作此诗时刘桢身在中书省当值,盖在丞相军师祭酒任上。他既为曹操本人属吏,自然"拘限"甚严。他思念友人,想宣泄"中情"而不能得。他遥望西园风光,见细柳方塘,轻叶飞鸟,心中产生对自由生活的无限向往。为此他"抱深憾",情绪可以说相当强烈了。另一首《杂诗》，所写内容类于此：

> 　　职事相填委，文墨纷消散。驰翰未暇食，日昃不知晏。沉迷
> 簿领书，回回自昏乱。释此出西城，登高且游观。方塘含白水，
> 中有凫与雁。安得肃肃羽，从尔浮波澜。

这里对于产生厌烦情绪之原因说得更为清楚：就是因为忙碌于文墨
职事，忙到无暇饮食，沉迷书簿，头眼昏花。这是古代"上班族"体
验。可知在曹操手下任一属吏，亦大不易。然而，曹操手下属吏甚
多，同样忙碌，他人却并无厌烦表示，至少并无如此强烈表示。如上
节所说王粲《莺赋》，亦有不快，但情绪和缓且婉转得多。为何刘桢
情绪独强？这只能从他性格作风生活态度上求得解释。刘桢为人正
直，自尊心极强，他竟敢"平视"甄氏，独不肯伏地一事，即已充分显
示此点。就其本性言，他太自尊，太敏感，不适宜于任一般吏员。正
如他在《赠徐干》诗中所自述："乖人易感动。"他是位与众不同的"乖
人"。这"乖人"的含义，不仅是怪僻，更是乖觉，是敏感；所以才"易
感动"。刘桢在人生自由和个人尊严的问题上，具备了一般文人所
没有的敏感，所以才有这种不同流俗的表现。

　　正是在这种思想性格基础上，刘桢写出了如《赠从弟诗》这样的
诗篇：

> 　　泛泛东流水，磷磷水中石。蘋藻生其涯，华叶纷扰溺。采之
> 荐宗庙，可以羞嘉客。岂无园中葵，懿此出深泽。

（其一）

> 　　亭亭山上松，瑟瑟谷中风。风声一何盛，松枝一何劲。冰霜

正惨凄,终岁常端正。岂不罹凝寒? 松柏有本性。

(其二)

  凤凰集南岳,徘徊孤竹根。于心有不厌,奋翅凌紫氛。岂不
常勤苦? 羞与黄雀群。何时当来仪? 将须圣明君。

(其三)

三首皆咏物小诗,各以蘋藻、山松、凤凰为对象,咏其可贵品性。蘋藻之可贵在"懿此出深泽",松柏可贵在"终岁常端正",凤凰可贵在于"奋翅凌紫氛"。诗中采润不多,一如所写对象,天然无雕饰,而清洁、正直、孤高品格,跃然纸上。诗为赠从弟而作,"赠是诗以嘉勉焉"(刘履《选诗补注》卷二),然而也是诗人自写其人品"本性",因为刘桢为人正是如此。三首诗虽藻采不多,章句变化亦少,但咏物而兼比兴,以故不显枯涩。诗的起句看似质朴平淡,实极具气格,"泛泛东流水,磷磷水中石"、"亭亭山上松,瑟瑟谷中风"、"凤凰集南岳,徘徊孤竹根",皆能提起全篇精神,托出下文意境。诗中最可称道者,即在于此凛然清正独立高洁的气骨,表现了诗人不同流俗的独有精神风采。此外,刘桢有数篇失题诗,意蕴与《赠从弟诗》相近:

  昔君错畦畤,东土有素木。条柯不盈寻,一尺再三曲。隐生
置翳林,倥偬自迫速。得托芳兰苑,列植高山足。

  青青女萝草,上依高松枝。幸蒙庇养恩,分惠不可赀。风雨
虽急疾,根株不倾移。

  翩翩野青雀,栖窜茨棘藩。朝食平田粒,夕饮曲池泉。猥出
蓬莱中,乃至丹丘边。

皆是咏物兼含比兴，突出其身份低微而品格高洁。诗中对于曹操识拔自己于草野，颇表知遇感恩之情，然而他的感激还是较有分寸，比起他人如王粲来，那种对人主过分夸饰的颂赞语实即谀词，尚属较少者。这也从另一侧面显示了刘桢品格的独特处。

　　刘桢在邺期间，曾患过大病，因此有不少言及病情的诗文。如《赠五官中郎将》之二说："余婴沈痼疾，窜身清漳滨。自夏涉玄冬，弥旷十馀旬。常恐游岱宗，不复见故人。……"疾病在一定程度上影响了他的精神状态，有时不免流露出悲观情绪。这种情绪与他的孤傲性格结合在一起，更使他的作品中增添了悲凉气氛。

　　刘桢亦善文。刘勰曾称赏其笺记，谓："公干笺记，丽而规益。子桓弗论，故世所共遗。若略名取实，则有美于为诗矣。"（《文心雕龙·书记》）不过也许就为刘勰所说的原因，刘桢笺记之文被人所遗忽了，所以今已不存一篇完整笺记，唯有一二片断文字，如《谏曹植书》：

　　　　家丞邢颙，北土之彦。少秉高节，玄静淡泊，言少理多，真雅士也。桢诚不足同贯斯人，并列左右。而桢礼遇殊特，颙反疏简，私惧观者将谓君侯习近不肖，礼贤不足；采庶子之春华，忘家丞之秋实。为上招谤，其罪不小，以此反侧。

邢颙其人，为一淑德君子，时人有"德行堂堂邢子昂"之称，曹操为诸子高选官属，特命为平原侯曹植家丞。邢颙在任，防闲以礼，不肯阿附，颇与曹植不合。为此，作为平原侯庶子的刘桢作此书规劝曹植。书中推奖邢颙，深自贬抑，显示正直大度胸怀。从此文实际内容看，确有"丽而规益"之特色。[4]今存刘桢唯一篇帙完整之文是《处士国文甫碑》，此碑文旌表处士国文甫高行清德，"外清内白，如玉之素；

逍遥九皋,方回是慕。……"碑主正与刘桢本人作风相近,所以专为碑文,倾心相许。

总的看,刘桢文学成就主要在诗。锺嵘评曰:"其源出于古诗。仗气爱奇,动多振绝,真骨凌霜,高风跨俗。但气过其文,雕润恨少。然陈思以下,桢称独步。"(《诗品》卷上)这里归纳刘桢诗的风格特点,非常准确。刘桢以其"仗气爱奇"、"真骨凌霜"的诗歌风格,成为汇入建安时代慷慨文风的重要一员。而在邺下众多文人中,他的"气骨"即气格又属最高,最为突出,是一位尚气诗人。刘勰谓丕、植兄弟及"王、徐、应、刘"等,并以"慷慨以任气,磊落以使才"(《文心雕龙·明诗》)为特色;应当说,在"慷慨以任气"之点上,刘桢最为突出,他人无以上之。锺嵘又对刘桢作了总体评价,其"独步"之说,亦基本正确。刘桢的总体文学成就,并不在王粲之上,但其个人风格之独特,无疑超过王粲。又谢灵运也在《拟魏太子邺中集诗》中说:"刘桢,卓荦偏人,而文最有气,所得颇经奇。"所谓"偏人",亦即"乖人",都是说性格独特;"最有气",即"慷慨以任气"也。

最后需要指出一点的是,刘桢无论怎样"乖"、"偏",都只是在思想性格和为人作风方面的表现,而在政治倾向方面,他则持明确的拥戴曹操的态度。这在他的诗文中有许多例证可按。如《赠从弟诗》中虽淋漓尽致表现其孤高个性,然第三首末韵谓"何时当来仪?将须圣明君",此"圣明君"即曹操也。又如上举三篇失题诗,篇中亦有"得托芳兰苑"、"幸蒙庇养恩"、"乃至丹丘边"等句,是皆对曹操感恩戴德语,"昔君错畦畤"之"君",亦明指曹操。即使在被治罪以后,他对曹氏仍无任何不满表示,这在《赠五官中郎将诗》四首对曹丕态度中可以看出。正因为刘桢在政治上并无离心离德表现,所以曹操才对这位"乖人"、"偏人"取基本容忍的态度,只是重重教训了他一次。就在这一点上,刘桢与孔融、杨修等人有很大不同。

刘桢著作，《隋书·经籍志》著录有集四卷，今存诸辑本，有明代《汉魏六朝百三名家集》所收《刘公干集》一卷，《汇刻建安七子集》所收《刘公干集》二卷，近代《汉魏六朝名家集》所收《刘公干集》一卷，以及中华书局出版《建安七子集》所收《刘桢集》一卷。又严可均辑其文入《全后汉文》卷六十五，逯钦立辑其诗入《魏诗》卷三。注释本则有吴云主编《建安七子集校注》所含《刘桢集》等。

第四节 陈琳 阮瑀 徐干 应玚

此四人合为一节，主要由于他们在建安当时，曾获得过曹丕、曹植兄弟的共同肯定，列名"今之文人"和"今世作者"之内；在身后，又受到论者的一致认可，认为他们与王粲、刘桢在一起，是成就相当的有代表性的邺下文人。如在他们身后的第一部史传《三国志》中，陈寿即谓："始文帝为五官将，及平原侯植皆好文学。（王）粲与北海徐干字伟长、广陵陈琳字孔璋、陈留阮瑀字元瑜、汝南应玚字德琏、东平刘桢字公干，并见友善。"（《魏志·王粲传》）六人得以并列，而不涉及其馀诸文士。陈寿的这一排列，实际上表明他不同意曹丕将孔融列为"七子"之一，同时他也不同意曹植将杨修列入"今世作者"的代表排名之内。平心而论，陈寿的排列，颇允当。前引刘勰之说，很可能采纳了陈寿之说而略加补充。

陈琳（？—217），字孔璋，广陵射阳（今属江苏）人。在邺下文士中，他是年事较长者，汉末灵帝时即已出仕，为大将军何进长史。大将军"位如三公"（《后汉书·百官志》），其长史为属吏之首，秩一千石，地位不低。何进被宦官所杀，琳避难冀州，袁绍使典文章。袁绍移檄讨曹操,檄文即出陈琳手笔。袁氏败,琳归曹操,操谓:"卿昔为本初移书,但可罪状孤而已,恶恶止其身,何乃上及父祖邪?"琳谢罪曰:"矢在弦上,不得不发。"(《文选》注引《魏志》)曹操爱其才而不咎。遂任司空军师祭酒,管记室,军国书檄,多所草拟,颇受曹操赞赏。史载曹操一日头风疾发,卧读陈琳草文,"翕然而起曰:'此愈我病!'"(《魏志·王粲传》注引《典略》)。后徙门下督,建安二十二年,染疾疫而亡。

陈琳文学成就,以书檄最为著名。《移豫州檄》,即为袁绍所撰讨曹操之文,历来备受推重:

> ……司空曹操,祖父中常侍腾,与左悺、徐璜,并作妖孽,饕餮放横,伤化虐民。父嵩,乞匄携养,因赃假位,舆金辇璧,输货权门,窃盗鼎司,倾覆重器。操,赘阉遗丑,本无懿德,猋狡锋协,好乱乐祸。幕府董统鹰扬,扫除凶逆,续遇董卓,侵官暴国。于是提剑挥鼓,发命东夏,收罗英雄,弃瑕取用。故遂与操同咨合谋,授以裨师。谓其鹰犬之才,爪牙可任。至乃愚佻短略,轻进易退,伤夷折衄,数丧师徒。幕府辄复分兵命锐,修完补辑,表行东郡,领兖州刺史。被以虎文,奖蹙威柄,冀获秦师一克之报。而操遂承资跋扈,肆行凶忒,割剥元元,残贤害善……

刘勰评曰:"陈琳之檄豫州,壮有骨鲠。虽'奸阉'、'携养',章密太甚;'发丘'、'摸金',诬过其虐。然抗辞书衅,皦然露骨矣。敢指曹公之锋,幸哉免袁党之戮也。"(《文心雕龙·檄移》)陈琳文中历述曹操罪状,从其家庭出身直到本人的种种恶行,摘发谴斥,锐利尖刻,几使体无完肤。文中有谓曹操"特置发丘中郎将,摸金校尉","亲临发掘"、"掠取金宝",此皆不实之词,故刘勰指出其"章密太甚","诬过其虐"；然而全文气势壮盛，咄咄逼人，表现出一种"奉汉威灵"以临有罪，大军一到灰飞烟灭的气概。《文选》收入"檄"类。

此外，陈琳章表书记亦佳。曹丕称："琳、瑀之章表书记，今之隽也。"（《典论·论文》）刘勰也说："琳、瑀章表，有誉当时。孔璋称健，则其标也。"（《文心雕龙·章表》）今存作品有《为袁绍上汉帝书》、《为袁绍与公孙瓒书》、《为曹洪与魏太子书》、《答东阿王笺》等。虽多代人捉刀之作，然其老健文风，无篇不在。其中《为曹洪与魏太子书》一篇，为建安二十年陈琳从征汉中时作。此前陈琳以曹洪名义致书曹丕（留守在邺），而曹丕一看便知为陈琳手笔，复函予以指明，谓"上平定汉中，族父都护（即曹洪）还书于余，盛称彼方土地形势。观其辞，知陈琳所叙为也"（《文选》李注引《文帝集》）。可知其独到文风早为曹丕熟悉。陈琳又为曹洪作此书，坚不承认。对此钱锺书评曰："陈琳《为曹洪与魏太子书》，按显然代笔，而首则声称：'亦欲令陈琳作报，琳顷多事，不能得为。念欲远以为欢，故自竭老夫之思'；结又扬言：'故颇奋文辞，异于他日，怪乃轻其家邱，谓为倩人，是何言软！'欲盖弥彰，文之诽也。"（《管锥编》第三册）

陈琳赋亦不少，今存十馀篇。虽多数为应命酬答而作，如《鹦鹉赋》、《柳赋》、《马脑勒赋》、《迷迭赋》等，但其《武军赋》、《神武赋》等叙征战之作，亦颇壮伟可观。《武军赋》作于建安四年，时陈琳在袁绍幕中，随军北征公孙瓒，作此盛赞袁军兵势威猛，"犹猛虎之驱群羊，冲风之飞枯叶"。东晋葛洪曾以此赋为例，说："等称征伐，而《出车》、《六月》之作，何如陈琳《武军》之壮乎？"（《抱朴子》）证明今胜于古、古不如今的道理。

陈琳名下诗歌，《饮马长城窟行》历来最受重视，此是一乐府歌辞，属相和歌瑟调曲。郭茂倩谓："一曰《饮马行》。长城，秦所筑以备胡者，其下有泉窟，可以饮马。古辞曰：'青青河畔草，绵绵思远道。'言征戍之客,至于长城而饮其马,妇人思念其勤劳,故作是曲也。"(《乐府诗集》卷三十八)陈琳名下此篇,写修筑长城兵卒及家属之苦:

> 饮马长城窟,水寒伤马骨。往谓长城吏:"慎莫稽留太原卒!""官作自有程,举筑谐汝声。""男儿宁当格斗死,何能怫郁筑长城!"长城何连连,连连三千里。边城多健少,内舍多寡妇。作书与内舍:"便嫁莫留住。善待新姑嫜,时时念我故夫子。"投书往边地:"君今出语一何鄙!""身在祸难中,何为稽留他家子?生男慎莫举,生女哺用脯。君独不见长城下,死人骸骨相撑拄!""结发行事君,慊慊心意关。明知边地苦,贱妾何能久自全?"

沉郁悲凉,写出人间灾祸,蕴含深厚人道精神。诗中征夫思妇,面临生死苦难,更见情义高贵。钟惺曰:"老杜歌行似此。"(《古诗归》卷九)所说诚是。此篇文字质实,格调拙朴,民歌风极浓厚,沈德潜谓"可与汉乐府竞爽"(《古诗源》卷六),陈祚明谓"可与汉人竞爽"(《采菽堂古诗选》卷七),皆指出其风格特质。然其作者问题,尚存疑问待考。[5]

陈琳今存其他诗作,皆五言体,数量不多,内容风格与《饮马长城窟行》绝异,如《诗》(《广文选》、《诗纪》篇题作"游览诗"):

> 节运时气舒,秋风凉且清。闲居心不娱,驾言从友生。翱翔戏长流,逍遥登高城。东望看畴野,回顾览园庭。嘉木凋绿叶,芳草纤红荣。骋哉日月逝,年命将西倾。建功不及时,钟鼎何所铭?收念还寝房,慷慨咏坟经。庶几及君在,立德垂功名。

前半所写，亦贵游事，所谓"友生"，当即曹氏兄弟及邺中诸文士，曹植《感节赋》中亦有"携友生而游观，尽宾主之所求。登高墉以永望，冀消日以忘忧"等同类语。然而后半转写生命感喟和功名愿望，表现出积极人生态度。末韵所说"君"，当指曹操，这是将功业追求与颂圣需要结合在一起了。此诗在描写艺术上不算杰出，但在表现邺下文士心态方面，颇具代表性。

陈琳著作，《隋书·经籍志》著录有集三卷（注："梁十卷，录一卷。"）今存辑本有《汉魏六朝百三名家集》所收《陈记室集》一卷，《汇刻建安七子集》所收《陈孔璋集》二卷，《汉魏六朝名家集》所收《陈孔璋集》一卷，中华书局《建安七子集》所含《陈琳集》。又严可均辑其文入《全后汉文》卷九十二，逯钦立辑其诗入《魏诗》卷三。注释本则有吴云主编《建安七子集校注》所含《陈琳集》等。

阮瑀（？—212），字元瑜，陈留（今河南开封）人，少从蔡邕学，曹操雅闻瑀名，辟为司空军师祭酒，管记室，与陈琳同为军国书檄主要起草者。后徙仓曹掾属。卒于建安十八年，是邺下文士中较早谢世者。死后引起丕、植兄弟及其他诸子写了不少咏寡妇诗赋。王粲作诔文谓："既登宰朝，充我秘府；允司文章，爰及军旅。庶绩维殷，简书如雨；强力成敏，事至则举。"（《阮元瑜诔》）阮瑀以文著称，史载他曾在马上为曹操草具书信，"书成呈之，太祖揽笔欲有所定，而竟不能增损"（《魏志·王粲传》注引《典略》），深得曹操赏识。然而今存之文，为数不多，主要有《为曹公作书与孙权》，书作于建安十六年，当时曹操欲西征关右，为消弭后顾之忧，遂有此书。书中开释前嫌，好言利诱，对孙权取怀柔姿态，许诺"若能内取子布，外击刘备，以效赤心，用复前好，则江表之任，长以相付，高位重爵，坦然可观"。同时亦有强硬话语,如说:"若恃水战,临江塞要,欲令王师终不得渡,亦未必也。夫水战千里,情巧万端。越为三军,吴曾不御;汉潜夏阳,魏豹不意。江河虽广,其长难卫也。"全篇体现了曹操当时战略意图,又维护了曹操"汉丞相"尊严,恩威并用,甚为得体。文中举史事甚多,分说利害,昭示成败,显出作者深厚历史学识及文字功力。张溥评此文曰:"阮瑀为曹操遗书孙权,文词英拔,见重魏朝。……余观彼书,润泽发扬,善辩若毂。"(《汉魏六朝百三家集·阮元瑜集》题辞)

阮瑀又有《文质论》,主要从政治伦理着眼论述治道的两种倾向,即"文"与"质"问题。认为:"夫远不可识,文之观也;近而察之,质之用也。文虚质实,远疏近密。援之斯至,动之应疾,两仪通数,固无攸失。"基本上主张文质两通,各有所"用"。不过在此前提下,他强调应防止用文过多而发生"四难之忌",提出"质士"必有"四安之报",又引汉初曹参、周勃、张释之等名相事例,证明"意崇敦朴"的优点,表现出重质轻文倾向。另一文士应场亦有同名论文,意见稍有不同,大约邺下文士间讨论过文质问题,此一讨论相当程度上反映出建安时代的文质观念,对于理解当时文学风气亦有裨益。

阮瑀虽不以诗闻,却遗留下一篇名作《驾出北郭门行》:

　　驾出北郭门,马樊不肯驰。下车步踟蹰,仰折枯杨枝。顾闻丘林中,噭噭有悲啼。借问啼者出,何为乃如斯?"亲母舍我殁,后母憎孤儿。饥寒无衣食,举动鞭捶施。骨消肌肉尽,体若枯树皮。藏我空室中,父还不能知。上冢察故处,存亡永别离。亲母何可见,泪下声正嘶。弃我于此间,穷厄岂有赀!"传告后代人,以此为明规。

"后母憎孤儿",数千年永恒家庭悲剧,在此又一次写照。歌辞社会意义虽有一定范围,但其情可感,其状可悲。此篇颇存汉乐府民歌古风,与作者其他诗歌绝不相类,陈祚明曰:"《驾出北郭门行》,质直悲酸,犹近汉调。"(《采菽堂古诗选》卷七)此外阮瑀尚有《七哀诗》、《咏史诗》、《杂诗》、《怨诗》等多首。阮瑀似乎体弱多病,因此时有民生多艰之愁苦流露,如:

　　民生受天命,漂若河中尘。虽称百龄寿,孰能应此身?犹获婴凶祸,流落恒苦辛。

　　　　　　　　　　　　　　　　　　　　　　——《怨诗》

　　白发随栉坠,未寒思厚衣。四肢易懈倦,行步益疏迟。常恐时岁尽,魂魄忽高飞。自知百年后,堂上生旅葵。

　　　　　　　　　　　　　　　　　　　　　　——失题诗

忧患百年,生如浮寄;不绝愁思,无尽感叹。在邺下文人中,阮瑀的忧生之嗟是最多的。阮瑀著作,《隋书·经籍志》著录有集五卷,今存辑本有《汉魏六朝百三名家集》所收《阮元瑜集》一卷,《汇刻建安七子集》所收《阮元瑜集》一卷,《汉魏六朝名家集》所收《阮元瑜集》一卷,中华书局《建安七子集》所含《阮瑀集》一卷。又严可均辑其文入《全后汉文》卷九十三,逯钦立辑其诗入《魏诗》卷三。注释本则有吴云主编《建安七子集校注》所含《阮瑀集》等。

　　徐干(170—217),字伟长,北海(今山东潍坊附近)人。少有才气,轻官忽禄,不耽世荣,唯以读书著文自娱,颇"擅名于青土"(曹植

《与杨德祖书》）。董卓乱起，干回乡里养病不出。建安中，曹操辟为司空军师祭酒掾属，又转五官中郎将文学。后以疾休息，又除上艾长，亦以疾不行。建安二十二年染疫病，与陈琳、刘桢、应玚等一时俱逝。

在"三不朽"观念支配下，徐干"废诗、赋、铭、赞之文，著《中论》之书二十篇"（《中论·序》），对此曹丕给予极高评价，说："观古今文人，类不护细行，鲜能以名节自立。而伟长独怀文抱质，恬淡寡欲，有箕山之志，可谓彬彬君子者矣。著《中论》二十馀篇，成一家之言，辞义典雅，足传于后，此子为不朽矣！"（《又与吴质书》）《中论》为今存建安七子唯一的"子书"。全书分前后两卷，前卷十篇论个人德行修养，后卷十篇为帝王术及治乱策。总体看，书中谨守儒家学说，多祖述先王、孔孟之言，体现内圣外王思想；书中强调"圣人之大宝曰位"等入世主张，与其本人"清玄体道"处世态度有所不合。此书旨在"阐弘大义，敷散道教，上求圣人之中，下救流俗之昏"（《中论·序》），在汉末政治腐败、道德沦丧背景下，有一定矫正时弊作用。然其持论过于执中，独到见解不多，批判锋芒嫌钝，与同时仲长统《昌言》相比，"辞义"固然"典雅"，理论价值及社会意义则不如之。

徐干诗作不多，著力相对稍少，但其文学重要性则超过《中论》。刘桢有《赠徐干诗》（见本章前节），徐干亦有《答刘桢诗》，表现诚笃友情，然其语词质实，文采不足，锺嵘评曰："……伟长与公干往复，虽曰以莛扣钟，亦能间雅矣。"（《诗品》卷下）扬刘抑徐，态度明确。徐干又有《室思》六章，为拟作之思妇词，写来流利婉转，情致缱绻，为邺下文人同类作品中较优者：

沉阴结愁忧，愁忧为谁兴？念与君生别，各在天一方。良会未有期，中心摧且伤。不聊忧餐食，慊慊常饥空。端坐而无为，仿佛君容光。

峨峨高山首，悠悠万里道。君去日已远，郁结令人老。人生一世间，忽若暮春草。时不可再得，何为自烦恼？每诵昔鸿恩，贱躯焉足保。

浮云何洋洋，愿因通我词。飘摇不可寄，徙倚徒相思。人离皆复会，君独无返期。自君之出矣，明镜暗不治。思君如流水，何有穷已时！

惨惨时节尽，兰叶复凋零。喟然长叹息，君期慰我情。辗转不能寐，长夜何绵绵！蹑履起出户，仰观三星连。自恨志不遂，泣涕如涌泉。

思君见巾栉，以益我劳勤。安得鸿鸾羽，觏此心中人。诚心亮不遂，搔首立悁悁。何言一不见，复会无因缘？故如比目鱼，今隔如参辰。

人靡不有初，想君能终之。别来历年岁，旧恩何可期？重新而忘故，君子所尤讥。寄身虽在远，岂忘君须臾！既厚不为薄，想君时见思。

"'室思'，犹'闺情'。……前五章写女子对于在远方的爱人的思念、盼望和失望，末章写希望对方不忘旧情。"（余冠英《汉魏六朝诗选》）论者有以为此诗别有寄托，然考虑到徐干"轻官忽禄"生活态度，难于以"夫妇喻君臣"释之。诗篇娓娓写出，淳厚质实而不失自然清畅。谭元春曰："宛笃有《十九首》风骨。"（《古诗归》卷七）《室思》写法特点之一是多用虚字，如"自君之出矣"之类，"伟长用虚字作骨，弥觉峭劲，七子中另自成一格"（黄子云《野鸿诗的》）。《室思》对后世影响不小，自刘宋孝武帝始，取"自君之出矣"一语以为题，另创乐府新歌，继作者不绝，直至唐代张祜，总十五人之多。

徐干辞赋,当时已颇显名,曹丕曾说:"干之《玄猿》、《漏卮》、《圆扇》、《橘》赋,虽张、蔡不过也。然于他文未能称是。"(《典论·论文》)刘勰在列述"魏晋之赋首"时,建安仅及二家,其中即有徐干:"及仲宣靡密,发端必遒;伟长博通,时逢壮采。"(《文心雕龙·诠赋》)然而今存徐干赋不多,除以上曹丕说及数篇奉和之作外,有《齐都赋》及《七喻》残文,此二篇皆规制巨大,气概恢宏,一定程度上表现"博通"特色,至于"壮采",则略有所"逢"而已。

徐干著作,《隋书·经籍志》著录有集五卷,今存辑本有《汇刻建安七子集》所收《徐伟长集》六卷(含《中论》),《汉魏六朝名家集》所收《徐伟长集》一卷,中华书局《建安七子集》所含《徐干集》。又严可均辑其文入《全后汉文》卷九十三,逯钦立辑其诗入《魏诗》卷三。注释本则有吴云主编《建安七子集校注》所含《徐干集》等。

应玚(?—217),字德琏,汝南(今属河南)人。祖应奉(字世叔)为著名儒者,人称"应世叔读书,五行俱下"(《魏志·王粲传》注引华峤《汉书》)。伯父应劭,即《风俗通》作者;父曾任司空掾。应玚先被辟为曹操丞相掾属,后转为平原侯庶子,又转五官中郎将文学。建安二十二年染疫病,与徐干、陈琳、刘桢等一时俱逝。应玚亦有《文质论》,其基本观念是文质并重,"二政代序,有文有质",此点与阮瑀并无不同;然而应玚侧重强调文的作用,他说:"言辨国典,辞定皇居,然后知质者之不足,文者之有馀。"其倾向正与阮瑀相反。应论中不少语句针对阮论而发,如阮论谓:"故夫安刘氏者周勃,正嫡位者周勃;大臣木强,不至华言。"应论即列举"陆、郦摛其文辩,良、平奋其权谓,萧何创其章律,叔孙定其庠序"等等汉初重大事实予以反驳,指出:"夫谏则无义以陈,问则服汗沾濡,岂若陈平敏对,叔孙据书?"显然二篇《文质论》作于同时而阮在先,应在后。看来这也是邺下文人间诗赋唱和切磋文章活动的一部分，由此观之，当时可能尚有其他人所作同题之文，只是所世有所遗佚而已。由同题诗赋唱和到同题论文切磋，这是一种发展，也是建安文人的创造；其直接影响明显，稍后魏晋间文士，常取同题方式，以探讨切磋某一哲理性问题，尤其是玄学问题，如嵇康与向秀同就养生问题各自所撰文章。

应场文之佳篇当推《弈势》。此文敷演弈棋阵势及变化：

> 盖棋弈之制，所由来尚矣。有像军戎战阵之纪：旌旗既列，权虑蜂起；络绎雨集，鱼鳞雁峙。奋维阐翼，固卫边鄙。或饰遁伪旋，卓轹轷列；赢师延敌，一乘虚绝。归不得合，两见擒灭。淮阴之谟，拔旗之势也。或匡设无常，寻变应危；寇动北垒，备在南麾。中棋既捷，四表自亏。亚夫之智，耿弇之奇也。或假道四布，周爱繁昌；云合星罗，侵逼郊场。师弱众寡，临据孤亡；披扫强御，广略土疆。昆阳之威，官渡之方也。

演述棋理，形容弈势，攻防进退，得失成败，万千变化，颇尽其妙。而以弈喻战，以战证弈，既引古例，又用近事（如官渡之战），皆称贴切，并增雅趣。

在邺下文人中，应场、刘桢二人年岁较小，大概与丕、植兄弟相近，因此互相便于沟通，关系遂更密切。曹植有《送应氏》诗（见第四章引），而应场今存诗五篇中，亦有三篇系围绕曹氏父子而作，即《公宴》、《侍五官中郎将建章台集诗》、《斗鸡诗》，此皆应命奉和之作，未见深意。另二篇诗则颇见作者真情：

> 朝云不归，夕结成阴。离群犹（当作"独"）宿，永思长吟。

有鸟孤栖,哀鸣北林。嗟我怀矣,感物伤心。

——《报赵淑丽》

　　朝云浮四海,日暮归故山。行役怀旧土,悲思不他言。悠悠
涉千里,未知何时旋。
　　浩浩长河水,九折东北流。晨夜赴沧海,海流亦何抽。远适
万里道,归来未有由。临河累太息,物内怀伤忧。

——《别诗》二首

《报赵淑丽》一篇,历来说者无确解。按此"赵淑丽",盖应场之妻也。
此自首韵"朝云不归,夕结成阴"可知。"朝云"用宋玉《高唐赋》典,
"旦为朝云,暮为行雨",此喻夫妇合散也。后世"云雨"亵语,即出于
是。又"有鸟孤栖,哀鸣北林",亦用《高唐赋》"雌雄相失,哀鸣相
号"意,言夫妇相失而"哀鸣"。"嗟我怀矣"二句,用诗三百征夫思妇
怀人口吻(《周南·卷耳》"嗟我怀人";《豳风·七月》"嗟我妇子",
等等),言己心情。要之全诗皆写征夫怀妇心情,赵氏非其妻室,不
得有此诗也。男子以诗报妻,汉末颇有其例,如秦嘉《赠妇诗》即是,
"虽知未足报,贵用叙我情",口气相似,亦其类也。

　　《别诗》二首,说者多以为所别者乃曹植等友人。按此篇之义,
似亦别妻之作,首韵"朝云浮四海,日暮归故山",亦《高唐赋》"朝朝
暮暮"之意。此诗佳处在"浅浅语,自然入情"(陈祚明《采菽堂古诗
选》卷七)。

　　应场辞赋甚多,今有较完整者十四篇,在邺下文人中仅次于王
粲,其中多数亦为奉和应命之作,如《杨柳赋》、《鹦鹉赋》、《竦迷迭
赋》、《车渠碗赋》、《神女赋》等,又有一些颂赞曹氏功业之作,如《西

狩赋》、《撰征赋》等。值得重视者为《愍骥赋》："愍良骥之不遇兮，何屯否之弘多。"良骥不遇，为屈原、贾谊、董仲舒、司马迁以来的传统题材，也是作者自况。"展心力于知己兮，甘迈远而忘劬"，表现应场追求功名心态复杂，既有一展心力之强烈愿望，又有遭遇"屯否"之多方担忧。这在当时具有相当普遍性。此赋佳处在于体物写志，而情韵不匮。

应场著作，《隋书·经籍志》著录有集一卷（注："梁有五卷。"）今存辑本有《汉魏六朝百三名家集》所收《应德琏集》一卷，《汇刻建安七子集》所收《应德琏集》二卷，中华书局《建安七子集》所含《应场集》。又严可均辑其文入《全后汉文》卷四十二，逯钦立辑其诗入《魏诗》卷三。注释本则有吴云主编《建安七子集校注》所含《应场集》等。

〔1〕 王粲作品篇数，《魏志》本传云："著诗、赋、论、议垂六十篇"；晁公武《郡斋读书志》曰："著诗、赋、论、议垂六十篇，今集有八十一首，按唐《艺文志》粲集十卷，今亡两卷，其诗文返多于史所纪而十馀篇，与曹植集同。"徐按：《魏志》所云"垂六十篇"，盖陈寿所见之数，未必是全部。后世辑本篇数反多出，不足怪也。今本《王粲集》有诗十二题二十五首，赋二十六篇，各体文二十三篇，及残文佚句若干。

〔2〕 关于刘表在荆州建立文学之官，《通鉴》系此事于建安元年。近时论者又有系此于建安五年者（见《建安七子集校注》等）。徐按：《通鉴》等皆误。刘表开立学官时间，可得而知。《魏志·刘表传》注引《英雄记》曰："……州界群寇既尽，表乃开立学官，博求儒士，使綦母闿、宋忠等撰《五经》章句，谓之《后定》。"此明言开立学官事在"群寇既尽"之后；而《荆州文学记官志》文内亦云"（刘表）乃赫斯威，爰整其旅。虔夷不若，屡戢寇侮。诞启洪轨，敦崇圣绪"，所说与《英雄记》略同。考刘表平定全荆，事在建安三年，当年克长沙，"南收零、桂，北据汉川"（《魏志》本传），全州在握。故其开立学官，即在是年也。王粲此

文,既云作于"五载"之后,则《荆州文学记官志》之写作,盖在建安八年(203)。

〔3〕 王粲在邺下时不满情绪,表现于所作《杂诗》。诗云:"日暮游西园,冀写忧思情。"然其"忧思"为何事?篇中并未写明。按曹植《赠王粲》诗,首韵即写"端坐苦愁思,揽衣起西游",当与王粲同游邺城西园时作。植诗中又云:"……重阴润万物,何惧泽不周?谁令君多念,遂使怀百忧。"盖即答粲诗"冀写忧思情"也。王粲当时心"怀百忧",曹植不客气地指出是他自己"多念"所致,不能怪别人。至于王粲"多念"的内容,植诗所说亦不详,但自"重阴润万物,何惧泽不周"二句体味,王粲所"念",即是"惧泽不周",当与政治前程相关,唯恐不得升迁重用也。而曹植"重阴"句,既是抚慰王粲语,更是为曹操辩护。

〔4〕 此文片断,载《魏志·邢颙传》,陈寿引用时未引其题,今题作"谏曹植书"乃明人辑《刘公干集》时所拟。然刘勰谓:"公府奏'记',而郡将奏'笺'。'记'之言志,进己志也;'笺'者表也,表识其情也。"(《文心雕龙·书记》)对照此文写作场合及内容,则正属"公府奏'记'"一类,以故此篇之题,应作"奏记"或"书记",而不当作"书"。

〔5〕 陈琳《饮马长城窟行》,始见于《玉台新咏》卷一,不见于其他典籍如《宋书·乐志》等,亦不见于汉魏六朝时人评说。观此篇文字格调,绝类汉乐府古辞,而与陈琳其他诗歌相去远甚,其作者问题,颇为可疑。按《玉台新咏》收录作品,鉴别甚不精审,此所共知。如所收"枚乘杂诗"、"苏武诗"等,皆甚淆乱。即以《饮马长城窟行》论,书中共收录二篇,一篇为"蔡邕饮马长城窟行",一篇为"陈琳饮马长城窟行"。蔡作即"青青河边草,绵绵思远道"一篇,《文选》卷二十七亦予收录,而署名则曰"古辞",与蔡邕无涉。《文选》、《玉台新咏》成书几乎同时,编者萧统、徐陵关系亦颇亲近,出现此种扞格,难以解释。对此,后人多信从《文选》,如《乐府诗集》即署曰"古辞",而不署"蔡邕";近人黄节《汉魏乐府风笺》亦作"古辞"。也有两可其说者,如《乐府解题》曰:"古词……或云蔡邕之辞。"问题之存在显而易见。而"陈琳饮马长城窟行"同样也有问题,问题在于此篇自文字格调看,大似真正的乐府古辞。其用语之拙朴,其对话体之运用,其长短不齐之杂言章句,皆显示汉乐府古辞本色以及民歌本色,其产生时间应早于《古诗十九首》(汉末桓、灵间),而与前期乐府民歌如《战城南》、《有所

思》、《孤儿行》等接近，以之署汉末建安文人陈琳名下，显然不当。如与今存陈琳其他诗同观，则风格面貌相去实在太远。今存陈琳之诗，如《游览》二首、《宴会》，包括若干失题诗及逸句，全部为规整五言作品，无一例外。且用语典雅，注重词采，颇有骈偶倾向，文人化色彩很重。如"翱翔戏长流，逍遥登高城"、"嘉木凋绿叶，芳草纤红荣"等，雕饰锻炼，痕迹明显，全不似《饮马长城窟行》浑朴自然。谓之出于一人之手，断不可信。鄙见此篇当为乐府古辞，证据除文字格调外，尚有篇首语句。按汉乐府古辞，一般篇首语句与乐曲名相合，如《长安有狭斜行》，此为曲名，而古辞篇首为"长安有狭斜，狭斜不容车"；盖初创曲时，本无曲名，遂取歌辞首句以为曲名。此是曲以辞为名；凡真正乐府古辞，几乎皆合此例。如《西门行》，古辞首句为"出西门，步念之"；《东门行》，古辞首句为"出东门，不顾归"；《孤儿行》，古辞首句为"孤儿生，孤子遇生"，等等，几无例外。此不妨视为一种规律，循此规律，可以判断乐府歌辞是否为原初作品即"古辞"。若歌辞内容特别是首句语辞与曲名相合，此歌辞即为古辞；若二者不相合，此歌辞即非古辞，而是后人拟作歌辞。试再举一例以明：乐府《相和歌辞·清调曲》有《豫章行》之曲，今存此曲"古辞"，其首二句为"白杨初生时，乃在豫章山"，曲、辞正相合，可证确为古辞。又今存曹植、傅玄、陆机、谢灵运、谢惠连、沈约、薛道衡、李白等人所作《豫章行》，皆收入郭茂倩《乐府诗集》，诸作所写内容，悉皆与豫章无涉，篇首亦无"豫章"字样，此正是后人拟作特征。此例再次验证以上所说"规律"无误。据此考察"陈琳饮马长城窟行"，其曲名正与歌辞内容相合，歌辞首句亦正作"饮马长城窟"。结论只能如此：此歌辞应当是乐府古辞。又，杨泉《物理论》："秦筑长城，死者相属，民歌曰：'生男慎勿举，生女哺用脯。不见长城下，尸骸相撑拄。'其冤痛如此。"（郭茂倩《乐府诗集·相和歌辞·瑟调曲》引）按此四句正是《饮马长城窟行》篇中歌辞，而杨泉明指其为"民歌"，亦可证确为乐府古辞。杨泉生当三国后期，距陈琳时代不远，仅二三十年，不应误指陈琳作品为"民歌"，其对于《饮马长城窟行》作者问题的说法，可信性比二百馀年后徐陵之说高得多。

第六章　曹魏前期诸文士（下）

第一节　孔融　祢衡　杨修

　　这里是三位建安文人中的特别人物。他们都有独特的性格和作风，或在政治上，或在个人关系上，与当时事实上的最高统治者曹操，发生过严重的矛盾，并且最终二人被杀，一人被逐。他们是建安文士中的"非主流派"，因此本书将他们合为一节。

　　孔融（153—208），字文举，鲁国（今山东曲阜）人，孔子二十世孙。幼有异才，有不少机智聪慧和明德尚义事迹，如孔融让梨、孔融见李膺等。因此早岁显名，受到司徒杨赐、大将军何进的辟召。后为北海相，主政一郡国。当时黄巾军兴，董卓肆恶，继而关东军阀混战，天下大乱。孔融负其高气，志在靖难，而才疏意广，不谙谋略，迄无成功，最后竟被袁谭所逐，妻子被虏。建安元年，曹操奉献帝都许，征孔融为将作大匠，从此他与曹操共事。孔融因身经乱离，眼见国家残破，所以始入许都，对曹操"勤王"义举颇存感激，以为知己。但不久，孔曹间就逐渐萌生矛盾。原因一是政治上的。曹操这位"乱世奸雄"，绝非汉室忠臣，他拥立汉献帝，实出"挟天子以令诸侯"需要，而随着曹操政治、军事上不断取胜,其霸业野心日渐暴露。孔融"既见操雄诈渐著"(《后汉书》本传),遂在政治上产生不满以致对立情绪。二是性格作风上的。孔融性格疏宕简傲,持清流名士作风。汉末清流名士政治上自成一股势力,互相援结,与皇权宦官集团相对抗,由此他们以清高德行及气节操守相标榜,对世俗官僚尤其是宦官集团极为鄙视,而在作风上也有放达趋势出现。孔融得此风气浸染,一向恃才傲物,言行狂放。他与权势实力人物,向来多生牴牾,不能谐合。[1]孔融作为孔圣后裔,曾任郡国长官,又是清流代表,社会名望极高,面对宦官背景出身的曹操,孔融精神上本来就有很强优越感;再者他入许都后,名义上在献帝朝廷中任职,所任少府,为九卿之一,与司空曹操同列而稍低,加之他又长曹操二岁,所以日久之后,对曹操颇示自我尊大,态度简慢;嗣后政治上的分歧,更激发出对曹操人格上的藐视,倨傲不敬。他经常"发辞偏宕,多致乖忤"(《后汉书》本传),终致被杀。关于孔融与曹操关系恶化的两方面原因,前人所说各有侧重。范晔谓曹操杀孔融缘于"以融名重天下,外相容忍,而潜忌正议,虑鲠大业"(《后汉书》本传),此主政治因素;陈寿谓"初,太祖性忌,有所不堪者,鲁国孔融,南阳许攸、娄圭,皆以恃旧不虔见诛"(《魏志·崔琰传》),此主性格作风因素。而张璠《汉记》谓:"是时天下草创,曹、袁之权未分,融所建明,不识时务。又天性气爽,颇推平生之意,狎侮太祖。……太祖外虽宽容,而内不能平。"所谓"不识时务",含有政治意味;"天性气爽"、"狎侮",则指孔融疏宕狂简性格;"外虽宽容,而内不能平",则指曹操忌刻性格;此兼主政治及性格两方面因素。

　　孔融在文学方面也有相当业绩。《后汉书》本传载"所著诗、颂、碑文、论议、六言、策文、表、檄、教令、书记凡二十五篇"。今存诗不多,主要有《六言诗》及《临终诗》。《六言诗》作于建安元年,时作者始被征,到许任职,诗中热情赞扬曹操,谓:"瞻望关东可哀,梦想曹公归来。""从洛到许巍巍,曹公忧国无私。"表现当时对曹操的极大信任和期待。从诗体角度言,此为中国诗歌史上最早的完整六言体作品,因此具有重要意义。《临终诗》则对自身最后遭遇作总结:

> 言多令事败,器漏苦不密。河溃蚁孔端,山坏由猿穴。涓涓江汉流,天窗通冥室。谗邪害公正,浮云翳白日。靡辞无忠诚,华繁竟不实。人有两三心,安能合为一?三人成市虎,浸渍解胶漆。生存多所虑,长寝万事毕。

诗中既有自省,更有责人,"谗邪害公正",对曹操作不指名谴斥。终以放达语自慰,亦无可奈何之辞。后人评曰:"孔融鲁国一男子,读《临终诗》,其意气恢恢欲尽。"(陆时雍《诗镜总论》)此外,孔融又有《离合作郡姓名字诗》,为一拆字诗,寓"鲁国孔融文举"六字,亦前无古人之首创,虽无甚艺术价值,却颇合于孔融性格作风。

孔融文学成就主要在文的方面。代表作有《荐祢衡疏》、《与曹公书论盛孝章》,前篇作于建安初,后者作于建安九年(204)。二文皆为推荐人物而作,故备述祢衡、盛孝章二人长处甚多,文章中气充盈,辞采飞扬,作为骈文,向称名篇。李充盛赞:"孔文举之书……斯可谓成文矣。"(《翰林论》)刘勰则说:"至于文举之《荐祢衡》,气扬采飞……并表之英也。"(《文心雕龙·章表》)萧统将此二文悉收入《文选》,以广流布。不过李充、刘勰、萧统等皆受当时风气影响,重视骈偶之体,其眼光不免有所局限。其实今存孔融另一文章《汝颍优劣论》,性情充盈,尤见光彩:

> 融曰:"汝南胜颍川士。"陈长文难曰:"颇有芜菁唐突人参

也！"融答之曰："汝南戴子高，亲止千乘万骑，与光武皇帝共揖于道中；颍川士虽抗节，未有颉颃天子者也。汝南许子伯，与其友人共说世俗将坏，因夜起，举声号哭；颍川士虽颇忧时，未有能哭世者也。汝南许掾教太守邓晨图开稻陂，灌数万顷，累世获其功，夜有火光之瑞；韩元长虽好地理，未有成功见效如许掾者也。汝南张元伯，身死之后，见梦范巨卿；颍川士虽有奇异，未有鬼神能灵者也。汝南应世叔，读书五行俱下；颍川士虽多聪明，未有能离娄并照者也……"

此为辩难文字，全举事实，胜于雄辩。又以汝南、颍川对举写法，排比而下，一泻无碍，气势豪健。虽为散体，与骈文相较，更显畅快淋漓，洵为杰作。而文中所举人物优秀品格，如"抗节"、"忧时"、"奇异"、"聪明"、"尚节义"、"疾恶"等，皆为汉末清流名士所标榜，亦是孔融自身所躬行，所以此文实表现孔融本人精神境界和性格情操，包括他的某些弱点和偏激之处在内。

颇为有趣的是，曹丕对孔融甚是激赏。他曾赞誉孔融，将他列为"今之文人"（《典论·论文》）之首，亦即"建安七子"之首。登极后更募集孔融文章，凡有献纳，赏以金帛。孔融最初文集，即由曹丕编定。不过对孔融的具体评论，则不免褒贬兼具："孔融体气高妙，有过人者。然不能持论，理不胜辞，以至乎杂以嘲戏。及其所善，扬、班俦也。"（同上）曹丕肯定孔融"体气高妙"，诚是。谓之"理不胜辞"，亦然。至于"杂以嘲戏"，亦为实情，但自文学角度说，"杂以嘲戏"亦为一体，可以增强论说文兴味，避免刻板枯燥。曹丕不满于孔融之"嘲戏"，恐有个人私嫌原因，以孔融曾嘲曹操、曹丕父子"武王伐纣，以妲己赐周公"故也。所以刘勰袭曹丕之说，谓"孔融《孝廉》，但谈嘲戏"（《文心雕龙·论说》），亦欠深辨。

孔融著作,《隋书·经籍志》著录有集九卷(注:"梁十卷。")又有《春秋杂议难》五卷。今存辑本有《汉魏六朝百三名家集》所收《孔少府集》一卷,《汉魏六朝名家集》所收《孔文举集》一卷,中华书局《建安七子集》所含《孔融集》。又严可均辑其文入《全后汉文》卷八十三,逯钦立辑其诗入《汉诗》卷七。注释本则有吴云主编《建安七子集校注》所含《孔融集》等。

祢衡(173—198),字正平,平原般(今山东临邑)人。少时避乱荆州,建安元年来到初定的许都,本意无疑是在献帝朝廷谋一职位,但他少年气盛,自负才情,骄慢刚傲,对朝中绝大部分人物都予轻蔑,且恶语有加。唯与孔融及杨修二人交好,扬言曰:"大儿孔文举,小儿杨德祖。馀子碌碌,莫足数也。"孔融为之上疏荐举,称他"淑质贞亮,英才卓跞","性与道合,思若有神","忠果正直,志怀霜雪","见善若惊,疾恶如仇",说"鸷鸟累百,不如一鹗;使衡立朝,必有可观"(《荐祢衡疏》)。孔融又在司空曹操面前力举祢衡。当时曹操立足未稳,急需贤才,遂与之相见,孰料祢衡恣意狂放,两次当众无端羞辱曹操。曹操大怒,将他遣送给荆州牧刘表。在荆州,他初时颇得礼遇,后又言行侮慢,惹恼刘表,又被遣送到江夏太守黄祖处,不久就以同样原因被黄祖所杀。

应当说,祢衡在任达方面与孔融相类,而在狂放表现上更胜一筹。在他身上,汉末清流名士那种"抗节"、"轻贵"、"疾恶"的精神,"颉颃天子"的作风,发展到了极点,以致不分对象,不分场合地与任何人相"颉颃",蔑视一切权位者以及相关诸多文士,其后果必然是到处受到权势社会的排斥,处处树敌,并给自身带来严重后果。祢衡不容于时,原因主要在自身桀傲性格不能适应社会;他的英年被害,实为性格悲剧。

祢衡作品，今多佚，仅存一赋三文。《鹦鹉赋》作于在江夏时，其写作因由，据赋序云：“时黄祖太子射，宾客大会，有献鹦鹉者，举酒于衡前曰：‘祢处士，今日无用娱宾，窃以此鸟自远而至，明慧聪善，羽族之可贵，愿先生为之赋，使四坐咸共荣观，不亦可乎？’衡因为赋，笔不停缀，文不加点。”可谓即兴创作，急就章。然颇精美：

　　　　唯西域之灵鸟兮，挺自然之奇姿。体金精之妙质兮，合火德之明辉。性辩慧而能言兮，才聪明以识机。故其嬉游高峻，栖峙幽深；飞不妄集，翔必择林。绀趾丹嘴，绿衣翠衿；采采丽容，咬咬好音。虽同族于羽毛，固殊智而异心；配鸾皇而等美，焉比德于众禽？于是羡芳声之远畅，伟灵表之可嘉；命虞人于垅坻，诏伯益于流沙。跨昆仑而播弋，冠云霓而张罗；虽网维之备设，终一目之所加。且其容止闲暇，守植安停；逼之不惧，抚之不惊。宁顺从以远害，不违迕以丧身；故献全者受赏，而伤肌者被刑。尔乃归穷委命，离群丧侣，闭以雕笼，翦其翅羽。……

此处所写“奇姿”、“妙质”、“性辩慧”、“才聪明”，不妨视为作者自况；而“虽同族于羽毛，固殊智而异心”等语，也是他清高骄矜心理的表现。其后又写“流飘万里，崎岖重阻”等，亦暗寓作者本人被一再遣送，自许都到荆州，又自荆州到江夏的经历。“何今日之两绝，[2] 若胡越之异区？心怀归而弗果，徒怨毒于一隅”等，则是作者思乡怀归情绪之流露。赋末数句，似乎表达了愿为黄祖效力的意向。不过事实上，祢衡禀性难移，旧疾复萌，终被“性急”的黄祖杀了。此赋不出传统咏物写法，以描绘鹦鹉姿质诸方面特征为主，寓含作者特定寄托。其精彩之处，则在能够巧妙把握所写物象与托意之间关系，语含双关，匠心独运，做到了刘勰所谓：“草区禽族，庶品杂类，则触兴致情,因变取会。"(《文心雕龙·诠赋》)总之《鹦鹉赋》显示了祢衡的文学才情,成为汉魏间抒情小赋优秀代表作之一。《文选》录入卷十三,与贾谊《鵩鸟赋》同列。

祢衡之文,有《鲁夫子碑》、《颜子碑》、《吊张衡文》。前二篇皆辑入《艺文类聚》,为孔子、颜回而作。按路粹枉奏孔融罪状中有"(融)既而与(祢)衡更相赞扬,衡谓融曰'仲尼不死',融答曰'颜回复生'"等语,或许与此二篇碑文有某种关系。若此,则《颜子碑》亦有祢衡自况意。观碑文中"睿哲之姿,诞自初育;英绝之才,显乎婴孩","知微知章,闻一觉十,用行舍藏,与圣合契"等,亦颇合于祢衡本人情状。

祢衡著作,流传较少,恐与其英年早逝及生活经历飘忽无定有关。《后汉书》本传谓"其文章多亡",《隋书·经籍志》著录有集二卷。严可均辑其文入《全后汉文》卷八十七。

杨修(175—219)[3],字德祖,弘农华阴(今属陕西)人,世代仕宦,远祖杨敞,高祖杨震,曾祖杨秉,祖杨赐,父杨彪,皆为汉三公。建安中,杨修任曹操丞相主簿,总知内外,颇称曹操意。他是当时著名才子,有"鸡肋"等"捷悟"故事,《世说新语》、《后汉书》记载多则。祢衡入许,目空一切,对荀彧、陈群等名士皆称为"屠沽儿",唯不敢小觑孔融、杨修二人。平心而论,孔、祢、杨三人,皆才子气极重,且具独立人格。三人意气相投,并非偶然。他们在许都,构成与众不同的一个文士小集团。三人最终都被权势者所杀,表明他们都有某种叛逆性格。不过三人中,杨修的叛逆性最小,他的"抗节"表现仅仅是恃才不虔,常要跟曹操开些聪明的小玩笑,令曹操难堪。杨修被曹操所杀的原因,主要是他介入了曹丕、曹植的立嫡之争,而且站在曹植一边,使曹操担心杨修在自己身后会构煽事端,造成政权不稳。

杨修著作,《后汉书》本传载"所著赋、颂、碑、赞、诗、哀辞、表、记、书凡十五篇"。此恐是范晔所见之数,原不致如此之少。《隋书·经籍志》著录有集一卷(注:"梁二卷,录一卷")。今存作品唯赋五篇(残一篇),文二篇。严可均辑其文入《全后汉文》卷五十一。其赋自题名观,多与建安其他文士所作相重,如《节游赋》、《神女赋》、《出征赋》,可知亦邺下文人间奉和酬唱之作。又《孔雀赋》序云:"魏王园中有孔雀,久在池沼,与众鸟同列。其初至也,甚见奇伟;而今行者莫视。临淄侯感世人之待士,亦咸如此,故兴志而作赋。并见命及,遂作赋云。"明言赋乃曹植使作。由序可知,此赋约作于建安二十一年以后,因曹操进爵魏王在建安二十一年五月。其时曹植已失父宠,"世人"态度自不免随之有所改变,故曹植有"世人之待士,亦咸如此"之感慨。而杨修当时仍与曹植保持较密切关系,足见其重义之风。

杨修今存最重要作品是《答临淄侯笺》,此笺为答曹植《与杨德祖书》而作。二文同被萧统收入《文选》。曹书中曾将杨修列入"今世作者"名单之中,谓"足下高视于上京",杨笺中对此表示谦让,又盛赞曹植成就更高,"含王(粲)超陈(琳),度越数子":

> 伏惟君侯,少长贵盛;体发、旦之资,有圣善之教。远近观者,徒谓能宣昭懿德、光赞大业而已,不复谓能兼览传记、留思文章。今乃含王超陈,度越数子矣!观者骇视而拭目,听者倾首而竦耳。非夫体通性达,受之自然,其孰能至于此乎?又尝亲见执事,握牍持笔,有所造作,若成诵在心,借书于手,曾不斯须少留思虑。仲尼日月,无得逾焉。修之仰望,殆如此矣!

此段颂赞曹植文字,实不寻常。杨修非特赞美曹植天资聪慧,且谓曹植"体发、旦之资",直比拟于周武王及周公旦。当日曹操自拟于周文王,公开说"若天命在吾,则吾为周文王矣"(《魏志》本纪注引《魏氏春秋》),此人所共知;杨修在此拟曹植于"发、旦",则将置曹丕于何地? 此为明确的政治表态。毋怪乎曹丕当时已视杨修为眼中钉,要设计加害他;而曹操也要对杨修"虑为后患"(《后汉书》本传)、务予剪除了。杨修此笺,在文论方面亦有重要价值,杨修与曹植来书所说"庶几戮力上国,流惠下民,建永世之业,流金石之功,岂徒以翰墨为勋绩,辞赋为君子哉"意思不同,强调功业可与文章并行不悖:

> 今之辞赋,古诗之流,不更孔公,风、雅无别耳。修家子云,老不晓事,强著一书,悔其少作。若此,仲山、周旦之俦,为皆有怨邪? 君侯忘圣贤之显迹,述鄙宗之过言,窃以为未之思也。若乃不忘经国之大美,流千载之英声,铭功景钟,书名竹帛,斯自雅量素所蓄也,岂与文章相妨碍哉!

杨修认为"文章"的写作,是"经国之大美",可以"流千载之英声"。此说与曹丕"文章经国之大业,不朽之盛事"(《典论·论文》)之说意义相近,而杨修之说在前,故更有价值。说详本书曹丕章,此不赘。自文章本身言,此笺采润固稍逊植书,而气韵流贯,词义通达,则有过之;二人同为才子,杨修显出更为老到成熟,此中差异,固是性格学养使然,抑亦杨修年事稍长之故欤?

孔融、祢衡、杨修,三人在"盖将百计"的建安文士中,性格最为突出,作风亦甚奇特,其共同特点在于:以清德及才学自高,崇尚名节,轻蔑权贵,抗节侯王,甚至发展而为危言危行。这是对汉末清流名士"婞直之风"的直接继承。三人之中,又以祢衡为最,其次孔融,其次杨修(再其次,便是刘桢了)。祢衡的詈骂,孔融的嘲讽,杨修的诙谐，形态不同，其实质都是清流名士作风。这种风气，对王霸权力尊严构成破坏销蚀作用，对传统伦理道德体系亦形成挑战，因此具有一定的叛逆性。它不受任何统治者欢迎，如曹操这样生性忌刻的统治者，更难以容忍。然而在中国文化史上，这种叛逆型文人，往往体现出人的自我意识觉醒，是数千年专制黑暗社会中引人注目的闪光亮色。对于孔融、祢衡、杨修的贡献，包括文学贡献，亦应置于历史文化大背景下作如是观。

第二节　其他曹魏前期文士

繁钦（？—218），字休伯，颍川（今属河南）人，以文才机辩，自少得名于汝、颍间，后应曹操之辟为丞相主簿。在邺与丕、植兄弟及诸文士颇相周旋，虽名列"七子"之外，却是邺下文人集团重要一员。其著作《隋书·经籍志》著录有集十卷，严可均辑其文入《全后汉文》卷九十三，逯钦立辑其诗入《魏诗》卷三。繁钦在邺下生活，颇为活跃，自所撰《与魏太子书》中，可见一斑：

> 顷诸鼓吹，广求异妓。时都尉薛访车子，年十四，能喉啭引声，与笳同音；白上呈见，果如其言。即日故共观试，乃知天壤之所生，诚有自然之妙物也。潜气内转，哀音外激；大不抗越，细不幽散；声悲旧笳，曲美常均。及与黄门鼓吹温胡，迭唱迭和，喉所发音，无不响应；曲折沈浮，寻变入节。自初呈试，中间二旬，胡欲傲其所不知，尚之以一曲，巧竭意匮。既已不能，而此孺子遗声抑扬，不可胜穷，优游转化，馀弄未尽。暨其清激悲吟，杂以怨慕，咏北狄之退征，奏胡马之长思。凄入肝脾，哀感顽艳。是时

日在西隅,凉风拂袿;背山临溪,流泉东逝;同坐仰叹,观者俯听,莫不泫泣陨涕,悲怀慷慨。自左嫔史姝,睿姐名娼,能识以来,耳目所见,佥曰诡异,未之闻也。窃惟圣体,兼爱好奇,是以因笺,先白委曲,伏想御闻,必含馀欢。……

公务之暇,观赏奇技,可谓文采风流。此书描述薛氏子演唱"喉啭",曲折沉浮抑扬巧妙感人之处,显示了以文字写声音的高超手段;同时亦表明繁钦对音乐歌唱艺术的爱好,及精微细腻的辨别感受能力。《典略》评曰:"其所与太子书,记喉转意,率皆巧丽。"(《魏志·王粲传》注引)《文选》收此篇入"笺"类。

繁钦之诗,以《定情诗》最为重要:

我出东门游,邂逅承清尘。思君即幽房,侍寝执衣巾。时无桑中契,迫此路侧人。我既媚君姿,君亦悦我颜。

何以致拳拳?绾臂双金环。何以致殷勤?约指一双银。何以致区区?耳中双明珠。何以致叩叩?香囊系肘后。何以致契阔?绕腕双跳脱。何以结恩情?佩玉缀罗缨。何以结中心?素缕连双针。何以结相与?金簿画搔头。何以慰别离?耳后玳瑁钗。何以答欢欣?纨素三条裙。何以结愁悲?白绢双中衣。

与我期何所?乃期东山隅。日旰兮不来,谷风吹我襦。远望无所见,涕泣起踟蹰。与我期何所?乃期山南阳。日中兮不来,飘风吹我裳。逍遥莫谁睹,望君愁我肠。与我期何所?乃期西山侧。日夕兮不来,踟蹰长叹息。远望凉风至,俯仰正衣服。与我期何所?乃期山北岑。日暮兮不来,凄风吹我襟。望君不能坐,悲苦愁我心。

爱身以何为?惜我华色时。中情既款款,然后克密期。褰

衣蹑茂草，谓君不我欺。厕此丑陋质，徙倚无所之。自伤失所
欲，泪下如连丝。

《乐府解题》曰："定情诗，汉繁钦所作也。言妇人不能以礼从人，而
自相悦媚，乃解衣服玩好致之，以结绸缪之志。"（《乐府诗集》卷七十
六）此仅就文字意义言。而诗中实有寄托，即以妇人君子，托寓君臣
情好或理想追求之义。这是屈原以来君子美人诗歌创作传统手法的
继承发挥。以直接承祧关系说，繁钦此诗取法于张衡《同声歌》、《四
愁诗》。《同声歌》开篇云："邂逅承际会，得充君后房。"显系《定情
诗》篇首四句之所本。又《四愁诗》"美人赠我金错刀"、"美人赠我
金琅玕"等，亦可视为《定情诗》中"何以致拳拳？绾臂双金环"等十
馀韵描写之先声。[4]《四愁诗》中"我所思兮在泰山"、"……在桂
林"、"……在汉阳"、"……在雁门"，亦《定情诗》中二人相期于"东
山隅"、"山南阳"、"西山侧"、"山北岑"之法式。至于本篇大量排比
句法，亦与《四愁诗》相类。张衡更有《定情赋》一篇，篇虽不完，但赋
末"叹"曰"思美人兮愁屏营"，明示袭用楚辞《九章·思美人》之义，
以"美人"喻君也。要之本篇并非徒言男女，"自相媚悦"。实际上，
这种写法在建安文人中并非仅见，如曹植《七哀》、《浮萍篇》等皆是。
而《定情诗》以其歌谣化的独特体式，丰富了建安诗坛，繁钦亦以此
确立在邺下文人中的独特地位。

左延年，生卒年及闾里不详，建安、黄初、太和时人。"妙于音，
咸善郑声，其好古存正莫及（杜）夔"（《魏志·方技传》），黄初中，
"复以新声被宠，改其声韵"（《宋书·乐志》），"太和中，左延年改
（杜夔）《驺虞》、《伐檀》、《文王》三曲，更自作声节，其名虽存，而声
实异"（同上）。总之，左延年是曹魏朝廷中一位以"新声"著名的乐

官,曾任协律中郎将。从文学方面看,他传世作品不多,有《从军行》(残篇),写"苦哉边地人,一岁三从军。三子到敦煌,二子诣陇西,五子远斗去,五妇皆怀身"。又写"从军何等乐! 一驱乘双驳。鞍马照人目,龙骧自动作"。从军一事,既苦亦乐。家人分离是以苦,勇士驰驱是以乐。苦者为百姓,乐者为军士。[5]左延年今存主要作品是《秦女休行》:

> 步出上西门,遥望秦氏庐。秦氏有好女,自名为女休。休年十四五,为宗行报仇。左执白杨刃,右据宛鲁矛。仇家东南僵,女休西上山。上山四五里,关吏呵问女休,女休前置辞:"平生为燕王妇,于今为诏狱囚。平生衣参差,当今无领襦。"明知杀人当死,兄言快快,弟言无道忧。女休坚词:"为宗报仇死不疑!"杀人都市中,徼我都巷西。丞卿罗列东向坐,女休凄凄曳梧前,两徒夹我持刀,刀五尺馀。刀未下,朣胧击鼓赦书下。

此篇写女休"为宗报仇"手刃仇家事。曹植《鼙舞歌·精微篇》亦述其事:"女休逢赦书,白刃几在颈。俱上列仙籍,去死独就生。"女休其人,时代及身世皆不详,大概是汉代人。[6]汉世民间多私相复仇,其中突出人物,颇得文人景慕,如《史记》、《汉书》皆备载其事,以为"任侠"之举。汉末乱世,任侠风气转盛,如袁氏兄弟、曹操、孙坚、刘备等,皆以侠气闻,文学作品亦多宣扬侠风,如曹植《白马篇》写"幽并游侠儿""视死忽如归",曹丕《大墙上蒿行》亦写"带我宝剑"、"恣意遨游"的侠士。左延年此篇,故事背景叙述甚略,而在营造任侠气氛、颂赞义烈精神方面,与时代风气正相契合。

此篇文辞质朴,采润无多,又因系入乐歌辞,文句并非规整五言,且用韵不严,颇接近于早期汉乐府叙事歌辞,如《乌生》、《梁甫吟》

等。又篇首四句，与汉乐府《陌上桑》（"日出东南隅，照我秦氏楼；秦氏有好女，自名为罗敷"）相似；而"步出上西门"，亦汉乐府歌辞常用发篇之语（如"出东门"、"出西门"、"步出齐城门"等）。要之此篇格调颇存汉风，异于建安文人诗之绮丽多采。比较而言，繁钦《定情诗》尚属文人拟作民歌，或曰具有浓厚民歌风的文士诗；而左延年此篇则纯为乐府歌辞。论其性质，《秦女休行》与曹植《鼙舞歌》相当，皆为"故依前曲，改作新歌"。不过左延年虽擅长音乐，亦喜"自作声节"，文学修养终非曹植之匹，故而颇呈精粗之别。此为乐人乐府歌辞与文人乐府歌辞之差别。

仲长统（180—220），字公理，山阳高平（今山东邹县）人，与王粲同乡。身处汉末乱世，曾游学青、徐、并、冀之间，州、郡辟召，辄称疾不就。性倜傥不矜小节，敢直言，时人或谓之"狂生"。建安年间，尚书令荀彧奇其才，举为尚书郎，后又参曹操军事。主要著作为《昌言》，全书凡十二卷，三十四篇，十馀万言。原书已佚，今存辑本。有《玉函山房辑佚书》本，又严可均辑其文入《全后汉文》卷八十八、八十九。

《昌言》是政治、历史、道德、伦理论集，为传统意义上的"子书"。其中《理乱》、《损益》、《法戒》等篇，纵论天下盛衰，为政得失，礼义刑法，政教风俗等，友人缪袭称其才足继董仲舒、贾谊、刘向、扬雄。《昌言》文字，充斥直言风格，对当时社会弊害揭示颇为深刻。且矛头所指，不避帝王权贵。如论帝王昏暴：

> 彼后嗣之愚主，见天下莫敢与之违，自谓若天地之不可亡也。乃奔其私嗜，骋其邪欲，君臣宣淫，上下同恶。目极角觝之观，耳穷郑卫之声，入则耽于妇人而不反，出则驰于田猎而不还。

荒废庶政,弃亡人物,澶漫弥流,无所底极。信任亲爱者,尽佞谄
容说之人也;宠贵隆丰者,尽后妃姬妾之家也。使饿狼守庖厨,
饥虎牧牢豚。遂至熬天下之脂膏,斩生人之骨髓。怨毒无聊,祸
乱并起,中国扰攘,四夷侵叛,土崩瓦解,一朝而去。

——《理乱篇》

直斥"愚主"为天下大乱之罪魁祸首,残暴凶恶,形同盗贼。又论宦
官为虐:

孝桓皇帝起自蠡吾,而登至尊。侯览、张让之等,以乱承乱。
政令多门,权利并作;迷荒帝主,浊乱海内。高明士恶其如此,直
言正谕,与相摩切,被诬见陷,谓之"党人"。灵皇帝登自解犊,
以继孝桓。中常侍曹节、侯览等,造为维纲,帝终不寤,宠之日
隆,唯其所言,无求不得。凡贪淫放纵,僭凌横恣,挠乱内外,螫
噬民化。隆自顺、桓之时,盛极孝灵之世,前后五十馀年,天下亦
何缘得不破坏邪?(失篇名)

对宦官在皇帝庇护下贪淫横恣,亦表深恶痛绝,并以"党人"为"高明
士"。《昌言》与徐干《中论》同为作于建安年间的"一家言",《昌言》
在内容深刻、文词犀利方面,远胜《中论》,而《中论》于立论稳妥及思
虑周密方面亦有长处。二书差异正是作者思想性格之差异。《隋
书·经籍志》将《中论》编次于子部"儒家"类,而将《昌言》次于"杂
家"类,良有以也。

仲长统今存《见志诗》二首:

飞鸟遗迹,蝉蜕亡壳。腾蛇弃鳞,神龙丧角。至人能变,达

士拔俗。乘云无辔，骋风无足。垂露成帏，张霄成幄。沆瀣当餐，九阳代烛。恒星艳珠，朝霞润玉。六合之内，恣心所欲。人事可遗，何为局促？

　　大道虽夷，见几者寡。任意无非，适物无可。古来缭绕，委曲如琐。百虑何为？至要在我。寄愁天上，埋忧地下。叛散五经，灭弃风雅。百家杂碎，请用从火。抗志山西，游心海左。元气为舟，微风为柁。翱翔太清，纵意容冶。

一首说遗落世事，以"至人"、"达士"自任。二首言履践大道，贵在"任意"、"适物"。诗中"叛散五经，灭弃风雅"，全承老子之论；而所云"至人"则出于《庄子》。此诗以敷述道家出世思想为基本内容，可视之为早期玄言诗。由此诗亦可知，仲长统批判社会丑恶，汲取了老庄道家精神。

　　仲长统与祢衡，同为建安时期以"狂"著称人物，然细析之颇有不同。祢衡之狂，主要是恃才傲物，表现于行为桀骜不驯，轻贵自大。仲长统之狂，则为疾恶如仇，表现于思想上不同流俗，锐利激烈；而在实际行为上，并无过多狂放表现，他在曹操幕中充任僚属，为时不短，未闻有何不羁事端发生，似乎比刘桢、杨修表现更为驯顺。所以，如果说孔融、祢衡是魏晋士人任诞风气的创始人，那么仲长统就是魏晋士人批判精神的先驱者。此为两种传统，稍后在嵇康、阮籍等人那里得以继承，并结合为一体。

第三节　蔡琰

蔡琰（177—？），字文姬，又说字昭姬，陈留圉（今河南杞县南）

人,汉末名士蔡邕之女。《后汉书·列女传》纪其事甚简略,谓琰"适河东卫仲道。夫亡无子,归宁于家。兴平中,天下丧乱,文姬为胡骑所获,没于南匈奴左贤王,在胡中十二年,生二子。曹操素与邕善,痛其无嗣,乃遣使者以金璧赎之,而重嫁于(董)祀"。

蔡琰自幼受父教育熏陶,博学有才辩,又妙善音律。旷世才女,生当乱朝,家遭不造,先历兵燹之灾,慈父死于非命,又遇异族劫掠,孤身流落他乡。其身世之不幸,极为感人。为此当她回归时,邺下文士竞相撰写辞赋,以示关怀同情,今所知,至少有曹丕、丁翼二篇,题皆作《蔡伯喈女赋》。曹丕赋仅存序:"家公与蔡伯喈有管、鲍之好,乃命使者周近持玄璧,于匈奴赎其女还,以妻屯田都尉使者。"丁翼原赋尚存,虽亦不全,却提供若干史料线索,对了解蔡琰生平有重要价值。加之作者为事主同时代人,其可靠性当高于范书。以故录其文于下:"伊大宗之令女,禀神惠之自然。在华年之二八,披邓林之曜鲜。明六列之尚致,服女史之话言。参过庭之明训,才朗悟而通玄。"──此谓蔡琰少女时期状况;"当三春之嘉月,时将归于所天。曳丹罗之轻裳,戴金翠之华钿。羡荣曜之所茂,哀寒霜之已繁。岂偕老之可期,庶尽欢于馀年。"──此写蔡琰将嫁时情形;"何大愿之不遂,飘微躯于逆边。行悠悠于日远,入穹谷之寒山。惭柏舟于千祀,负冤魂于黄泉。"──此写被匈奴所掳之遭遇;"我羁虏其如昨,经春秋之十二。忍胡颜之重耻,恐终风之我萃。咏芳草于万里,想音尘之仿佛。祈精爽于交梦,终寂寞而不至。哀我生之何辜,为神灵之所弃……"──此写在胡中历十二年痛苦生活经过。

蔡琰归汉后,感伤乱离,追怀悲愤,作诗自述其事,此即《悲愤诗》:

> 汉季失权柄,董卓乱天常。志欲图篡弑,先害诸贤良。逼迫

迁旧邦,拥主以自强。海内兴义师,欲共讨不祥。卓终来东下,金甲耀日光。平土人脆弱,来兵皆胡羌。猎野围城邑,所向悉破亡。斩截无孑遗,尸骸相撑拒。马边悬男头,马后载妇女。长驱西入关,迥路险且阻。还顾邈冥冥,肝脾为烂腐。所略有万计,不得令屯聚。或有骨肉俱,欲言不敢语。失意机微间,辄言"毙降虏"。要当以亭刃,"我曹不活汝"。岂复惜性命?不堪其詈骂。或便加棰杖,毒痛参并下。旦则号泣行,夜则悲吟坐。欲死不能得,欲生无一可。彼苍者何辜?乃遭此厄祸!

边荒与华异,人俗少义理。处所多霜雪,胡风春夏起。翩翩吹我衣,肃肃入我耳。感时念父母,哀叹无穷已。有客从外来,闻之常欢喜。迎问其消息,辄复非乡里。邂逅徼时愿,骨肉来迎己。己得自解免,当复弃儿子。天属缀人心,念别无会期。存亡永乖隔,不忍与之辞。儿前抱我颈,问母欲何之?"人言母当去,岂复有还时?阿母常仁恻,今何更不慈?我尚未成人,奈何不顾思!"见此崩五内,恍惚生狂痴。号泣手抚摩,当发复回疑。兼有同时辈,相送告离别。慕我独得归,哀叫声摧裂。马为立踯躅,车为不转辙。观者皆嘘唏,行路亦呜咽。

去去割情恋,遄征日遐迈。悠悠三千里,何时复交会?念我出腹子,胸臆为摧败。既至家人尽,又复无中外。城郭为山林,庭宇生荆艾。白骨不知谁,从横莫覆盖。出门无人声,豺狼号且吠。茕茕对孤景,怛咤糜肝肺。登高远眺望,魂神忽飞逝。奄若寿命尽,旁人相宽大。为复强视息,虽生何聊赖!托命于新人,竭心自勖厉。流离成鄙贱,常恐复捐废。人生几何时?怀忧终年岁。

余冠英说此诗曰:"这诗开头四十句叙遭祸被掳的原由和被掳入关途中的苦楚。次四十句叙在南匈奴的生活和听到被赎消息悲喜交集以及和'胡子'分别时的惨痛。最后二十八句叙归途和到家后所见所感。"（《汉魏六朝诗选》）诗写蔡琰身历许多苦难,"恍惚生痴狂","胸臆为摧败",写出不可胜言之悲。在揭示汉末战乱为害,描述社会破坏、生灵涂炭方面,此诗与曹操《薤露》、《蒿里》和王粲《七哀》（之一）、曹植《送应氏》（之一）等名篇,足堪比类。曹操诗以雄大目光统观全局,悲天悯人,以历史感取胜;王粲诗从流徙文士身份出发,纪亲历亲见百姓惨况,以悲情深挚感人为特色;曹植诗则是以后生少年眼光,目击丧乱后都城洛阳残破颓败景象,写出心中所受震颤,"气结不能言",以冲击力见长。而《悲愤诗》兼具三者长处,又作为受战乱之害最烈之女性,写出十馀年苦难体验。与上举三诗相比,可以说此篇在内涵深度上略不逊色,而在感人程度上又有过之。

　　《悲愤诗》篇幅较长,以叙事为主,结合抒情。开首从大局写起,概括有度,简练切要;以下转写自身遭遇,脉络清晰,布置得当;详略相错,轻重适宜;又并不一味直赋其事,而间用比兴,如"马为立踟蹰"四句等,运用五言体,相当娴熟,不让邺下诸文士如曹、王等人。要之,这是建安文学中最优秀诗篇之一。

　　蔡琰又有骚体《悲愤诗》一首:

　　　　嗟薄祜兮遭世患,宗族殄兮门户单。身执略兮入西关,历险阻兮之羌蛮。山谷渺兮路漫漫,眷东顾兮但悲叹。冥当寝兮不能安,饥当食兮不能餐。常流涕兮眦不干,薄志节兮念死难,虽苟活兮无形颜。

　　　　唯彼方兮远阳精,阴气凝兮雪夏零。沙漠壅兮尘冥冥,有草木兮春不荣。人似禽兮食臭腥,言兜离兮状窈停。岁聿暮兮时迈征,夜悠长兮禁门扃。不能寐兮起屏营,登胡殿兮临广庭。玄云合兮翳月星,北风厉兮肃泠泠。胡笳动兮边马鸣,孤雁归兮声

嘤嘤。乐人兴兮弹琴筝，音相和兮悲且清。心吐思兮胸愤盈，欲
舒气兮恐彼惊，含哀咽兮涕沾颈。

家既迎兮当归宁，临长路兮捐所生。儿呼母兮啼失声，我掩
耳兮不忍听。追持我兮走茕茕，顿复起兮毁颜形。还顾之兮破
人情，心怛绝兮死复生。

此篇所写内容稍简略，大体上亦为三段式，分述罹难、在胡中、归来三
事。就文学技巧言，此篇自始之终，铺叙而下，既少部署，且无转捩；
文字亦甚笨拙窒碍，如"欲舒气兮恐彼惊，含哀咽兮涕沾颈"等，显为
凡庸手笔；又如篇中竟无一句对话，平淡滞拙，与五言体诗精采流畅
难以并比，二篇似非出于一人之手。此点历来论者早有觉察，以故作
品真伪及作者为谁，聚讼不已。归纳言之，大凡有三种意见。第一种
意见，认为五言、骚体《悲愤诗》，皆蔡琰所作。范晔《后汉书》收载二
篇作品全文，是为此种意见代表。后人有不少论者信从范书，如说：
"关于蔡文姬的作品，我是相信《后汉书》里的两首的。"（刘开扬《关
于蔡文姬及其作品》）第二种意见与第一种正相反，认为五言体与骚
体二篇皆非蔡琰所作。此由苏轼发难提出，说："今日读《烈女传》蔡
琰二诗，其词明白感慨，颇类《木兰诗》，东京无此格也。建安七子犹
含蓄不尽发，况伯喈女乎！"又说："琰之流离必在父殁之后，董卓
既诛，伯喈方遇祸；今此诗乃云为董卓所驱兵虏入胡中，尤知其非真
也。"（《东坡题跋》卷二）他的结论是："盖范晔荒陋，遂载之本传。"
清人阎若璩、近人张长弓等赞成其说。第三种意见，认为五言体为蔡
琰作，骚体则非是。此以余冠英为代表，其云："我以为蔡琰如曾做
诗来写她的悲愤，可信的倒是五言这一首，而骚体一首断然非真，因
为五言《悲愤诗》所叙事实一一和史籍相合，而骚体一首的描写不切
于实际的情景。"余先生又举骚体中"唯彼方兮远阳精"四句，说："这

样写来,直以蔡琰所居的胡中为穷北荒漠之地。哪里是南匈奴的景象？更何尝是去卑一支所住的河东平阳的景象？"(《论蔡琰悲愤诗》)第四种意见,又与第三种意见相反,认为骚体可信为蔡琰作,而五言体不可信。持此说者有郑振铎,其谓:"楚歌体(徐按:即骚体)的文字最浑朴、最简练、最着意于练字造语。……没有一句空言废话。确是最适合于琰的悲愤的口吻。琰如果有诗的话,则这一首当然是她写的无疑。"(《插图本中国文学史》)刘大杰亦同郑说,谓:"三篇(徐按:指二篇《悲愤诗》及一篇《胡笳十八拍》)中最为真实的是那篇楚辞体的悲愤诗。"(《中国文学发展史》1941年版)范文澜亦持此说,见所著《中国通史简编》修订本第二编。

蔡琰名下又有《胡笳十八拍》一篇。此篇唐以前有关史籍皆无著录,始见于宋代郭茂倩《乐府诗集·琴曲歌辞三》,而其体式奇特,论者多疑为后人拟作伪托。如逯钦立认为,此篇"无论曲、辞,均是后人假托";(《论胡笳十八拍》)而郭沫若等肯定其为蔡琰所作。

总之,蔡琰身世充满苦难,也充满传奇色彩;而作为一位女性诗人(如果其传世作品特别是《悲愤诗》五言体的著作权无问题的话),她在建安文坛上闪耀着独特光彩。司马迁曰:"诗三百篇,大抵贤圣发愤之所为作也。"(《史记·太史公自序》)《悲愤诗》亦"发愤之所为作也",而蔡琰则堪为女中"贤圣"。

〔1〕 孔融桀骜不驯表现甚多,早岁在洛阳曾受司徒杨赐委派,奉谒往贺何进由河南尹升任大将军,因未得到及时接见,自觉受了轻视,便夺谒还府,投劾而去,惹怒了何进,派出剑客去追杀他。在北海相任上,他又与虎踞河北的袁绍交恶,终于兵戎相见,被赶出北海。孔融为人,又颇放达。路粹诬奏孔融表文,虽是曹操授意所作,确也写出孔融思想作风中有任达方面:"又融为九列,不遵朝仪,秃巾微行,唐突宫掖。又与前白衣祢衡跌荡放言,云:'父之于子,当有何

亲？论其本意，实为情欲发耳。子之于母，亦复奚为？譬如寄物瓶中，出则离矣！'既而与衡更相赞扬，衡谓融曰：'仲尼不死。'融答曰：'颜回复生。'……"再联系到孔融的名言："坐上客常满，樽中酒不空，吾无忧矣！"（《后汉书》本传）孔融（还有祢衡）确实不是谨言慎行的正统儒者，而是颇具放达风致的名士，可以说是魏晋名士任达作风的一位先驱。

〔2〕 "两绝"，当作"雨绝"，从钱锺书说。见《管锥编》第三册。

〔3〕 杨修年岁，《后汉书》本传注引《续汉书》曰："……太祖闻之大怒，故遂收杀之，时年四十五矣。"而杨修母袁氏《答曹公夫人卞氏书》（见《古文苑》及侯康《后汉书补注续》，严可均《全后汉文》卷九十六）中则云："小儿违越，分应至此，怜其始立之年，毕命埃土。"据此杨修死时仅三十岁。二说莫知孰是。论者多从《后汉书》注，此亦姑从之。

〔4〕 逯钦立曰："《文选》十八《洛神赋》注引繁钦《定情诗》曰'何以消滞忧？足下双远游'云云，今此篇不见，殆《玉台》有删节，此其佚句也。"（《先秦汉魏南北朝诗·魏诗》卷三）徐按：逯说是，本篇中"何以……"之句，现存十一韵，当有十二韵，作双数，方合乎全篇诗例。

〔5〕 左延年《从军行》，与王粲《从军行》当是同题唱和之作。粲诗篇首曰"从军有苦乐"，左诗则分写苦乐。又粲诗（其二）有句云"一征辄三龄"，左诗则曰"一岁三从军"，义不同而句式相似。王粲《从军行》作于建安十四至十六年间，左延年此篇约作于同时。

〔6〕 关于女休事迹，难以确考。按曹植《精微篇》中连写七则"精微"故事，计有：一、"杞妻哭死夫"，二、"子丹西质秦"，三、"邹衍囚燕市"，四、"关东……苏来卿"，五、"女休逢赦书"，六、"缇萦"救父，七、"简子聘女娟"。就时代言，其中四则为先秦事（一，二，三，七）；二则为前汉事（四，六）；唯此女休一则时代不明（五）。可知曹植篇中所述，基本上皆先秦及西汉事，此点颇为明确。曹植是在篇中引述古代例证，以明"精微"可"动神明"之理。以故此"女休"事，极可能亦西汉事。篇中有"平生为燕王妇，于今为诏狱囚"二句，所云"燕王"，或指燕王刘旦，且为汉武帝子，元凤元年（前80）因谋反事泄，自杀。"女休"或其妇，坐其事而入"诏狱"。

第七章　曹魏后期诸文士

第一节　曹睿

　　曹睿（205—239），字元仲，曹丕长子。幼聪慧，颇受曹操钟爱，常随左右。曹丕称帝后，封平原王。因生母甄氏失宠未封为皇后，并于黄初二年被"赐死"，曹睿亦久不得立为太子。黄初末曹丕病笃，曹睿方立为嗣君。为此，曹睿在黄初年间慎言谨行，怵惕戒惧，唯恐稍有不慎，卒招父怒而致大祸。他"自在东宫，不交朝臣，不问政事，唯潜思书籍而已"（《魏志》本纪注引《魏书》）。当他继位后，群臣多不识君面，竟致"群下想闻风采"（《魏志》本纪注引《世语》）。曹睿性格沉静内向，然而"沉毅断识，任心而行，盖有君人之至概焉"（《魏志》本纪）。曹睿在位，历太和、青龙共十三年，死后庙号明帝。

　　曹睿在位期间，对文化事业相当重视，他曾下诏求"才智文章"之士（青龙四年《选举诏》），又曾令各地贡士"以经学为先"（太和二年《贡士先经学诏》），还刊刻曹丕《典论》于太学，"与石经并以永示来世"（《魏志·三少帝纪》注引《搜神记》），他还曾使人作赋，"扬州别驾何桢，有文章才，试使作《许都赋》，成上不封，得令人见"（《诏何

桢》)。曹睿还对当时士风施加影响,曾下诏:

> 世之质文,随教而变。兵乱以来,经学弛废,后生进趣,不由
> 典谟,岂朕训导未洽,将进用者不以德显乎? 其令郎吏:学通一
> 经,才任牧民,博士策试,擢其高第者亟用。其浮华不务道本者,
> 皆罢退之!
>
> ——《策试罢退浮华诏》

曹睿强调罢退"浮华不务道本者",作为用人取士政策,对士风起到一定作用,某些著名"浮华之士"如何晏之徒,在当时不受重用。但其影响有限,尤其曹睿在位后期"盛兴宫室,留意于玩饰,赐与无度,帑藏空竭"(《魏志》本纪注引《魏略》),实际上助长奢华风气,故明帝之后,正始年间浮华风习大起,而为首者正是曹睿临终前委以夹辅重任的曹爽。曹爽"饮食车马,拟于乘舆,尚方珍玩,充牣其家,妻妾盈后庭"(《魏志》本传),正与曹睿晚年作风略同。

曹睿在文学方面亦有建树,他是建安文学与正始文学间的过渡性人物。今存诗十馀篇,文若干。

曹睿之诗,内容大略可分两类,一类写政治时事,一类抒述个人情怀。前一类作品多与当时军国征伐大事有关。如《苦寒行》、《擢歌行》、《善哉行》等,皆作于黄初年间,述东征孙权事。曹丕曾三次亲征孙吴,曹睿随军,乃有诸诗。诗中不乏耀武扬威之词,如"桓桓猛毅,如罴如虎;发炮若雷,吐气如雨"之类,然新意不多,显一般化,与曹操《苦寒行》、《步出夏门行》等征伐诗歌相比,颇不如之。只是诗人在篇中常言及"皇祖",尤其是《苦寒行》,一篇之中,四致意焉,表现了对已故祖父曹操的深切怀念。结合曹睿当时处境,可以体味出他将此种怀念,当作解脱忧思、自我慰安的一种手段了。"……虽

有吴蜀寇,春秋足耀兵。徒悲我皇祖,不永享百龄。赋诗以写怀,伏轼泪沾缨。"孤寂苦闷的曹睿难以忘怀祖父对自己的呵护,真心希望曹操能"享百龄",他的眼泪是真情表露。

后一类诗歌则不写"王者布大化"之类堂皇内容,专述个人情怀,所以更见作者真性情。这些作品给人的至深印象,即是曹睿性格极为敏感:

> 静夜不能寐,耳听众禽鸣。大城育狐兔,高墉多鸟声。坏宇何寥廓,宿屋邪草生。中心感时物,抚剑下前庭。翔佯于阶际,景星一何明! 仰首观灵宿,北辰奋休荣。哀彼失群燕,丧偶独茕茕。单心谁与侣? 造房孰与成? 徒然喟有和,悲惨伤人情。余情偏易感,怀往增愤盈。吐吟音不彻,泣涕沾罗缨。

——《长歌行》

> 种瓜东井上,冉冉自逾垣。与君新为婚,瓜葛相结连。寄托不肖躯,有如倚太山。兔丝无根株,蔓延自登缘。萍藻托清流,常恐身不全。被蒙丘山惠,贱妾执拳拳。天日照知之,想君亦俱然。

——《种瓜篇》

二诗皆为"余情偏易感"之产物。《长歌行》写"中心感时物",其所感之物,为"大城"、"狐兔"、"坏宇"、"邪草"等,最后专注于"失群燕",写此燕之孤独,由孤燕而痛感"悲惨伤人情"。末四句又渲染"伤人情"之强烈。此种感物伤怀,本汉代《古诗》以来常见写法,未足为奇。然而曹睿自有其身世背景,从建安末曹操违世到黄初末,此七年间的不幸，"悲惨伤人情"积淀实在颇多。史载"帝（指曹睿）以母不以道终，意甚不平"，"文帝（指曹丕）始以帝不悦，有意欲以他姬子京兆王为嗣，故久不拜太子"（《魏志》本纪注引《魏略》）。生母无辜被害，本身又岌岌可危，能得无悲？ 又《魏末传》所载故事更加感人："帝尝从文帝猎，见子母鹿。文帝射杀鹿母，使帝射鹿子，帝不从，曰：'陛下已杀其母，臣不忍复杀其子。'因涕泣。文帝即放弓箭，以此深奇之，而树立之意定。"（《魏志》本纪注引）在此戏剧性事件中，曹睿的触物伤情，连曹丕都被感动了。他在曹丕面前的"涕泣"，与其诗中再三所写"泣涕沾罗缨"、"伏轼泪沾缨"（《苦寒行》）、"感物怀所思，涕泣忽沾裳"（《乐府诗》），正相映衬。而他在此事件中的所感对象"子母鹿"，与他在本诗中所写"失群燕"以及《步出夏门行》中所写"夜失群侣，悲鸣徘徊"的"乌鹊"，亦为类似之物。

《种瓜篇》则是以夫妇喻君臣，此亦屈原以来（包括张衡、曹植等）传统写法。诗中以"兔丝"、"萍藻"自喻，说出"常恐身不全"之忧思，皆切合曹睿黄初中处境。末又以"天日照知之"申述自己"拳拳"衷心及深切期待。

曹睿的这些诗歌，与曹植后期作品颇有共同之处，皆以抒发忧思为主，而敏感的性格也相近，二人抒忧手法亦类似，如《种瓜篇》与曹植《种葛篇》、《浮萍篇》、《七哀诗》主旨相同，所用比兴手法如出一辙，皆以夫妇喻君臣。所用语词亦有颇近似者，如曹植谓"浮萍寄清水"（《浮萍篇》），曹睿则谓"萍藻托清流"；曹植谓"与君初婚时，结发恩义深"（《种葛篇》），"结发辞严亲，来为君子仇"（《浮萍篇》），曹睿则谓"与君新为婚，瓜葛相结连"；曹植谓"君怀良不开，贱妾当何依"（《七哀诗》），曹睿则谓"贱妾执拳拳"。不过叔侄差异还是有的，曹植性格外向，诗风始终热情奔放，颇含慷慨之音；曹睿则颇内敛，诗风沉着郁结，梗概之气嫌少。植、睿叔侄的此类作品，基本皆作于黄初年间,所说之"君",皆指曹丕。曹丕在位期间,不但有其弟曹植因被禁锢而"泪下沾罗襟"(《种葛篇》),又有其子曹睿受冷遇而"泣涕沾罗缨"(《长歌行》),这种"骨肉之恩乖,常棣之义废"(《魏志·武、文世王公传》)有悖人情状况,不能不说是曹丕实行"刻薄寡恩"(同上)政策的结果。

　　曹睿今存诗歌全部为乐府歌辞,此点有类曹操。作品基本继承建安文人乐府诗传统,质朴中见流转,通俗中有典雅,辞意舒徐,音节谐和。除上引诸篇外,如《猛虎行》亦有代表性:

　　　　双桐生空井,枝叶自相加。通泉浸其根,玄雨润其柯。绿叶何茂茂,青条视曲阿。上有双栖鸟, 交颈鸣相和。何意行路者,秉丸弹是窠。

全篇皆是比兴,末韵方托出主旨。而语词质朴,富民歌风,深得汉乐府歌辞神髓。曹睿乐府诗,写法受曹操、曹丕、曹植影响,时露痕迹。其今存诸作中,《苦寒行》、《步出夏门行》、《善哉行》、《短歌行》等,篇名皆踵武曹操,甚至语句亦学曹操,如《步出夏门行》二解"商风夕起,悲彼秋蝉"即学曹操同题诗中一解"秋风萧瑟,洪波涌起"、三解"蹙迫日暮,乌鹊南飞。绕树三匝,何枝可依?"又学曹操《短歌行》"月明星稀,乌鹊南飞。绕树三匝,何枝可依?"而《燕歌行》中"白日晼晼忽西倾,霜露惨凄涂阶庭,秋草卷叶摧枝茎。翩翩飞蓬常独征,有似游子不安宁"等描写,显而易见亦仿曹丕同题之作,其意境及用语皆可见乃父之影响。至于学曹植之处似更多,前已述,此不赘。曹睿年岁与曹植较近,仅小十三岁,对这位叔父的文学才华早有了解。曹睿即位后,虽基本继承曹丕对宗室诸王政策,对曹植不予政治任用,但限制禁锢略有松弛,且在文学上彼此有所交流,曹植在太和年间曾多次献赋呈文，而曹睿亦曾以己作示植。太和六年，曹睿幼子夭亡，亲撰哀诔，时值诸王朝京师，睿谓植曰："吾既才薄，至于赋诔，特不闲。从儿陵上还，哀怀未散，作儿诔，为田家公语耳。"（《诏陈王植》）曹植死后，曹睿曾下诏追录遗文，谓"（植）自少至终，篇籍不离于手，诚难能也"，并撰录曹植著作"赋、颂、诗、铭、杂论凡百馀篇，副藏内外"（《魏志·陈思王传》），差可谓一文学知己。

曹睿之文，今存多诏令文字，虽应用于朝廷廊庙，亦不乏文采。其馀文章甚少，唯《甄皇后哀策文》一篇，悼念生母，甚见真情，尤以篇末数句最为动人："……不虞中年，暴离灾殃。愍予小子，茕茕摧伤。魂虽永逝，定省曷望？呜呼哀哉！"写出对母亲永恒怀念。曹睿亦能赋，今存唯《游魂赋》残句，难睹全豹。

曹睿文学总体成就不及父、祖，然史称"魏之三祖"，亦自名家。刘勰谓："至于魏之三祖，气爽才丽，宰割辞调，音靡节平。观其'北上'众引，'秋风'列篇，或述酣宴，或伤羁戍，志不出于淫荡，辞不离于哀思，虽三调之正声，实韶夏之郑曲也。"（《文心雕龙·乐府》）操、丕、睿，三世为文，皆以乐府诗写作为主，且各有成就，实颇难得。锺嵘亦云："睿不如丕，亦称三祖。"（《诗品》卷下）意略同，而有所轩轾。

曹睿著作，《隋书·经籍志》著录有集七卷（注："梁五卷，或九卷，录一卷。"）原集不存，严可均辑其文入《全三国文》卷九、十，逯钦立辑其诗入《魏诗》卷五。

第二节　应璩

应璩（190—252），字休琏，汝南（今属河南）人，应玚之弟。魏文帝、明帝、少帝曹芳时历任散骑常侍、侍中、曹爽大将军长史等职。应璩少曹丕三岁,长曹植二岁,本可入建安文士之列,但他享年较长,直到嘉平中尚颇活跃,已入曹魏后期;又其主要作品《百一诗》多成于中年以后,就文学精神言,已基本脱去建安热忱进取盛世基调,表现出若干衰世特征,以故归于后期文学。

应璩历仕三朝,但中间亦有间断,曾有"前者隳官去"之经历;亦体尝过清苦物质生活,曾自述穷困之状:

> 谷籴惊踊,告求周邻;日获数斗,犹复无薪可以熟之。虽孟轲困于梁、宋,宣尼饥于陈、蔡,无以过此。夫挟管、晏之智者,不有厮役之劳;怀陶朱之虑者,不居贫贱之地。出蒙诮于臧获,入见谪于嫔息。忽使已愤,不知处世之为乐也。
>
> ——《与董仲连书》

既有此"隳官"经历和贫困体验,使他能冷静观察社会人生百态。应璩人生态度受道家一定影响,曾说:"仆顷倦游谈之事,欲修无为之术,不能与足下齐镳骋辔、争千里之表也。"(《与刘文达书》)此言并非故作标榜,他虽曾为曹爽长史,却并无躁竞表现,而是守拙退静,与曹爽兄弟、何晏、锺会等浮华士人保持相当距离。应璩身处玄学兴起之际,对庄、老思想存有相当兴趣,受到熏染,殊不足怪。然而他不是玄学中坚人物,对于某些名士的过分放诞表现,还持批评态度:"岂有乱首抗巾,以入都城,衣不在体,而以适人乎?昔戴叔鸾箕坐见边文礼,此皆衰世之慢行也。"(《与崔元书》)看来应璩不仅生活年代正当曹魏前后期之间,其思想观念亦呈过渡状态,而以后期色彩更为浓重。

应璩诗歌称《百一诗》,此名称始见于萧统《文选》及刘勰《文心雕龙》，《文选》卷二十一收录"《百一诗》一首"。其后关于《百一诗》之名，有各种解说，至唐代李善注《文选》，对此作了清理，其谓：

> 张方贤《楚国先贤传》曰："汝南应休琏作百一篇诗，讥切时事，编以示在事者，咸皆怪愕，或以为应焚弃之，何晏独无怪也。"然方贤之意，以有百一篇，故曰"百一"。李充《翰林论》曰："应休琏五言诗百数十篇，以风规治道，盖有诗人之旨焉。"又孙盛《晋阳秋》曰："应璩作五言诗百三十篇，言时事颇有补益，世多传之。"据此二文，不得以一百一篇而称"百一"也。《今书七志》曰："《应璩集》谓之'新诗'，以百言为一篇，或谓之'百一诗'。"然以字名诗，义无所取。据《百一诗》序云："时谓曹爽曰：'公今闻周公巍巍之称，安知百虑有一失乎？'""百一"之名，盖兴于此也。

诸家说"百一诗"，意见不一，李善排列比较，并取其中一说。可供参考。[1]关于《百一诗》之作意，《魏志》注引《文章叙录》曰："……曹爽秉政，多违法度，璩为诗以讽焉。其言虽颇谐合，多切时要，世共传之。"《文选》李善注引张方贤、李充、孙盛等人之说，略同于《文章叙录》。以上四种著作，皆魏晋人所撰，众口一词，认为《百一诗》有讽喻谏戒之义。然同中有异，《百一诗》是否含有具体针对性，即是否针对曹爽个人，说法不一。《文章叙录》确认此点，其他三家无明白表示。至于《文选》李善注所言及之"诗序"，观其语气，"时谓曹爽曰"云云，不似应璩本人所撰，当是后人补叙。其产生时间颇难确定，要在李善之前也。

《百一诗》中"风规治道"、"言时事"内容，确实存在，如：

室广致凝阴，台高来积阳。奈何季世人，侈靡在宫墙。饰巧无穷极，土木被朱光。征求倾四海，雅意犹未康。

京师何缤纷！车马相奔起。借问乃尔为？将欲要其仕。孝廉经述通，谁能应此举？

百郡立中正，九州置都士。州闾与郡县，希疏如马齿。生不相识面，何缘别义理？

细微可不慎，堤溃自蚁穴。腠理早从事，安复劳针石？哲人睹未形，愚夫阇明白。曲突不见宾，焦烂为上客。思愿献良规，江海倘不逆。狂言虽寡善，犹有如鸡跖。鸡跖食不已，齐王为肥泽。

一首"讥切"者，当是明帝大治许、洛宫室事，时在青龙三年（235），起朝阳、太极殿，筑总章观，调集民夫，百姓失农时。当时有杨阜、高堂隆、张茂等大臣多次上表切谏，《魏志》诸纪传载其事甚详。高堂隆批评明帝："广开宫馆，高为台榭，以妨民务，此害农之甚者也。""陛下不以是为忧，而营作宫室，无有已时。"并告诫说："不夙夜敬止，允恭恤民，而乃自暇自逸，唯宫台是侈是饰，必有颠覆危亡之祸！"应璩此诗，与高堂隆谏文义近，连措语亦颇相似，基本可以认为旨在讥刺侈靡世风，针对魏明帝耗虚国库民力营作宫室而发。

二首刺官场钻营风气；三首刺当时察举制度弊端；四首说防微杜渐的重要性，是向执政者"献良规"。所举四首中，前三首皆对具体政事，后一首说为政理念。诸篇皆寓"风规"，但所风规对象，唯有一首可确认为明帝曹睿；至于针对曹爽之诗，今存诸篇中难以坐实。总之,在正始前后,士子奔竞于权贵势要之门,结纳朋党,互作声誉,浮华风气,甚嚣尘上。应璩既为曹爽长史,身居要津,而能不预其事,显示淡泊功名之心及正直品格。他能在诗中切讥时弊,颇中要害,此皆得力于冷静人生态度。

就实际内容看,《百一诗》也不尽与时政相关,亦有仅述普通生活感受者:

> 少壮面目泽,长大颜色粗。粗丑人所恶,拔白自洗苏。平生发完全,变化似浮屠。醉酒巾帻落,秃顶赤如壶。

> 年命在桑榆,东岳与我期。长短有常会,迟速不得辞。斗酒当为乐,无为待来兹。

> 古有行道人,陌上见三叟。年各百馀岁,相与锄禾莠。住车问三叟:"何以得此寿?"上叟前致辞:"室内姬貌丑。"中叟前致辞:"量腹节所受。"下叟前致辞:"夜卧不覆首。"要哉三叟言,所以能长久。

> 下流不可处,君子慎厥初。名高不宿著,易用受侵诬。前者隳官去,有人适我闾。田家无所有,酌醴焚枯鱼。问我:"何功德,三入承明庐?所占于此土,是谓仁智居。文章不经国,筐篋无尺书。用等称才学,往往见叹誉!"避席跪自陈:"贱子实空虚。宋人遇周客,惭愧靡所如!"

诸诗观其语气,皆老年时作。或感叹白发稀疏颜色粗丑,或以及时行乐作自我宽慰,或访求长寿久视之道,而行文中自嘲自讽,颇富幽默感,别具一格,甚为难得。又嗟叹中透出生活情趣,表明诗人并非一般叹老嗟卑者,他胸怀颇为达观。他的与物无竞态度,以及达观胸怀,便是自嘲自讽幽默感的源泉,亦是其平易坦诚自然诗风形成之依据。此类诗所表现文学精神,与前一类作品存在较大差异:前一类主涉世,社会政治性强;这一类社会政治性弱,个人生活性较突出,既无关乎时事,且不寓"风规治道"。表现在文学性格上,前者为外向型,后者为内视型。体现两种文学精神及文学性格之作品同出一人之手,正是应璩身处两个文学时期交接点的反映。由此不妨说:应璩是三国前期文学(建安文学)与后期文学(正始文学)的兼容性人物,或曰过渡性人物。

若再考察应璩诗的产生时间,尚可发现,上述前一类作品,多作于中年时期,如"室广致凝阴"一首约作于青龙三年,应璩时约四十五岁;后一类作品则多作于晚年,如"年命在桑榆"一首,设"桑榆"指六十岁,其时已逾正始而入嘉平,已是三国后期,其时阮、嵇等已初登文坛,大展身手之际。此一情况,更可印证应璩文学的过渡性质。而应璩本人的文学个性,也正在于此不可替代的过渡性。

应璩诗极少靡丽之词,以朴实见长。钟嵘说他"祖袭魏文,善为古语"(《诗品》卷中),钟嵘又评曹丕诗"率皆鄙质如偶语"(同上),指出丕、璩二人拙朴诗风存在渊源关系,甚是。应璩诗风平易拙朴,与曹魏后期在玄学思潮渐盛背景下,文士普遍重视推崇自然风致有关。另外,他在诗中讥刺明帝"巧饰"、"侈靡"作风,虽具体针对广建宫室事,但也表明他审美思想上的尚朴倾向。

应璩之文,以书笺最为出色。《文选》"书"类共入选作品十八篇,应璩竟占其四,篇数为最,超过曹植(二篇)、曹丕(三篇)。今举其一:

> 璩报:闲者北游,喜欢无量。登芒济河,旷若发矇。风伯扫途,雨师洒道;按辔清路,周望山野。亦既至止,酌彼春酒;接武茅茨,凉过大夏;扶寸肴修,味逾方丈。逍遥陂塘之上,吟咏菀柳

之下；结春芳以崇佩，折若华以翳日；弋下高云之鸟，饵出深渊之鱼。蒲且赞善，便嬛称妙，何其乐哉！虽仲尼忘味于虞韶，楚人流遁于京台，无以过也。班嗣之书，信不虚矣！

来还京都，块然独处，菅宅洛滨，困于嚣尘，思乐汶上，发于寤寐。昔伊尹辍耕，郅恽投竿，思致君于有虞，济蒸人于涂炭。而吾方欲秉耒耜于山阳，沉钩缗于丹水，知其不如古人远矣！然山父不贪天地之乐，曾参不慕晋楚之富，亦其志也。前者邑人念弟无已，欲州郡崇礼，师官授邑，诚美意也。历观前后，来入军府，至有皓首，犹未遇也。徒有饥寒骏奔之劳。俟河之清，人寿几何？……

——《与从弟君苗君胄书》

以对比手法，表达来到自然山野中的欣悦，及回京都后在官场中的厌倦，此“亦其志也”。文中说及“来入军府”，知此书作于任曹爽大将军长史时，故文中所谓“困于嚣尘”者，盖指当时曹爽府中浮华风气也。应璩之文，骈散错互，言为心声，颇饶意味。刘勰以应璩与孔融同举，谓：“文举属章，半简必录；休琏好事，留意词翰。抑其次也。”（《文心雕龙·书记》）指出其“留意”特点，诚是。

应璩著作，《隋书·经籍志》著录有集十卷。原集已佚，今存辑本有《汉魏六朝百三名家集》所收《应休琏集》一卷。又严可均辑其文入《全三国文》卷三十，逯钦立辑其诗入《魏诗》卷八。

第三节　向秀　刘伶

向秀、刘伶皆“竹林七贤”成员。“竹林七贤”为名士集团，曾聚于山阳嵇康家竹林,肆意酣畅,因此得名。七贤中阮籍、嵇康文学成就最大,已另设章,此不论;山涛、王戎、阮咸文学成就不显,实非"文士",亦从略;是故此节唯述向、刘二人。

向秀(约227—272),字子期,河内怀(今河南武陟县)人。为人任率,与嵇康最为投合,康好锻铁,向秀常充当助手,相对劳作,旁若无人,显示孤高独立任达旨趣。嵇康于景元二年被害,向秀也受到巨大政治压力,被迫应本郡荐举,去洛阳见司马昭。昭问:"闻有箕山之志,何能自屈?"秀答:"常谓彼人不达尧意,本非所慕也。"(《世说新语·言语》注引《向秀别传》)后任散骑侍郎,转黄门侍郎,散骑常侍。但在朝中无所事事,存身而已。向秀自少即好老、庄之学,撰《庄子隐解》,发明庄子旨趣,振起魏末玄风,为当时重要玄学著作,颇得嵇康、吕安等称赏,谓"庄周不死矣"。至晋惠帝时,郭象取《庄子隐解》述而广之,成为流传后世的《庄子注》,向秀原著反而不存。[2]向秀其他著作今存不多,唯赋、文各一篇,即《思旧赋》及《难嵇叔夜〈养生论〉》。《隋书·经籍志》著录有集二卷,严可均辑其文入《全晋文》卷七十二。

《思旧赋》作于入洛后途经嵇康故居时。赋中述重睹亡友旧庐内心感受,抒发对嵇康深挚怀念:

> 余与嵇康、吕安居止接近,其人并有不羁之才。然嵇意远而疏,吕心旷而放,其后各以事见法。嵇博综技艺,于丝竹特妙,临当就命,顾视日影,索琴而弹之。余逝将西迈,经其旧庐,于时日薄虞渊,寒冰凄然。邻人有吹笛者,发声寥亮,追思曩昔游宴之好,感音而叹,故作赋云:
>
> 将命适于远京兮,遂旋反而北徂。济黄河以泛舟兮,经山阳之旧居。瞻旷野之萧条兮,息余驾乎城隅。践二子之遗迹兮,历

穷巷之空庐。叹《黍离》之愍周兮，悲《麦秀》于殷墟。唯追昔以怀今兮，心徘徊以踌躇。栋宇存而弗毁兮，形神逝其焉如。昔李斯之受罪兮，叹黄犬而长吟。悼嵇生之永辞兮，顾日影而弹琴。托运遇于领会兮，寄余命于寸阴。听鸣笛之慷慨兮，妙声绝而复寻。停驾言其将迈兮，遂援翰而写心。

序文赞扬嵇、吕二生之才，"意远而疏"，"心旷而放"，此皆名士玄风高致，为正面优秀品格，言外之意，无异于说"以事见法"为枉。赋反复吟叹咨嗟，情真意切，悲风凛冽。所用典故如《黍离》、《麦秀》、李斯受罪等，亦皆隐含微讽，表现对往昔友情万分珍惜怀念，及对挚友死于非命无限惋惜悲悼。此赋辞义既甚隐微，篇幅亦颇短小，鲁迅曾指出它"刚开头却又煞了尾"（《南腔北调集·为了忘却的记念》）。其原因亦正如鲁迅所分析，是缘于当时司马氏集团对政治问题极为敏感，对政敌迫害很残酷，"魏晋名士少有全者"，作者欲语而不能。《文选》收此篇入赋之"哀伤"类。

《难嵇叔夜〈养生论〉》为一玄学论文，与嵇康《养生论》相切磋，旨在讨论养生意义、方法及成效问题。嵇康之文，主张养生，谓"善养生者"应当："清虚静泰，少私寡欲。知名位之伤德，故忽而不营，非欲而强禁也。识厚味之害性，故弃而弗顾，非贪而后抑也。……若此以往，恕可与羡门比寿，王乔争年，何为其无有哉！"向秀此文，对嵇文提出驳难，以为"若夫节哀乐，和喜怒，适饮食，调寒暑，亦古人之所修也。至于绝五谷，去滋味，寡情欲，抑富贵，则未之敢许也"。然后详予论证，说："夫人含五行而生，口思五味，目思五色，感而思室，饥而求食，自然之理也。"他还对嵇文养生能致长寿的说法提出怀疑，谓："又云：'导养得理，以尽性命，上获千馀岁，下可数百年。'未尽善也。若信可然，当有得者，此人何在？目未见之，此殆影响之论,可言而不可得!"自此文论点看,向秀强调传统"天理人伦"之说,认为"燕婉娱心","荣华悦志","纳御声色","服飨滋味"等,皆合于"天理之自然"。其论点显然与玄学基本观念相悖反,而与传统儒者论调相接近。不过此文未必代表向秀真实思想,因这是一篇辩难文章,魏晋时玄学家辩难风气颇盛,在辩难过程中,论者可执"主客之理",亦即正反之理,辩论双方甚至还可互换主客,往复论难,以达析疑导幽目的。[3]《养生论》既由嵇康首先提出,嵇文当为"主"理,向秀此文所执,乃是"客"理,目的在于通过"难"问,使执"主"理者祛疑解惑,再申前论。以故嵇康又有《答向子期〈难养生论〉》一文。要之,向秀此文,诚如《晋书》本传所云:"……又与(嵇)康论养生,辞难往复,盖欲发康高致也。"而嵇、向二人设为主客,密切配合,以发高致,亦如二人锻铁,嵇康主锻,向秀"为佐鼓排"(《世说新语·简傲》)然,唯见"扬槌不辍"而光彩迭耀也。

刘伶(生卒年不详),字伯伦,沛国(今安徽濉溪附近)人。为人沉默少言,不妄交游,唯与阮籍、嵇康相善。曾为建威参军,晋代魏统后,刘伶曾应诏赴洛阳对策,在策文中主张"无为之化",被朝廷以"无用"罢退。刘伶"志气放旷,以宇宙为狭"(《文选》李善注引臧荣绪《晋书》),服膺庄老,放浪形骸,常乘车,携一壶酒,使人荷锸而随之,谓曰:"死便埋我!"(同上)刘伶不专意于著作,故诗文较少,今存《酒德颂》一篇:

> 有大人先生者,以天地为一朝,万期为须臾;日月为扃牖,八荒为庭衢。行无辙迹,居无室庐;幕天席地,纵意所如。止则操卮执瓢,动则携榼提壶;唯酒是务,焉知其馀?有贵介公子,缙绅处士,闻吾风声,议其所以;乃奋袂攘襟,怒目切齿,陈说礼法,是

非锋起。先生于是方奉罂承槽,衔杯漱醪,奋髯箕踞,枕麹藉糟,无思无虑,其乐陶陶。兀尔而醉,豁尔而醒,静听不闻雷霆之声,熟视不见太山之形。不觉寒暑之切肌,利欲之感情,俯观万物之扰扰,如江汉之载浮萍。二豪侍侧,焉如蜾蠃之与螟蛉!

文中"大人先生",既体现玄学家的理想境界,又表现出作者所企慕人格。"以天地为一朝,万期为须臾",是对时间的超越;"日月为扃牖,八荒为庭衢",是对空间的超越;然后达到"纵意所如"目的。文中又写及两名礼法之士,即"贵介公子"和"缙绅处士",他们对"大人先生"横加指责,"陈说礼法,是非锋起",文章揶揄此"二豪"说:"焉如蜾蠃之与螟蛉"。正面坚持玄学理想与反面批判礼法君子,使此文内涵颇为充实丰富。应当注意到,此文意旨颇与阮籍《大人先生传》相切近,如阮传中形容"大人先生"为"以万里为一步,以千岁为一朝","行不赴而居不处,求乎大道而无所寓",与此颂中"大人先生"精神完全一致。只是阮文更周详,更缜密,发挥玄学理致更全面,批判礼法君子也更尖锐而已。

刘伶尚有一首《北芒客舍诗》:

> 泱漭望舒隐,黮黮玄夜阴。寒鸡思天曙,拥翅吹长音。蚊蚋归丰草,枯叶散萧林。陈醴发悴颜,巴歈畅真心。缊被终不晓,斯叹信难任。何以除斯叹?付之与瑟琴。长笛响中夕,闻此消胸襟。

自诗题"北芒客舍"可知,此篇当作于应诏赴洛阳对策时,诗中写当时心境忧郁压抑,透出对于司马氏的不满。诗人忧思难任,拥被长夜不寐,唯以酒醴浇愁,琴瑟舒怀。末写夕中"长笛",竟与向秀《思旧赋》同一意境。大概此时刘伶亦念及好友嵇康,故有此想。

第四节　何晏等其他曹魏后期文士

曹魏后期文士,文学成就较著者尚有何晏、王弼、刘劭、李康、曹冏、缪袭等。

何晏(? —249),字平叔,南阳宛(今河南南阳)人,汉末大将军何进之孙(一说为进弟何苗之孙)。何进被宦官杀死后,曹操纳晏母尹氏为夫人,并收养晏。晏在曹魏宫室中长大,又娶曹操女金乡公主为妻。此种特殊身份,使他养成骄奢浮华作风。曹丕对他颇为厌恶,称之为"假子",黄初中不予任用。曹睿时亦不甚得意。曹爽执政后,方受重用,先后为散骑侍郎、侍中、尚书,主选举,成为曹爽集团重要一员。正始十年,司马懿发动政变,杀曹爽兄弟,晏亦以爽党被害。何晏在正始中有高名,他美姿仪,喜交游,善谈论,有才辩,为一时风气所宗。他与王弼,同为正始中玄学巨擘;又率先服食五石散得奇效,服药遂成为名士风流重要标志。

何晏著作,有《论语集解》十卷,《老子道德论》二卷。其主旨据冯友兰谓:"何晏认为老子和孔子没有不同,王弼和后来的玄学家也都是这样说的。他们实际上是把孔子老子化,把老子庄子化,为魏晋玄学奠定了基础。"(《中国哲学史史料学初稿》第八章)此外,据《魏志·诸夏侯曹传》载,何晏有"诸文赋著述凡数十篇",未言及诗。然《文心雕龙·明诗》谓:"正始明道,诗杂仙心,何晏之徒,率多浮浅……"可知晏亦有诗。今存诗仅得一题二首,即《言志诗》:

鸿鹄比翼游,群飞戏太清。常恐夭网罗,忧祸一旦并。岂若集五湖,顺流唼浮萍。逍遥放志意,何为怵惕惊?

转蓬去其根,流飘从风移。茫茫四海涂,悠悠焉可弥? 愿为浮萍草,托身寄清池。且以乐今日,其后非所知。

诗中颇含忧患意识,甚有出世之想,似与何晏平时表现有所不合,可能作于不得志时,以故一扫浮华习气,若有寄托。不过此诗颇见模仿曹植痕迹,文学个性稍弱。[4]而钟嵘予以颇高评价,曰:"平叔'鸿鹄'之篇,风规见矣。"(《诗品》卷中)又,钟氏《诗品·总论》中尚说及何晏,谓:"平叔'衣单'……斯皆五言之警策者也。所以谓篇章之珠泽,文采之邓林。"按所说"衣单",今何晏存诗中无此二字,不知何指,想已佚。要之钟氏评价颇高,与前引刘勰评语,褒贬相去甚远,当是着眼对象不同,各有所重罢了。

何晏之文,今存《韩白论》、《九州论》、《无名论》等,另有若干奏议。其论说文,堂皇闳肆,富于气势,辞采亦佳,如《冀州论》:

略言春秋以来,可以海内比而校也:恭谨有礼,莫贤乎赵襄;仁德忠义,莫贤乎赵盾;纳谏服义,莫贤乎韩起;决危定国,莫贤乎狐偃;勇谋经国,莫贤乎魏绛;达雠为主,莫贤乎祈奚;延誉先生,莫贤乎张老;明智识物,莫贤乎赵武;清直笃义,莫贤乎叔向;聪明肃恭,莫贤乎羊舌职;守信不移,莫贤乎荀息;见利思义,莫贤乎中行穆子;保国扞君,莫贤乎先轸;书法不讳,莫贤乎董狐;分诏和戎,莫贤乎郤克;流放能显,莫贤乎冀缺;拔幽进滞,莫贤乎白季;守义死节,莫贤乎栾恭子……

连用近三十个"莫贤乎",句法奇特,排比而下,一气贯底,甚见功力。

《景福殿赋》为何晏今存最重要文学作品。赋约作于太和六年,陆侃如《中古文学系年》有说，可参阅。当时明帝曹睿在许、洛两都大起宫殿台观，国库虚耗，民力凋瘁，杨阜等众多大臣皆犯颜而谏，以为宜罢；此赋则取相反态度，对于明帝靡费之举颂赞有加，并为明帝辩护谓："不壮不丽，不足以一民而重威灵；不饰不美，不足以训后而永厥成。""亦所以省风助教，岂唯盘乐而崇侈靡！"其浮华态度与浅薄识见毕露无遗。此赋在写法上基本秉承两汉大赋格局，崇尚恢宏场面和盛大气魄，着力于张扬皇居辉煌及尊贵，如"远而望之，若摛朱霞而耀天文；迫而察之，若仰崇山而带垂云"等等。而其旨归在于"彰圣主之威神"。赋中亦有若干讽谏之语，如"故将广智，必先多闻；多闻多杂，多杂眩真。不眩焉在？在乎择人；故将立德，必先近仁"之类，赋末亦有曲终奏雅劝百讽一之文：

> 然而圣上犹孜孜靡忒，求天下之所以自悟。招中正之士，开公直之路。想周公之昔戒，慕咎繇之典谟。除无用之官，省生事之故；绝流遁之繁礼，反民情于太素……

此赋基本具备"体国经野，义尚光大"（《文心雕龙·诠赋》）精神体质，为赋史上大赋名篇，《文选》赋"宫殿"类共收作品二篇，此其一（另一为王延寿《鲁灵光殿赋》）。按曹魏后期文士中，赋景福殿者颇多，夏侯惠亦有《景福殿赋》，收入《艺文类聚》卷六十二。又卞兰有《许昌宫赋》，实亦写景福殿："入南端以北眺，望景福之嵯峨……"，见于《艺文类聚》卷十六。又缪袭《许昌宫赋》，赋有序云："太和六年春，上既躬耕帝藉……"（《太平御览》卷五百三十七），赋之本文已佚，然自时间看，所谓"许昌宫"者，当亦以景福殿为主也。可知当时文士赋景福殿，蔚为风气。以上所举五篇，内容率皆称颂魏明帝皇图帝业，固不待言，而劝百讽一态度亦略同。五篇之中，萧统独取何晏，其主因当是摛藻铺采及才力方面稍优。

王弼(226—249)，字嗣辅，山阳高平(今山东邹县)人，王粲嗣孙。自幼聪慧，年十馀，即好老氏，通辩能言，又乐游宴，解音律，颇为裴徽、傅嘏、何晏等名士赏识。曾任尚书郎，但唯好论道，不及其馀，故不受曹爽重用。王弼天才卓出，但好以所长笑人，颇为士君子所疾。王弼英年早逝，留下不少著作，其《老子注》、《周易注》等，沟通儒道，敷赞玄理，为魏晋玄学巨擘。他提出并论证"圣人体无"、"道者无之称也"、"圣人之情，应物而无累于物者也"等玄学纲领性论点，当时无人比他更周密完整，更具体系性。正始玄学，王、何并称，一般认为"(王)论道傅会文辞，不如何晏；自然有所拔得，多晏也"(《魏志·锺会传》注引何劭《王弼传》)。总之王弼长于论说，其文精微玄妙，人所钦服；但不娴于诗赋，纯文学作品很少，文学史上地位不及何晏。

刘劭(？—？)，字孔才，[5]广平邯郸(今属河北)人。建安中，曾为计吏、太子舍人、秘书郎；黄初中为尚书郎、散骑侍郎，受诏搜集群书，以类相从，参与编辑《皇览》；明帝时出为陈留太守，又迁散骑常侍等。劭身历四朝，为曹魏著名官员，其撰述据《魏志》本传，有"《乐论》十四篇"，"《法论》、《人物志》之类百馀篇"。刘劭亦能赋，《魏志》本传载："劭尝作《赵都赋》，明帝美之，诏劭作《许都赋》、《洛都赋》。时外兴军旅，内营宫室，劭作二赋，皆讽谏焉。"

刘劭"三都赋"中，今存唯《赵都赋》，篇亦不完。自内容看，基本承续汉代"京殿苑猎"大赋传统。然刘劭为邯郸人，"赵都"即其地，所以字里行间涌动乡土热情，与一般客观铺陈写法略显区别。如："且敝邑者，固灵州之敞宇，而天下之雄国……"。作者主体已直接

进入作品之中宣述意见,使原本重在写物图貌的大赋,强化了主观感情色调。赋中对"赵都"各类人物刻画,亦颇精彩:

> 其谋谟之士,则思通神睿,权略无形,沈灶生蛙,转败为成;
>
> 辩论之士,则智凌徂丘,材过东里,分摘滞义,割擗纤理,论析坚白,辩藏三耳;
>
> 游侠之徒,晞风拟类,贵交尚信,轻命重气,义激毫毛,节成感慨;
>
> 爰及富人,郭侯之伦,赀衍陶卫,参溢无垠,金碧其舆,朱丹其轮,会遇燕好,其从如云……

刘劭其他赋如《嘉瑞赋》、《龙瑞赋》等,未见特色。

刘劭尚有《七华》,此为"七"体,篇中两位人物"玄休先生"及"荣时子",前者"弃世遁名,藏身于虚廓,绝影于无形",为一隐士,与曹植《七启》中"玄微子"相类;后者自其名即可知是荣耀贵介人物。惜篇幅已残,难睹全貌,然而按照一般"七"体写法,"荣时子"为进说者,当最终说服"玄休先生"放弃初衷,改弦更张。由此可知作者倾向态度为入世的,此亦与曹植相同。

刘劭为三国时期重要政论家之一。当时文士在"三不朽"观念支配下,著书撰论极盛行,有崔实《政论》、徐干《中论》、荀悦《申鉴》、仲长统《昌言》、王基《新书》、桓范《世要论》、杜恕《体论》、《笃论》、蒋济《万机论》等甚多,连曹丕也加入撰论行列,作《典论》。而刘劭一人竟作书三部,今存《人物志》。《人物志》全书十二篇,主要论辨人才问题,其基本思路,以外见之符,验内藏之器。"盖其学虽近乎名家,其理则弗乖于儒者也。"(纪昀等《四库全书总目提要》)而其文字亦有才辩理趣,颇具相当欣赏价值。

　　李康(生卒年不详),字萧远,中山(今河北唐县、定县一带)人。性耿介,不能和俗,著《游山九吟》(已佚),魏明帝见而异之,遂起家为寻阳长,政有美绩,后病卒。《运命论》为今存主要作品,文中称说"运"、"命"、"时",认为"治乱运也,穷达命也,贵贱时也"。由此基本观念出发,推论出如下论点:"圣人所以为圣者,盖在乐天知命矣!""既明且哲,以保其身,贻厥孙谋,以燕翼子者。"又据此论点批评说:"后之君子,区区于一主,叹息于一朝,屈原以之沉湘,贾谊以之发愤,不亦过乎!"鼓吹听天由命、明哲保身主张,其思想无足取者。唯文章行文畅达,气充势盛,又善于结构经营,颇有足观处。如论及"天下卒至于溺而不可援"时,连出六组排比文句,连翩接踵,排闼而至,汹涌如潮:

　　　　以仲尼之才也,而器不周备于鲁、卫;以仲尼之辩也,而言不行于定、哀;以仲尼之谦也,而见忘于子西;以仲尼之仁也,而取仇于桓魋;以仲尼之智也,而屈厄于陈、蔡;以仲尼之行也,而招毁于叔孙……

文中又多妙喻佳譬,兴象迭出,如论张良之遇与不遇,以水石为喻:

　　　　……以游于群雄,其言也如以水投石,莫之受也;及其遭汉祖,其言也如以石投水,莫之逆也。

在论圣人"其身可屈,而道不可屈;其位可排,而名不可夺"时,作者又以水为喻:

> 譬如水也,通之斯为川焉,塞之斯为渊焉;升之于云则雨施,
> 沈之于地则土润。

《文选》收此文入"论"类。

曹冏[6](生卒年不详),字元首,其生平事迹,仅见于《魏志·武文世王公传》注引孙盛《魏氏春秋》:"冏,中常侍兄叔兴之后,少帝族祖也。"又据《文选》所引,多出"为弘农太守"一句。曹冏作品,唯存《六代论》一篇。此文作意,据《魏氏春秋》:"是时天子幼稚,冏冀以此论感悟曹爽,爽不能纳。"自文章内容观,其宗旨在主张强宗固本。文章纵论六代(夏、商、周、秦、汉、魏)兴亡历史,证明"庸勋亲亲,昵近尊贤"政策之重要。针对曹魏当时现实,指出:

> 大魏之兴,于今二十有四年矣。观五代之存亡而不用其长策,睹前车之倾覆而不改于辙迹;子弟王空虚之地,君有不使之民,宗室窜于闾阎,不闻邦国之政,权均匹夫,势齐凡庶,内无深根不拔之固,外无盘石宗盟之助,非所以安社稷、为万世之业也。且今之州牧、郡守,古之方伯、诸侯,或比国数人,或兄弟并据;而宗室子弟,曾无一人闲厕其间,与相维持,非所以强干弱枝、备万一之虞也。

此文论点,与曹植《陈审举表》颇相近似,曹植说:"盖取齐者田族,非侣宗也;分晋者赵魏,非姬姓也。……今反公族疏而异姓亲,臣窃惑焉。"然而曹冏《六代论》作于正始四年(243),已到高平陵之变前六年。如果说曹植之表尚属一般性历史判断,那么曹冏之论已是近期的现实预测。高平陵之变,印证了曹冏预言,司马懿发动突然袭击,

曹爽集团一网打尽,而宗室诸王公全无实权,无力救助,坐视江山易主,"贡奉社稷"。

　　总之《六代论》一文,价值不在于采润之华赡,而在于内容之警策,此正与《运命论》相反。二论各擅胜场,俱为《文选》所录,不亦宜乎!

　　缪袭(186—245),字熙伯,东海(今山东郯城)人。建安时辟御史大夫府,历仕四朝,明帝时始任要职,为尚书,光禄勋,转散骑常侍,其情况与应璩相仿,故列为后期文士。缪袭"有才学"(《魏志·王粲传》),曾与高堂隆、蒋济等讨论曹魏胤绪问题;又"多所叙述",然今存作品无多,唯《魏鼓吹曲辞》十二篇。此曲辞叙曹魏王业发展壮大始末,以时间为序,每篇述一事,如首篇《初之平》述汉末乱起,二篇《战荥阳》述曹操联合山东诸军讨伐董卓,三篇《获吕布》述曹操克徐州擒吕布,等等。末篇《太和》述"唯太和元年,皇帝践阼"事,知其写作时间在明帝时。十二篇皆系颂圣之词,故其内容无多特色。至于文辞体式,据《宋书·乐志》所云,此十二篇皆改汉鼓吹铙歌而成,如《初之平》改《朱鹭》而成,《战荥阳》改《思悲翁》而成,等等。所以这也是"故依前曲,改作新歌"(曹植语)之物,为曹魏乐府歌辞之一种。鼓吹曲施于"建武扬威德,风劝战士","锡有功诸侯"(崔豹《古今注》),囿于官方性质,写作颇受限制乏个性,为其欠缺。

　　〔1〕　关于《百一诗》名称意义,李善所举诸说,基本详备,可供参考。然细察诸说,《百一诗》名称起于何时?应璩诗原名是否为"百一诗"?尚有问题。请详论之:按李善所引之说,共有张方贤、李充、孙盛、《今书七志》四家,四家之中,其实前三家皆未说及应璩诗之名称,并无"百一诗"之称谓。张方贤仅曰:"作百一篇诗",为举其篇数,未说名称;李充仅曰:"五言诗百数十篇",亦举其

篇数,名称则曰"五言诗";孙盛仅曰:"作五言诗百三十篇",亦举篇数,名称亦作"五言诗"。第四家《今书七志》方明确说出"百一诗"名称。《今书七志》作者王俭,萧齐时人,略早于《文选》编纂者萧统。张方贤、李充、孙盛三人,皆晋时人,距应璩时代甚近,而皆不言"百一诗"名称,可见此名称实当时所无。又西晋陈寿《魏志·王粲传》附述应璩,亦未言及"百一诗"之称。裴松之注引《文章叙录》述应璩事,亦不言"百一诗",此亦可证齐、梁之前,无"百一诗"之名称。另,称应璩诗作"新诗"者则不少。唐初各类书如《初学记》、《艺文类聚》、《北堂书钞》及宋代《太平御览》收录应璩诗时,多称之为"新诗"(可参见逯钦立《先秦汉魏晋南北朝诗·魏诗》卷八),共达十六次,同时又有"杂诗"等称谓,或迳曰"应璩诗",而极少称"百一诗";可知该类书等编者,当时所见前代典籍记述应璩之诗,多作"新诗"。又据上引《今书七志》,则《应璩集》内璩诗亦名"新诗",此点尤为重要。《应璩集》为应璩本集,《隋书·经籍志》著录曰:"魏卫尉卿《应璩集》十卷。"其编定时间,按一般本集编撰情况,应在作者晚年,或去世后不久,就《应璩集》而论,应在魏末晋初,不应晚于西晋。即据《隋书·经籍志》注"梁有录一卷"一语,亦可判断至少在梁之前,故《应璩集》编定于《文选》之前,此无疑义。而《今书七志》既引述《应璩集》,则被引者早于引者,不言自明。归纳言之,《应璩集》及陈寿《三国志》、张方贤《楚国先贤传》、李充《翰林论》、孙盛《晋阳秋》,此五部编撰于魏晋时期之书,悉不言应璩有"百一诗",唯曰"新诗"或"五言诗";而"百一诗"之名称,实始见于王俭《今书七志》及萧统《文选》。据此可知,"新诗"之名,早于"百一诗",且见于本集,影响大,知之者亦多,故唐初诸类书皆从之。如予应璩诗正名,则"新诗"应为正宗,"百一诗"为后出之别名。《今书七志》谓:"《应璩集》谓之'新诗'……或谓之'百一诗'。"此"或谓之"三字,颇见分寸。

〔2〕 《世说新语·文学》:"初,注《庄子》者数十家,莫能究其旨要。向秀于旧注外为《解义》,妙析奇致,大畅玄风。唯《秋水》、《至乐》二篇未竟,而秀卒。秀子幼,《义》遂零落,然犹有别本。郭象者,为人薄行,有俊才,见秀《义》不传于世,遂窃以为己注,乃自注《秋水》、《至乐》二篇,又易《马蹄》一篇,其馀众篇,或定点文句而已。后秀《义》别本出,故今有向、郭二《庄》,其义一也。"

〔3〕　魏晋玄学论辩常取"起难往反"方式,如:"晋武帝讲诗,何劭论风雅正变之义,庾峻起难往反,四座莫能屈之。"(《晋书·庾峻传》)又如何晏与王弼辩论,何理屈,王遂"自为客主数番,皆一座所不及"(《世说新语·文学》)。又如许询与王修论辩,王理屈,然后许执王理,王执许理,再辩,"更相反复",王又屈。亦载《世说新语·文学》。又如裴玄问其子裴钦"齐桓、晋文、夷、惠四人优劣,钦述所见,与玄相反复,各有文理"(《吴志·严峻传》)。

〔4〕　何晏《言志诗》模仿曹植痕迹,如"转蓬去其根,飘流从风移",袭用曹植《杂诗六首》之二"转蓬离本根,飘摇随长风"句;又"愿为浮萍草,托身寄清池",袭用曹植《浮萍篇》"浮萍寄清水"等语;又"鸿鹄比翼游,群飞戏太清",袭用曹植《鰕鮔篇》"燕雀戏藩柴,安识鸿鹄游"等句。

〔5〕　刘劭之名颇存疑问。宋庠曰:"据今官书,《魏志》作'勉劭'之劭,从'力'。他本或从'邑'者,晋邑之名。案字书,此二训外别无他释,然俱不协'孔才'之义。《说文》则为'卲',音同上,但'召'旁从'卩'耳,训'高也'。李舟《切韵》训'美也'。高、美又与'孔才'义符。扬子《法言》曰:'周公之才之卲。'是也。"(《人物志》跋)按其说为得,当作"刘卲"是。

〔6〕　曹冏其人,唯《魏氏春秋》载其事迹,甚简略,已见正文。徐按:此人之名,实存疑问。查《魏志·明帝纪》,曹睿有子名曹冏,黄初七年八月,"辛巳,立皇子冏为清河王",时在曹睿即位后三月。此"皇子冏"当为曹睿长子。又"冬十月,清河王冏薨"。有先后二次记载,此皇子冏之存在,当真确无误。如当时已有一宗室族叔名冏,则曹睿为己子取名"冏",与族叔同名,此诚不合常理,甚不可思议。意者"曹冏"当是曹睿之子清河王之名,而《六代论》作者,其名非冏字,孙盛或误记。

第八章 阮 籍

第一节 思想性格和处世态度

阮籍（210—263），字嗣宗，陈留尉氏（今属河南）人，曹魏后期最重要诗人。父阮瑀为建安"七子"之一，瑀卒时，籍仅三岁，曹丕、王粲等《寡妇赋》中所写"遗孤"，即阮籍。籍少年失怙，然颇勤学，立志远大。后曾自述："昔年十四五，志尚好诗书；被褐怀珠玉，颜、闵相与期。"（《咏怀诗》十五）除了道德文章外，阮籍亦曾习武，"少年学击剑，妙伎过曲城。英风截云霓，超世发奇声"（《咏怀诗》六十一）。少年阮籍，身处曹魏"盛世"，在贵游风气影响下，亦沾染一些浮华作风。他曾坦言："平生少年时，轻薄好弦歌。西游咸阳中，赵李相经过。娱乐未终极，白日忽蹉跎。驱马复来归，反顾望三河。黄金百镒尽，资用常苦多。北临太行道，失路将如何？"（《咏怀诗》五）阮籍此点，实不足为奇。因他在十一至三十岁间，正值曹丕、曹睿父子相继在位，有宗室戚属及豪门公子，颇以浮华相尚，如曹爽、何晏、邓飏、李胜等"浮华友"，在洛阳互相连结，构煽风气。阮籍虽不预其流，但年龄相若，多少受其影响，在所难免。由于身历了建安后期及文、明两代曹魏政权发展巩固时期,在在感染奋发进取时代精神,故少年阮籍,颇怀功业志尚。他曾登广武城,面对楚汉古战场,慨叹:"时无英雄,遂使竖子成名!"(《晋书》本传)语气目空古人,表现出少年英雄之志。

然而,随着政局巨大变化,阮籍济世之志亦归消歇。正始年间,曹魏国运转向衰败,衰败契机即在明帝曹睿临终决定八岁小儿曹芳继承大位,而以曹爽、司马懿"夹辅"幼主。自此两大势力明争暗斗,朝政日非,危机四伏,以致有志者视政坛为畏途。这种由积极向消极、由进取向退避、由乐观向悲观的社会心理变化,相当普遍,正是在此士子心理变化基础上,形成曹魏后期以"竹林七贤"为代表的士流风气。士风的转变在阮籍诗中亦有反映:

> 王业须良辅,建功俟英雄。元凯康哉美,多士颂声隆。阴阳有舛错,日月不常融。天时有否泰,人事多盈冲。园绮遁南岳,伯阳隐西戎。保身念道真,宠耀焉足崇。人谁不善始,鲜能克厥终。休哉上世士,万载垂清风。

——《咏怀诗》四十二

诗中表明,阮籍对"王业"原本抱有巨大热情,满怀建立功名期待,设想能在济济多士朝列中成为上古"八元"、"八凯"式"良辅",英雄主义情绪浓烈。前四句所表现的功业追求和英雄抱负,与阮籍父辈们在建安时期诗文中表现的情绪一脉相承(如陈琳"庶几及君在,立德垂功名",王粲"我有素餐责,诚愧伐檀人;虽无铅刀用,庶几奋薄身"等等),也可以说是建安时代精神之延续。然而历史转折期已经来到,此即"阴阳"四句含义。此四句既述"天时",又说"人事",实际皆指历史,皆指社会演变大势,所谓"阴阳"、"日月"、"否泰"、"盈冲",皆谓由盛变衰,由治而乱。大局由泰变否的结果之一,便是士子心理感受到重大冲击,使之功业追求破灭,英雄抱负销蚀,而虚无消极避世隐遁风气渐长。在此士风背景中,道家思想遂广为士林接受,玄学取代儒术成为思想文化主潮。如阮籍者流也就由对"元"、"凯"的向往,变为对"园绮"和"伯阳"的歆羡。史载正始中,太尉蒋济及曹爽本人皆曾辟召阮籍,而籍皆婉拒不就,此种冷漠仕宦态度,与他早年完全不同。要之此诗既写出阮籍本人人生态度之转变,亦扼要概括当时社会士风大趋势,蕴含深厚历史感。

正始十年正月,司马懿发动高平陵之变,从此曹魏大权转移到司马氏集团手中,司马氏父子相继把持朝政,实行高压统治,动辄残杀异己,以致"魏晋名士少有全者"。自高平陵之变后十馀年间,恐怖气氛笼罩社会。此一现实,给阮籍以极大影响。一方面,作为一正直文士,自幼又蒙曹氏恩泽,对于司马氏以卑劣残忍手段攫取政权行为,当然深为厌恶,内心怀有强烈反感,这决定了他与司马氏集团之间存有根本分歧,难以调和;另一方面,通过一系列杀戮事件,阮籍对司马氏集团的凶残面目亦深有了解,出于自身性命安全"保身"考虑,他又不敢表示明确反对态度。于是陷入深深矛盾之中。而由于阮籍当时盛名已著,司马氏对他倍加注意,更令他处境维艰。此时期阮籍遂有颇特殊表现:对于时事政治问题表态非常谨慎,司马昭曾说:"然天下之至慎者,其唯阮嗣宗乎? 每与之言,言及玄远,而未尝评论时事,臧贬人物,可谓至慎乎!"(《世说新语·德行》注引李康《家诫》)兖州刺史王昶闻其名,请与相见,竟日不得交一言,昶以为莫能测其高深。在生活态度上,阮籍放浪形骸,遗落世事,且嗜酒成癖。他是当时最著名任诞人物之一,与嵇康、山涛等七人"常集于竹林之下,肆意酣畅,故世谓竹林七贤"(《世说新语·任诞》)。阮籍嗜酒任诞,不顾时俗礼法,或母丧饮酒食肉不辍,或醉后横眠酒家妇侧,或与群猪共饮，或"率意独驾，不由径路，车迹所穷，辄恸哭而返"（《世说新语·栖逸》注引《魏氏春秋》），其达而无检作风，颇为礼法之士所恶，时人多谓之"痴"。而阮籍本人则谓："礼岂为我辈设也！"（《世说新语·任诞》）司马昭欲施笼络，曾建议联姻，籍不敢显拒，遂大醉六十日，司马昭无奈，终于作罢。可见阮籍任诞，实为全身远害手段。此时其高蹈隐逸之志也愈加发展，曾至苏门山从半仙半隐人物"苏门先生"游，商略终古，目击道存。

　　然而阮籍是非好恶之心并未完全泯灭，在某种场合仍有表露，只是方式更为含蓄隐晦而已。如他能使"青白眼"，以白眼对"俗人"，以致礼法之士何曾等"疾之若仇"。然此皆小动作，更主要的是阮籍著文撰赋，对名教礼法大张挞伐，猛烈批判。所作《达庄论》、《大人先生传》及《咏怀诗》中若干首，皆为批判礼法君子名篇，其态度之尖锐，情绪之强烈，当时无出其右者。一方面对"时事""至慎"，"口不臧贬人物"，另一方面对礼法施以尖锐批判，二者出于一人之身，似颇矛盾。然此矛盾现象，亦可以开释："时事"乃是现实政治之事，不可不慎；"人物"非指普通众生，皆涉及政界要员，岂可任予臧贬？而礼法虽大，"礼法君子"虽多，终属道德伦理观念问题，即予猛烈攻击，亦无涉于具体政事。所以批判礼法，于司马氏政权并无直接妨害，故亦不谬于政治上"至慎"之旨甚明。对此，司马昭体察最为明白。当何曾面斥阮籍"卿恣情任性，败俗之人也。今忠贤执政，综核名实，若卿之徒，何可长也"，并提议将阮籍"流之海外，以正风教"时，司马昭却不予采纳，甚至还为阮籍辩护，说："有疾而饮酒食肉，固丧礼也。"（《世说新语·任诞》）显然，对于背礼败俗之类思想行为，司马昭尚可容忍而不加诛戮。然而就阮籍本人言，此一矛盾也显示了其两面性：政治上的软弱性与思想上的激进性。造成这一矛盾，原因当是其性格所致。阮籍思想最为激进，但性格较为软弱，与嵇康相比尤其如此。

司马昭对阮籍弱点颇为了解。因此在以残酷手段消灭主要政敌之际，也对阮籍等态度不甚明朗者施加更多压力。而阮籍缺乏足够勇气抵抗此种压力，不得不步步退缩，甚至向司马氏淫威屈服。阮籍后期某些作为，可以视为向司马昭逐步靠拢。如他曾向司马昭推荐人材，在荐举书中称司马昭"皇灵诞秀，九德光被；应期作辅，论道敷化"（《与晋王荐卢播书》），颇含恭维之词；又曾二次主动求官，一次求为步兵校尉，一次求为东平相。虽其目的自称为步兵营中有三百斛美酒，及"曾游东平，乐其土风"（《晋书》本传），似非政治性质，且赴任后亦未认真视事，但求官之事本身，即含有与司马氏合作意愿。对此，司马昭自能领会不误。以故阮籍虽常受礼法之士攻击，却"赖大将军（即司马昭）保持之"（嵇康《与山巨源绝交书》）。此种"保持"待遇，在嵇康则绝无。

景元四年（263）十月，司马昭采取重大政治步骤，自封晋公，位相国，加九锡；阮籍被指定撰写"劝进文"。阮籍若撰此文，等于向世人宣告，公开充当司马昭重要拥戴者角色。此固非其愿，便以醉酒故技推脱。但此番不同往昔，司马昭使者立逼作文，阮籍无奈乘醉挥毫，终于写就劝进之文。此被誉为"神笔"之文，实为一纸政治转向声明。为此阮籍甚为痛苦，而当时挚友嵇康已被司马昭所杀，更增添内心愧悔，数月之后，即郁郁而亡。

阮籍自少"博览群籍，尤好庄、老"（《晋书》本传），正始以后，更对玄学产生浓厚兴趣。此既为时代风尚所趋，亦出于文士自身需要。玄学标举"玄远"、"虚胜"，讨论诸如"圣人体无"、"言意之辨"、"才性之论"等问题，皆具抽象思辨性质，显示清高神韵风致，非世俗取向明显；对部分士人而言，玄学亦可起到规避现实矛盾超脱现实利害作用，为全身远害一遁逃薮。此外玄学以道家思想为基干，老庄道家向有批判现实既存秩序,否定仁义、礼制等传统,此亦予不满现实者提供理论批判武器。阮籍(以及嵇康等)正是从此出发,致力于玄学。阮籍所撰玄学论文,今存《通老论》、《通易论》、《达庄论》、《乐论》等。诸篇所论对象不一,然究其归趋,大抵相同。首先,各篇论文中皆标举自然,“自然之道,乐之所始也”(《乐论》),“天地生于自然,万物生于天地”,“人生天地之中,体自然之形”(《达庄论》),等等。此类见解与玄学家何晏、王弼所阐明的基本观念相一致。另外,这些论文又不时显露其批判锋芒,尤以《达庄论》为最,该文写及一“礼法之士”,以道学卫道者面目出现,极力诋毁庄子学说,声称:“吾……诵乎六经之教,习乎吾儒之迹,被沙衣,冠飞翮,垂曲裾,扬双鹬有日矣,而未闻乎至道之要有以异于斯乎!”“今庄周乃齐祸福而一死生,以天地为一物,以万类为一指,无乃缴惑以失真,而自以为诚者也!”而此“礼法之士”当即受到“先生”——实为作者化身的严厉驳斥。“先生”演述“太始之论,玄古之微言”,指出“儒墨之后,坚白并起,吉凶连物,得失在心”,以此为因,造成“出媚君上,入欺父兄,矫厉才智,竞逐纵横,家以慧子残,国以才臣亡”等诸多社会恶果。文中最后写此“礼法之士”经“先生”批驳,终于无言以对,“丧气而惭愧于衰僻也”。“礼法之士”理屈词穷,出乖露丑,进退失据,陷于窘境。总之对于阮籍而言,玄学所具有的上述三重功能,在他身上皆有所作用:玄学的玄虚尚无本体论和思辨特征,助长了阮籍遗落世事倾向,使他早期的积极用世外向思想性格,向消极厌世内视方向转化;而更重要的是,玄学成为他批判儒术名教礼法,抨击传统道德观念的思想理论依凭。

以上诸方面思想性格特点,对于阮籍诗风、文风的形成都起了极重要作用。他既禀有正直高洁人格,对司马氏在篡夺政权过程中的阴险残酷恶行极为反感,这就决定了他在诗赋文写作中对现实政治情势取基本否定态度;他既崇信玄学,服膺老庄,就决定了他在写作中要对司马氏所倡导、礼法之士所标榜的名教礼法进行批判,揭露其丑恶伪善本质;而他相对软弱的性格,又使他在强大的政治压力下,不敢作正面反抗,遂使其诗中弥漫"忧生之嗟"情调;同他在生活中的"至慎"、"口不论人过"表现相类似,阮籍在诗文中对于某些敏感问题,也颇谨慎,于是形成《咏怀诗》"言在耳目之内,情寄八荒之表","厥旨渊放,归趣难求"(锺嵘《诗品》卷上)的表现特色。其文、赋虽批判"礼法君子"、"缙绅先生"言辞颇为激烈,亦有相当深度,但此皆"原则性"批判,凡具体人事,则一概规避不涉,必欲涉及,便态度大异,甚至无奈之下,不免要出若干赞颂之词,以敷司马氏之需。所撰《上晋王荐卢播书》即其例,更毋论《劝进文》。

阮籍著作,《隋书·经籍志》著录有集十卷(注:"梁十三卷,录一卷。")《旧唐书》、《新唐书》皆著录作五卷,《通志》则著录十三卷。今存辑本,有《六朝诗集》所收《阮嗣宗集》三卷,《汉魏六朝诸家文集》所收《阮嗣宗集》二卷,《汉魏六朝百三名家集》所收《阮步兵集》一卷,《汉魏六朝名家集》所收《阮嗣宗集》四卷等。又严可均辑其文入《全三国文》卷四十四至四十六,逯钦立辑其诗入《魏诗》卷十。作品注释本,则有黄节《阮嗣宗咏怀诗注》,陈伯君《阮籍集校注》等。

第二节 《咏怀诗》

阮籍主要诗歌作品为《咏怀诗》。《晋书》本传载:"籍能作文,初不留思,作《咏怀诗》八十馀篇,为世所重。"这里既说了创作过程,也说了篇章数目。"初不留思",即谓多不经意而作,时间、场合无定,事后集合,方成专书。而"咏怀"之名,亦属通常泛言,犹"言志"、"述

志"、"述怀"、"咏史"之类,故初作诗时,极可能并无篇名,后辑成一帙,遂总称之曰"咏怀"。至于篇数,今存八十二首,可知原作基本无遗失。

《咏怀诗》内容广泛,于时势、人生诸多方面,凡有所怀,无所不咏。颜延之谓:"嗣宗身仕乱朝,常恐罹谤遇祸,因兹发咏,故每有忧生之嗟。虽志在刺讥,而文多隐避,百代之下,难以情测。"(《文选》李善注引)这里概括指出了《咏怀诗》内容及表现方法上的特点。就内容言,"忧生之嗟"和"志在刺讥",确在八十二首中占有最大分量。

《咏怀诗》半数以上篇章,皆含忧生内容。全篇为"忧生之嗟"者,亦不在少数。如:

> 嘉树下成蹊,东园桃与李。秋风吹飞藿,零落从此始。繁华有憔悴,堂上生荆杞。驱马舍之去,去上西山趾。一身不自保,何况恋妻子?凝霜被野草,岁暮亦云已。
>
> (三)

> 一日复一夕,一夕复一朝。颜色改平常,精神自损消。胸中怀汤火,变化故相招。万事无穷极,知谋苦不饶。但恐须臾间,魂气随风飘。终身履薄冰,谁知我心焦?
>
> (三十三)

> 生命辰安在?忧戚涕沾襟。高鸟翔山冈,燕雀栖下林。青云蔽前庭,素琴凄我心。崇山有鸣鹤,岂可相追寻!
>
> (四十七)

咄嗟行至老，倏俛常苦忧。临川羡洪波，同始异支流。百年
何足言？但苦怨与仇。仇怨者谁子？耳目还相羞。声色为胡
越，人情自逼道。招彼玄通士，去来归羡游。

（七十七）

自此类诗中看，阮籍虽旷放任达，但内心实颇苦闷、沉重，"终身履薄
冰"、"倏俛常苦忧"的恐惧感，始终伴随着他。尽管常嗜酒沉醉，却
清醒认识到面临"一身不自保"危险。危险来自何方？诗中不肯明
言，如第三十三、四十七两首，极力渲染忧生情绪，反复嗟叹，而对
"忧戚"原因绝口不言，是为"至慎"作风在诗中体现。然而在另一些
诗中，字里行间，若明若晦，隐隐约约，还是透露若干消息，草蛇灰线，
可供研索。如第三首，写桃李由繁华而零落，暗示朝政变故，使正直
士子处境危殆。刘履评此诗曰："此言魏室全盛之时，则贤才皆愿禄
仕其朝，譬犹东园桃李，春玩其华，夏取其实，而往来者众，其下自成
蹊也。及乎权奸僭窃，则贤者退散，亦犹秋风一起，而草木零落，繁华
者于是而憔悴矣！甚至荆棘生于堂上，则朝廷所用之人从可知焉。
当是时，唯脱身远遁，去从夷、齐于西山，尚恐不能自保，何况恋妻子
乎？"（《选诗补注》）其说可参。此首中"秋风"、"凝霜"，皆具象征意
义，暗指某种肃杀势力在政坛横行，以不可抗拒之势，对士子形成严
重威胁。味其所指，除司马氏集团外，实不可能有其他。又如第七十
七首，感喟"同始异支流"，"但苦怨与仇"。所谓"同始异支流"，当
指少年同志之人，中途而异趣，分道扬镳，各遂其志；所谓"但苦怨与
仇"，当指异趣更成仇敌者。这些"怨仇者"为谁？阮籍至此要害处，
又显示"至慎"本领，不予指明，唯曰"耳目还相羞"，意为此皆不齿于
人类，说出来污人耳目，不说也罢。然彼等"怨仇者"，不外是对阮籍
"疾之若仇"的"礼法之士"如何曾之流。他们倚仗司马氏权势，甘为

走狗,擅作威福,对正直士子中伤构陷,逼迫有加,使之"偓促常苦忧"。忧生之嗟,忧戚太甚,痛苦不堪,解脱无方,自然滋生厌弃人世、向往方外,追求隐逸生活乃至神仙之道心理。是故阮籍忧生之嗟,往往与出世之志相联系。如上举四首《咏怀诗》,除第三十三首外,馀三首皆含遗世隐遁倾向。"驱马舍之去,去上西山趾",诚如刘履所说,是"去从夷、齐于西山",有隐去不食周粟之意。"崇山鸣鹤",用《诗经》"鹤鸣于九皋,声闻于野"意,亦谓"追寻"高远旷放生活。而"招彼玄通士,去来归羡游",更是明确的轻举高蹈之想。此外,尚有一些纯写隐逸之旨者,如:

> 猗欤上世士,恬淡志安贫。季叶道陵迟,驰骛纷垢尘。宁子岂不类?杨歌谁肯殉?栖栖非我偶,徨徨非己伦。咄嗟荣辱事,去来味道真。道真信可娱,清洁存精神。巢由抗高节,从此适河滨。
>
> (七十四)

> 昔有神仙士,乃处射山阿。乘云御飞龙,嘘噏叽琼华。可闻不可见,慷慨叹咨嗟!自伤非俦类,愁苦来相加。下学而上达,忽忽将如何?
>
> (七十八)

前首述隐士,后首述神仙。诗中除描写隐者"高节"及神仙"乘云"等事外,也总不离对现实尘世的批判否定。他希慕隐士是由于"季世道陵迟",他欲学神仙是因为心中有"愁苦"。需要注意者,阮籍无论说隐士或神仙,皆从道家思想出发,目的在"味道真",同时亦不忘对儒术的否定。所谓"栖栖"、"徨徨",矛头所指,即在孔子及后世儒者。

"志在讥刺"为《咏怀诗》中另一大内容。但除少数几首稍为明白外,大部皆甚隐晦,写法扑朔迷离,藏头露尾,须要细加钩稽辨析,方能体味其"讥刺"之志于万一。先述诗旨稍为明白之例:

> 洪生资制度,被服正有常。尊卑设次序,事物齐纪纲。容饰整颜色,磬折执圭璋。堂上置玄酒,室中盛稻粱。外厉贞素谈,户内灭芬芳。放口从衷出,复说道义方。委曲周旋仪,姿态愁我肠!
>
> (六十七)

> 修途驰轩车,长川载轻舟。性命岂自然?势路有所由。高名令志惑,重利使心忧。亲昵怀反侧,骨肉还相仇。更希毁珠玉,可用登遨游。
>
> (七十二)

前首所写"洪生",即"鸿生",即大儒之谓也。"制度"亦即礼法制度,以故此诗"讥刺"对象为礼法之士甚明。礼法之士极为重视"次序"、"纪纲"、"被服"、"容饰"等方面"姿态"。诗中以"外厉……户内……放口……复说……"对比反差手法,写出"洪生"道貌岸然外表,及卑鄙龌龊内心。后首则写追名逐利之徒,驰轩车,载轻舟,唯势利是由。此等人亲者反目,骨肉相仇,人性尽失。末二句用《老子》之义,主张毁弃珠玉,使世人忘却名利。

"志在刺讥"而诗旨隐晦者为数较多。如:

　　朝登洪坡颠,日夕望西山。荆棘被原野,群鸟飞翩翩。鸾鷖时栖宿,性命有自然。建木谁能近? 射干复婵娟。不见林中葛,延蔓相勾连。

(二十六)

　　驾言发魏都,南向望吹台。箫管有遗音,梁王安在哉? 战士食糟糠,贤者处蒿莱。歌舞曲未终,秦兵已复来。夹林非吾有,朱宫生尘埃。军败华阳下,身竟为土灰。

(三十一)

初看前篇为写景诗,后篇为咏史诗。然而与一般写景或咏史之作不同者,在于其主旨不明,甚难索解。前篇貌似写景,实非写景;后篇咏史之中,意指难寻。细加研味,方能探得若干义谛。就前篇言,诗中多作山野景句,然皆象征手法,有寓意存焉,其中"荆棘"喻危乱,"群鸟"喻群小,"葛"喻趋附之徒;而"鸾鷖"、"射干"则是自喻之词,为孤高象征。将这些喻象喻意联系起来,方能大略得出全篇刺时之旨,即:"群小攀附,其势成焉;至人独立,曾不改乎其度也。"(朱嘉徵《乐府广序》)就后篇看,表面为咏战国史事,然其藉古讽今意图,仍可领会。诗中写"魏都"、"梁王",并非偶然,而是"借战国之魏以喻曹氏"(《文选》李善注)。其基本意思为:"(魏)明帝末年歌舞荒淫,而不求贤讲武,不亡敌国,则亡于权奸。岂非百世殷鉴哉?"(陈沆《诗比兴笺》)类似写战国时魏国史事,隐寓现实感受之作,在《咏怀诗》中非止一篇。此外如:第十六首("徘徊蓬池上,还顾望大梁"),第二十九首("昔余游大梁,登于黄华颠"),皆是。何焯谓:"大梁,战国时魏地,借以指王室。"(《义门读书记》)阮籍正是此思路。

除上述两大内容外,《咏怀诗》中也有少量抒述正面理想及追求之作。如:

> 壮士何慷慨,志欲威八方。驱车远行役,受命念自忘。良弓挟乌号,明甲有精光。临难不顾生,身死魂飞扬。岂为全躯士,效命争战场。忠为百世荣,义使令名彰。垂声谢后世,气节故有常。
>
> （三十九）

此首基调慷慨激昂,突出表现"壮士"垂功名、彰忠义、立气节品格,流露强烈济世之志,而与前述那些轻举高蹈隐逸避世之作适成鲜明对照。关于此诗有两说:一说"似指王凌、诸葛诞、毋丘俭之徒"(黄节说),即是赞美当时奋起反抗司马氏人物,颂扬其虽兵败身死,而忠义气节长存。一说为诗人自道其志。两说皆可通,都表明阮籍在严重政治恐怖环境中,表现虽较软弱,然内心并不平静,亦非总是消沉,也有激奋之时,只是这种慷慨激情显露较少罢了。《咏怀诗》中尚有一些怀念友人之作,如第十七首("独坐空堂上"),第三十七首("嘉时在今辰"),皆是。诗中情真意笃,表现对知友的信赖与关怀,洋溢着人间美好情操。

总之《咏怀诗》是阮籍思想情绪一面镜子,反映了诗人生活道路和感情变化的复杂性,为了解他心路历程、把握他感情脉络的可靠材料。

《咏怀诗》在风格上有二显著特色:蕴藉含蓄,自然飘逸。

蕴藉含蓄,亦即颜延年所云"文多隐避",锺嵘所云"厥旨渊放,归趣难求"(《诗品》卷上),刘勰所云"阮旨遥深"(《文心雕龙·明诗》)。此一特色,与阮籍生活中"发言玄远"、"口不臧贬人物"的作风相一致,因此它是魏末特殊时代环境中产物,亦为阮籍本人思想风貌处世态度之反映。所谓文如其人是也。自艺术创作角度言,"含蓄"为众多品格之一品,司空图《诗品》二十四品中,即有"含蓄"一目。其云"不著一字,尽得风流。语不涉难,已不堪忧……"与阮籍诗风甚为切合,恰似针对《咏怀诗》而发。蕴藉含蓄,佳处在于避免直露呆板,增加诗歌深厚度,给读者以联想、探索、体味、揣摩的充分馀地,令人处在似解非解半明半黯状态,更增添诗之情趣韵味。锺嵘又谓:"《咏怀》之作,可以陶性灵,发幽思。言在耳目之内,情寄八荒之表。"正是说其韵味悠长邈远。以上所举诸篇,大多具有此一优点。对于阮籍此一风格,亦有论者表示非议,如近代刘师培即以为:"……及其弊也,则宅心虚阔,失其旨归。"(《南北文学不同论》)当然,含蓄过分,诗旨模糊,内容晦涩,读者不知其所云,难以领略大旨,可能妨碍审美接受。然而《咏怀诗》中篇章,尚不能谓之弊病,因阮籍所作"厥旨渊放,归趣难求"之诗,只是写作具体背景及具体指事"难求",而作品基本情绪倾向,绝大部分尚可把握体会。如此则无碍其成为诗之一品种,或曰诗之一格。对于阮籍诗风的非议,与对诗歌本质理解有关;诗以抒情为基本特质,与纪事文学不同,只须传达出一定情感或情绪,即是诗。而刘氏所谓"旨归",皆为实事实旨。以实事实旨强作索解,索解不得遂谓"失其旨归",谓之曰"弊",非解诗之正途也。

自然飘逸,亦诗歌品格。司空图释"自然"之品为"俯拾即是,不取诸邻。俱道适往,着手成春",又释"飘逸"之品为"落落欲往,矫矫不群。缑山之鹤,华顶之云"。《咏怀诗》取材随意,往往偶然意念,信手拈来,便成篇章;其命意旷远萧散,多在若即若离之间,不执着凿实;其结构亦不紧密,张弛适度;其章句如行云流水,宛转无方,而委顺畅达;其文字既含采润,又颇浑朴,不作刻意雕琢。要之《咏怀诗》在表现风格方面亦任情适性,体现自然精神。而由于作者气质高洁清朗,诗歌境界超凡拔俗,加之有玄理虚胜氛围渲染衬托,故自然之外,又形成飘逸诗风。王夫之曰:"步兵《咏怀》,自是旷代绝作,远绍《国风》,近出入于《十九首》,而以高朗之怀,脱颖之气,取神似于离合之间,大要如晴云出岫,舒卷无定质。"(《古诗评选》)其说极是,道出《咏怀诗》自然飘逸风格要谛。

形成蕴藉含蓄与自然飘逸诗风,决定因素在于诗人性格气质。而《咏怀诗》中所运用手法亦助长了此种诗风的形成。在诸多艺术手法中,比兴的运用最为突出。《咏怀诗》大量运用比兴,完全不涉比兴者极少。若干诗几乎全篇皆比兴,如:

> 林中有奇鸟,自言是凤凰。清朝饮醴泉,日夕栖山冈。高鸣彻九州,延颈望八荒。适逢商风起,羽翼自摧藏。一去昆仑西,何时复回翔?但恨处非位,怆恨使心伤。

> (七十九)

此篇几乎就是一首寓言诗。诗人自比奇鸟凤凰,又以饮泉、栖冈喻志尚高洁,以高鸣、延颈喻情趣邈远,再以商风(秋风)摧羽翼喻现实处境危难,更以一去昆仑不回喻高蹈隐遁之志。在一连串比喻之后,遂托出主旨:"但恨处非位",原是说现实感受。《咏怀诗》比兴运用方式也很具特色,如:

> 天马出西北,由来从东道。春秋非有托,富贵焉常保?清露被皋兰,凝霜沾野草。朝为美少年,夕暮成丑老。自非王子晋,谁能常美好!

> (四)

此诗主旨似甚简单,咏叹光阴荏苒,青春不驻。诗中"春秋"一韵及"朝为"一韵,点出主旨,文字简洁明快。然而诗中精彩之处,却在"天马"一韵及"清露"一韵。此二韵与"春秋"、"朝为"二韵先后紧相连属,但在意念上则不存在任何直接类比关系,因此它们并非"比",而是属于《诗经》中"先言他物以引起所咏之词"(朱熹语)的"兴"。"天马"一韵,兴象高远,有奔驰飞动飘逸之势;又因隐含汉代典故,故而除空间外尚有时间上的辽远气氛,由此营造出永恒的壮美境界;在此背景下再写"春秋"、"富贵"等人事,便显得既短暂又渺小,"焉常保"的结论下得自然。"清露"一韵,字面表层含义,亦与时间无关,但露兰与霜草,暗含一荣一枯意念,遂为以下二句"朝"、"夕"感叹作了出色铺垫。此类比兴,表面逻辑关系不很紧密,若明若暗,若即若离,但其兴象生动峻逸,兴义高邈清远,实为比兴运用大手笔,堪为诗篇增色。刘勰谓:"嗣宗倜傥,故响逸而调远。"(《文心雕龙·体性》)此种倜傥风调特色,当与比兴运用有内在联系。

第三节　阮籍的文与赋

阮籍之文,今存较完整者凡十篇,包括奏记、书笺、论、传诸体。其中《奏记诣蒋济》、《奏记诣曹爽》二篇,为正始年间托病辞谢太尉蒋济、大将军曹爽辟召而作,《与晋王荐卢播书》、《为郑冲劝晋王笺》(即"劝进文")则是晚年向司马昭作出某种政治表示之文。此四篇无多特色,后一篇当时有"神笔"美誉,东晋顾恺之评为"落落有宏致"(《世说新语》注引《晋文章记》),但其获誉主要原因,恐在此文性质及写作经过:"……宿醉扶起,书札为之,无所点定,乃写付使。"

（《世说新语·文学》）阮籍另一书信《与伏义书》则内容颇具分量。伏义其人，生平不详，当是一礼法之士。伏义有《与阮籍书》，书中揭橥"必以圣贤为本"、"必以荣名为主"等主张，非难指斥阮籍"形性悯张，动与世乖"，谓"总论吾子所归，义无所出"，代表当时对阮籍"疾之若仇"者态度观点。阮籍作此答书，并未就伏义具体指责一一作复反驳，仅以高迈旷远姿态，从根本事理上阐述发明，以示己之正确而彼之错谬。书中仿庄子语气，以"鸾凤"、"螭"自拟，以"鸱鸮"、"鳖"比对方，谓："据此非彼，胡可齐乎？"此种象征性对比手法，亦常见于其《咏怀诗》，如："鸑鸠飞桑榆，海鸟运天池。"（四十六）"鸣鸠嬉庭树，焦明游浮云。"（四十八）皆其类。书中又斥伏义："欲炫倾城之金，求百钱之售；制造天之礼，拟肤寸之检。劳玉躬以役物，守臊秽以自毕；沈牛迹之洿薄，愠河汉之无根。其陋可愧，其事可悲！"讥刺嘲讽，遂臻高潮，洋溢着恣肆浩荡文气。

阮籍有论四篇，即《通易论》、《通老论》、《达庄论》、《乐论》，其内容已如前节所述，皆为玄学论文。就文章言，四篇之中，以《达庄论》最为精彩。其结构及写法颇近于赋，文中设"主"、"客"双方，对"先生"（主）及"缙绅好事之徒"（客），皆有巧妙刻画。如写"缙绅"来时情状：

> 乃窥鉴整饰，嚼齿先引，推年蹑踵，相随俱进。奕奕然步，腼腼然视，投迹蹑阶，趋而翔至。羞肩而坐，恭袖而检，犹豫相临，莫肯先占。

描摹礼法之士矫揉造作拘泥伪饰之态，甚是生动，引人发笑。而写"先生"态度容止则是：

> 　　于是先生乃抚琴容与,慨然而叹,俯而微笑,仰而流眄,嘘噏
> 精神,言其所见……

写出一副深得自然之致神气风貌。文末写"缙绅"们被"先生"斥退,
其情状为:

> 　　于是二、三子者风摇波荡,相视膈脉,乱次而退,蹡跌失迹,
> 随而望之……

又是一派慌乱失据狼狈之态。作为玄学论文,能有如此文采,尤其是
人物刻画功力,实属稀见。

　　阮籍有传一篇,即《大人先生传》。此文名曰"传",实非本格传
记作品,而与《达庄论》体制略似,介于玄学论文与赋之间。此文基
本内容,宣扬敷述"时不若岁,岁不若天,天不若道,道不若神,神者
自然之根也"玄学观念。同时,对"礼法君子"亦有进一步批判。文
中主要人物为"大人先生",此人物参照司马相如《大人赋》之"大
人",而司马相如笔下"大人",乃是仙人,以故"大人先生"亦颇具神
仙色彩。传文通过大人先生之口,指斥"唯法是修,唯礼是克"之"君
子":

> 　　……今汝造音以乱声,作色以诡形。外易其貌,内隐其情。
> 怀欲以求多,诈伪以要名。君立而虐兴,臣设而贼生。坐制礼
> 法,束缚下民。欺愚诳拙,藏智自神。强者睽眠而陵暴,弱者憔
> 悴而事人。假廉而成贪,内险而外仁。罪至不悔过,幸遇则自
> 矜。……今汝尊贤以相高,竞能以相尚,争势以相君,宠贵以相
> 加,驱天下以趣之,此所以上下相残也。竭天地万物之至,以奉

声色无穷之欲，此非所以养百姓也。于是惧民之知其然，故重赏以喜之，严刑以威之；财匮而赏不供，刑尽而罚不行，乃始有亡国、戮君、溃败之祸。此非汝君子之为乎？汝君子之礼法，诚天下残贼、乱危、死亡之术耳！而乃自以为美行不易之道，不亦过乎！

这里既指出礼法君子们"贪"、"暴"、"虐"、"贼"凶恶本性，又揭穿其"欺"、"诳"、"伪"、"诡"虚假面目，且剖析其"坐制礼法，束缚下民"险恶用心，可谓痛快淋漓、鞭辟入里！尤其直斥礼法为"天下残贼、乱危、死亡之术"，将礼法之可憎可恶，提到最严重地步，实前所未闻。在此充分显示阮籍思想之激进程度，堪称批判礼法之猛士。

《大人先生传》写法亦颇精彩。第一，全篇体裁形制富于变化，大部分段落有类辞赋，部分段落又呈论文体，甚至还有诗歌杂处其间。如第三段中有"薪者"之歌（"日没不周方"），为一首五言诗，辞意俱佳，可入《咏怀诗》而不乱其次。第四段中有"崔巍高山勃玄云"一节共十九句，实为完整七言诗。其下又有"真人游"一节共三十一句，实为完整三言诗。如此，传文篇幅虽长，而体式多样，错落有致，可避免行文呆板壅滞。第二，传文非唯描写人物事理，且有部分寓言式文字，极见光彩，最突出者即第一段中"虱处裈中"一节：

且汝独不见夫虱之处于裈之中乎？逃于深缝，匿乎坏絮，自以为吉宅也。行不敢离缝际，动不敢出裈裆，自以为得绳墨也。饥则啮人，自以为无穷食也。然炎丘火流，焦邑灭都，群虱死于裈中而不能出。汝君子之处寰区之内，亦何异夫虱之处裈中乎？悲夫！而乃自以为远祸近福，坚无穷也。

以裈中之虱譬诸礼法君子,此与《庄子》文风极为相似,尖锐、辛辣、宏放、恣肆。这篇《大人先生传》体现阮籍文最高成就,也是阮籍文风格集中展示。

阮籍赋今存六篇。其题材各异:《元父赋》、《东平赋》赋城市,《首阳山赋》赋山林,《鸠赋》、《猕猴赋》赋禽兽,《清思赋》赋情思,而其旨归,要皆不离忧生、隐逸或刺时。如《元父赋》,序云:"吾尝游元父,登其城,使人愁思,作赋以诋之,言不足乐也。"登城远眺,触景生情,本不足为奇。奇在所生之情,却是莫名之"愁思",而其消愁之法,又是"作赋以诋之",这就更显奇特了。《首阳山赋》亦类此,赋中写"时将暮而无俦兮,虑凄怆而感心",忧思重重。同时又批判时俗:"秽群伪之射真","竞毁誉以为度"。还表示:"信可实而弗离兮,宁高举而自偻。"愤世嫉俗情绪十分强烈。此赋写作,当在司马师杀夏侯玄、李丰、张缉等,并将魏帝曹芳废黜之时,因此赋中表现出不可名状的忧郁和愤懑。阮籍两篇禽兽之赋,皆含刺讥之义,尤可注意。《猕猴赋》刺"俗人",赋写猕猴:"外察慧而无内度兮,故人面而兽心。性褊浅而干进兮,似韩非之囚秦。扬眉额而骤眒兮,似巧言而伪真。"此实为"礼法之士"特性;赋末又写:"斯伏死于堂下,长灭没乎形神。"明示作者深恶痛绝态度。《鸠赋》则似另存深意:

　　嘉平中得两鸠子,常食以黍稷,后卒为狗所杀,故为作赋。

　　伊嘉年之茂惠,洪肇恍惚以发蒙。有期缘之奇鸟,以鸣鸠之攸同。翔雕木以胎隅,寄增巢于裔松。噰云雾以消息,游朝阳以相从。旷逾旬而育类,嘉七子之修容。始戢翼而树羽,遭金风之萧瑟。既颠覆而靡救,又振落而莫弼。陵桓山以徘徊,临旧乡而思人。扬哀鸣以相送,悲一往而不集。终飘摇以流离,伤弱子之悼栗。何依恃以育养,赖兄弟之亲戚。背草莱以求仁,托君子之

静室。甘黍稷之芳馔,安户牖之无疾。洁文襟以交颈,坑华丽之
艳溢。端妍姿以鉴饰,好威仪之如一。聊俯仰以逍遥,求爱媚于
今日。何飞翔之羡慕,愿投报而忘毕。值狂犬之暴怒,加楚害于
微躯。欲残没以糜灭,遂捐弃而沦失。

"嘉平"为少帝曹芳年号,曹芳被废即在嘉平六年(254),另一少帝曹
髦继位亦在是年。"嘉平中"一语,显为回顾语气,可知此赋当作于
嘉平之后,以故赋中所写"两鸠子"、"弱子",似隐指二少帝;"亲戚"
似指曹魏皇室势力;而"狂犬"则似指司马师、司马昭及其弑君走狗
贾充者流。此赋似暗寓魏室二少帝先后被废被杀事。因此全篇流宕
无可奈何的深深悲哀。

总之,阮籍辞赋重在抒述情志,虽亦有"阮旨遥深"(刘勰语)、难
以索解特点,然而赋中比兴迭出,喻象丛生,而意旨或显或隐,若明若
暗,情绪上忧思深远,反增添风致,极耐寻味,其为赋中佳品,当无
疑义。

第九章　嵇　康

第一节　人格魅力与文学

嵇康（223—263），字叔夜，祖先会稽人，本姓奚，后举家迁至谯国铚（今安徽宿县西），有嵇山，因改姓嵇。父为治书侍御史，早卒。嵇康幼年失怙，恃母、兄抚育长大。在家颇受娇纵，故自少形成任性不羁性格，及疏慵散漫习气。他曾自述："……性复疏懒，筋驽肉缓，头面常一月十五日不洗，不大闷痒，不能沐也。每常小便而忍不起，令胞中略转乃起耳。"（《与山巨源绝交书》）嵇康颖慧过人，学不师授，博洽多闻，工诗文，才名早播；又善音律，为当时最著名的音乐理论家及演奏家。他又是一位造诣很深的书法家，据唐代张怀瓘谓："叔夜善书，妙于草制，观其体势，得之自然，意不在于笔墨。若高逸之士，虽在布衣，有傲然之色。"（《书断》）他又是画家，据载唐代尚存他的两幅作品《巢由洗耳图》、《狮子击象图》。

在中国文学史上，嵇康属于最具魅力人物之列。"竹林七贤"中，论年齿，山涛、阮籍最长；论思想，阮籍更具批判锋芒，当日"礼法之士""疾之若仇"者，首先是阮籍，而未闻有嵇康；论玄学修养，向秀根柢更深；论文采，阮籍亦足堪与之比肩，甚至更优，锺嵘《诗品》即叙嵇康为中品，而阮籍为上品；论任诞作风，刘伶的嗜酒放恣，阮籍、阮咸与群豕共饮，更令人骇异；论官位，以山涛最高；论财富，当首推王戎；然而此七人集团却以嵇康为核心，"竹林之游"，即在嵇康山阳寓所。嵇康锻铁，向秀自愿为佐排。嵇康与山涛"绝交"，涛则先后盛赞嵇康。"七贤"之外，吕安因其兄吕巽得识嵇康，而"吕安服康高致，每一相思，辄千里命驾，康友而善之"（《晋书》本传）。少年赵至，偶见嵇康于洛阳太学写石经，即被吸引，徘徊不能去；后又遇康于邺，遂随康还山阳。（见嵇绍《赵至叙》）又嵇康临刑前，太学生三千人上书司马昭，请赦康，愿以为师，甚至有"豪俊皆随康入狱"（《世说新语》注引王隐《晋书》）。以上事例，悉皆表明嵇康其人，魅力巨大，吸引身份年龄各异众多人物，为之倾倒。

嵇康魅力，自何而来？首先如上所述，他是位多才多艺的全能才士。其次他是一位美男子。史载康"身长七尺八寸，风姿特秀。见者叹曰：'萧萧肃肃，爽朗清举'"（《世说新语·容止》）；"伟容色，土木形骸，不加饰厉，而龙章凤姿，天质自然"（《世说新语》注引《康别传》）。嵇康相貌被誉为"龙章凤姿"，可知时人心仪推许到何等程度。又山涛曾谓："嵇叔夜之为人也，岩岩若孤松之独立；其醉也，傀俄若玉山之将崩。"（《世说新语·容止》）可知嵇康之美，为自然之美，非修饰所致，与何晏"动静粉白不去手，行步顾影"（《魏志·何晏传》注引《魏略》）者不同。"容止"为汉末兴起的人物品鉴之一目，备受魏晋士子重视，名士如郭林宗等，皆以"容貌魁伟"（《后汉书》本传）为人所仰，以为容止中可见风神。所以时人看嵇康，"正尔在群形之中，便自知非常之器"（《康别传》）。嵇康死后若干年，有人语王戎："嵇延祖（康子绍）卓卓如野鹤之在鸡群。"戎答曰："君未见其父耳！"（《世说新语·容止》）可知"七贤"中山涛、王戎对嵇康的敬服，很大程度上与容止有关。

当然,嵇康魅力更重要的还在于其人行。山涛谓其"孤松之独立",不仅形容其外表,实亦概括其品格:高洁,正直,孤傲,独立特行。孤松独立,作为理想品格象征,在刘桢等文士笔下,早有歌咏赞颂。其所体现的孤高精神,向为汉魏以来名士所崇仰追求,并成为汉末以来人物品鉴中最受推重的品格。汉魏间名士,大率如此。如"三君"之首陈蕃,"性方峻,不接宾客,士民亦畏其高"(《后汉书》本传);"三君"之一窦武,"清身疾恶,礼赂不通"(《后汉书》本传);"八俊"之首李膺,"风格秀整,高自标持"(《世说新语·德行》),"性简亢,无所交接"(《后汉书》本传),等等。嵇康孤高人格,正与诸前贤略同。此外,"爽朗清举"、"天质自然",也是极高的品目。总之嵇康天才卓出,"风姿清秀,高爽任真"(《北堂书钞》引臧荣绪《晋书》),其风采魅力,成为当时士子偶像式人物,其影响力直堪与汉末清流领袖陈蕃、李膺比肩。

嵇康毕生不以仕宦为怀,荣进之心甚是淡泊,唯以名士终世。司马昭曾欲辟康,不应,避之河东;山涛为选官,欲举嵇康自代,康又作书拒绝。他颇有出世之志,尝至汲郡山中采药,从隐士孙登游。在理论上,嵇康对出处问题持两可意见,说:"尧舜之君世,许由之岩栖,子房之佐汉,接舆之行歌,其揆一也。……故君子百行,殊途而同致,循性而动,各附所安。故有'处朝廷而不出,入山林而不反'之论。"(《与山巨源绝交书》)嵇康此种处世态度,虽为个人性格所致,更有时代背景原因。嵇康生当曹魏末世,司马氏专政时期。而他是沛王曹林女婿,亦即曹操孙婿,一说是曹林孙婿,要之有曹魏王室姻亲背景。更重要的是他与其他正直人士一样,对司马氏凶残虚伪面目,有透彻了解;出于孤高人格,他不愿趋附司马氏父子,因而他的处世方式,虽说是"循性而动",实质上却是对司马氏采取的不合作态度。

嵇康对礼法之士，并不如阮籍那样作严厉批判，因而当时著名礼法之士对他亦不如对阮籍那样"疾之若仇"；不过嵇康的孤高品格，再加上"刚肠疾恶，轻肆直言，遇事而发"，"直性狭中"（《与山巨源绝交书》）的个性，却使他开罪了另一些人。这些人并非礼法之士，甚至也熟习玄学，平素喜厕身于玄学名士间，然而他们与礼法之士同属司马氏帮凶，此即锺会、吕巽者流。锺会出身名门，为曹魏相国锺繇之子，少承家声，亦有令誉，善《周易》、《老子》之学，然性浮躁乖巧，为司马昭心腹之一。锺会亦欲结交嵇康，以造作声誉，而素知康性孤傲，惧遭拒绝，不敢贸然相近。据载，"锺会撰《四本论》始毕，甚欲使嵇公一见，置怀中，既定，畏其难，怀不敢出，于户外遥掷，便回急走。"（《世说新语·文学》）又据载："锺会为大将军兄弟所昵，闻康名而造焉。会，名公子，以才能贵幸，乘肥衣轻，宾从如云。康方箕踞而锻，会至，不为之礼，会深衔之"（《世说新语》注引《魏氏春秋》）。吕巽为司马昭相国掾，初为嵇康友，后淫其弟吕安妻，又反诬吕安"不孝"，治安之罪。嵇康得知其事，作书与之绝交，并为吕安作证；然而嵇康与吕安竟就此同被杀害。康之被害，直接事由是受锺会、吕巽诬陷，根本原因则为司马昭杀戮异己。嵇康不肯依附效忠司马氏，才受此荼毒冤屈。否则，即有十锺会、百吕巽，亦不足以置嵇康于死地。在此点上，嵇康与阮籍完全不同，嵇康既不愿在司马氏营垒中任职，也从未写过向司马氏暗送秋波文字，更毋论《劝进文》之类。司马昭"保持"阮籍，而加害嵇康，从司马昭言，其标准是一个，即取舍人物全视政治态度如何；自嵇康言，则是他一方面政治立场站在曹魏王室方面，另一方面在士林影响又太大的必然结果。三千太学生为嵇康请命，"豪俊皆随康入狱"，非唯不能救出嵇康，适足以速嵇康之死，因司马昭从中看到了嵇康名望之高，社会影响力之巨大，潜在危险难以估量。

　　嵇康潜心玄学,服膺老庄。其玄学思想核心亦崇尚自然。他认为:"夫推类辨物,当先求之自然之理。理已定,然后借古义以明之耳。"(《声无哀乐论》)他将理想人格称作"至人",其基本特征为"至人远鉴,归之自然"(《赠秀才入军》十八)。从自然观念出发,嵇康对仁义礼智等儒家传统道德名教提出批判,谓:"仁义浇淳朴,前识丧道华。留弱丧自然,天真难可和。"(《失题》)他自称:"老子庄周,吾之师也。"(《与山巨源绝交书》)"托好老庄,贱物贵身;志在守朴,养素全真。"(《幽愤诗》)又承老子之说,主张"绝学弃智,游心于玄默"(《答二郭》)。嵇康玄学思想的特点,集中表现于所提出"越名教而任自然"这一命题。此命题发展了荀粲"以六经为圣人之糠秕"之说,并将王弼"名教出于自然"之理论,推进了一步;即由轻视名教发展到否定名教。嵇康的这一命题,具有鲜明的批判性质,在魏晋玄学史上可谓独标一帜。对于一些玄学的具体问题,嵇康也悉心研究,撰写出不少有分量的玄学论文。

　　嵇康服膺玄理,也有另一层目的,即追求"心不措乎是非,而行不违乎道"(《释私论》)的人生修养境界,企图以玄学为摆脱世俗是非之途径。为此他努力使自己遗落世事,逍遥山林。他常去深山大泽采药,会其得意,流连忘返。苏门山隐士孙登,太行山隐士王烈,皆曾与之游。他好锻铁,也是忘情世事、自我放废之手段。他很向慕前代隐者高士,曾谓:"吾每读尚子平、台孝威传,慨然慕之,想其为人。"(《与山巨源绝交书》)然而无论玄学兴趣或隐逸热衷,皆未能使他彻底超脱尘俗是非,甚至未能得终天年,这里基本原因即是他始终不改其"直性狭中"、"刚肠疾恶"习性,亦即始终保持着孤高正直人格。隐者孙登曾谓康:"君性烈而才俊,其能免乎?"(《魏志》注引《康别传》)就人格言,嵇康高尚其志,刚强正直,非阮籍所能比拟。

　　嵇康人格如此,其文学性格又如何? 按照一般规律,"文格"即人格,有怎样的人格,即有怎样的"文格"。然而文学史实往往并不如此简单,二者彼此往往不相对应,至少并不完全对应。其中原因是多方面的,有外部写作环境的限制,亦有内在写作动机的微妙考虑,使作者人格不能在作品中得到完全真实充分的表露。嵇康当时,客观环境十分险恶,在他之前已有不少名士罹祸遇难,他已经认识到自己的禀性素质,将给自己造成某种不利后果,以故他是以"甚不可"的语气言及"刚肠疾恶、轻肆直言"个性的,为适应环境,自己性格不能不予调整改变;另外,他服膺道家老庄,"老子庄周,吾之师也",不仅指哲学思想,亦包括处世态度,而老庄处世主张,向以"柔之胜刚,弱之胜强","慎终如始,则无败事"(《老子》)相标榜;这是以退让无为、全生保身为主的阴柔哲学。嵇康宗奉其说,努力自我克制,化刚为柔。从他"阮嗣宗口不论人过,吾每师之,而未能及"(《与山巨源绝交书》)的言论中,即可知其先天禀性与后天理智之间,存在巨大矛盾,他主观上在"师"阮籍,"师"老庄。因此,在实际行事中,人们也可以看到嵇康的另一种面貌:谨慎。王戎曾谓:"与嵇康居二十年,未尝见其喜愠之色。"(《世说新语·德行》)嵇康诗文,即此"刚"与"柔"两重性格自相矛盾心态忠实记录。因此在嵇康作品中,既有慷慨陈词、轻肆直言外向表现,亦有自省自责内向趋势,二者各有根据,亦各有存在场合。就多数作品看,后者似乎稍占优势,临终所撰《幽愤诗》即为显例,诗中自责多于责人。这一事实,表明嵇康主观努力在诗文中有更多表现。这一点,也正符合曹魏后期文学的总体时代性格,即以内向为主的性格。然而与阮籍相比,嵇康文学性格应当说是外向基础上的内向。

就文学贡献言,嵇康与阮籍为曹魏后期的双子星座,世称"嵇阮"。除文学性格差异外,二人在文学所长方面亦不同。总的看,嵇阮诸体皆能,但阮籍更长于诗赋,而嵇康更擅于文。刘勰谓:"嵇康师心以遣论,阮籍使气以命诗,殊声而合响,异翮而同飞。"(《文心雕龙·才略》)此固论其才略,也指出了嵇阮二人各自所擅长文体,即嵇长"论"(文),阮长"诗"。就诗而言,阮籍五言最优,曹植以下,斯为一人。《咏怀诗》八十二首,为五言诗写作史上里程碑式作品。嵇康五言虽成就不突出,其四言诗则上承曹操,当时独步,亦称大家。在文的方面,阮籍似不能持论,所撰《达庄论》、《通老论》等,虽文多刺讥,涉笔生趣,但理论上限于解释原典,鲜见深入阐述,更少独到发挥。嵇康之论,分析精微,局致周密,显出深邃成熟理论家修养;更可贵的是独立思考、不受传统成说所限的精神,使之能够在理论上推陈出新,提出新命题及新论点。将阮籍《乐论》与嵇康《声无哀乐论》略作比较,即可见出二人理论能力之差异,二文论题接近,而前者墨守成说,不越雷池,后者新见迭出,自成体系。当然,阮籍《大人先生传》等亦为优秀作品,不过其文体近于辞赋,已非正体之文。

由于嵇康的独有魅力,死后仍广为人所称道,有关他的哀诔凭吊题咏不少。即以晋朝言,除好友向秀撰有《思旧赋》外,东晋又有李充作《嵇中散颂》、《吊嵇中散文》;袁宏作有《七贤序》,其妻亦有《吊嵇中散文》,夫妇同赞嵇康,亦文学史上一小小奇观;又有庾阐、谢万、孙绰、谢道韫等纷纷作诗撰文,赞颂嵇康。如此多著名文士,略不顾本朝皇室忌避,公然为嵇康高唱赞歌,实颇说明人心向背。谢万《嵇康颂》曰:"邈矣先生,英标秀上。希巢洗心,拟庄托相。乃放乃逸,迈兹俗网。锺期不存,奇音谁赏?"东晋之后,更有颜延年、沈约、江淹、庾肩吾、王绩、李清照等,作有各体文字,颂美嵇康。得到后世如此广泛景仰的正始文士,唯此一人而已。

嵇康原集不知编定于何时,然其子嵇绍为西晋名臣,文集编纂当不晚于晋。梁时有嵇康集十五卷,隋存十三卷,又有《春秋左氏传音》三卷,皆见《隋书·经籍志》著录。两《唐书》并著录其集为十五卷,可知唐代原集尚存。宋《崇文总目》、《郡斋读书志》、《直斋书录解题》、《宋史·艺文志》并录为十卷,盖原集佚于南宋。今存辑本,有黄省曾刻本,薛应旆《六朝诗集》所收《嵇中散集》一卷,《汉魏六朝百三名家集》所收《嵇中散集》一卷,前二种皆刻于明代嘉靖中。又有吴宽《丛书堂钞本》匏庵手校本,据云钞自宋本。诸本所收篇目略同,而文字相异甚多。清代学者对嵇康集未作细致整理。鲁迅以吴宽钞本为底本,校以各本,于 1924 年编成《嵇康集》十卷。又戴明扬于三十年代以黄省曾刻本为底本,校以各本,且作注,编成《嵇康集校注》十卷。

第二节 嵇康的文

嵇康为文之大家。今存完整文章十四篇,包括书、论、传、箴、诫、楚辞等体。其中论最多,有九篇,悉为长篇论文,主旨皆为演述玄学命题,显示作者理论思维高超能力。就量而言,嵇康为魏晋玄学家留存论文最多者。其中以论养生、论"声无哀乐"文章最负盛名。

《养生论》、《答向子期难养生论》二文,与向秀《难嵇叔夜〈养生论〉》(见本书本编第七章第三节)一文,为一组论难文章:嵇康先作论,向作难,嵇再作答难,二往一复。此为魏晋玄学常见辩论方式,以故所持论点,并非一定代表论者固有真实思想。在这场辩难中,以嵇康为主,向秀为客,其性质正如《晋书·向秀传》所云:"……又与康论养生,辞难往复,盖欲发康高致也。"《养生论》的"高致",其思想来源于庄子。文章首先肯定神仙的存在,但与一般神仙家言不同的是,他认为神仙"禀之自然",非常人可以达致。这就排除了常人学仙可以长生不死的"妖妄"欲念。嵇康所论重点,在于常人的养生,认为:

"至于导养得理,以尽性命,上获千馀岁,下可数百年,可有之耳。"而常人极少能养生,原因在于怀有"躁竞之心",结果遂"万无一能成"。文章正面提出,"名位"应"忽而不营",对"厚味"应"弃而弗顾",要"旷然无忧患,寂然无思虑,又守之以一,养之以和,和理日济,同乎大顺,然后蒸以灵芝,润以醴泉,晞以朝阳,绥以五弦,无为自得,体妙心玄,忘欢而后乐足,遗生而后生存",唯此可以达致养生目标,延年益寿。

向秀之"难",基本持传统儒家观念立论,谓嵇康之说,是"舍圣轨而恃区种,离亲弃欢,约己苦心,欲积尘露以望山海,恐此功在身后,实不可冀也。……以此养生,未闻其宜"。嵇康在"答"文中进一步阐明养生道理,深入分析世人不能养生及养生无效原因,提出"五难"之说:

> 养生有五难:名利不灭,此一难也;喜怒不除,此二难也;声色不去,此三难也;滋味不绝,此四难也;神虑转发,此五难也。五者必存,虽心希难老,口诵至言,咀嚼英华,呼吸太阳,不能不回其操,不夭其年也。五者无于胸中,则信顺日济,玄德日全,不祈喜而有福,不求寿而自延,此养生大理之所效也。然或有行逾曾、闵,服膺仁义,动由中和,无甚大之累,便谓仁理已毕,以此自臧,而不荡喜怒,平神气,而欲却老延年者,未之闻也。

嵇康所论,实际上也是对贪图名利、沉溺声色"俗人"的批判,诚如论者谓:"叔夜所说,固不免愤时疾俗之谈耳。"(蒋伯超《南漘楛语》)此二篇养生论文,清通畅快,气韵流贯,精微绵密,后人评曰:"微论旨言,展析隽永,其局致尤为独操。"(杨慎《升庵全集》卷十一)萧统收前论入《文选》。

嵇康另一篇论说文名作是《声无哀乐论》。此文虽未被萧统收录，却颇受刘勰称赏，谓："嵇康之辩声，师心独见，锋颖精密，盖论之英也。"(《文心雕龙·论说》)所谓"辩声"，盖指本篇也。所云"师心独见"，当指文章在观念上不为传统所囿，有独到发挥。在传统理论中，音乐表达哀乐，而哀乐又表现治乱，所以音乐为观风俗、行教化手段。"治世之音安以乐，亡国之音哀以思。"(《诗大序》)"移风易俗，莫善于乐。"(《孝经·广要道章》引孔子语)此为经典观念。嵇康则认为："声音自当以美恶为主，则无关于哀乐；哀乐自当以情感为主，则无系于声音。名实俱去，则尽然可见矣！"对于"仲尼闻韶"、"季札观乐"等历史记载，他也重新给予解释，认为"仲尼之识微"、"季札之善听"等事，皆不可信，"此皆俗儒妄记，欲神其事而追为耳。欲令天下惑声音之道，不言自理"。此种大胆疑古见解，实为振聋发聩之论。刘勰在《文心雕龙·才略》篇中亦谓："嵇康师心以遣论。""师心"之说先后凡二见，可知在刘勰看来，任心为文，见解独到，是嵇康论文首要特点。应当说，刘勰与萧统对嵇康论文有取舍之不同，反映二人衡文视角有差异。《养生论》多含文采，符合《文选》"综辑辞采"、"错比文华"准则；《声无哀乐论》长于述理，切合《文心》"论如析薪，贵能破理"要求。而嵇康二者兼擅，味调众口，显示了撰写论说文之卓越才能。

嵇康之书亦极重要。今存《与山巨源绝交书》、《与吕长悌绝交书》二篇。前一篇产生背景，上文已提及。《魏志》注引《魏氏春秋》曰："……及山涛为选曹郎，举康自代，康答书拒绝，因自说不堪流俗，而菲薄汤、武。"此书坦率陈述自己不愿为官理由，辞旨尖锐决绝，既表达了政治态度，又显示出强烈个性，集中体现其人格魅力：

有必不堪者七,甚不可者二:卧喜晚起,而当关呼之不置,一不堪也;抱琴行吟,弋钓草野,而吏卒守之,不得妄动,二不堪也;危坐一时,痹不得摇,性复多虱,把搔无已,而当裹以章服,揖拜上官,三不堪也;素不便书,又不喜作书,而人间多事,堆案盈几,不相酬答,则犯教伤义,欲自勉强,则不能久,四不堪也;不喜吊丧,而人道以此为重,已为未见恕者所怨,至欲中伤者,虽瞿然自责,然性不可化,欲降心顺俗,则诡故不情,亦终不能获无咎无誉,如此五不堪也;不喜俗人,而当与之共事,或宾客盈坐,鸣声聒耳,嚣尘臭处,千变百伎,在人目前,六不堪也;心不耐烦,而官事鞅掌,机务缠其心,世故烦其虑,七不堪也。又每非汤、武而薄周、孔,在人间不止,此事会显,世教所不容,此甚不可一也;刚肠疾恶,轻肆直言,遇事便发,此甚不可二也。以促中小心之性,统此九患,不有外难,当有内病,宁可久处人间耶?

自文章写作方面看,此书颇不同于其论。嵇康之论文,受时尚风气影响,文句骈化色彩甚浓,此书则基本不用骈体,以口语化散句为主,平易生动,神情毕现。全篇语句始终带有嘲讽意味,表现出庄子式的幽默。要之,此文正大襟怀与讥刺语气兼具,内容的严肃性与用语的活泼性共存,读其文如见嵇康其人。刘勰曰:"嵇康《绝交》,实志高而文伟。"(《文心雕龙·书记》)李贽曰:"此书实峻绝可畏,千载之下,犹可想见其人。"(《焚书》)所评甚是得要,诚千载之伟文。

《与吕长悌绝交书》,主要叙述对吕氏兄弟纠葛态度。嵇康一方面指斥吕巽恶人先告状,"苞藏祸心";另一方面,因他起初曾劝止吕安揭发其兄兽行,结果吕安反被诬告,内心颇觉有负于吕安。他既为吕安横遭冤狱而担忧,又为自己黯于知人、未能及早识破吕巽卑污面目而痛悔,以故书中语调亦甚低回沉痛。在行文上,此篇与《与山巨源绝交书》有同处:平易畅达,体自然风致;亦有异处:此文更为严峻沉着。山涛荐举自代,虽不合嵇康心意,然山涛毕竟不同于吕巽,他是竹林契友,虽出处异趣,却无劣迹恶行,故书中对山涛,态度并不严厉,非真绝交也。[1] 其临终遗言嘱子嵇绍曰:"有山公在,汝不孤矣。"(《晋书·山涛传》)表示了深切的信任。而山涛日后亦一力保举嵇绍,义不负所托。(见《晋书·嵇绍传》)可知嵇、山情谊实颇深厚,亦并未断绝。而吕巽人面兽心,嵇康对之已无友情可言,严词作书,平静述事,是为真绝交:

> 康白:昔与足下时相比,以故数面相亲,足下笃意,遂成大好,由是许足下以至交。虽出处殊途,而欢爱不衰也。及中间少知阿都,志力开悟,每喜足下家复有此弟。而阿都去年向吾有言,诚忿足下,意欲发举,吾深抑之。……何意足下苞藏祸心邪!都之含忍足下,实由吾言;今都获罪,吾为负之。吾之负都,由足下之负吾也。怅然失图,复何言哉?若此无心复与足下交矣!古之君子,绝交不出丑言,从此别矣!临别恨恨。嵇康白。

论者评此书曰:"随笔写去,不立格局,而风度自佳。所谓不假雕琢、大雅绝伦者也。"(茅坤《白华楼藏稿》卷九)嵇康作此绝交书,实与其"刚肠疾恶,轻肆直言,遇事便发"性格有关。因"绝交书"一出,必然开罪于人,顿使矛盾激化,难以挽回,不留馀地。常人虑其后果,当多所斟酌。嵇康撰此,显然不虑后果,为决绝性格表现。[2]

除论、书外,另三篇文章《卜疑》、《太师箴》、《家诫》亦颇有价值。《卜疑》仿楚辞《卜居》而作,以"弘达先生"问卜于"太史贞父"方式,述作者内心矛盾疑虑。其所疑者,有出处大原则问题,又有具体如何出世问题,如何处世问题,文章最后以"方将观大鹏于南溟,

又何爱于人间之委曲"来开释疑虑。这实际上并未解决矛盾,仅作
自我安慰罢了。嵇康内心疑虑,也是当时不少正直士子疑虑,司马氏
的屠戮当世才士政策,令人寒心,《卜疑》实反映魏末名士迷茫不知
所适心态。《太师箴》旨在"明帝王之道"(《晋书》本传),文中首先
称颂"先王仁爱"事迹,接着就批判"季世陵迟"现象:

> ……下逮德衰,大道沉沦,智慧日用,渐私其亲。惧物乖离,
> 攀义画仁。利巧愈竞,繁礼屡陈。刑教争施,夭性丧真。季世陵
> 迟,继体承资;凭尊恃势,不友不师。宰割天下,以奉其私。故君
> 位益侈,臣路生心。竭智谋国,不吝灰沉。赏罚虽存,莫劝莫禁。
> 若乃骄盈肆志,阻兵擅权,矜威纵虐,祸蒙丘山。刑本惩暴,今以
> 胁贤。昔为天下,今为一身。下疾其上,君猜其臣。丧乱弘多,
> 国乃陨颠。

此处虽未明言朝代,然对照魏末形势,颇是切近。所以文中指陈种种
季世弊端,既是一般帝王朝代现象,亦为作者当时现实情状。前人评
论曰:"此为司马氏言也。若讽若惜,词多纡回。"(李兆洛《骈体文
钞》)《家诫》为诫其子嵇绍而作。文章最令人注意之点在反复强调
一"慎"字:"夫言论,君子之机,机动物应,则是非无形者矣;故不可
不慎";"人令相与变争,未知得失所在,慎勿预也";"若会酒坐,见人
争语,其形势似欲转盛,便宜亟舍去之";"凡人自有公私,慎勿强知
人知";"若见窃语私议,便舍起,勿使忌人也";"若人来劝(酒),己
辄当为持之,勿诮勿逆也。见醉熏熏便止,慎不当至困醉,不能自裁
也",等等,皆以慎为主。此与其平素表现颇不相合,故张溥谓:"嵇
中散任诞魏朝,独《家诫》恭谨,教子以礼。"(《汉魏六朝百三名家
集·颜光禄集题辞》)[3]

《圣贤高士传》亦嵇康重要著作。全书由一百一十九篇人物小传及赞组成,今存六十馀篇。此传内容有一特点,即对传统"圣贤"观念加以改造,使之与"高士"贯通起来,宣扬"高士"即"圣贤"思想。在此思想指导下,尧舜禹汤文武周公及孔子等传统"圣贤"皆不预其列,而巢父、许由、接舆、长沮、桀溺、荷蓧丈人,以及老子、庄周、段干木、季札、范蠡等所谓"高士"则悉有传,此与嵇康"越名教而任自然","非汤武而薄周孔"思想正相一致。传中赞颂"圣贤高士"们高蹈隐逸、鄙弃名利、傲视权贵、逃身让国等清高行为,其中一些篇章叙写颇有笔致。如《井丹》:

> 井丹,字大春,扶风郿人。博学高论,京师为之语曰:"五经纷纶井大春。"未尝书刺谒一人,北宫五王更请,莫能致。新阳侯阴就使人要之,不得已而行。侯设麦饭葱菜,以观其意,丹推却曰:"以君侯能供美膳,故来相过。何为如此?"乃出盛馔。侯起,左右进辇,丹笑曰:"闻桀纣驾人车,此所谓'人车'者邪?"侯即去辇。越骑梁松,贵震朝廷,请交丹,丹不肯见。后丹得时疾,松自将医视之,疾愈。久之,松失大男磊,丹一往吊之。时宾客满廷,丹裘褐不完,入门,坐者皆竦望其颜色。丹四向长揖,前与松语。客主礼毕后,长揖径坐,莫得与语。不肯为吏,径出,后遂隐遁。其赞曰:
>
> 井丹高洁,不慕荣贵;抗节五王,不交非类。显讥辇车,左右失气;被褐长揖,义陵群萃。

井丹"不慕荣贵"、"不交非类"高洁品格,显然被嵇康引为同志而予赞美。文章集中写井丹二事,精练切要,篇幅虽短,而人物性格毕现。此书影响甚大,魏晋两朝产生多部同类著作,如皇甫谧、张显、虞槃佐、孙绰、阮孝绪、周弘让等皆有《高士传》或《高隐传》等，多仿嵇康思路及体例而作。晋宋间隐士周续之评嵇康《圣贤高士传》为"得出处之美"（《宋书》本传），并为之作注。

　　总之，嵇康文的成就很高，在整个三国后期，堪称首届一指文章家。另一方面，在嵇康本人全部文学创作中，文亦占最重要地位。

第三节　　嵇康的诗

　　嵇康今存诗歌共五十馀首，包括四言、五言、六言等不同诗体。四言诗主要有《赠秀才入军》、《杂诗》、《秋胡行》、《幽愤诗》等。

　　《赠秀才入军》共十八首，所说"秀才"，据《文选》李善注，指嵇康兄嵇喜，亦有说非嵇喜者。[4]自内容观，则此"秀才"要为诗人所信任亲近之人。在此组诗中，有写从军之事，有述彼此友情，又有着重抒写玄学志趣而不及具体人事者：

　　　　良马既闲，丽服有晖。左揽繁弱，右接忘归。风驰电逝，蹑景追飞。凌厉中原，顾盼生姿。

　　　　　　　　　　　　　　　　　　　　　　　　　　（九）

　　　　息徒兰圃，秣马华山。流磻平皋，垂纶长川。目送归鸿，手挥五弦。俯仰自得，游心太玄。嘉彼钓叟，得鱼忘筌。郢人逝矣，谁可尽言？

　　　　　　　　　　　　　　　　　　　　　　　　　　（十四）

　　　　闲夜肃清，朗月照轩。微风动袿，组帐高褰。旨酒盈尊，莫

与交欢。琴瑟在御,谁与鼓弹?仰慕同趣,其馨若兰。佳人不
存,能不永叹!

(十五)

前一首描写从军者英武身姿及高超武艺,激情亢奋,有声有色。尤其
末四句,写出军人所向无前勇猛威壮气势。此诗明显可见曹植《白
马篇》影响,植诗中"控弦破左的,右发摧月氏"、"长驱蹈匈奴,左顾
凌鲜卑"等句,于此篇中被化用。然而植诗为五言,此则为四言,各
有其风致。次一首旨在宣泄玄学理想,末四句演述言意名实之辨,为
常用玄言熟语。然自全篇观之,写出了独特意境。诗以主观感受角
度写景,又在景物之中写人,巧妙展示诗人情趣及襟怀,就中以五六
两句最佳,用语超脱飘逸,又充满动感,人物兼写,虚实相生,意境无
穷,极耐涵咏。王士禛评曰:"'手挥五弦,目送归鸿',妙在象外。"
(《古夫于亭杂录》)据载此二句曾引起东晋画家顾恺之创作冲动,
谓:"画'手挥五弦'易,'目送飞鸿'难。"(《世说新语·巧艺》)可见
其意境之妙,臻于化境。后一首则以渲染清幽寂寞境界,衬出对"佳
人"之思念;此种境界,在阮籍《咏怀诗》中亦有,除直接表现对"秀
才"之思念外,亦反映正直文士在魏末环境中的寂寥孤独感。

《秋胡行》七首,多哲理思考,亦含生活感受及社会经验教训:

贫贱易居,贵盛难为工;贫贱易居,贵盛难为工。耻佞直言,
与祸相逢。变故万端,俾吉作凶。思牵黄犬,其计莫从。歌以言
之,贵盛难为工。

(二)

　　劳谦寡悔,忠信可久安;劳谦寡悔,忠信可久安。天道害盈,
好胜者残。强梁致灾,多事招患。欲得安乐,独有无愆。歌以言
之,忠信可久安。

(三)

此皆说生活哲理,每首末句是主旨。上首"耻佞直言"四句,下首"天
道害盈"四句,皆自当时社会凶险现实中总结出教训,暗寓大批贵盛
人物和知名之士被害罹祸遭遇。"思牵黄犬"用李斯典故。斯不识
时势,出仕乱朝,一时贵盛,终被赵高所害,临刑后悔莫及,思"牵黄
犬,俱出上蔡东门逐狡兔,岂可得乎?"嵇康虽在诗中有此觉悟,然终
亦自身不免,"与祸相逢",究其因,与其"刚肠疾恶"即"耻佞直言"
个性难改有关。文人写作《秋胡行》乐府歌辞,始于曹操,嵇康之作,
在歌辞体制上(包括每篇解数、每解句数、每句字数)全同于曹操,又
曹操作品中所写内容,如感慨人生忧患、抒发生活哲理、向慕神仙长
生等,嵇康歌辞中亦皆具备,可见其间影响传承脉络。

　　《幽愤诗》作于嵇康蒙冤系狱时,也可视之为嵇康绝命诗。诗中
对毕生思想行事作概要回顾及内省。自内容看,当时他似未意识到
即将被害,因他实无任何罪过。诗名"幽愤",取班固《汉书》谓司马
迁"幽而发愤,乃思精义"之意,可知嵇康将己之无端受难,拟于司马
迁被诬下狱,发愤作此诗。诗共八节,一、二节回顾青少年时期生活
及其学养,三节始分析现实情状及得罪原由,既有自我省视疚悔,更
有对罪恶势力之谴责。

　　　欲寡其过,谤议沸腾。性不伤物,频致怨憎。昔惭柳惠,今
愧孙登。内负宿心,外赦良朋。
　　　仰慕郑、严,乐道闲居。与世无营,神气晏如。咨予不淑,婴

累多虞。匪降自天,实由顽疏。理弊患结,卒致囹圄。对答鄙讯,萦此幽阻。实耻讼冤,时不我与。虽曰义直,神辱志沮。澡身沧浪,岂云能补!

雍雍鸣雁,奋翼北游。顺时而动,得意忘忧。嗟我愤叹,曾莫能俦。事与愿违,遘兹淹留。穷达有命,亦又何求?

以上所引为第四、五、六节。七节写世务纷纭,本人难以适应;末节则宕开写去,谓俗务纠缠,使自己有志不就,难遂本愿,而其本愿为"采薇山阿,散发岩岫。永啸长吟,颐性养寿"。此诗结构完整,无论叙事述志,皆能从容写去,与他临刑顾视日影而奏《广陵散》一样,显示出临难不惧镇定自若气度。此为大智大勇者气度。此诗基本不加藻采,亦少曲折,"通篇直直叙去"(沈德潜《古诗源》),"直叙怀来,喜其畅达"(陈祚明《采菽堂古诗选》),朴实、真率,自有浩然正气在,与嵇康其人一样,诗篇具有很强感染力。

以上诸篇,皆为四言作品,也是嵇康全部诗歌中的代表作。在五言诗占优势的魏晋诗坛,擅长四言体者并不多,曹操而下,最重要作者就是嵇康。嵇康四言诗,不如曹操作品古朴浑莽,气象宏壮,但他能做到"四言不为风雅所羁,直写胸中语,此叔夜所高于潘、陆也"(何焯《义门读书记》)。曹操四言诗歌,与《诗经》关系密切,曾化用《诗三百》成句入己诗,嵇康则基本不用此法,他不为所羁,自铸新词,表现出更多创造性。

嵇康五言诗数量稍少,今存《述志诗》二首,《赠秀才诗》(此诗题一作"古意")一首,《答二郭》三首,《与阮德如》一首等。其中《述志诗》、《赠秀才诗》较有特色,皆以比兴为基本手段,以"潜龙"、"神凤"、"神龟"、"双鸾"等神物设譬,写高洁神圣者"雅志不得施",为世俗所侮所羁,表明现实社会充满丑恶和危险,其愤世嫉俗之心颇为强烈。如《赠秀才诗》：

> 双鸾匿景曜，戢翼太山崖。抗首漱朝露，晞阳振羽仪。长鸣
> 戏云中，时下息兰池。自谓绝尘埃，终始永不亏。何意世多艰，
> 虞人来我维。云网塞四区，高罗正参差。奋迅势不便，六翮无所
> 施。隐姿就长缨，卒为时所羁。单雄翩独逝，哀吟伤生离。徘徊
> 恋俦侣，慷慨高山陂。鸟尽良弓藏，谋极身必危。吉凶虽在己，
> 世路多崄巇。安得反初服，抱玉宝六奇。逍遥游太清，携手长
> 相随。

要之嵇康五言诗取得相当成就，然与阮籍相比较，在描写手法上略欠
圆熟流转。后人评其诗曰："下方元亮，以调生故不近；上类伟长，以
词繁故不高。"（陈祚明《采菽堂古诗选》）"（嵇康）诗少涉矜持，更不
如嗣宗。"（王世贞《艺苑卮言》）此皆就其五言诗而论。

嵇康尚有六言诗十首，咏尧、舜、子文、老莱妻、原宪、东方朔等古
代人物，并述老庄玄理，所叙所咏，未见精彩。又有骚体一首，即《思
亲诗》，为思念已故"母兄"而作，写出真挚骨肉亲情：

> ……念畴昔兮母兄在，心逸豫兮寿四海。忽已逝兮不可追，
> 心穷约兮但有悲。上空堂兮廓无依，睹遗物兮心崩摧。中夜悲
> 兮当告谁？独收泪兮抱哀戚。日远迈兮思予心，恋所生兮泪流
> 襟。慈母没兮谁予骄？顾自怜兮心切切。诉苍天兮天不闻，泪
> 如雨兮叹成云。欲弃忧兮寻复来，痛殷殷兮不可裁。

嵇康诗中多有身世感叹，此是情绪最强烈一篇。

关于嵇康诗歌总体风格，前人曾指出"峻切"之点。如钟嵘谓：

"颇似魏文,过为峻切,讦直露才,妨渊雅之致,然托喻清远,良有鉴裁,亦未失高流矣。"(《诗品》卷中)刘勰谓:"嵇志清峻。"(《文心雕龙·明诗》)刘熙载也说:"叔夜之诗峻烈,嗣宗之诗旷逸。"(《艺概》)所谓"峻切"、"清峻"、"峻烈",当谓其诗旨显露,少含蓄蕴藉,亦即"讦直露才"之意。嵇康诗似乎确有此特点,与阮籍对比更为显明。然锺、刘评论意见,似从"温柔敦厚"传统"诗教"出发,班固亦曾以此苛责屈原"露才扬己",其中不免偏颇,因含蓄或峻切,皆为诗之一品,诗之性格,亦如人格,难求一律。此外,嵇康诗亦有高古、劲健等优点。嵇康诗之缺点在于若干作品中横发玄论,多少染上"诗杂仙心"(《文心雕龙·明诗》)弊病,为后世玄言诗之产生种下远因。不过此弊并非嵇康独有,魏末诗人几乎无一能免,阮籍同样如此,其《咏怀诗》中少数篇章,亦玄意曼衍,诗味索然。此时代风气也。锺嵘列嵇康于"中品",如与"上品"中曹植、阮籍相比,嵇康确应退居于后;然陆机、张协、潘岳等人,亦列"上品",则嵇康之序,略见委屈。要之嵇康亦魏末重要诗人。

〔1〕 按《与山巨源绝交书》,全篇主要说己不愿为官理由,表述颇为详尽充分。至于对山涛态度,则所言不多,仅首尾略有道及。开首曰:"足下昔称吾于颍川,吾常谓之知言。然经怪之意:尚未熟悉于足下,何从便得之也?前年从河东还,显宗阿都说足下议以吾自代,事虽未行,知足下故不知之。足下旁通,多可而少怪,吾直性狭中,多所不堪,偶与足下相知耳!"文末又曰:"足下若嬲之不置,不过欲为官得人,以益时用耳。足下旧知,吾潦倒粗疏,不切事情,自惟亦皆不如今日之贤能也。……愿足下勿似之,其意如此,既以解足下,并以为别。嵇康白。"观书中前后所言,"其意"只在"解足下",所谓"解",解释之意也,向山涛解释不能为官理由也。书中固无谴责山涛之意,更无"绝交"语词。以故此书名曰"绝交书",颇有名实不符之疑问。又以此篇与《与吕长悌绝交书》比较,疑问更为明显,因后篇文中明确说及"君子绝交,不出恶言",而此篇中非但无此

语,且毫无绝交意思。愚以为此篇名有误,理由之一,如上所述,"绝交"篇题与内容不符。理由之二,原作当无题名;按魏晋人作书信,皆无具体篇题,唯作"与某某书",今存当时书函,悉皆如此,如曹植《与杨德祖书》《与吴季重书》《与司马仲达书》,阮籍《答伏义书》、桓范《与管宁书》等等,并无例外。嵇康此篇,初题亦当为"与山巨源书"而已,"绝交"二字,盖后人所拟。所拟不确,遂成现题。以此推之,《与吕长悌绝交书》初亦作"与吕长悌书",唯后人所加"绝交"二字颇确。至于《与山巨源绝交书》之题名何时出现?难以确考。然《文心雕龙》《文选》二书中,皆已作"绝交书",可知兹名当产生于梁之前。《世说新语》关于嵇康之文有二十一则,其中一则言及此篇:"山公将去选曹,欲举嵇康,康与书告绝。"(《栖逸》)刘孝标注引《康别传》曰:"山巨源为吏部郎,迁散骑常侍,举康,康辞之,并与山绝。岂不识山之不以一官遇己情邪?亦欲标不屈之节,以杜举者之口耳。乃答涛书,自说不堪流俗,而非薄汤、武。大将军闻而恶之。"据此可知,刘宋时尚无"绝交书"之名称,而嵇喜(《康别传》作者)"康辞之,并与山绝","辞",当指辞官,"绝",则可作拒绝解。下文"乃答涛书"云云,仅述其内容为"自说不堪流俗……",未言是否为绝交而作,更未明言此书为"绝交书";刘义庆《世说新语》中所说"康与书告绝",可作"拒绝"解,亦可作"绝交"解,语义仍不明确,要未称此篇为"绝交书"。至萧统、刘勰,则明言为"绝交书"矣。其篇名演变过程大致如此。

〔2〕 "绝交书"写作不始于嵇康,后汉朱穆撰有《与刘伯宗绝交书》《与刘伯宗绝交诗》。孔融曾言及朱穆绝交事,见所著《与曹公书论盛孝章》。朱穆,桓帝时人,曾为冀州刺史,刘伯宗为一势利小人。其"绝交诗"曰:"北山有鸱,不洁其翼。飞不正向,寝不定息。饥则木揽,饱则泥伏。饕餮贪污,臭腐是食。填肠满嗉,嗜欲无极。长鸣呼凤,谓凤无德。凤之所趣,与子异域。永从此诀,各自努力。"朱穆更有《绝交论》,论述绝交之必要,及"人将疾子"后果,并表示"宁受疾"。然朱穆"绝交书"、"绝交诗",当亦后人所拟篇名,非原作所有。

〔3〕 关于嵇康作《家诫》之心态,鲁迅曾有分析,谓:"但我看他做给他的儿子看的《家诫》,——当嵇康被杀时,其子方十岁,算来当他做这篇文章的时候,他的儿子是未满十岁的,——就觉得宛然是两个人。他在《家诫》中教他的

儿子做人要小心,还有一条一条的教训。……嵇康是那样高傲的人,而他教子就要他这样庸碌。因此我们知道,嵇康自己对于他自己的举动也是不满足的。所以批评一个人的言行实在难,社会上对于儿子不像父亲,称为"不肖",以为是坏事,殊不知世上正有不愿意他的儿子像自己的父亲哩。试看阮籍、嵇康,就是如此。这是,因为他们生于乱世,不得已,才有这样的行为,并非他们的本态。但又于此可见魏、晋的破坏礼教者,实在是相信礼教到固执之极的。"(《魏晋风度及文章与药及酒之关系》,《而已集》)其说可供参考。

〔4〕 关于"秀才"为谁? 张铣谓:"秀才,叔夜弟。"(《文选》五臣注)葛立方谓:"李善注谓'兄喜秀才入军',而张铣谓'叔夜弟,不知其名',考五诗或曰'携我好仇',或曰'思我良朋',或曰'佳人不在',皆非兄弟之称。善、铣所注,恐未必然耳。"(《韵语阳秋》)徐按:诸说不一,以嵇喜说影响最大。然嵇喜其人,虽为康胞兄,而志趣不同,兄弟情谊,未必如此诗中所写亲密无间。吕安曾以喜为"俗人",至门书一"凤"字而去(见《世说新语·简傲》);阮籍亦视嵇喜为"凡俗之士",曾施以"青白眼"之白眼,以致"喜不怿而退",而对嵇康则青眼相待,"遂与相善",事见《世说新语》注引《晋百官名》)。吕、阮态度,非偶为之也,表明嵇喜确非名士一流中人,其与嵇康志趣作风存有相当距离,是为事实。由此观之,嵇康撰此多首诗作,关怀征程,遥寄情好,"仰慕同趣",其对象为嵇喜之可能甚小。

第十章　吴蜀文学

第一节　吴蜀文学概况

三国时期,政治、军事上魏、蜀、吴鼎足而立,但在文学上,吴、蜀二国却难与曹魏相抗衡。究其因主要有二:一为曹魏控制北方中原地区,古来即为全国政治文化中心,文物鼎盛,人材辈出,文学传统深厚,僻处东南和西南的孙吴及蜀汉,文化基础及传统,皆不如之;二为魏国统治者曹氏祖孙三代对文化事业都较重视,本人又富文学才华,他们出于政治文化需要及个人兴趣,广纳文学人材。自建安初开始,在战乱中流散全国各地的文士,陆续进入曹操幕中,逐渐形成文士集团,即"邺下文士集团",以此为基础,遂出现文学创作高潮。相形之下,吴、蜀两国统治者本人既缺乏文学才具,对文学事业也远不如曹操父子重视,因此在他们治下,文学相对寂寥。其实在汉末初平、兴平大乱期间,自洛阳、长安两都逃亡荆州的士子颇多,包括王粲、邯郸淳、士孙萌等等,可说已经形成文士群体,而且层次颇高,"士之避乱荆州者,皆海内之俊杰也"(王粲语)。只是荆州牧刘表"不知所任",使文士们产生失落感和思乡情绪,终于"风流云散"(王粲《赠蔡子笃诗》),不少人又返归北方。建安十三年冬赤壁之战,虽以曹操大败告终,但他率领残部返回邺城大本营时,队伍中却多了一批荆州文士。孙权、刘备虽是战胜者,他们得了荆土,却未收荆士,亦可谓得中有失,胜中有败。尽管如此,吴、蜀两国仍不乏文士从事写作,他们中有人自中原流徙而来,也有若干本土出身。他们在相对淡薄文化气氛中,创造出有分量作品,开拓了本地文学苑囿,虽呈"边缘文学"状,亦颇难能可贵,不可忽略。

先说吴国文学。

吴主孙权,继承父兄之业,少年任事,终成鼎峙之功,可谓一时人杰。不过他在文化上并无太深修养,不容讳言。曹丕曾当着吴国使者嘲笑:"吴王颇知学乎?"(《吴志·吴主传》注引《吴书》)使者答道:"吴王浮江万艘,带甲百万,任贤使能,志存经略,虽有馀闲,博览书传历史,藉采奇异,不效书生寻章摘句而已!"这辩解未能掩饰孙权文学根底相对浅薄,与曹氏父子差距远甚。所以曹丕以明显的教训姿态"以素书所作《典论》及诗、赋与权"(《吴志·吴主传》注引《吴历》)。从史传载记看,孙权除黄龙二年(230)立"都讲祭酒,以教学诸子"(《吴志·吴主传》)外,未闻有何文化方面举措。在三国中,唯独吴国始终未设太学。史籍所载吴国首次收集校书,已是孙休时,命韦昭依刘向故事校定众书,见《吴志·韦昭传》。吴国亦有一批儒者,前期如张昭精于《左氏传》、《论语》,顾雍少时曾从蔡邕学琴书,诸葛瑾治《毛诗》、《尚书》、《春秋》,张纮曾为汉末太学生,习京氏《易》、欧阳《尚书》,严畯善《诗》、《书》、三《礼》、《说文》,虞翻有《易》、《老子》、《论语》、《国语》注,为当时著名儒者;后期如陆绩"幼敦《诗》、《书》,长玩《礼》、《易》"(《吴志》本传),程秉著《周易摘》、《尚书驳》、《论语弼》,等等。诸儒各有专攻,文化素质不低。然而此皆儒者,文学专门人才偏少,又无核心领袖,未能形成声势。当时建邺城中,文士诗赋酬唱风气基本不存,与北方邺城文学繁荣局面成鲜明对比,与正始文学亦难并论。在孙权长达五十馀年统治期内,吴国文学大体呈冷寂状况,即有少数诗赋产生,纯属个人行为,不成气象。至后期三嗣主期间,稍见起色。

总体冷寂之中,亦有少数文士,出于一己爱好,发挥自身才力,从事文学书写,产生若干诗赋文章,为吴国文学点缀设采。主要作者有张纮、胡综、戴良、韦昭、华覈、薛综、薛莹、杨泉等。其中戴良、杨泉二人,文学贡献较大,尤应予注意。

文士创作之外,吴国民间文学亦有若干佳作,如孙皓初童谣:

宁饮建业水,不食武昌鱼;宁还建业死,不止武昌居!

孙皓迁都武昌,吴地百姓逆流供给,不胜转输之苦,遂有此歌谣,以表抗议。又有《周郎谣》:"曲有误,周郎顾。"说周瑜精于音律,风流倜傥。又有《支郎谣》:"支郎眼中黄,形躯虽细是智囊。"说西域东来名僧支谦形貌奇异,学识深湛。

次说蜀国文学。在汉末战乱中,刘备集团实力较弱,南北流寓,依托他人,靡所底定。至建安十三年末赤壁战后,占领荆州六郡,方得据有一方,以为根基。建安十九年又得益州,入成都,始奠定政权。刘备本人少时曾学于同郡名儒卢植门下,虽学业无成,却颇尊重儒者。黄巾军起,北海相孔融被围,遣使求救于备,刘备受宠若惊,谓:"孔北海亦知世间有刘备邪?"即驰赴救之。事见《后汉书·孔融传》。但因创业艰危,辗转流徙,刘备前期难以吸引文士为己所用。以故在他幕中,除诸葛亮等外,文士甚少,未能形成群体。刘备入主成都后,虽人员缺乏,财力穷蹙,仍建立太学,兴复儒业。"先主定蜀,承丧乱历纪,学业衰废,乃鸠合典籍,沙汰众学,(许)慈、(胡)潜并为学士,与孟光、来敏等典掌旧文。"(《蜀志·许慈传》)然而刘备作为一现实政治家,深知当时要务在于足食强兵,以抗衡曹魏。以故他对文化,注重的是治政鉴戒及战争韬略,此自刘备遗诏敕后主中可以窥知,刘备告诫其子说:"可读《汉书》、《礼记》,闲暇历观诸子及《六韬》、《商君书》,益人意智。闻丞相为写《申》、《韩》、《管子》、《六韬》一通已毕,未送道亡,可自更求闻达。"(《蜀志·先主传》注引《诸葛亮集》)可见刘备、诸葛亮重视之书,皆军国实用之典,基本不涉于诗赋之类。要之,蜀汉因地蹙民少,国力相对弱小,所以诸葛亮长期治戎讲武,奖劝农耕,不遗馀力;而对文学事业少有关心。诸葛亮治政尚朴,重实用,"庶事精炼,物理其本,循名责实,虚伪不齿"(《蜀志》本传评),对诗赋之事并不提倡,蜀国文学不兴良有以也。

其实诸葛亮本人颇好文学。他少时"躬耕垄亩,好为《梁甫吟》"(《蜀志》本传)即为证据。只是他出山辅佐刘备之后,面临严峻形势,肩负军政重任,长期"鞠躬尽瘁",不敢稍有怠忽,无暇再事艺文。尽管如此,诸葛亮所作军国文书,仍具相当文学价值。如前后《出师表》,洵为千古名篇。此外,蜀国文士,尚有谯周、文立、秦宓、向朗、费祎、杨戏、郤正等,又作为蜀国后期主要领军人物姜维,亦颇具文采风流。

要之吴蜀文学,作者既少,作品亦不多,与曹魏文学相比,总体成就未能蔚成大国,勉为附庸。此皆文化环境历史情势使然。但是,第一,吴蜀两国,虽未产生大作家,却也有若干各具特色个性鲜明作者涌现,为三国文学作出贡献,其人不应轻忽,其作岂可湮没!吴蜀优秀作品,如张纮书檄,纵横挥洒,有类陈琳、阮瑀佳作;如杨泉辞赋,精妙圆熟,堪与邺下诸子比肩;如戴良七言诗,不让曹丕《燕歌行》;如姜维《蒲元别传》,上承刘向,下启魏晋,于志人小说领域别开生面。诸如此类,并应志之载籍。第二,吴蜀两国在政治军事上虽与曹魏为敌，但在文化风尚、文学精神上，却与中夏颇通声气。如忧患意识及慷慨悲凉文风，既为建安文士所固有，亦为吴蜀作者所爱好。诸葛亮所作《出师表》，正是慷慨悲凉力作。魏吴蜀三国文士，以各自生活感受及创作取向，构成三国文学共同时代精神及时代风格。若无吴蜀文学，三国文学便是金瓯残阙，难言完整。第三，吴蜀二国文坛，前期倚仗中原流寓文士支撑局面；在度过草创期后，内部社会初定，文化事业亦有一定发展，文学人材成长也有起色，后期文坛遂出现一些本土作者。入晋后，出身吴国的陆机、陆云，出身蜀国的陈寿等，皆成为一流文学家，亦是吴蜀文学汇入主流后成果。此亦应视为吴蜀文学之一贡献。

第二节　吴国文学

张纮（生卒年不详），字子纲，广陵（今江苏扬州）人，为孙策、孙权创业辅佐大臣。曾被委派到许都，颇受曹操重视。后回江东，任孙权讨虏将军长史。张纮身在吴国，却与北方诸文士如孔融、陈琳等交谊甚笃，时有书翰往还。曾作《楠榴枕赋》，受到陈琳称赏。后张纮见到陈琳《武军赋》，亦甚叹美，琳复函谓己作与纮作相比，是"小巫见大巫，神气尽矣"。张纮作品，据《吴志》本传载，"著诗、赋、铭、诔十馀篇"，惜大部已湮没，今存《瑰材枕赋》一篇，文若干。《隋书·经籍志》著录有集一卷，严可均辑其文入《全后汉文》卷八十六。

《瑰材枕赋》[1]见载于《艺文类聚》卷七十，《太平御览》卷七百七，作为一咏物小赋，此篇甚有特色，尤应注意其比兴运用：

> 有卓尔之殊瑰，超诡异以邈绝。且其材色也，如芸之黄；其

为香也,如兰之芳;其文采也,如霜地而金茎,紫叶而红荣。有若蒲陶之蔓延,或如兔丝之烦萦;有若嘉禾之垂颖,又似灵芝之吐英。其似木者,有类桂枝之阑干,或象灌木之丛生;其似鸟者,若惊鹤之径逝,或类鸿鹄之上征。有若孤雌之无味,或效鸳鸯之交颈;纷云兴而气蒸,殷星罗而流精;何众文之同朗,灼儵爚而发明。

一连串设譬方喻,兴象丛集,如夜空繁星,令人目不暇给。由此见出作者驱遣文字深厚功力。在这些喻象中,以紫叶红荣、霜地金茎之譬,尤具新意;其色彩之运用,对比之效果,皆臻妙境。汉魏咏物小赋,抒情成分大为增强,但写作手法仍保留不少赋的传统,以"写物图貌"见长。如此赋之大量使用比兴者,殊不多见。自此赋观之,张纮与曹魏邺中诸赋家相比,略不逊色。

张纮之文,亦富采润,今存《为孙会稽责袁术僭号书》,[2] 作于建安二年(197)袁术在淮南称帝时。此文佳处不但在析理透彻,以九"不可"说明称帝之不足取,且在分寸把握上恰如其分。此文是代孙策作,策父孙坚与袁术有同盟之好,坚死后,孙策又曾一度依附于术,袁术待之不薄,曾谓:"使术有子如孙郎,死复何恨!"(《吴志·孙讨逆传》)后又资助军兵,使平定江东,奠定霸业。故袁术于孙策,既有叔侄之义,又有扶助之恩。袁术称帝,事关"公义",难以徇私,不可不表明态度;而畴昔相待恩义,亦不能不顾。此文在立意措辞上实现了两方面微妙平衡:它指陈是非利害所在,说明"公义既不可,私计又不利",同时并无过多声讨斥责,更无詈骂之词。文章在敷陈九"不可"理由之后说:"……九者,尊明所见之馀耳。庶备起予,补所遗忘,忠言逆耳,幸留神听。"语气中仍保持对袁术的尊敬。"起予"一语,出《论语》:"子曰:起予者商也。"此是将袁术与孙策关系,比作孔子与子夏的师生关系了。至于"僭号"一语，固含贬斥之义甚明，但本文中无此语，仅见于标题。而标题显为后人所拟，未得本文真谛。此篇写得文藻条流，辞采蔚映，颇尽骈俪之致。如：

> 曩日之举义兵也，天下之士所以响应者，董卓擅废置，害太后、弘农王，略蒸宫人，发掘陵园，暴逆至此。故诸州郡雄豪，闻声慕义，神武外振，卓遂内殄。元恶既毙，幼主东顾，俾保傅宣命，欲令诸军振旅。于河北通谋黑山，曹操放毒东齐，刘表称乱南荆，公孙瓒焂然北幽，刘繇决力江浒，刘备争盟淮隅，是以未获承命，囊弓戢戈也。今备、繇既破，操等饥馁，谓当与天下合谋，以诛丑类，舍而不图，有自取之志，非海内所望，一也。

其中"河北通谋黑山，曹操放毒东齐"云云一段文字，与曹植《与杨德祖书》中"仲宣独步于汉南，孔璋鹰扬于河北⋯⋯"一节话，局度格式颇相类，而张纮此文在先，可说是着一先鞭。要之张纮文学才力，实颇劲卓，陈琳"小巫见大巫"之说，信非虚誉。

胡综（185—243），字伟则，汝南固始（今属河南）人。少孤，随母避乱江东，曾与孙权同窗读书，后为建武中郎将、侍中等，孙权文诰策命书檄之类，多出其手。作用略可比拟于曹操手下陈琳、阮瑀。《吴志》有传，陈寿称其"文采才用"。胡综作品，今存《黄龙大牙赋》、《中分天下盟文》、《拟吴质来降文》等。"黄龙大牙"，为军中大旗，诸军进退，视其所向。综受命作此赋，赞颂"在昔周室，赤乌衔书；今也大吴，黄龙吐符。⋯⋯"《中分天下盟文》作于孙吴黄龙元年（229），是年吴、蜀复好，订立盟约，设以函谷关为界，中分曹魏。此是政治外交文件。《拟吴质来降文》作于曹魏黄初年间，当时自降卒口中得知,曹魏都督河北振威将军吴质,颇受朝廷猜疑,胡综遂拟吴质口吻,作三篇"来降"文,意在行反间之计,在曹魏君臣间制造衅端。此为三国时互相斗争、虚虚实实手法之一种。不过文章政治目的并未达到,此文流传未广,吴质却已被曹丕调去洛阳、升任侍中了。胡综文章,以气势胜。如:

> 天降丧乱,皇纲失叙,逆臣乘衅,劫夺国柄。始于董卓,终于曹操,穷凶极恶,以覆四海。至令九州幅裂,普天无统,民神痛怨,靡所戾止。及操子丕,桀逆遗丑,荐作奸回,偷取天位。而睿幺麽,寻丕凶迹,阻兵盗土,未伏厥诛。昔共工乱象而高辛行师,三苗干度而虞舜征焉。今日灭睿,禽其徒党,非汉与吴,将复谁任?夫讨恶翦暴,必声其罪,宜先分裂,夺其土地,使士民之心,各知所归。是以春秋晋侯伐卫,先分其田,以畀宋人,斯其义也。且古建大事,必先盟誓,故周礼有司盟之官,尚书有高誓之文,汉之与吴,虽信由中,然分土裂境,宜有盟约。

> ——《中分天下盟文》

陈寿评此文曰"文义甚美"(《吴志》本传)。胡综著作,《隋志》著录有集二卷,严可均辑其文入《全三国文》卷六十七。

戴良(生卒年不详),字叔鸾,一云字文让,汝南慎阳(今河南汝南附近)人。汉末举孝廉,再辟司空府,皆不就。后避乱江东,孙权署为交州刺史,时在黄武五年(226)。戴良事迹史载甚略,今存著作亦少,唯有一诗,即《失父零丁》。此诗极特殊,亦颇重要,故全录于下:

敬白诸君行路者，敢告重罪自为祸。积恶致灾天困我，今月
七日失阿爹。念此酷毒可痛伤，当以重币用相偿，请为诸君说
事状。

我父躯体与众异，脊背伛偻卷如戢。唇吻参差不相值，此其
庶形何能备？

请复重陈其面目：鸥头鹄颈獶狗啄，眼泪鼻涕相追逐。吻中
含纳无齿牙，食不能嚼左右蹉，□似西域□骆驼。

请复重陈其形骸：为人虽长甚细材，面目芒苍如死灰，眼眶
白陷如羹杯。

此诗甚奇。自首节观，为寻人告示：老父走失，心情沉痛，广告"诸
君"，重币悬寻。然以下三节，"请为诸君说事状"，"请复重陈其面
目"，"请复重陈其形骸"，则刻画形容，颇含滑稽诙谐之词，如"眼泪
鼻涕相追逐"等；又以"鸥"、"鹄"、"獶狗"、"骆驼"、"羹杯"等物喻
老父，亦甚不恭，似有调笑揶揄之意。然无论其作意如何，就刻画描
摹本身言，无疑颇为洒脱有趣，表明作者文学手段不弱。尤可注意
者，此诗体制，全篇七言，且基本完整，仅缺二字。其用韵方式，每句
必协韵，此同于曹丕《燕歌行》；而篇中数句一换韵，则又不同于《燕
歌行》之一韵到底。要之这是一篇基本完整七言诗，成熟度不在曹
丕《燕歌行》之下，其文学史意义不容忽视。[3]

韦昭（204—273），字弘嗣，吴郡云阳（今江苏丹阳）人。少好学，
能属文。历仕吴国四世，自孙权至孙皓，先后任丞相掾、太子中庶子、
黄门侍郎、太史令、中书仆射、侍中等，曾与华覈、薛莹等合修《吴
书》。孙休即位，又受命依汉代刘向故事校定众书。孙皓使之在《吴
书》中为其父孙和列帝纪，昭以孙和未登帝位，宜列为传，迕孙皓意。

后又以他事得罪下狱。在狱中上书求免,因字迹不洁,书有垢污,以不敬处死。韦昭在吴国为权威史学家,时人将其与司马迁、班固相提并论,如华覈《上疏救韦昭》即谓"今昭在吴,亦汉之史迁也",陈寿《吴志》本传也称他"笃学好古,博见群籍,有记述之才"。其史学著作除《吴书》外,尚有《洞纪》,起自庖牺,至于秦汉,对当时所流行《古历注》中错谬误记予以纠正。他还有《国语》注,为今存同类著作中最早者。《隋书·经籍志》著录有集二卷,严可均辑其文入《全三国文》卷七十一,逯钦立辑其诗入《魏诗》卷十二。

韦昭诗、赋、文皆能。今存《云阳赋》残篇。文主要有《博弈论》,作于任太子中庶子时,批评当时流行博弈之风。文章先述君子应克服游惰作风,接着指出"今世之人""好玩博弈"为不良习气,最后列举社会生活功名大事来作对比,以明博弈之无用。此文强调凡事应经世致用,对博弈棋道不免有过责之词。文章颇明练,且善描绘,如写棋迷"专精锐意"一段文字,甚精彩:

> ……废事弃业,忘寝与食,穷日尽明,继以脂烛。当其临局交争,雌雄未决,专精锐意,心劳体倦,人事旷而不修,宾旅阙而不接,虽有太牢之馈,韶夏之乐,不暇存也。至或赌及衣物,徒棋易行,廉耻之意弛,而忿戾之色发。而其所志,不出一枰之上,所务不过方罫之间,胜敌无封爵之赏,获地无兼土之实,技非六艺,用非经国。

萧统收此文入《文选》卷五十二"论"类,为吴国文士唯一入选作品。

韦昭诗歌今存《吴鼓吹曲》,曲调沿用汉《铙歌》十八曲,略为十二曲。歌辞写孙坚、孙权在汉末乱世中击败强敌、创业江东过程,可视为吴国兴起史略,与缪袭《魏鼓吹曲》南北相对,性质相同。

　　华覈（生卒年不详），字永先，吴郡武进（今属江苏）人。以文才入为秘书郎。孙皓即位，迁东观令，领右国史。天册元年（275）被免官，数年后卒。华覈亦一史学家，与韦昭同修《吴书》；其著作繁富，据《吴志》本传载，前后所上书、表凡百馀篇，今存仅《谏孙皓盛夏兴工疏》、《上务农禁侈疏》等。二疏对孙皓苛政颇多摘发，对时俗奢华深予指斥，沈至切要。

　　　　今事多而役繁，民贫而俗奢，百工作无用之器，妇人为绮靡之饰，不勤麻枲，并绣文黼黻，转相仿效，耻独无有。兵民之家，犹复逐俗，内无担石之储，而出有绫绮之服，至于富贾商贩之家，重以金银，奢侈尤甚。天下未平，百姓不赡……

　　　　　　　　　　　　　　　　　　——《上务农禁侈疏》

华覈尚存四言诗一首，此即《吴志》本传所录《草文》，此为孙皓"以覈年老，敕令草表，覈不敢；又敕作草文，停立待之"（《吴志》本传），被迫而作。为自遣性表白文字，写法与曹植《责躬诗》相仿。《隋书·经籍志》著录有集五卷。严可均辑其文入《全三国文》卷七十四，逯钦立辑其诗入《魏诗》卷十二。

　　薛综（？—248），字敬文，沛郡竹邑（今山东薛城）人。少依族人避乱交州，从著名学者刘熙学习，后孙权征为五官中郎将，除合浦、交阯太守，又迁选曹尚书、太子少傅等。作为江东名儒，居师傅之位，撰有《五宗图述》、《二京解》等，又据《吴志》本传，有诗、赋、难论数万言，集为《私载》。今存作品不多，有奏议《上疏请选交州刺史》、《上疏谏亲征公孙渊》等，及若干颂赞。此外，今存一篇嘲调词，颇有名。

时有蜀国张奉使吴,孙权设宴款待,奉嘲笑吴国尚书阚泽名字,泽不能答,于是薛综以"蜀"字反嘲张奉,谓:"蜀者何也?有犬为独,无犬为蜀;横目苟身,虫入其腹!"又说"吴"字:"无口为天,有口为吴;君临万邦,天子之都!"此诙谐讥嘲文字,自是雕虫小技,主要表现机敏才辩,故刘勰谓:"至魏文因俳说以著笑书,薛综凭宴会而发嘲调,虽抃推席,而无益时用矣。"(《文心雕龙·谐隐》)薛综著作,《隋书·经籍志》著录有集三卷,又"薛综注张衡《二京赋》二卷"。严可均辑其文入《全三国文》卷六十六,逯钦立辑其诗入《魏诗》卷十二。

薛莹(?—282),为薛综之子,字道言。初为秘府中书郎,散骑中常侍,孙皓时迁选曹尚书,领太子少傅,又为左国史,光禄勋等。晋灭吴,入洛阳,为散骑常侍。莹为吴国末期著名文士,[4]孙皓降晋文,即莹所拟。曾著书八篇,名《新议》,已佚。又今存《献诗》一首,四言体,历述父祖经历,及本人受恩图报心情,为吴国文学今存最长诗篇。文多不具载。薛莹著作,《隋书·经籍志》著录有集三卷,又有《后汉记》六十五卷;严可均辑其文入《全晋文》卷八十一,逯钦立辑其诗入《晋诗》卷二。

杨泉(生卒年不详),字德渊,梁国(今河南开封)人。在吴为处士,入晋被辟召而不就。生平事迹,《三国志》、《晋书》皆不载。有《物理论》,原书十六卷,今存残篇。书中对天文、地理、工艺、农业、医学等方面问题,皆有探讨,为中国科学史上名著。书中提出:"夫天,元气也;皓然而已,无他物焉。""人含气而生,精尽而死","无遗魄矣"。表现出唯物论及无神论科学思想趋向。杨泉对当时玄学清谈之风日盛,持否定态度,认为"虚无之谈,尚其华藻……聒耳而已"。在中国哲学史上杨泉亦为重要人物。

不仅此也,杨泉文学才华,亦令人瞩目。今存赋较完整者,有《五湖赋》、《赞善赋》、《蚕赋》、《织机赋》、《草书赋》等。自作品观,可以说他是吴国最重要赋家。其取材之广泛,内涵之充实,手法之纯熟,非其他吴地作者可与并比。《五湖赋》实赋太湖,其序云:

> 余观夫主五湖而察其云物,皇哉大矣! 以为名山大泽,必有记颂之章,故梁山有"奕奕"之诗,云梦有"子虚"之赋。夫具区者,扬州之泽薮也。有大禹之遗迹,疏川导滞之功,而独阙然未有翰墨之美,余窃愤焉! 敢忘不才,述而赋之。

作者对于太湖("具区")无赋,深感"愤"然,挟强烈冲动而撰此赋,突出深厚风土之情。赋中写出浩森磅礴气势,其"翰墨之美",殊有可观者:

> ……南与长江分体,东与巨海合流。太阴之所瘗,玄灵之所游。追潮水而往还,通蓬莱与瀛洲。尔乃详观其广深之所极,延袤之规方。邈乎浩浩,漫乎洋洋。西合乎濛汜,东苞乎扶桑。日月于是出入,与天汉乎相望。头首无锡,足蹄松江,负乌程于背上,怀大吴以当胸。左有苞山,连以醴渎,岸岭崔巍,穹隆纤曲,大雷小雷,湍波相逐。右有平原广泽,曼延旁薄,原隰陂坂,各有条格,茹芦荥茝,隐轸肴错。冲风之所去,零雨之所薄。

此处"日月"、"天汉"等描写,与曹操《步出夏门行·观沧海》"日月之行,若出其中;星汉灿烂,若出其里"有异曲同工之妙。"头首无锡"以下,则用拟人手法,使作品更具生气。

《草书赋》为又一妙构。赋中铺写与比兴交互运用,变化甚多:

唯六书之为体,美草法之最奇。杜垂名于古昔,皇著法乎今斯。字要妙而有好,势奇绮而分驰。解隶体之细微,散委曲而得宜。乍杨柳而奋发,似龙凤之腾仪。应神灵之变化,象日月之盈亏。书纵竦而值立,衡平体而均施。或敛束而相抱,或婆娑而四垂。或攒萼而齐整,或上下而参差。或阴岑而高举,或落篥而自披。其布好施媚,如明珠之陆离。发翰摅藻,如春华之杨枝。提墨纵体,如美女之长眉。其滑泽肴易,如长溜之分歧。其骨梗强壮,如柱础之不基。断除弓尽,如工匠之尽规。其芒角吟牙,如严霜之傅枝。众巧百态,无不尽奇。宛转翻覆,如丝相持。

篇幅不长,然而前半已设"似……"、"象……"等譬;后半更连出六"或……"句,七"如……"句,比兴迭施,妙喻联翩;篇末又以"如……"句作结。"如美女之长眉","如严霜之傅枝",意象俱佳,诚所谓"众巧百态,无不尽奇"。如此"奇"、"巧"作品,在赋史上颇稀见。曹魏文士阮籍,与杨泉基本同时,其《猕猴赋》全篇皆比,然具有寓言性质,与曹植《鹞雀赋》为一类,而与杨泉此赋纯用比兴不同。

杨泉作品,《隋书·经籍志》著录有集二卷,又有《杨子物理论》十六卷,《杨子大元经》十四卷。其《物理论》有清孙星衍辑本一卷,又有钱保塘重校本。严可均辑其文入《全三国文》卷七十五。

第三节　蜀国文学

诸葛亮(181—234),字孔明,琅琊阳都(今山东临沂附近)人。汉末战乱中,隐居南阳隆中。建安十二年(207)刘备三顾草庐,请亮出山共图大业。从此刘备集团在诸葛亮主计谋划下，联孙拒曹，取得赤壁之战大捷，据有荆州，进占益州，奠定蜀汉政权，形成三国鼎峙局面。刘备称帝后，拜亮为丞相；刘禅继位，蜀汉事无巨细，咸决于亮。他曾率军北征，多次伐魏，终因兵少势单，粮草不继，未能成其大功。作为三国时期主要政治家之一，诸葛亮亦长于著作。陈寿曾为编《诸葛氏集》目录，计《开府作牧》等二十四篇，凡十万四千馀字。《隋书·经籍志》著录有集二十五卷，《诸葛亮兵法》五卷，《诸葛武侯集诚》二卷。今存辑本有明王士祺所辑本，《汉魏六朝百三名家集》所收《诸葛丞相集》，清张澍所辑本，中华书局整理校点本《诸葛亮集》等。又严可均辑其文入《全三国文》卷五十八、五十九。就文学角度言，《出师表》、《建兴六年上言》（即"后出师表"）、《正议》等篇为其代表作。

　　《出师表》作于建兴五年（227）北伐曹魏之前。文共三段，一段分析三分形势中蜀国危急境况，告诫刘禅应继承亡父遗志，兢兢业业，谨慎从事；二段举荐郭攸之、费祎等文武大臣，希望刘禅经常征询忠良贤者意见；三段自述受刘备知遇以来驰驱经历，以及即将挥师北伐决心。全文显示作者忠恳勤恪、贤明清正性格作风。表文叙事详明切著，说理透彻晓畅，感情真挚，不著雕采，朴实无华：

　　　　……臣本布衣，躬耕于南阳。苟全性命于乱世，不求闻达于诸侯。先帝不以臣卑鄙，猥自枉屈，三顾臣于草庐之中，谘臣以当世之事。由是感激，遂许先帝以驰驱。后值倾覆，受任于败军之际，奉命于危难之间，尔来二十有一年矣！先帝知臣谨慎，故临崩寄臣以大事也。受命以来，夙夜忧叹，恐托付不效，以伤先帝之明。故五月渡泸，深入不毛。今南方已定，兵甲已足，当奖率三军，北定中原，庶竭驽钝，攘除奸凶，兴复汉室，还于旧都。

此臣所以报先帝而忠陛下之职分也。

文章写出深厚忧患意识及悲壮感,备受后世推重。刘勰将此文与孔融《荐祢衡表》并提,谓:"至于文举之荐祢衡,气扬采飞;孔明之辞后主,志尽文畅;虽华实异旨,并表之英也。"(《文心雕龙·章表》)陆游更感叹:"出师一表真名世,千载谁堪伯仲间。"(《书愤》)

《建兴六年上言》同样表现不计成败利钝,一心为蜀汉政权奋斗到底精神。末段"鞠躬尽瘁,死而后已"二句,集中体现作者坦荡胸怀、高风亮节,成为千古名言。表中如:

> 先帝虑汉、贼不两立,王业不偏安,故托臣以讨贼也。以先帝之明,量臣之才,固知臣伐贼,才弱敌强也。然不伐贼,王业亦亡,唯坐而待亡,孰与伐之?是故托臣而弗疑也。臣受命之日,寝不安席,食不甘味。思惟北征,宜先入南,故五月渡泸,深入不毛,并日而食。臣非不自惜也,顾王业不可偏安于蜀都,故冒危难以奉先帝之遗意,而议者谓为非计。今贼适疲于西,又务于东,兵法乘劳,此进取之时也……

皆显示作者忠恳勤恪性格作风,与前表神气风致,互为贯通。[5]诸葛亮文章,尚真尚实,采润不施。对于此种朴实文风,陈寿有恰当评论:"论者或怪亮文彩不艳,而过于叮咛周至。臣愚以为,咎繇大贤也,周公圣人也,考之《尚书》,咎繇之谟略而雅,周公之诰烦而悉。何则?咎繇与舜、禹共谈,周公与群下矢誓故也。亮所与言,尽众人凡士,故其文指不得及远也。然其声教遗言,皆经事综物,公诚之心,形于文墨,足以知其人之意理,而有补于当世。"(《蜀志》本传)

又有歌辞《梁甫吟》一篇,《乐府诗集·相和歌辞》署名"诸葛亮",后之论者,遂多以此篇为诸葛亮之作。然其辞咏春秋时齐国大夫晏子"二桃杀三士"事,诗风古朴,多用问答句式,民歌韵味甚浓,不似诸葛亮所为。[6]

诸葛亮一生,"毗佐危国"(陈寿语),"鞠躬尽瘁",声教远播而"己志不申"(同上),实为一略具悲剧性历史人物。诸葛亮少时"好为《梁甫吟》",实爱好悲剧性事物之天性表现。他出山时本可作多方选择,然而决定与"失势众寡,无立锥之地"的刘备共同奋斗,此固出于对刘备人格之敬重,亦其爱好悲壮事业天性所驱使。其悲壮人生在所撰作品中有充分反映。诸葛亮的悲情,与曹魏建安文学"雅好慷慨"、"慷慨有悲心"风气遥相呼应,共同构筑三国前期时代精神。

秦宓(？—226),字子敕,广汉绵竹(今属四川)人。少慕巢、许及商山四皓等隐者,州郡辟命,常称疾不应。刘备入主蜀地,宓应召为从事祭酒,后又迁左中郎将、长水校尉、大司农等。秦宓在蜀,以文辩明敏著称,吴国使者张温来聘,两人曾互相辩难,宓才思敏捷,对答如流,令张温钦服。陈寿说他:"专对有馀,文藻壮美,可谓一时之才士矣。"(《蜀志》本传)严可均辑其文入《全三国文》卷六十一。秦宓今存著作,有文《荐任安奏记》、《答王商书》等;诗《远游》。其文典重规整,有汉人遗风。《远游》则是蜀国文学今存唯一可靠五言诗。诗写"远游子"孤寂凄凉心情:

> 远游何所见?所见邈难纪。岩穴非我邻,林麓无知己。虎则豹之兄,鹰则鹞之弟。困兽走环冈,飞鸟惊巢起。猛气何咆厉,阴风起千里。远游长叹息,叹息远游子。

诗中主要写途中"所见",而所见景物悉皆冷漠阴森充满敌意,衬出远游子所处困境,写法颇为高明。此诗遣辞结句相当成熟,中间四韵词义相衔,属对工整;首尾二韵则用连句体,甚见民歌风;全篇完整性颇突出,在当时五言诗中实属少见。秦宓生活年代略晚于建安前辈文士陈琳、徐干等,而稍早于曹丕、曹植兄弟,约与应玚、刘桢相当,此类整饬篇章,七子作品中稀有,唯曹植笔下可见,显示秦宓五言诗造诣甚精。

向朗(?—247),字巨达,襄阳宜城(今属湖北)人。先从刘表,后归刘备。在蜀任巴西太守、丞相长史、光禄勋等。朗少时涉猎文艺,后更潜心典籍,孜孜不倦,年逾八十,尚亲自校理书籍,刊定谬误。其著作,据陈寿说:"积聚篇卷,于时最多。"(《蜀志》本传)然今存已少,严可均辑其文入《全三国文》卷六十一。《遗言戒子》一文颇佳:

> 传称:"师克在和不在众。"此言天地和则万物生,君臣和则国家平,九族和则动得所求,静得所安。是以圣人守和,以存以亡也。吾,楚国之小子耳,而早丧所天,为二兄所诱养,使其性行不随禄利以堕。今但贫耳,贫非人患,唯和为贵。汝其勉之!

全篇但说"和为贵"三字而已。虽本诸传统观念,然自军国大事至人生经验,多方论述,娓娓道来,自然亲切,平易中见情理。

杨戏(?—261),字文然,犍为武阳(今四川犍为)人,少年得名,受知遇于诸葛亮,曾任尚书右选部郎、射声校尉等。后随姜维出兵,因酒后多戏慢之词,维不能堪,终被免职。严可均辑其文入《全三国文》卷六十二。杨戏作品,今存主要有《季汉辅臣赞》。此文作于延熙四年(241),含序及三十二首赞词。所赞之人,从"昭烈皇帝"刘备,丞相诸葛亮,到蜀汉前期几乎所有文武大臣。其词概括诸人特点,精到凝练,虽为"赞"文,却品藻审核,并不一味赞颂,避免了一般"赞"体常有"弄文而失质"(《文心雕龙·颂赞》)之病。如:

> 忠武英高,献策江滨。攀吴连蜀,权我世真。受遗阿衡,整武齐文。敷陈德教,理物移风。贤愚竞心,佥忘其身。诞静邦内,四裔以绥。屡临敌庭,实耀其威！研精大国,恨于未夷。
>
> ——《赞诸葛丞相》

> 关、张赳赳,出身匡世。扶翼携上,雄壮虎烈。藩屏左右,翻飞电发。济于艰难,赞主洪业。侔迹韩、耿,齐声双德。交待无礼,并致奸愆。悼唯轻虑,陨身匡国。
>
> ——《赞关云长、张益德》

既颂美诸人品德功业,亦如实摘发其阙失(关、张"无礼"、"轻虑"),殊不可以谀颂文字视之。

　　郤正(？—278),字令先,本名纂,河南偃师(今属河南)人。祖父在汉末曾为益州刺史,因乱起,留滞于蜀。郤正弱冠能属文,后入秘书省为吏。当时刘禅黯弱,宦人黄皓窃弄威权,正与黄皓相处三十年,既不为皓所善,亦不为所恶,官位不过六百石,竟免于得罪,时人以为深谙存身之道。刘禅降魏,降书即郤正所拟。入晋,授职巴西太守。郤正著作,据《蜀志》本传载,有诗、赋、论等百馀篇,《隋书·经籍志》著录有集一卷。今诗赋荡然无存,严可均辑其文入《全晋文》

卷七十。主要作品有《释讥》一篇。此文旨在强调"进退任数，不矫不诬，循性乐天"，"不怨不尤，委命躬己"为人处世立身态度。其写法循扬雄《解嘲》、张衡《应间》、崔骃《达旨》等传统，先设一"客"提出疑问讥嘲，然后作者以"主人"身份作答，开释疑窦，解答问题，敷陈演述正面主张：

> 行止有道，启塞有期；我师遗训，不怨不尤。委命恭己，我又何辞？辞穷路单，将反初节。综坟典之流芳，寻孔氏之遗艺；缀微辞以存道，宪先轨而投制。韪叔肸之优游，美疏氏之退逝；收止足以言归，泛皓然以容裔。欣环堵以恬娱，免咎悔于斯世。

陈寿评曰："郤正文辞灿烂，有张、蔡之风。"（《蜀志》本传）在蜀国骈俪文中，此是较优者。

姜维（202—263），字伯约，天水冀（今甘肃天水）人。先仕魏，后降蜀，诸葛亮用之不疑。亮卒后，为凉州刺史、大将军，统领诸军与魏对抗，为蜀国后期主要军事统帅。姜维于刘禅暗弱，奸人黄皓弄权，蜀汉国势日衰背景下，勉力支撑危局十馀年，终虽兵败被杀，亦属难能可贵。姜维既"敏于军事"（《蜀志》本传），亦有文采，史载他少时"好郑氏学"（同上），而魏国锺会亦"以伯约比中土名士，公休、太初不能胜也"（同上）。严可均辑其文入《全三国文》卷六十二。作品今存虽不多，而时见精彩，如《报母书》云："良田百顷，不在一亩；但有远志，不在当归。"（《蜀志》本传注引孙盛《杂记》，又《晋书·五行志》中亦载其文，而文字稍异）以草药名作书明志，甚见妙思。更有奇者，姜维有一"传"存世，此即《蒲元别传》：

　　君性多奇思，得之天然，鼻类之事出若神。不尝见锻功，忽于斜谷为诸葛亮铸刀三千口。熔金造器，特异常法。刀成，白言："汉水钝弱，不任淬用，蜀江爽烈，是谓大金之元精，天分其野。"乃命人于成都取之。有一人前至，君以淬刀，言"杂涪水，不可用"。取水者犹悍言："不杂！"君以刀画水，云："杂八升。何故言'不杂'？"取水者方叩首伏，云："实于涪津渡负倒覆水，惧怖，遂以涪水八升益之。"于是咸共惊服，称为神妙！刀成，以竹筒密内铁珠，满其中，举刀断之，应手虚落，若剃生刍，故称绝当世，因曰"神刀"。今之屈耳环者，是其遗范也。

所写人物实有，[7]为当时一巧匠，而《别传》述其事几近于神，可视为一小说。诸葛亮尝称姜维"思虑精密"（《与张裔蒋琬书》），《别传》亦表现此方面特点，姜维藉此亦堪"称绝当世"。

　　〔1〕　关于《瑰材枕赋》，严可均曰："《吴志·张纮传》注引《吴书》：'纮有《楠榴枕赋》。'未知即《瑰材枕赋》否？俟考。"徐按：《吴志·张纮传》注引《吴书》曰："纮见楠榴枕，爱其文，为作赋。"观今存《瑰材枕赋》，其中有"其文彩也……"语，又此语以下诸句，皆形容此枕之"文彩"，后又有句曰："何众文之周朗。"此类描写，皆符合"爱其文"之旨。又张纮另有《瑰材枕箴》一文，见录于《艺文类聚》卷七十；《北堂书钞》卷一百三十四亦收此文，题作《瑰材枕铭》。其箴文中首句即云"彧彧其文"，又云"安安文枕"，亦显示"爱其文"之义。据此可以判断，《瑰材枕赋》即《楠榴枕赋》也。楠榴，楠木生瘤者也；瑰材，言材质如瑰，美材也。此以"瑰"状楠榴"材色"、"文采"之美也。

　　〔2〕　《为孙会稽责袁术僭号书》一文，亦有作者问题。《吴志·孙讨逆传》裴注引《吴录》有"策使张纮为书曰"云云，以下又曰："《典略》云：'张昭之辞。'臣松之以为张昭虽名重，然不如纮之文也，此书必纮所作。"又袁宏《后汉纪》亦云此书作者为张昭。徐按：裴松之虽曰"必纮所作"，但未说出具体证据，姑

从之。

〔3〕 为确切把握《失父零丁》之文学史意义,需要尽可能确定其产生年代。戴良生卒虽不可详考,但据现有史料,尚能推断其大致生活年代。首先,戴良有汉末举孝廉、辟司空府等事,此应在曹操任司空之前。否则良既为曹操属吏,无由避乱远至江东。曹操始为司空在建安元年(196),故戴良亦应在此前举孝廉、辟司空府。汉代举孝廉,一般应在始冠(二十岁)之后,如曹操于熹平三年(174)举孝廉,其时年正二十岁。由此可知,戴良在建安元年时,已二十岁以上。而其年曹丕仅十岁,戴良至少长曹丕十岁。据此推测,《失父零丁》产生时间,有可能早于《燕歌行》,且此可能性较大。若是,则《失父零丁》在七言诗发展史上地位更显重要,其诗体革新价值亦当在曹丕《燕歌行》之上。

〔4〕 薛莹在孙吴后期,文名极高。华覈称赞说:"莹涉学既博,文章尤妙,同僚之中,莹为冠首。"(《上疏请召还薛莹》)又当时舆论亦称:"薛莹最是国士之第一。"(陆喜《西州清论·较论格品篇》引)

〔5〕 《建兴六年上言》一文,有论者以为非诸葛亮所作。《蜀志》本传裴注引《汉晋春秋》谓:"此表亮集所无,出张俨《默记》。"徐按:张俨为三国时吴人,生年不详,卒于晋泰始二年(266),与诸葛亮颇近,仅相差二十年左右,基本为同时人;而当时吴蜀同盟修好,俨为吴国侍中,无由擅自伪造对方丞相文书,引起不必要外交矛盾事端。且此表文笔,皆体诸葛亮声气,他人伪造,谈何容易!以故假托可能不大。且《默记》之书,据《通志》作"嘿记",其书亦可能以记载钞录他人文章为主,有资料备存性质。若是,则此表文即"出"于《默记》,亦无妨其作者为诸葛亮矣。

〔6〕 《梁甫吟》歌辞为:"步出齐城门,遥望荡阴里。里中有三墓,累累正相似。问是谁家墓?田疆古冶子。力能排南山,文能绝地纪。一朝被谗言,二桃杀三士。谁能为此谋?国相齐晏子。"《乐府诗集》解题引《古今乐录》曰:"……谢希逸《琴论》曰:'诸葛亮作《梁甫吟》。《陈武别传》曰:'武常骑驴牧羊,诸家牧竖十数人,或有知歌谣者,武遂学《泰山梁甫吟》、《幽州马客吟》及《行路难》之属。'《蜀志》曰:'诸葛亮好为《梁甫吟》,然则不起于亮矣!'李勉《琴说》曰:'《梁甫吟》,曾子撰。'《琴操》曰:'曾子耕泰山之下,天雨雪冻,旬月

不得归,思其父母,作《梁山歌》。蔡邕《琴颂》曰:'梁甫悲吟,周公越裳。'"郭茂倩曰:"按:梁甫,山名,在泰山下;《梁甫吟》,盖言人死葬此山,亦葬歌也。又有《泰山梁甫吟》,与此颇同。"徐按:据以上所引材料,可知《梁甫吟》为乐府古曲,古已有之。"曾子作"之说未必可靠,然蔡邕已有"梁甫悲吟"之言,邕所指,当即今所见《梁甫吟》,因歌辞颇符合"悲吟"特点。此歌正是"葬歌也"。蔡邕既已见此《梁甫吟》,则此歌非诸葛亮所作甚明。所谓"诸葛亮作"之说,实始于谢希逸即谢庄。谢庄为刘宋时人,郭茂倩从其说,遂亦致误。谢氏致误原因,大抵与误读《蜀志》有关。《蜀志》曰:"诸葛亮好为《梁甫吟》。""好为"之"为",乃吟咏或演奏之义,非创作也。"好为"言常为,屡为,多为;如指创作,则"好为"结果应有许多作品。若阮籍可谓之"好为"(创作)《咏怀诗》,因其《咏怀诗》有八十馀首。而《梁甫吟》仅此一篇,固不得释"好为"为创作。对此,释智匠早已言之甚明,其云:"《蜀志》曰:'诸葛亮好为《梁甫吟》。'然则不起于亮矣!"《梁甫吟》"不起于亮",盖古辞也。余冠英先生曰:"古曲《泰山梁甫吟》分为《泰山吟》和《梁甫吟》二曲,都是葬歌。这篇是齐地土风(曾被误会是诸葛亮所作),记述'二桃杀三士'故事。"(《汉魏六朝诗选》)其说最为合理,可作定论。

〔7〕　蒲元其人,为诸葛亮丞相西曹掾,今存所撰《与丞相诸葛亮牒》:"元等辄率雅意,作一木牛,廉仰双环,人行六尺,牛行四步,人载一岁之粮也。"(《北堂书钞》卷六十八)观此可知,蒲元为木牛流马制作者之一。

第 二 编

西 晋 文 学

第一章　西晋文学概说

第一节　西晋社会文化与文学

西晋一朝,社会政治文化环境总体比较宽松。基本原因在于,司马氏集团在魏末正始之后十五年间,通过多次血腥杀戮,已经将忠于曹氏皇室势力消灭几尽,晋室"三祖"——司马懿、司马师、司马昭,先后相继,为西晋政权的建立扫清了障碍,以致司马炎(晋武帝)在泰始元年受禅登极十分顺利。由于内部已不存在明显异己势力,而外部的两大敌对集团,蜀汉政权已于景元四年(263)被消灭,孙吴政权虽在江东苟存,亦因孙皓暴虐,君臣离携,日见衰败。所以西晋甫建立,政权即显得颇稳固,统治者没有采取任何严厉的政治镇压措施,朝廷里显出一派雍熙辑睦气象,政策上也表现出宽松大度的倾向。这是客观历史情势所致。从最高统治者个人性格作风方面说,司马炎也与他的父祖们有所不同,他少有那种阴险忌刻狠毒残忍品性,而是表现出相当的宽宏纵任和豁达大度,作为一代开国君主,在位二十六年间,他没有杀过一名臣下,连一般的惩罚治罪也很少,这在中国皇权时代全部历史上亦称稀见。他容忍对自己的批评,甚至

犯颜极谏,而不加责罚。他登极次年,即下诏谓:

> 凡关言于人主,人臣之所至难。而人主若不能虚心听纳,自
> 古忠臣直士之所慷慨,至使杜口结舌。每念于此,未尝不叹息
> 也。故前诏敢有直言,勿有所距,庶几得以发阊补过,获保高位。
> 苟言有偏善,情在忠益,虽文辞有谬误,言语有失得,皆当旷然恕
> 之。古人犹不拒诽谤,况皆善意在可采录乎!近者孔毳、綦毋鮭
> 皆案以轻慢之罪,所以皆原,欲使四海知区区之朝,无讳言之
> 忌也。

——《晋书·傅玄传》

"无讳言之忌",司马炎大体上是做到了的。如傅玄这样"天性峻
急"、"陈事切直"的大臣,虽有冒犯,也"常见优容"(《晋书》本传)。
又如郭翼上疏陈五事,言甚切直,不仅不予罪谴,反擢其官。右将军
皇甫陶在议事时与司马炎当面激烈争论,散骑常侍郑徽表请治其罪,
司马炎却说:"谠言謇谔,所望于左右也。人主常以阿媚为患,岂以
争臣为损哉?徽越职妄奏,岂朕之意!"(《晋书·武帝纪》)反将郑徽
免官。司马炎甚至对妖妄大逆不道的人也予宽宥,西平人鞠路,伐登
闻鼓,言多妖谤,有司奏弃市,他却说"朕之过也",舍而不问。对于
前曹魏王室后裔,他也一反传统做法,不加禁锢。司马昭杀了嵇康,
司马炎则擢用其子嵇绍,当山涛荐嵇绍为秘书郎时,他不但不反对,
还说:"如卿所言,乃堪为丞,何但郎也!"后升任太守、刺史、侍中等
要职。司马炎宽厚的为政作风,古代就有人注意到,唐代房玄龄等评
论说:

> 帝宇量宏厚,造次必于仁恕,容纳谠正,未尝失色于人,明达

善谋,能断大事,故得抚宁万国,绥静四方。承魏氏奢侈刻弊之后,百姓思古之遗风,乃厉以恭俭,敦以寡欲。有司尝奏御牛青丝纼断,诏以青麻代之。临朝宽裕,法度有恒。高阳许允既为文帝所杀,允子奇为太常丞。帝将有事于太庙,朝议以奇受害之门,不欲接近左右,请出为长史。帝乃追述允凤望,称奇之才,擢为祀部郎,时论称其夷旷。

——《晋书·武帝纪》

这一节既有概括又有例证的评述,符合历史实际状况。司马炎的确有着"弘厚"、"仁恕"、"宽裕"、"夷旷"的性格作风。

此种性格作风的"恩泽"同样也施于文化学术领域。司马炎崇尚儒术。他认识到经过董仲舒改造后的儒术,乃是一种最切近当时社会需要的统治术,不能不加尊崇;是故他曾多次下诏倡导儒学儒教,"……敦喻五教,劝务农功,勉励学者,思勤正典,无为百家庸末,致远必泥"(《泰始四年诏》)。他还采取扩建太学、封崇孔子后裔等措施,意欲兴复儒学。由于朝廷的尊崇提倡,儒学在西晋仍居于官学地位,在中国经学史上占有不可忽视的一页。不过司马炎在崇尚儒术的同时,却没有学汉武帝那样"罢黜百家"。他的宽容政策,使得儒学之外的文化,也得到生存发展的馀地。司马炎完成了政治上的大一统,而没有推行文化上的大一统,这件事在整个中国历史上亦为稀见之例。这在很大程度上决定了西晋一代文化生态状况及其性质。司马炎以后,惠帝不慧,"不堪政事",而贾后愚昧,唯知弄权,擅作威福,奢靡淫乱,以致"纲纪大坏"(《晋书》本纪),随之宗室构祸,天下大乱。怀帝虽"专玩经史,有誉于时",但世事迍邅,在位七年,内乱外患,国无宁日。愍帝年少,又值永嘉之乱,天下分崩,朝廷播越,君道窘迫,终罹杀辱。以故文化学术领域完全无章可循,处于放任自流状态。后期永康元年(300)之后，文士在战乱中被害者相当多，可以说"名士少有全者"；肉体上无端被消灭，无论如何是人生之大痛，也是文化学术之大患。

要之西晋一代，文化学术的总体状况，为优劣互见。然而就来自统治者方面的干预或影响较小。不妨说，西晋的文化学术环境始终比较宽松。西晋文化在此环境中遂一定程度上得以自由发展，而结果就是多元化局面的出现。具体言之，就是各种思想倾向的文士得以随心所欲地写作，披露各自对人生的理解和志尚、欲望，表现各自的文化艺术爱好和趣味。而各种文化派别和思潮，也在当时表现出互相竞争态势，尤其是长期以来居于正统地位的儒学，与以道家思想为核心的玄学，此两大家派在西晋一朝形成双峰并峙局面，既各成门户，又相互影响，事实上在西晋文士中形成了两大派别，一派为儒者，一派为玄学家。

儒学既为官方文化，受统治者正面提倡，所以仍占据显要地位。儒家经学在西晋虽不为多数文士所重，而且后期迭经战乱，颇有荒废，总体上还得以承传，不致中绝。西晋一代经学，以王肃为宗。这是由于王肃是司马炎外祖父，故所传《书》、《诗》、《论语》、《三礼》、《左传》，以及其父王朗所撰《易传》，皆得立为学官，影响较大。总的说，西晋经学虽不能与汉代比拟，但馀绪尚存。然而西晋儒学的素质却不高，更不纯。从经学方面看，西晋学风已不同于汉代，一是对家法的重视程度已大大减小，混淆今古文的现象很普遍，王肃本人就已带头不遵家派；他兼习今古文，此点与郑玄类似，然而他为自立家派，专与郑玄相辩驳；当时一些经学家如孔晁、孙毓等，多申王驳郑。但也有儒者如孙炎、马昭等反其道而行之，专门宗郑攻王，显示出经学领域内颇为紊乱，难有一致意见。二是治学颇不严谨，如作注多取前人之说而没其姓名，甚有窃文之嫌，至少使后人不知其学说来源，郭璞注《尔雅》即其例；更有甚者作伪风气流行，沽名钓誉，贻害学术，除造作伪"孔传"之外，尚有《孔丛子》、《孔子家语》等伪书流传。此种现象，自整个学术史角度说，也是一种衰败趋势。

从一般士大夫服膺儒术名教礼法情况看，"纯儒"固然亦有，但为数不多，只有一些带有迂腐色彩的文士，真正谨守儒家文行忠信"四教"，以正统儒者自任。如褚陶："不好弄清谈，闲默以坟典自娱，语所亲曰：'圣贤备在黄卷中，舍此何求？'"（《世说新语·赏誉》注引《褚氏家传》）又如崔游："儒术甄明，恬靖谦退，自少及长，口未尝语及财利。"（《晋书》本传）正统儒者而为高官者有王祥、羊祜等少数人。王祥为著名孝子，其"卧冰"事入"二十四孝"，曾为曹魏高贵乡公之师，入晋为太保，为官清正，临终遗令子孙，戒以信、德、孝、悌、让，"此五者，立身之本"（《晋书》本传）。羊祜亦著名孝子，"立身清俭"，"家无馀财"，"以道素自居，恂恂若儒者"（《晋书》本传），后为征南大将军。文士而兼正统儒者，首推傅玄。司马炎初即位，他即上疏抨击秦朝"灭先王之制，以法术相御，而义心亡矣"，又对曹操"好法术"，曹丕"慕通达"颇表异议。他正面提出："夫儒学者，王教之首也。尊其道，贵其业，重其选，犹恐化之不崇；忽而不以为急，臣惧日有陵迟而不觉也。"当即得到司马炎肯定。对于傅玄的著作《傅子》，王沈曾评为"经纶政体，存重儒教，足以塞杨、墨之流遁，齐孙、孟于往代"（《晋书·傅玄传》）。傅咸亦颇有父风，弘扬儒术，风格凝峻。张华虽有污点，总体上尚称清正，也可归入此类。以上为正统儒者，或曰"君子儒"。而当时更多的是以礼法名教为标榜，行为则贪冒污秽，不称其德者。此是儒者之变种，或曰"小人儒"。在西晋朝廷及整个士大夫阶层中，此种秽德薄行儒者竟占多数。如何曾以孝闻，且倡言"以孝治天下"，廷责阮籍为"纵情背礼败俗之人"，向司马昭建议放逐阮籍，"无令污染华夏"，俨然卫道者面目。然而何曾却是司马氏篡魏的重要党羽，有"孝"行而亏于"忠"德。又他在家虽甚讲礼，甚至年老之后，与妻相见还要按照礼法正衣冠，南北相向，再拜上酒酬酢；但这些都颇有做作意味，因他实际生活作风颇奢靡，"性豪奢，务在华侈。帏帐车服，穷极绮丽；厨膳滋味，过于王者"，"食日万钱，犹曰'无下箸处'"（《晋书》本传）。为官外宽内忌，又阿附贾充，颇为正直士人所非，死后礼官议谥号，博士秦秀主张谥为"缪丑"，只是武帝不从，才改谥曰"孝"。再如荀颛，当时与何曾齐名，傅玄竟也撰论称何、荀为"孝子"、"仁人"，说："古称曾、闵，今曰荀、何。内尽其心以事其亲，外崇礼让以接天下。孝子，百世之宗；仁人，天下之命。有能行孝之道，君子之仪表也。"（《晋书·何曾传》）然而荀颛也是政治上无行之徒，他不但也是司马昭行篡逆杀戮罪恶勾当的重要帮凶，而且入晋后，也"无质直之操，唯阿意苟合于荀勖、贾充之间"（《晋书》本传）。他最受人非议的就是故意向司马炎推荐贾充之女南风为太子妃，说贾女"姿德淑茂"。此女即惠帝贾后，是西晋覆亡的祸首。又荀勖亦晋时名儒，博学多闻，曾修乐律，并撰次汲郡竹书，而他也是著名奸佞大臣之一，贾充女得纳为太子妃，他与有力焉。他将一"丑而短黑"的贾南风说成"才色绝世，若纳东宫，必能辅佐君子，有《关雎》后妃之德"（《晋书》本传）。因此也受正人君子所疾，而获"佞媚"之讥。要之西晋一朝儒者，笃行体道者少，而德行堕落者多，一如阮籍所深恶痛疾的"礼法之士"那样，风气败坏，伪饰成习，影响儒学的素质及整个社会道德状貌。

玄学的兴盛，在西晋文化学术领域是最令人瞩目的现象。玄学发轫于曹魏后期，由王、何、嵇、阮等奠定基础。由于政治原因，何、嵇都被司马氏所杀，阮、王也颇受站在司马氏立场上的礼法之士攻击，所以他们都是司马氏集团的敌对势力。然而或许是一种逆反心理在起作用，他们的学说极受西晋士子宗奉，甚至他们的行止作风包括一些怪僻表现也备受仰慕、仿效，成为"名士"风神的构成部分。于是以"贵无"为宗旨，以"自然"相标榜的玄学，在西晋大盛。西晋前期玄学的主要人物有向秀、裴楷、王戎、乐广等，其中裴、王、乐皆朝廷要员，历任尚书令等职；后期玄学人物主要有王衍、卫玠、阮修、王澄、王敦、谢鲲、郭象、庾敳、胡毋辅之、光逸等，其中尤其是王衍，身为宰辅，位望极高，影响也极大，煽起玄风，最为得力。西晋玄学，在素质上也渐有变化，主要是它不再如魏末的嵇康、阮籍那样强调自然与名教的对立，突出其对现实的批判性格，而是在"名教即自然"的口号下，表现出适应现实、委运任化的态度。因此西晋玄学虽然兴盛，但在文化性质上却显得甚为平庸，无多创意，在思想史上贡献不大。如果说曹魏后期玄学是一种新兴的哲学思潮，那么西晋玄学主要只是一种沿袭的文化行为方式和士大夫的时髦风气。于是我们可以看到，西晋玄学家们不像魏末玄学家那样努力从事学术探讨和理论著作，而是以主要精力来展示自己的辩论才能技巧和高旷放达风神。魏末玄学家和西晋玄学家都好"谈玄"（或"玄言"），二者形式上先后相承袭，实质含义上则差别明显：魏末玄学家谈玄重在辨析"玄"；西晋玄学家则偏于表现"谈"，通过谈玄表现名士风采。如裴楷、王戎、乐广，皆善清言谈论，名著士流，有时誉曰："裴楷清通，王戎简要。"（锺会语）而裴楷更推服乐广，尝引广共谈，自夕申旦，雅相钦挹，叹曰："我所不如也。"然而究其思想学识，则并无发明创获。可见其名声只在于善"谈"而已。西晋玄学家能谈不能写者颇多，[1] 表明他们的谈玄，学术性质已趋淡薄。

　　西晋玄学在思想方面无多发明，但在任达作风上则颇有发展。为显示高旷放达风神，有不少奇特怪僻荒诞行为发生，任达变成了纵诞。生活上的放纵与道德上的放纵相表里，构成西晋玄学名士的特征。在这一点上，玄学家与儒者的表现正相合拍。西晋体道笃行的玄学家亦有，但纵诞无行检者更多。政治上无行如王衍，他"不治经史，唯以庄、老虚谈惑众"（《文选·晋纪总论》注引王隐《晋书》），在官不论世事，唯雅谈玄虚，坐拥高名，倾动当世，世号"口中雌黄"，又号"一世龙门"。然而他表面矜高，实际上颇无德行，为保自身苟免，曾背叛愍怀太子，为此事被奏终身禁锢；后居宰辅之重，又不以经国为念，而思自全之计，学狡兔"三窟"，为识者所鄙；后被石勒所俘，欲求自免，竟劝勒称尊号，反被石勒所杀。此外如王戎、王敦等，政治道德皆不佳。至于日常行为方面的放荡任诞，则多数玄学家所不免，不少人甚至寡廉鲜耻，颇有恶行。如王戎性好利，聚敛钱财，不知纪极，每与妻执象牙筹，昼夜算计家资，恒若不足；而又吝啬，人谓之有"膏肓之疾"；又钻自家李核然后出售，以防他人得良种，被传为笑谈。王澄、胡毋辅之等"八达"，学竹林七贤，放浪形骸，日夜饮酒，或至裸体；谢鲲调戏邻家女，被投梭折二齿，时人嘲曰："任达不已，幼舆（鲲字幼舆）折齿。"鲲闻之，竟傲然说："犹不废我啸歌！"诸如此类"任诞"故事，花样繁多，层出不穷。而其纵欲的倾向，则与薄行儒者在伯仲之间。

儒学玄学之外，西晋文化的另一景观就是佛教这种外来文化，也藉着放任夷旷的文化大环境，在西晋得以迅速传播开来。佛教早在东汉传入东土，但西晋时期却是佛教来华扎根的关键时期。西晋时西来胡僧甚夥，有于法兰、支孝龙、竺叔兰、竺法护、支谦、康僧会、康僧渊等名僧。晋武帝登极的次年（太始二年）十一月八日，竺法护在长安白马寺口出《须真天子经》，嗣后又接连翻译或口传佛教诸经，包括《修行道地经》、《不转退法轮经》、《持心经》、《正法华经》、《般若经》、《菩萨十住经》、《首楞经》、《维摩诘经》等，授徒甚众，他既通晓天竺、西域诸国语文，又精于华言，对西晋一代士风影响不小。一个重要的新现象是，西晋开始有中土僧人。第一位华僧即帛法祖，本姓万,河内人,少发道心,出家削发,研习佛经,妙寻几微,后名声甚高,在长安建寺讲经,僧俗听众几千人。河间王司马颙任征西大将军,镇关中,敬事帛法祖,待以师友礼。每至闲晨静夜,辄讲谈道德,而府中俊乂文士甚多,皆颇推服。《洛阳伽蓝记》序载晋时洛阳有佛寺四十二所,香火繁盛。朝廷官府对佛教以礼相待,听其蔓衍渐广。自此以后,中土僧人渐多,而上至王公大人,下至平民百姓,与沙门濡染交往成风。又由于魏晋间玄学方兴,而佛家倡省欲去奢、清静自持,颇合于老庄思想,所以凭此思想上的亲近感,佛教与玄学互通声气,彼此援应,成为同道。西晋玄学领袖之一乐广为河南尹,与竺叔兰邂逅成交。支孝龙则与当时名士王澄、阮瞻、庾敳、谢鲲等交友。[2]名僧与名士过从甚密,而且颇涉于名理清谈,如支孝龙为自己放达行为辩护说:"抱一以逍遥,唯寂以致诚。剪发毁容,改服变形,彼谓我辱,我弃彼荣。故无心于贵而愈贵,无心于足而愈足矣。"(《高僧传》卷四)这里混一佛道,出以玄说,与玄学家无异。在当时名士心目中,沙门与己并无暌隔,而彼此相契。后来孙绰作《道贤论》以天竺七僧比拟竹林七贤。[3]如此,沙门与文士之间的交往呈经常化和密切化,通过这种交往,一些沙门名士化,另一方面,佛学思想也开始渗入当时的玄学潮流中。虽然在文学写作特别是诗歌写作中一时尚无佛学思想的明显表征,但佛教已成为当时重要的社会性文化因素,这是不争之事实。

佛教以外,还有道教。作为宗教的道教,发轫于东汉,当时势力最大的教派"太平道",为黄巾军所宗奉。黄巾军被镇压后,另一教派"五斗米道"在汉中发展,随着张鲁归降曹操,其教迁徙中原,流向全国。魏晋统治者禁止民间淫祀,因为它易于蛊惑群众,对维护统治秩序不利。是故曹操、曹丕、司马炎都曾明令禁绝。五斗米道在此种形势下继续存在,表明其生命力很强。但组织渐趋涣散,大规模的宗教活动几于不可能,主要以家族或个人师承传授方式流布。而在江南地区,因汉末有不少道众徙转来此,孙权等对道士颇予尊重,所以道教势力反而超过中原。在孙吴、西晋时期,江南道教至少可寻绎出一条传承线索:左慈—葛玄—郑隐—葛洪,对此《抱朴子》内篇《金丹》有所叙述。在西晋,文士受道教影响尚不十分明显,在诗赋中的表现还不多。但应当指出,西晋文士对仙道思想的兴趣是相当强烈的,不少文士作有游仙诗,从张华、成公绥、何劭、陆机,直到张协等皆有。文士的仙道志趣,当然是继承了汉魏以来游仙诗的传统,不一定与当时道教有直接关系,但客观上它与道教在精神取向上相一致。至于道教文化渗入文学,此时已处在酝酿阶段,西晋末以葛洪为肇端,道教便与文学创作发生直接瓜葛,开始成为影响中国文学的宗教因素之一。

儒、道、佛三者鼎立局面,在古代史上以西晋为滥觞。不过就文化影响力而言,当时三者并不平衡,儒、道影响无疑要大得多,其中以道家思想为核心的玄学,影响尤大。士大夫各投所好,形成西晋士人文化思想学术上的多元化局面。这是在宽松夷旷的大背景下形成的西晋文化基本特点。西晋文化的可取在于斯,缺失亦在于斯。

西晋文士继承了曹魏后期文士的某些精神,创造出了在中国历史上甚为特别的文化现象。西晋文化从品格上说,显然不同于独尊儒术的两汉。从《世说新语》一书中描写的西晋文士看,他们在儒家传统修养科目"德行"、"言语"、"政事"、"文学"方面的表现无多建树,在这些品目上成为主角的是陈蕃、李膺、郭泰、陈寔、荀巨伯、边让、孔融、管宁、华歆等汉末清流儒生中的头面人物,西晋人士仅有一位王祥因事母至孝堪预其列,其馀虽亦有列名其中者如王戎等,但其事迹颇显勉强,不成类比,而在带有汉末以下名士清议色彩的品目"方正"、"雅量"、"识鉴"、"赏誉"、"品藻"、"豪爽"、"容止"这些方面的表现就稍为出色些。西晋文士表现最多的是在以下这些品目中:"伤逝"、"栖逸"、"术解"、"巧艺"、"任诞"、"简傲"、"排调"、"轻诋"、"假谲"、"俭啬"、"汰侈"、"忿狷"、"尤悔"、"纰漏"、"惑溺"、"仇隙"等。这些品目为传统儒教所不取,但在魏晋士人那里却得到极大发展,成为他们展示个人品性及"风神"的重要方面。这些品行,自传统道德观念出发来衡量,它们有的应视为丑恶品行,但在西晋却可以公然大行其道,为不少士大夫当作正面品格加以标榜或炫示。西晋士风中传统道德观念的淡薄,实令人惊奇不置。就是在这种美丑杂糅,正反莫辨的风习中,发展出了西晋一朝多元化的文化。这种文化乃是对于传统思想行为规范的超越;它就如道家文化一样,在一定程度上具有破坏传统道德规范的含义,对传统正统道德文化精神来说,无疑具有叛逆意义。所以西晋文化精神中有着反传统的素质,此点是其值得重视之处。不过道家文化精神,本来就缺乏正面建设性质,而且如前所说,西晋玄学的批判精神已大大不如魏末,所以其反传统的意义也很有限。

西晋文化的缺失,主要是缺乏崇高精神。西晋文士精神境界卑下,甚为普遍。其原因主要有两方面,首先司马氏政权自阴谋篡夺和残酷杀戮中产生,因此从一开始便缺乏传统道德正义,带有先天的丑恶性。这就使得正直文士很难从传统伦理纲常角度去认同司马氏政权,对它寄予政治上的神圣信仰,并激发出自身的崇高感情。而晋武帝司马炎,虽然性格宽和,作风与其父祖大异,但他缺乏正面的道德原则和政治理想,他对于戚属臣下,也过于放任纵容。在他的纵任态度下,西晋初朝廷上下弥漫的,不是为新政权效力、建立功业的积极向上的清新气氛,而是贵戚大臣及其子弟们贪冒权势,炫耀财富,物欲横流,腐败奢靡等等恶浊风气。在此社会风气中,不能独独要求文士们怀有崇高圣洁精神境界。其次便是宽容纵任的文化环境,使之在相当程度上丧失社会道德规范,以致出现善恶莫辨、是非不分的趋势。相当多文士一旦置身宽松环境中,便失却自我规制能力,出现自我放纵倾向,趋骛异端,思想偏颇,行为乖张,道德观念淡薄,社会责任感减少,追逐个人私欲,生活作风放荡,甚至出现道德沦丧、精神崩溃现象。西晋文士无论宗奉儒术或浸润玄学,多数道德意识淡薄,作风浮华,缺乏社会责任感。与建安文士相比,西晋文士追求"三不朽"风气十分淡薄,因此对于立德、立功、立言方面也少有要求。如前所述,西晋一朝的薄行儒者及薄行玄学家甚多,他们所体现的丑恶堕落品性,代表了西晋文化精神的消极方面。对于西晋众多文士精神境界低下种种表现,论者多所分析指摘,作出一定的道德评判,是正确的。

西晋仅维持了三十馀年太平时光,便陷入八王之乱、"五胡"乱华的泥潭中,直至灭亡。这是个速盛又骤衰的王朝。

与社会历史情状大体相对应,西晋文学大略亦可区分为前后两大时期。前期为晋武帝在世的泰始、咸宁、太康年间,以及惠帝元康年间(265—299),后期为惠帝永康之后及怀帝、愍帝年间(300—316),前期较长,后期稍短。前一时期内,西晋由建立政权(代魏称帝)到统一全国(灭吴),并经历了约二十年巩固稳定阶段。总之这是西晋的开国时期。但此时期文学,却并未呈现出如一般新政权成立之初所常见的那种盛世性格。同为政权初建时期文学,与建安文学相比较,太康文学的素质中明显缺乏健康向上的活力和激情。文士们追求功名利益虽颇热衷,但趋利忘义,作风浮华;或耽于逸乐,肆于物欲,而在写作中则多崇尚绮丽,崇尚繁缛,追求技巧,炫耀词采,同时,对于古代文学的从内容到形式的模仿,蔚成风气。西晋是中国古代文学史上模拟风气最盛时期之一。虽然间或亦有作者的某些自我表露和寄托,但其思想的贫乏,感情的平庸,总体上说无处不在。

文学缺乏盛世性格,直接种因于西晋社会文化精神品格低下。社会正气既已不旺,何来作者的崇高精神与激情活力?

西晋前期重要文学家,有张华、傅玄、傅咸、成公绥、夏侯湛、陈寿、荀勖、何劭、李密、束皙等,诸人大部分年事稍长,又多儒者风概。其中张华、成公绥等颇尚绮丽,已开西晋一代文学风气之先。不过此时尚有重质轻文作者,傅氏父子即是,然而其文学成就有限,当时影响亦小。诸人中以文章气韵骨力论,则推夏侯湛最为强劲,其诗文不尚华丽,表现桀骜不驯性格,颇不同于流俗。此外又有一批文士年资稍浅,活动时期稍晚者,是为西晋中期一批文学人物,包括潘岳、陆机、陆云、左思、石崇、欧阳建、刘琨、挚虞等。他们一方面才气喷薄,一方面又作风浮华,一时形成颇为兴旺热闹的文学景象。锺嵘形容当时文学状况谓:"太康中,三张、二陆、两潘、一左,勃尔复兴,踵武前王,风流未沫,亦文章之中兴也。"(《诗品·总论》)这一批人物,多数是"二十四友"成员,此一以贾谧为核心,以石崇、潘岳为首的文士集团,贵游浮华性质浓厚,他们的写作面颇广,作品量亦甚多,但以绮靡繁缛相尚,且多模拟之作,尤其是潘岳、陆机二人,是西晋主流文风的代表者。"二十四友"个别成员如左思,其诗颇具骨力,然而所撰《三都赋》,又为西晋辞赋繁缛之冠也。

西晋后一阶段,社会形势急转直下,自元康末赵王伦篡位起,全国卷入又一场旷日持久的激烈混战之中。众多文士也不由自主地被卷入,个人生活道路完全被打乱,不少人在乱局中横遭祸难,甚至性命不保。在八王之乱及"五胡乱华"中先后被杀害的文士极多,著名文士被害人数,在整个中国文学史上,西晋实居其首。亦有文士见形势危殆,主动抽身远避乡里的,如张翰、张协等。由此整个文坛形势也急转直下,由前阶段的繁盛,转为后阶段的衰落。文士死者既多,写作自无兴盛之理。唯有少数几位全身远害者,在那里咏唱人生世道,而其情调悲凉萧瑟，已是末世之音，所谓"亡国之音哀以思"是也。其时作者，面对严酷社会，产生幻灭心理，出世之志陡增，以玄言入诗，遂成风气。锺嵘谓："永嘉时，贵黄、老，稍尚虚谈，于时篇什，理过其辞，淡乎寡味。"（《诗品·总论》）主要作者有张翰、曹摅、枣腆等。西晋末文士中，有少数几位领受了现实的严酷打击和教训，终于对于战乱及其严重后果表示关心，并产生若干诗文作品，如张协《杂诗》中某些篇章即是，它们成为西晋一朝少有的面向现实，面向人生的文学。此外西晋末战乱和社会大破坏，也造就了个别英雄式人物，此即刘琨。生活际遇使他自元康中"二十四友"之一员，转变成欲挽狂澜于既倒、孤军奋战于幽并一带的壮烈斗士，此时他的诗文中亦充满凄凉与孤独情绪，然于兴亡悲慨之中，有沉着雄豪底气贯串其中，不失其雄健本色。要之西晋后期文风大变，然而时间稍短，作家亦少，内容固有所充实，而文采则颇不如前期潘、陆等人，以故影响较小，未能成为西晋主流文风。

关于西晋文学的总体状况，刘勰评论说：

> 逮晋宣始基，景、文克构，并迹沉儒雅，而务深方术。至武帝维新，承平受命，而胶序篇章，弗简皇虑。降及怀、愍，缀旒而已。然晋虽不文，人才实盛：茂先摇笔而散珠，太冲动墨而横锦；岳、湛曜联璧之华，机、云标二俊之采；应、傅、三张之徒，孙、挚、成公之属，并结藻清音，流韵绮靡。前史以为运涉季世，人未尽才，诚哉斯谈，可为叹息！
>
> ——《文心雕龙·时序》

刘勰所论颇为深刻确切，堪为理解西晋一朝文学纲领。首先，西晋最高统治者本人不具文才，对文学事业亦不甚重视。司马懿父子并无任何政治理想可言,对文学事业从未关心过。晋皇朝建立之后,司马炎虽性格宽弘,不似他父祖那般阴险可怖,但同样缺乏历史使命感和才气。至于惠帝不慧,更不必言。总之,西晋最高统治者,皆与文学不相涉。此点与曹魏"三祖"不能并比。尤其是曹操,不但雄才大略,而且怀有"对酒歌,太平时,吏不呼门,王者贤且明,宰相股肱皆忠良,咸礼让,民无所争讼"(《对酒》)这种理想化社会目标,有在《薤露》、《蒿里》等诗中表露的悲天悯人感情,有"老骥伏枥,志在千里;烈士暮年,壮心不已"这种崇高的救世精神,正是这些崇高精神和浪漫气质,激励并支持着建安文士们的积极用世精神,遂有建安文学的慷慨气质。而西晋统治者们既未曾作出任何理论性的提倡或引导,亦无可能在文学写作上率先垂范;而他们的精神状态也不足以对文学发生任何正面的积极影响,这就是"胶序篇章,弗简皇虑"的基本含义。要之西晋文学基本处于放任自流状态。放任自流的结果,一方面形成在内容和形式上各遂其志的"多元化"局面,另一方面也使得当时诸多文士在无序发展下呈现追逐私欲甚至道德沦丧的趋势,影响文学的基本素质和格调。

其次,"晋虽不文,人才实盛",前句盖指西晋文化政策及事业整体状态"不文",已如上述;后句则谓当时文士人数颇多,且富才华。然而西晋"人未尽才",此指西晋拥有一批天才秀出文士,而未能创造出第一流优秀作品,此现象确实堪叹。至于"人未尽才"原因,刘勰持"运涉季世"说。"季世"含义,应当包括两方面。一为西晋实速盛骤衰朝代,全国实现大一统后仅三十年,即又陷入大战乱之中,文士尚未自统一局面中充分领略到"盛世"气象,便突然面临灭顶之灾。在灾祸中文士所受打击极大,所有人不得不逃亡流离,其中有一大部分竟肉体被消灭,此非"季世"而何? 二为西晋一代,士风浮华浇薄,文风"力弱""采缛",如此文化环境中,殊难产生内容深厚、气魄宏大、精神崇高、辞采瑰丽的伟大作品,亦难涌现人格高尚、文品超卓的伟大作家。正是在这样的"季世"中,文士们"人未尽才"。

第二节 西晋文学精神特色

西晋文学精神的第一个特点,是传统政教精神的弱化、淡化。中国古代文学向来重视政教内涵。以孔子"思无邪"、"兴、观、群、怨"及"事父"、"事君"等说为依据的儒家政教主张,通过对《诗经》等经典的传授、诠释,在先秦时期已经广泛流布;西汉儒术得以独尊,政教精神便被奠定为文学思想之基石:"先王以是经夫妇,成孝敬,厚人伦,美教化,移风俗。"(《毛诗序》)就是典型的政教文学理论。此外如关于乐府诗的"观风俗、知薄厚"(《汉书·艺文志·诗赋略》)的论述,关于辞赋的"诗人之赋丽以则,辞人之赋丽以淫"(扬雄《法言·吾子》)的观念,都显示政教精神的普遍被接受。汉代定型化的所谓"诗骚"或曰"风雅"传统,其实质即文学的政教传统。汉末建安时期,虽然儒学有所衰退,但在一代文士那里,儒家政教观念仍颇牢固,他们在文学思想和创作中,仍坚持政教精神不懈。无论是曹丕、曹植、杨修、吴质、徐干等人的文论著作,还是三曹七子的诗文写作,都贯穿着强烈的政治追求和功名心,文学与"经国之大业","不朽之盛事"紧相联系,即是其代表性观念。儒家政教在文学中的淡化,直到魏末正始以后才明显表现出来。此时道家老庄学说蔓延,以嵇康、阮籍为代表的魏末文士,出于微妙的社会或个人原因而对政治采取疏远规避态度,在诗文写作中贯彻"越名教而任自然"宗旨,文学中的政教传统为之一变。嵇康、阮籍以淡泊无为取代政教功名,是时势所迫下的无奈之举,是被动的。然而他们的做法却起到了开辟新传统的作用,西晋文士群起效尤,以他们为榜样,在宏大的玄学潮流中,将政教精神弃如敝屣。他们在宽松夷旷的文化环境中,把嵇、阮被迫的政教疏离变为自觉的政教淡化。

　　政教淡化,表现在文学理论上,就是不再强调文学的道德伦理教化作用和"经国之大业"功能,也不再将"三不朽"作为创作的基本动力和目标来对待,而是把注意力转向文学的技术性方面,或者文学的体裁问题上。前者以陆机《文赋》为代表,后者以挚虞《文章流别论》为代表。《文赋》是一篇文学写作专论,从作意的产生到构思的形成,从篇章的布置到字句的斟酌,详加论列,重心所在。至于文学的社会功能及政教意义,则在文末一笔带过,未予详论。《文章流别论》则以辨别诸体文章的发展源流及表现特征为主,政教功能也只是附带提及。此外如陆云与兄往复讨论文章书信,也集中在创作手法及技巧上,不涉其他。《文赋》、《文章流别论》等的这种倾向,与三国时期的《典论·论文》、《与杨德祖书》等文论著作大相径庭。《典论·论文》中虽也谈及各体文章的差异,说"此四科不同",又分析了建安七子各人的长短,但曹丕的主旨无疑在于强调"文章"能够"经国",并且使作者"不朽",其着眼点还在政教功能。《与杨德祖书》也谈了作者才情及著作之"病",但其重心无疑在于抒发"庶几戮力上国,流惠下民,建永世之业,流金石之功,岂徒以翰墨为勋绩,辞赋为君子哉"的志愿,仍然是政教思路。《文赋》、《文章流别论》从根本上将论述的重心颠倒过来,这是文论历史上的一个大转折。非政教主导的文学观,实际上是对中国正统文学观的一次背离;而文学观的改变,造成西晋文学事实上的转型,由政教主导型文学转变为非政教主导型的文学。西晋文学以及承其流风的东晋文学,还有影响所及的南朝文学,在中国历史上是唯一的非政教主导型文学,这一特点很值得关注并深入研究。

与文学理论改变方向的同时,在文学写作上也引发出相应的趋势。这里最重要的是文学写作的对象选取上对于时事政治社会内容的忽视,以及体现传统伦理道德观念的美刺评论精神的减弱。西晋作家们既然舍弃了文学"经国之大业,不朽之盛事"观念,他们自然也不会将笔触集中于时政方面,而通过文学写作来维护儒家传统名教礼法,亦非兴趣所在。以诗为例,西晋诗人对于国家、民族、社会、时政,似乎相当淡漠,在作品中很少写及,更不用说对社会政治实情的关怀和评论美刺。以当时最负盛名的诗人陆机为例,他自太康末(289)入洛阳,至太安末(303)被害,十四年间迭经朝政变故,包括杨骏之乱、贾后之乱、司马伦篡位、八王之乱等,时局可谓多艰,他又亲身参与卷入一系列重大事件,最后还死于诸王间的争战,然而令人惊异不置的是,在此时期的陆机诗赋中,竟无一字道及时局。不但陆机,同时期的其他文士如潘岳、挚虞等也大略如此,这与建安作家形成鲜明对照。其实西晋元康以后社会黑暗政局腐败战乱灾变,其时间之长,程度之烈,破坏之严重,丝毫不下于西周末厉王、幽王时期,以及汉末时期。而厉、幽时期曾经产生了《小雅·十月之交》、《大雅·雨无正》、《板》、《荡》等多篇关心国运、忧时愍乱之作;建安作家无论三曹七子,身历汉末大战乱,也都能关注现实,正视社会问题,写下多篇纪时事重大题材之作,如曹操《蒿里》、《薤露》,王粲《七哀》、《赠士孙文始》,曹植《送应氏诗》、《泰山梁甫行》等。这些作品都证明当时文士具有深沉的社会责任感,有的作品被誉为"诗史"。还可以将正始作家与西晋文士相比较。以嵇康、阮籍为代表的正始作家们,身居乱朝,又面临着严酷的政治压迫和文禁,所以他们没能写出西周末或汉末作家那样直陈胸臆、大胆记述时事评论时局的诗文,不过他们还有《幽愤诗》,还有《咏怀诗》,还有《与山巨源绝交书》;《咏怀诗》虽然"文多隐避,百代之下,难以情测"(《文选》李善注),但

"志在刺讥"（同上）是明确的。西晋作家身受乱局为害不在任何其他时期文士之下，一个明显的事实就是，西晋文士死于战乱的人数，[4]超过历史上任何其他时期。然而他们却极少有那种有深度的描写战乱现实的文学传世，甚至一般性地写及时政或战乱局势的诗文也很少见（除末期的几位作者如张协、刘琨等外）。西晋元康之后，朝廷滋乱过于魏末，而文禁网罟几乎不存在，但潘、陆等文士却连《咏怀诗》这样的刺时之作也极少，直令人咄咄称怪。这里的原因，当然不能说西晋文士全都麻木不仁，对社会时局毫无感受。西晋作家们尽管有的服膺庄老，土木形骸，超然物外（如张翰、张协），馀者也不同程度受玄学熏染，人生态度有放达的一面，但他们毕竟也都是普通人，难以摆脱世俗生活的羁绊，包括功名利禄的纠葛。事实上，西晋文士中有不少人，功名心并不淡薄，如张华、潘岳、陆机等，都是政治上的逐浪者。为了追求功名利益，他们不惜冒政治风险，甚至以生命作赌注。问题在于，西晋文士的功名追求，多不能与一定的社会理想相结合，更毋庸说对国家民族命运的关心和责任感了；他们的政治追逐，大多仅仅是个人权位利益的欲求表现。这与当时传统政教精神的被舍弃，文士政治道德理念的淡薄有直接关系。他们将政教精神中"文、行、忠、信"，"修身、齐家、治国、平天下"这些强调自我道德修养和承担社会责任的崇高的一面也放弃了。可以说，西晋文士蔑弃政教传统的任达精神，造成事实上的信仰危机和道德危机；他们缺乏追求"三不朽"（立德、立言、立功）的崇高感，缺乏"用之邦国"、"用之乡人"、"移风易俗"的使命感，缺乏"发乎情，止乎礼义"的道德感，总之缺乏道义，导致文学创作中上述状况的出现。

　　西晋文学精神的另一特点，在于对文学创作技巧问题和形式问题的重视。这是与前一特点相联系着的。陆机《文赋》研究创作论，挚虞《文章流别论》研究文体论，皆已昭示西晋文士在文学领域的兴趣所在。《文赋》第一节说"故作文赋,以述先士之盛藻,因论作文之利害所由,他日殆可谓曲尽其妙。"可知他对文学先辈,重视的是他们的手法藻采,他要着重研究探讨的,是创作成败的具体途径和原因。而他的正面观念和看法就是"其会意也尚巧,其遣言也贵妍","普辞条与文律,良余膺之所服",等等。这些都表明西晋一代文风的转变。沈约在论及汉魏诗风时指出,"自汉至魏,四百馀年,辞人才子,文体三变",但"源其飙流所始,莫不同祖风骚",肯定了汉魏文学尽管"三变",但都是在"风骚"所体现的政教传统范围内发展。接着沈约又说:"降及元康,潘、陆特秀,律异班、贾,体变曹、王,缛旨星稠,繁文绮合,缀平台之逸响,采南皮之高韵,遗风馀烈,事极江右。"(《宋书·谢灵运传论》)指出了西晋文学实际上已经脱逸出了"风骚"政教传统,而走上了与汉魏文学存在质的差异的"缛旨星稠,繁文绮合"的道路,也就是形式上繁缛化、技巧化的道路。须知陆机其人,还曾是一位"服膺儒术,非礼不动"(《晋书》本传)的人物,连他都如此忽略政教传统,其他文士情况更可想而知。

西晋文学繁缛化的表现,在诗、赋、文中皆有。以诗为例,文字的雕琢和堆砌成风,比比皆是。仍以陆机而言,他在这方面的倾向很明显。例如《挽歌诗》,汉魏以来同题之作多有,但写得一般都较简洁,如汉乐府中《蒿露》、《蒿里》皆挽歌,其辞皆仅四句。至陆机则逞其才力,大作挽歌诗,今存《挽歌诗》三首,外又有《庶人挽歌辞》、《王侯挽歌辞》等多篇,其《挽歌诗》详尽描述送殡过程,[5]极力渲染悲哀气氛,固然远胜于汉乐府古辞,但诗中也明显具有堆砌语词、铺张辞采现象,作者显然有藉此逞才使能的意图。唯因此,作为一篇诗歌来说,其感情的真实深沉、朴素感人,反不如措辞平常、四句成篇的乐府古辞。读此作品,不由得想起张华对陆机所作评论:"人之作文,患于不才,至子为文,乃患太多也。"(《世说新语·文学》注引《文章传》）所以此类作品的优势，就表现在辞采上，其情感内涵则不见长。陆机的诗文大率如此，而这也正是西晋诗文的普遍特点。孙绰评西晋文章说："潘文烂若披锦，无处不善；陆文若排沙简金，往往见宝。"（《世说新语·文学》）实际上指出潘的特色在于雕琢，陆的特色在于堆砌。诗文之外，赋本有"铺也"的表现特点，西晋文士遂在此领域，也殚精竭虑，大展才力，写下许多以铺张扬厉为能事的作品。举其著名者有潘岳的《藉田赋》、《西征赋》、《秋兴赋》、《寡妇赋》、《闲居赋》，陆机的《豪士赋》、《叹逝赋》、《文赋》等，这些作品并非毫无寄托，内容亦非略不可取，例如《豪士赋》就是陆机为讽刺齐王冏矜功自伐、受爵不让而作的，《闲居赋》中也表达了作者长期不得志的郁闷和愤慨，只是它们写得繁辞重采，往往溢没所写情事，是其缺憾。读这些作品，不免有"排沙简金"之感。论到西晋一代铺张堆砌的登峰造极之作，还应推左思《三都赋》。此赋"构思十年"（《晋书》本传）乃成，他以"训诂"之法作赋，于是写成篇幅空前的大赋，其中广为铺张，大事堆砌，固所不免。而赋成后，竟受到张华赞扬，谓"二'京'可三"（《世说新语·文学》），陆机亦不顾自己在《文赋》中曾说过"要辞达而理举，故无取乎冗长"的话，对左思大作表示"叹服"，以致"豪贵之家竞相传写，洛阳为之纸贵"（《晋书》本传）。可知当时风气所好如此，非一、二作者然。

　　技巧化现象亦很普遍。陆机《文赋》中所述有关创作过程中的许多"曲尽其妙"之处，在当时的作品中颇有表现。孙绰所谓"烂若披锦"，沈约所说"缛旨星稠，繁文绮合"，皆是此意。又刘勰于上引《文心雕龙·时序》论述西晋文学一节中所说"珠"、"锦"、"华"、"采"，"结藻清英，流韵绮靡"，皆谓其辞采技巧；而注重技巧风气的一个重要表现，就是大量模拟作品的产生。西晋文学中的模拟之风，以诗歌为甚。模拟诗歌之多，为西晋文学一大特殊景观。大部分重要作家,包括傅玄、傅咸、张华、夏侯湛、束皙、陆机、陆云、张载等,都在模拟方面下了功夫,且有作品传世。其中陆机今存模拟作品最多,包括拟乐府及拟古诗两大部分,其拟作虽云间有寄托,但总体上看以肖似古人为能事,从内容到形式概以模仿为目标。如拟乐府《苦寒行》、《短歌行》、《秋胡行》等皆仿曹操同题之作,《太山吟》、《梁甫吟》、《门有车马客行》等皆仿曹植同题之作,此外如《饮马长城窟行》、《塘上行》等皆有所本,从题材到立意不脱前人窠臼,并不是从本人生活感受中提炼而出。他的《拟行行重行行》等"拟古诗十九首"更是明显的拟作,是复制品,尽管手段高超,模仿得惟妙惟肖,终有技术性而少思想艺术性可言,即使有少数篇章似乎亦有作者的某种情绪纠结在内,也不能改变其模拟的基本性格。陆云同样也有不少模拟之作,他的《赠郑季曼诗》包括《谷风》、《鸣鹤》、《南衡》、《高冈》四篇,自题目到写法皆模仿"诗三百",如"习习谷风,其音孔嘉;所谓伊人,在谷之阿"之类。西晋模拟诗的极致应推夏侯湛《周诗》、束皙《补亡诗》。《周诗》有"叙"云:"'周诗'者,《南垓》、《白华》、《华黍》、《由庚》、《崇丘》、《由仪》六篇,有其义而亡其辞。湛续其亡,故云'周诗'也。"《补亡诗》亦有"序"云:"皙与同业畴人,肆修乡饮酒礼。然所咏之诗,或有义无辞,音乐取节,缺而不备,于是遥想既往,存思在昔,补著其文,以缀旧制。"二人所做的,皆是替古人代笔,且是为《诗经》"笙诗"缀词补缺,用心可谓堂皇而且良苦。就中束皙所作似乎更加得古圣贤之体,萧统《文选》还全录六篇,以为范本。夏侯湛之作似乎稍逊,今仅存其一首,不过据载:"夏侯湛作《周诗》成,示潘安仁,安仁曰:'此非徒温雅,乃别见孝悌之性。'潘因此遂作《家风诗》。"(《世说新语·文学》)可见当时也颇受推奖。西晋诗人写了大量仿古诗,既是重技巧的表现,也是不肯对现实题材着力开掘、创作题材非时事化的必然结果。

关于西晋文风总体状况,刘勰又谓:

> 晋世群才,稍入轻绮。张、潘、左、陆,比肩诗衢;采缛于正始,力柔于建安;或析文以为妙,或流靡以自妍。此其大略也。
>
> ——《文心雕龙·明诗》

"轻绮"一语,说出西晋"群才"主流文学风格"大略"特色。而"采缛于正始,力柔于建安",则是在史的比较中揭示西晋文学本质。

所谓"力",主要指"骨力",亦即"风骨"之力。刘勰曾说;"若丰藻克赡,风骨不飞,则振采失鲜,负声无力。"(《文心雕龙·风骨》)可知"力"之有无,与"风骨"直接相关。另外刘勰还说过"此风骨之力也"(同上)等语,又以鹰隼作譬,说"文章才力"与"骨劲而气猛"相应。所以,刘勰所谓"骨力",是指文章内容的劲健,所说"力柔于建安",即谓西晋文学在内容的劲健方面有所不足。西晋文学之所以在内容上显出"力柔"弱态,原因有社会方面的,也有文士本身方面的。晋武帝司马炎登极后采取的宽纵政策,怂恿鼓励了西晋士子们的享乐和纵诞行为,造就了一批浮华文士。他们一味追逐个人势利,沉溺于物质享乐之中,不知道德及崇高人生精神为何物。又如前所述,部分文士受玄学影响,越名任性,遗落世事,对于政治抱疏远排拒心理。这些情况,使得许多文士在诗文写作中只是以繁缛、绮丽为能事,不可能贯注以强健的骨力了。

所谓"采",即文采、辞采。"圣贤书辞,总称文章,非采而何?"(《文心雕龙·情采》)文章需要"采"、"辞采"、"文采",但要求"采"与"情"即内容形成恰当关系。"情者文之经,辞者理之纬;经正而后纬成,理定而后辞畅,此立文之本源也。"(同上)刘勰主张"为情而造文",反对"为文而造情"。他认为"故为'情'者要约而写真,为'文'

者淫丽而烦滥","繁辞寡情,味之必厌"。此为刘勰于《情采》篇中敷述的基本理念。由此可知,他说晋文"采缛于正始",又谓"晋世群才,稍入轻绮",是以批判眼光看待西晋文学的。晋代文学"采缛"(或"繁采")倾向,是与"力柔"倾向相表里的。与建安及正始文学相比,西晋文士的藻饰辞采的修养无疑更加深厚,投入力量亦更大,诚所谓"或枥文以为妙,或流靡以自妍"。试比较嵇康、阮籍与潘岳、陆机之诗赋,即可见其分野,前者虽有文采,而能做到情文互畅,"经""纬"相成,后者则以逞辞为务,故有"机文喻海,潘藻如江"(《世说新语·文学》)之誉。文藻如江似海,其"采缛"程度固非建安、正始作者可比。

"采缛"本身未必是缺点,甚至可以说体现着文学表现手段方面的进步。但"采缛"与"力柔"并生,就不免要给文学带来负面影响,导致文学创作失却均衡发展的基础,导致重文采,轻情志;重形式,轻内容;重文轻质。西晋文士并非每一位都重文轻质,亦有若干作者文质相扶(如左思),甚至质胜于文(如傅咸),但多数诗赋作者程度不等表现出重文轻质倾向,这就构成一种时代文风,一种总体性文学倾向。

第三节　西晋各体文学的发展

西晋文学较之前代,在诗、赋、文各种文体上都有变化发展。

西晋诗歌在四言、五言、杂言及乐府诗诸方面,有比较均衡的发展。不同诗人在不同诗体上显示才力,各擅胜场。张华、左思、张协最长五言,傅咸、陆云、挚虞等致力于四言,傅玄以五言、杂言乐府诗见长,夏侯湛专写楚辞体,陆机、潘岳则四言、五言兼擅,而以五言为主。总体上看,五言诗保持着第一诗歌体裁的地位,并不断在体式和技巧上趋于完善;四言亦声势不衰,差可抗衡,但显得颇为疲惫,缺乏生机,数量不少,而佳作殊稀;杂言乐府诗在正始低迷之后,又有新的高涨。在此三大诗体之外,三言、六言诗也偶有人试验写作;七言诗尚在曹丕《燕歌行》的阴影中迈步,并无大的发展,正酝酿着新的创作高潮的出现;而古老的楚歌体正艰难地苟延残喘。

四言与五言两种诗体在西晋时期呈现颇为微妙关系。自数量方面观,西晋五言诗不占优势,四言体完全可与五言颉颃。此情况与建安、正始诗坛相比,似乎五言体并无进展,甚至有些倒退,四言体则颇有回潮之势。形成此种现象原因,当与西晋诗坛模仿风气盛行有关。诗人既以模仿为能事,遂以前代诗歌为典型,步趋不已。前代诗歌中既有四言如《诗经》以及汉魏诸诗人作品,亦有五言如《古诗》、建安文士、正始文士诸诗歌等。五言虽为后起之秀,但在传统之悠久及名分之堂皇方面,显然不足以与四言相抗衡。尤其是《诗经》,早已尊为经典,其地位无任何诗作可以比肩,其影响亦非任何诗人堪与并论。于是文士群起而作四言诗。当时在文论方面亦有重四言轻五言的反映,陆机《文赋》并未涉及诗体问题,而挚虞《文章流别论》谓:

> 古之诗有三言、四言、五言、六言、七言、九言。古诗率以四言为体,而时有一句二句杂在四言之间,后世演之,遂以为篇。……然则雅音之韵,四言为正。其馀虽备曲折之体,而非音之正也。

此种"正"统文体观念,在当时具有相当代表性,表明在诗体问题上,观念落后于实践。西晋一朝,前有夏侯湛、束晳、傅咸,后有陆云、郑丰、孙拯诸人,无不以模仿《诗三百》为主要写作方式,四言诗遂以大昌。夏侯、束、傅、陆等人情况，各有专节分述，兹不赘。孙、郑二人，文学史上不显，然而四言诗写作，亦称健将。郑丰为吴王文学，孙拯则为吴郡富春人，二人皆与陆氏兄弟知交，尤与陆云友善。于是彼此赠答唱和，竞相写作四言诗。今存陆云有《赠郑季曼诗》四篇：《谷风》四首，《鸣鹤》四首，《南衡》五首，《高冈》四首，总共十七首。而郑丰（字季曼）亦有《答陆士龙诗》四篇：《鸳鸯》六首，《兰林》五首，《南山》五首，《中陵》四首，总共二十首。今存孙拯有《赠陆士龙诗》十章，而陆云亦有《答孙显世诗》十章，彼此正相匹敌。此五十馀首（章）赠答诗，自成范围，形成西晋中期元康年间四言诗写作高潮之一部分。孙、郑其实仅是围绕陆云的四言诗作者中的二人，其他尚有张仲膺（鄱阳府君）、顾荣、顾令文、顾处微、张士然等，皆与陆云有四言诗往还。与此同时，又有围绕贾谧的一批赠答诗（有潘岳、陆机等"二十四友"所作），围绕石崇的一批赠答诗（有潘岳、欧阳建、曹摅、杜育、挚虞、枣腆、枣嵩等所作），围绕陆机的另一批赠答诗（有潘尼、冯文罴、夏少明、顾真公、陆士光、纪思远等所作），等等，它们构成西晋四言诗写作的宏大规模及声势。

不过西晋四言诗的量的繁荣缺乏必要的内涵，在表现手段及写法上，并无实质性进展。模仿性格过于浓重，使之不可能在写法上有更多的开拓。其总体面貌的陈旧和平庸，难以消除，因此很难在文体进步方面有所成就。而它们从另一侧面表现了西晋繁缛文风，却颇引人注目。篇幅的庞大众多，以语句文字的堆砌为基础。其实如上述诸赠答诗，动辄四首五首或十章之类，内容皆嫌空泛，至少不够充实，唯以展示语辞功力为能事。而其语辞，藻采实亦无多，因受模拟写法影响，多数四言诗文采不竞，其表现出特点仅为量之增加扩大而已。因此可以说，西晋四言诗主要表现的是西晋诗风二大特点之一的"繁缛"，另一特点"绮靡"则不甚明显。

真正表现西晋诗风"绮靡"特色的,仍是五言诗。所以西晋一朝的代表性诗歌,还以五言体为主。这里有傅玄的《杂诗》("志士惜日短"),成公绥的《行诗》,孙楚的《征西官属送于陟阳候作诗》,张华的《情诗》五首、《答何劭诗》("吏道何其迫"),潘岳的《河阳县作诗》、《悼亡诗》,石崇的《王明君辞》,欧阳建的《临终诗》,何劭的《赠张华诗》,陆机的《赴洛道中作诗》二首,左思的《咏史诗》八首,张翰的《杂诗》,张载的《七哀诗》,张协的《杂诗》十首,曹摅的《感旧诗》,等等,此皆西晋诗歌精华,既采润富丽,又有较强表现力。自《文选》所收录西晋诗歌情况看,即可知四言、五言两大类诗体在后世鉴衡者心目中轻重之不同。以上所举五言例诗,《文选》悉予收录,而所录西晋四言诗则寥寥无几。傅咸所撰诗以四言为多,而《文选》所收,仅有一篇五言诗(《赠何劭王济诗》),陆云为西晋最大四言诗作家,四言作品有百数十章(首),《文选》竟只载其一(《大将军宴会被命作诗》),而所作三篇五言诗(《为顾彦先赠妇》等),则全部收入。其馀如陆机、潘岳等情况亦相类。要之西晋四言、五言两大诗体,四言虽被推为"正"体,且颇兴盛,而实际文学史意义,转不如五言之重要。锺嵘谓:"夫四言,文约意广,取效风骚,便可多得。每苦文繁而意少,故世罕习焉。"(《诗品·总论》)所说"文约意广",盖指"风骚"而言,所说"文繁而意少",乃是指后世之作。西晋四言诗,正是如此。

与建安、正始五言诗相比,西晋五言于情志纾述方面进展并不十分明显,陆机、左思、张协等所撰五言作品,未见得超越曹植、刘桢、阮籍诸作。锺嵘即曾指出,陆机诗虽称"才高词赡,举体华美",但"气少于公干,文劣于仲宣"(《诗品》卷上),连刘桢、王粲都不及,更毋论曹植了。然而也正如锺嵘所说:"五言居文词之要,是众作之有滋味者也,故云会于流俗。岂不以指事造形,穷情写物,最为详切者耶!"

（同上）五言诗体本身具有"指事造形，穷情写物"优势，在"众作"
（实际上主要是四言五言两大诗体）中必然居于"文词之要"，且"会
于流俗"，受时尚欢迎。锺嵘后于挚虞将二百年，他已摈弃"四言为
正"陈旧诗体观念，看到诗体发展的基本趋势。西晋五言诗不存在
"文繁而意少"问题，因此相对于四言诗，取得成就较大。于是以五
言创作为主者如陆机、潘岳、张协、左思等成为诗坛翘楚，而陆云、傅
咸等主要四言诗作者，遂事倍功半，不克其愿。

应当肯定，西晋五言诗在写作技术方面有所进步。具体表现为
词采的敷设及对偶的运用两点。以陆机为例，其诗遣词造语颇讲究，
显出精心结撰功夫。如"山泽纷纡徐，林薄杳阡眠；虎啸深谷底，鸡
鸣高树颠"，"振策陟崇丘，安辔遵平莽。夕息抱影寐，朝徂衔思往"
（《赴洛道中作诗》）等，皆是，此为建安正始诗人所无者。即使是其
拟古之诗，如拟《古诗十九首》系列诸篇，亦无不如此，"音徽日夜离，
缅邈若飞沉；王鲔怀河岫，晨风思北林。游子眇天末，还期不可寻。
惊飙褰反信，归云难寄音"（《拟行行重行行诗》）。比汉末古诗明显
词采绮丽，当然亦缺少了《古诗》之自然流畅。潘岳五言诗亦复如
此，李充评语"翩翩然如翔禽之有羽毛，衣服之有绡縠"（《翰林
论》），亦谓其词采斐然组织密致也。潘、陆而外，张协五言诗之词采
绮靡，实不让潘、陆。锺嵘评曰："……又巧构形似之言，雄于潘岳，
靡于太冲。风流调达，实旷代之高手。词采葱蒨，音韵铿锵，使人味
之亹亹不倦。"（《诗品》卷上）在对偶运用手段方面，张协甚至高出
潘、陆，说详本编第六章，此不赘。要之潘、陆、张等西晋诗人，在五言
诗写作中，颇有"举体华美"或"巧构形似之言"者，于技巧方面作出
贡献。

四言、五言之外，西晋杂言体及文人乐府诗亦颇流行，数量不少，
主要作者为张华、傅玄、陆机等，傅玄《秦女休行》，张华《轻薄篇》，陆

机《前缓声歌》等颇有特色。三言、六言亦有人偶一为之,陆机逞其才力,作有《董逃行》、《上留田行》二篇六言乐府诗。七言体尚在曹丕《燕歌行》阴影中踯躅,傅玄之作未能有新突破,陆机之作更是模仿痕迹太重,成就有限。而楚歌体亦有作者,夏侯湛最擅此体,其《江上泛歌》、《山路吟》等,颇含楚调。总体言,西晋诗实为以四言五言为主的多样化发展阶段。

西晋赋的业绩,实较诗歌更引人注目。刘勰论及"魏晋之赋首"时,共列举八家。其中曹魏二家(王粲、徐干),东晋二家(郭璞、袁宏),西晋则占其四:"太冲、安仁,策勋于鸿规;士衡、子安,底绩于流制。"(《文心雕龙·诠赋》)西晋辞赋成就,首先亦表现于词采方面。最有代表性者当推潘岳,所撰《藉田赋》、《西征赋》、《秋兴赋》、《闲居赋》等皆规制宏大,词采繁茂瑰丽。孙绰评曰:"潘文烂若披锦,无处不善。"(《世说新语·文学》)所指实以赋为主。而成公绥、陆机、左思等,为其亚匹。其次表现于各类题材的开拓方面。西晋赋在题材上较汉魏时期又有拓展,如成公绥《啸赋》,陆机《文赋》,木华《海赋》,张华《鹪鹩赋》等,题目对象不一,且有大小之异,而皆于前人未着眼处设题,显示构思新意。此类作品皆成赋史名篇,其视野之新当为要因。而西晋赋亦有入于歧途者,左思《三都赋》为最著一例。其用力之勤,覃思之深,皆度越前人,然其"贵本""宜实"宗旨,以及"其山川城邑,则稽之地图;其鸟兽草木,则验之方志"(《三都赋序》)等写法,实无益于文学,反而使作品与辞书训诂之作相混淆。又《三都赋》篇幅之大,亦史无前例;以长、大为能事,成为西晋辞赋繁缛之最。综观西晋辞赋,主导风格亦崇尚绮丽,与诗歌正相一致,循着"诗赋欲丽"(《典论·论文》)、"诗缘情而绮靡,赋体物而浏亮"(《文赋》)方向演变。而主要成就,亦在技巧、形式方面(按:陆机所谓"浏亮",亦形式之美也)。然亦有部分作者,于抒发情志方面有所表现,如潘岳《怀旧赋》、《悼亡赋》等,以及上述张华《鹪鹩赋》等,虽为短篇小制,而寓含真切深挚感情,非徒具"浏亮"外表,显示建安抒情小赋传统,并来完全摒弃。

西晋文,可谓诸体皆备。代表作有曹冏《六代论》,杜预《左氏春秋传序》,皇甫谧《三都赋序》,李密《陈情表》,张华《女史箴》,夏侯湛《东方朔画赞》,潘岳《马汧督诔》、《杨荆州诔》、《哀永逝文》,陆机《汉高祖功臣颂》、《谢平原内史表》、《辨亡论》,孙楚《为石苞作与孙皓书》,张载《剑阁铭》等等。与诗赋风气略同,文亦以繁缛绮靡为特征,其中尤以潘、陆为最。然而以上所举诸篇,内容与形式尚称谐调,如曹冏、陆机之"论",基本能做到"精微而朗畅"(《文赋》),而潘岳诸哀诔文,亦可谓"缠绵而凄怆"(同上),要皆叙事透彻,描写精到,颇有可观者。

又西晋一代,为史学发达时期,朝廷虽设史官,而在宽松文化环境中,史学的传统官方性质有所模糊。继三国之后,撰写私家史书风气渐盛,如王铨、虞预皆曾私撰《晋书》,王铨子王隐于东晋初任著作郎,所编撰《晋书》中,多有继承父作处。当时部分文士出于"成一家之言"愿望,撰史者不少,于是始有"两晋六朝,百学芜秽,而治史者独盛"(梁启超《中国历史研究法·过去之中国史学界》)局面,各种历史著作次第产生,在西晋文的写作中,此为极重要部分。据不完全统计,西晋一朝写成的前代及本朝史书,总有近百种。仅据《隋书·经籍志》"正史"、"古史"、"杂史"三类所著录,即达二十种以上,作者有皇甫谧(《帝王世纪》)、杜预(《春秋左氏经传集解》)、王沈(《魏书》)、司马彪(《续汉书》、《九州春秋》)、陈寿(《三国志》)、薛莹(《后汉记》)、乐资(《春秋后传》、《山阳公载记》)、华峤(《后汉书》)、环济(《帝王要略》、《吴纪》)、张勃(《吴录》)、陆机(《晋纪》)、刘宝(《汉书驳议》)、虞溥(《江表传》)、郭颁(《魏晋世语》)、晋灼(《汉书集注》)、傅畅(《晋诸公赞》)、荀绰(《晋后书》、《晋后略记》)、孔衍(《魏尚书》)等,其中史笔较优者,有皇甫谧、薛莹、陆机等。然诸书多已佚，后世唯陈寿《三国志》独传。《三国志》叙事审核有条理，文字简洁明净，"文质辨洽"（刘勰《文心雕龙·史传》），世称良史，遂为西晋史传文之代表作。

〔1〕　西晋玄学家善谈不善写者，如乐广："乐令善于清言，而不长于手笔。将让河南尹，请潘岳为表。潘云：'可作耳，要当得君意。'乐为述己所以为让，标位二百许语。潘直取错综，便成名笔。时人咸云：'若乐不假潘之文，潘不取乐之旨，则无以成斯矣！'"（《世说新语·文学》）又如太叔广："太叔广甚辩给，而挚仲治长于翰墨，俱为列卿。每至公坐，广谈，仲治不能对；退，著笔难广，广又不能答。"（同上）又西晋玄学家，少有著作传世，此亦与魏末玄学家形成鲜明对照。查《隋书·经籍志》，西晋文士乃至一般官员多有本集，多则十馀卷，少亦一、二卷，然而名声显赫的王戎、卫玠、王衍等玄学家，竟皆无集，可证当日玄学家确实专事口谈，不重手笔。他们已非真正意义上的思想家。

〔2〕　《集圣贤群辅录》（传"陶渊明撰"）云："陈留董昶字仲道，琅邪王澄字平子，陈留阮瞻字千里，颍川庾敳字子嵩，陈留谢鲲字幼舆，太山胡毋辅之字彦国，沙门于法龙，乐安光逸字孟祖。右晋中朝'八达'，近世闻之故老。"于法龙即支孝龙也。

〔3〕　《道贤论》以竺法护方山涛，以帛法祖方嵇康，以竺法乘方王戎，以竺道潜方刘伶，以支遁方向秀，以于法兰方阮籍，以帛道远方阮咸。在各篇"赞语"中，孙绰既看重他们风范的仿佛："兰公遗身，高尚妙迹，殆至人之流；阮步兵傲独不群，亦兰之俦也。"也指出他们好尚的相近："支遁、向秀，雅尚庄、老，二子异时，风好玄同矣！"

〔4〕　西晋文士死于战乱者，有张华、潘岳、石崇、欧阳建、陆机、陆云、牵秀、嵇绍、嵇含、阮修、曹摅、杜育、孙拯、挚虞、枣嵩、王浚、刘琨等数十人，可谓文士少有全者。

〔5〕　陆机《挽歌诗》三首，收入《文选》卷二十八。其第一首自"卜择考贞休"句至"挥涕涕流离"，共三十四句；第二首自"流离亲友思"句至"驾言从此逝"，共十四句；第三首自"重阜何崔嵬"句至"永叹莫为陈"，共二十四句。按

第一首与第二首同韵,第三首则另一韵;又第一首末句"挥涕涕流离",叙述未完,不似结束句,而第二篇首句为"流离亲友思",意义上显然与前句先后相接,末句"驾言从此逝",方是结束之语。以故一、二两首,原本当是一篇,后世误析为二。

第二章　西晋前期诸文士

第一节　傅玄　傅咸

　　傅玄（217—278），字休奕，北地泥阳（今陕西耀县东南）人，世代为宦，但其父早亡，幼时颇孤贫。傅玄通过州举秀才，以时誉步入仕途，先后为郎中，参安东、卫军军事，温县令，弘农太守，典农校尉，散骑常侍等，入晋后，又为驸马都尉，迁侍中，太仆，司隶校尉等。傅玄一生勤于著述，他以主要精力撰写政论及历史故事，评断得失，各为区例，集为《傅子》一书。全书分内、外、中篇，包括四部六录，合一百四十篇，共数十万言。《隋书·经籍志》著录一百二十卷，入"杂家"类。《旧唐书》、《新唐书》皆著录一百二十卷。然《崇文总目》、《通志》著录仅有五卷，表明南宋时已散佚。今存《傅子》一卷，有《四库全书》本、又有《玉函山房辑佚书》本。严可均辑为四卷，收入《全晋文》卷四十七至五十。此外傅玄又有别集行世，《隋书·经籍志》著录有集十五卷（注："梁五十卷，录一卷，亡"），《旧唐书》、《新唐书》、《通志》皆著录为五十卷，今存辑本有《汉魏六朝百三名家集》所收《傅鹑觚集》一卷，严可均辑其文入《全晋文》卷四十五、四十六，逯钦立辑其诗入《晋诗》卷一。

在西晋作家中,傅玄年事较长,入晋时已四十九岁。他与曹魏后期文士王弼、何晏、阮籍、嵇康等实际上为同辈人。然而值得注意的是,傅玄在玄风日盛的曹魏后期生活,却并未受时代风习的影响,恰恰相反,他始终保持着正统儒者的思想风范,可以称为西晋儒者文士的代表。他曾多次上疏言事,极力卫道,指斥时弊。他曾强调:"夫儒学者,王教之首也。尊其道,贵其业,重其选,犹恐化之不崇,忽而不以为念,臣惧日有陵迟而不觉也。""尊儒尚学,贵农贱商,此皆事业之要务也。"(《上疏陈要务》)这是他的政见,也是他的学术观念。他分析汉末以来思想文化界状况说:

> ……近者魏武好法术,而天下贵刑名;魏文慕通达,而天下贱守节。其后纲维不摄,而虚无放诞之论盈于朝野,使天下无复清议,而亡秦之病复发于今。
>
> ——《掌谏职上疏》

无论"亡秦之病"说是否确切,其对于当时情势的概括则符合实情。傅玄今存零星言论,包含对于文化艺术的见解,他宣扬"乐而不淫,好朴尚古"(《辟雍乡饮酒赋》),"协和天下人性"(《琴赋序》),"体合法度,节究哀乐"(《筝赋》)等主张,多体现正统儒学礼乐精神。作为一正统儒者,傅玄的行事作风颇不合潮流。他在朝中以峻急著称,每有奏劾,常彻夜不寐,坐以待旦,使贵游慑服,台阁生风。他最后因小事在殿内对百僚詈骂尚书,终被参"不敬"而免官。后颜子推在论及"文人无行"时批评"傅玄忿斗免官"(《颜氏家训·文章》)。

《傅子》在内容上完全体现作者的政治伦理道德观念,在当时著述界显得平庸,缺少思想光彩;但仍具有一定的文学价值。从今存文字看,它的文体不拘一格,符合当时"各为区例"的写作风气,大致包括两大类,一类是政论、道德论、修养论(如《问政》、《仁论》、《正心》等);另一类是前代故事(如管秋阳故事、三男娶一女故事等),人物传论(如《郭嘉传》、《刘晔传》等)。那些抽象议论文字时时显露迂腐口气,已如前述;唯后一类文章以叙事为主,颇有足观者。《郭嘉传》记述一位曹操重要谋士生平及智谋奇策,尤其是记他在官渡之战前纵论"十败十胜"的文字,写来从容不迫,气韵流贯,文末写曹操对郭嘉的怀念,亦充满感情,凸显出了曹操的个性。《刘晔传》写一位名臣先后事曹氏三祖,他的处世态度,以及在重大问题上的建言,写得颇为曲折细密。《马先生传》是今存《傅子》中较精彩一篇,纪当时著名巧匠马钧事迹。传文先写三事:造指南车、造翻车、造百戏机,以纪其奇能异巧;接写裴秀与马钧之间争执,裴为当时名士,精通名理,他向马钧发难问,马竟"口屈不能对",而裴"自以为难得其要,言之不已";再写"傅子"亲自出面,对"裴子"说道:

> 子所长者言也,所短者巧也;马氏所长者巧也,所短者言也。以子所长,击彼所短,则不得不屈;以子所短,难彼所长,则必有所不解者。夫巧者,天下之微事也,有所不解,而难之不已,其相击刺,必已远矣。心乖于内,口屈于外,此马氏所以不对也。

这里突破了前代传记文章以第三人称对人物事件作客观描述的传统,具有创新意义。《史记》中作者偶亦出现,如"予闻之故老曰……",但那仍是叙述者语气,此则以事件中一人物出现,直接参与事件。傅玄实际上吸取了历来子书(如《庄子》、《论衡》)写法,增强了传文的直感性,为传记文章别立一格。傅玄本人对《傅子》甚是自负,从其《自叙》中可知,他对班固之后的许多"纪传"作品,颇存不满：

> 观孟坚《汉书》，实命代奇作，及与陈宗、尹敏、杜抚、马严撰
> 《中兴纪传》，其文曾不足观。岂拘于时乎？不然，何不类之甚
> 也！是后刘珍、朱穆、卢植、杨彪之徒，又踵而成之，岂亦各拘于
> 时而不得自尽乎？何其益陋也！

即使对于班固，他亦有微辞："班固《汉书》，因父得成，遂没不言（班）
彪，殊异马迁也。"总之，《傅子》一书，其历史纪传部分，无论纪事记
言，态度都很认真，文字或长或短，事理或繁或简，亦能剪裁得当，条
干明晰，应当说史笔可观，因此裴松之作《三国志》注，多所采录。

傅玄在魏晋诗坛上，也占有一重要地位。他的诗今存六十馀首，
其中完整者四十馀，在西晋诗人中，数量已属不少。傅玄之诗，乐府
占了大多数。古朴、凝重、浑厚、清丽的乐府诗传统，对于这位正统儒
者，似乎有着很大吸引力。在诗歌写作中，他表现了一种返璞归真的
趋向。如《秋胡行》，此为乐府旧题，汉乐府古辞咏秋胡戏妻事，以此
得名。但自曹操后，诗人往往借用旧题，另铸新词。曹操《秋胡行》
三首，无一写及秋胡事，而以游仙为主。嵇康《秋胡行》，亦踵武曹
操，只写游仙事。傅玄之作，则全咏秋胡及妻事，大体上恢复了原始
主题。然而诗中缺少新变因素，致使成为单纯的复古和模拟。诗中
除了叙述古老故事外，虽也有诗人主观的介入，但"彼夫既不淑，此
妇亦太刚"，此种评说不出传统纲常，见解不免平庸，作品意义不大。
此外如《艳歌行》："日出东南隅，照我秦氏楼。秦氏有好女，自字为
罗敷……"全拟乐府古辞《陌上桑》，而诗末作者自铸的新词是"天地
正厥位，愿君改其图"，不仅全无汉乐府古辞的质朴诙谐情趣，而且
直露出腐儒口吻来。诸如此类模拟性格的作品，傅玄写了不少，如

《青青河边草篇》，全拟《古诗十九首》；《西长安行》，拟繁钦《定情诗》，又有《拟四愁诗》等。至于他在晋朝初建时受命所作的郊祀宗庙乐歌，则是四平八稳略无个性之物，且亦不免模拟汉魏同类作品。

不过傅玄乐府诗中也有若干佳篇，《苦相篇》便是其中之一：

> 苦相身为女，卑陋难再陈。男儿当门户，堕地自生神。雄心志四海，万里望风尘。女育无欣爱，不为家所珍。长大逃深室，藏头羞见人。垂泪适他乡，忽如雨绝云。低头和颜色，素齿结朱唇。跪拜无复数，婢妾如严宾。情合同云汉，葵藿仰阳春。心乖甚水火，百恶集其身。玉颜随年变，丈夫多好新。昔为形与影，今为胡与秦。胡秦时相见，一绝逾参辰。

自幼年至长成，写身为女子之不幸。这一主题在此前尚无人集中描写过，可以说它是中国诗歌史上继《诗经》中《氓》、《柏舟》等篇之后为女性鸣不平之又一佳篇。此诗表现出傅玄不完全是古心古貌的学究，他对社会生活还有所发掘，并且对于弱者有相当的同情。此外尚有一篇《秦女休行》：

> 庞氏有烈妇，义声驰雍凉。父母家有重怨，仇人暴且强。虽有男兄弟，志弱不能当。烈女念此痛，丹心为寸伤。外若无意者，内潜思无方。白日入都市，怨家如平常。匿剑藏白忍，一奋寻身僵。身首为之异处，伏尸列肆旁。肉与土合成泥，洒血浅飞梁。猛气上干云霓，仇党失守为披攘。一市称烈义，观者收泪并慨慷。百男何当益，不如一女良。烈女直造县门，云父不幸遭祸殃。今仇身已分裂，虽死情益扬。杀人当伏法，义不苟活豁旧章。县令解印绶，令我伤心不忍听。刑部垂头塞耳，令我吏举不

能成。烈著希代之绩，义立无穷之名。夫家同受其祚，子子孙孙
咸享其荣。今我作歌咏高风，激扬壮发悲且清。

此诗本事见载于陈寿《三国志·庞淯传》，原是汉末发生在梁州酒泉
郡福禄县的一女子（即庞淯母赵娥亲）为父复仇手刃仇敌事件，当时
颇为轰动。皇甫谧《列女传》亦写其事甚详。傅玄与皇甫谧为同时
人（谧长玄二岁），此诗与皇甫谧之文，有可能同时之作，一诗一文，
共写一事，相得益彰。可能与诗歌题材有关，此诗写得遒壮豪逸，猛
气充盈，诚所谓"激扬壮发悲且清"。此诗亦用乐府旧题，然《秦女休
行》本咏汉代"女休"为父报仇事，曹魏前期诗人左延年《秦女休行》
即以女休为主人公（见本书第一编第六章第三节）。今傅玄用来改
写"庞氏女"事，已属旧题写新事，这在他的乐府诗中是少见做法。

　　傅玄诗歌，多数拙朴平直少采润，因此锺嵘《诗品》对他评价不
高，只说："长虞父子（指傅玄、傅咸），繁富可嘉"，似乎量多而质差，
只能列于下品。不过锺氏评语，未免失之简略，忽视了傅玄诗歌也有
若干佳作如《苦相篇》者。此外应指出的是，某些诗在比兴运用上亦
有特色，如《昔思君》：

　　　　昔君与我兮形影潜结，今君与我兮云飞雨绝。昔君与我兮
　　音响相和，今君与我兮落叶去柯。昔君与我兮金石无亏，今君与
　　我兮星灭光离！

全篇六句，全用比兴，而无一抽象议论或叙述，此种排比式的比兴运
用，使作品意象十分丰富活跃。又如《车遥遥篇》：

　　　　车遥遥兮马洋洋，追思君兮不可忘。君安游兮入西秦，愿为

影兮随君身。君在阴兮影不见，君依光兮妾所愿。

此篇妙在将形影相随的普通比喻深入一步，写女子愿夫君依光得影，而不愿夫君在阴而无影，比兴不落俗套。总的说，傅玄在诗歌创作上自有其成就，不完全以量多取胜。

傅玄亦能赋，今存较完整者三十篇左右，产量亦不小。就中以咏物之作最多，然出色者较少。其赋题多蹈袭前贤，自出心裁者不多，如《柳赋》、《琴赋》、《筝赋》、《砚赋》、《弹棋赋》、《宜男花赋》、《相风赋》等，皆掇拾前人颊馀，又露出模拟意向。而作品本身，写来亦未能跳出前人窠臼。自迹象看，傅玄也作有大赋，今存《正都赋》残文。此外傅玄还写过《拟天问》、《拟招魂》、《客难》之类准赋体作品，皆是模拟产物，缺乏作者自身情感融入，是其天生不足处。他又有《七谟》，今亦残，唯序尚存，论及"七"体源流甚详；又有《连珠》，亦存序，说"连珠"体之特色，颇得其要。这两篇序文，在文体论的发展史上颇为重要：

> 昔枚乘作《七发》，而属文之士若傅毅、刘广世、崔骃、李尤、桓麟、崔琦、刘梁、桓彬之徒，承其流而作之者纷焉，《七激》、《七兴》、《七依》、《七款》、《七说》、《七蠲》、《七举》、《七设》之篇。于是通儒大才马季长、张平子，亦引其源而广之，马作《七厉》，张造《七辩》，或以恢大道而导幽滞，或以黜瑰奢而托讽咏，扬辉播烈，垂于后世者，凡十有馀篇。自大魏英贤迭作，有陈王《七启》、王氏《七释》、杨氏《七训》、刘氏《七华》、从父侍中《七诲》，并陵前而邈后，扬清风于儒林，亦数篇焉。世之贤明，多称《七激》工，余以为未尽善也；《七辩》似也，非张氏至思，比之《七激》，未为劣也。《七释》余曰妙哉，吾无间矣。若《七依》之卓轹

一致,《七辩》之缠绵精巧,《七启》之奔逸壮丽,《七释》之精密闲理,亦近代之所希也。

——《七谟序》

所谓连珠者,兴于汉章帝之世。班固、贾逵、傅毅三子受诏作之,而蔡邕、张华之徒又广焉。其文体,辞丽而言约,不指说事情,必假喻以达其旨,而贤者微悟,合于古诗劝兴之义。欲使历历如贯珠,易观而可悦,故谓之连珠也。班固喻美辞壮,文章弘丽,最得其体;蔡邕似论,言质而辞碎,然其旨笃矣。贾逵儒而不艳,傅毅文而不典……

——《连珠序》

《文心雕龙·杂文》篇论《对问》、《七》、《连珠》三种文体,后二部分颇参考傅玄此二序,可对读合观,互补不足。

在西晋文坛上,傅玄不以才情闻,而以平实拙朴为基本风貌。他虽难称为卓特优秀,但足以自成一家。

傅玄之子傅咸(239—294),字长虞,承袭父爵,历任御史中丞、司隶校尉等职。在朝"劲直忠果,劾按惊人"(吴郡顾荣语),竟敢冒犯外戚杨骏,一时京都肃然,权贵慑服。自他在朝表现看,风格峻整,疾恶如仇,颇得父风。他在思想上也服膺儒术,为一正统儒者,与傅玄一脉相承。

傅咸今存诗以四言为主,在当时五言大盛的背景下,他犹如政治上的表现一样,立意不从流俗。其志固可嘉,但四言诗的黄金时代早已逝去,曹操一度辉煌之后,嵇康四言诗已成强弩之末,何况才情气度皆逊一筹的傅咸？他今存的十馀首四言作品,大略可分二类:一类为《毛诗诗》、《周易诗》、《论语诗》、《孝经诗》等,这些与其说是诗,毋宁说是有韵之书钞杂记更合适,如《论语诗》之二:"克己复礼,学优则仕。富贵在天,为仁由己。以道事君,死而后已。"诗味全无,拙陋之甚。另一类为应酬赠答之作,这类诗也干涩枯槁,无足称者。总的来看,傅咸诗歌成就不如乃父,锺嵘《诗品》将父子不加区分,列入下品,于傅玄略有委屈,于傅咸固称其宜。

　　傅咸的文则尚有可述者。其章表持论严正,态度峻切,凡有所表,往往盛气充盈,力排众议,锋锐凌厉。如《摄司隶上表》,直言揭摘当时官场弊端,谓:"货赂流行,所宜深绝!"他在《上言宜省官务农》表文中指出当时民少官多,损耗国力,说:"夏禹敷土,分为九州,今之刺史,几向一倍;户口比汉十分之一,而置郡县更多……纵使五稼普收,仅足相接,暂有患难,便不继赡。"他主张并官省事,静民息役,唯农是务。他对一些行为不端的权要显贵,也毫不留情地予以攻击,如曾奏劾尚书仆射兼吏部尚书王戎说:

　　　　……《书》称三载考绩,三载黜陟幽明。今内外群官,居职未期,而戎奏还,既未定其优劣,且送故迎新,相望道路,巧诈由生,伤农害政。戎不仰依尧舜典谟,而驱动浮华,亏败风俗,非徒无益,乃有大损。宜免戎官,以敦风俗。

直言指斥,不留情面,明快劲果,淋漓酣畅。故刘勰谓:"傅咸劲直,而按辞坚深。"(《文心雕龙·奏启》)不过也为此,引起其他官僚反参傅咸"违典制,越局侵官,干非其分",奏免官职。傅咸不屈不挠,再上疏自辩,在朝廷里打起了一场笔墨官司,结果因傅咸表文条理灼然、持之有故,别人也奈何他不得。

傅咸亦有赋，今存三十馀篇，亦以咏物小赋居多，其中如《烛赋》，序云："余治狱至长安，在远多怀，与同行夜饮以忘愁，顾帏烛之自焚以致用，亦犹杀身以成仁矣！"诗赋中"红烛"意象，由此首创：

> ……何远寓之多怀，患冬夜之悠长。独耿耿而不寐，待鸡鸣之未央。徒伏枕以辗转，起然烛于闲房。扬丹辉之炜烨，□朱焰之煌煌。俾幽夜而作昼，继列景乎朝阳。慨顾景以增叹，孰斯愁之可忘？嘉湛露之暗暗，遂命樽而设筋。尔乃延僚属，酌醇清；讲三坟，论五经。高谈既倦，引满行盈。乐饮今夕，实慰我情。

此外如《纸赋》、《镜赋》、《画像赋》、《萤火赋》等，各有一定寄托，文字尚称通达。傅咸著作，《隋书·经籍志》著录有集三十卷。今存辑本有《汉魏六朝百三名家集》所收《傅中丞集》一卷。严可均辑其文入《全晋文》卷五十一、五十二，逯钦立辑其诗入《晋诗》卷三。

第二节　张华

张华（232—300），字茂先，范阳方城（今河北涿州附近）人。父曾为魏渔阳太守，早亡，张华少年孤贫，自牧羊。初未知名，作《鹪鹩赋》以自寄，阮籍见后，叹为"王佐之才也"，由此声名渐著。出为太常博士，转著作佐郎、中书郎、黄门侍郎等；后又任中书令、散骑常侍、安北将军、太常等。惠帝即位，为太子少傅、中书监、侍中、司空，封壮武郡公。赵王伦作乱，以隙见害。张华出身庶族，晋武帝时曾受到士族官僚荀勖、冯纨等的谤议排斥，尽管他才学出众，为官清正勤谨，时誉很高，有台辅之望，却长期受到抑制。不过惠帝时也因他的寒素出身，"进无逼上之嫌，退为众望所依"（《晋书》本传），颇受专权的贾后、贾谧信用，成为朝廷重臣，可谓失之东隅、得之桑榆。作为一庶族官员，张华在西晋朝廷中颇为突出，他基本上也是一正统儒者，造次必以礼度，不过在当时玄风大盛的背景下，他也不免熏染了若干道家思想，在他的某些作品中有所反映，这一点与傅玄父子稍有不同。他作风修谨，为人忠亮，性好人物，与奢华放纵道德沉沦的士族官僚们形成鲜明反差，是西晋一朝少数能够保持个人清操的士人之一。张华晚年仕于暗主虐后之朝，不知进退，甚获恋栈之讥。"名位已极，笃于守经，徒为贾氏而死，适资人口耳！"（张溥《张茂先集》题辞）张华学识广博，图纬方技之书，莫不详览，四海之内，了如指掌。西晋初建，朝廷礼义宪章多所损益，诏诰文书亦多出其手，时人比之子产。张华雅爱书籍，收藏天下奇珍秘本，秘书监挚虞撰定官书，多以张华所藏本为取正。身死之日，家无馀财，唯有文史溢于机箧。

张华辞藻温丽，诗、赋、文皆能。辞赋以《鹪鹩赋》最为著名，萧统《文选》收入"鸟兽"之部：

鹪鹩，小鸟也。生于蒿莱之间，长于藩篱之下，翔集寻常之内，而生生之理足矣。色浅体陋，不为人用，形微处卑，物莫之害。繁滋族类，乘居匹游，翩翩然有以自乐也。彼鹫鹗鹍鸿，孔雀翡翠，或凌赤霄之际，或托绝垠之外，翰举足以冲天，觜距足以自卫。然皆负赠婴缴，羽毛入贡，何者？有用于人也。夫言有浅而可以托深，类有微而可以喻大，故赋之云尔。

何造化之多端兮，播群形于万类。唯鹪鹩之微禽兮，亦摄生而受气。育翩翾之陋体，无玄黄以自贵。毛弗施于器用，肉弗登于俎味。鹰鹯过犹俄翼，尚何惧于罿罦。翳荟蒙笼，是焉游集；飞不飘扬，翔不翕习。其居易容，其求易给；巢林不过一枝，每食不过数粒。栖无所滞，游无所盘；匪陋荆棘，匪荣茞兰。动翼而

> 逸,投足而安;委命顺理,与物无患。伊兹禽之无知,何处身之似
> 智?不怀宝以贾害,不饰表以招累。静守约而不矜,动因循以简
> 易;任自然以为资,无诱慕于世伪……

作者以鷦鷯自拟,谓己穷居乡里,略无名器之累,而"委命顺理,与物无患"亦为全身远害之道。赋中又以雕鹗等大型禽鸟为譬,说它们"或无罪而皆毙",或"屈猛志以服养",此是"体大妨物"所致。全篇主旨,只在"任自然以为资,无诱慕于世伪"二句。此赋撰于张华少时,对仕途世情险恶已有相当认识,同时亦颇受玄学影响,宣扬谦退冲静人生哲学,毋怪乎此赋深获阮籍称赏。《鷦鷯赋》所述之义,在《归田赋》中得以再申。此赋既名"归田",当作于出仕之后,揆诸史传,约作于张华任太常,因太庙屋折栋而被免官后,时在太康年间。赋述"随阴阳之开阖,从时宜以卷舒",又写"渺万物而远观,修自然之通会;以退足于一壑,故处否而忘泰",再明自然之理,亦自慰自释之词。赋中又有"用天道以取资,行药物以为娱"等语,显示张华也与当时不少名士一样服食药物。不过这些全身远害主张,仅仅写在赋中,张华并未身体力行,实际上他对名器仍颇怀恋,以致最终罹害。可怜"咸美羽而丰肌,故无罪而皆毙",竟成自身之谶言。《鷦鷯赋》继承了贾谊《鵩鸟赋》、祢衡《鹦鹉赋》等的传统,设譬言志,辞采丰赡,在魏晋咏物赋中,为代表作之一。此外张华尚有《感婚赋》、《永怀赋》、《相风赋》等。

张华为西晋重要诗人,今存诗八十馀首,其中四十馀首为郊庙歌辞,赞祖颂圣,略而不论可也。其馀四十首作品,为其诗歌创作主体,体裁上可分为三类:乐府诗、四言诗、五言诗。对于张华诗,钟嵘评曰:"其体华艳,兴托不奇。巧用文字,务为妍冶。虽名高曩代,而疏亮之士,犹恨其儿女情多。"(《诗品》中)[1]从今存作品看,钟嵘所

评,仅适用于其五言诗。张华五言,写"情"者独多,如《情诗》五首、《感婚诗》一首、《杂诗》二首等。此类作品,看得出在效法张衡《同声歌》、繁钦《定情诗》等,非直写男女情爱,而是有所兴托。然而所托的确"不奇",取材托意都陈旧乏新意,逡巡于前贤藩篱之下。又因儿女题材较多,文字"妍冶",当然造成"风云气少"问题,影响了这一部分诗的骨力,颇呈靡弱之态。张华五言中尚有不少其他题材,如游仙、招隐、拟古、赠答等,这些作品,不甚引人注目。值得注意的是,诗中往往传达张华的真实心态,如《答何劭诗》三首,写出他久历宦海之复杂心理:

　　吏道何其迫,窘然坐自拘。缨绂为徽纆,文宪焉可逾?恬旷苦不足,烦促每有馀。良朋贻新诗,示我以游娱。穆如洒清风,焕若春华敷。自昔同寮寀,于今比园庐。衰疾近辱殆,庶几并悬舆。散发重荫下,抱杖临清渠。属耳听鸣禽,流目玩鲦鱼。从容养馀日,取乐于桑榆。

(之一)

　　洪钧陶万类,大块禀群生。明黯信异姿,静躁亦殊形。自予及有识,志不在功名。虚恬窃所好,文学少所经。忝荷既过任,白日已西倾。道长苦智短,责重困才轻。周任有遗规,其言明且清。负乘为我戒,夕惕坐自惊。是用感嘉贶,写心出中诚。发篇虽温丽,无乃违其情。

(之二)

诗显然作于晚年,篇中先述吏道之苦,长期的官僚生活,产生了厌烦情绪,更有对前程的忧虑。其所忧所苦者,不仅是公务繁冗,更有各种政治问题的支绌。他已登上三公高位,但此时却发出"忝荷既过任,白日已西倾。道长苦智短,责重困才轻"的慨叹,可以想见其内心矛盾之深。在诗中,他又宣称"自予及有识,志不在功名。虚恬窃所好,文学少所经",他要"散发重荫下,抱杖临清渠",去当隐士。所谓"志不在功名"云云,未免有夸大之处,但在这里披露的内心矛盾,当是真实可信的,让人们看到一位显贵官员,在"窘然坐自拘"数十年后的"苦"境。然而张华无法摆脱苦境,这正是他自己所说的"智短"表现。

再看张华乐府诗,并无"儿女情多"问题,倒是颇有豪壮之词。如《壮士篇》:

> 天地相震荡,回薄不知穷。人物禀常格,有始必有终。年时俯仰过,功名宜速崇。壮士怀愤激,安能守虚冲?乘我大宛马,抚我繁弱弓。长剑横九野,高冠拂玄穹。慷慨成素霓,啸吒起清风。震响骇八荒,奋威曜四戎。濯鳞沧海畔,驰骋大漠中。独步圣明世,四海称英雄。

诗中慷慨激昂,壮志凌云,"功名宜速崇","安能守虚冲",与上引《答何劭诗》意旨正相反。大约此诗写于青壮年时期,以故积极进取精神颇强烈。"长剑横九野"、"驰骋大漠中",不必实有其事,而写出诗人建立功业壮志雄心。就张华毕生周旋官场、热衷仕进的行止来看,毋宁说此诗更能代表他的进取社会政治态度和心境。与《壮士篇》属同类作品的还有《游侠篇》,称咏"翩翩四公子,浊世称贤名"。又有《博陵王宫侠曲》,赞颂侠客的勇武慷慨,重然诺,轻生死,器宇轩昂:"雄儿任气侠,声盖少年场。借友行报怨,杀人都市旁……"

　　张华乐府诗中还有一类以"刺"为主的作品,如《轻薄篇》、《游猎篇》等。前者篇名即明讽刺之义,其所刺似有所针对:"末世多轻薄,骄代好浮华。志意既放逸,赀财亦丰奢。"太康、元康时期一批贵游子弟,日务驰驱,游猎宴饮,豪奢浮华,纵情享乐;风气所渐,至于朝廷公卿大员,亦以此相尚,王恺、石崇比富等豪奢事件不一而足。王导日后总结西晋覆亡原因时亦曾指出:"自魏氏以来,迄于太康之际,公卿世族,豪侈相高,政教陵迟,不遵法度,群公卿士,皆厝于安息。遂使奸人乘衅,有亏至道。"(《晋书》本传)而张华性俭素,对于当日豪奢风气深以为非,在"盛世"中揭示"末世"之征,其对于"轻薄"、"浮华"世风的批判讽刺不可谓不严厉。在《轻薄篇》中,张华发挥他"巧用文字,务为妍冶"的手段,极写声色宴饮驰骛场面,实际上借用"极声貌以穷文"的赋的手法以写诗,体现了"诗的赋化"倾向。此诗末以"但畏执法吏,礼防且切磋"作结束,也正是一种讽戒手法,与一般赋的体式略同。

　　张华作为魏晋文士拟乐府或曰文人乐府诗的重要作者,其模拟性格也颇为浓重。乐府诗多沿袭旧题,此为一般作者共有特点。然而张华不仅袭用旧题,且作意写法上也多规步前贤,表现他继承有馀而创新不足。张华的规步对象主要是曹植。如上引《壮士篇》,仿曹植《白马篇》和《鰕鲄篇》;《门有车马客行》,仿曹植《门有万里客行》等等,不少字句亦有袭用痕迹。所以锺嵘说张华诗"其源出于王粲",就乐府诗言,其论不甚确。

　　张华四言诗呈另一种面貌,基本上是传统的述志写法。如《励志诗》九首,全以抒述诗人正面志尚为主。不过诗中有宣扬礼法者,亦有敷演玄理者,思想驳杂,不一而足。如同为《励志诗》中篇章,第九首写"复礼终朝,天下归仁。若金受砺,若泥在钧。进德修业,辉光日新。隰朋仰慕,予亦何人"。显示一兢兢业业儒者风范;而第六首则云"安心恬荡,栖志浮云",第三首云"虽有淑姿,放心纵逸",又呈一副恬淡功名、心希高蹈的道家面孔。这反映了张华内心经常存在矛盾,思考出处问题,首鼠两端。就艺术性言,张华四言诗在他三大类诗体中最无特色,不但比兴鲜见,文字平淡,采润恨少,缺乏魅力又说教甚多,令人生厌。

张华之文,今存以奏议铭诔书序为多。较著名者有《女史箴》,萧统收入《文选》,为"箴"类唯一作品。"箴"为古文一体,"箴者,所以攻疾防患,喻针石也。"(《文心雕龙·铭箴》)意在告诫立训,道德标榜,所以一般来说,难有很高文学成就。然而张华此箴,却有特殊针对性,即《晋书》本传所载:"华惧后族之盛,作《女史箴》以为讽。"是对贾后、贾谧肆意干政而发:

> ……人咸知饰其容,而莫知饰其性。性之不饰,或愆礼正;斧之藻之,克念作圣。出其言善,千里应之;苟违斯义,则同衾以疑。夫出言如征,荣辱由兹:勿谓幽昧,灵鉴无象;莫谓玄漠,神听无响。无矜尔荣,天道恶盈;无恃尔贵,隆隆者坠。鉴于《小星》,戒彼攸遂;此心《螽斯》,则繁尔类。欢不可以黩,宠不可以专:专实生慢,爱极则迁;致盈必损,理有固然。美者自美,翩以取尤;冶容求好,君子所仇;结恩而绝,职此之由。故翼翼矜矜,所福以兴;靖恭自思,所期荣显。女史司箴,敢告庶姬。

"无矜尔荣","无恃尔贵",无奈言者谆谆,听者藐藐,贾后以横暴愚昧本性,难以领会这种高级的讽戒,终于怙恶不悛,自取灭亡。张华在当时似为铭箴老手,今存铭箴竟有七篇之多。又其哀诔文章亦不少,《晋武帝哀策文》,即为张华手笔。此多应命文字,固无足称者。又张华久居台辅,其章表书记,亦著称一时。刘勰谓:"逮晋初笔札,则张华为俊。其三让公封,理周辞要;引事比义,必得其偶。世珍《鷦鷯》,莫顾章表。"(《文心雕龙·章表》)所说"三让公封"表文,今已不存,无由得睹。然而自张华其他章表观,则刘勰所誉不妄。如今存所撰劝晋武帝封禅表等,作为骈文,写得纯熟,对偶运用,颇为流畅,功力不浅。不过这终归于遣辞结句功夫,与当时文章技巧化潮流甚相呼应。此外,张华还作有一些短小杂记而颇有趣味。如《甲乙问》:

> 甲娶乙为妻,后又娶景,匿不说有乙。居家如二嫡,无有贵贱之差。乙亡,景之子当何服?本实并立,嫡庶不殊。虽二嫡非正,此失在先人,人子何得专制析其亲也! 若为庶母服,又不成为庶。进退不知所从。

原本当是讨论礼制时所举之例,但独立成篇,便成趣事。钱锺书批曰:"两头大。"(《全晋文》手批本)指出当事者两难处境。其尴尬难堪,诚足发噱。

张华著作,尚有小说《博物志》。此书"载历代四方奇物异事"(晁公武《郡斋读书志》),严格说,这是部异闻杂记。张华撰写此书,与他收藏"天下奇秘,世所希有"(《晋书》本传)之书,并且"图纬方技之书莫不详览"(同上),"博览洽闻,无不贯综"(《世说新语·言语》注引《晋阳秋》)相合。[2]此书共十卷,各卷内容无严格界限,前七卷多载四方各地及外国奇事异物,八卷为"史补",九、十卷为"杂说"。此书中有两部分值得细读,一部分语人事,饶有记述之美。如:

> 蔡邕有书万卷,汉末年载数车与王粲。粲亡后,相国掾魏讽

谋反，粲子与焉。既被诛，邕所与粲书，悉入粲族子叶，字长绪，即正宗父，正宗即辅嗣兄也。

初，粲与族兄凯避地荆州依刘表，表有女，表爱粲才，欲以妻之，嫌其形陋周率，乃谓曰："君才过人，而体貌躁，非女婿才。"凯有风貌，乃妻凯。生叶，即女所生。

前段记蔡邕赠王粲之书（事见《三国志·王粲传》）的下落；后段记刘表与王粲间轶事。坐谈掌故，不必凿实，唯得奇趣而已。[3] 而以下一则尤见精彩：

太丘长陈寔，寔子鸿胪卿纪，纪子司空群，群子泰，四世于汉魏二朝有重名，而其德渐小减，故时人为其语曰："公惭卿，卿惭长。"

颍川陈氏，汉魏世族，享有重名，官位代增，而德音递减，故一代当"惭"一代。文字极简洁隽永，此种文笔，实已开后世名人轶事小说如《世说新语》风气之先。另一部分记神怪，如：

天门郡有幽山峻谷，而其上，人有从下经过者，忽然踊出林表，壮如飞仙，遂绝迹。年中如此甚数，遂名此处为仙谷。有乐道好事者，入此谷中洗沐，以求飞仙，往往得去。有长意思人（《太平广记》卷四百五十六引作"有智能者"），疑必以妖怪，乃以大石自坠，牵一犬入谷中，犬复飞去。其人还告乡里，募数十人执杖，擿山草伐木，至山顶观之，遥见一物长数十丈，其高隐人，耳如簸箕。格射刺杀之。所吞人骨积此（在），左右有成封（《太平广记》引作"如阜"）。蟒开口广丈馀，前后失人，皆此蟒气所歇上。于是此地遂安稳无患。

写巨蟒吸食人，而人以为成仙，幸有"长意思人"率众斩除，一方平安。此故事是颇为典型的魏晋志怪，而其斩蛇题材亦与干宝《搜神记》中李寄故事同类，只是情节不及《李寄》曲折，描写也略显粗糙。然而故事完整，且开阖擒纵，具备了小说叙述的一定魅力。《博物志》在中国小说发展史上有重要地位，它是魏晋南北朝小说中产生时间较早、影响较大的一部作品。张华是干宝、刘义庆之前的一位重要小说作者。[4]

　　总之，张华历事二帝，长期位居枢要，又加温雅儒风，在当时士大夫中影响力很大。他的诗文赋，"其体华艳"，"辞藻温丽"，"务为妍冶"，模拟性格浓厚，为西晋主流文风的形成起了推波助澜作用。他是西晋尚繁缛、重技巧风气的第一位代表。张华又是将两晋小说创作推向繁荣的有力人物，当时一些文士能够致力于"街谈委巷议"、"丛残小语"的小说写作，不能不说与他身体力行颇有关系。

　　张华著作较多，《晋书》本传谓："华著《博物志》十篇及文章，并行于世。"《隋书·经籍志》著录有集十卷，今存辑本有《汉魏六朝百三名家集》所收《张司空集》一卷。严可均辑其文入《全晋文》卷五十八，逯钦立辑其诗入《晋诗》卷三。又《隋书·经籍志》著录《博物志》十卷，后世诸史志及书目皆有著录，今存周日用注本、《说郛》本、《经籍佚文》本等。范宁《博物志校证》（中华书局1980）校核版本，辨证文字，考订源流，颇为切实周详。

第三节　成公绥

　　成公绥(231—273),字子安,东郡白马(今河南滑县东)人,幼聪慧,博涉经传。性寡欲,不营资产,家贫岁饥,晏然处之;静默自守,不求闻达于世。张华见其辞赋,荐为太常博士,谓:"贞干劲操,足以敦风笃俗;渊才达学,足以弘道世教。固逸伦之殊俊,缙绅之检式也。"(《移书太常荐成公绥》)后历秘书郎,入晋为骑都尉,中书侍郎,在朝以文辞闻,每与张华同受诏作诗赋,又曾与贾充等参定法律。《晋书》本传谓:"张华雅重绥,每见其文,叹伏以为绝伦。……所著诗、赋、杂笔十馀卷行于世。"《隋书·经籍志》著录有集九卷(注:"梁十卷"),《旧唐书》、《新唐书》、《通志》皆著录十卷。今存辑本有《汉魏六朝百三名家集》所收《成公子安集》一卷。严可均辑其文入《全晋文》卷五十九,逯钦立辑其诗入《晋诗》卷二。

　　成公绥以辞赋闻于当世。少时见乌鸦集于庐舍,以为祥鸟,有反哺之德,遂作《乌赋》美之。后又作《天地赋》,其序曰:"赋者贵能分赋物理,敷演无方。天地之盛,可以致思矣!历观古人未之有赋。岂独以至丽无文,难以辞赞?不然,何其阙哉?"由此可见他的赋学观念。"分赋物理,敷演无方",即是说赋的体物功能无限广大,能写一切事物的一切方面。而天地既为"至丽",他要作至丽之赋。可知其强烈自负心理。从赋文看,作者先由自然太素、一元茫昧,写到清浊剖分、天地形成;再写天文之悬象列宿、祥瑞灾异;再写地理之昆仑悬圃、九州列国;末写六合同宅、敬天事地。赋中辞采丰赡,体现"至丽"基色,而内容上重在客观描述"敷演",略无兴托讽喻,可谓"物理"虽多而独缺人情。这样一篇主要以技巧和辞采见长的作品,以其"至丽"面貌广收盛誉，并成为张华荐举作者的因缘，不能不说是由于它正好符合当时文坛"巧用文字，务为妍冶"风尚的结果。继《天地赋》之后，成公绥的另一名作是《啸赋》。此赋写一位"逸群公子"的"啸"。此"公子"显系玄学家兼神仙家：

> 逸群公子，体奇好异。傲世忘荣，绝弃人事。希高慕古，长想远思。将登箕山以抗节，浮沧海以游志。于是延友生，集同好，精性命之至机，研道德之玄奥。愍流俗之未悟，独超然而先觉。狭世路之隘僻，仰天衢而高蹈。邈娇俗而遗身，乃慷慨而长啸。

以下即进入对"啸"的描绘。有关"啸"的动作形态、发声过程、声音曲调、韵味含义、作用功能，皆有细致形容，极言其精微玄妙。最后写：

> ……音要妙而流响，声激曜而清厉。信自然之极丽，羌殊尤而绝世。越韶夏与咸池，何徒取异乎郑卫。于时绵驹结舌而丧精，王豹杜口而失色。虞公辍声而止歌，宁子检手而叹息。锺期弃琴而改听，孔父忘味而不食。百兽率舞而忭足，凤凰来仪而拊翼。乃知长啸之奇妙，盖亦音声之至极。

"自然之极丽"和"音声之至极"，这是作者对"啸"的基本性质归纳。"自然"体道家之本，"极丽"则是作者本人领会。这里的"极丽"说，与《天地赋》中的"至丽"说，是一致的，表现了作者对于"丽"的重视和强调。悉心追求和营造"丽"，也就成了成公绥本人的创作原则。因此，无论《天地赋》或《啸赋》，都以对物色或"物理"的精致描摹为特点,而鲜见作者情志的寄托;它们都是赞词,而无讽喻;充斥技巧和辞采的刻意追求,而乏感情的真切自然抒发。"诗人之赋丽以则,辞人之赋丽以淫",成公绥继承的显然是后者即"辞人之赋"传统。

除了上述三篇之外,成公绥尚有二十馀篇赋,如《故笔赋》、《鸿雁赋》、《螳螂赋》等,这些虽多为短制小幅,仍不以寄情为主,而是以"假象兴物"(《鸿雁赋》)为写作出发点。作为西晋前期主要辞赋作者,成公绥也颇受后世所推重。刘勰曾将他与左思、潘岳、陆机、郭璞、袁宏并列,推为"魏晋之赋首",谓:"士衡、子安,底绩于流制。"(《文心雕龙·诠赋》)这是说他与陆机能承袭传统,取得成绩。他们所"底绩"的"流制",当然是"诗赋欲丽"传统。在形成西晋一代文风过程中,成公绥也起了重要作用。

成公绥的"极丽"、"至丽",也表现于赋之外的创作中。他的颂、赞、铭诔等文章,悉皆富于辞采,长于技巧。比较突出的有《隶书体》一文。说隶书字体的形成发展过程及其笔法奥妙,相当华丽:

> ……或轻拂徐振,缓案急挑;挽横引从,左牵右绕;长波郁拂,微势缥缈。工巧难传,善之者少;应心隐手,必由意晓。尔乃动纤指,举弱腕,握素纨,染玄翰。彤管电流,雨下雹散。点黜折握,捆挫安案;缤纷骆驿,华藻粲烂。缊缊卓荦,一何壮观!繁缛成文,又何可玩!章周道之郁郁,表唐虞之辉焕。若乃八分玺法,殊好异制;分白赋黑,棋布星列。翘首举尾,直刺邪揥;缠绵结体,剩彩奋节。或若虬龙盘游,蛇蝉轩翥;鸾凤翔翔,矫翼欲去。或若鸷鸟将击,拜体仰怒;良马腾骧,奔放向路。仰而望之,郁若宵雾朝升,游烟连云;俯而察之,凛若清风属水,漪澜成文。垂象表式,有模有楷;形功难详,聊举大体。

文章大量运用藻饰和比喻,写出体势和形态种种动静变化,给予读者以"莫尚于隶"的丰富感受。此文固是漂亮的骈体文,亦是以赋为文。文中所用"或……"、"尔乃……"、"若乃……"、"或若……"之类,皆是赋之常用句式。而所用"左……右……"、"仰而……俯而……"等对偶语句,也是赋中套语,曹植《洛神赋》中即有"远而望之……迫而察之……"语。所以张溥评此文曰:"隶势善于说字,若有宫商纂组,亦陆机《文赋》之流乎!"(《成公子安集题辞》)

成公绥的诗,今存不多。《中宫诗》二首,咏上古"二妃"、"三母"等盛德女子,敷述"关雎思贤妃,此言安可忘"的训诫;《仙诗》中有"盛年无几时,奄忽行欲老"之嗟叹,并无其他寄托,平淡无奇。又成公绥作为西晋初朝廷著名文士,也曾与傅玄、荀勖、张华等共同参与撰写晋祭祀及燕射乐府歌辞,今存由他执笔的有《晋四厢乐歌》中的《王公上寿酒歌》、《正旦大会行礼歌》十五章等,此皆歌颂功德之作,无多文学性可言。不过他能跻身撰写这些朝廷官方文学,也是他在当时文坛上重要地位的一种标志。成公绥唯一值得重视的诗作是《行诗》:

> 洋洋熊耳流,巍巍伊阙山。高冈碣崔嵬,双阜夹长川。素石何磷磷,水禽浮翩翩。远涉许颍路,顾思邈绵绵。郁陶怀所亲,引领情缅然。

类似述行题材,此前诗赋中多有。此诗特点在于很明确地将山与水当作描写重心:第一韵"洋洋"、"巍巍"是山水,第二韵"高冈"、"长川"也是山水,第三韵"素石"、"水禽"还是山水。三层山水描写并非简单重复,而是有景观层次上的递进;其递进方向是由大到小,由笼统到具体,由粗略到精细。"熊耳"、"伊阙"是山水之总名,这是大而言之,宏观叙述;"高冈"、"长川"等已是眼见的具象,这是进入了中观领域;"素石何磷磷"、"水禽浮翩翩",则已观察到了细部,这又入于微观范畴。此种写法,无疑增强了山水景物的层次感和立体感,颇为成功。由于有了前三韵山水描写的铺垫,使四韵的"远涉"、"顾思"具有了开宕的背景,而五韵的怀亲之情,也显得比较自然深厚。总之,这是西晋诗歌中颇为出色的述行诗,也不妨说它是一首优秀的早期山水诗。

第四节　夏侯湛

夏侯湛(244—292),字孝若,谯国谯(今安徽亳县)人,曾祖夏侯渊是曹操族弟(曹操父曹嵩原出夏侯氏)。夏侯湛"才华富盛,早有名誉"(《文选》注引臧荣绪《晋书》),举贤良对策,拜郎中,为太尉掾。进补太子舍人,转尚书郎,出宰野王令。居邑累年,朝野多叹其屈。后除中书侍郎,出补南阳相,惠帝即位,任散骑侍郎。作为盛门公子,湛"性颇豪奢,甘食美服,穷滋极珍"(同上),也是西晋奢靡风气的积极躬行者。不过他临终遗令小棺薄敛,不修封树。时论以为生不砥砺名节,死则俭约令终,是"深达存亡之理"(《晋书》本传)。夏侯湛美姿仪,与潘岳每同舆出入,洛阳人称"连璧"(《世说新语》注引《八王故事》)。又"有盛才,文章巧思,善补雅词,名亚潘岳"(《世说新语》注引《文士传》)。然而他却未入"二十四友",原因或者不肯攀附贾谧,或者因其早卒,未及参与贾谧、石崇、潘岳等活动最盛时期。

夏侯湛早年代表作是泰始中所撰《抵疑》一文。当时作者少年才高,而备位郎署,历年不调,心情抑郁,乃作此自广其意。文中设

"当路子"提出疑问,由"夏侯子"作答,故称"抵疑"。"当路子"之疑,其要点为:"吾子童幼而歧立,弱冠而著德,少而流声,长而垂名。……而官不过散郎,举不过贤良。凤栖五期,龙蟠六年;英耀秃落,羽仪摧残。而独雍容艺文,荡骀儒林;志不辍著述之业,口不释雅颂之音。徒费情而耗力,劳神而苦心,此术亦以薄矣!而终莫之辩,宜吾子之陆沉也。"对于"当路子"的疑问,"夏侯子"以洋洋大论作答。答词中以清高姿态,说自己"不识当世之便,不达朝廷之情,不能倚靡容悦,出入崎倾,逐巧点妍,呕喁辩佞"。同时对朝廷中"群公百辟,卿士常伯"大施攻击。他说:"今也则否,居位者以善身为静,以寡交为慎,以弱断为重,以怯言为信。""虽力挟太山,将不举一羽;扬波万里,将不濯一鳞。咳唾成珠玉,挥袂出风云。岂肯蹴蹔鄙事,取才进人!"冷嘲热讽,颇为尖锐激烈。此文虽为发泄屈居下位的个人坎廪不平之气,然其揭露当时朝廷群官自私世故种种丑恶现象和阴暗心态,有一定深刻性。比左思"世胄蹑高位,英俊沉下僚"的诗句更具体而微。《抵疑》写法上无疑学东方朔《答客难》、班固《答宾戏》、张衡《应间》,尤其是扬雄《解嘲》。扬雄亦设一"客"嘲"扬子",所嘲内容也在"何为官之拓落也",而"扬子"亦以"位极者宗危,自守者身全"等理由"解"之。不过《抵疑》独到之处,在于文中对朝政时弊的大胆摘发和辛辣讽刺。《抵疑》继承了东方朔、扬雄等传统,充分发挥作者论说辩难才华,纵横开阖,敷演事理,引证故事,且多自创妙语,气韵贯通,而兴趣盎然。如:"子不嫌仆德之不劭,而疑其位之不到;是犹反镜而索照,登木而下钓,仆未以此为不肖也!"

夏侯湛所作人物赞、叙、传颇多,今存虞舜、左丘明、颜子、闵子骞、管仲、鲍叔、范蠡、鲁仲连、庄周、东方朔等人物赞,此所赞之人,皆古代圣贤有特行者。赞之为体,"本其为义,事生奖叹,所以古来篇体,促而不广"(《文心雕龙·颂赞》)。以故难有佳构。而湛所作

《东方朔画赞序》，颇有文采：

> 大夫讳朔，字曼倩，平原厌次人也。魏建安中，分厌次以为乐陵郡，故又为郡人焉。事汉武帝，《汉书》具载其事。先生瑰玮博达，思周变通，以为：浊世不可以富贵也，故薄游以取位；苟出不可以直道也，故颉颃以傲世；傲世不可以垂训也，故正谏以明节；明节不可以久安也，故诙谐以取容。洁其道而秽其迹，清其质而浊其文；弛张而不为邪，进退而不离群。……夫其明济开豁，包含弘大；陵轹卿相，嘲哂豪桀。笼罩靡前，跆籍贵势；出不休显，贱不忧戚。戏万乘若寮友，视俦列如草芥。雄节迈伦，高气盖世。可谓拔乎其萃，游方之外者已。

文章盛赞东方朔处世态度，对于他"陵轹卿相，嘲哂豪桀"的作风极表倾慕，读此文，知作者千载而下，托为知己。此文特色仍在气韵，即"高气"。文中使用排比语句特多，贯穿前后，力通全篇，如前半连用四个"故……"句式，其后又是"若乃……乃……"，再接一个"夫其……"，皆一气贯注，如瀑飞泻，略无关碍。此赞及序，全文收入《文选》，列"赞"部第一篇。

至于"叙"、"传"文，今存《夏侯称、夏侯荣叙》、《羊秉叙》及《羊太常辛夫人传》，皆为人物传记，以叙事为主，写法与"赞"不同，别为一体。二"夏侯"为作者族人，曹魏名将夏侯渊之子。二人年在幼弱，皆有特行，夏侯称尚武，夏侯荣善文，两相映照，各显其长。而少年英雄，同著史笔：

> 称字叔权，自孺子而好合聚童儿，为之渠帅。戏必为军旅战阵之事，有违者，辄严以鞭捶，众莫敢逆。渊阴奇之，使读《项羽

传》及兵书，不肯，曰："能则自为耳！安能学人？"年十六，渊与之田。见奔虎，称驱马逐之，禁之不可，一箭而倒，名闻太祖。太祖把其手，喜曰："我得汝矣！"与文帝为布衣之交，每宴会，气陵一坐，辩士不能屈。世之高明者，多从之游。年十八卒。弟荣，字幼权，幼聪慧，七岁能属文，诵书日千言，经目辄识之。文帝闻而请焉，宾客百馀人，人一奏刺，悉书其乡邑名氏，世所谓"爵里刺"也。客示之，一寓目，使之遍谈，不谬一人。帝深奇之。汉中之败，荣年十三，左右提之走，不肯。曰："君亲在难，焉所逃死？"乃奋剑而战，遂没阵。

短篇小制，简而得要，所说事迹唯一、二件，而人物面貌清晰，且个性分明，文笔颇高明。《羊太常辛夫人传》写辛宪英，居魏末乱世，遇变不惊，胜过任事男子，文笔亦佳。唐代房玄龄等修撰《晋书》，竟全录夏侯湛此文入《列女传》，改题为《羊耽妻辛氏》。可知其备受推重。

夏侯湛的赋，今存二十篇左右（含残篇）。其题材以咏物居多，大凡不出天气四时、动物植物、歌舞游乐、日用杂品之类，篇幅一般亦颇短小。不过某些作品尚能以小喻大，在咏物中寄以情志，如《浮萍赋》、《雀钗赋》等。个别作品如《猎兔赋》场面尚称阔大，写"马释控以长骋"，"绕缭于山泽之际"；但只述田猎驰骛过程甚详。赋末写："息徒兰圃，秣骥华田。目送归鸿，手挥五弦。优哉游哉，聊以永年。"并为抒情述志之语，却袭用嵇康《赠兄秀才入军》诗句，非作者自创。[5]不过嵇康被司马氏所杀，作者不避疑忌而用其诗句，似有深意存焉。

夏侯湛今存诗十馀首。其中《周诗》为补《诗经》中六篇有声无辞的"笙诗"而作，文学价值不大，而他的较优作品，应是《离亲咏》。诗中写"剖符兮南荆，辞亲兮远征"，当作于出任南阳相时（南阳郡治

宛,旧属楚地);对于离别亲人出仕远邑,诗人甚怀悲思:

> 剖符兮南荆,辞亲兮遄征。发轫兮皇京,夕臻兮泉亭。抚首
> 兮内顾,按辔兮安步。仰恋兮后途,俯叹兮前路。既感物以永思
> 兮,且归身乎怀抱。苟违亲以从利兮,匪曾闵之攸宝。视微荣之
> 琐琐兮,知吾志之愈小。独申愧于一心兮,惭报德之弥少。

出仕与事亲之矛盾,为古来诗文中常见主题,然而如夏侯湛严以责诸
己者,竟不多。诗中饱含内疚惭愧、痛楚悲哀,"违亲以从利","吾志
之愈小",自责自谴,真诚恳切,甚是感人。此诗表明,如夏侯湛这样
的世家子弟,内心亦存善良真情。此外,夏侯湛还有吟咏时序节候之
诗共五首,即《长夜谣》、《寒苦谣》、《春可乐》、《秋可哀》、《秋夕哀》
(后二首可能原为一首),五首皆歌谣——楚歌体,如:

> 春可乐兮乐东作之良时,嘉新田之启莱,悦中畴之发菑。桑
> 冉冉以奋条,麦遂遂以扬秀。泽苗翳渚,原卉耀阜。春可乐兮乐
> 崇陆之可娱,登夷冈以回眺,超娇驾乎山隅。春可乐兮缀杂华以
> 为盖,集繁蕤以饰裳;散风衣之馥气,纳戢怀之潜芳。鹦交交以
> 弄音,翠翾翾以轻翔。招君子以偕乐,携淑人以微行。……

歌中缀以若干辞采,但写得尚称朴实流畅,保存了歌谣体的基本风
格。应当指出的是,夏侯湛今存诗歌中,除《周诗》必须是四言体外,
其馀竟全部是楚辞——楚歌体,而无一首五言诗。这在五言勃兴的
魏晋诗坛上,可算是个奇观。由此亦反映出夏侯湛其人在性格作风
上的不同流俗处。

　　总之,夏侯湛与张华、成公绥、潘岳、陆机等一般西晋文士不同,

由于他个性桀骜孤高,加上他仕途滞塞,久屈下僚,所以作品中多有抨击士俗、讥议朝政言论,其指陈的大胆和批判的尖锐,其"陵轹卿相,嘲哂豪桀"的文风,略存嵇、阮遗风而为西晋一代所稀见。就此点言,夏侯湛与左思,可谓西晋文士中的翘楚。夏侯湛在文学风格上,重气韵而辞采不竞;他的文入于骈偶而不纯用骈;他的诗赋基本上也质实不尚华丽。这些都与当时主流文风有所差异,诚如他自己所说:"不留志于华好。"(《抵疑》)

夏侯湛著作,《隋书·经籍志》著录有集十卷,《旧唐书》、《新唐书》、《通志》皆著录十卷。今存辑本有《汉魏六朝百三名家集》所收《夏侯常侍集》一卷。严可均辑其文入《全晋文》卷六十八、六十九,逯钦立辑其诗入《晋诗》卷二。

第五节　陈寿及其《三国志》

陈寿(233—297),字承祚,巴西安汉(今四川南充)人。少受学于蜀中名儒谯周,聪警敏识,属文富艳。初应州召为卫将军主簿,后历任东观秘书郎、散骑黄门侍郎。魏灭蜀后,察孝廉,为本郡中正,又入洛为著作郎等。陈寿先撰《益部耆旧传》十篇,晋武帝善之,吴平之后,又撰《三国志》,甚得荀勖、张华等赏识,以为可与《史》、《汉》媲美。后又为平阳侯相、散骑侍郎、治书侍御史、散骑常侍等。

《三国志》包括魏、吴、蜀三书共六十五篇,有"纪"四篇,馀皆为"传",无"志"、"表"。自史学角度言,其"事多审正"(裴松之《上三国志注表》),对了解三国历史有重要价值。然其文学价值,则历来评价不甚高,刘知几谓:"文之与史,较然异辙,故以张衡之文而不闲于史,以陈寿之史而不习于文。"(《史通·核才》)[6]平心而论,与

《史记》、《汉书》比较，《三国志》文采诚有不足。造成此一情况原因主要有二：一为陈寿行文尚简，《三国志》写得简略，影响对人物事件作详细叙述描绘。如嵇康、阮籍为一代名士，流风广被，然而《魏志》不予设传，只在《王粲传》中附言数语而已，这就未免过于简略，毋怪乎裴松之要说"失在于略，时有所脱漏"（《上三国志注表》），并为之作详注，以致今存有关嵇、阮资料，主要在裴注及《世说新语》等书中，而《魏志》反而极少。二为陈寿处理重大历史事件，往往取化整为零分散写法。如官渡之战、赤壁之战等战役，为重大历史事件，而前者散见于《武帝纪》、《袁绍传》、《荀彧传》等篇中，后者散见于《武帝纪》、《吴主传》、《周瑜传》、《鲁肃传》、《蜀先主传》等篇中，如此，也就不可能有司马迁笔下那种史诗式场面和磅礴气势，以及班固笔下那种严谨结构和缜密事理。然而《三国志》仍有其明显写作特色，表现为语言颇为凝练生动，以及某些人物描写相当精彩。

《三国志》语言风格，倾向于简洁精练、明净凝重。于简洁中有警策，于明净中含生动。如《吕布传》中一节描述：

> 始，（吕）布因（陈）登求徐州牧，登还，布怒，拔戟斫几曰："卿父劝吾协同曹公，绝婚公路；今吾所求无一获，而卿父子并显重，为卿所卖耳！卿为吾言，其说云何？"登不为动容，徐喻之曰："登见曹公，言：'待将军譬如养虎，当饱其肉，不饱则将噬人。'公曰：'不如卿言也。譬如养鹰，饥则为用，饱则扬去。'其言如此。"布意乃解。

一小段文字中，写了吕布、陈登双方对话、表情，还有动作，写出双方情绪交流及态度变化过程，完整而流贯。双方性格亦得以表现：吕布轻躁浅薄，陈登沉着老练。使此节文字生辉处，在于陈登"徐喻之"

数句话,以养虎、养鹰设譬,说明陈登与曹操在对待吕布问题上不同主张,设喻相近,而结论相反。此妙喻不必再作任何解释,只是"其言如此",便取得使吕布"意乃解"效果,实颇精彩。此节文字,几乎原封不动被照录入《三国演义》,可知其精彩处颇受罗贯中欣赏。

另一例见于《武帝纪》中:

> 初,公举(魏)种孝廉。兖州叛,公曰:"唯魏种且不弃孤也。"及闻种走,公怒曰:"种不南走越,北走胡,不置汝也!"既下射犬,生禽种,公曰:"唯其才也!"释其缚而用之。

此写曹操("公")与部下魏种之间关系。其间先后有三层转折:开始写曹操对魏种十分信任,当兖州多数郡县于兴平元年叛迎吕布时,操坚信唯魏种"不弃孤"。然而事实上魏种竟叛奔张杨,曹操恼羞成怒,态度急转直下。最后曹操攻克射犬,大破张杨、眭固军,生擒魏种,而曹操却平息了愤怒,不仅不惩办魏种,且予任用。此一复杂过程,陈寿仅用不到一百字,即明白清晰写出,作为叙述语言,不能不谓之精练简洁,达到极高水准。其中所写曹操三句话尤应注意,第一句"唯魏种且不弃孤也",表现曹操好料事度人习惯,以及对人对己经常怀有的自信心;第二句"种不南走越,北走胡,不置汝也",表现曹操受到折辱时常有的那种咬牙切齿报复心理;第三句"唯其才也",又表现曹操爱才举贤一贯方针。三句话不但显示曹操于不同情况下对魏种三种不同态度,且每一句都反映其性格某一方面。作为人物语言,写得如此精警生动,不能不说作者于语言提炼上具有深湛功力。

《三国志》在语言运用上,还有意学习《史记》、《汉书》这两部先代名著。先述陈寿学司马迁之例:

> ……追者数百，莫敢近。……（典）韦手持十馀戟，大呼起，所抵无不应手倒者。……竟酒，（张）绣及其将帅莫敢仰视。……时韦校尚有十馀人，皆殊死战，无不一当十。……馀贼不敢前。

此为《魏志·典韦传》中一段描述，此描述学《史记·项羽本纪》中一段历来备受称颂文字：

> ……诸侯军救钜鹿下者十馀壁，莫敢纵兵。及楚击秦，诸将皆从壁上观。楚战士无不一以当十，楚兵呼声动天，诸侯军无不人人惴恐。于是已破秦军，项羽召见诸侯将；入辕门，无不膝行而前，莫敢仰视。

《项羽本纪》中以三"无不"二"莫敢"，写出项羽军锋锐及威势；《典韦传》中以二"无不"三"莫敢"，写出虎将典韦勇力及气概。

再看陈寿学班固之例：

> 时常从士徐他等谋为逆，以（许）褚常侍左右，惮之不敢发。伺褚休下日，他等怀刀入。褚至下舍，心动，即还侍。他等不知，入帐，见褚，大惊愕。他色变，褚觉之，即击杀他等。太祖益亲信之，出入同行，不离左右。

此为《魏志·许褚传》中徐他谋杀曹操、被许褚击杀一节描写，其所学对象，即《汉书·金日磾传》中金日磾侍卫汉武帝、诛反臣莽何罗一节文字：

……（莽何罗）遂谋为逆，日䃅视其志意有非常，心疑之，阴独察其动静，与俱上下，何罗亦觉日䃅意，以故久不得发。……明旦，上未起，何罗亡何从外入。日䃅心动，立入，坐内户下。须臾，何罗袖白刃从东厢上，见日䃅，色变，走趋卧内，欲入，行触宝瑟，僵，日䃅得抱何罗，因传曰：'莽何罗反！'……日䃅自在左右，目不忤视者数十年。

发生于不同朝代两起谋杀未遂事件，其过程本身确有相似之处，可谓历史之巧合；但不同著作中两节文字，则绝非巧合，而是后人向前贤学习结果。其中"谋为逆"、"不敢发"、"心动"、"色变"、"不离左右"等关键语，直接移植而来甚明。同时学习中亦有变化，非照抄他人也。由此可知陈寿在语言文字运用上所下功夫实不小。

《三国志》在人物描写方面亦有成功之处。汉末三国，人才辈出，在政治、军事、文化诸方面皆有众多杰出人物。以三位领袖而论，曹操是"抑可谓非常之人，超世之杰矣"（《魏志·武帝纪》），刘备是"盖有高祖之风，英雄之器焉"（《蜀志·先主传》），孙权是"有句践之奇英，人之杰矣"（《吴志·吴主传》），陈寿都如实给予很高赞誉，表现出一位史学家的应有眼光。同时，也写出他们各自性格作风特点。关于曹操，写"汉末，天下大乱，雄豪并起，而袁绍虎视四州，强盛莫敌。太祖运筹演谋，鞭挞宇内，揽申、商之法术，该韩、白之奇策，官方授材，各因其器，矫情任算，不念旧恶，终能总御皇机，克成洪业者，唯其明略最优也"。关于刘备，写"先主之弘毅宽厚、知人待士……及其举国托孤于诸葛亮，而心神无贰，诚君臣之至公，古今之盛轨也。机权干略，不逮魏武，是以基宇亦狭。然折而不挠，终不为下者，抑揆彼之量必不容己，非唯竞利，且以避害云尔"。关于孙权，写"孙权屈身忍辱,任才尚计……故能自擅江表,成鼎峙之业。然性多嫌忌,果于杀戮,暨臻末年,弥以滋甚。至于谗说殄行,胤嗣废毙,岂所谓贻厥孙谋以燕翼子者哉?其后叶陵迟,遂致覆国,未必不由此也"。说皆允当得宜,而且在各自纪传中皆有事实描写作支撑。

《三国志》对于当时三方文臣武将的描写,亦有颇出色者,如《魏志》中写荀彧、郭嘉、崔琰、张辽、许褚等,《蜀志》中写诸葛亮、关羽、蒋琬等,《吴志》中写张昭、周瑜、陆逊等。以《诸葛亮传》为例,此为《蜀志》中最长传文,超过《先主(刘备)传》。传文重点写诸葛亮生平五件事,即一、草庐见刘备,"隆中对";二、赤壁战前使吴;三、刘备临终托孤;四、北伐,上《出师表》;五、六出祁山。诸事各成段落,每一段在描写事件同时,皆突出表现事主某一方面品格才具,如第一段表现诸葛亮深谙时局,有长远战略头脑;第二段突出其沉着干练外交才能;第三段表现他与刘备亲密无间和相互信赖;第四段显示其奔走驰驱、忠恳勤恪品格;第五段表现他不顾国势疲敝而力挽危局的奋斗精神。诸葛亮为人行事本来高尚感人,经陈寿如此精心安排作多侧面描写,一位德才兼具的"贤相"形象也就活生生出现于读者面前。陈寿在传中称诸葛亮为"管、萧之亚匹",其实他这篇传文,亦足堪为《史记·萧相国世家》之后继。[7]

此外,《吴志·张昭传》亦值得注意。张昭其人,因赤壁战前曾劝孙权迎曹操,当时曾受孙权讥笑,谓"如张公计,今已乞食矣"(裴注引《江表传》),后世也颇为论者所轻,少不得要给他戴上"投降派"帽子。不过历史上张昭,并不如此简单,他原是一刚直不阿、忠亮果毅的孙吴元老大臣。陈寿在传文中写了多件事例,以展现其性格作风。这些事例,几乎全是他与孙权之间矛盾冲突。它们主要是:一、谏阻孙权手格猛兽事;二、谏阻孙权于武昌钓台之宴事;三、谏阻孙权遣使辽东事。数重矛盾冲突,尖锐曲折而层层递进,逐步走向高潮,极富戏剧性。第三次冲突为最高潮,张昭反对遣使辽东,孙权与之"相反复",而张昭"意弥切",双方皆不让步。孙权极其难堪,于是"案刀而怒曰:'吴国士人入宫则拜孤,出宫则拜君,孤之敬君,亦为至矣。而数于众中折孤,孤尝恐失计!'"虽然孙权暴怒,张昭仍不屈服,说"臣虽知言不用,每竭愚忠者,诚以太后临崩,呼老臣于床下,遗诏顾命之言故在耳",亮出自己顾命老臣身份作对抗。孙权无计可施,只好"掷刀致地,与昭对泣"。矛盾至此并未了,孙权还是派使者去辽东。于是张昭"忿言之不用,称疾不朝",孙权则"恨之,土塞其门",而"昭又于内以土封之",君臣之间对立进一步激化。最后,使者被辽东公孙渊所杀,事实证明张昭正确,于是这场僵持着的冲突方得以解决,但解决方式亦颇奇特:

> ……权数慰谢昭,昭固不起,权因出过其门,呼昭,昭辞疾笃。权烧其门,欲以恐之,昭更闭户。权使人灭火,住门良久,昭诸子共扶昭起,权载以还宫,深自克责。昭不得已,然后朝会。

传文写出张昭性格,"此公性刚"(孙权语),"志在忠益,毕命而已。若乃变心易虑,以偷荣取容,此臣所不能也"(张昭自述),颇有"国之司直"遗风。而作为张昭对立面,孙权性格亦有真切表现,他虽有刚愎自用弱点,但能容忍张昭激烈反对立场,且事后能认错悔过,"深自克责",表现出"人之杰"气量。要之传文写了性格的冲突及冲突中的性格,情节安排紧凑,人物描写精彩,为史传文学佳篇。

总之,《三国志》首先是一部信史,同时亦具有相当文学价值。它对读者不但提供历史认识作用,还发挥着一定形象感染作用。当初记述三国史事著作颇多,裴松之作注时所见三国及两晋人所撰有关史籍,即有二百一十种,然而经过时间筛汰,那二百馀种史籍渐次散佚，或湮没无闻了，唯有《三国志》巍然独全，此中原因甚复杂，但《三国志》本身写得成功，优点较多，不能不是最重要因素。对此，刘勰早就有所分析，其云：

> 及魏代之雄，记传互出，《阳秋》、《魏略》之属，《江表》、《吴录》之类，或激抗难征，或疏阔寡要，唯陈寿三《志》，文质辨洽，荀、张比之于迁、固，非妄誉也。

> ——《文心雕龙·史传》

这里指出陈《志》优于诸书，在于它"文质辨洽"，应当说是中肯评语；而陈寿同时人荀勖、张华将他与司马迁、班固相比拟，大体上也可以说"非妄誉也"。

《三国志》后世被奉为"正史"，流传千馀年而不坠。今存版本主要有：清武英殿刻本；金陵活字本；江南书局刻本；商务印书馆百衲本。1959 年中华书局据以上四种通行本参互勘对，出版新标点本。关于《三国志》的研究著作，有《三国志辨误》（陈少章撰）、《三国志补注》（杭世骏撰）等。

除《益部耆旧传》、《三国志》之外，陈寿尚有《魏名臣奏事》四十卷，《隋书·经籍志》有所著录。[8]

西晋为史学繁盛时期。当时史学著作较三国时期有很大增加。西晋史学繁盛原因，一方面是轰轰烈烈的三国鼎立局面宣告终了，三国时期错综复杂、丰富多彩的一段史事，客观上需要及时加以总结，另一方面是西晋具有比较安定宽松的文化环境，适于文士们按照各自见解，推出体现不同观点不同写法不同风格的历史著作。文士亦认识到撰写史书为"立言"重要方式，可以扬名当世，垂范后叶，以故激发出较高热情。因此，西晋朝廷虽设有兰台、太史，隶属于太常卿，亦有若干文士如华峤、张载等在台内任职，职司史事，然而并不妨碍众多文士自行撰写史书。由此史书的私家著述日多。西晋重要史传作家，除陈寿外，尚有皇甫谧、司马彪等多人。

　　皇甫谧（215—282），字士安，安定朝那（今甘肃平凉附近）人。汉太尉皇甫嵩曾孙，少时不好学，游荡无度，得后叔母任氏教诲，因勤学读书不息，遂博综典籍百家之言。家贫，躬自稼穑，而沉静寡欲，不愿出仕，自号"玄晏先生"，撰《玄守论》、《释劝论》等以明其志。司马昭、司马炎先后多次辟召，皆辞疾不应命，终老在家。皇甫谧以学问人格，名望极高，其著作见重于世，门人挚虞、张轨、牛综、席纯等，皆为晋名臣。有人作颂曰："伏惟先生：黄中通理，经纶稽古。既好斯文，述而不作。将迈卜商于洙泗之上，超董生于儒林之首。含光烈于千载之前，吐英声于万世之后。……"（辛旷《与皇甫谧书》）

　　皇甫谧史学著作最为有名，如《帝王世纪》、《年历》、《玄晏春秋》等。又有《高士传》、《逸士传》、《列女传》、《韦氏家传》等，显示在史传文学领域，他也是重要作者。今存《高士传》，载《太平御览》卷五百六至五百九。所写人物，自上古尧世至曹魏，共七十一人，[9]据序谓"孔子称举逸民，天下之民归心焉。是以洪崖先生创高道于上皇之世，许由善卷不降节于唐虞之朝。自三代秦汉，达乎魏兴，受命中贤之主，未尝不聘岩穴之隐，追逼世之民……"。知其书撰于曹魏时，而主旨在于"举逸民"。书中各传略叙诸"高士"生平事迹，又加传论，以赞其风概，如写焦先：

　　　　世莫知先所出。或言生乎汉末，自陕居大阳，无父母兄弟妻子。见汉室衰，乃自绝不言。及魏受禅，常结草为庐于河之湄，独止其中。冬夏恒不着衣，卧不设席，又无草蓐，以身亲土，其体

> 垢污皆如泥漆，五形尽露，不行人间。或数日一食，欲食则为人赁作，人以衣衣之，乃使限功受直，足得一食辄去。人欲多与，终不肯取，亦有数日不食时。行不由邪径，目不与女子逆视。口未尝言，虽有惊急，不与人语。遗以食物皆不受。河东太守杜恕尝以衣服迎见，而不与语。……

突出人物甘于清贫、不同流俗精神和生活态度，其基本倾向与嵇康《圣贤高士传》略同，不过皇甫谧较多考虑"高让之士，王政所先，厉浊激贪之务也"（《高士传序》），故所传人物，悉以清德信行为主，较少体现对社会时政的批判，此又异于嵇康者。《列女传》已亡，唯存佚文若干，收入《说郛》卷五十八。其中记述烈女娥亲一则最引人注目：

> 酒泉烈女庞娥亲者，表氏庞子夏之妻，福禄赵君安之女也。君安为同县崇寿所杀，娥亲有男弟三人，皆欲报仇，寿深以为备。会遭灾疫，三人皆死。寿闻大喜，请会宗族，共相庆贺，云："赵氏强壮已尽，唯有女弱，何足复忧！"防备懈弛。娥亲子浍出行，闻寿此言，还以启娥亲。娥亲既素有报仇之心，及闻寿言，感激愈深，怆然陨涕曰："李寿，汝莫喜也，终不活汝！戴履天地，为吾门户，吾三子之羞也。焉知娥亲不手刃杀汝，而自徼倖邪？"阴市名刀，挟长持短，昼夜哀酸，志在杀寿。寿为人凶豪，闻娥亲之言，更乘马带刀，乡人皆畏惮之。

接写邻妇劝阻，而娥亲复仇之志愈坚，至光和二年二月上旬，于都亭前遇李寿，娥亲奋力搏斗，终于手刃仇敌，然后持寿头诣都亭，归罪有司，徐步诣狱，辞颜不变。而乡人闻之，倾城奔往，观者如堵，"莫不为之悲喜慷慨嗟叹也"。汉末民间私相复仇风气盛行，此女子复仇故事，为当时著名事件。皇甫谧写此"烈女"，且予表彰，谓"玄晏先生以为：父母之仇，不与共天地，盖男子之所为也。而娥亲以女弱之微，念父辱之酷痛，感仇党之凶言，奋剑仇颈，人马俱摧，塞亡父之怨魂，雪三弟之永恨，近古以来，未之有也。《诗》云：'修我戈矛，与子同仇。'娥亲之谓也"。表现出伸张正义的鲜明态度。此传全文近千字，情节曲折，描绘细致，既述娥亲行为，亦写其心理活动，既叙事主经历，又说他人观感，颇引人入胜。皇甫谧同时人傅玄亦以此事为题材，撰有一诗《秦女休行》，见本章第一节。一文一诗，共写一事，相得益彰。

皇甫谧尚有一名篇《三都赋序》，臧荣绪《晋书》谓："左思作《三都赋》，世人未重，皇甫谧有高名于世，思乃造而示之，谧称善，为其赋序也。"然而皇甫谧卒于公元二八二年，而左思完成《三都赋》，一般论者以为在此之后，故而皇甫谧作序之事遂成疑问，甚至有以为："皇甫谧西州高士，挚仲洽宿儒知名，非思伦匹。刘渊林、卫伯舆并蚤终，皆不为思赋序注也。凡诸注解，皆思自为，欲重其名，故假时人名姓也。"（《左思别传》）史籍记载中说法不同，固难定其是非，而自《序》文本身观，则不似左思"自为"。因其中观点颇与左思相左，如《序》文谓：

> ……然则赋也者，所以因物造端，敷弘体理，欲人不能加也。引而申之，故文必极美；触类而长之，故辞必尽丽。然则美丽之文，赋之作也。

此与左思自述"贵本"、"宜实"（见《三都赋·自序》）辞赋写作原则，颇为扞格。又此序中颇推重司马相如、扬雄等两汉赋家，赞美《上林》、《甘泉》等赋"初极宏侈之辞,终以约简之制,焕乎有文,蔚尔鳞集,皆近代辞赋之伟也",亦与左思于《自序》中大肆抨击《上林》、《甘泉》等"虽丽非经",态度相违。可见此序文与西晋前期"尚丽"主流文风相呼应,而与左思本人主张颇不类。《文选》收此文入"序"类。

皇甫谧著作,除上举诸书外,据《晋书》本传称:"谧所著诗、赋、诔、颂、论、难甚多。"《隋书·经籍志》著录有集二卷,严可均辑其文入《全晋文》卷七十一,逯钦立辑其诗入《晋诗》卷二。

司马彪(生卒年不详),字绍统,高阳王司马睦长子。因好色薄行,不得立为嗣。泰始中为秘书郎及丞,后拜散骑侍郎。惠帝末年卒,时六十馀岁。其史学著作主要有《九州春秋》、《续汉书》。司马彪仕进不得志,遂专精学问,博览群书,终身不懈,以故著作质量较高。刘勰曾赞扬说:"至于后汉纪传,发源东观,袁、张所制,偏驳不伦,薛、谢之作,疏谬少信,若司马彪之详实,华峤之准当,则其冠也。"(《文心雕龙·史传》)按刘勰当时,范晔《后汉书》已出多年,然而此处却不提范书,只是推举司马彪、华峤,表明《续汉书》颇受刘勰看重。刘知几亦颇重司马彪,《史通·外篇·古今正史》中甚有赞词。《续汉书》所写内容,起于刘秀,终于献帝,"编年二百,录世十二,通综上下,旁贯庶事,为纪、志、传凡八十篇"(《晋书》本传)。原书唐后散佚,今存唯诸书引录片断,尤以《三国志》、《后汉书》注所引较多。自片断观,皆能体现切实详著特点,如关于曹操父祖情况,《魏志》唯云"曹腾为中常侍大长秋,封费亭侯。养子嵩嗣,官至太尉,莫能审其出生本末"数语,而裴注引《续汉书》则提供更多情事及细节,文字十倍于《魏志》。《九州春秋》十卷,《隋书·经籍志》注曰:"记汉末事。"自今存佚文中可以证实此点,即所写内容全为汉末

乱世之事。以故《九州春秋》篇幅虽少,却较集中,而文章亦更富故事性和细节的生动性。如:

> 初,(吕)布将侯成遣客牧马十五匹,客悉驱马去,向沛城,欲归刘备。成自将骑逐之,悉得马还。诸将合礼贺成,成酿五六斛酒,猎得十馀头猪,未饮食,先持半猪五斗酒,自入诣布前,跪言:"间蒙将军恩,逐得所失马,诸将来相贺,自酿少酒,猎得猪,未敢饮食,先奉上微意。"布大怒曰:"布禁酒,卿酿酒,诸将共饮食作兄弟,共谋杀布耶?"成大惧而去,弃所酿酒,还诸将礼,由是自疑。会太祖围下邳,成遂领众降。

司马彪还是位优秀学者。谯周曾作《古史考》二十五篇,依凭旧典,纠正司马迁《史记》叙先秦史事之误。而司马彪更据西晋新出土《汲冢纪年》之义,揭出《古史考》中失误凡一百二十二则。

第六节 其他西晋前期文士

西晋前期,名声最著文士除傅玄、张华、成公绥外,尚有荀勖。一个重要标志就是在司马炎受魏禅称帝后,朝廷需制礼作乐,受诏撰作明堂礼乐歌辞者,即此四人,事载《宋书·乐志》。这在当时无疑是一种殊荣,是对他们文学才能的官方认可。不过荀勖的实际文学成就,与其他三人并不在同一水平,故略述如下。

荀勖(?—289),字公曾,颍川颍阴(今河南许昌)人。颍川荀氏是汉魏时名门,荀爽、荀悦、荀彧等世代为宦。荀勖歧嶷凤成,少而博学,十馀岁即能作文。仕魏为大将军曹爽掾,曹爽被司马氏所杀,他又为大将军司马昭从事中郎等，入晋历任枢要，极受信任。荀勖多才艺，在中书监任上，曾与贾充共定律令；后进位光禄大夫，专掌乐事。又领秘书监，与中书令张华依刘向《别录》整理典籍；又设立"书博士"，教学书法，以锺繇等为法。太康二年，又受诏整理新出土的汲郡古文竹书，包括《穆天子传》等，加以编次注写，以为"中经"，列在秘书。荀勖在朝，常典诏命，晋武帝将发使聘吴，并遣当时文士拟与孙皓书，而终选用勖所作，事后赞许说："君前作书，使吴思顺，胜十万之众也！"荀勖虽有才思，品德却不佳，尤其是曲意自结于权臣贾充，阿附贾后，甚为正直之士所疾，"勖性佞媚，誉太子，出齐王。当时私议：'损国害民，孙（资）、刘（放）之匹也，后世若有良史，当著《佞倖传》'"（《世说新语·方正》注引王隐《晋书》）。不过在西晋朝廷中，无行如荀勖者不少，一时风气如此，不可怪。

荀勖今存作品不多，其奏议章表书序等，皆清切质直，雕采不显，与张华、成公绥繁缛温丽文风相比，颇见差异。代表性篇章有《为晋文王与孙皓书》、《上穆天子传序》、《省吏议》、《奏条牒诸律问列和意状》等，后一篇记述作者与乐工列和之间问答，平易质实，直陈意见，迹近于口语，别具一格：

> 又问和："笛有六孔，及其体中之空为七，和为能尽名其宫商角徵羽，孔调与不调，以何检知？"和辞："先师相传，吹笛但以作曲相语，为某曲当举某指，初不知七孔尽应何声也。若当作笛，其仰尚方笛工，依案旧像讫，但吹取鸣者，初不复校其诸孔调与不调也。"按《周礼》，调乐金石，有一定之声。是故造钟磬者，先依律调之，然后施于厢悬。作乐之时，诸音皆受钟磬之均，即为悉应律也。至于飨宴殿堂之上，无厢悬钟磬，以笛有一定调，故诸弦歌皆从笛为正，是为笛犹钟磬，宜必合于律吕。如和所

对,直以意造,率短一寸,七孔声均,不知其皆应何律,调与不调,无以检正,唯取竹之鸣者,为无法制。趣令部郎刘秀、邓昊、王艳、魏邵等,与笛工参共作笛,工人造其形,律者定其声,然后器象有制,音均和协。

荀勖今存《华林园诗》三章,包括四言二章、五言一章,皆以歌颂升平为内容,写法亦无多可称述处。至于受命所撰诸礼乐歌辞,更是一般庙堂之作,置而勿论可也。今存赋仅《葡萄赋》残篇。《隋书·经籍志》著录有集三卷;又著录《晋中经》十四卷。今存辑本有《汉魏六朝百三名家集》所收《荀公曾集》一卷。又严可均辑其文入《全晋文》卷三十一,逯钦立辑其诗入《晋诗》卷二。

何劭(236—302)[10],字敬祖,西晋开国元勋何曾之子。与司马炎同庚,有总角之好。炎为晋王太子,以劭为中庶子;及登帝位,劭历任散骑常侍、侍中、尚书等,甚见亲待。惠帝继位,以劭为太子太师,累迁尚书左仆射、司徒。永康初,八王乱起,劭以轩冕优游其间,不久病死。他是西晋少数得到善终的文士之一。何劭出身高门,自幼受父影响,生活奢豪。何曾日食万钱,犹嫌“无下箸处”;劭则变本加厉,“衣裘服玩,新故巨积。食必尽四方珍异,一日之供,以钱二万为限。时论以为太官御膳,无以加之”(《晋书》本传)。

何劭博学,对于近代史事了如指掌。亦有文名,所撰《荀粲传》、《王弼传》及奏议文章,颇行于世。荀粲、王弼二人,皆曹魏后期著名玄学家,作为人物传记,既写传主生平经历有关事迹,亦述玄学理论高致。传文多从人物关系中,写出彼此在观念、性格、作风方面的距离和反差,从而显示传主思想和为人的独特之处。玄学家传文,竟少玄味,亦堪称奇:

　　粲字奉倩，粲诸兄并以儒术论议，而粲独好言道。常以为：
"子贡称夫子之言：'性与天道，不可得闻。'然则六籍虽存，固圣
人之糠秕！"粲兄俣难曰："《易》亦云：'圣人立象以尽意，系辞焉
以尽言？'则微言胡为不可得而闻见哉！"粲答曰："盖理之微者，
非物之象所举也。今称'立象以尽意'，此非通于意外者也；'系
辞焉以尽言'，此非言乎系表者也。斯则象外之意，系表之言，
固蕴而不出矣！"及当时能言者不能屈也。又论父或不如从兄
攸、或立德高整，轨仪以训物，而攸不治外形，慎密自居而已。粲
以此言善攸，诸兄怒而不能回也。

——《荀粲传》

荀粲不仅善辩，亦且性格倔强，文中写出其风采。

　　何劭亦能诗，今存四言一首，五言三首。其《杂诗》描写秋夜幽
深清寂景致甚佳：

　　秋风乘夕起，明月照高树。闲房来清气，广庭发晖素。静寂
怆然叹，惆怅出游顾。仰视垣上草，俯察阶下露。心虚体自轻，
飘摇若仙步。瞻彼陵上柏，想与神人遇。道深难可期，精微非所
慕。勤思终遥夕，永言写情虑。

前四韵写景，后四韵因景出情。景以清幽为基调，情以轻虚为特点，
二者有较好的联结、过渡。内容稍嫌轻浅，而意境平淡隽永。《文
选》收录此篇。此外《赠张华诗》亦西晋赠答体代表作之一：

　　四时更代谢，悬象迭卷舒。暮春忽复来，和风与节俱。俯临

清泉涌，仰观嘉木敷。周旋我陋圃，西瞻广武庐。既贵不忘俭，
处有能存无。镇俗在简约，树塞焉足慕！在昔同班司，今者并园
墟。私愿谐黄发，逍遥综琴书。举爵茂荫下，携手共踟蹰。奚用
遗形骸？忘筌在得鱼。

诗中申说友情，颇有感人之语，如"在昔同班司"二句、"举爵茂荫下"
二句等。此类诗句，可与张华答诗"自昔同寮寀"、"相伴步园畴"等
句合观，知彼此酬唱情好。而造语平和，词采菁葱，温丽可诵。诗篇
亦有欠缺，主要是故作道德说教，如"既贵不忘俭"之类，颇有标榜夸
饰之嫌。何劭豪奢，何能"简约"？张华虽俭朴，却又恋栈，亦难"存
无"。总之，何劭（以及张华）之赠答诗，可借用张华诗中语作评价：
"发篇虽温丽，无乃违其情。"至少表现出言行间存在一些矛盾或疏
离。此诗亦收入《文选》。

　　锺嵘将何劭与陆云、石崇、曹摅等同列于"中品"，谓四人"并有
英篇"，而四人之中，"笃而论之，朗陵为最"。所云"朗陵"，即指何
劭。何劭著作，《隋书·经籍志》著录有集二卷。严可均辑其文入
《全晋文》卷十八，逯钦立辑其诗入《晋诗》卷四。

　　李密（227—288？）[11]，字令伯，一名虔，犍为武阳（今四川彭山
附近）人。父早亡，母改嫁，密年方数岁，悲伤致疾，祖母刘氏躬自抚
养长大，奉祖母至孝。师从蜀中著名学者谯周，与陈寿等同学，时人
譬为子游、子夏。曾仕蜀汉为郎，有才辩，多次出使吴国，吴人称之。
蜀汉亡，诏征为太子洗马，密以祖母年高，无人奉养为由，上《陈情
表》，不应命，时在泰始初司马炎登极未久。后祖母亡，服阕，复以太
子洗马征至洛阳，在洛与张华等友善。曾出任温令，后迁汉中太守。
武帝赐钱东堂，诏赋诗，诗中颇含忿怼语，帝怒而免其官。终于家。

李密东堂所赋之诗，今仅存末章："人亦有言，有因有缘。官中无人，不如归田。明明在上，斯言岂然？"西晋门阀势力强大，而晋武帝任人唯亲又颇严重，所委重任要职，多是魏晋易代之际有功亲信，如贾充、何曾、郑冲、荀颉、石苞、王浑、王沈、裴秀等，又有王室宗亲以及戚属如杨骏、王恂、王恺等。故"官中无人"等语，切中时弊，而为司马炎所不悦。可见李密性格不仅至孝，亦且持正。

《陈情事表》为李密今存主要作品：

> 臣密言：臣以险衅，夙遭闵凶。生孩六月，慈父见背；行年四岁，舅夺母志。祖母刘，愍臣孤弱，躬亲抚养。臣少多疾病，九岁不行；零丁孤苦，至于成立。既无伯叔，终鲜兄弟；门衰祚薄，晚有儿息。外无期功强近之亲，内无应门五尺之僮。茕茕孑立，形影相吊。而刘夙婴疾病，常在床蓐；臣侍汤药，未曾废离。逮逢圣朝，沐浴清化。前太守臣逵，察臣孝廉；后刺史臣荣，举臣秀才；臣以供养无主，辞不赴命。诏书特下，拜臣郎中；寻蒙国恩，除臣洗马。猥以微贱，当侍东宫，非臣陨首所能上报。臣具以表闻，辞不就职；诏书切峻，责臣逋慢。郡县逼迫，催臣上道；州司临门，急于星火。臣欲奉诏奔驰，则刘病日笃；欲苟顺私情，则告诉不许。臣之进退，实为狼狈。
>
> 伏惟圣朝以孝治天下。凡在故老，犹蒙矜育；况臣孤苦，特为尤甚。且臣少事伪朝，历职郎署；本图宦达，不矜名节。今臣亡国贱俘，至微至陋；过蒙拔擢，宠命优渥。岂敢盘桓，有所希冀？但以刘日薄西山，气息奄奄；人命危浅，朝不虑夕。臣无祖母，无以至今日；祖母无臣，无以终馀年。母孙二人，更相为命；是以私情区区，不能废远。臣密今年四十有四，祖母刘今年九十有六。是臣尽节于陛下之日长，而报养刘之日短也。乌鸟私情，

　　愿乞终养。臣之辛苦,非独蜀之人士,及二州牧、伯,所见明知。皇天后土,实所共鉴。伏愿陛下,矜愍愚诚,听臣微志;庶刘侥倖,卒保馀年。臣生当陨首,死当结草。臣不胜犬马怖惧之情,谨拜表以闻。

　　此表特色,在于写出作者至诚孝情。李密少时孤苦,幸得祖母抚育成人,恩情至深至厚。而今祖母年老卧病,祖孙二人更相依为命。而诏书遽下,催逼入都,"臣之进退,实为狼狈"。然而"臣无祖母,无以至今日;祖母无臣,无以终馀年",只能暂违君命,乞许私情,哀告恩准,至诚可矜可悯。表文骈散结合,行文畅达;虽少丽辞,而佳句甚多。如形容孤独,则写"茕茕孑立,形影相吊";述祖母病重,则写"日薄西山,气息奄奄;人命危浅,朝不虑夕"。此类语句,情绪浓郁,加之音调铿锵,极富感染力。司马炎览此表后,竟深受感动,说:"士之有名,不虚然哉!"当即暂停征辟,悉听终养。萧统收此文入《文选》,历来文章家都视它为魏晋文之代表性精品。

　　束皙(261? —300?),[12]字广微,阳平元城(今河北大名)人。世代为宦,曾为张华掾属,后历任佐著作郎、尚书郎等。在朝以博识闻,太康二年汲郡魏襄王墓出土竹书数十车,书皆蝌蚪字,又淆乱残缺,朝廷付秘书校缀次第,寻考旨归,束皙为主要任事者之一。束皙著作,有《三魏人士传》、《七代通记》、《五经通论》、《发蒙记》、《晋书》纪、志等,后皆遇乱亡佚。《隋书·经籍志》著录有集七卷。今存辑本有《汉魏六朝百三名家集》所收《束阳平集》一卷。又严可均辑其文入《全晋文》卷八十七,逯钦立辑其诗入《晋诗》卷四。

　　束皙诗、赋皆能,其赋"文颇鄙俗,时人薄之"(《晋书》本传)。实际上束皙之赋,以写实为主,不尚华靡,与当时文坛主流不合,故蒙

此讥。如他最受非议之《饼赋》,题虽"鄙俗",其述饼之芳香诱人、食者无餍情状颇得佳趣:

> ……气勃郁以扬布,香飞散而远遍;行人失涎于下风,童仆空嚼而斜盷;擎器者舐唇,立侍者干咽。尔乃濯以玄醢,钞以象箸;伸腰虎丈,叩膝偏据。盘案财投而辄尽,庖人参潭而促遽。手未及换,增礼复至;唇齿既调,口习咽利。三笼之后,转更有次。

虽不合"温丽"准则,却写出生活实趣。"唇齿既调",有滋有味,即为佳构。

束皙今存《贫家赋》,亦值得重视:

> 余遭家之辙轲,婴六极之困屯;恒勤身以劳思,丁饥寒之苦辛。无原宪之厚德,有斯民之下贫;愁郁烦而难处,且罗缕而自陈:有漏狭之单屋,不蔽覆而受尘;唯曲壁之常在,时弛落而压镇;食草叶而不饱,常嗛嗛于膳珍。欲恚怒而无益,徒拂郁而独嗔;蒙乾坤之遍覆,庶无财而有仁。涉孟夏之季月,迄仲冬之坚冰,稍煎蹙而穷迫,无衣褐以蔽身。还趋床而无被,手狂攘而妄牵;何长夜之难晓,心咨嗟以怨天。债家至而相敦,乃取东而偿西;行乞贷而无处,退顾影以自怜。衔卖业而难售,遂前至于饥年。举短柄之口掘,执偏歷之漏铏;煮黄当之草莱,作汪洋之羹馆。釜迟钝而难沸,薪郁绌而不然;至日中而不熟,心苦苦而饥悬。丈夫慨于堂上,妻妾叹于灶间;悲风激于左侧,小儿啼于右边。

赋中极言穷困贫蹙情状,其题材在赋史上亦属首见。赋以第一人称述"余遭家之辖轲……",不以贫为耻,显示出在贫富问题上的坦然态度。在追逐权势名位、炫耀挥霍财富的世风背景下,颇可贵。赋中不免有夸张成分,如既有妻妾,当非真正贫家。不过束晳年轻时确有一段贫困生活,大体上可信是他本人的体验。赋以浅俗语写贫家事,可谓俗而不陋。束晳辞赋的"俗化",包括了题材和语言两方面的通俗化,它在辞赋史上有重要意义。"俗"化实即平民化、生活化在文风上的表现,是对于辞赋创作"雅"传统的反拨,也是对辞赋功能的新开拓。这种倾向自汉末辞赋的小型化和抒情化过程中,已开其端,如曹植《蝙蝠赋》、曹丕《蔡伯喈女赋》、阮籍《猕猴赋》等,俗化已经相当明显。至束晳则有进一步发展。他非独《饼赋》、《贫家赋》,其他赋如《读书赋》、《劝农赋》、《近游赋》等,皆有从俗的倾向。可见并非偶一为之,而是他有意坚持贯彻实践的一种风格。束晳的"鄙俗"辞赋风格,与当时张华的"温丽"、成公绥的"至丽"、"极丽"风格,形成对照,代表了西晋文风中的非主流一端。

束晳之诗,今存主要有《补亡诗》六篇,为补《诗经》中"笙诗"而撰,包括《南陔》、《白华》、《华黍》、《由庚》、《崇丘》、《由仪》。诸篇刻意弃俗而入于"大雅",模仿性质太浓,略无时代生活气息,只是一批假古董,实际文学价值不高。

木华(生卒年不详),字玄虚,广川(今河北枣强)人,有关生平史料甚少,唯《文选》李善注中引述《华集》云"为杨骏府主簿。"又引述傅亮《文章志》云:"广川木玄虚为《海赋》,文甚俊丽,足继前良。"杨骏为晋武帝杨后之父,太康时为车骑将军,惠帝即位之初,被贾后所杀。可知木华为西晋前中期人。《隋书·经籍志》著录其作品,唯有《海赋》(萧广济注)一卷,后载于《文选》及《艺文类聚》,严可均辑入

《全晋文》卷一百五。以海入赋，古有先例。枚乘《七发》及司马相如《子虚赋》中皆曾写到海。班彪始作《览海赋》，其后有王粲《游海赋》、曹丕《沧海赋》等，潘岳亦有《沧海赋》。诸赋各有特色：班彪多写海中神仙；王粲亦言神仙，而描述重点在海中奇珍怪异，所谓"怀珍藏宝，神隐怪匿"；曹丕之赋内容与王粲相近，亦写怪奇，而重心又转移到海之壮伟；潘岳之赋，不涉神仙，是其特色。木华此赋，就内容论，不外乎描写海的"其为广也！其为怪也！宜其为大也！"这些前人都已写过。它的独到之处只在于描写手法和技巧，它运用铺排张扬手段，驱遣大量语汇辞采，写出海的宏大气势和怪谲氛围。与前人相比，木华《海赋》结构颇为庞大，与所写对象的形体性质最为切合。它从海的史前状态写起，然后分写海各方面特征。其形容之细密，辞藻之富艳，为历来写海之赋所仅见。如写海的"尔其为状"，分动、静二态，写法各呈不同。动态之海是：

> ……若其负秒临深，虚誓愆祈，则有海童邀路，马衔当蹊。天吴乍见而仿佛，魍像暂晓而闪尸。群妖遘迕，眇瞄冶夷；决帆摧橦，戕风起恶。廓如灵变，惚恍幽暮；气似天霄，暖㱩云布，霹昱绝电，百色妖露。呵嗽掩郁，暧昧无度。飞涝相磢，激势相沏。崩云屑雨，浤浤汩汩。眈踔湛瀄，沸溃渝溢。濯沸潎于渭，荡云沃日。于是舟人渔子，徂南极东，或屑没于鼋鼍之穴，或挂胃于岑崿之峰。或掔掔泄泄于裸人之国，或泛泛悠悠于黑齿之邦。或乃萍流而浮转，或因归风而自返。徒识怪观之多骇，乃不悟所历之近远。

要之木华《海赋》成就，在于描写技巧及语汇之铺张方面显示才力，同时在意蕴开拓发掘上亦颇成功。他与西晋前期重文尚丽风气正相契合,可以认为是当时主流文学中之一员。此赋虽受到萧统青睐,同时刘勰却未予推崇。《文心雕龙》列举"魏晋之赋首"共八家,西晋占其四,而木华不预其列,表明刘勰对他并不欣赏。

孙楚(?—293),字子敬,太原中都(今山西平遥附近)人,才藻卓绝,爽迈不群,因多所陵傲,缺乡曲之誉。然与豪俊公子王济友善,济为本州大中正,目楚曰:"天才英特,亮拔不群。"(《世说新语·言语》注引《晋阳秋》)楚欲隐居,谓济曰:"当枕石漱流。"误云:"枕流漱石。"王曰:"石可漱流可枕乎?"孙曰:"枕流欲洗其耳,漱石欲砺其齿。"(事载《事类赋注》卷七引臧荣绪《晋书》)年四十,始为镇东将军石苞参军,迁佐著作郎,复为石苞骠骑将军参军,又任征西将军参军、梁令、卫军将军司马、冯翊太守等。孙楚文名颇高,刘勰纵论西晋文学人才时谓"……应、傅、三张之徒,孙、挚、成公之属,并结藻清音,流韵绮靡"(《文心雕龙·时序》),"孙"即指孙楚。孙楚作品,《隋书·经籍志》著录有集十二卷,今存辑本有《汉魏六朝百三名家集》所收《孙子荆集》一卷,又严可均辑其文入《全晋文》卷六十,逯钦立辑其诗入《晋诗》卷二。

孙楚作品,今存不见长篇,皆咏物短制,如《井赋》、《笕赋》、《相风赋》、《菊花赋》、《茱萸赋》、《雁赋》等。其赋辞采颇盛,而兴寄不多。如所撰《登楼赋》,袭王粲旧题,而唯写长安城楼高峻雄壮,以及"从明王以登极"场面之豪华,此外无所寄托抒发。然少数赋作,亦有感发,如《韩王故台赋》,其序云:"酸枣寺门外,夹道左右,有两故台。访之故老,云韩王听讼观也。台高十五仞,虽楼榭泯灭,然广基似于山岳。召公大贤,犹舍甘棠;区区小国,而台观隆崇,骄盈于世,以鉴来今,故作赋。"刺王侯奢华,且有"鉴今"之意,对于西晋奢靡浮华风气不无针砭含义。孙楚之诗,当时颇受推重,《世说新语·文学》载:"孙子荆除妇服,作诗以示王武子,王曰:'未知文生于情,情生于文,览之凄然,增伉俪之重。'"王武子即王济,此所下评语极高。王济所赞者原是四言悼亡诗:"时迈不停,日月电流。神爽登遐,忽已一周。礼制有叙,告除灵丘。临祠痛感,中心若抽。"读之虽见真情,然而未臻于情文相生相融妙境,王济赞辞,若有过誉处。孙楚另一篇五言诗亦有名,即《征西官属送于陟阳侯作诗》:

> 晨风飘歧路,零雨被秋草。倾城远相送,饯我千里道。三命皆有极,咄嗟安可保?莫大于殇子,彭、聃犹为夭。吉凶如纠缠,忧喜相纷扰。天地为我罏,万物一何小?达人垂大观,诚此苦不早。乖离即长衢,惆怅盈怀抱。孰能察其心?鉴之以苍昊。齐契在今朝,守之与偕老。

诗咏别离,因别离而感叹人世无常,生命短促,忧喜吉凶困扰,归入庄子齐物思想。末申之以友情,共约偕老。此诗开首颇佳,"晨风"、"歧路"、"零雨"、"秋草",写出特定场合特定时节特定行为特定气氛,萧瑟凄凉苍茫惜别情调,笼盖全篇,颇为浓郁。萧统收此篇入《文选》"祖饯"之类。沈约《宋书·谢灵运传论》曰:"至于先士茂制,讽高历赏,子建函京之作,仲宣霸岸之篇,子荆零雨之章,正长朔风之句,并直举胸情,非傍诗史,正以音律调韵,取高前式。"将此诗与曹植、王粲、王融诸名篇并提,指出其"胸情"、"音律"等方面优点,以"茂制"评之,似较王济赞辞更为中肯。

孙楚之文,以《为石苞作与孙晧书》最著。此文作于魏末,当时蜀国已灭,吴国犄角已失,且孙晧昏乱,内部离携,形势孤危。此文说以利害,震以威势,希孙晧"审势安危,自求多福","北面称臣,伏听告策";又谓"若犹侮慢,未顺王命",则将"忽然一旦,身首横分,宗祀沦覆,取戒万世"！文章说理未见长,唯气势充盈,辞采亦盛,是其特色。《文选》亦予收入"书"类。

孙楚卒于八王之乱前,为西晋前期文士之一,刘勰已指出其"流韵绮靡"倾向,是亦尚丽作者群中一员。

本章所述,为西晋前期文学中的老一代作者(傅玄、张华、成公绥、何劭、李密)以及年龄未必老而生活年代稍前的一批作者(傅咸、荀勖、束晳、木华、孙楚)。至于本时期以潘岳、陆机、左思等活跃文学人物,则有另章专述,不在本章所叙范围之内。如此安排,不仅出于叙述上方便,更有分别设章之理由,即:潘、陆等人一方面年龄及生活年代稍后,另一方面他们都是"鲁公二十四友"成员,自有其相当的群体性。综观本章所述西晋前期作者,自成就上看,可分三类。一类为总体成就较高者,如张华、成公绥、傅玄;一类为专项成就较高者,如李密、束晳、木华、何劭、孙楚;一类为成就虽不很高,但当日颇有文名,具有相当影响者,如荀勖、傅咸。无论哪类,都是文学史上有一定地位、应予关注的人物。自文风上看,则可分两大类。一类为尚丽重文者,张华、成公绥、何劭、木华、孙楚皆可归入此类;另一类相反,为尚朴重质者,傅玄、傅咸、束晳等即是;又李密、荀勖则倾向不甚鲜明。前一类代表了西晋时期主流文风,因此当时颇受推崇;后一类则居于主流文风之外,当时颇受鄙视。然而这是时代风习下的评价,并不与其真正的文学史地位成正比。综合观之,正是这些不同表现作者,构成西晋前期文学大轮廓,盖无疑义。

〔1〕《世说新语》注引《文士传》:"华为人少威仪,多姿态。"陈延杰曰:"此虽讥其为人,然于文'务为妍冶,儿女情多'相表里也。"(《诗品注》)又谢灵运曰:"张公虽复千篇,犹一体耳。"(《诗品》引)何焯《义门读书记》亦曰:"张公

诗唯《厉志》一篇,馀皆女郎诗也。"

〔2〕 今本《博物志》是否为张华原作,甚存疑问。《四库全书总目提要》对此考辨甚详,其结论为:"……或原书散佚,好事者掇取诸书所引《博物志》而杂采他小说以足之,故证以《艺文类聚》、《太平御览》所引,亦往往相符。其馀为他书所未引者,则大抵剽掇《大戴礼》、《春秋繁露》、《孔子家语》、《本草经》、《山海经》、《拾遗记》、《搜神记》、《异苑》、《西京杂记》、《汉武内传》、《列子》诸书,豆丁成帙,不尽华之原文也。"余嘉锡《四库提要辨正》对此又有补正,其结论为:"此书之非张华原本,殆无疑义。"然亦有相反意见,范宁《博物志校证·后记》中有所辩驳,其结论为:"大抵此书先经常景删改,复为叶氏刊削,若云是书偶有窜乱,固不容置辩。至谓非张华旧本,'全出后人补缀',则非平允之论矣。"

〔3〕 关于蔡邕赠书与王粲及粲与刘表关系,《魏志·王粲传》载:"……邕曰:'此王公孙也,有异才,吾不如也。吾家书籍文章,尽当与之。'年十七,司徒辟,诏除黄门侍郎,以西京扰乱,皆不就。乃之荆州依刘表。表以粲貌寝而体弱通侻,不甚重也。"按:邕言"尽当与之",一"当"字字义甚明,意为身后尽当与之,非谓立即与之。而王粲不久即加入逃亡队伍,离长安至荆州,即使蔡邕已与之书籍,粲亦断难携带"数车"至荆州。又《后汉书·董祀妻传》载:"文姬曰:'昔亡父赐书四千许卷,流离涂炭,罔有存者。'"亦可作蔡邕并未将书与王粲之旁证,若如蔡邕所言,书既"尽"与王粲,则不可能另有"四千许卷"与蔡琰。是故《博物志》所记未必有其事。而刘表欲以王粲为婿事,也不见于正史。此皆小说家无稽之谈。

〔4〕 除《博物志》外,署名曹丕的《列异传》,一说亦张华所作。《隋书·经籍志》卷二著录《列异传》三卷,署"魏文帝撰"。然《旧唐书·经籍志》、《新唐书·艺文志》皆署"张华撰";又《宋史·艺文志》著录"《异物评》二卷,张华撰";又《隋书·经籍志》卷二著录"《神异经》一卷,东方朔撰,张华注"。

〔5〕 嵇康《赠兄秀才入军》第十四章:"息徒兰圃,秣马华山。流磻平皋,垂纶长川。目送归鸿,手挥五弦。俯仰自得,游心太玄。嘉彼钓叟,得鱼忘筌。郢人逝矣!谁与尽言?"夏侯湛《猎兔赋》取其中第一、二、五、六句,敷衍成章。

唯第二句改"马"为"骥",改"山"为"田"。按夏侯湛比嵇康仅少二十岁左右,生活时代相接,竟袭用其文句大胆如此,疑别有用意。夏侯湛入晋仕途偃蹇,原因可能与夏侯氏为曹魏帝室同族,政治上不免受到嫌忌有关。当时曹氏后裔如曹志、曹摅等,皆有才具,而晋室不予重用,仅优诏备员而已。至于嵇康之子嵇绍,也在相当长时间内未曾出仕。如此则夏侯湛之激愤,固亦含有一定政治因素在内。

〔6〕　章学诚极推崇司马迁、班固,同时对陈寿则不甚看重,其云:"陈(寿)、范(晔)而下,或得或失,粗足名家。"(《文史通义·申郑》)

〔7〕　有说陈寿父曾为马谡参军,街亭败后,诸葛亮诛马谡,寿父亦坐被髡;又陈寿本人任蜀汉观阁令史时,为诸葛亮之子诸葛瞻所轻,以故《三国志》中对诸葛亮颇有微词,说见《晋书·陈寿传》。然检《蜀志》,亮传中并无明显讥刺贬损之语,唯传末附《上诸葛亮集表》中,有"然亮才,于治戎为长,奇谋为短,理民之干,优于将略"等语,而揆诸史实,此数语并不能算太过失当,因诸葛亮才能,确实主要表现于政治方面,而非军事上。所以尚不能断言陈寿对诸葛亮形象有何歪曲或贬低。自全篇看,陈寿正是写出了一个真实的诸葛亮。

〔8〕　《隋书·经籍志》史部刑法类著录"《魏名臣奏事》四十卷",注曰:"目一卷,陈寿撰。"而同书集部总集类又著录"《魏名臣奏》三十卷",注曰:"陈长寿撰。"按二者当是一书,或有不同传本焉。书名及撰者名,各有一字之异,小误也。

〔9〕　关于《高士传》所写人物之数,南宋李石《续博物志》曰:"刘向传列仙七十二人,皇甫谧传高士亦七十二人。"所说人数比《御览》所载多一人。《四库全书总目》曰:"盖《御览》久无善本,传刻偶脱也。"《御览》之外,又有三卷本一种,所写人数达九十六人,除七十人与《御览》所载相同外,又多出二十馀人。《四库全书总目》曰:"当由后人杂取《御览》,又稍摭他书附益之耳。考《读书志》亦作九十六人,而《书录解题》称'今自披衣至管宁唯八十七人',是宋时已有二本,窜乱非其旧矣。"

〔10〕　关于何劭生年,据《晋书》本传:"劭……少与武帝同年,有总角之好。"知劭生于曹魏青龙四年(236)。其卒年则本传有明纪:"永宁元年薨。"其

年为公元 301 年,得六十六岁。然《晋书·惠帝纪》载:"(永宁元年)十二月,司空何劭薨。"查此年十二月,换算公元,则已入 302 年 1 月。

〔11〕 李密生卒年,旧史无明纪。密所撰《陈情表》中云:"臣密今年四十有四。"此为唯一线索。然此表作年不详,难以据此准确推算。查陆侃如《中古文学系年》于泰始三年(267)项下曰:"李密举秀才,不应。"其依据是《陈情表》中有"后刺史臣荣举臣秀才,臣以供养无主,辞不赴命"语,谓"荣"即童策,据万斯同《晋方镇年表》,童策于泰始三年至五年任益州刺史。陆氏《系年》又于泰始五年项下曰:"李密除太子洗马,又不就,作《陈情事表》。"其理由是:"(晋)武帝立太子在三年,但密除洗马不会那么早。因为从他的《陈情事表》上,知道在此以前还有察孝廉、举秀才及拜郎中三件事,而举他秀才的益州刺史童策是三年才到任的。今假定在辞郎中的次年。"徐按:陆说考虑到上《陈情表》之前有"三件事"发生,故李密上表时间不可能在"立太子"当年,应该适当推后,其思路正确。但陆氏没有进一步去查明"三件事"的具体时间,而是将它们当作无确定时间的事项来对待,这就必然影响其推论的精确性,只能说"假定在"这样相当模糊的话。其实李密"察孝廉"、"举秀才"二事具体时间,在史籍中可以考出。查《晋书·武帝纪》,司马炎登极之后,曾二次诏举贤才,首次在泰始四年十一月己未,"诏王公卿尹及郡国守相,举贤良方正直言之士";二次在泰始五年十二月,"诏州郡举勇猛秀异之才"。李密表文中所云:"前太守臣逵,察臣孝廉;后刺史臣荣,举臣秀才。"正与《武帝纪》所载先后两次全国性察举贤才活动相合。以故可以断定,李密"察孝廉"事在泰始四年十一月,"举秀才"则在泰始五年十二月。再看《陈情表》曰:"……辞不赴命。诏书特下,拜臣郎中;寻蒙国恩,除臣洗马。"知两次察举辞不赴命之后,又有拜郎中、除洗马事,然后才有《陈情表》之写作。亦即朝廷与李密之间,又有两次诏命往复。考虑到当时交通条件,洛阳到犍为郡之间两次往复,不可能在数日内完成,总需一月左右。李密"辞不赴命"事既在十二月,则此《陈情表》之作,无疑已入次年即泰始六年。又观表文"诏书特下"、"寻蒙国恩"语气,拜郎中、除洗马时间进程颇为紧凑,故亦不可能延迟至泰始七年或更后。总之,李密撰《陈情表》时间,可考定于泰始六年(270)。如此,则李密生年亦可推定于曹魏太和元年(227)。其卒年则难于确考,陆侃如系于太康九年(288),姑从之。《辞海》、《辞源》"李密"条下,生卒年皆作(224—287),不知何据。

〔12〕　束皙生卒年,史无明记。《晋书》本传唯云:"赵王伦为相国,请为记室。皙辞疾罢归,教授门徒,年四十卒。"观词意,似即卒于赵王伦为相国之年后不久。按赵王伦杀贾后等自为相国,时在永康元年(300)四月,束皙约卒于是年或稍后,如此,则当生于曹魏景元二年(261)或稍后也。

第三章 "二十四友"与潘岳

第一节 石崇与"二十四友"

石崇(249—300),字季伦,小名齐奴,渤海南皮(今属河北)人。父石苞为西晋开国元勋之一,石崇以功臣子弟,深得晋武帝司马炎器重,历任修武令、城阳太守、南中郎将、荆州刺史、太仆、征虏将军、卫尉等。八王乱起,被赵王伦、孙秀所杀。石崇为西晋最著名富豪之一,与贵戚王恺、羊琇、王济等以奢靡相尚,其比富故事古来有名。石崇又是著名恶行官僚,为富不赀,曾身为一州最高长官刺史,竟率部劫掠远使客商。惠帝时贾后专权,后外甥贾谧炙手可热,石崇又与潘岳等谄事贾谧,号为"鲁公(贾谧袭贾充封爵)二十四友",贾后母广城君出,石崇望尘而拜,为当时浮华子弟魁首。然而石崇为人尚有另一面,他任侠好交友,重然诺,有气量,颇收人望。欧阳建在诗中云:"岩岩其高,即之唯温。居盈思冲,在贵忘尊。纵酒嘉宴,自明及昏。无幽不研,靡奥不论。人乐其量,士感其敦。"(《答石崇赠诗》)诗中赞语,并非完全失实。如刘舆、刘琨兄弟得罪王恺,恺欲害其性命,石崇夜驰王家,将其救出,舆、琨深德之,遂为二十四友中人,即是一例。

又如曹嘉(曹魏楚王彪之子)曾与石崇同为国子监博士,十年之后,仍赠诗石崇,谓"畴昔谬同位,情至过鲁卫。分离逾十载,思远心增结。愿子鉴斯诚,寒暑不逾契"(《赠石崇诗》)。深表思慕。"人乐其量,士感其敦",石崇凭恃其豪侠隽爽之气,又加"早有智慧"(《文选》注引臧荣绪《晋书》)、"颖悟有才气"(《北堂书钞》引臧荣绪《晋书》),能诗文,在文士中颇具个人魅力。正是有此魅力,遂成为包括众多才子的"二十四友"之首领。

石崇人格的二重性,在他的文学作品中也有所反映。以诗为例,他的《思归引》就毫不掩饰地表露着对奢靡物质享受的满足感,说:"……终日周览乐无方,登云阁,列姬姜,拊丝竹,叩宫商,宴华池,酌玉觞。"另外在《答曹嘉》、《赠枣腆》等诗中也都有同样内容。但是在这些诗中,也显示重情义敦交友的任侠性格:

> 久宦无成绩,栖迟于徐方。寂寂守空城,悠悠思故乡。恂恂二三贤,身远屈龙光。携手沂泗间,遂登舞雩堂。文藻譬春华,谈话犹兰芳。消忧以觞醴,娱耳以名娼。博弈逞妙思,弓矢威边疆。

> ——《赠枣腆》

石崇时任征虏将军,驻徐州,有枣腆等"二三贤"远道来访,遂效孔子共游沂泗之间,而宴饮游乐,固不在话下。诗中所述,唯在重义好客之旨。

石崇作诗,甚好咏史题材,今存《楚妃叹》、《王明君辞》,前者咏楚庄樊姬故事,后者写王昭君故事。王昭君事入诗,石崇实开其端:

> 王明君者,本是王昭君,以触文帝讳,故改之。匈奴盛,请婚于汉,元

帝以后宫良家女子明君配焉。昔公主嫁乌孙,令琵琶马上作乐,以慰其道路之思。其送明君,亦必尔也。其造新曲,多哀怨之声,故叙之于纸云尔。

　　我本汉家子,将适单于庭。辞诀未及终,前驱已抗旌。仆御涕流离,辕马为悲鸣。哀郁伤五内,泣泪沾朱缨。行行日已远,遂造匈奴城。延我于穹庐,加我阏氏名。殊类非所安,虽贵非所荣。父子见凌辱,对之惭且惊。杀身良不易,默默以苟生。苟生亦何聊?积思常愤盈。愿假飞鸿翼,弃之以退征。飞鸿不我顾,伫立以屏营。昔为匣中玉,今为粪上英。朝华不足欢,甘与秋草并。传语后世人,远嫁难为情。

咏史本是西晋文士普遍爱好,为时代风气。此篇取王昭君远嫁异域事,写其"道路之思",又取汉代琵琶之乐,改造新曲,颇多哀怨之声,情调浓郁,别开生面。篇中比兴迭出,运用连章之法,体现民歌风味,表现作者非徒为浮华子弟,亦颇有诗才。萧统收此篇入《文选》。锺嵘对石崇评价不低,列为中品,体现了不因人废诗的原则,其评语为:"季伦、颜远(指曹摅),并有英篇。"至于"英篇"孰指,何焯以为即是《王明君辞》(《义门读书记》)。

　　石崇之文,亦有佳篇,其《自理表》闻于当世。又如《奴券》:

　　余元康之际出,在荥阳东住。闻主人公言声太粗,须臾出,趣吾车曰:"公府当怪吾家哓哓邪?中买得一恶羝奴,名宜勤,身长九尺馀,力举五千斤,挽五石力弓,百步射钱孔,言读书。欲使,便病;日食三斗米,不能奈何。"吾问公:"卖不?"公喜。便下绢百匹。闻,谓吾曰:"吾胡王子,性好读书。公府事一不上券,则不为公府作。"券文曰:"取东海巨盐,东齐羝羊;朝歌蒲荐,八板桃床;负之安邑,梨栗之乡。常山细缣,赵国之编;许昌之总,沙房之绵。作车当取高平英榆之毂，无尾髑髅之状；大良白槐之辐，河东茱萸之辋。乱栟桑辕，太山桑光；长安□□，双入白屋。钉镊巧手，出于上方；见好弓材，可斫千张。山阴青槻，鸟噪柘桑；张金好墨，过市数蠹；并市豪笔，备即写书。噪角帻道，金案玉碗；宜勤供笔，更作多辞。"乃敛吾绢，□□而归。

所纪之事颇有趣，写"胡王子"为人甚奇，且不免于夸张，有类于小说。其写法则颇受王褒《僮约》影响。

石崇著作，《隋书·经籍志》著录有集六卷，宋以后佚。严可均辑其文入《全晋文》卷三十三，逯钦立辑其诗入《晋诗》卷四。

除了创作之外，石崇在文学史上应被提及的一件事就是"金谷雅集"。此为西晋文学一代盛事。"金谷"为石崇别墅名，在洛阳郊外，"金谷水，出太白原东南，流历金谷，谓之金谷水。东南流经晋卫尉卿石崇之故居"（郦道元《水经注》卷十六）。据石崇自撰《金谷诗序》，雅集状况为：

余以元康六年，从太仆卿出为使持节监青徐诸军事、征虏将军。有别庐在河南县界金谷涧中，去城十里，或高或下；有清泉茂林，众果竹柏，药草之属。金田十顷，羊二百口，鸡猪鹅鸭之类，莫不毕备。又有水碓、鱼池、土窟，其为娱目欢心之物备矣！时征西大将军祭酒王诩当还长安，余与众贤共送往涧中，昼夜游宴，屡迁其坐，或登高临下，或列坐水滨。时琴瑟笙筑，合载车中，道路并作；及住，令与鼓吹递奏。遂各赋诗，以叙中怀。或不能者，罚酒三斗。感性命之不永，惧凋落之无期，故具列时人官号、姓名、年纪，又写诗著后。后之好事者，其览之哉！凡三十人，吴王师、议郎、关中侯、始平武功苏绍字世嗣，年五十为首。

参加雅集"凡三十人",虽当时"具列"姓名,今已不得其详。除石崇本人及王诩、苏绍外,潘岳今存《金谷集诗》,杜育亦存《金谷诗》残句,可知潘、杜二人亦预其事。此五人可以确认参与雅集活动。不过元康六年(296)前后,正是贾后、贾谧势盛,石崇、潘岳等"二十四友"活动高潮期,所以"二十四友"中的大部分人,应是此次雅集的成员(潘、杜皆列名"二十四友"之内)。自"遂各赋诗"事,亦可推断在场者多数是文士。所以不妨说,金谷雅集主要是一次文学雅集。其直接的成果未必有很高价值(如潘、杜的《金谷集诗》),但作为当时主要文学人士都参与的一次大规模的群体活动,它是西晋一代文学繁盛的象征。而石崇在此起着核心作用。金谷雅集影响深远,东晋中期有著名的"兰亭雅集",其活动方式几与金谷雅集全同,而主事者王羲之亦有意仿效石崇。"王右军得人以《兰亭集序》方《金谷诗序》,又以己敌石崇,甚有欣色。"(《世说新语·企羡》)

"二十四友"为西晋一朝重要士大夫现象,旧史记载不少,而近世文学史颇予忽略,即有提及,亦以简单否定一过,此固无助于全面认识西晋文学。关于"二十四友"的详细记载,在《晋书·贾谧传》内:

> 谧好学,有才思。……开阁延宾,海内辐凑,贵游豪戚及浮竞之徒,莫不尽礼事之。或著文章称美谧,以方贾谊。渤海石崇、欧阳建,荥阳潘岳,吴国陆机、陆云,兰陵缪徵,京兆杜斌、挚虞,琅琊诸葛诠,弘农王粹,襄城杜育,南阳邹捷,齐国左思,清河崔基,沛国刘瑰,汝南和郁、周恢,安平牵秀,颍川陈眕,太原郭彰,高阳许猛,彭城刘讷,中山刘舆、刘琨,皆傅会于谧,号曰"二十四友",其馀不得预焉。

此外，《晋书》潘岳、石崇、刘琨等传，《世说新语》及注也有简单记述。[1]

要之关于"二十四友"的性质，首先是"权侔人主"（《晋书·贾谧传》）的贾谧之友。"二十四友"在道德人伦方面表现，实在不值得赞美，不能因为其中包括文学史上不少重要人物，便谓此集团也有"正直"、"清白"一面。且不说石崇、潘岳等遥见广城君出望尘而拜的无耻，以及伪造构陷愍怀太子文（出潘岳之手）的卑劣，即使是其他成员"著文章称美谧，以方贾谊"之类事，也颇令人作呕。左思、刘氏兄弟、陆氏兄弟等人在此集团中的具体作为，似亦不免有无行污点，如陆机赠诗称颂贾谧，连生前恶行昭彰的贾充，也被他歌颂一番。第二，"二十四友"以豪富官僚石崇为首。《晋书·潘岳传》对此说法不同："谧二十四友，岳为其首。"但以当日官位、财富及社会名声而论，岳非崇之匹；而喜交友、好人物，亦石崇所长。第三，这是个以"贵游豪戚及浮竞之徒"为主组成的集团。此不仅指其出身背景，更有人生态度上的共同点，"二十四友"攀附贾谧的目的很明确，就是追求政治上发达，而参与贵游享乐还在其次。为此有些人到了不择手段的地步，潘岳的行为甚至受到母亲的谴责："其母数诮之曰：'尔当知足，而干没不已乎！'"（《晋书》本传）第四，二十四人中多文学之士，至少具备相当文学才能。"二十四友"中的著名文学家，如潘岳、陆机、陆云、左思、挚虞、刘琨、欧阳建、石崇等，几占当时（惠帝元康、永康间）文坛名士之泰半。当时不预其列的文学家，只有张华、傅咸、何劭、嵇含、束皙、张翰、张协等，相比之下，这些人的文学名声及活跃程度，明显不如前者，文学影响也小。所以在相当程度上可以认为，"二十四友"又是一重要文学集团，甚至可以说是西晋文坛的一个缩影。

　　从文学史角度视之,"二十四友"一方面有"金谷雅集"之类的文学气氛浓厚的活动,另一方面平时的文学创作也很多,他们的今存诗几占全部西晋文士诗歌的一半。这个数字实为惊人,表明此一集团中人创作精力旺盛,他们的文学活动对于构筑当时文学的整体繁荣氛围,起了决定性作用。从文风上看,"二十四友"首要特质就是浮华躁竞,而这种浮华躁竞文风主要表现于今存他们的赠答诗中。"二十四友"的赠答诗,比建安文士的同类作品多,如潘岳有《为贾谧作赠陆机诗》十一章、《于贾谧坐讲汉书诗》、《鲁公诗》、《金谷集诗》等,陆机有《答贾谧诗》十一章、《赠潘岳诗》、《讲汉书诗》等,石崇有《赠欧阳建诗》,欧阳建有《答石崇诗》,挚虞有《答杜育诗》,杜育有《赠挚虞诗》、《金谷诗》等等;此外尚有为数不少二十四友与其他文士互赠之诗,仅各种人士赠石崇之诗,即有曹嘉、枣腆、曹摅、嵇绍等所撰。这些互赠诗除个别篇章如嵇绍赠诗有"何为昏酒色"等告诫之言,其馀皆为互相称美谀颂之词,其浮华躁竞性格表露无遗。"二十四友"文风的另一特质即是尚靡丽铺张、重技巧雕琢。潘、陆是"二十四友"中也是当时文坛上名声最著人物,其文风最具代表性。他们的文学倾向有得有失,但他们在文学形式和写作技巧上的努力,也应视为文学史上的一种进步,此点应予指出。

第二节　潘岳的人品与文品

　　潘岳(247—300),字安仁,荥阳中牟(今属河南)人,世代仕宦。岳总角辩慧,摛藻清艳,乡邑称为奇童。弱冠走上仕途,即入贾充府中为掾,举秀才,但为众所疾,栖迟十年,不得升迁。后历任河阳令、怀令、尚书度支郎、廷尉评等。惠帝世,任太傅杨骏主簿、长安令、著作郎、散骑侍郎、给事黄门侍郎。永康元年，赵王司马伦入朝专政，嬖臣孙秀与岳夙有隙，遂与石崇、欧阳建同被杀害。

潘岳"妙有姿容，好神情，少时挟弹出洛阳道，妇人遇者，莫不连手共萦之"（《世说新语·容止》）。而其为人，则有才气而性轻躁，趋势利。潘岳生平，大体上可以划分为两大时期。以惠帝即位之永熙元年（290）为界，此前（即武帝泰始、咸宁、太康年间）为栖迟下僚时期；此后（即惠帝永熙、元康年间）则入太傅杨骏府为主簿，旋又结交贾谧，加入"鲁公二十四友"行列，仕途也终于有了升迁机会，任散骑侍郎、给事黄门侍郎等。潘岳早期仕途偃蹇，转辗下僚，郁郁不得志；他亦曾努力表现自己，但因过于轻躁，露才扬己，锋芒毕现，往往欲速而不达，缺少际遇。此时他对官场、时势常怀愤慨，内心颇多不平，怀才不遇的愤激时有表露。他还曾对某些官员进行人身攻击，攻击对象就是主选职的尚书仆射山涛以及仕途得意的王济（侍中）、裴楷（侍中）、和峤（尚书令）。"时山涛领（吏部），王济、裴楷等皆亲遇，岳内不平，乃密题阁道为谣曰：'阁道东，有大牛；王济鞅，裴楷鞴，和峤刺促不得休！'"（《事类赋注》引臧荣绪《晋书》）潘岳将山涛比作"大牛"，说他被王、裴挟持，被和峤驱使。无论其所说是否符合事实，这行为本身属于政治性小动作，反映了事主的气量狭小，甚至包含了某种嫉妒心。出于政治上的不平心理，潘岳也常考虑出处行藏问题，有时将仕途通塞归为人生命运和鬼神安排；有时胸中郁闷难以排解，也不免产生出世之志，用以自我宽慰，但言辞之间，总要流露出对于名位的眷恋而不能自已。如《河阳县作诗》：

> 微身轻蝉翼，弱冠忝嘉招。在疚妨贤路，再升上宰朝。猥荷公叔举，连陪厕王寮。长啸归山东，拥耒耨时苗。幽谷茂纤葛，峻岩敷荣条。落英陨林趾，飞茎秀陵乔。卑高亦何常？升降在

一朝。徒恨良时泰,小人道遂消。譬如野田蓬,斡流随风飘。昔
倦都邑游,今掌河朔徭。登城眷南顾,凯风扬微绡。洪流何浩
荡,修芒郁岩峣。谁谓晋京远?室迩身实辽。谁谓邑宰轻?令
名患不劭。人生天地间,百年孰能要?颎如槁石火,瞥若截道
飙。齐都无遗声,桐乡有馀谣。福谦在纯约,害盈由矜骄。虽无
君人德,视民庶不恌。

(之一)

此诗纯言己志,托出内心活动。第一句就叹微嗟卑,以"反语"露出
对自身处境不满。"在疢妨贤路"、"连陪厕王寮",皆语含双关,自我
嘲讽中透出对时政之批评,而胸中耿耿者,无非有关"升降"之事。
对于自己当前处境,痛感"譬如野田蓬"一般,只能"随风飘"而已。
后半作自我宽慰:先以道德完善的理想主义境界来作自我解脱,他不
以区区"邑宰"为轻,不嫌官小,他此时只考虑如何做好"视民"本职,
以建立"令名"。同时又以人生短暂、百年难要的老话来冲淡仕途失
意的忧伤。如此则潘岳便应是一位德行高洁清正澹泊的循吏。当然
此仅诗句文字而已,揆诸诗人实际行事作风,不免有相当距离。于
此,他的写作态度是否真诚,便颇成疑问。

至后期惠帝元康年间,贾后专权,贾谧势倾人主,"二十四友"为
谧羽翼,潘岳跻身其中,与石崇等谄事贾氏。作为一名文士,潘岳此
时的行为实在有失检点,甚至可以说德行亏缺。"令名患不劭"之类
的观念,似乎早已丢诸脑后。他跟随贾谧、石崇参与贵游活动,此不
足尤;在贾谧处讲解《汉书》,事尚可说;替权贵作诗作文,充当枪手,
则是一般正直文士所不屑为,潘岳却做了。今存贾谧《赠陆机诗》十
一章,即出岳手;贾谧《晋书限断》一文,亦由潘岳捉刀。贾后谋废太
子司马遹,诬构之文,亦潘岳手笔;这是直接参与政治阴谋,为潘岳所

作最卑鄙之事。为谋取权位和自身前程,趋炎附势,不顾传统道德,不要个人尊严,不择手段,无所不为,这就牵涉到为人道德品质问题。潘岳在后期暴露出人品方面存在重大阙失。[2]可以认为,这是一名才子因过分追逐名位势利而终于导致道德堕落。《颜氏家训》中历述"自古文人,多陷轻薄"时,举例甚多,其中"潘岳干没取危"一句,分量最重。"干没"者,欲壑难填也。

　　潘岳后期所作诗文,其内容倾向更趋势利化,是意料中事。《金谷集诗》为贵游作品,其中极写金谷园囿之丽,游宴之盛,又再申与石崇之情谊,"投分寄石友,白首同所归",应当说此诗尚无太多可非议之处。《于贾谧坐讲汉书诗》则不免显出庸俗态度:"治道在儒,弘儒由人。显允鲁侯,文质彬彬。笔下摛藻,席上敷珍。前疑既辨,旧史唯新。唯新尔史,既辩尔疑。延我寮友,讲此微辞。"潘岳为贾谧讲《汉书》,岳自称"寮友",而对贾谧即"鲁侯"颂赞备至,"显允君子"为《诗经》中常用语,"文质彬彬"为孔子语,贾谧虽然"好学,有才思",但潘岳从德行到才藻全面高度歌颂他,未免不伦。贾谧而外,潘岳又谀颂本身即是无耻官僚的贾充,此即《鲁公诗》,今存虽为残文,然"如地之载,如天之临",已经充分表现阿谀态度。不仅谀颂贾充生前,且谀颂其死后。充卒于太康三年(282)四月,岳为之作诔:"昂昂公侯,实天诞育。八元斯九,五臣兹六。……桃李不言,下自成行;德之休明,没能弥彰。"(《太宰鲁武公诔》)所措赞词,略无分寸,这与同为文士的秦秀主张谥贾充为"荒"(《谥法》:"昏乱纪度曰荒")所表现出的疾恶如仇态度,形成鲜明对照。此类诔文,当然是写给活人看的,是给贾谧尤其是贾后看的。潘岳如此"谄事",皆出于"干没"之需要。此类诗文,皆作于后期,其时潘岳已跻身"二十四友",仕进已见转机,虽然年事已入"不惑",而"立功立事,效当年之用"(《西征赋》)的欲望,不让少年,其政治实用冲动甚至更加强烈急迫。情急之下,不免做出种种越出廉耻界限之事。此是潘岳人品与文品的第一个特点。

不过潘岳人生道路颇多波折,并非一帆风顺,更由于他生活和精神活动的多面性,所以还不能以"无行"一语对他的人品与文品的全部作简单概括。在不同的生活领域,尤其是在政治实用性比较淡薄的领域,他的为人表现和感情世界,还是呈现复杂的面貌,其文学活动也显示出更多的可取之处。除了以上已经提及的在他仕途失意之前期,他对社会人生的态度中有时也包含某种愤世嫉俗式批判因素,与那些纯属无耻谀颂的行为有所不同外,尤其在个人生活方面,由于不直接牵涉自身政治利害进退,潘岳亦有令人首肯的道德伦常表现。应当注意一点,即潘岳其人颇重视家庭生活,他在亲情方面往往表现出真挚而丰富的内涵。在这方面,有不少诗文作品为证。如《内顾诗》为任河阳县令时作,内容为思念妻杨氏:

> 静居怀所欢,登城望四泽。春草郁青青,桑柘何奕奕!芳林振朱荣,渌水激素石。初征冰未泮,忽焉振絺绤。漫漫三千里,迢迢远行客。驰情恋朱颜,寸阴过盈尺。夜愁极清晨,朝悲终日夕。山川信悠永,愿言良弗获。引领讯归云,沈思不可释。
>
> 独悲安所慕?人生若朝露。绵邈寄绝域,眷恋想平素。尔情既来追,我心亦还顾。形体隔不达,精爽交中路。不见山上松,隆冬不易故;不见陵涧柏,岁寒守一度。无谓希见疏,在远分弥固。

潘岳诗文中常见的那种功名追求急迫情绪,在此诗中竟荡然无存。有的只是对自身远出千里寄寓"绝域"的孤独悲凉感受,以及久别妻子后的日夕怀念,其感情之专注令人感叹。一首"引领讯归云",形容思念之情极精彩。二首松柏之喻，本颇平常，而用于此处，竟分外贴切。此诗收入《玉台新咏》卷二。其后杨氏卒，潘岳又撰《悼亡诗》三首，表现对爱妻深切悼念。此外潘岳在亲戚关系上亦表现出富于感情，如对已故岳父杨肇及内兄杨道元，心存真挚怀念，其《怀旧赋》即为此而作。赋有序曰：

> 余十二而获见于父友东武戴侯杨君，始见知名，遂申之以婚姻。而道元公嗣，亦隆世亲之爱。不幸短命，父子凋殒。余既有私艰，且寻役于外，不历嵩丘之山者，九年于兹矣！今而经焉，慨然怀旧，而赋之曰……

杨肇当年对于潘岳的赏识，固然使潘岳始著名声，可以视为他追求功名道路的起点，但杨氏父子既已亡故多年，现实功利关系毕竟已经相当淡薄，此时潘岳的"怀旧"，也就具有更多的个人情谊恩纪色彩，与他撰《太宰鲁武公诔》等不可等量齐观。此赋写冰雪冬日，凭吊坟茔，抚今追昔，"感予于思"。对于自己总角获见，承接清尘，"名余以国士，眷余以嘉姻"种种情景，忆念所及，历历在目。而九载之后只身经过，只能徘徊空馆，不免泫涕沾衿。赋末写"独郁结其谁语？聊缀思于斯文"，说出无限孤寂与哀思。而态度的诚恳，情绪的真挚，也增加了赋的感染力。

　　以上所举诗赋之例，表明潘岳为人及写作之另一面，这是普通的人性、人情之一面，也可说是正当操行之一面。看来潘岳并非任何时候总是"干没不已"，他亦有讲亲情、友情的场合，在他内心，也保留着一块净土，以供他灵魂休憩之需；相应地在他的文学创作中，也出现了一片光明可取的区域。这就使得潘岳其人其文，呈现了复杂性。

　　潘岳著作，《隋书·经籍志》著录有集十卷，《旧唐书》、《新唐书》、《通志》皆著录作十卷。今存辑本有汪士贤《汉魏诸名家集》、张溥《汉魏六朝百三名家集》、丁福保《汉魏六朝名家集》所收诸本，又严可均辑其文入《全晋文》卷九十至九十三，逯钦立辑其诗入《晋诗》卷四。

第三节　潘岳的文学成就

潘岳毕竟是位才子，文学修养和技巧很高。他诗赋文皆擅，总体成就不小。以下分说各体文学创作成绩。

潘岳诗歌今存十馀篇。以内容之不同，大概可分三类，一类为应诏诗（《关中诗》十六章）、赠答酬唱诗（《于贾谧坐讲汉书诗》、《鲁公诗》、《为贾谧作赠陆机诗》十一章、《北芒送别王世胄诗》五章）以及贵游之诗（《金谷集作诗》、《金谷会诗》）等，此类诗作内容的无所取，已如前述，而其艺术价值除《金谷集作诗》外，亦大多有限。一般写得直露浅显，相当粗糙，往往不加任何修饰，直取目标，此固即兴应酬写作条件所限，亦写作目的多为谀颂所致。为使对方易于领会，必须顾及对方的理解力（如贾充等显贵，文学理解水准不会很高），从而必须直露浅显。第二类为述志诗，有上举《河阳县作诗》二首、《怀县作诗》二首，以及《东郊诗》等。此类诗多抒述作者政治追求欲望以及因欲望未能满足而激发出的愤懑情绪，诗人的灵魂在这些诗中往往最为坦率，所以它们是了解潘岳的最真切佐证。这类作品因多自慰之辞，或者寄呈知交而作，所以结撰比较精心，辞采亦颇丰茂，显示诗人的真实艺术手段。如《在怀县作诗》：

南陆迎修景，朱明送末垂。初伏起新节，隆暑方赫羲。朝想

庆云兴,夕迟白日移。挥汗辞中宇,登城临清池。凉飙自远集,
轻襟随风吹。灵圃耀华果,通衢列高椅。瓜瓞蔓长苞,姜芋纷广
畦。稻栽肃芊芊,黍苗何离离。虚薄乏时用,位微名日卑。驱役
宰两邑,政绩竟无施。自我违京辇,四载迄于斯。器非廊庙姿,
屡出固其宜。徒怀越鸟志,眷恋想南枝。

（之一）

此诗前部大半写景,初夏气候街衢景色农事情状描绘甚佳,一派清
新气象,无一字涉及名利欲念,透出超尘脱俗高致,令人神往。然
而接着便是叹微嗟卑,出以牢骚之气;"器非廊庙姿,屡出固其宜"
二句,表面平静语气,自我嘲讽中包含绝大愤慨。末又露出"眷
恋"名位真意,终于未能脱出尘凡。从技巧上看,作者显然下了大
的功夫,精心结撰。自开首直至"黍苗何离离",全为对句,共八
韵,占了全篇之泰半,排比而下,使诗体规整精巧。其属对尚不很
自然流畅,唯有"挥汗辞中宇,登城临清池"一韵较为畅达,而"通
衢列高椅"、"瓜瓞蔓长苞"等,似未臻于圆熟,略嫌生硬;至于声
韵,只有少数符合对偶精确要求(如第一韵);但在西晋时期,这已
经是对偶诗艺之极致。另外诗中用语典雅,辞采菁葱,这些都显示
了诗歌技巧化的实绩。

第三类为写亲情之诗,最有代表性的应推《悼亡诗》:

荏苒冬春谢,寒暑忽流易。之子归穷泉,重壤永幽隔。私怀
谁克从? 淹留亦何益? 僶俛恭朝命,回心反初役。望庐思其人,
入室想所历。帏屏无仿佛,翰墨有馀迹。流芳未及歇,遗挂犹在
壁。怅恍如或存,回遑忡惊惕。如彼翰林鸟,双栖一朝只。如彼
游川鱼,比目中路析。春风缘隙来,晨霤承檐滴。寝息何时忘?

沉忧日盈积。庶几有时衰,庄缶犹可击。

(之一)

皎皎窗中月,照我室南端。清商应秋至,溽暑随节阑。凛凛凉风升,始觉夏衾单。岂曰无重纩,谁与同岁寒?岁寒无与同,朗月何胧胧!展转眄枕席,长簟竟床空。床空委清尘,室虚来悲风。独无李氏灵,仿佛睹尔容。抚衿长叹息,不觉涕沾胸。沾胸安能已?悲怀从中起。寝兴目存形,遗音犹在耳。上惭东门吴,下愧蒙庄子。赋诗欲言志,此志难具纪。命也可奈何?长戚自令鄙。

(之二)

夫妻永诀,天命难违,朗月照空,悲风四起,人去物在,触景皆情,中心纠结,沉吟反复,虽欲摅忧,难以具纪。写出对亡妻一派真情,悲凉沉郁,缱绻低回,颇为感人。此诗让人看到了潘岳精神生活的另一面。诗中用语仍颇典雅,但又吸纳了若干民歌风格,以故朴实自然,清新流畅,略无雕凿窒碍,在他诗赋中别成一格。《文选》、《玉台新咏》皆收入此诗,可见其受后人重视程度。此外潘岳还作有《杨氏七哀诗》,亦悲悼妻室杨氏之诗,盖悼亡意犹未尽,再申哀情也。

关于潘岳之诗,钟嵘列入上品,具体评语则不多,只是引述李充、谢混之论,加以辨说:"其源出于仲宣。《翰林》叹其'翩翩然如翔禽之有羽毛,衣服之有绡縠,犹浅于陆机'。谢混云:'潘诗烂若舒锦,无处不佳;陆文如披沙简金,往往见宝。'嵘谓益寿轻华,故以潘为胜;《翰林》笃论,故叹陆为深。余常言:陆才如海,潘才如江。"(《诗品》卷上)李充意谓潘虽美丽,但浅于陆;谢混则谓潘诗完美无缺,而陆文嫌芜杂,如沙中之金;锺嵘则认为二人之才,陆更胜于潘,犹海之于江。按:三人评论,各有其道理,亦各有欠缺。李充仅说深浅,不涉其他,太浮泛;谢混所论,以潘诗与陆文相比,文体不同,颇为不类;锺嵘只是比较二人之"才"大小,亦嫌笼统。唯锺氏开首一句"其源出于仲宣",值得深究。查锺嵘对王粲诗之评语为:"其源出于李陵","发愀怆之词,文秀而质羸"(《诗品》卷上)。而锺嵘对李陵的评论是:"文多凄怆,怨者之流。"从李陵的"文多凄怆",到王粲的"愀怆之词",可知所谓"源出"者,乃是指诗歌情调上的凄怆传统。正是在这个意义上,可以肯定潘岳诗源出于王粲这一判断的正确性(《杨氏七哀诗》亦袭用了王粲诗题)。《悼亡诗》、《杨氏七哀诗》等以"凄怆"为基调的作品,体现了潘岳诗歌的主要成就。

潘岳之赋,今存二十篇以上,在现存各类文体中数量最多。如同诗一样,其中佳者也主要是一些宣泄私情之作。它们大多篇幅较短小,如《怀旧赋》、《悼亡赋》、《寡妇赋》等。《怀旧赋》为怀念岳父杨肇及内兄杨道元的,前节已述;《寡妇赋》则为哀悯挚友任子咸之妻而作,其序曰:"乐安任子咸,有韬世之量,与余少而欢焉。虽兄弟之爱,无以加也。不幸弱冠而终。良友既没,何痛如之!其妻又吾姨也,少丧父母,适人而所天又陨,孤女藐焉始孩,斯亦生民之至艰,而荼毒之极哀也。昔阮瑀既没,魏文悼之,并命知旧,作寡妇之赋,余遂拟之,以叙其孤寡之心焉。"对人生之不幸者充满同情哀悯,加之事主为潘岳亲友,其感情之真挚与深厚,无可怀疑。《悼亡赋》仍是为其爱妻杨氏而作,诚所谓咏叹之不足,诗而外又重之以赋。而诗赋所写各有特点:

　　伊良嫔之初降,几二纪以迄兹;遭两门之不造,备荼毒而尝之。婴生艰之至极,又薄命而早终;含芬华之芳烈,翩零落而从

风。神飙忽而不反,形焉得而久安?袭时服于遗质,表铅华于馀
颜。问箓宾之何期?霄过分而参阑。诅几时而见之,目眷恋以
相属;听辄人之唱筹,来声叫以连续。闻冬夜之恒长,何此夕之
一促?且伉俪之片合,垂明哲乎嘉礼;苟此义之不谬,乃全身之
半体。吾闻丧礼之在妻,谓制重而哀轻;既履冰而知寒,吾今信
其缘情。夕既昏兮朝既清,延尔族兮临后庭;入空室兮望灵座,
帏飘飘兮灯荧荧。灯荧荧兮如故,帏飘飘兮若存;物未改兮人已
化,馈生尘兮酒停樽。春风兮泮水,初阳兮戒温;逝遥遥兮浸远,
嗟茕茕兮孤魂。

同为悼亡,同为述己内心思念,赋与诗写法上见出差异:诗用睹物思
人方式,写出缱绻哀情;赋则陈述妻亡事实及亡妻遗容,殡葬过程及
人去室空后之孤苦感受。这里显示了铺陈的一些特点。"诗缘情而
绮靡,赋体物而浏亮",潘岳的同题诗赋,可作注脚。不过在这里,
"体物"只是一种手法,因《悼亡赋》在抒情功能上并不比诗稍差,所
以赋中"信其缘情"一语,竟可移用于对此赋自身之评语。总之这是
一篇出色的抒情小赋。

潘岳当时最负盛名的赋,当是《西征赋》、《秋兴赋》这些大赋。
《西征赋》为传统"述行"之赋,《文选》"纪行"之部共收三篇作品,此
是其中之一(另二篇为班彪《北征赋》、曹大家《东征赋》)。赋作于
潘岳赴长安令任途中,时在元康二年(292)。岳家在巩县东,得任命
而"自京徂秦",故曰"西征"。赋中既纪途中景物,包括山川城郭人
民物产,又述自身感受,其中咏史的成分相当重,从西周东周,到嬴秦
项羽,自刘邦张良,到曹操韩马,指点史迹,议论风生。而其要旨,则
归于"天地人道,唯生与位,谓之大宝。生有修短之命,位有通塞之
遇,鬼神莫能要,圣智弗能豫……"见解不免于平庸,个性并不鲜明。

唯其规制宏大,辞采丰赡,堪称力作,可与左思《三都赋》媲美。《秋兴赋》规模不及《西征赋》,赋作于咸宁四年(278)潘岳任太尉(贾充)掾时,当时他"春秋三十有二,始见二毛"(序),为此触目惊心,陡生感慨,说自己久在朝列,"夙兴晏寝,匪遑底宁,譬犹池鱼笼鸟,有江湖山薮之思"。此感时之赋,《文选》归入"物色"之部。不过萧统的归类似不很确切,因此赋描写重心实不在物色,而是以"秋"为"兴",引出自身的一节"江湖山薮之思"来。然而潘岳的这种思想,仅为一时感忿,并无深厚的人生观念基础,故不免于随意性和浅薄。然而《西征赋》、《秋兴赋》,其辞采之美,在西晋同类作品中,皆称优秀。如:

> 嗟秋日之可哀兮!谅无愁而不尽。野有归燕,隰有翔隼;游氛朝兴,槁叶夕陨。于是乃屏轻箑,释纤绤,藉莞蒻,御袷衣。庭树槭以洒落兮,劲风戾而吹帷;蝉嘒嘒而寒吟兮,雁飘飘而南飞;天晃朗以弥高兮,日悠阳而浸微。何微阳之短晷兮,觉凉夜之方永;月朣胧以含光兮,露凄清以凝冷……

——《秋兴赋》

除"西征"、"秋兴"二赋外,潘岳尚有《藉田赋》、《闲居赋》、《笙赋》等,当时悉称名作,嗣后皆为《文选》收录,[3]影响至大;又刘勰在《文心雕龙·诠赋》中列举"魏晋之赋首"共八家,潘岳为其中之一,谓"太冲、安仁,策勋于鸿规",意为其赋优点在于规制鸿大。此评语对于《西征赋》之类作品而言,基本符合实情。然而萧、刘似乎忽略了潘岳抒情小赋,其小赋实有着更高的文学价值。此是当时审美风尚以及赋学观念所致,非萧统、刘勰个人识见之蔽也。

潘岳之文,以哀诔最为著名,仿佛汉末蔡邕。按哀辞诔文,实用性甚强,故潘岳所作,亦含不少谀颂钻求文字,如《世祖武皇帝诔》、《景献皇后哀策文》、《南阳长公主诔》、《皇女诔》、《太宰鲁武公诔》、《宜城宣君诔》等。这些文章撰作时间先后不一,连绵相续,可作一部西晋前期帝王权臣哀诔史观之。这些哀诔,或受命而作,或主动撰写,皆是潘岳自结于权门之渠道,显露才情尚在其次。由于政治功利因素太强,不妨视之为"干没"活动之一部分。如"宜城宣君",即贾充妻郭氏,为著名恶妇,潘岳竟亦能撰诔表其"德行",诡滥夸饰,曲意奉承不已。

潘岳诔文之优秀者,仍在于为亲友所撰诸作,如《阳城刘氏妹哀辞》。此为胞妹而作,诔文开首即见精彩:

> 鸟鸣于柏,乌号于荆;徘徊踯躅,立闻其声。相彼羽族,矧伊人情;叩心长叫,痛我同生。

以比兴开篇,于诔体中实稀见,潘岳用之,令人"立闻"其哀号长叫之声,颇收振发奇效。而以下度入正文,亦自然顺畅,耳目一新。又有《为任子咸妻作孤女泽兰哀辞》,此"任子咸妻",即《寡妇赋》所写事主,为岳之姨。赋中曾有"孤女藐焉始孩"、"鞠稚子于怀抱兮"之句,所谓"孤女"、"稚子",盖即任泽兰也,至三龄而殒。寡母痛失幼女,孤单茕独,其命可叹可哀:"耳存遗响,目想馀颜;寝席伏枕,摧心剖肝。"又有《荆州刺史东武戴侯杨使君碑》、《杨荆州诔》,二文皆潘岳为岳丈杨肇而作;又有《杨仲武诔》、《为杨长文作弟仲武哀祝文》,二文皆为内侄杨仲武作,仲武即杨肇之孙。又有《哭弟文》、《从姊诔》,其弟、从姊名字不详。又有《伤弱子辞》、《金鹿哀辞》,前者悼弱子降生二月即夭折,后者伤娇女金鹿早逝。这些哀诔文章,伤悼亲戚,皆见真情。而最为人所称道者,乃是为发妻杨氏所作《哀永逝文》:

……风泠泠兮入帏，云霏霏兮承盖；鸟俯翼兮忘林，鱼仰沫兮失濑。怅怅兮迟迟，遵吉路兮凶归；思其人兮已灭，览馀迹兮未夷；昔同涂兮今异世，忆旧欢兮增新悲。谓原隰兮无畔，谓川流兮无岸；望山兮寥廓，临水兮浩汗；视天日兮苍茫，面邑里兮萧散；匪外物兮或改，固欢哀兮情换。嗟潜隧兮既敞，将送形兮长往；委兰房兮繁华，袭穷泉兮朽壤。中慕叫兮摧摽，之子降兮宅兆；抚灵榇兮诀幽房，棺冥冥兮埏窈窕。户阖兮灯灭，夜何时兮复晓？归反哭兮殡宫，声有止兮哀无终。是乎非乎何皇，趣一遇兮目中。既遇目兮无兆，曾寤寐兮弗梦。既顾瞻兮家道，长寄心兮尔躬。重曰：已矣！此盖新哀之情然耳！渠怀之其几何？庶无愧兮庄子。

文中精彩之处颇多，尤以"谓原隰兮无畔"等句，描述本人送殡时感受，觉自然山水皆已改容，实则"匪外物兮或改，固欢哀兮情换"，这种以主观"情换"导致外物于感觉上的改变，非当事者莫能道出！此涉及审美特殊规律，其意蕴颇为深邃。然此文亦有小疵，即文末又以庄子自慰，而与其《悼亡诗》相犯。[4]潘岳哀诔文章中尚有另一奇文，此即《马汧督诔》，诔文作于元康七年（297）秋，时潘岳已任著作佐郎。"马汧督"者，马敦也，为汧县之督，小官也。因当时氐族武装起事，略雍州诸县，马敦守城御敌有功，而竟以细故被劾，下狱致死。潘岳诔序中云："朝廷闻而伤之……天子既已策而赠之，微臣托乎旧史之末，敢阙其文哉？"似是受命而作；不过序中强调"忠孝义烈之流，慷慨非命而死者，缀词之士，未之或遗也"，推重义烈人物，主张为之"缀词"，为马敦著明勋绩，表现出一定正义感和对于义烈气概的向往，亦可嘉也。此诔与《太宰鲁武公诔》、《草愍怀太宰祷神文》之类充分表现出卑劣丑恶灵魂的文字,同出于一人之手,亦表明潘岳人品文品之复杂性。诔序述当时雍州情势险恶,官军窳败,百姓涂炭,马敦孤军守土,殊死奋战等事件经过,亦甚精警洗练:

> 初,雍部之内,属羌反未殚,而编户之氐,又肆逆焉。虽王旅致讨,终于殄灭,而蜂虿有毒,骤失小利。俾百姓流亡,频于涂炭。建威丧元于好畤,州伯宵遁乎大溪。若以偏师裨将之殒首覆军者,盖以十数;剖符专城纡青拖墨之司,奔走失其守者,相望于境。秦陇之僭,巩更为魁;既已袭汧,而馆其县。子以眇尔之身,介乎重围之里;率寡弱之众,据十雉之城。群氐如猬毛而起,四面雨射城中。城中凿穴而处,负户而汲;木石将尽,樵苏乏竭,刍菣罄绝。于是乎发梁栋而用之……

总之,潘岳"尤善哀诔之文"(《晋书》本传),名盖伦侪,当时王公贵人多倩为作诔,故传世哀诔文章特多。《文选》"诔"部共收文八篇,而岳一人占其四;"哀"部共收文三篇,岳占其一。由此可知萧统重视程度。又刘勰评说历代诔文,认为汉代杜笃、傅毅、崔瑗、苏顺等,"观其序事如传,辞靡律调,固诔之才也"。接着便谓:"潘岳构意,专师孝山(苏顺字孝山),巧于序悲,易入新切,所以隔代相望,能征阙声者也。"(《文心雕龙·诔碑》)又论历代哀吊之文,以为"建安哀辞,唯伟长差善,《行女》一篇,时有恻怛。及潘岳继作,实踵其美。观其虑善辞变,情调悲苦,叙事如传,结言摹诗,促节四言,鲜有缓句,故能义直而文婉,体旧而趣新,《金鹿》、《泽兰》,莫之或继也"(《文心雕龙·哀吊》)。此评价不可谓不高。所以不妨说,潘岳是魏晋时期最出色的哀诔文章高手。事实上,潘岳今存之文,以哀诔最多,其他文章数量既少,亦鲜有可观者。所以哀诔文就是潘岳文之主体。

这些哀诔文章,加上他的哀情诗赋,构成潘岳文学作品中最有特色部分,其创作个性及艺术成就在此部分作品中有最引人注目的体现。

第四节　潘尼　欧阳建　挚虞

此三人合设一节,非谓文学取向或风格有何共同点,主要是三人皆与潘岳及"二十四友"关系密切:潘尼为潘岳从子,欧阳建为石崇之甥,欧阳建、挚虞又皆是"二十四友"成员,故合而附论于兹章。

潘尼(?—311),字正叔,少有清才,与岳俱以文章名世。太康中举秀才,为太常博士,历高陆令、淮南王允参军、太子舍人、宛令、著作郎等,八王乱起,曾任齐王冏参军,又历散骑常侍、侍中、秘书监、中书令、太常卿等。永嘉五年,在兵荒马乱中病卒,年六十馀。

潘尼性格作风与潘岳不同,自少即退静不竞,以勤学著述为常。他在出仕前著《安身论》以明所守,其基本观念为:"盖崇德莫大乎安身,安身莫尚乎存正,存正莫重乎无私,无私莫深乎寡欲。"其反面则是:"忧患之接,必生于自私,而兴于有欲。"文章批判那些"弃本要末之徒,知进忘退之士",说他们"莫不饰才锐智,抽锋擢颖;倾侧乎势利之交,驰骋乎当涂之务;朝有弹冠之朋,野有结绶之友;党与炽于前,荣名煽其后。握权则赴者鳞集,失宠则散者瓦解;求利则托刎颈之欢,争路则构刻骨之隙。……大者倾国丧家,次则覆身灭祀。其故何也?岂不始于私欲而终于争伐哉!"可以说这是对于西晋浮华奔竞士风及其造成恶果的真实写照,颇具现实针对性。潘尼虽冲静不竞,于仕途却甚为通泰,此与潘岳适成对比。他不但"栖迟十年"之类的遭遇从未有过,且最终官位比潘岳高得多;再者身处乱局而得全首领,亦异于潘岳之横被杀戮。《安身论》中有云:"虑退所以能进,惧乱所以能保,戒亡所以能存也。"史实真相,诚如其言![5]

潘尼能诗、赋。其诗今存二十馀首,四言、五言各占其半。内容多赠答之作,赠答对象有潘岳、陆机、傅咸、刘正伯、张仲治、吴子仲、杨士安、卢景宣、王元贶等,更有于太子舍人任上所作诸侍太子诗。这些诗以应酬为主,多颂赞语,比兴不寄,少曲折,略嫌平淡。如与陆机互赠诗,二人彼此称美,虽云出自诚心笃谊,终乏深刻思致。唯《迎大驾》一篇,堪称佳构:

> 南山郁岑崟,洛川迅且急。青松荫修岭,绿蘩被广隰。朝日顺长涂,夕暮无所集。归云乘幰浮,凄风寻帏入。道逢深识士,举手对吾揖:"世故尚未夷,崤函万崄涩。狐狸挟两辕,豺狼当路立。翔凤婴笼槛,骐骥见维絷。俎豆昔尝闻,军旅素未习。且少停君驾,徐待干戈戢。"

此诗收入《文选》,李善注引王隐《晋书》曰:"东海王越从大驾讨邺,军败。永康二年,越率天下甲士三万人,东迎大驾还洛。"[6]知此诗作于八王乱中。诗前半写景,透出凄凉意;后半藉"深识士"之口,说出时局艰难多故,"狐狸"、"豺狼"当道,而文士不习武事,当思急流勇退,以待清平。潘尼当时内心矛盾于此表露无遗。此诗之文学史意义,主要在内容倾向方面:它是西晋诗人所作极少数纪乱作品之一。潘尼此诗虽含明哲保身思想,但忧国之情亦颇明显,此诚难能可贵。此诗学曹操《苦寒行》、曹植《赠白马王彪》等,"狐狸"、"豺狼"等皆移植而来。钟嵘次潘尼于中品,并以此诗为例,评曰:"正叔'绿蘩'之章,虽不具美,而文采高丽,并得虬龙片甲,凤凰一毛。"(《诗品》卷中)

潘尼今存赋十三篇,悉为短制小章,此与潘岳多长篇大赋不同。

其中数篇为奉命之作,但亦有数篇是有所感而发,如《朝菌赋》、《安石榴赋》等:

> 朝菌者,盖朝华而暮落,世谓之"木槿",或谓之"日及"。诗人以为"舜华",宣尼以为"朝菌"。其物向晨而结,建明而布,见阳而盛,终日而殒。不以其异乎? 何名之多也!

> ——《朝菌赋》序

潘尼最有特色之赋,当推《恶道赋》,赋以"恶"为题,突出了批判性质:

> 异山河之岨陁,倦关谷之盘纡。车低回于潜轨,马侘傺于险途。狗肘还句,羊角互戾;菟窟连投,十数亿计。石子之洞,坎坷之穴;支体为之危竦,形骸为之疲曳。此亦行者之艰难,羁旅之困毙。若其名坂,则羊羹八特,成皋黄马,回波激浪,飞沙飘瓦。马则顿踬狼旁,虺颓玄黄;牛则体疲力竭,损食丧肤。樏蹄穿岭,摩髋脱躯……

自赋中所叙地名,知指洛阳至长安一带之"道",《艺文类聚》引作"西道赋",亦可证。赋中多方形容道路之"恶",与作者《迎大驾》诗中所云"南山郁岑崟"、"崤函万崄涩"相合。此赋当亦作于诸王乱中,时局险恶,而洛阳附近乃诸王反复争战杀略之地,正合于赋中所谓"此亦行者之艰难,羁旅之困毙"意。故此赋虽为述行,实亦写时事,"恶道"者亦恶世道也,显示作者在乱局中的社会忧患意识。

潘尼尚有《怀退赋》,亦颇值得注意。赋中披露乱世中进退矛盾心情:

> 背宇宙之寥廓,罗网罟之重深;常屏气以敛迹,焉游豫以娱心?傅释板以亮殷,望投竿而相姬;穷独善以全质,达兼利以济时。聃安志于柱史,由抗迹于嵩箕;理殊途而同归,虽百虑其何思?敢因虚以托谈,遂逡巡而造辞。

自"罗网罟之重深"、"常屏气以敛迹"等句,可知作者深刻感受到现实处境之危殆,由是他面临"穷""达"之歧途选择。有意思的是潘尼将"穷则独善其身"理解为"穷独善以全质",这是将道德精神之"独善"改成了肉体生命之保全。这反映了作者身处环境之严峻,联系到当时文士在大战乱中鲜有全者,潘尼最接近的亲友如潘岳、陆机等先后死于非命,即可理解其"全质"观念之产生情由。不过潘尼虽有"怀退"之思,却长期未能决心隐退,只是"百虑其何思"、"逡巡而造辞"。史载"时三王战争,皇家多故,尼职居显要,从容而已。虽忧虞不及,而备尝艰难"(《晋书》本传)。直到洛阳被刘聪部攻占前夕,他才不得不携家眷东出成皋,欲还乡里,但此时道路已不通,病卒于坞壁。可见对于诸多文士而言,真正做到蔑弃名位,全身远祸,实所不易。

潘尼著作,《隋书·经籍志》著录有集十卷。今存辑本有《汉魏六朝百三名家集》所收《潘太常集》一卷,又丁福保辑其诗入《全晋诗》卷九十四、九十五,逯钦立辑其诗入《晋诗》卷八。

欧阳建(?—300),字坚石,渤海(今河北南皮)人。世为冀方右族,才藻美赡,擅名北州,时人为之语曰:"渤海赫赫,欧阳坚石。"曾辟公府,任尚书郎、冯翊太守、顿丘太守等,颇获好评。欧阳建既为石崇之甥,关系自然密切,赵王伦专权,杀石崇、潘岳,欧阳建亦同时被害,年仅三十馀岁。[7]《隋书·经籍志》著录有集二卷。严可均辑其文入《全晋文》卷一百九,逯钦立辑其诗入《晋诗》卷四。

欧阳建今存诗仅二首,一为四言《答石崇赠诗》,诗中颂赞"我舅"石崇"济宽以猛。方夏以绥"等;诗本意颂德,却反说出石崇以"猛"治民,不合于传统美政。另一首为五言《临终诗》:

> 伯阳适西戎,子欲居九蛮。苟怀四方志,所在可游盘。况乃遭屯蹇,颠沛遇灾患。古人达机兆,策马游近关。咨余冲且暗,抱责守微官。潜图密已构,成此祸福端。恢恢六合间,四海一何宽。天网布闳纲,投足不获安。松柏隆冬悴,然后知岁寒。不涉太行险,谁知斯路难? 真伪因事显,人情难豫观。穷达有定分,慷慨复何叹? 上负慈母恩,痛酷摧心肝。下顾所怜女,恻恻中心酸。二子弃若遗,念皆遘凶残。不惜一身死,唯此如循环。执纸五情塞,挥笔涕汍澜。

诗中一方面感叹世事屯蹇,人情险恶,且以穷达有分自慰;另一方面又哀痛于亲人亦遭连累遘难。前者为无可奈何的自我宽解,后者则是亲情本性的真实表白,诚所谓"人之将死,其言也善"。《晋书》本传谓:"临命作诗,文甚哀楚。"《文选》录此诗入"咏怀"类。

欧阳建之文,最著名的是《言尽意论》,旨在驳难"由来尚矣"的言不尽意论。文章以"雷同君子"指世之论者,以"违众先生"自拟,其主要论点为:

> 理得于心,非言不畅。物定于彼,非言不辩。言不畅志,则无以相接;名不辩物,则鉴识不显。

此文在中国哲学史上具重要地位。先秦时期《易·系辞》、《庄子·外物》等，即提出"言不尽意"论点，三国时荀粲等宗奉其说，加以发挥，成为玄学基本命题之一。欧阳建反对"世之论者"持此论点，提出相反命题，力排言意关系中神秘主义和不可知论，显示了认识论上的唯物论倾向，代表了重要的哲学派别。此"言尽意论"影响颇大，史载"王丞相(王导)过江左，止道'声无哀乐'、'养生'、'言尽意'三理而已"(《世说新语·言语》)。可见欧阳建论点拥有不少赞同者，包括王导这样的重要人物。要之，欧阳建颇有独立思想，不同于西晋一般文士"雷同君子"。他在《登橹赋》中有句云"面孤立之峻峙"，堪为其自我写照。

挚虞(248？—311)，字仲洽(一作"仲治")，京兆长安(今西安)人。少师事皇甫谧，才学博通，与夏侯湛等同时举贤良对策，擢为太子舍人，后历任闻喜令、尚书郎、秘书监、卫尉卿、光禄勋、太常卿等。八王乱起，继以胡羌，京洛荒乱，人饥相食，挚虞素清贫，竟饿死。年约六十馀。[8]

挚虞置于本章之内叙述，主要理由为虞亦曾参与"二十四友"群体，在西晋"盛世"曾有浮华行为。不过挚虞本质上是一学者型人物，据《晋书》本传载："虞撰《文章志》四卷，注解《三辅决录》，又撰古文章，类聚区分为三十卷，名曰《流别集》，各为之论。"《隋书·经籍志》著录有集九卷。又有《决疑要注》一卷，《文章流别集》四十一卷，志二卷，论二卷。诸书皆已佚，今存辑本有《汉魏六朝百三名家集》所收《挚太常集》，又严可均辑其文入《全晋文》卷七十六、七十七，逯钦立辑其诗入《晋诗》卷八。

《文章流别集》原本卷帙颇巨，其性质，据《隋书·经籍志》集部总集类释曰：

总集者,以建安之后,辞赋转繁,众家之集,日以滋广。晋代挚虞,苦览者之劳倦,于是采摘孔翠,芟剪繁芜,自诗赋下,各为条贯,合而论之,谓之"流别"。

可知《文章流别集》与前代既有文章集之区别,主要有:一,它是"芟剪繁芜"的,即为精选的;二,"各为条贯",即按一定体例编撰的;三,所选收文章,以诗赋为首,文学性较强;四,对各类文章加以综合论说。这些都有异于以内容齐全、数量繁多为特点的资料性类书如《皇览》等。《文章流别集》之精粹在于"论"。自今存残文观,《文章流别集》主要论述文体,包括总论文体问题,分论颂、赋、诗、七、箴、铭、诔、哀辞、对问、图谶等各体。对于每一文体,从性质、源流、功能、体制方面予以扼要说明。如关于赋:

赋者,敷陈之称,古诗之流也。古之作诗者,发乎情,止乎礼义。情之发,因辞以形之,礼义之旨,须事以明之,故有赋焉。所以假象尽辞,敷陈其志,前世为赋者,有孙卿、屈原,尚颇有古诗之义,至宋玉则多淫浮之病矣。楚辞之赋,赋之善者也。故扬子称赋莫深于《离骚》,贾谊之作,则屈原俦也。古诗之赋,以情义为主,以事类为佐;今之赋,以事形为本,以义正为助。情义为主,则言省而文有例矣;事形为本,则言当而辞无常矣。文之烦省,辞之险易,盖由于此。夫假象过大,则与类相远;逸辞过壮,则与事相违;辩言过理,则与义相失;丽靡过美,则与情相悖。此四过者,所以背大体而害政教。是以司马迁割相如之浮说,扬雄疾辞人之赋丽以淫。

不但有论之统括,亦有史之叙述,具备了史家眼光。故刘师培曰:"文学史者,所以考历代文学之变迁也。古代之书,莫备于晋之挚虞。"(《搜集文章志材料的方法》)在对文体的分类上,挚虞比曹丕《典论·论文》更细,而论述亦更详。还应指出一点,挚虞在文学观念上基本持儒家传统学说,此种观念重视文学社会政教功能,但在某些方面不免于保守。如关于诗,《文章流别集》因重视"古诗率以四言为体",遂在评论当世诗坛状况时仍以"古诗"为准绳,谓:"然则雅音之韵,四言为正;其馀虽备曲折之体,而非音之正也。"此种观点无疑偏于保守,而不合时代发展潮流。魏晋时五言大盛,已取代四言在诗坛上的主导地位。挚虞《文章流别集》,反映了魏晋时期各体文章的快速发展和进一步完善,也表现了当时文章学理论的不断进步和深入。挚虞比曹丕晚七十年左右,从文论的基本观念及体系看,尚无大的改变,但于文体论方面则进展颇为显著,可以说,挚虞已在曹丕的基础上前进了一大步。

挚虞亦能诗赋写作。今存诗六篇,大部为赠答之作,赠答对象有伏仲武、褚武良、李叔龙、杜育等。挚虞似乎决心实践本人理论主张,其赠答诗全为"雅音"四言体,然观其所作诸篇,虽云"情发于中,用著斯诗"(《赠褚武良以尚书出为安东诗》),而真正做到"金声玉振,文艳旨深"(《答伏仲武》),尚存相当距离。有意思的是,今存张华有一《赠挚仲洽诗》,却不取"雅音",而以五言写成,显示张华宁肯从"俗"。挚虞今存赋五篇,其中《思游赋》为长篇大赋,主旨是"修中和兮崇彝伦,大道繇兮昧琴书;乐自然兮识穷达,澹无思兮心恒娱",调和儒道,折中孔老。其馀诸赋平平,少见精彩。总体看,挚虞创作成就难副其文论建树。

〔1〕 为了解二十四友人员组成情况,仅据诸书中史料,对二十四人的出身

背景、社会关系、任职状况略作梳理,并予分类:

一,贵戚:

诸葛诠,晋武帝诸葛夫人之兄;

左思,晋武帝贵嫔左棻之兄;

王粹,晋开国元勋抚军大将军王濬之孙,尚颍川公主,为晋武帝婿;

周恢,其女适武帝子清河王司马遐为正妃,故与晋武帝为姻亲;

郭彰,贾后从舅,贾充妻(广城君)待彰若同生,封冠军县侯;贾后专朝,郭参豫权势,物情归附,宾客盈门,久贵豪侈,每出辄从百馀人,时称贾谧、郭彰为"贾郭"。

二,功臣及名门后裔:

石崇,晋开国元勋大司马石苞之子;

陆机、陆云,吴国名将陆逊、陆抗后裔;

刘讷,有关史料最少,然自其郡望"沛国"可知为汉皇族之后;

刘舆、刘琨,汉中山靖王刘胜后裔。

三,本人为当时名士:

周恢、杜育,《世说新语·品藻》记载:刘讷初入洛,见诸名士而叹,所品藻者共五人:王衍、乐广、张华、周恢、杜育。按王、乐、张三人,皆公认一流名士,周、杜得预其流,表明二人时誉甚高;

和郁,晋初名士中书令和峤之弟;

刘讷,"有人伦识鉴",亦为名士。

四,与贾谧、石崇有特殊关系者:

潘岳,曾为太傅杨骏、司空贾充掾属多年;

缪徵,曾为司空贾充掾属("潘岳、缪徵皆谧父党"——阎瓒语);

崔基,曾为太傅杨骏掾属(与潘岳同列);

欧阳建,石崇之甥。

以上所列四项身份背景,计贵戚五人,功臣及名门子弟六人,本人为名士者五人,与贾谧、石崇有特殊关系者四人,已占二十四人中的绝大部分。而这些人中的大部分,当时(元康中)又都膺任不同职位,官位较高者十二人(四品以上),占半数;馀则稍低。综合以上诸方面身份背景观之,则二十四人几乎每人皆有某方面社会资本及身价凭藉,如陆机、陆云兄弟,元康中官位不显,仅为郎吏而已,然其家世颇显赫,不让中土名门望族。由此可以说,"二十四友"乃是豪戚贵游子弟为主组成的集团。此是一方面。另一方面,"二十四友"中几乎每人都有相当才气,此点亦不可忽视。如石崇、潘岳、左思、挚虞、陆氏、刘氏兄弟等著名才子自不必多论,即不甚知名者如邹捷、牵秀、杜斌等,亦皆有才情,所以此集团又是一个才士集团,或曰文士群体。此点也不难理解,因为"二十四友"的总首领贾谧,并非一粗俗蠢夫,他"好学,有才思"(《晋书》本传),史载陆机、左思等皆曾为谧讲解《汉书》。而石崇也颇以诗文自负,正因此,金谷雅集的重要活动项目就是"遂各赋诗",对"不能者"则要处罚。所以对"其馀不得预焉"一语,可作如此理解:当时洛阳贵游子弟或出身名门豪族者正多,然而并非贵游人物即可跻身贾谧之"友","二十四友"之所以是二十四人而非二十五人,就是贾谧、石崇对于"友"的资格要求中有着文学才能方面的内容,以故"不得预焉"者正亦不少。否则如王恺、羊琇之流亦应预其列了。

〔2〕 潘岳品行不佳,事例甚多。《晋书·阎瓒传》载:"(瓒)为太傅杨骏舍人,转安复令。骏之诛也,瓒弃官归,要骏故主簿潘岳、掾崔基等共葬之。基、岳畏罪,推瓒为主。墓成当葬,骏从弟模告武陵王澹,将表杀造意者。众咸惧,填冢而逃,瓒独以家财成墓,葬骏而去。"——同为杨骏故吏,而表现如此不同,岳先"畏罪",推却责任,后更与众人"填冢而逃",全无道义,其行状实清流所不齿。而崔基亦"二十四友"之一也。

〔3〕 《文选》收录潘岳之赋,计有《藉田赋》、《射雉赋》、《西征赋》、《秋兴赋》、《闲居赋》、《怀旧赋》、《寡妇赋》、《笙赋》共八篇,为赋类中篇数之最。位居第二之张衡仅收录五篇(《二京赋》作二篇计),以下依次为:宋玉三篇,司马相如三篇,扬雄三篇,班固三篇(《两都赋》作二篇计),左思三篇(即《三都赋》)。陆机虽与潘岳齐名,仅收二篇(《文赋》、《叹逝赋》),与潘岳相差甚大。可知南朝时期一般文士对于潘陆二人之赋,实有所轩轾,重潘而轻陆。此与孙绰所云"潘文烂若披锦,无处不善;陆文若排沙简金,往往见宝。"(《世说新语·文学》)颇一致。

〔4〕　潘岳《悼亡诗》有云："庶几有时衰,庄缶犹可击。"(之一)"上惭东门吴,下愧蒙庄子。"(之二)其《哀永逝文》则曰："渠怀之其几何? 庶无愧兮庄子。"用意既同,文字亦相近似,一成套语,便觉是敷衍之词,而精彩顿失。

〔5〕　潘尼与潘岳本有从父子之分,曾谓己与岳"义唯诸父,好同朋友"(《赠司空掾安仁》之八);尼又交好于陆机,今存赠答诗。潘、陆皆入贾谧"二十四友"之中,潘岳且为首领之一,而尼竟不预其列,示其行止自异于"贵游豪戚及浮竞之徒"(《晋书·贾谧传》),在当时文士中独标清德。

〔6〕　查《晋书·惠帝纪》,"光熙元年春正月,帝在长安","甲子,越遣其将祁弘、宋胄、司马纂等迎帝","五月己亥,弘等奉帝还洛阳"。是王隐《晋书》"永康二年"(301)说误,此诗当作于光熙元年(306)五月。

〔7〕　欧阳建被害,非仅与石崇有亲属关系。他在冯翊太守任上,曾开罪司马伦。"赵王伦之为征西,挠乱关中。建每匡正,不从私欲,由是有隙。及乎伦篡立,(欧阳建)劝淮南王允诛伦,未行事觉,伦收崇、建及母、妻无少长,皆行斩刑。"(《文选》李善注引王隐《晋书》)

〔8〕　挚虞《晋书》有传,生卒年无明纪。然其卒年,可得而知。《世说新语·文学》注引王隐《晋书》曰："挚虞……永嘉五年,洛中大饥,遂饿而死。"是为公元311年。又据《晋书·怀帝纪》:"永嘉五年五月……至是饥甚,人相食,百官流亡者十八九。"可证王隐《晋书》所说不虚。此为其卒年。挚虞生年则难以确知,只能大略推算:按挚虞举贤良时间,当在武帝泰始中,此点可自《晋书·夏侯湛传》得到印证:"泰始中,举贤良,对策中第,拜郎中。"而挚虞本传曰:"举贤良,与夏侯湛等十七人策为下第,拜郎中。"又查《晋书·武帝纪》,泰始中举贤良事仅有一次:"泰始四年……十一月,己未,诏王公卿尹及郡国守相,举贤良方正直言之士。"故挚虞举贤良,盖在泰始四年(268)。其时挚虞年龄不得而知,然至少在弱冠之岁;设挚虞举贤良时为二十岁,则卒时已六十四岁。

第四章　陆机与陆云

第一节　陆机的功名追求与文学道路

陆机(261—303),字士衡,吴郡(今江苏苏州)人。出身东南望族,祖陆逊为三国吴丞相,父陆抗为吴大司马。陆机二十岁时吴亡,即退居旧里,闭门勤学;九年后始与弟陆云北上,来到西晋都城洛阳。先后为太子洗马、太傅(杨骏)祭酒、吴王(司马晏)郎中令、尚书中兵郎、殿中郎、著作郎等;八王乱起,又为相国(赵王司马伦)参军、中书郎、参大将军(成都王司马颖)军事、平原内史等,受成都王颖之命,自邺城率军进攻洛阳,讨伐长沙王司马乂,河桥一战大败,旋被杀。

陆机的家世出身,予他一生以绝大影响。在他少年时代,光大父祖勋业观念,早已在他潜意识中牢牢确立,成为人生基本目标。陆抗卒后,即与诸兄弟"分领抗兵"(《吴志·陆逊传》),为牙门将,其时仅十九岁。只是由于吴亡过早,使他失却了自然继承家族大业机会。吴国虽亡,他的家世自尊心并未稍减,这在他当时所撰《辨亡论》中有所表现。此文试图总结吴国灭亡原因,文中赞孙权之得,辨孙皓之失,同时列述陆逊、陆抗勋绩,洋溢着作为功臣后裔的自豪感。在他日后所作诗文中,怀念颂赞父祖的内容也特别多。在今存赋中,竟有三篇专门以此为题材,即《思亲赋》、《述先赋》、《祖德赋》,这在所有魏晋文士中,都是绝无仅有的。在这些赋中他写道:"仰先后之显烈","庶遐踪于公旦","是故其生也荣,虽万物咸被其仁;其亡也哀,虽天网犹失其纲"。对于父祖前辈的这种无限美化、神圣化,同时也无形中提高了对于本人建立功名的期望值。他要无愧于"先后",必建"盖世之业"。可以说在陆机一生中,始终存在着一个"父祖情结"。

陆机的父祖情结,在他初入洛时的一场即兴辩论中表现得淋漓尽致:

> 卢志于众坐问陆士衡:"陆逊、陆抗是君何物?"答曰:"如卿于卢毓、卢珽。"士龙失色。既出户,谓兄曰:"何至如此?彼容不相知也。"士衡正色曰:"我父祖名播海内,宁有不知?鬼子敢尔!"议者疑二陆优劣,谢公以此定之。
>
> ——《世说新语·方正》

为维护父祖名誉尊严,陆机不惜与河北望族出身的名士卢志对抗,其态度之激烈,反讥之尖锐,致令陆云亦感震惊。父祖情结化为强烈的功名心,使陆机对于政治问题寄予最大的关心。在西晋一朝文士中,再无任何人像他这样醉心于研究探讨兴亡问题(《辨亡论》等)、治乱问题(《策问秀才纪瞻》等)、制度问题(《五等论》等),还有君臣问题、出处问题、穷达问题,等等。而陆机一生行止,也显示出他是西晋文士中政治追求最为执着、功名欲念最为强烈的人物之一。

陆机自江东入洛直至死,于北方中原地区活动共十五年,在此时期又可分前后两阶段。前段从武帝太康末至惠帝元康末,共十一年

（289—299）。陆机初出仕,为被动而至,[1]然境遇总的说比较顺利。初入洛,便以出众风度及才气受到诸名士重视,时人誉曰:"陆士衡、士龙,鸿鹄之裴回,悬鼓之待槌。"(《世说新语·赏誉》)又张华见而悦之,曰:"平吴之利,在获二俊(指陆氏兄弟)。"(《世说新语·言语》)可以说洛阳刮起一阵"二陆"旋风。他始任太子洗马,得亲储君(即惠帝),旋为太傅杨骏辟为祭酒;未久骏被贾后所杀,其掾属受牵连者不少,潘岳即是,曾被"除名";陆机非但未受惩处,反而又任太子(即愍怀太子)洗马等。此类职位虽多为属吏,品秩不高,但颇受荣宠,则是事实。惠帝元康中,正是贾谧得势,"权过人主",炙手可热,"鲁公二十四友"活跃之时。陆机参与"二十四友"活动,是他此时期重要政治表现。"二十四友"为一浮华士子集团,已如前述;陆机参与其中,是他沾染攀附行为无疑。陆机与贾谧关系,有迹可寻,今存贾谧《赠陆机诗》及陆机《答贾谧诗》。贾诗原出潘岳之手,陆诗则自撰之作。陆诗有序:"余昔为太子洗马,鲁公贾长渊以散骑常侍侍东宫积年。余出补吴王郎中令。元康六年,入为尚书郎,鲁公赠诗一篇。作此答之云尔。"这里简述与贾谧先后关系,先同侍东宫(愍怀太子),后在尚书内阁。答诗长达十一章,诗中颇有颂扬贾充、贾谧语,如"唯公太宰(贾充卒后赠官号太宰),光翼二祖;诞育洪胄,纂戎于鲁";"鲁公戾止,衮服委蛇;思媚皇储,高步承华"等等。又述彼此关系是:"年殊志比,服舜义稠;游跨三春,情固二秋";"升降秘阁,我服载晖;孰云匪惧?仰肃明威。"陆机参与"二十四友"活动,表明他在强烈功名欲求的驱使下,投身于当时一班"贵游豪戚及浮竞之徒"所掀起的浊流;向贾谧靠拢,更是攀附权势人物行为。在德行与政治利益的天平上,他向后者倾斜,或者说,政治实用主义一时占了上风。《晋书》评他"好游权门,与贾谧亲善,以进趣获讥"(本传),不为无据。

不过陆机与"二十四友"中其他一些成员如石崇、潘岳辈尚存差异。首先，陆机作为江东名士，一入洛便在士大夫中广收声誉，连身居高位的"司徒张华，素重其名"（《文选》李注引臧荣绪《晋书》），虚心接纳，并"荐之诸公"；所以他与贾谧关系，并非单方攀附，也有贾谧慕其才名，要将他罗致幕中的一面。此虽非主要方面，却也是真实存在，因贾谧本人亦"好学，有才思"，且喜结交人物。其次，有迹象显示，当时陆机与贾谧及"二十四友"核心分子石崇、潘岳等关系并不十分紧密。自今存陆机及诸人诗文中可知，陆机虽与潘岳同著文名，但当日彼此交往不多，二人直接互致诗文极少。潘、陆于后人心目中，为西晋一代文学"双子星座"，然二人实际关系，并不亲密。陆机往还更多的不是贾、石、潘诸人，而是顾彦先、冯文罴等人。值得注意的是陆机与潘尼关系比与潘岳更为密切，今存三首诗与潘尼有关，即《赠潘尼诗》、《答潘尼诗》、《祖道毕雍孙、刘边仲、潘正叔诗》，而致潘岳仅一首《赠潘岳》（残句）。其《答潘尼诗》云：

> 於穆同心，如琼如琳；我东日徂，来伐其琛。彼美潘生，实综我心；探子玉怀，畴尔惠音。

"同心"之说，当非一般客套应酬，彼此情好颇深。而潘尼为人作风，比石崇、潘岳者流正派得多，且不入"二十四友"。另外，还有一事必须注意，即《晋书》本传所载陆机"豫诛贾谧功，赐爵关内侯"。陆机如何"豫"此事，详情无从得知；但诛贾谧是赵王伦所为，当时陆机正任赵王伦相国参军，他有可能是被动地参与其事。无论如何，此事至少表明陆机与贾谧关系不是很深。未久，石崇、潘岳、欧阳建被作为贾谧党羽而杀，陆机同样安然无恙，此皆显示陆机虽列名"二十四友"，有浮竞行为，但卷入程度较浅。

后段自元康末(299)至太安二年(303),约四五年时间,此时西晋社会、民族矛盾大爆发,表面稳定的大一统局面宣告结束,历史进入八王之乱时期。八王启乱端者即是赵王伦,然后是齐王冏,成都王颖,长沙王乂等,诸王各拥强兵,争夺权势,互相攻伐,朝廷颠沛,民不聊生。陆机是这一场大混战的积极参与者,先为赵王伦参军,伦败亡,又转投成都王颖,参大将军军事。赵王伦篡帝位时,陆机是代拟九锡文及禅位诏的九人之一,为此事败之后付廷尉,几乎被杀,得成都王颖、吴王晏救理,方减死徙边。此事亦表明陆机因功名心过强,政治实用主义又有发展,以致不明进退,卷入军阀混战之中,并泯灭是非,充当军阀野心工具,同时给他本人也带来绝大危险。其后他在成都王颖幕中,甚受宠信,高居诸僚属之右,引起众人嫉妒。嫉妒者之中,包括当初"二十四友"中的朋辈王粹、牵秀。太安二年八月,成都王颖更授予他假后将军、河北大都督,率军二十馀万,去讨伐长沙王乂。这是陆机一生所膺最高官职,尽管后将军是"假"的,他终究统领着一支比祖陆逊、父陆抗所曾统领过的更大的军队。此时的陆机,在功名心方面大概第一次有了满足感,所以当其同乡孙惠晓之以利害,劝他将都督让予王粹,他的反应是不肯考虑。因为成都王作了许诺:"若功成事定,当爵为郡公,位以台司。将军勉之矣!"而陆机回答是:"昔齐桓任夷吾,以建九合之功;燕惠疑乐毅,以失垂成之业。今日之事,在公不在机也!"成都王开出的许诺何等诱人,而陆机的口气也似乎自己当定了管仲、乐毅。此时陆机的自我评价和功名期待是何等地高!结果不克所愿,终于兵败又被谗遇害。他临刑前谓:"欲闻华亭鹤唳,可复得乎?"(《世说新语·尤悔》)只能视为无可奈何的感喟,并非真正意义上的"尤悔"。事实上,自元康末开始,西晋乱象已著,文士在乱局中罹难者日见其多,如张华、裴頠、潘岳、石崇、欧阳建、杜斌等,不少有识之士不再以功名为念,退而避乱自保,如张翰、张协等;当时吴国士人如顾荣、戴若思等,亦曾劝告陆机还吴,急流勇退,然而机负其才望,志匡世难,仍周旋于倡乱诸王之间。所以陆机之死,一定程度上亦自取之。

总之,陆机一生对于功名的追求十分执着,其竞进欲望可与潘岳相比拟,但在知耻这一点上稍强于潘岳,潘岳更加浮躁。陆机在政治冒险方面又可与刘琨相比拟,但在坚持道义这一点上则不如刘琨,刘琨比他更见气骨;与刘琨的为国捐躯相比,陆机死于军阀混战中,未免人格缺乏光彩。

陆机对政治功名的热衷执着,决定了在他的文学写作中,社会政治内容所占比重很大。他作有一些著名的政论文,如早岁所撰《辨亡论》,入洛后所撰《五等论》。前者论述国策问题,后者论述政体问题,皆为政之根本;所述亦皆言之成理,体现相当政治观察及分析能力。其论吴国之兴亡,将主要原因归结到主政者能否励精图治,以及所实行用人政策及自身行为表率方面,颇为准确,表明陆机对于孙吴覆亡历史教训,有着切实的体会和深入的思考。然而论及"五等"问题,他却极力赞美千馀年前的上古黄唐商周封建之制,认为较之秦汉中央集权的郡县制更为优越。他说:"昔成汤亲照夏后之鉴,公旦目涉商人之戒,文质相济,损益有物。然五等之礼,不革于时;封畛之制,有隆尔者。岂玩二王之祸,而黯经世之算乎?"虽振振有辞,引述经典,而终缺乏历史眼光,显出书生论政的局限性来。另外他还作有若干政治性质很强的赋,如《豪士赋》。此赋作意为:"机恶齐王冏矜功自伐,受爵不让。及齐亡,作《豪士赋》以刺焉。"(《文选》李注引臧荣绪《晋书》)赋有长序,针对"豪士"贪恋权位,发出针砭:

> ……夫恶欲之大端,贤愚所共有。而游子殉高位于生前,志士思垂名于身后,受生之分,唯此而已。夫盖世之业,名莫盛焉;

率意无违,欲莫顺焉。借使伊人颇览天道,知尽不可益,盈难久
持,超然自引,高揖而退。则巍巍之盛,仰邈前贤;洋洋之风,俯
观来籍。而大欲不止于身,至乐无衍乎旧,节弥效而德弥广,身
逾逸而名逾劭。此之不为,彼之必昧。然后河海之迹,湮为穷
流;一篑之衅,积成山岳。名编凶顽之条,身厌荼毒之痛,岂不谬
哉? 故聊赋焉,庶使百世少有寤云。

分说进退成败,所言成理。当然,齐王并未因此"少有寤"。其实作
者鉴人而不照己,陆机本人又何尝做到"超然自引,高揖而退"? 在
"殉高位于生前"、"思垂名于身后"问题上,他从未退缩,亦少犹豫。
张华亦获"恋栈"之讥,但在乱中确曾犹疑,思考引退问题。陆机则
不同,他终于重蹈齐王覆辙,陷入"此之不为,彼之必昧"境地。又如
前所述,陆机撰有三篇缅怀父祖功德之赋,它们的基本作用就是用以
激励陆机本人的政治进取决心。他作《汉高祖功臣颂》,赞颂了三十
一名前汉功臣,包括萧何、曹参、张良、陈平等,皆为功高业伟者,"与
定灭、安社稷者也"。这些人物,对于陆机而言,实为与其父祖同列
的政治典范。陆机"七"体文《七微》亦寓同样倾向。文中设"玄虚
子"与"通微子"二人物,前者"耽性冲素,雍容玄泊,弃时俗而弗徇,
甘渔钓于一壑",是一位玄放出世人物,后者则代表世俗功名一派。
二人各陈己见,而最后前者被后者所说服,其主旨为:"明主应期,抚
民以德,配仁风于黄唐,齐威灵乎宸极,彝伦幸序,庶绩咸乂","吾子
岂不欲麾好爵于天宇,显列业乎帝臣欤?"此正道出陆机本人思想及
欲望。在此亦显示陆机重儒轻道,蔑弃玄虚的倾向,在玄风大炽的西
晋时期,他基本上是宗奉传统儒术之一派。他的长篇作品《演连珠》
五十首,全部是政教观念的演绎。此外陆机还运用诗这一体裁,作为
政治功能载体,表明他恪守"远之事君,迩之事父"、"用之邦国焉,用

之乡人焉"的传统诗教精神。他所作大量赠答诗,都贯彻着他的积极入世态度,而极少包含西晋文士经常用以自我标榜的高旷放达姿态。总之,作为文学家的陆机,是一位坚持儒学传统、执着于政治功名的文学家,此点在整个西晋文士中都是很突出的。陆机文学个性的重要方面亦在于此。

　　陆机天才卓出,诗、赋、文作品很多,自今存作品数量看,不愧为西晋一代最大作家。《晋书》本传谓"所著文章凡三百馀篇,并行于世",此盖唐初所见文章之数也。《隋书·经籍志》著录有集十四卷(注:"梁四十七卷,录一卷,亡"),又著录《吴章》二卷,《晋纪》四卷,《洛阳记》一卷,《连珠》一卷。《旧唐书》、《新唐书》皆著录其集十五卷,《通志》著录四十七卷。今存辑本有宋徐民瞻刻《晋二俊文集》所收《陆士衡集》十卷,此为最早辑本。又有《六朝诗集》所收《陆士衡集》七卷,《汉魏六朝诸家文集》所收《陆士衡集》十卷,《汉魏六朝百三名家集》所收《陆平原集》二卷,商务印书馆《四部丛刊初编》所收明正德覆宋刊本《陆士衡文集》等。严可均辑其文入《全晋文》卷九十六至九十九,逯钦立辑其诗入《晋诗》卷五。中华书局 1982 年出版新校点本《陆机集》。有关注释本则有郝立权《陆士衡诗注》(人民文学出版社),年谱有姜亮夫《陆平原年谱》(上海古典文学出版社),等等。

第二节　陆机的文学成就

　　陆机强烈的政治功名色彩,并不妨碍他取得文学成就。在他的不少作品中,政教内涵与辞采做到了密切结合,显示出他是驱遣辞藻的天才。张华曾对他此方面才能极表惊异:"机善属文,司空张华见其文章,篇篇称善,犹讥其作文大冶。谓曰:'人之作文,患于不才;至子为文,乃患太多也。'"(《世说新语·文学》注引《文章传》)这种"大冶"、"太多"的文例实不少。即以《演连珠》而言,信笔挥洒而至五十首,自作者主观方面说是"大冶",自读者客观方面说是"太多";因其中不少首内容意蕴相似,之所以析而为二、为三,实出作者表现才藻之需。当然此种才能为陆机独有,也确实令人佩服:

> 臣闻因云洒润,则芬泽易流;乘风载响,则音徽自远。是以德教俟物而济,荣名缘时而显。
>
> 臣闻览影偶质,不能解独;指迹慕远,无救于迟。是以循虚器者,非应物之具;玩空言者,非致治之机。
>
> 臣闻钻燧吐火,以续汤谷之晷;挥翮生风,而继飞廉之功。是以物有微而毗著;事有琐而助洪。
>
> 臣闻春风朝煦,萧艾蒙其温;秋霜宵坠,芝蕙被其凉。是故威以齐物为肃,德以普济为弘。

其中虽多政治伦理观念敷演,而比兴迭出且甚生动,政教内容与富丽辞采兼具共存,是其明显特色。此点在魏晋作家中,曹植以下,唯陆机称能。陆机"大冶"、"太多"之例,如论"辨亡"而有上下两篇,述祖德而至于作赋三首,答贾谧诗而有十一章之数等等,皆是。又陆机似乎每逢宴饮应酬场合必赋诗,今存公宴赠答之作,数量为西晋诗人之冠,仅侍东宫太子之诗,今存即有五篇。由于数量"太多",难保每篇诗文并佳,不免瑕瑜互见,甚至泥沙俱下;然因作者"才多",结果仍有不少精品,见出作者文学手段和作品艺术质量。对此东晋孙绰评曰:"陆文若排沙简金,往往见宝。"(《世说新语·文学》)对陆文黜陟,颇允当。陆机作品中"沙"确实不少。他的一些应酬之作,内容之庸俗固不可免,文字亦颇有粗疏陈套者。而那些"大治"的代表性产物——长篇文、赋,以及多首组诗,也"往往"沙、金互见。即如《演连珠》,五十首不可能每首尽善。另外,陆机还投入很大精力,撰写对前代文学的模拟之作,主要有仿汉乐府、仿古诗、仿建安诗等。[2]其数量颇多,今存即有四十馀首,超过陆机今存诗歌总数之半。"拟古诗"、"文人乐府诗",汉魏以来,不乏作者,然而如三曹、"七子"所作,大多能结合本人经历思想,故作品虽有模拟痕迹,主要却是抒写现实感受,"以乐府旧题写时事",以故具有时代气息。陆机则异于是,他撰作此类诗歌,其中鲜见"时事",寄托本人情志亦少,以模仿形似为主,写作目的似在表现模拟技巧功力。此已失却"拟古"、"文人乐府诗"初衷,是为变种,使原本文学创作性质,变为技巧表演展示,因此文学价值大减。模拟之风,虽非陆机始作,自西晋初傅玄、张华即已兆端,然推波逐浪,臻于高潮者,陆机实为一人。陆机以其"大治"模拟诗歌实践,确立为西晋模拟诗风代表人物之一。总体上看,陆机文学的真正精粹部分,主要存在于日常自我抒发性质作品中,包括一些述志诗,以及抒情小赋。此类作品,未必体现"大治"的功夫,其规制和辞采,在陆机作品中不算突出,唯因表现了作者的真实情愫,以及特定生活内涵,其个人印记明显大于政教成分,是故文学价值反而居上。以下分说陆机在诗、赋、文诸方面所取得成就。

陆机诗歌佳作,以表现两方面内容为主:一为功名追求不能遂意时之忧思,一为在洛游宦中之孤独。如《赴洛道中作诗》:

总辔登长路,呜咽辞密亲;借问子何之? 世网婴我身。永叹遵北渚,遗思结南津。行行遂以远,野途旷无人。山泽纷纡馀,林薄杳阡眠。虎啸深谷底,鸡鸣高树颠。哀风中夜流,孤兽更我前。悲情触物感，沈思郁缠绵。伫立望故乡，顾影凄自怜。

远游越山川，山川修且广。振策陟崇丘，安辔遵平莽。夕息抱影寐，朝徂衔思往。顿辔倚高岩，侧听悲风响。清露坠素辉，明月一何朗！抚枕不能寐，振衣独长想。

此诗作于三十岁应诏赴洛途中。初涉仕途，虽心向往之，但甫登长路，辞别亲人故土，不免顿生悲情。于是山川明月，野途孤兽，触物所兴，无非孤独悲哀之感。而乡情缠绵，亦使游子永叹长想。诗中景象物色丰富，寓意真切，风致自然，虽为短制，感染力更胜于刻意"大治"之作。

在洛期间，陆机虽致力竞进，但内心看来仍不平静，得意或失意情绪，交错出现，而思亲思乡之念，亦不时袭扰心间。寄托此类个人情绪波动之作，如：

羁旅远游宦，托身承华侧。抚剑遵铜辇，振缨尽祇肃。岁月一何易？寒暑忽已革。载离多悲心，感物情凄恻。慷慨遗安豫，永叹废寝食。思乐乐难诱，曰归归未克。忧苦欲何为？缠绵胸与臆。仰瞻凌霄鸟，羡尔归飞翼。

——《东宫作诗》

在昔蒙嘉运，矫情入崇贤。假翼鸣凤条，濯足升龙渊。玄冕无丑士，冶服使我妍。轻剑拂鞶厉，长缨丽且鲜。谁谓伏事浅？契阔逾三年。薄言肃后命，改服就藩臣。夙驾寻清轨，远游越梁陈。感物多远念，慷慨怀古人。

——《吴王郎中时从梁陈作诗》

陆机在洛,尤其是在东宫任职,内心颇怀欣喜,以上二诗对此皆有流露。"承华"、"崇贤"皆东宫殿名,他以能够托身其中而深感荣幸。他反复写及"振缨"、"抚剑"、"玄冕"、"冶服",以侍从太子为光耀,一种得意和满足感,溢于言表。虽然,陆机仍有苦恼,此即"思乐乐难诱,曰归归未克"。这种苦恼,可以理解为游子之情。陆机在洛,与那些"中朝士子"之间,始终存有心理上的无形界线,从他与卢志的一番舌战,到后来孟超骂机为"貉奴",皆有所显示。同乡孙惠劝他让都督位予王粹,理由之一也是"羁旅入宦"。所以他事实上始终未能完全融入西晋主流社会,内心存在一种作客意识和游离感,成为他苦恼根由。陆机的这种客居游宦意识,在他与亲属的往还文字中,有更强烈表露:

> 孤兽思故薮,离鸟悲旧林。翩翩游宦子,辛苦谁为心?仿佛谷水阳,婉娈昆山阴。营魄怀兹土,精爽若飞沉。寤寐靡安豫,愿言思所钦。感彼归途艰,使我怨慕深。安得忘归草,言树背与襟。斯言岂虚作?思鸟有悲音。
>
> ——《赠从兄车骑诗》

> 行矣怨路长,惄焉伤别促。指途悲有馀,临觞欢不足。我若西流水,子为东峙岳。慷慨誓言感,徘徊居情育。安得携手俱,契阔成骈服。
>
> ——《赠弟士龙诗》

"孤兽"、"离鸟",此皆"游宦子"陆机绝妙自喻。诗中谓其乡愁归思并非"虚作",相信此是坦诚之言;唯其真实,亦更朴素感人。以上为赠人诗,此外在乐府歌行中也有若干抒发游宦悲情佳作,如《门有车马客行》、《长安有狭斜行》、《悲哉行》、《壮哉行》、《长歌行》等。永难驱散的游宦客居意识和乡思情绪的,使陆机吟咏出不少好诗佳句,如"目感随气草,耳悲咏时禽","亲友多零落,旧齿皆凋丧;市朝互迁易,城阙或丘荒"等等,这些诗句既颇精致,显示锻炼功夫,又甚流畅,信为胸中郁积已久情绪之自然流露。然而无论其厌游倦宦或乡思归愁多么强烈,仍不足以扭转陆机的功名追求人生轨道。陆机事实上非不能、而是不愿归"故薮",所以他的思归情绪的存在,只是更加反衬出他功名欲念极其强烈,始终居于不可动摇的主导地位。他顽强地坚持着仕进信仰:

> 逝矣经天日,悲哉带地川。寸阴无停晷,尺波岂徒旋?年往信劲矢,时来亮急弦。远期鲜克及,盈数固希全。容华夙夜零,体泽坐自捐。兹物苟难停,吾寿安得延?俯仰逝将过,倏忽几何间。慷慨亦焉诉?天道良自然。但恨功名薄,竹帛无所宣。迫及岁未暮,长歌乘我闲。

> ——《长歌行》

诗人深切感受到光阴倏忽,时不我待。面临生命过程短暂迫促,心中唯念"但恨功名薄,竹帛无所宣",此二语实陆机生活目标高度概括。无论其时光感慨,或故土眷恋,或仕途危殆,皆不足以抗御"功名"二字的巨大诱惑力。陆机为功名而生,亦为功名而死,这是陆机悲剧性格的基本内涵。诗篇表现了这一内涵,从而具有了应有的深度。

对于陆机的诗歌成就,钟嵘评价颇高,列为上品,其评语是:"其源出于陈思。才高词赡,举体华美。气少于公干,文劣于仲宣。尚规矩,不贵绮错,有伤直致之奇。然其咀嚼英华,厌饫膏泽,文章之渊泉也。张公叹其大才,信矣!"锺嵘指出陆机诗与曹植的关系,其说甚是。就诗歌内容中突出功名追求之点说,陆机与曹植确有共同之处。另外,二人才气横溢,辞采丰赡,亦颇相似。又今存陆机诗中有不少仿曹植迹象,上文已述,如《门有车马客行》仿曹植《门有万里客》等。甚至某些诗句或意象描写亦出于曹植诗,如前引《赠从兄车骑诗》中"孤兽"、"离鸟"等,曹植《赠白马王彪》一篇中早已用过。曹彪为曹植异母弟,此"车骑"则为陆机从兄,二篇皆赠兄弟之作,而情调又相近,陆机写作时参酌曹植之诗,固其宜也。至于锺氏所云"气少于公干,文劣于仲宣",前句诚是,后句未必尽然,且既曰"才高词赡,举体华美",则"文劣"之说难以成立。至于"尚规矩,不贵绮错,有伤直致之奇",是指出陆机诗之阙失,然《诗品》此处有异文,其义颇难索解。[3]关于陆机在西晋诗坛地位,锺嵘亦有评语曰:"陆机为太康之英,安仁、景阳为辅。"(《诗品·总论》)以陆机为西晋诗坛第一人,推重之至。

陆机所撰小赋,今存二十馀篇,其中不少为咏物之作,如《白云赋》、《瓜赋》、《桑赋》、《漏刻赋》、《鼓吹赋》等,虽敷词结句,藻采绮丽,但寄托不深,不如纾述客居游宦情绪及故土之思作品,更堪讽诵。前者如《感时赋》、《述思赋》、《行思赋》、《感丘赋》等,后者如《怀土赋》、《思归赋》等:

> 余去家渐久,怀土弥笃;方思之殷,何物不感?曲街委巷,罔不兴咏;水泉草木,咸足悲焉!故述斯赋:
>
> 背故都之沃衍,适新邑之丘墟;遵黄川以茸宇,被苍林而卜居。悼孤生之已晏,恨亲没之何速;排虚房而永念,想遗尘其如玉。眇绵邈而莫觌,徒伫立其焉属?感亡景于存物,恸颓年于拱木。悲顾眄而有馀,思俯仰而自足;留兹情于江介,寄瘁貌于海

曲;玩通川以悠想,抚归途而踯躅。伊踯躅之徒勤,惨归途之良
难;愍栖鸟于南枝,吊离禽于别山。念庭树以悟怀,忆路草以解
颜;甘菫荼于恰芘,纬萧艾其如兰。神何寝而不梦? 形何兴而
不言?

——《怀土赋》

敷述故土之思,委婉缠绵,情绪浓郁。而"留兹情于江介,寄瘁貌于
海曲"等句,非唯寄情于物,而且情景置换,手法高超。又"愍栖鸟"、
"吊离禽"、"念庭树"、"忆路草"等描写,皆写平常物,作平常语,于
平淡中透出深情,亦甚巧妙。总体上看,此类赋以情为主,情胜于辞,
虽萧统《文选》不录,洵可与陆机同类诗歌媲美。刘勰论"魏晋之赋
首"共八家,亦包括陆机,谓"士衡、子安,底绩于流制"(《文心雕龙·
诠赋》),言陆机(及成公绥)赋之能承袭传统,发挥体制优势也。不
过刘勰着眼的恐主要是《豪士赋》、《文赋》之类大赋,因它们更符合
刘勰所说"义必明雅"、"词必巧丽"原则。然而《怀土赋》等小制,文
学价值实更可观,不可轻忽。

　　陆机之文,诸体皆备。而才气充盈,藻采瑰丽,在西晋陵轹群雄。
如在"连珠"此偏体文中,即充分展示出过人能力,写得"历历如贯
珠,易观而可悦"(傅玄《叙连珠》),而连篇累牍五十首,一气呵成,诚
为"才多"之征。为此,萧统舍扬雄、班固、贾逵、傅毅、蔡邕、傅玄、张
华诸人同题之作,而专取陆机之篇,为唯一"连珠"体代表作,收入
《文选》,此是何等尊崇! 而《世说新语》注者刘孝标,竟亦专门为此
文作注,此又是何等推重! 刘勰更具体评述其优点曰:

　　　　自(扬雄)《连珠》以下,拟者间出。杜笃、贾逵之曹,刘珍、
　　潘勖之辈,欲穿明珠,如贯鱼目。可谓寿陵匍匐,非复邯郸之步;

里丑捧心,不关西施之颦矣! 唯士衡运思,理新文敏,而裁章置句,广于旧篇,岂慕朱仲四寸之珰乎! 夫文小易周,思闲可赡,足使义明而词净,事圆而音泽,磊磊自转,可称"珠"耳。

——《文心雕龙·杂文》

南朝齐梁间诸多评文名家一致给予好评,兹事实堪称奇,表明陆机作文才力,凌驾同侪,度越前贤。此外陆机论说文如前述《辨亡论》、《五等论》,亦称名篇。《文选》皆予甄选收录,刘勰亦评曰:"陆机《辨亡》,效《过秦》而不及,然亦其美矣!"(《文心雕龙·论说》)此虽褒贬兼言,而在西晋一代犹能称美,亦所不易。至于其他文章,如《谢平原内史表》、《荐贺循郭讷表》等章表,《吊魏武帝文》等哀吊,亦有成就。其中《吊魏武帝文》,《文选》亦予收录,而刘勰则评曰"序巧而文繁"(《文心雕龙·哀吊》),可谓毁誉参半,而所评实颇中肯。其吊文部分,铺排敷演,过于漫漶,仍是"才太多"之弊。又对于陆机《晋书限断议》一文,刘勰亦谓:"……及陆机《断议》,亦有锋颖,而腴辞弗剪,颇累文骨。"(《文心雕龙·议对》)这里不但文繁,且多腴辞,累及文骨,问题就更加严重些。

综观陆机文学写作,其风格突出之点在于精巧化与繁缛化。无论诗、赋、文,皆有淋漓尽致体现,而且超过前人。对此不妨将他与曹植作对比,即可了然。前已引述钟嵘语,陆机诗"源出于陈思",事实上陆机诗受曹植影响不小,但陆机也确实在精巧方面更胜一筹:

门有万里客,问君何乡人? 褰裳起从之,果得心所亲。挽裳对我泣,太息前自陈:本是朔方士,今为吴越民。行行将复行,去去适西秦。

——曹植《门有万里客》

门有车马客,驾言发故乡。念君久不归,濡迹涉江湘。投袂
赴门涂,揽衣不及裳。抚膺携客泣,掩泪叙温凉。借问邦族间,
恻怆论存亡。亲友多零落,旧齿皆凋丧。市朝互迁易,城阙或丘
荒。坟垄日月多,松柏郁茫茫。天道信崇替,人生安得长。慷慨
唯平生,俯仰独悲伤。

——陆机《门有车马客行》

两篇诗之间的密切关系显而易见。比较之下,植诗虽为文士制作,但
乐府民歌风仍浓,格调在雅俗之间;机诗则基本上已纯文士化、雅化。
植诗"本是朔方士,今为吴越民"等,虽音韵和谐,对偶合切,但用词
平易,仍呈口语色彩,自然天成;机诗如"亲友多零落,旧齿皆凋丧;
市朝互迁易,城阙或丘荒"等,用语讲究,辞藻鲜明,对偶亦更精致,
更显结撰人力和巧构功夫。此外在赋方面,情况亦同,陆机文辞工
巧,藻采丰赡特点,颇为明显。如"身危由于势过,而不知去势以自
安;祸积起于宠盛,而不知辞宠以招福";"笑古人之未工,忘己事之
已拙;知曩勋之可矜,阄成败之有会";"落叶俟微风以陨,而风之力
盖寡;孟尝遭雍门而泣,而琴之感以末。何者?欲陨之叶,无所假烈
风;将坠之泣,不足繁哀响也"(皆引自《豪士赋》)。此类语句,实前
代所无。文方面,则表现为骈偶程度愈加浓重。如"猥辱大命,显授
虎符。使春枯之条,更与秋兰垂芳;陆沉之羽,复与翔鸿抚翼。虽安
国免徒,起纡青组;张敞亡命,坐致朱轩;方臣所荷,未足为泰。岂臣
蒙垢含吝,所宜忝窃;非臣毁宗夷族,所能上报。喜惧并参,悲惭更
结。……"(《谢平原内史表》)此种文字,骈俪偶对,音节浏亮,又多
用典,代表了骈文发展新进展。

要之,陆机致力于创造超越前人的文学形式美。西晋的大部分
作家,包括前期的张华、成公绥,稍后的潘岳、陆机、左思等,都有追求

巧丽、崇尚繁缛的倾向,亦即重文轻质的倾向,其中以潘、陆二人为最。此种倾向,有得有失,不可一概肯定或否定。刘勰指出陆机文章"文繁"、"有美"之同时,又谓其累及文骨,可以理解为是对整个西晋文风之褒贬。西晋主流文风的基本性格即是文繁骨弱,或曰"采缛"、"力弱"。对此本书"西晋文学概说"章中已有论述。然无论如何,陆机为当时文学主流中最具代表性作家,为时尚风气之领先者,盖无疑义。

第三节　《文赋》

陆机不但是西晋最具代表性的作家,又是最重要的文学理论家。其代表作《文赋》,是中国文论史上极重要作品。

《文赋》内容,作者自述:"故作《文赋》,以述先士之盛藻,因论作文之利害所由。"全文即据此分两大部分。前部综说"先士之盛藻",总结创作过程之规律;后部则论"作文之利害",亦即分析创作得失要害。《文赋》内容颇为丰富,撮其要者,主要有如下诸点。首先,《文赋》对文学写作的前提和出发点,提出最基本要求,此即:"伫中区以玄览,颐情志于典坟。"陆机于此提出,作文必先产生文思,而文思产生之途,主要有二:一为"玄览""万物";二为"颐情志于典坟"。览物可以生"悲"、"喜"、"心"、"志",咏诵"典坟"亦可培养"文章"、"丽藻"。在此基础上,方可"慨投篇而援笔",进入写作状态。第二,《文赋》对作文关键环节——构思,有深入微妙分析。进入写作状态之第一步,即是构思。赋中对此描述道:

其始也:皆收视反听,耽思旁讯;精骛八极,心游万仞。其致也：情曈昽而弥鲜，物昭晰而互进；倾群言之沥液，漱六艺之芳润；浮天渊以安流，濯下泉而潜浸。于是沉辞怫悦，若游鱼衔钩，而出重渊之深；浮藻联翩，若翰鸟缨缴，而坠层云之峻。收百世之阙文，采千载之遗韵；谢朝华于已披，启夕秀于未振；观古今于须臾，抚四海于一瞬。

这里所写，完全是写作主体心理活动。"精骛八极，心游万仞"，为超越时空的大幅度观照和把握，通过对"情"、"物"、"群言"、"六艺"、"天渊"、"下泉"的大范围把握，于是"沉辞"、"浮藻"，联翩而出。而主体把握客体之理想绸缪境界，就是"观古今于须臾，抚四海于一瞬"。至于构思之具体过程，《文赋》也指出，应"选义按部，考辞就班"，将"义"与"词"结合进行。为演述构思之复杂方式及多种形态，陆机在赋中安排了一连串"或"然性理论说明和比喻：

或因枝以振叶，或沿波而讨源；或本隐以之显，或求易而得难。或虎变而兽扰，或龙见而鸟澜；或妥帖而易施，或岨峿而不安。罄澄心以凝思，眇众虑而为言；笼天地于形内，挫万物于笔端。始踯躅于燥吻，终流离于濡翰；理扶质以立干，文垂条而结繁。信情貌之不差，故每变而在颜；思涉乐其必笑，方言哀而已叹。或操觚以率尔，或含毫而邈然。

第三，在对构思作细致分析之后，《文赋》又按照各种文体之性质、特点，在写作上提出不同要求。在陆机之前，曹丕《典论·论文》曾就文体作过论述，指出"奏议"、"书论"、"铭诔"、"诗赋"诸体特点所在。然曹丕所论颇嫌简略，《文赋》则进一步说：

　　　　体有万殊,物无一量。……诗缘情而绮靡,赋体物而浏亮,
　　　碑披文以相质,诔缠绵而凄怆,铭博约而温润,箴顿挫而清壮,颂
　　　优游以彬蔚,论精微而朗畅,奏平彻以闲雅,说炜晔而谲诳。虽
　　　区分之在兹,亦禁邪而制放;要辞达而理举,故无取乎冗长。

　　第四,《文赋》从正面提出作文的理想境界:内容及体制上的多彩多
姿;在会意遣言上的尚巧贵妍;在声色上的音声迭代、五色相宣。同
时,又提出应防止蹈袭,避免雷同。第五,针对写作中问题,揭示五种
文病,即“唱而靡应”、“应而不和”、“和而不悲”、“悲而不雅”、“雅而
不艳”。它们分别指文章结构不完整,前后缺少呼应,虽完整而不和
谐,虽和谐而不能感人,虽能感人而不高雅,虽高雅而文采不足。

　　以上五方面内容,皆在前人论述基础上,再作发挥,重加阐释,提
出新的见解。如关于各不同文体之特征,陆机即吸取了曹丕的论点。
又如关于构思问题,此为全篇中最有价值、最精彩部分;其中某些论
点如“观古今于须臾,抚四海于一瞬”,“笼天地于形内,挫万物于笔
端”等,亦有所借鉴。庄子即曾说过:“人心……其疾俯仰之间,而再
抚四海之外,其居也渊而静,其动也县而天。”(《庄子·在宥》)荀子
亦曾谓:“坐于室而见四海,处于今而闻久远。”(《荀子·解蔽》)然
而陆机的论述显然比前贤全面、系统,而且深入,非蹈袭前人之说,诚
所谓“袭故而弥新”。他正面揭示文学创作中的某些规律性内容,具
有开拓性。尤应指出,《文赋》虽也涉及文学本体论、功能论,但它主
要研究探讨对象,则是创作主体心理问题及创作过程问题,即创作
论。此点与前人文论重点有明显区别。如果说以《毛诗序》为代表
的两汉文论,主要阐释文的基本性质和政教功能,那么至《文赋》而
变为探究其内在发生规律及创作细则。前者属宏观把握及对外作用
估价,后者则是微观探讨及对内方法省察。这一转换意义重大,意味

着文论的专门化、精微化,论文者不再将眼光专注于文学的社会定位与社会影响,而是转向文学本身,由此,"文论"的结构内外相辅,更趋均衡,"文论"也不再是泛论"文",而是包括了本体论、功能论和创作论的综合理论。"文论"作为文学理论的性质,由《文赋》而得到加强。

《文赋》中有一说,受到后人特别注意,此即"诗缘情以绮靡"。论者常将它作为与传统"诗言志"说相对立命题加以引用,认为它的提出,意味着中国文论由"言志"向"缘情"转变,具有"划时代意义"。实际上,陆机此说,并不含有纠正或抗衡传统"言志"说之用意。在上古文论中,"情"、"志"并非对立范畴,而是含义颇相接近,且经常被同时说及,互文补充。以《毛诗序》为例,篇中虽有"诗者志之所之也,在心为志,发言为诗"之语,似为"言志"说代表;但亦有"情动于中而形于言"、"情发乎声,声成文谓之音"、"吟咏情性"等,并不排斥言"情"。《礼记·乐记》也有类似言"情"之论,如"情动于中,故形于声","是故先王本之情性"等。刘歆《七略》甚至早已说出"诗以言情"。就陆机言,他也并不排斥言"志",在陆机笔下,"情"、"志"多见混用,如"颐情志于典坟"等。要之"情"、"志"原本意义相近,皆指内在思想感情,至于"诗缘情以绮靡"一句,只是与下句"赋体物而浏亮"相对成文,"情"与"物"相对,一主内,一主外而已。《文选》李善注曰:"诗以言志,故曰缘情;赋以陈事,故曰体物。"甚得陆机本谛。其实《文赋》在此问题上真正值得重视者,不在于"缘情"说与"言志"说有何区别,而是在于其"情"或"志"理论,与儒家政教目的论拉开了距离。儒家正统文论中,"思无邪"、"兴于诗,立于礼,成于乐"(《论语》),"发乎情……止乎礼义"(《毛诗序》)为最基本思路。直到曹丕,仍坚持着"文章经国之大业,不朽之盛事"(《典论·论文》)观念。甚至在西晋,也还有论者坚持政教文学观,如挚虞即谓："古之作诗者,发乎情,止乎礼义。情之发,因辞以形之,礼义之旨,须事以明之。"(《文章流别论》)与此相对,陆机《文赋》虽也言及"文之为用"问题,谓"济文武之将坠,宣风声于不泯",然而其所论重心无疑已在文之技巧研究及方法论研究。陆机本人自少"伏膺儒术","非礼不动"(《晋书》本传),又致力于仕进功名,自不可能反对儒家政教观念,在这方面他与嵇康、阮籍等人不同。但他生活在西晋玄风大炽时代,政教观念淡化,导致文论重心转移。更重要的是,陆机写作实践中,诗风文风皆有"缛旨星稠,繁文绮合"倾向,影响及于文论,亦不免呈现重形式技巧轻政教内容面貌。事实上,《文赋》中不少论述,正与陆机自身写作倾向一致,如"其会意也尚巧,其遣言也贵妍",正是他崇尚巧丽文风的自我总结。"收百世之遗文,采千载之遗韵",也正是他好为模拟诗歌的理论说明。

　　《文赋》表现了西晋文学思潮的重要倾向,又是陆机本人写作体验的自我总结。在古代文论史上,它基本上摆脱了以文学政教功能论为核心的传统模式,而是以文学写作为论述重心,建立了新的文论模式。在这方面,陆机的写作论模式与挚虞建立的文体论模式,具有同样的开拓意义。《文赋》也存在欠缺,刘勰评论道:"昔陆氏《文赋》号为曲尽,然泛论纤悉,而实体未该。"(《文心雕龙·总术》)所谓"曲尽"、"泛论纤悉",皆指写作心理过程的细密分析;"实体未该",则指在建构文学理论体系方面尚不周备。看来刘勰在佩服《文赋》细部技巧性分析的同时,对于其宏观结构不甚满意。不过平心而论,作为一篇文学写作专论,《文赋》已经自成一体,不可求全责备。

　　《文赋》对后世影响颇大。刘勰撰写《文心雕龙》曾多处参酌吸收《文赋》见解。如《神思》篇,说"驭文之首术,谋篇之大端",即强调"寂然凝虑,思接千载,悄焉动容,视通万里",主张在"神与物游"同时"积学以储宝";又说构思过程:"夫神思方运,万涂竞萌,规矩虚位,刻镂无形……"所论皆与《文赋》相似。另外《定势》篇论赋、颂、歌、诗等各体特征,《情采》篇说"辩丽本于情性","理定而后辞畅,此立文之本源也",《声律》篇说"异音相从谓之和,同声相应谓之韵"等等,亦皆与《文赋》存在某种渊源关系。

第四节 陆云

陆云(262—303),字士龙,陆机之弟。吴国亡后九年,与陆机同被诏入洛,任公府掾、太子舍人,出补浚仪令,寻拜吴王晏郎中令,又入为尚书郎、侍御史、太子中舍人、中书侍郎。太安二年(302)为清河内史,转成都王颖大将军右司马,陆机兵败被杀,陆云亦同时遇害。

陆云少年有文才,与兄机齐名,号为"二陆"。二陆文才,各有长短,刘勰谓:"士衡才优,而缀辞尤繁;士龙思劣,而雅好清省。"(《文心雕龙·镕裁》)又谓:"陆机才欲窥深,辞务索广,故思能入巧,而不制繁;士龙朗练,以识检乱,故能布采鲜净,敏于短篇。"(同上《才略》)刘勰所说颇确,陆机实有"缀辞尤繁"倾向,反观陆云诗文,则颇简洁"省净"。其实刘勰"雅好省净"之语,原出陆云本人《与兄平原书》,其曰:

> 往日论文,先辞而后情,尚洁而不取悦泽。尝忆兄道张公父子论文,实自欲得,今日便欲宗其言。兄文章之高远绝异,不可复称言,然犹皆欲微多。但清新相接,不以此为病耳。若复令小省,恐其妙欲不见,可复称极?不审兄由(犹)以为尔不?……云今意视文,乃好清省,欲无以尚,意之至此,乃出自然。

书中所说陆机之"多"，与陆云自述之"省"，恰成对比。这里虽说陆机文章"高远绝异"，但指出"微多"一端，希望"小省"，不无批评之意。兄弟文风之差异，论其原因，恐不全在"才"之优劣，抑亦审美观念不同所致。另外，陆云自述论文"先辞而后情"，表明亦有重技巧倾向，与兄略同。此点颇受刘勰肯首，《文心雕龙·定势》篇曾引述陆云之语，唯"尚洁"作"尚势"。

陆云自言"不便五言诗"，"四言五言，非所长，颇能作赋"（《与兄平原书》）。然今存陆云诗数量颇不少，达一百三十馀章（首），在西晋诗人中仅次于陆机而多于张华、潘岳、张协等。其中四言占绝大部分，五言仅有七首。自数量看，陆云四言诗写得颇为稔熟，凡应命赠答祖饯等场合，几乎皆有所作，且措语从容，间出徽音，可谓西晋一朝最大四言诗作者。但就总体水平说，陆云四言诗嫌平庸，主要问题是包含过多颂赞内容，另外敷衍应酬之下，未免空洞，缺乏真情实感。如："芒芒上玄，有物有则。厥初造命，立我艺则。爰兹族类，有觉先识。斯文未丧，诞育明德。"（《答顾秀才诗》之一）"有皇大晋，时文宪章。规天有光，矩地无疆。神笃斯祜，本显克昌。载生之隽，实唯祁阳。哲问宣猷，考茂其相。"（《赠顾骠骑诗》之一）诸如此类，不一而足。且细审诸篇，可以发现彼此语义相近，几成套语。作者悉心敷赞对方德猷，自难表现自身气质。再者，陆云四言诗模仿性格亦重。祖述《诗三百》，痕迹明显。其诗有《谷风》五章，《鸣鹤》四章，《高冈》四章，《南衡》五章等，以仿作自任，甚至大量套用《诗经》成句，表现出对经典的过分宗奉。此倾向与陆机相似，唯陆机所仿对象为五言诗之"经典"——乐府古辞、古诗、曹植诗等。陆云五言诗数量少，又自称"不便"，实际上却有一定特色：

　　悠悠涂可极，别促怨会长。衔思恋行迈，兴言在临觞。南津

有绝济,北渚无河梁。神往同逝感,形留悲参商。衡轨若殊迹,
牵牛非服箱。

——《答兄平原诗》

行迈越长川,飘摇冒风尘。通波激枉渚,悲风薄丘榛。修路
无穷迹,井邑自相循。百城各异俗,千室非良邻。欢旧难假合,
风土岂虚亲?感念桑梓域,仿佛眼中人。靡靡日夜远,眷眷怀
苦辛。

——《答张士然诗》

前篇写兄弟离思,后篇说感念乡情。情感都称亲切,无矫揉造作形
迹,又清新淡雅,优于作者的一般四言诗。锺嵘目陆云诗甚劣,谓
"清河之方平原,殆如陈思之匹白马"(《诗品》卷中)。沈德潜纠正
其说曰:"清河五言甚朗练,褫采鲜净,与士衡亦复伯仲。"(《古诗
源》)而陈延杰亦赞同沈说:"清河诗力,不亚于平原,诚所谓伯仲之
间。锺氏此论,颇有轩轾焉。"(《诗品》注)应当指出,陆云五言诗亦
有明显的追求形式美倾向,其直接表现即是诗中偶句极多。由于追
求对偶太甚,未免出现若干不谐硬语,强为之对,如"目想清惠姿,耳
存淑媚音"(《为顾彦先赠妇往返诗》)、"绿房含青实,金条悬白璆"
(《诗》)等,实为刘勰所指"正对","并贵共心,正对所以为劣也"
(《文心雕龙·丽辞》)。尚须指出一点:陆云诗无论四言、五言,皆深
受陆机影响,爱好模拟,注重技巧,是其共同表现。又选题方面陆云
亦颇步趋乃兄,如陆机作有《为顾彦先赠妇诗》二首,云亦撰同题之
诗四首,内容相仿,皆为拟作顾荣与顾妻互相赠答,抒夫妻离思怨慕
之情。此类诗作,实亦模拟之一种,虽用力甚勤,而代人立言,不仅代

友人立言,且代友人之妻立言,终非直写己怀,事理乖隔,难现真情。

陆云自称"颇能作赋",其赋今存六篇,加《九愍》一篇。陆云之赋,亦多模拟性格,如《愁霖赋》、《喜霁赋》,虽缘事而发,却仍具应酬奉和性质,且有模仿前贤痕迹。[4]陆云本人最得意之赋为《岁暮赋》,他曾自述"顷哀思,更力成《岁暮赋》,适且毕,犹未大定。自呼前后所未有,是云文之绝无。又忆兄常云:文后成者恒谓之佳,贞小尔。恐数自后转不如今。"(《与兄平原书》)可见颇自负。赋有序云:

> 余祗役京邑,载离永久。永宁二年春,忝宠北郡,其夏又转大将军右司马于邺都。自去故乡,荏苒六年,唯姑与姊,仍见背弃。衔痛万里,哀思伤毒,而日月逝速,岁聿云暮,感万物之既改,瞻天地而伤怀。乃作赋以言情焉。

赋中反复咏叹"寒与暑其代谢兮,年冉冉其将老","哀年岁之悠悠兮,伊行人之思归",既有岁月之叹,又有人生感喟,写出身居乱世岁暮游子思乡的复杂心态,可信为作者真实感情流露。尤令他伤感的是,他的江东亲人陆续谢世:

> 嗟我行之永久兮,何归途之茫茫!憩遵渚于□川兮,眄攸逝于江湘。处孝敬于神丘兮,结祗慕于唯桑。瞻山川而物存兮,思六亲而人亡。问仁姑而背世兮,及伯姊而沦丧。寻馀踪于空宇兮,想绝景于遗堂。

陆云与兄陆机一样,在西晋乱局中颇受挫折,生出不少幻灭感,思乡情绪时时袭扰心间,这些情绪波澜,发而为诗赋,产生一些感情真挚自然的佳作。在陆云,此种情绪可能更多一些,迹象表明,他的功名追求愿望不如陆机那么强烈,元康中虽列名"二十四友",而参与积极性不甚高,今存诗文赠答对象,皆非"二十四友"中人,与贾谧、潘岳等往还似不多,此颇异于陆机。他的某些文字,透露出倦宦情绪:"富贵者,是人之所欲也。而古之逸民,或轻天下、细万物,而欲专一丘之欢,擅一壑之美,岂不以身重于宇宙,而恬贵于纷华者哉?故天地不易其乐,万物不干其志,然后可以妙有生之极,固无疆之休也!"(《逸民赋》序)看来他颇向往于"妙有生之极,固无疆之休"的生活境界,只是未能痛下决心,遁迹逸世,终蹈祸机。此或受陆机影响所致。

陆云另一篇力作是《九愍》,此仿《九章》之作。"昔屈原放逐,而《离骚》之辞兴。自今及古,文雅之士,莫不以其情而玩其辞,而表意焉。遂厕作者之末,而述《九愍》。"(序)其拟作性质,亦甚明显。这是王逸《楚辞章句》"拟楚辞"系列之后的重要作品。不过题目既已承袭他人,辞意亦复祖述前修,除了表现作者一定措辞才力以外,文学价值并不很高。

总之,陆云诗赋,既有重辞采、好模拟倾向,此与陆机略同;亦有"清省"特点,此又与陆机繁缛风格相异。在西晋主流文风中,陆云既有入乎其中的基本一面,又有出乎其外的个人特色一面;此亦有类于他与"二十四友"之关系。

陆云在文学理论方面亦有贡献。今存他致陆机书信三十五篇,为古代文学批评史上重要文献。书信内容,多讨论文学写作。自书信中可知,机、云兄弟在努力仕进同时,从事文学创作甚勤,彼此切磋得失,颇细致认真。陆云多向兄请教创作要领,接受教诲,反映出陆云对于兄长的尊重和陆机才高的事实;但陆云也不时发表自己看法,并非毫无主见,甚至也有对兄长的批评,表现了二人文学观念上的微

妙同异:

云再拜:诲《岁暮》,如兄所诲,云意亦如前启。情言深至,《述恩》自难希,每忆常侍自论文,为当复自力耳。云意呼发头,但当小不如复耳。兄乃不好者,试当更思之。所诲云文,所比《愁霖》、《喜霁》之徒,实有可尔者。《登楼》名高,恐未可越尔。杨四公《黄胡颂》,恐此不得见比。闻兄此诲,若有喜惧交集。《祖德颂》无大谏语耳,然靡靡清工,用辞纬泽,亦未易。恐兄未熟视之耳。兄文方当日多,但文实无贵于为多。多而如兄文者,人不餍其多也。屡视诸故时文,皆有恨,文体成尔,然新声故自难复过。《九悲》多好语,可耽咏,但小不韵耳。皆已行天下,天下人归高如此,亦可不复更耳。兄作大赋必好,意精时,故愿兄作数大文。近日视子安赋,亦对之叹息,绝工矣。兄诲又尔,故自是高手。谨启。

云再拜:张公藏诔自过五言诗耳。但云自不便五言诗,由己而言耳。《玄泰诔》自不及《士祚诔》,兄《丞相箴》小多,不如《女史》清约耳。恐兄无缘思于此,意犹云何?而况乃有高伦,更复无意。云故曰:不作文而常少张公文。今所作,兄辄复云过之,得作此公辈,便可斐然有所谢,故自为。不及诸碑藏辈甚极,不足与校,歌亦平平。彼见人赞叙者,当与令伯伦《吴百官次第名伯略》,尽识少交,当具顷作颂,及吴事有怆然,且公传未成,诸人所作,多不尽理,兄作之,公私并叙,且又非常业,从云兄来作之,今《略》已成,甚复可借。事少功夫亦易耳,犹可得五十卷。谨启。[5]

　　陆云致陆机书信,以讨论文事为主要内容,或评论彼此新作,或黜陟他人文章。自书中可知,当时陆机为文,草成之后,先予其弟,待陆云"定其文",然后公诸于众。以故陆云常为陆机作品第一位读者,兼定稿者。其间彼此往复讨论,切磋同异,表现陆氏兄弟文学观念,颇含卓见。而陆机文章"微多"、"少多"、"绮语颇多"、"尚多",陆云则主"清省"、"清妙"、"清工",文风差异及好尚分歧,亦甚明显。陆云甚至说:"有作文唯尚多,而家多猪羊之徒,作《蝉赋》二千馀言,《隐士赋》三千馀言,既无藻伟体,都自不似事。文章实自不当多。"表现出对繁缛堆砌文风的抨击态度。陆机、陆云兄弟文风及文学观念之差异,与二人性格作风亦有一定关联。"士龙为人,文弱可爱;士衡长七尺馀,声作钟声,言多慷慨。"(《世说新语·赏誉》)"云性弘静,怡怡然为士友所宗。机清厉有风格,为乡党所惮。"(《世说新语·赏誉》注引《文士传》)陆机外向好逞才,陆云内向喜静思,对二人文风及文学观念的形成有所影响。

　　总体而言,陆云文学成就及影响既不如陆机之大,而缺点亦不如陆机明显。陆云著作,《晋书》本传谓"所著文章三百四十九篇,又撰《新书》十篇,并行于世。"《隋书·经籍志》著录有集十二卷,又有《陆子》十卷。[6]《旧唐书》、《新唐书》皆著录有集十卷。今存辑本有《汉魏六朝诸家文集》所收《陆士龙集》十卷,《六朝诗集》所收《陆士龙集》四卷,《汉魏六朝百三名家集》所收《陆清河集》二卷。又严可均辑其文入《全晋文》卷一百至一百四,逯钦立辑其诗入《晋诗》卷六。中华书局 1988 年出版有新校点本《陆云集》。

　　〔1〕《文选》注引臧荣绪《晋书》曰:"机流誉京华,声溢四表,被征为太子洗马,与弟云俱入洛。"又陆机《与弟清河云诗序》有云:"余弱年夙孤,与弟士龙衔恤丧庭,续忝末绪,会逼王命,墨绖即戎。"可知当时朝廷有征诏命,此为被动

赴洛证据。然而当时皇命征诏颇多，亦有因故不应命者，如李密者然，表明陆机入洛，亦合乎本人之愿也。

〔2〕 陆机模拟汉乐府之作，有《长歌行》、《日出东南隅行》、《长安有狭斜行》、《董逃行》、《上留田行》、《猛虎行》、《顺东西门行》、《泰山吟》、《梁甫吟》等；模拟"古诗"之作，有《拟行行重行行》、《拟今日良宴会》、《拟迢迢牵牛星》、《拟涉江采芙蓉》、《拟青青河畔草》等；模拟建安作品者有《短歌行》（模拟曹操）、《苦寒行》（模拟曹操）、《燕歌行》（模拟曹丕）、《门有车马客行》（模拟曹植）、《塘上行》（模拟甄后）、《从军行》（模拟王粲）、《饮马长城窟行》（模拟陈琳）等。其模仿性格最明显之例，如《猛虎行》。此题原有乐府古辞，古辞句法，首韵为六言句，以下为五言句。建安以下，曹丕等皆有同题之作，然曹丕所作内容自创，且全篇句法为五言体，表现出创作性格；陆机之作则异于曹丕，内容承袭古辞，且句法亦与古辞全同，表现出模拟性格。

〔3〕 关于"不贵绮错"，韩国车柱环《锺嵘诗品校证》曰："案'不'字盖浅人妄加。考今所传陆机诗，皆'尚规矩，贵绮错'之作。……且'尚规矩，贵绮错'乃'有伤直致之奇'。'不贵绮错'则无伤于直致之奇矣。"而杨祖聿《诗品校注》则谓："车氏以为'不'字为浅人妄加，宜删，非是。……（车氏）误'绮错'乃华丽绮密之意也。盖'绮错'，交错也。""车氏无可靠之版本而遽言'浅人妄加'，非敢轻许也。"又"有伤直致之奇"，《竹庄诗话》引作"有伤直寄乏奇"；《诗人玉屑》引作"有伤直寄之奇"。详见曹旭《诗品集注》。

〔4〕 陆云《愁霖赋》序云："永宁三年夏六月，邺都大霖，旬有奇日，稼穑沉湮，生民愁瘁，时文雅之士，焕然并作，同僚见命，乃作赋曰"；《喜霁赋》序云："余既作《愁霖赋》，雨亦霁，昔魏之文士，又作《喜霁赋》，聊厕作者之末，而作是赋焉。"可知其奉和酬答性质及仿建安文士风格。按建安文士包括曹氏兄弟及邺下诸子，多有此二题之赋，陆云所作，无多特色，未能方驾前修。

〔5〕 按陆云《与兄平原书》三十五篇，见载于本集，又略见于《北堂书钞》、《太平御览》诸类书。为今存魏晋南北朝时期篇帙最多书信集。然陆云作此，本为昆仲家书，故书中多作吴语，其用辞读音，略异中国；又加传写版刻，年代久远，文字错乱舛误不少，以故今存文句，颇有晦奥难解之处。

〔6〕 关于《陆子》一书,日本兴膳宏、川合康三云:"《晋书》五四本传有云:'又撰《新书》十篇。'其即《陆子》邪?《意林》四引《抱朴子》佚文曰:'《陆子》十篇诚为快书,其辞富者,虽精思不可损也;其理约者,虽鸿笔不可益也。'《意林》六(宋刻)有'《陆子》十卷',引其佚文一则。"(《隋书经籍志详考》)徐按:其说是,《陆子》、《新书》当为一书。盖"新书"一名,贾谊、王基等早已用之在前,为免混淆,后人遂以"陆子"称之。《隋志》注者不明此事,误以为本有二书,而唯见《新书》,遂谓《陆子》已"亡",实唐时未尝亡也。旧、新《唐书》皆著录"《陆子》十卷,陆云撰"。

第五章　左　思

第一节　左思及其《三都赋》

左思(252？—？),[1]字太冲,齐国临淄(今山东淄博)人。家世儒学,父左雍(一作彦雍)为殿中侍御史。左思一生未尝任过显职,只是有一段时间(约在元康中)当过秘书郎。八王乱起,又任齐王冏记室督,不久以疾辞。永兴元年(304)冬,张方纵暴都邑,洛阳残破,左思举家迁冀州,数年后病卒,约卒于永嘉年间。《晋书》入《文苑传》中。《隋书·经籍志》著录有集二卷(注:"梁有五卷,录一卷"),今存辑本有《汉魏六朝名家集》所收《左太冲集》一卷。又严可均辑其文入《全晋文》卷七十四,逯钦立辑其诗入《晋诗》卷七。

左思貌寝口讷,好深思,性格内向。自少闲居在家,勤学,唯以著述为务。曾用一年时间,写成《齐都赋》。泰始八年(272),妹棻以文名被晋武帝纳为贵嫔,左思因此迁居洛阳。入洛后,开始构思撰写《三都赋》,历十年而成。初未尝受重视,后得到司空张华叹赏,评曰:"班、张之流也。使读之者尽而有馀,久而更新。"于是一时名声鹊起,豪贵之家竞相传写,出现洛阳纸贵局面。[2]《三都赋》始而被忽视终于受推重的过程,表明汉魏以来人物品评风气,在当时士大夫中仍颇流行,权威人物品目评论,对于文士建立声誉提高社会地位,具有至关重要的"嘘枯吹生"作用。另一方面,此件事中也表现左思其人虽性格内向,但并非不懂得处世之道,他颇了解建立名誉之捷径。由此亦可明白,如左思这样的以文学名家、与权贵势豪士族关系不深的人物,为何也加入到贾谧的"二十四友"之中,成为西晋最著名的浮华贵游集团一员。应当说,贾谧看重左思,肯定有左菜贵嫔的因素在内,是他广树党援努力的一部分,另外可能也有出于对左思文才的欣赏成分。从左思方面说,则不能否认他有攀附势要之意图。左思曾为贾谧讲解《汉书》,看来不是偶然所为。要之左思当时出于自身利益考虑,去附会贾谧,此为不必讳言的历史事实,表现了左思性格作风的复杂性,而唯其复杂,才更加可信真实。如果仅从他的某些诗文中的自我表白去把握他的性格作风,以为左思品性单纯高洁,倒是易于致误的。同样的情况,在当时著名文士如陆机、刘琨等人那里也是存在的,所以这是西晋士风的普遍表现之一,非独左思然。而左思只是未能免俗。正因左思与贾谧之间存在相当关系,所以贾谧被诛之时,他也受到一定牵连,"谧诛,退居宜春里"(《晋书》本传)。当然,左思与贾谧关系的程度还不十分紧密,他在"二十四友"中不是核心人物,以故他没有如潘岳、石崇、欧阳建那样被当作贾谧党羽诛杀。

要之左思为一有才华文士,他有功名欲念,其欲念不如张华、陆机那样强烈,也不像潘岳那样"干没不已",但他也懂得如何造作名誉,提升自己社会地位,为此不惜攀附傅会贾谧,他既不能如张翰那样做到"任心自适,不求当世"(《晋书·张翰传》),更不能如嵇绍那样以正道自守、拒交奸佞。这就是左思的处世态度和作风。

然而细读左思诗文作品,又可见到与此不完全相同的自我描述,这在《咏史诗》中尤为明显。诗中塑造了"高节卓不群"的"达士"形象，对于现实社会的黑暗和不平多有抨击，而对功名利禄则表现出清高淡泊态度，"连玺曜前庭，比之犹浮云"，情绪颇为悲壮慷慨，甚有古代不遇志士的遗风。如何理解此种社会实际表现与诗文作品中自我描述之差异？应当看到，在西晋文士中，左思属于基本正派人物，内心具有一定正义感，对于当时社会尤其是官场中的黑暗现象有所体察和了解，基于此，他对于社会自然形成相当不满。另外，左思尚有特殊个人条件和际遇。他由于"貌丑而口讷"（臧荣绪《晋书》卷十六），交际方面存在不少障碍，而当时人物品评风气中恰恰颇重视"言语"清谈，以及外貌"容止"、"风姿"，这就给左思的个人前程和社会处境平添了先天不利因素。甚至他在日常生活中也因外貌而不免遇到麻烦：

> 潘岳妙有姿容，好神情。少时挟弹出洛阳道，妇人遇者，莫不连手共萦之。左太冲绝丑，亦复效岳游遨，于是群妪齐共乱唾之，委顿而返。
>
> ——《世说新语·容止》

这种乘兴而出败兴而归的遭遇，纯然由于外在的相貌，不能不给性格敏感的左思造成极大的心理挫伤，使他产生一种对于外界的排拒对立情绪惯性。加上他仕途不达，只做到小小的秘书郎（恐亦与"貌丑而口讷"有一定关系），对于心气甚高的左思来说，无疑也将加重心理上的郁结。内心的郁结愤懑，发而为强烈的愤世嫉俗情绪，便是《咏史诗》等作品的思想情绪基础。出于可以理解的自尊心，左思在作品中从未说及自己"貌丑"或"口讷"问题，但是他的愤世嫉俗慷慨激昂表现，确实有着复杂的心理前提。《咏史诗》主要抓住"地势"等问题做文章。关于当时不同阶层之间是否存在"地势"即家族出身差异的阻隔问题,揆诸史实,其实并没有左思所说那样不可逾越的绝对界线(说详下节)。况且左思虽非士族出身,但有胞妹在宫中为贵人,在常人眼中,他就是一位准国戚了。而贾谧将他纳入"二十四友",也表明他并非毫无声价,须知"鲁公二十四友"不是随便什么人皆可任意参加的,《晋书·贾谧传》在列述二十四人籍贯姓名之后说了一句"其馀不得预焉",可知当时尚有想参加而被拒绝之人,贾谧对于本人之"友"的资格,自有其出身地位及才能名声等方面的相当要求标准。要之,左思诗文中所塑造的自我形象,与他本人的真实状况之间,存在一定差距。这是文学描写与现实存在关系中常见的疏离现象。而这种现象,在西晋士风不竞的背景中,尤为普遍,如石崇、潘岳等行为作风道德操守颇卑下无耻,然而自其诗文中所见,几乎皆为高言谠论和正面情思,几乎人皆为圣贤。左思情形与石、潘诸人自有不同,但其所撰诗文,与其为人行事实际表现之间的差距,也是不能不予注意的。左思在西晋士风大环境熏染下,身为"二十四友"一成员,自难免沾染若干浮华不实习气,表现在诗文写作中,遂出现以上言行之间的疏离。

左思诗赋文皆能,不过在各种文体中,他本人最看重的无疑是赋。他曾自述"著论准《过秦》,作赋拟《子虚》"(《咏史诗》之一),又盛赞扬雄谓"言论准宣尼,辞赋拟相如"(《咏史诗》之四),他毕生用力最勤的就是辞赋创作,最初的大赋《齐都赋》已佚,而今存《三都赋》是他十年心血结晶。史载他作此赋时"门庭藩溷,皆著笔纸,遇得一句,即便疏之"(臧荣绪《晋书》卷十六)。又自以为见闻不广,特求为秘书郎,藉以阅读皇家藏书。赋全部一万零一百一十三字,篇幅超过班固"两都"、张衡"二京",为两汉魏晋第一长赋。陆机初入洛时,亦欲作此赋,闻左思作之,抚掌而笑,与弟陆云书曰:"此间有伧父,欲作'三都赋',须其成,当以覆酒瓮耳。"(《晋书·左思传》)及左思赋成,机颇叹服,以为无以复加,遂辍笔而罢。关于《三都赋》之作意,李善曰:

> "三都"者,刘备都益州号"蜀",孙权都建邺号"吴",曹操都邺号"魏"。思作赋时,吴、蜀已平,见前贤文之是非,故作斯赋,以辨众惑。

——《文选》卷四注

所谓"前贤文之是非"云云,当指三国文士站在各自母国立场上撰文论说彼此是非,左思针对他们之说予以"辨惑"。此点在赋中确有表现,如《蜀都赋》写"西蜀公子"夸言蜀国成都富庶,谓"虽兼诸夏之富有,犹未若兹都之无量也"云云;《吴都赋》"东吴王孙"驳西蜀公子,谓"西蜀之于东吴,小大相绝也,亦犹棘林萤耀,而与夫枅木龙烛也。否泰之相背也,亦犹帝之悬解,而与桎梏疏属也。庸可共世而论巨细、同年而议丰确乎?"《魏都赋》则针对蜀、吴二方之说,推出"魏国先生"来,加以批驳,谓"一自以为禽鸟,一自以为龟鳖",指出"成都迄已倾覆,建业则亦颠沛",然后说魏国邺城之繁盛及雄壮气派。结果,"先生之言未卒,吴、蜀二客矖焉相顾,瞵焉失所,有腼瞢容,神蕊形茹,弛气离坐,愧墨而谢……",论争以魏国先生取胜告终。可知其结构与司马相如《子虚赋》、《上林赋》大同,而作者立场则是从晋承魏统出发,帝魏而臣蜀、吴,表现了"日不双丽,世不两帝,天经地纬,理有大归"的正统观念。

《三都赋》另一方面作意,则在切实精确地写出三地形胜物产。左思在自序中对此有明白表述:

盖诗有六义焉,其二曰赋。扬雄曰:"诗人之赋丽以则。"班固曰:"赋者,古诗之流也。"先王采焉,以观土风:见"绿竹猗猗",则知卫地淇澳之产;见"在其版屋",则知秦野西戎之宅;故能居然而辨八方。然相如赋《上林》而引"卢橘夏熟",扬雄赋《甘泉》而陈"玉树青葱",班固赋《西都》而叹以"出比目",张衡赋《西京》而述以"游海若",假称珍怪,以为润色,若斯之类,匪啻于兹。考之果木则生非其壤,校之神物则出非其所,于辞则易为藻饰,于义则虚而无征。且夫玉卮无当,虽宝非用;侈言无验,虽丽非经。而论者莫不诋讦其研精,作者大抵举为宪章。积习生常,有自来矣。余既思慕《二京》而赋《三都》,其山川城邑,则稽之地图;其鸟兽草木,则验之方志。风谣歌舞,各附其俗;魁梧长者,莫非其旧。何则?发言为诗者,咏其所志也;升高能赋者,颂其所见也。美物者贵依其本,赞事者宜本其实;匪本匪实,览者奚信?且夫任土作贡,《虞书》所著;辨物居方,《周易》所慎。聊举其一隅,摄其体统,归诸诂训焉。

这里批评了马、扬、班、张等"假称珍怪,以为润色"的做法,提出"美物者贵依其本,赞事者宜本其实"。这种"贵本"、"宜实"主张,左思在写作中力行贯彻,于是《三都赋》呈现"言不苟华,必经典要;品物殊类,禀之图籍"(卫权《三都赋略解·序》),"观中古以来为赋者多矣……至若此赋,拟议数家,傅辞会义,抑多精致。非夫研核者不能练其旨,非夫博物者不能统其异。世咸贵远而贱近,莫肯用心于明物"(刘逵《吴都赋蜀都赋注·序》)。结果是《三都赋》成为"研核者"、"博物者"方能领略其妙的"明物"之作。《三都赋》的这一特点,是作者为何要"构思十年"的基本原因,也是为何张载、刘逵、卫权等当世学者要给它作注的基本出发点。

《三都赋》以上两层作意,前者是政治性的,显示了作者对政治问题的某种关心。西晋朝廷内曾有过晋承汉统还是晋承魏统的辩论,结果是承魏统说占了上风,左思以《三都赋》表明了自己态度。后者则是文学性的,它的"贵本"、"宜实"特征,在赋史上别开了生面。在辞赋写作思想及写作宗旨问题上,扬雄曾有"诗人之赋丽以则,辞人之赋丽以淫"的区别,概括了先秦汉魏以来辞赋写作中的两大风格类型。"诗人之赋"指屈原、贾谊等人作品,"辞人之赋"则指宋玉、枚乘等人作品,扬雄肯定前者而对后者有所批评。左思的《三都赋》以其"贵本宜实"的风格,实际上开创了"丽以则"、"丽以淫"之外的第三种类型,不妨称之为"博物者之赋",以别于"诗人之赋"和"辞人之赋"。

左思的辞赋主张和风格,虽然独具个性,且颇受当时一些文士推重,但从根本上说,它是与文学的特性相扞格的。左思排斥虚构和想象,甚至还排斥"润色",使辞赋成为"明物"之文,"归诸诂训",成为辞书。这是要取消赋的文学属性,其说甚不可取。而《三都赋》的实际文学成就,因此也不甚高,可以说还不如被左思所批评贬斥的那些"辞人之赋"。"丽以淫"固然存在缺点弊病,但与排斥"润色"的"言不苟华,必经典要"之作相比,至少文学手段使用要多一些。曹丕说"诗赋欲丽",陆机说"诗缘情而绮靡,赋体物而浏亮",左思的主张是与这些论点相背反的。左思馨其心力,"构思十年",撰写《三都赋》,事实上却是走入了一个创作误区。

应当指出一点:《三都赋》是左思中年之前作品,中年之后,他的辞赋观念和创作实际,显然有所变化。变化的证据是他的《白发赋》:

星星白发,生于鬓垂。虽非青蝇,秽我光仪。策名观国,以此见疵。将拔将镊，好爵是縻。白发将拔，怃然自诉："禀命不幸，值君年暮。逼迫秋霜，生而皓素。始览明镜，惕然见恶。朝生昼拔，何罪之故？子观橘柚，一皓一晔。贵其素华，匪尚绿叶。愿戢子之手，摄子之镊。""咨尔白发，观世之途，縻不追荣，贵华贱枯。赫赫阊阖，蔼蔼紫庐。弱冠来仕，童髫献谟。甘罗乘轸，子奇剖符。英英终贾，高论云衢。拔白就黑，此自在吾。"白发临欲拔，瞋目号呼："何我之冤！何子之误！甘罗自以辩惠见称，不以发黑而名著。贾生自以良才见异，不以乌鬓而后举。闻之先民，国用老成。二老归周，周道肃清。四皓佐汉，汉德光明。何必去我，然后要荣？""咨尔白发，事各有以。尔之所言，非不有理。曩贵者耄，今薄旧齿。蟠蟠荣期，皓首田里。虽有二毛，河清难俟。随时之变，见叹孔子。"发乃辞尽，誓以固穷。昔临玉颜，今从飞蓬。肤发至昵，尚不克终。聊用拟辞，比之国风。

赋中明言"值君年暮"，可知作于晚岁。赋以拟人手法，颇多"润色"，且全篇"聊用拟辞，比之国风"，以白发喻"世之途"，有所寄托和讽刺，一改"明物"、"宜实"写法。又用语简洁，词义显豁，不须人为之作注，一目了然，此与《三都赋》的艰涩生硬繁复冗长适成鲜明对照，表现了作者赋风之大转变。《白发赋》虽为短篇小制，名声也远不能与《三都赋》相比，然其文学价值，转出《三都赋》之上。

左思尚有一"七"体文《七讽》。"七"体实为赋之分蘖。刘勰曾评论曰："左思《七讽》，说孝而不从，反道若斯，馀不足观矣！"（《文心雕龙·指瑕》）此谓《七讽》中二人对话，一人说以孝道，而另一人"不从"，与一般"七"体文一人最终说服另一人之写法，有所不同。此所谓"反道"，实为对传统观念及写法之革新。惜原作已佚，难以详析了。

第二节　《咏史诗》

　　左思诗歌,在西晋文士中不算多,但成就则颇突出,《咏史诗》为其代表。《咏史诗》共八首,非一时之作,各首写作时间难以确考。据诗中词义推测,大体上作于早期的有第一首。诗中言及"弱冠弄柔翰",又谓"志若无东吴","左眄澄江湘,右盻定羌胡",按西晋咸宁五年(279)平凉州,太康元年(280)东吴降晋,诗当作于此前,时作者约二十馀岁。第三首与第一首内容相近,也可能为前期之作。第四首写本人才具,自许之词略同于第一首,又诗中写"济济京城内,赫赫王侯居",似亦初入洛时所撰。作于后期的大致有第二首,诗中以冯唐"白首不见招"自拟,当与《白发赋》作时相近。又第八首写"亲戚还相蔑,朋友日夜疏","俯仰生荣华,咄嗟复凋枯",约作于八王乱起,贾谧被诛,"二十四友"星散,而左思亦归乡里之际;贾谧被诛在永康元年(300),时左思约五十岁上下。其馀第五、第六、第七首,则无明显早期或晚期时间特征,大约作于中年。

　　《咏史诗》八首,表现诗人不同时期思想情绪。在前期三首作品中,寓含诗人强烈的自信心和积极用世的人生态度,基调颇为高昂:

　　　弱冠弄柔翰,卓荦观群书。著论准《过秦》,作赋拟《子虚》。边城苦鸣镝,羽檄飞京都。虽非甲胄士,畴昔览穰苴。长啸激清风,志若无东吴。铅刀贵一割,梦想骋良图。左眄澄江湘,右盻定羌胡。功成不受爵,长揖归田庐。

　　　　　　　　　　　　　　　　　　　　　　　　　(之一)

　　吾希段干木，偃息藩魏君。吾慕鲁仲连，谈笑却秦军。当世
贵不羁，遭难能解纷。功成耻受赏，高节卓不群。临组不肯绁，
对圭宁肯分。连玺耀前庭，比之犹浮云！

（之三）

　　济济京城内，赫赫王侯居。冠盖荫四术，朱轮竟长衢。朝集
金张馆，暮宿许史庐。南邻击钟磬，北里吹笙竽。寂寂扬子宅，
门无卿相舆。寥寥空宇中，所讲在玄虚。言论准宣尼，辞赋拟相
如。悠悠百世后，英名擅八区。

（之四）

诗中主要抒写强烈的自许情绪。在文章方面，他自拟于贾谊、司马相
如，甚至是孔子；在政治军事方面，他自拟于穰苴、段干木、鲁仲连、班
超（"铅刀贵一割"语出班超上疏）等。从这些自许言辞中，透出对人
生前程的乐观态度。这种乐观自信，不但表现为"左眄澄江湘"、"右
盼定羌胡"、"偃息藩魏君"、"谈笑却秦军"等横扫千军、克定家国的
描写，而且表现为对未来的自我设计：他将要在"遭难能解纷"建立
大功之后，"功成不受赏"、"功成不受爵"，然后"长揖归田庐"，从而
显示"高节卓不群"的风范。在此前提下，他相信自己必将"悠悠百
世后，英名擅八区"，永垂青史。左思早年在家闲居以及入洛之初的心
态在这些诗中表现颇为充分。从第四首的描写中，可以看出他在入洛之
后，在现实面前也产生一些失望情绪，"寂寂扬子宅，门无卿相舆"，难以
进入权力中心，即使如此，仍不妨碍他对前景抱乐观态度。
　　中期作品则以表现功业未成、理想受挫情况下的矛盾心情为主。
他的自信尚存，但已削弱；理想未消，但情调不再高昂；底气尚足，但

已掺入若干悲凉之气：

> 皓天舒白日，灵景耀神州。列宅紫宫里，飞宇若云浮。峨峨
> 高门内，蔼蔼皆王侯。自非攀龙客，何为欻来游？被褐出阊阖，
> 高步追许由。振衣千仞冈，濯足万里流。
>
> （之五）

> 荆轲饮燕市，酒酣气益震。哀歌和渐离，谓若旁无人。虽无
> 壮士节，与世亦殊伦。高眄邈四海，豪右何足陈！贵者虽自贵，
> 视之若埃尘。贱者虽自贱，重之若千钧。
>
> （之六）

> 主父宦不达，骨肉还相薄。买臣困樵采，伉俪不安宅。陈平
> 无产业，归来翳负郭。长卿还成都，壁立何寥廓。四贤岂不伟，
> 遗烈光篇籍。当其未遇时，忧在填沟壑。英雄有迍邅，由来自古
> 昔。何世无奇才，遗之在草泽。
>
> （之七）

诗人此时引以自拟的，已不再是穰苴、班超一流著名功臣，而是"游
学四十年，身不得遂，亲不以为子，昆弟不收"（《史记·主父偃列
传》）的主父偃，四十馀岁尚贫贱的朱买臣，负郭穷巷的陈平，居徒四
壁的司马相如，以及荆轲、高渐离这些悲剧英雄。这反映了他对前程
不再抱"谈笑却秦军"式的浪漫天真"梦想"，不得不面对严酷现实，
承认"英雄有迍邅，由来自古昔"，诗篇的基调因此由乐观亢奋变为
梗概多气。不过，他内心的自负、自尊，却未因现实社会中的不遇而

消失,只是不再正面夸说自己如何前程无量,而是从反面去批判那些权贵者,在对权贵的蔑视之中显示自己的清高和尊严,"贵者虽自贵,视之若埃尘;贱者虽自贱,重之若千钧"。他在愤慨之馀,还表示要"被褐出阊阖,高步追许由"。他在某些历史人物那里得到精神共鸣,"何世无奇才? 遗之在草泽"。这些诗,反映了左思在洛阳的中后期,虽然身为皇室戚属,有妹为武帝贵嫔,在惠帝时期,他又与权倖人主的贾谧有所连结,名列"二十四友"之中,但他心理仍不平衡,问题主要在他的官位始终低微,与公卿大臣相差甚远。"峨峨高门内,蔼蔼皆王侯",他了解这些王侯,他们并无出色才具,"豪右何足陈"! 应当看到,左思的"不遇",与当时朝廷中不同政治势力互相倾轧彼此牵制有很大关系。晋武帝后期太康中,朝政虽颇稳定,但大权基本上被一批元老级人物垄断,居公卿高位的是荀颢、荀勖、裴秀、裴楷、和峤、贾充、卫瓘、山涛、王戎、王济等旧臣,新进人物难有跻身其中的机会;所以潘岳曾作《阁道谣》以刺其事(详见本编第三章),而左思地位与潘岳正相类似。至惠帝元康中,朝政被贾后把持,贾谧由此颇得势,形成一新的利益集团;然而贾氏"后党"擅权,却遭到司马氏宗室诸王的敌视,一些元老旧臣亦多不附,成对立之势。事实上贾谧当时也不过是侍中兼秘书监,官位比二千石而已;作为"二十四友"之一的左思仕途偃蹇,就不是意外之事。尽管如此,在本时期诗中,尚可看出左思对前程仍怀着希望,这里所咏的主父偃、朱买臣、陈平、司马相如"四贤",皆是先穷后达者。"英雄逆遭"、"遗之草泽",皆为一时遭遇,终究发达显赫,"遗烈光篇籍"。可以说此时诗人尚未放弃功名期待,只是信心已大不如前。他甚至联想到"哀歌和渐离"来,悲凉情绪不能自饰了。

后期之诗对于仕途功名已完全绝望,基调悲慨,苍凉低沉;而对社会现实的审视,则目光更透彻,态度更达观:

郁郁涧底松,离离山上苗。以彼径寸茎,荫此百尺条。世胄
蹑高位,英俊沉下僚。地势使之然,由来非一朝。金、张藉旧业,
七叶珥汉貂。冯公岂不伟?白首不见招。

(之二)

习习笼中鸟,举翮触四隅。落落穷巷士,抱影守空庐。出门
无通路,枳棘塞中途。计策弃不收,块若枯池鱼。外望无寸禄,
内顾无斗储。亲戚还相蔑,朋友日夜疏。苏秦北游说,李斯西上
书。俯仰生荣华,咄嗟复凋枯。饮河期满腹,贵足不愿馀。巢林
栖一枝,可为达士模。

(之八)

前一首以冯唐自拟,"冯唐白首屈于郎署"(荀悦《汉纪》),正与左思
一生遭际相合。冯唐与主父偃等"四贤",在毕生功业穷达方面已不
可同日而语,此一对象取舍变化,反映了左思心境也已有了很大变
迁,他对功名的自许和期待又降了一格,几近于绝望。后一首直以
"习习笼中鸟"自比,可知诗人当时处境相当窘困,当在贾谧、石崇、
潘岳、欧阳建等被杀,左思受牵连去职居家之时。"出门无通路,枳
棘塞中途",当时八王之乱初起,历史进入又一次持久的大战乱,这
二句描写令人联想到王粲"出门无所见,白骨蔽平原"(《七哀》)的
名句,当然左思这里更多的是比喻或象征。"俯仰生荣华,咄嗟复凋
枯",此是左思一生数十年体验概括,积聚了无数人事沧桑之感,这
种人生无常感受,自然通向老庄哲学,通向旷达超脱,他只能以"达
士"自慰了。这种苍老颓唐心态与他早年的"谈笑却秦军",中年的

"高眄邈四海",差异明显。

"世胄蹑高位,英俊沉下僚",这里揭示出西晋门阀政治的重大弊端。因出身高下不同而政治机会不均等,导致庸碌无能之辈得志而众多贤士怀才不遇,这种贤愚错位现象,当时比比皆是。从根本上说,此是自古以来历代普遍现象,自孔子、董仲舒、司马迁以来,皆有士不遇之感喟,所以左思的感慨具有超越时代之意义。不过就左思本人的情形言,此二句只是说出了他不得志的部分原因,实际上造成他一生坎坷的因素是多方面的,非仅"地势"所致。左思的家世阀阅,与汉魏以来世代显赫的士族如颍川荀氏、清河崔氏、汝南应氏、琅邪王氏、山阳王氏等相比,当然只能算寒素一类,因此他在朝廷叙用中不如某些世家子弟"地势"有利,这是肯定的。从此点看,他的上述诗句具有相当的真实性。但是必须指出,左思的出身"寒门",只是相对而言,他也是官宦人家子弟,并非一无凭藉。就左思的少时家境说,绝不能算清贫,其父为治书侍御史,虽官位不高,第六品,相当于汉六百石,但在朝廷供职于皇帝左右,颇见亲待。其妹能够入备宫闱椒房,虽说主要是才名起作用,但能够闻于朝廷,表明还是有相当凭藉,真正社会底层贫家女子焉能有此福分!

客观地说,西晋门阀政治是明显的,士族与庶族间的界线是存在的,但不宜将此点作绝对化理解。事实上当时朝廷要员中虽多出身士族,但庶族人士也不鲜见。这有例证可举。如张华,少时既贫且孤,还当过牧羊童;石苞,少时为"御隶"(赶车夫),还曾贩铁邺市;山涛,父为县令,早孤,居贫;乐广,少孤贫,"寒素为业,人无知者"(《晋书》本传);郑冲,"起自寒微"(《晋书》本传);此数人皆出身庶族,张、石等生活环境还弗如左思远甚,而皆位至公卿,颇说明问题。另一方面,仅凭士族出身,当时也未必能够稳获显职。即以"二十四友"中人为例,崔基(清河崔氏)、陈畛(颍川陈氏)皆为著名士族出身,而当时也只是以掾属或吏职与左思同游于洛阳。此原因不难理解,首先从一般道理说,统治集团从自身利益出发,不可能对某些既忠诚又有才干的非士族分子一概加以排斥,也不可能不问情由对士族子弟一概予以擢用。如果那样做了,大批干才必将被排斥,朝廷及州郡各级政权必将充斥贪鄙无能官员,对政权本身必将带来严重后果,为任何明智统治者所不取。即使是历史上一些代表狭隘利益集团性质极强的政权,如一些少数民族在中原建立的政权(如北朝诸政权、元朝、清朝等),也颇注意吸收非本族人才,为我所用,更毋论士族庶族了。第二,所谓士族,一般具有历史悠久的特点,政治暴发户不属于士族之列。士族多经数个朝代绵延承祧而形成,所以多是传统政治势力的代表。而传统势力并非总是站在当时政权利益一边的,尤其在朝代更替情况下,他们同新政权利益往往不相一致,甚至会发生某种冲突。曹魏政权同汉代士族势力就存在诸多矛盾,因此曹操坚决要推行"唯才是举"方针,对旧士族势力予以抑制;司马氏政权也是在对某些士族势力的镇压中建立起来的,司马氏本身为河内士族,而在"高平陵事变"中,被司马懿杀灭的"凡九族"中,就有邓飏(东汉大将军邓禹之后)、桓范("世为冠族"——《魏志·曹爽传》注引《魏略》)、何晏(东汉大将军何进之孙)等士族人物。第三,所谓士族,乃是由众多家族组成,不同家族的历史、地域、人事关系、传统政治立场等等方面,皆存在差别,所以彼此家族利益及现实政治态度亦往往不同,甚至相对立者亦有之,任何政权都不可能实行不问现实政治态度的"唯士族是用"政策。所以严格地说,"世胄蹑高位,英俊沉下僚"只是部分符合事实,即在西晋时期,"蹑高位"者未必是"世胄",而"英俊"亦未必"沉下僚",尽管"沉下僚"者颇多。

至于左思本人的"沉下僚",原因显然不是一个简单的出身背景问题,而与他的内在性格作风和外在人事连结有很大关系。如前所述，左思性格内向，内心世界比较丰富，然而不善表现自我，这就不易受人了解识拔。另据《世说新语》注引《左思别传》："思为人无吏干，而有文才，又颇以椒房自矜，故齐人不重也。"他既无"吏干"，就更减少了受重用的可能性；再以椒房自矜，又只能使一些清流士大夫更加轻蔑他。至于他与贾谧的连结，列名"二十四友"之中，此事无论其动机如何，其效果实不利于他的仕进前程。因贾谧毕竟仅恃贾后淫威少年得志，诸侯王及朝中公卿大臣，除少数人与之委蛇周旋外，多视贾谧为宵小之徒，其党羽更被目为浮华奔竞子弟，且贾谧并未全面控制朝政，吏部尚书王戎、尚书仆射何劭、裴𬱟等还执掌着人事大权，所以左思的仕途不达，也就在意料之中。由此看来，左思的"沉下僚"，他自己也要负相当的责任。《咏史诗》中所表述对于当时朝政的抨击及对于自身仕途不达原因的看法，并不十分准确。尽管如此，《咏史诗》八首仍具有很高的文学价值。它是左思不同生活时期处境和心态的记录，由早期到中期到后期，他的心态情绪也由积极高昂踊跃进取渐变为感慨悲愤再变而为消极放达，情绪转换脉络分明；而慷慨任气，流贯始终，为其总的情绪特色。在平庸风气弥漫的西晋诗坛上，《咏史诗》以强烈的情绪特色，独标风格，有如在一片嘈杂沉闷的背景声响中，突然奏起一声嘹亮号角，令人耳目一新。此为《咏史诗》的主要价值所在。

《咏史诗》在诗体上亦有所创新。此前，咏史诗概以咏写历史人物事件为主，可以有所寄托，但描写的主体是不容改易的，自班固、王粲、曹植直到傅玄、陆机等，无不如此。至左思则情况有所改变，他将咏史与咏自我情绪体验熔为一炉，亦即将咏史变成了咏怀。例如第一首，全篇从头至末，描写主体皆是诗人自己，若非有一"咏史"题目置于其上，实难看出竟是咏史。以下诸篇起首，亦难看出咏史性质。事实上，左思《咏史诗》与阮籍《咏怀诗》在精神上及写法上确有若干相近之处。愤世嫉俗，轻蔑权贵，孤芳自赏，感慨任气，是精神相近处；以述怀为主，杂引史事，则是写法相近处。不过左思既是在"咏史"的题目下这样做的，所以具有了诗体革新的意义。何焯谓："咏史者，不过美其事而咏叹之。概括本传，不加藻饰，此正体也。太冲多抒胸臆，乃又其变。"（《义门读书记》）所论极是。

左思以《三都赋》奠定当日文学地位，受到时人称赏。但在文学史上，他的真正贡献却首先在《咏史诗》。最早评论左思诗歌的是谢灵运，说"左太冲诗，潘安仁诗，古今难比"（锺嵘《诗品》卷上引）。锺嵘列左思于上品，将其《咏史诗》与曹植《赠白马王彪》等同列，评为"斯皆五言之警策者也，所以谓篇章之珠泽，文采之邓林"（《诗品·总论》）。刘勰则谓："左思奇才，业深覃思，尽锐于《三都》，拔萃于《咏史》，无遗力矣！"（《文心雕龙·才略》）

除《咏史诗》外，左思尚有《悼离赠妹诗》二首，为四言体，写妹左棻入宫为贵嫔之后，思念存问，流露兄妹亲情。又有《娇女诗》一首，写二女娇态，天真亲切，活泼可爱：

> 吾家有娇女，皎皎颇白皙。小字为纨素，口齿自清历。鬓发覆广额，双耳似连璧。明朝弄梳台，黛眉类扫迹。浓朱衍丹唇，黄吻澜漫赤。娇语若连琐，忿速乃明懂。握笔利彤管，篆刻未期益。执书爱绨素，诵习矜所获。其姊字惠芳，面目灿如画。轻妆喜楼边，临镜忘纺绩。举觯拟京兆，立的成复易。玩弄眉颊间，剧兼机杼役。从容好赵舞，延袖象飞翮。上下弦柱际，文史辄卷襞。顾眄屏风画，如见已指摘。丹青日尘暗，明义为隐赜。驰骛翔园林，果下皆生摘。红葩掇紫蒂，萍实骤抵掷……

诗人对女儿如责如赞，语气中透出无限爱怜，而浓郁家庭温馨气氛和父女间天伦之乐,遂以洋溢充盈,颇为感人。此类诗作,表现出左思作为兄长、人父的柔情以及对家庭生活的重视,体现出左思内心精神世界的另一侧面。

第三节　左棻及其他西晋女作者

左棻(254?—300),[3]左思胞妹,字兰芝,少有才名。晋武帝司马炎于泰始八年(272)博选良家女以充后宫,主选者为元杨皇后,后性妒,故意不取美丽少女,棻遂得以入选。先后拜"美人"、"修仪"、"贵嫔"。在宫中无宠,武帝唯以才德见礼,与文学侍从无异。如元杨皇后于泰始十年病卒,帝使棻作诔文以吊;咸宁二年(276)武帝纳悼杨皇后,又使左棻座中作颂以庆;万年公主病故,武帝痛悼不已,又使棻为诔。又每有远邦方物异宝进贡,帝必诏左棻为赋颂。有集四卷。今存作品较完整者有赋二篇,诗二首,诔二篇,颂、赞十馀篇。其中受诏而作的赞颂哀诔文字,无多深意,唯以纾述个人情怀的《离思赋》、《感离诗》最称精绝:

> 生蓬户之侧陋兮,不闲习于文符。不见图画之妙像兮,不闻先哲之典谟。既愚陋而寡识兮,谬忝侧于紫庐。非草苗之所处兮,恒怵惕以忧惧。怀思慕之切怛兮,兼始终之万虑。嗟隐忧之沉积兮,独郁结而靡诉。意惨愦而无聊兮,思缠绵以增慕。夜耿耿而不寐兮,魂憧憧而至曙。风骚骚而四起兮,霜皑皑而依庭。日奄暧而无光兮,气恻慄以冽清。怀愁戚之多感兮,患涕泪之自零。昔伯瑜之婉娈兮,每彩衣以娱亲。悼今日之乖隔兮,奄与家为参辰。岂相去之云远兮,曾不盈乎数寻。何宫禁之清切兮,欲

瞻睹而莫因。仰行云以唏嘘兮,涕流射而沾巾。唯屈原之哀感兮,嗟悲伤于离别。彼城阙之作诗兮,亦以日而喻月。况骨肉之相于兮,永绵邈而两绝。长含哀而抱戚兮,仰苍天而泣血。

──《离思赋》

平民少女,被征入宫,得侍紫庐,虽为莫大荣耀,但对事主而言,却内心怀惕戒惧,隐忧郁结,清切寂寞,思念亲人,而宫垣禁隔,含哀抱戚,无以驱遣,只能以泪洗面,以致仰天泣血。此前曹植等早有《离思赋》之作,皆述亲人离思悲情,左棻此赋写出一种特殊生活环境中的离思之悲,有其独特个性。而在皇权时代却颇具普遍意义,开历代"宫怨"文学之先河。由于作者以亲身体验写出,比一般文人代拟的宫怨作品,更加真实亲切,深婉迢递,富于感染力。

《感离诗》为答兄左思《悼离赠妹诗》之作:

自我去膝下,倏忽逾再期。邈邈浸弥远,拜奉将何时?披省所赐告,寻玩悼离词。仿佛想容仪,唏嘘不自持。何时当奉面,娱目于诗书。何以诉辛苦?告情于文辞。

左思《悼离赠妹诗》为四言体,诗中有云:"岂唯二龄,相见未克。虽同京宇,殊邈异国。越鸟巢南,胡马仰北。自然之恋,禽兽罔革。仰瞻参商,沉忧内塞。何以抒怀?告情翰墨。"又有云:"何以为赠?勉以列图。何以为诚?申以诗书。去去在近,上下唏嘘。含辞满胸,郁愤不舒。"两相对照,可知彼此分别已逾二载,而相见无时,只能翰墨通问,文辞"告情",略表离思。

西晋一代,女性作者已知者尚有苏伯玉妻、绿珠、翾风等。附论于下。

苏伯玉妻，本名不详。《玉台新咏》九载《盘中诗》，未署名。纪容舒《玉台新咏考异》曰："按《沧浪诗话》'盘中诗为一体'，注曰：'《玉台》集有此诗，苏伯玉妻作。写之盘中，屈曲成文也。'据此，则此诗出处以《玉台新咏》为最古，当时旧本亦未必明署苏伯玉妻之名，故沧浪云尔。宋刻于题上误佚其名，因而目录失载。冯氏校本遂改题'傅玄'之诗，殊为疏乖。又此诗列傅玄、张载之间，其为晋人无疑。《诗纪》、《诗乘》并列之汉诗，亦未详所据。"逯钦立《晋诗》从其说，以此诗为苏氏所作。诗曰：

> 山树高，鸟鸣悲。泉水深，鲤鱼肥。空仓雀，常苦饥。吏人妇，会夫希。出门望，见白衣。谓当是，而更非。还入门，中心悲。北上堂，西入阶。急机绞，杼声催。长叹息，当语谁？君有行，妾念之。出有日，还无期。结中带，长相思。君忘妾，天知之。妾忘君，罪当治。妾有行，宜知之。黄者金，白者玉。高者山，下者谷。姓为苏，字伯玉。作人才多智谋足，家居长安身在蜀。何惜马蹄归不数？羊肉千斤酒百斛，令君马肥麦与粟。今时人，智不足，与其书，不能读。当从中央周四角。

诗写"吏人妇"之苦恼，吏常出公差，相见时稀，遂成"常相思"之悲，而日望其夫来归。诗中写事主盼望丈夫归家心情，"谓当是，而更非……"，其急迫情状，甚为真切生动。诗中显写其夫姓名，故作者问题固不容误解。诗以三言为主，后续以七言，而用语流贯畅达，比兴迭出，民歌风颇强，诚自"为一体"。

绿珠，石崇之妾，生卒年不详。《乐府诗集》卷四十六收其《懊侬歌》一首，《古今乐录》曰："《懊侬歌》者，晋石崇绿珠所作，唯'丝布涩难缝'一曲而已。"其辞曰：

丝布涩难缝，令侬十指穿。黄牛细犊车，游戏出孟津。

语虽简甚，而写出当日游戏洛阳郊外情状，有特色。按《世说新语·汰侈》载："石崇……又牛形状气力不胜王恺牛，而与恺出游，极晚发，争入洛城，崇牛数十步后，迅若飞禽，恺牛绝走不能及。"可相印证。"黄牛细犊车"，盖妇女所乘者。

翾风，石崇之婢，王子年《拾遗记》曰："石季伦有爱婢曰翾风，魏末于胡中得之，年十五，无有比其容貌，最以文辞擅爱。年三十，妙年者争嫉之，崇退翾风为房老，使主群少，乃怀怨而作诗。"其辞曰：

春华谁不美？卒伤秋落时。突烟还自低，鄙退岂所期。桂芳徒自蠹，失爱在蛾眉。坐见芳时歇，憔悴空自嗤。

女子以色事人，不幸年衰"失爱"，遂生无限哀怨及无奈。

〔1〕　左思生卒年，史无明纪。然自其妹左棻的有关史料，可大体推知其生年。刘文忠认为："《晋书·后妃传》载：'棻少好学，善缀文，名亚于思，武帝闻而纳。泰始八年（公元272年）拜修仪。'实际上泰始八年，是左棻入宫的时间，《晋起居注》云'咸宁三年（277）拜美人左嫔为修仪'，此说比《晋书》可靠。左棻初入宫时最高的名秩不过是美人，她以文名被纳入宫，应比以美色选入宫的少女年长一两岁。她的入宫年龄大约在十八岁左右，此时左思至少二十岁。以此推断，左思大约生于公元252年或稍前一点。"（《左思评传》，《中国历代著名文

学家评传》第一卷,山东教育出版社)按:其说较合理,可供参考。

〔2〕 关于左思经历及《三都赋》写作时间,诸史料所载颇有异说。本节所叙,主要依据《世说新语·文学》及《晋书》本传。而《世说新语》刘孝标注,及注引《(左)思别传》,则所述颇不同。《左思别传》云:"……及长,博览名文,遍阅百家。司空张华辟为祭酒,贾谧举为秘书郎。谧诛,归乡里,专思著述。齐王囧请为记室参军,不起,时为《三都赋》未成也。后数年,疾终。其《三都赋》改定,至终乃止。"刘孝标注曰:"皇甫谧西州高士,挚仲治宿儒知名,非思伦匹;刘渊林、卫伯舆并早终,皆不为思赋序、注也。凡诸注解,皆思自为,欲重其文,故假时人名姓也。"徐按:以上所引《左思别传》及刘孝标之说,与刘义庆《世说新语》及《晋书》本传所述颇为不同。对此歧说,当作分析。其中有些说法,颇有理,如皇甫谧叹赏《三都赋》并"遂为作叙"(《世说新语·文学》)事,即不可能发生。徐震堮曰:"皇甫士安(谧字士安)卒于太康二年,安能为之作序?孝标之言,盖得其实。"(《世说新语校笺》卷上)然若谓所有序、注皆左思自为,"假时人名姓",如此肆无忌惮冒时人姓名,作伪造假,且轰动洛阳,为之纸贵,而张华等诸名士竟听任欺诈,不予摘发,实亦不可能。至于谓《三都赋》写作,在左思归乡里之后,尤不可信。因贾谧被诛,八王之乱即已开始,其后不可能再发生"豪贵之家竞相传写,洛阳为之纸贵"等风雅事。姑存其说,待考可也。

〔3〕 二十世纪三十年代初,洛阳出土《左棻墓志铭》,其铭文曰:

左棻字兰芝,齐国临淄人,晋武帝贵人也。永康元年三月十八日薨,四月廿五日葬峻阳陵西徼道内。

父熹,字彦雍,太原相,弋阳太守。

兄思,字泰冲。

兄子髦,字英髦。

兄女芳,字惠芳。

兄女媛,字纨素。

兄子聪,字骠卿,奉贵人祭祠。

嫂翟氏。

(转引自浦江清《左棻墓志铭》,载《清华中国文学会月刊》第一卷第二期,1931 年 5 月 15 日出版)

　　按：此墓志铭不但可印证诸史传记载，尚可补史籍之阙失，如左思父字"彦雍"，妻姓"翟"，二子、二女名字颇全。又可纠史籍之误，如铭文书其名作"棻"，与《晋书》本传作"芬"不同，当从之作"棻"。

第六章　张协等西晋后期诸文士

第一节　张翰　曹摅

　　张翰(生卒年不详[1]),字季鹰,吴郡吴(今苏州)人。父张俨,三国时孙吴大鸿胪,有《默记》等著作。张翰本索居在家,惠帝永宁元年(301)偶入洛,被当时朝中专权的齐王司马冏辟为大司马东曹掾。因世事纷乱,八王战乱已启衅端,且年前有张华、裴頠、石崇、潘岳、欧阳建等文士在乱中罹害,翰无意仕进,又思吴中菰饭莼羹鲈鱼脍,叹曰:"人生贵得适意尔!何能羁宦数千里以要名爵!"遂弃官归乡里。俄而冏败亡,人皆谓之"见机"。翰作风纵任不拘,时人号为"江东步兵",其人生格言是:"使我有身后名,不如即时一杯酒。"他虽放诞任达,却性至孝,母忧而哀毁过礼,此亦与阮籍相仿。卒年五十七。《晋书》入《文苑传》。张翰著作,《晋书》本传谓"其文笔数十篇行于世"。《隋书·经籍志》著录有集二卷。严可均辑其文入《全晋文》卷一百七,逯钦立辑其诗入《晋诗》卷七。

　　张翰有清才,善属文。其名作为《首丘赋》,已佚,自篇名推之,当写乡里之思。今存有《杖赋》、《豆羹赋》(残),诗六首。其中《杂诗》一首，寄寓人生感慨甚深厚：

> 暮春和气应，白日照园林。青条若总翠，黄华如散金。嘉卉
> 亮有观，顾此难久耽。延颈无良涂，顿足托幽深。荣与壮俱去，
> 贱与老相寻。欢乐不照颜，惨怆发讴吟。讴吟何嗟及？古人可
> 慰心。

诗中就荣贱壮老之沧桑变幻，写出生命忧患意识，诗旨幽深，颇类阮
籍《咏怀》。全篇由写景而入抒情，发语平易，转换自然，风格亦与阮
籍相近。"青条"、"黄华"之句，颇得描写之妙。李白有诗云："张翰
黄花句，风流五百年。"（《金陵送张十一再游东吴》）《文选》收入此
篇。张翰尚有《周小史诗》，写法甚为稀见：

> 翩翩周生，婉娈幼童。年十有五，如日在东。香肤柔泽，素
> 质参红。团辅圆颐，菡萏芙蓉。尔形既淑，尔服亦鲜。轻车随
> 风，飞雾流烟。转侧猗靡，顾眄便妍。和颜善笑，美口善言。

全篇八韵十六句，集中写此"周生"，先年龄形貌，后动作表情，可谓
人物特写。古来《诗经》、汉乐府中，亦有人物描写诗章，如《诗经·
卫风·硕人》、《陌上桑》等，然仅止于部分章节，以全部篇幅写一人
物，体现诗歌描写方面新探索。此外张翰又有《赠张弋阳诗》七章。
诗皆四言体，为赠别友好而作。张弋阳"舍我遐征"，远出异域；而所
去之地，似为洛阳，故曰"束带皇域，升降都城"。诗人作诗以赠，诗
中既写惜别，又述人生理想：

> 时道玄旷，阶轨难寻。散缨放冕，负剑长吟。昆弟等志，托

兹幽林。玄墨澄气,虚静和心。

(一章)

　唯我友爱,缠绵往昔。易尚去俗,携手林薄。轻露给朝,遗英饱夕。逍遥永日,何求何索。

(二章)

所述"虚静和心"、"逍遥永日"等境界,固不出老庄学说;而诗中亦含不少玄学气息,既显示对于阮籍诗风之继承,亦成为东晋玄言诗之先声。

《今书七志》评张翰文章曰"文藻新丽"(《文选》李注引),锺嵘则叙张翰诗于"中品",谓"季鹰'黄华'之唱……虽不具美,而文采高丽,并得虬龙片甲,凤凰一毛"(《诗品》卷中)。刘勰谓"……季鹰辨切于短韵,各其善也"(《文心雕龙·才略》),盖亦美其《杂诗》也。

曹摅(?—308),字颜远,谯国谯(今安徽亳县)人。魏大司马曹休曾孙。初补临淄令,转洛阳令,齐王冏执政,与左思俱为记室。惠帝末,起为襄城太守。永嘉二年为征南司马,讨流人王逌,战败而死。曹摅少有孝名,好学善属文,太尉王衍见而器之。在官长于治民,仁惠明断,百姓怀之,号为"圣君"。臧荣绪《晋书》入于《良吏传》。其著作,《隋书·经籍志》著录有集三卷,严可均辑其文入《全晋文》卷一百七,逯钦立辑其诗入《晋诗》卷八。

曹摅诗赋皆能。今存赋二篇,其《述志赋》曰:

　慕浮云以抗操,耽箪食之自娱。羡首阳之皎节,叹南山之高疏。哀夫差之涸惑，咏楚怀之失图。悲伍员之沉悴，痛屈平之无辜。嘉沮溺之隐约，羡接舆之狂歌。顾大雅之先智，纬明哲之所经。微见机而遂逝，比舍生而亲名。道殊涂而同归，要逾世而并荣。舜拘忤于焚廪，孔怵惕于陈匡。纷迍邅之若斯，何遭命之可常。情恍惚以回迷，梦乘云而飞扬。驾麟凤之靡靡，截龙旗之洋洋。周九州而骋目，登四岳而永望。承圣哲而砥砺，奋羽仪而翱翔。被兰茝之芳华，带钟山之玉英。饰吾冠之岌岌，美吾佩之玲玲。悲盛衰之递处，情悠悠以纡结。揽萱草以掩泪，曾一欢而九咽。

所述之"志"，乃是"悲盛衰之递处，情悠悠以纡结"，世事迍邅，遭运无常。曹摅生活于西晋后期，此赋当作于乱中，所以情调低迷郁结，"一欢而九咽"。赋述"慕浮云以抗操，耽箪食之自娱"，甚有出世之志，而陷于矛盾苦恼之中。赋颇学楚辞写法，"乘云"、"驾麟"、"饰吾冠"、"美吾佩"云云，皆出自《离骚》，而化入篇中，不觉其生硬，亦见相当才力。

曹摅之诗，今存不少，且皆多章长篇，如《赠韩德真诗》四章，《赠石崇诗》四章，《赠王弘远诗》三章，《赠欧阳建诗》四章，《答赵景猷诗》更有十一章，又一章，又九章，共二十一章，篇章之巨，超越潘、陆等人，冠于西晋一朝。自众多赠答诗可知，曹摅虽不得预"二十四友"之列，然在当时交游颇广，且与石崇、欧阳建等核心分子关系密接。自诗体观，此类赠答之作率为四言诗，内容则无非敷表友情，赞颂德音，感物兴怀，念兹在兹。然亦有佳者，如：

　　泛舟洛川，济彼黄河。乘流浮荡，倏忽经过。孤柏亭亭，回山峨峨。水卉发藻，陵木扬葩。白芷舒华，绿英垂柯。游鳞交

跃，翔鸟相和。俯玩旋濑，仰看琼华。顾想风人，伐檀山阿。存
彼鱼人，沧浪之歌。邈邈沧漪，滔滔洪波。大道孔长，人生几何？
俟渎之清，徒婴百罗。今我不乐，时将蹉跎。荡心肆志，与物无
瑕。欢以卒岁，孰知其他？

——《答赵景猷诗》之又一

前半写景，舟行中所见，山水、草木、鱼鸟等，生机勃发，场面跃动，着
笔精彩。后半转写人事，自眼前"沧漪"、"洪波"，引出"大道孔长，人
生几何"感慨，归结以"欢以卒岁，孰知其他"，及时行乐。对自然之
热爱与对人事之厌倦，互作映衬，互为表里，赋予此诗较深厚内涵。
篇中化用《伐檀》、《沧浪歌》诗意及语辞，"邈邈沧漪"、"滔滔洪波"、
"俟渎之清"等，颇自然贴切，不显人工痕迹，亦其佳处。

曹摅五言诗，有《思友人》、《感旧诗》、《赠石崇》等，其《感旧
诗》云：

富贵他人合，贫贱亲戚离。廉蔺门易轨，田窦相夺移。晨风
集茂林，栖鸟去枯枝。今我唯困蒙，群士所背驰。乡人敦懿义，
济济荫光仪。对宾颂有客，举觞咏露斯。临乐何所叹？素丝与
路歧！

此所感者为当日士风肤浅，人情浇薄。西晋"群士"如"二十四友"
等，虽云不无友情，要皆势利聚合，一旦变故，便生睽离。诗中引战国
廉、蔺，汉代田、窦等事，说现实感受，有相当深度。诗中运用事典
（如廉蔺、田窦事）语典（如"有客"、"露斯"、"素丝"、"路歧"）甚多，
而义少乖碍，亦一特色。又《思友人》一首：

密云翳阳景,霖潦淹庭除。严霜凋翠草,寒风振纤枯。凛凛天气清,落落卉木疏。感时歌蟋蟀,思贤咏白驹。情随玄阴滞,心与回飙俱。思心何所怀?怀我欧阳子。精义测神奥,清机发妙理。自我别旬朔,微言绝于耳。褰裳不足难,清扬未可俟。延首出阶檐,伫立增想似。

诗所"思"者为"欧阳子",《文选》李注云:"颜远《赠欧阳坚石》曰:'嗟我良友,唯彦之选。'然此'欧阳',即坚石也。"说是。欧阳建为石崇外甥,"二十四友"成员,西晋元康中浮华文士之一,然其为人,颇重交友。此诗前半写景,后半述"思",妙在中间一韵"情随玄阴滞,心与回飙俱",由景入情,情景合一,转折过渡,自然爽快。以上二诗皆收入《文选》卷二十九"杂诗"类,可知颇受萧统重视。又钟嵘叙曹摅于中品,与陆云、石崇、何劭等同列,谓"季伦、颜远,并有英篇"(《诗品》卷中),评价不低。

总之曹摅作诗以四言为主,然五言亦颇擅长。对此,后人评论取舍眼光颇有分歧,萧统重其五言,已如上述;钟嵘《诗品》,专论五言,故亦可理解为重视曹摅五言之作。刘勰则不然,谓:"曹摅清靡于长篇,季鹰辨切于短韵,各其善也。"(《文心雕龙·才略》)所云"清靡",当是清净平易,无多华饰之意,钟嵘论陶渊明诗亦用"风华清靡"(《诗品》卷中)评语;至于"长篇",所指当为曹摅所撰四言赠答诗,如前述《答赵景猷诗》等;而"各其善也",则显示刘勰给予曹摅四言诗以肯定评价。然而萧、钟、刘三氏,虽云见仁见智,各有倚重,此盖取舍视角不同。萧、钟二人意在取其优秀作品,刘勰则着眼于说明各人"才略"特点,其实各有所据,说皆有理,非轩轾失当也。至于刘勰将曹摅、张翰合而论之,"长篇"、"短韵",对句成文,以明其"性各异禀",亦颇见匠心。本书将张翰、曹摅合为一节,不但因其生活时代相近,同在西晋后期,刘勰之说盖亦重要依据。

第二节　张协

张协(生卒年不详),字景阳,安平观津(今河北武邑县境)人,少有俊才,与兄张载齐名。辟公府掾、历秘书郎、华阴令、征北大将军从事中郎、中书侍郎、河间内史等。元康末八王乱起,纲纪颓坏,战祸蔓延,盗寇并炽,遂弃绝人事,屏居草泽,以属咏自娱。永嘉初,复征为黄门侍郎,托疾不就。张载、张协、张亢兄弟三人,皆有才藻,时人称为"三张"。就文学成就言,"三张"中张协最为突出。

张协文学写作,大体上可分前后亦即乱前及乱中两期,以八王乱起的永康元年(300)为界。前期作品,重要的有《七命》。此为"七"体文,文中设"冲漠公子"与"绚华大夫"二人物,"冲漠公子""嘉遁龙盘,玩世高蹈",是位隐者;"绚华大夫"则持世俗观念(《文选》李注:"徇,营也;华,浮华"),对"冲漠公子""陈辩惑之辞"。所"陈"共七事,为"音曲之呈妙"、"晏居之浩丽"、"田游之壮观"、"稀世之神兵"、"天下之隽乘"、"六禽珍珠、四膳异肴"、"有晋之融皇风"。前六事皆不能使之心动,谓"余病未能",说末一事而"公子蹶然而兴",谓"余虽不敏,请寻后尘"。自基本思路观,大体祖述枚乘《七发》、曹植《七启》等传统写法,欠缺新意。此文表现张协早年积极进取处世态度,向往于"皇道昭焕,帝载缉熙,导气以乐,宣德以诗"的太平盛世,期望于盛世中建立功业。因蹈袭前贤,《七命》艺术个性不显突出。故刘勰论及魏晋两朝"七"体时,曾列举曹植、王粲(《七释》)、左思(《七讽》),而不及张协此篇。然而萧统《文选》却收入《七命》,作为"七"体三篇代表作之一,另二篇即《七发》、《七启》,可知刘、萧

对此评价不一。然《七命》在细部描述方面,词藻菁葱,采润富赡,绮丽可玩,颇见功力。如写"天下之隽乘"一节:

> 天骥之骏,逸态超越。禀气灵渊,受精皎月。眸眮黑照,玄采绀发。沫如挥红,汗如振血。秦青不能识其众尺,方埋不能睹其若灭。尔乃巾云轩,践朝雾,越春衢,整秋御,虬踊螭腾,麟超龙骛,望山载奔,视林载赴,气盛怒发,星飞电骇,志陵九州,势越四海,影不及形,尘不暇起,浮箭未移,再践千里。

写出"天骥"不凡气势,奔腾跃动,文气丰沛,亦颇有"志陵九州,势越四海"之概。

后期作品主要有五言诗《杂诗》十首。十首产生时间不一,自内容观,大部分作于晚年。就写法看,则除第一首("秋夜凉风起")运用传统思妇词手法外,其馀皆以直书己意出之。总体言,此为一组抒情述怀作品。按其所感所怀性质,大略可分别部区为五类:一为感时勖志类,如第二、四首;二为述人格理想类,如第三、六、九、十首;三为刺流俗类,如第五首;四为斥战乱类,如第七首;五为思故乡类,如第八首。其中第二类最多,可知诗人对于品格操守之重视:

> 结宇穷冈曲,耦耕幽薮阴。荒庭寂以闲,幽岫峭且深。凄风起东谷,有渰兴南岑。虽无箕毕期,肤寸自成霖。泽雉登垄雒,寒猿拥条吟。溪壑无人迹,荒楚郁萧森。投耒循岸垂,时闻樵采音。重基可拟志,回渊可比心。养真尚无为,道胜贵陆沉。游思竹素园,寄辞翰墨林。

(第九首)

诗以大部篇幅描写隐居自然环境,突出"穷"、"幽"、"闲"、"深"、"凄"、"荒"等意境。而"重基可拟志,回渊可比心"二句,为全篇关键,由写景转入述志。末四句即其"心""志"内容,"养真"、"道胜"云云,明显入于老庄哲理。在其他诸首中,倾向亦同,如"高尚遗王侯,道积自成基;至人不婴物,馀风足染时"(第三首)等;此所谓"道基"、"至人"、"不婴物"、"无为"之类,皆出《庄子》、《老子》、《慎子》等典籍(《庄子》:"无为而治,谓之道基",又"不离于真,谓之至人"),而诗中所标举其仰慕人格榜样,如长沮、桀溺、陈仲子、黔娄先生等,亦皆先代遁世逸民典型,体现清贞廉直、放达无羁的独善其身精神,由此可见张协之人格理想,具有浓厚道家色彩。

感时勖志类诗,思想倾向稍有差异:

> 大火流坤维,白日驰西陆。浮阳映翠林,回飙扇绿竹。飞雨洒朝兰,轻露栖丛菊。龙蛰暄气凝,天高万物肃。弱条不重结,芳蕤岂再馥。人生瀛海内,忽如鸟过目。川上之叹逝,前修以自勖。

(第二首)

> 朝霞迎白日,丹气临旸谷。翳翳结繁云,森森散雨足。轻风摧劲草,凝霜竦高木。密叶日夜疏,丛林森如束。畴昔叹时迟,晚节悲年促。岁暮怀百忧,将从季主卜。

(第四首)

这里一面感叹时光飞逝"如鸟过目","岁暮怀百忧",老年心态毕现,一面却仍表示要以"前修"孔子以及贾谊等人为榜样,勉自勖励,表现积极"人生"态度。反映出张协人格理想中，并不专主于道家思想，亦有儒家学说影响。两种思想倾向在他不同生活时期，交互消长，以其行为印证，则前期无疑以积极入世为主，后期则转而以消极出世为主。此二诗虽作于后期（"晚节悲年促"云云），而感慨时光流逝，尚未能忘情于功名荣进。表明张协后期屏居穷乡，亦不得已也。

至于张协的是非观念，在斥流俗一类诗中表现最为明确：

> 昔我资章甫，聊以适诸越。行行入幽荒，欧骆从祝发。穷年非所用，此货将安设？瓴甋夸瑜璠，鱼目笑明月。不见郢中歌，能否居然别？阳春无和者，巴人皆下节。流俗多昏迷，此理谁能察？

（第五首）

诗中指斥流俗昏迷、颠倒是非，感叹己志不售，犹"宋人资章甫而适诸越，越人敦发文身，无所用之"（《庄子》），与社会流俗颇存隔膜，更增添其怀归之思。

要之，《杂诗》这一组诗，写出作者身处乱局中沉重复杂心境。张协《杂诗》，实际上即是忧患文学，"感物多所怀，沉忧结心曲"（第一首），"岁暮怀百忧"（第四首），他既忧世道沉沦，又忧生命不永。无尽之忧思，反映着充斥忧患之世情。此为太康、元康浮华风气弥漫之后，西晋文坛出现的清新警策之作，为西晋文风转变信号。面向战乱现实，涌现忧患意识，从中似乎可见建安文学精神某种程度上的复归。所以张协《杂诗》内容，比较充实，基本做到社会性与个体性相统一。这在西晋作家中难能可贵，即与左思相比，亦不逊色。而就所涵盖社会面言，甚至比左思《咏史诗》更广泛，如谴责战乱等内容，即为《咏史诗》所无。

张协亦有《咏史诗》：

> 昔在西京时，朝野多欢娱。蔼蔼东都门，群公祖二疏。朱轩曜金城，供帐临长衢。达人知止足，遗荣忽如无。抽簪解朝衣，散发归海隅。行人为陨涕，贤哉此大夫。挥金乐当年，岁暮不留储。顾谓四座宾，多财为累愚。清风激万代，名与天壤俱。咄此蝉冕客，君绅宜见书。

所咏者为前汉疏广、疏受，尝为太子太傅及家令，以二千石辞官归老故乡，"公卿大夫、故人邑子，为设祖道，供帐东都门外，送车数百辆，辞诀而去"（《汉书》本传），写出"二疏"达人清风，而以为宜书青史。此诗实亦写出张协理想人格。《文选》收入此篇，与左思等作品同列。

关于张协诗歌风格，锺嵘评曰：

> 文体华净，少病累。又巧构形似之言。雄于潘岳，靡于太冲。风流调达，实旷代之高手。词采葱蒨，音韵铿锵，使人味之亹亹不倦。

（《诗品》卷上）

锺氏评语中关键词当是"华"与"净"。所云"词采葱蒨"、"巧构形似之言"，即为"华"；"少病累"，便是"净"。西晋诗人，多尚"华"，以"华"取胜，如张华"其体华艳"（《诗品》卷中），陆机"才高词赡，举体华美"（《诗品》卷上），潘岳"烂若舒锦"（《诗品》卷上引谢混语），等等。张协能"华"，表明其具备当时诗风总体特征，然而"华"而能"净"，则又显示独到优势。张协"华净"诗风，体现于诸多方面，而其景句描写，即为重要表现。《杂诗》中景句甚多，如上引第二、四、九首，景句皆占全篇泰半，这些景句既是铺垫，又寓比兴，精彩迭见，诗味盎然。如第四首全篇共六韵，景物描写竟占四韵，为三分之二，而所写景物，"朝霞"、"丹气"等，画面既清新壮丽，气象可玩，又无不与时序息息相关，于是自然引出以下"岁暮"悲叹。此类描写，皆臻于"华"而又"净"境界。张协"华净"诗风，在西晋颇为突出，上述潘、陆等，虽词采富赡，文章美丽，"陆才如海，潘才如江"（《诗品》卷上），可谓极擅其"华"，而皆未许于"净"。以故锺氏谓张协"风流调达，实旷代之高手"，又列为上品，当非虚誉。至于"使人味之亹亹不倦"，抑亦"华净"之良效也。

张协作品，尚有一大优点，即无论诗文，皆与自身行事经历相表里，文如其人，诗如其人。张协前期进取，故《七命》主"徇华"，而薄"冲漠"；后期转而弃绝人事，遂有《杂诗》"养真尚无为"之志，所写"畴昔叹时迟，晚节悲年促"、"结宇穷冈曲，耦耕幽薮阴"等，皆夫子自道，我手写我心。这在文学精神上，见出其真诚特色。此种真诚，在西晋一代文士中，亦颇稀见。在西晋前、中期，即太康、元康时期，文坛弥漫浮华风气，文士心口不一现象甚为普遍，"二十四友"中潘岳等即为代表。随着战乱发生，时局骤变，一大部分文士罹祸被害，其馀文士处境亦有大的改变，太康、元康浮华文风遂以消歇，文坛多年陋习受到涤荡。永嘉之后，以刘琨为代表的慷慨诗风，以张协以及张翰、曹摅为代表的清新诗风，皆以真诚精神为出发点，文坛面貌为之一新。

张协作品中也夹杂一些道家冲静无为思想，此亦体现西晋末时代特色。锺嵘谓："永嘉时贵黄老，稍尚虚谈。于时篇什，理过其辞，淡乎寡味。爰及江表，微波尚传……"（《诗品·总论》）指出西晋末诗风中出现玄言成分，影响诗"味"。张协诗实亦在此潮流中，而未能免俗。不过张协作品中玄理不能算多,如《杂诗》中玄言即不甚突出,影响不很大,只能说"稍尚虚谈",尚不至于"理过其辞,淡乎寡味"。至于前期所作《七命》,甚至对"冲漠公子"道家倾向有所批判。总体说,张协身在末世,而能面对战乱现实,在诗歌创作中抒发切身感受,诗风清新华净,对于西晋浮华文风,有所扭转,此为其主要贡献。而《杂诗》十首亦跻入西晋诗歌优秀代表作行列。

张协著作,《隋书·经籍志》著录有集三卷(注:"梁四卷,录一卷"),《旧唐书》、《新唐书》皆著录二卷,《通志》著录四卷。今存辑本有《汉魏六朝百三名家集》所收《张景阳集》(与《张孟阳集》合为一集),又严可均辑其文入《全晋文》卷八十五,逯钦立辑其诗入《晋诗》卷七。

第三节　张载等其他西晋后期文士

张载(生卒年不详),字孟阳,张协之兄。太康中为著作佐郎,转太子舍人,迁乐安相、弘农太守。八王乱中,长沙王司马乂请为记室督,又拜中书侍郎。载见世方乱,无复仕进意,遂称疾笃告归,卒于家。张载虽最终辞官归里,但与张翰"吾本山林间人,无望于时"的处世态度有异,他曾转辗仕途多年,只因战乱滋甚,才决心致仕,初无此意也。此点与其弟张协相同。他本有功名追求,诚如早期所撰《榷论》中所自述:"夫贤人君子,将立天下之功,成天下之名,非遇其时,曷由致之哉?"

张载博学有文章,少时曾以《剑阁铭》一文见誉当世,太康初,"张载父收为蜀郡太守,载随父入蜀,作《剑阁铭》"(臧荣绪《晋书》)。益州刺史表上其文,晋武帝司马炎悦之,遣使镌刻于剑阁山岩。其文为：

> 岩岩梁山，积石峨峨。远属荆衡，近缀岷嶓。南通邛棘，北达褒斜。狭过彭碣，高逾嵩华。
>
> 唯蜀之门，作固作镇。是曰剑阁，壁立千仞。穷地之险，极路之峻。世浊则逆，道清斯顺。闭由往汉，开自有晋。
>
> 秦得百二，并吞诸侯。齐得十二，田生献筹。矧兹狭隘，土之外区？一人荷戟，万夫趑趄。形胜之地，非亲勿居。
>
> 昔在武侯，中流而喜。河山之固，见屈吴起。洞庭孟门，二国不祀。兴实由德，险亦难恃。自古及今，天命不易。凭阻作昏，鲜不败绩。公孙既没，刘氏衔璧。覆车之轨，无或重迹。勒铭山阿，敢告梁益。

描述剑阁形胜险要，总结历史经验教训，为晋室张皇威势，是此铭主旨，以此博得武帝青睐镂石。同时张载作有《叙行赋》，实亦叙蜀中之行。赋中亦写及剑阁附近，别见一番景象：

> 超阳平而越白水，稍幽蔼以回深。秉重峦之百层，转木末于九岑。浮云起于毂下，零雨集于麓林。上昭晰以清阳，下杳冥而昼阴。闻山鸟之晨鸣，听玄猿之夜吟。虽处者之所乐，嗟寂寞而愁予心。造剑阁之崇关，路盘曲以晻蔼。山峥嵘以峻狭，仰青天其如带。

从山巅高处，俯看重峦木末，云雨阴晴；然后转换角度，由下仰望青天崇关，视角独特；而风物形势，写来更加引人入胜。

其后张载入洛阳，又以《蒙汜赋》为司隶校尉傅玄所赏，以车相迎,言谈尽日,为之延誉。《蒙汜赋》着力铺陈蒙汜池水形状及功用,显示较强文字描述功力,如"幽渎旁集,潜流独注;仰承河汉,吐纳云雾。缘以采石,植以嘉树。水禽育而万品,珍鱼产而无数。苍苔泛滥,修条垂干。绿叶覆水,玄荫珍岸。红莲炜而秀出,繁芭赤以焕烂"等,写出池沼之美。

张载之诗,早年有《登成都白菟楼诗》:

> 重城结曲阿,飞宇起层楼。累栋出云表,峣巘临太虚。高轩启朱扉,回望畅八隅。西瞻岷山岭,嵯峨似荆巫。蹲鸱蔽地生,原隰植嘉蔬。虽遇尧汤世,民食恒有馀。郁郁小城中,岌岌百族居。街术纷绮错,高甍夹长衢。借问杨子宅,想见长卿庐。程卓累千金,骄侈拟五侯。门有连骑客,翠带腰吴钩。鼎食随时进,百和妙且殊。披林采秋橘,临江钓春鱼。黑子过龙醢,果馔逾蟹蝑。芳茶冠六清,溢味播九区。人生苟安乐,兹土聊可娱。

登楼眺望成都,咏建筑壮伟,市廛繁盛,民生富庶,而饮食传统亦早形成,在北人张载感受中,竟也指认为乐土。诗中洋溢喜爱之情,真挚亲切。而在写法上突出之点,则是其对偶句运用甚多,如"郁郁小城中,岌岌百族居"、"借问杨子宅,想见长卿庐"、"披林采秋橘,临江钓春鱼"之类,显示诗的赋化、骈化趋势。

在今存张载诗中,以《七哀诗》二首最为重要:

> 北芒何垒垒,高陵有四五。借问谁家坟?皆云汉世主。恭文遥相望,原陵郁膴膴。季世丧乱起,贼盗如豺虎。毁坏过一抔,便房启幽户。珠匣离玉体,珍宝见剽虏。园寝化为墟,周墉无遗堵。蒙茏荆棘生,蹊径登童竖。狐兔窟其中,芜秽不复扫。

颓陇并垦发，萌隶营农圃。昔为万乘君，今为丘中土。感彼雍门言，凄怆哀今古。

> 秋风吐商气，萧瑟扫前林。阳鸟收和响，寒蝉无馀音。白露中夜结，木落柯条森。朱光驰北陆，浮景忽西沉。顾望无所见，唯睹松柏阴。肃肃高桐枝，翩翩栖孤禽。仰听离鸿鸣，俯闻蜻蜓吟。哀人易感伤，触物增悲心。丘陇日已远，缠绵弥思深。忧来令发白，谁云愁可任？徘徊向长风，泪下沾衣襟。

诗当作于八王乱起后，其中写"季世丧乱起"，非无端议论也。诗以汉代陵寝荒废被盗入题，既为咏史，亦是写时事。旨在悲叹国运盛衰，世道人心。诗末"忧来令发白，谁云愁可任"，抒发深切忧患意识。在西晋乱局中，文士忧世之作极少，连忧生之嗟亦不多，此为时代文风之缺陷，传统儒家入世精神削弱，一代士风纵任颓圮结果。张载此诗继承建安诸贤传统，忧悯世道，谴责丧乱，与王粲"羁旅无终极，忧思壮难任"（《七哀诗》之二）等遥相呼应，面对战乱，表现出严肃态度及社会责任感。此在西晋文士中相当突出，诚难能可贵。又诗中"哀人易感伤，触物增悲心"句，亦与刘桢"乖人易感动，涕下与襟连"（《赠徐干》）相仿佛，贯串忧患精神。然而张载的忧患意识，并未导致他采取更有意义的行动，事实上他在重大社会危机面前，取退缩逃遁态度，辞官归家，此急流勇退方式，表明其社会责任感又颇有限，与刘琨不计利害勇赴国难，成鲜明对照。《文选》收此诗入"哀伤"类。

钟嵘评张载诗曰："孟阳诗，乃远惭厥弟，而近超两傅。"（《诗品》下）认为大逊于张协而优于傅玄、傅咸。钟氏似乎过低估价了傅玄的乐府诗；而张载与张协相比较，总体成就虽略逊，但也还有自己独到处,何至于"远惭"?刘勰谓:"孟阳、景阳,才绮而相埒,可谓鲁、卫之政,兄弟之文也。"(《文心雕龙·才略》)似更见平允。

张载著作《隋书·经籍志》著录有集七卷(注:"梁一本二卷,录一卷"),又有左思《三都赋》注三卷(与刘逵、卫权合注)。《汉魏六朝百三名家集》内有辑本《张孟阳集》一卷。严可均辑其文入《全晋文》卷八十五,逯钦立辑其诗入《晋诗》卷七。

张亢,生卒年不详,张载、张协之弟。才藻不及二兄,亦有属缀,又解音乐及表演,时人谓其兄弟为"三张",而与"二陆"(陆机、陆云)并称。亢入东晋,先后任散骑侍郎、佐著作郎、乌程令、散骑常侍等。然其诗文今存极少,唯有《历赞》一篇,不足论也。房玄龄等论"三张"曰:"孟阳镂石之文,见奇于张敏;《蒙汜》之咏,取重于傅玄,为名流之所挹,亦当代之文宗矣。景阳摛光王府,棣萼相辉。洎乎二陆入洛,三张减价。考核遗文,非徒语也。"(《晋书·张载传》史臣评语)说亦非"徒语"也。

西晋后期作者,尚有嵇绍、嵇含、王赞、江统等。

嵇绍(254—304),字延祖,嵇康子。嵇康被司马昭所杀时,绍仅十岁,事母孝谨。晋武帝太康中,由山涛荐举,征为秘书丞,历任汝颍太守、徐州刺史,元康初为给事黄门侍郎,封弋阳子,迁散骑常侍,领国子博士。赵王伦篡位称帝,署为侍中,惠帝反正,又为侍中。荡阴之役,为护卫惠帝而遇害于阵中。绍为人方正雅重,元康中贾谧势倾人主,欲交绍,绍竟拒而不答。又石崇甚骄暴,绍待之以道,崇甚亲敬之。绍雅有文才,诗文皆优。今存诗唯一首,即《赠石季伦诗》:

　　人生禀五常,中和为至德。嗜欲虽不同,伐生所不识。仁者安其身,不为外物惑。事故诚多端,未若酒之贼。内以损性命,烦辞伤轨则。屡饮致疲怠,清和自否塞。阳坚败楚军,长夜倾宗国。诗书著明戒,量体节饮食。远希彭聃寿,虚心处冲默。茹芝味醴泉,何为昏酒色?

此诗平铺直叙,比兴不著,全述道德义理,艺术价值平平。然其内容颇具分量,训诫石崇"何为昏酒色",在元康浮华士风背景中,此不啻振聋发聩之音。嵇绍个性及声望地位于此可见一斑。《文选》收此篇入"赠答"类。

嵇绍之文,今存以《叙赵至》一篇最为精彩。文章实为传记文,述赵至生平,其中亦写及至与绍父嵇康交友过程,甚有传奇色彩:

> 令新之官,至年十二,与母共道旁看。母曰:"汝先世非微贱家也,汝后能如此不?"至曰:"可尔耳!"归便就师诵书。蚤闻父耕叱牛声,释书而泣。师问之,答曰:"自伤不能致荣华,而使老父不免勤苦。"年十四,入太学观,时先君在学,写石经古文,事讫去,遂随车问先君姓名。先君曰:"年少何以问我?"至曰:"观君风器非常,故问耳。"先君具告之。至年十五,阳病,数数狂走五里三里,为家追得,又炙身体十数处。年十六,遂亡命,径至洛阳,求索先君,不得,至邺。沛国史仲和,是魏领军史涣孙也,至便依之。遂名"翼之",字"阳和"。先君到邺,至具道太学中事,便逐先君归山阳经年。至长七尺三寸,洁白黑发,赤唇明目,鬓须不多,间详安谛,体若不胜衣。先君尝谓之曰:"卿头小而锐,瞳子白黑分明,视瞻停谛,有白起风。"至论议清辩,有纵横才,然亦不以自长也……

文章清切简要,略无赘语,而饶有旨趣。《世说新语》《文选》注皆引其文。嵇绍著作,《隋书·经籍志》著录有集二卷。

嵇含(262—306),字君道,嵇绍从子。含好学能属文,家于巩县亳丘,自号"亳丘子",举秀才,除郎中。性刚直,时王粹("二十四友"之一)以贵公子尚主,馆宇甚盛,画庄周像于室,广集朝士,使含作赞文。含援笔作吊文,其序曰:"帝婿王弘远,华池丰屋,广延贤彦,图庄生垂纶之像,记先达辞聘之事,画真人于刻桷之室,载退士于进趣之堂,可谓托非其所,可吊不可赞也。"粹有愧色。后历齐王征西参军、长沙王骠骑记室督、范阳王征南从事中郎、振威将军、襄城太守等,在荆州被郭劢所杀。

嵇含诗赋皆擅,今存诗不多,完整者仅得二首,然颇值得注意:

劲风归巽林,玄云起重基。朝霞炙琼树,夕影映玉芝。翔凤晞轻翮,应龙曝纤鬐。百谷偃而立,大木颠复持。

——《悦晴诗》

余执百两辔,之子咏采蘩。我怜圣善色,尔悦慈姑颜。裁彼双丝绢,着以同功绵。夏摇比翼扇,冬卧蛮蛮毡。饥食并根粒,渴饮一流泉。朝蒸同心羹,暮庖比目鲜。把用合卺酳,受以连理盘。朝采同本芝,夕掇骈穗兰。临轩树萱草,中庭植合欢。

——《伉俪诗》

前一首四韵八句,后一首九韵十八句,全系对偶成文,此为五言诗史上空前现象,表明诗之格律化又前进了一步。虽谓偶句尚露人工痕迹,不够流畅自然,然已不让西晋潘、陆等才名最著诗人,表明嵇含结撰对偶文句功夫在当时实属上乘。自文体发展史上看,此亦诗歌受骈体文影响结果。

嵇含之赋,数量较多,今存十馀篇,而竟平平,鲜有特色。如《瓜赋》、《槐香赋》、《寒食散赋》等,虽有藻采,而寄寓嫌浅,终乏深意。嵇含著作,《隋书·经籍志》著录有集十卷。

王赞,生卒年不详,字正长,义阳(今河南桐柏县东)人。"博学有俊才"(臧荣绪《晋书》),太康中为太子舍人,惠帝时拜侍中,永嘉中为陈留内史,加散骑侍郎。《隋书·经籍志》著录有集五卷。

王赞诗今存完整者四首。唯《杂诗》一首较佳:

> 朔风动秋草,边马有归心。胡宁久分析,靡靡忽至今?王事离我志,殊隔过商参。昔往仓庚鸣,今来蟋蟀吟。人情怀旧乡,客鸟思故林。师涓久不奏,谁能宣我心?

是为游子行役思归诗。以"王事"与"我志"相对举,继承了古来同类作品传统。其中"王事"一韵,自《诗经》中"王事靡盬,忧我父母"(《小雅·杕杜》)化出;"昔往"一韵,自《诗经》中"昔我往矣,杨柳依依;今我来思,雨雪霏霏"(《小雅·采薇》)及"仓庚于飞"(《豳风·东山》)、"十月蟋蟀入我床下"(《豳风·七月》)化出甚明。全篇忧思绵绵,颇具感染力。《文选》收入"杂诗"类中。

王赞著作,《隋书·经籍志》著录有集五卷。

〔1〕　张翰生卒年无可考。然其同郡好友顾荣(彦之)死时,他曾去吊丧,事见《世说新语·伤逝》。而顾荣卒于永嘉六年(312),可知他西晋末尚健在。

第七章 刘 琨

第一节 刘琨的传奇式经历与文学创作

刘琨(271—318),字越石,中山魏昌(今河北无极附近)人。汉中山靖王刘胜后裔,祖刘迈,为曹魏后期相国参军、散骑常侍。父刘蕃,在晋位至光禄大夫。刘琨少时以雄豪闻,得"俊朗"之目。初辟太尉陇西王泰府,未就。年二十六,为司州主簿,与祖逖交好,俱有大志,情好绸缪,闻鸡起舞故事,即发生于其时。每语世事,则相谓曰:"若四海鼎沸,豪杰共起,吾与足下相避于中原耳!"(《世说新语·赏誉》)当时石崇等谄事贾谧,结成"鲁公二十四友",刘琨及兄刘舆皆为成员。[1]永康元年(300)赵王司马伦执政,杀贾谧、石崇、潘岳等,"二十四友"星散,然以姻亲之故,琨父子兄弟并为伦所用。次年赵王伦称帝,诸王起兵讨伐,刘琨被伦委为冠军将军,假节率朝廷宿卫兵三万,与成都王颖战于黄桥,琨大败而还。赵王伦败亡后,琨兄弟又周旋于齐王、范阳王、东海王之间,积极参与战乱。琨曾统兵迎惠帝于长安,以功封广武侯。永嘉元年(307)为并州刺史,[2]加振威将军,领匈奴中郎将。从此离开中原,前往北方,以晋阳(今太原)为根据地,在极艰难危急环境中,与各路军阀及各少数民族武装集团转战多年。建兴元年(313),愍帝即位,拜刘琨为大将军、都督并州诸军事;三年,又拜琨为司空,都督并、幽、冀三州军事,成为晋皇室在北方地区的主要代表和权力象征。然刘琨长于怀抚而短于控御,虽有壮志而用人不当,亦乏将略,终难成大功。再者刘琨虽四面受敌,情势危急,而不忘旧时好尚,颇嗜奢豪声色。有河南徐润者,以音律自通,琨甚爱之,署为晋阳令,部下将校颇有怨言。不久为匈奴部刘聪所乘,晋阳失守,只得移屯阳邑。愍帝于建武元年(317)被刘聪所杀,晋大臣一百八十人上书司马睿劝进登极,刘琨名列首位。后形势日蹙,又放弃阳邑,投蓟,与鲜卑部段匹磾交好,共讨羯族石勒,次年竟为段匹磾所害。

刘琨青年时代在洛阳,参与贵游浮华集团“二十四友”活动,[3]八王乱起,又介入诸王争斗杀伐,其兄刘舆,还曾杀了成都王司马颖。然而自三十七岁出为并州刺史后,则在河北孤军奋战十二年,备极艰辛,百折不挠,勉力整顿纲维,终因实力不强,众寡悬殊,且缺乏用兵理政长才,而归失败。刘琨一生颇具戏剧性变化,甚有传奇色彩,他走过了人生三部曲:由贵游子弟到军阀混战工具,再到救国志士,终于壮烈殉国。对于刘琨因缘际会走过的这一条曲折道路,房玄龄等评说道:“刘琨弱龄,本无异操,飞缨贾谧之馆,借箸马伦之幕,当于是日,实佻巧之徒欤! ……古人有言曰:‘世乱识忠良。’盖斯之谓矣。天不祚晋,方启戎心,越石区区,独御鲸鲵之锐,推心异类,竟终幽圄,痛哉!”(《晋书》本传“史臣评”)

刘琨文学活动时间,共约二十馀年,主要在西晋,入东晋仅及一年,即罹害;且身在北疆,从未亲至江东,因此基本上为西晋作家无疑。过去一般文学史多将其归入东晋,颇所不宜。刘琨文学活动,大体上也可以永嘉元年(307)为界,分前后两期。前期在“二十四友”

中,与潘、陆等为伍,史载其"文咏颇为当时所许"(《晋书》本传),可知已经达到相当水准。惜当时作品,今皆不存,难睹其真。现存诗文,则皆后期所作。

刘琨之文,有《为并州刺史到壶关上表》、《谢拜大将军都督并州表》、《劝进表》、《与丞相笺》、《与石勒书》等。其中《为并州刺史到壶关上表》作于始出洛阳不久,文章记述战祸惨况,可视为西晋末战乱实录:

> 臣以顽蔽,志望有限,因缘际会,遂忝过任。九月末得发,道险山峻,胡寇塞路。辄以少击众,冒险而进,顿伏艰危,辛苦备尝,即日达壶口关。臣自涉州疆,目睹困乏,流移四散,十不存二,携老扶弱,不绝于路。及其在者,鬻卖妻子,生相捐弃,死亡委危,白骨横野,哀呼之声,感伤和气。群胡数万,周匝四山,动足遇略,开目睹寇,唯有壶关可得告籴。而此二道,九州之险,数人当路,则百夫不敢进,公私往反,没丧者多。婴守穷城,不得薪采,耕牛既尽,又乏田器。以臣愚短,当此至难,忧如循环,不遑寝食。……

此种战乱纪实文字,读来触目惊心,其惨烈凄楚内容,峭拔悲凉文风,皆远出太康、元康众多文章之上,在西晋一代所仅见,足以媲美建安曹、王诸贤。刘琨在此前已经参与八王之乱,且其兄弟皆战乱中要员,对于此种惨酷场面,当早有所知,可以说司空见惯。为何彼时未见其有类似文章传世,而至此时方有所表示?个中原因,当与其前后所扮演角色不同直接有关。此前刘琨周旋于诸王之间,其身份无非某王幕僚,行为无非为某王利益争战,火中取栗,唯为利益,无关道义。既是亲自参与战乱,制造人间惨剧,对于战争杀伐后果当然毫不在意,更无悔咎表示。此后,刘琨受命为一州方伯,成为晋室在并州后来更成为在北方主要代表,所面对之敌,也不再是诸王异己,而是诸异民族武装集团,其行为也就变成为保卫国家朝廷权益而战;由此他的使命感和正义感大为加强,道德精神骤然升华,传统修齐治平思想观念回复主导地位,从而对于国运民瘼颇表关心。在此种精神变化背景下,刘琨离开洛阳赴并州任,所见战乱现实与兵燹之灾,便具有了全新感受,与此前大不相同。此文与《扶风歌》略作于同时,一诗一文,显示了刘琨在历史紧急关头,作出勇赴国难的选择,完成人生精神升华,而其文学创作亦随之进入一全新天地。从此他成了西晋唯一在战乱漩涡中搏战的英雄式人物,也成为文士中唯一能清醒面对惨烈现实的作家。其雄视西晋一朝文士崇高地位之确立,盖自此时始。

又《劝进表》作于建兴五年(317)三月,当时愍帝被俘,幽拘穷处,琨撰此文劝晋王司马睿登极,此虽例行公事,而文章作于国家危亡特殊紧急时刻,以故颇含时代内容。文中历述天下大势曰:

> 自元康以来,艰祸繁兴,永嘉之际,氛厉弥昏。宸极失御,登遐丑裔。国家之危,有若缀旒。……四海想中兴之美,群生怀来苏之望。不图天不悔祸,大灾荐臻,国未忘难,寇害寻兴。逆胡刘曜,纵逸西都,敢肆犬羊,陵虐天邑。臣等奉表使还,仍承西朝。以去年十一月不守,主上幽劫,复沉虏庭。神器流离,再辱荒逆。臣每览史籍,观之前载,厄运之极,古今未有。苟在食土之毛,含气之类,莫不叩心绝气,行号巷哭。况臣等荷宠三世,位厕鼎司,承问震惶,精爽飞越。且悲且愧,五情无主。举哀朔垂,上下泣血。……

总说当时危急形势,力陈亟应登极理由,言念国家,兼怀下民,慷慨激越,文辞壮丽,语调铿锵,刘勰谓其"文致耿介,并陈事之美也"(《文心雕龙·章表》)。表文为《文选》所收。又《与丞相笺》,述当时困顿情状:

> ……不得进军者,实困无食。残民鸟散,拥发徒跣。录召之日,皆披林而至,衣服蓝缕。木弓一张,荆矢十发。编草盛粮,不盈十日。夏则桑椹,冬则茎豆。视此哀叹,使人气索。想孙、吴、韩、白,犹或难之,况以琨怯弱凡才,而当率此以殄强寇!

如此艰苦条件下,仍坚持奋斗不懈,与强寇对垒,实非凡庸辈所能为。此外,《与石勒书》为拉拢羯族军阀石勒而作。文章既有对石勒的表面赞扬,如说"将军诞禀雄姿,勇略自然","饮马江淮,折冲汉沔,虽自古名将,未足为谕",充满外交辞令;更有从事理出发的利害分析,指出石勒依附刘聪之误,"今将军附贼而望为民主,不亦难乎!"同时又表示愿授以官职,劝其"采纳往诲,翻然改图",脱离刘聪,归顺晋室。石勒当时奉刘聪为帝(前汉),然与刘聪有隙,且种族不同,颇存异心,以故刘琨使用离间之计,对石勒实行争取政策。文章虽未收实际效应,然颇清切雄健,振奋人心。又《与段匹碑盟文》,亦称佳构,其曰:

> 天不静晋,难集上邦。四方豪杰,是焉扇动。乃凭陵于诸夏,俾天子播越震荡,罔有攸底。二虏交侵,区夏将泯;人神乏主,苍生无归。百雁备臻,死丧相枕。肌肤润于锋镝,骸骨曝于草莽。千里无烟火之庐,列城有兵旷之邑。兹所以痛心疾首,仰诉皇穹者也。臣琨蒙国宠灵,叨窃台岳;臣碑世效忠节,忝荷公

辅。大惧丑类猾夏，王旅陨首丧元，尽其臣礼。古先哲王，贻厥后训，所以翼戴天子，敦序同好者，莫不临之以神明，结之以盟誓。故齐桓会于邵陵，而群后加恭；晋文盟于践土，而诸侯兹顺。加臣等介在遐鄙，而与主相去迥辽；是以敢干先典，刑牲歃血。自今日既盟之后，皆尽忠竭节，以蔑夷二寇。有加难于琨，碑必救；加难于碑，琨亦如之。缱绻齐契，披布胸怀，书功金石，藏于王府。有渝此盟，亡其宗族，俾坠军旅，无其遗育！

前段述结盟起因，原出于忠节；后段为盟誓文，示相契相救决心。文章出于刘琨手笔，精诚所贯，可佩可感；而碑狼子野心，信义不著，固不受盟誓所约束。不久琨竟死于碑手，甚为可悲。然而文章价值，并不因此而减损，故刘勰谓：“刘琨铁誓，精贯霏霜。”（《文心雕龙·祝盟》）

第二节　刘琨的诗

刘琨前期在洛中所作诗，亦皆不存。不过从“二十四友”其他成员所作《金谷集诗》及相互酬唱之作，大略可以推知其面貌，当多贵游诗歌。今存刘琨诗四篇，则全是后期之作，它们传达出的是一名忧国志士的心声。而诗中表现出的诗人自我形象，也已经是一位深沉练达、明毅果烈的政治家了。刘琨诗中最负盛名的当推《扶风歌》：

朝发广莫门，暮宿丹山水。左手弯繁弱，右手挥龙渊。顾瞻望宫阙，俯仰御飞轩。据鞍长叹息，泪下如流泉。系马长松下，发鞍高岳头。烈烈悲风起，泠泠涧水流。挥手长相谢，哽咽不能

言。浮云为我结，归鸟为我旋。去家日已远，安知存与亡？慷慨
穷林中，抱膝独摧藏。麋鹿游我前，猿猴戏我侧。资粮既乏尽，
薇蕨安可食？揽辔命徒侣，吟啸绝岩中。君子道微矣，夫子固有
穷。唯昔李骞期，寄在匈奴庭。忠信反获罪，汉武不见明。我欲
竟此曲，此曲悲且长。弃置勿复陈，重陈令心伤。

此诗收入《文选》、《乐府诗集》等。自内容观，当是刘琨始受命离洛
阳赴晋阳任，途中所作。"广莫门"为洛阳北门之一，"丹水"在河内
高都（今山西东南晋城附近）境，正当洛阳去晋阳（今太原）途中。诗
写大弓"繁弱"名剑"龙渊"，来表明作者身着戎装，此行具有明确的
军事背景。诗中又写对于都城的无限留恋眷顾，当时洛阳已历诸王
数度混战，新立怀帝莫能制御，故诗人顾瞻宫阙而叹息泪下。以下又
写途中景物荒秽及悲凉心情。后半引出两则故实，颇有深意。一则
说孔子在陈绝粮，以喻自己眼前境遇；二则说汉代李陵击匈奴，失期
被俘，武帝不明其忠信，而加之罪，喻己前途险恶，且有后顾之忧。由
此可知，刘琨在踏上后半生艰难道路之初，即已意识到今后征途之严
酷险恶，充满各种危险，随时可能身败名裂，一如李陵然。他内心早
已作了牺牲一切的准备。在此表现了诗人对时局的清醒估计，以及
不畏艰险欲力挽狂澜的决心。诗末"我欲竟此曲"云云，虽为乐府套
语，于此自有特别沉重的情绪载负。总之，此诗可视为刘琨人生道路
转折点上一篇精诚感人的自白。他在历史上终于成为民族英雄式的
人物，固然是时势造就了他，但不能不说他本人亦有充分思想精神基
础，《扶风歌》即为明证。

刘琨又有《答卢谌》及《重赠卢谌》诗。此二篇与《扶风歌》不同
的是，它们作于刘琨在并、幽地区奋斗十二年的后期。经过多年混战
之后，当时北方地区形势每况愈下，几乎所有州、郡皆已被匈奴、鲜

卑、羯等各族武装集团占据,刘琨的根据地晋阳,亦因被羯族石勒部战败而于建兴四年(316)不得不放弃。此时他这个晋室在北方地区的唯一代表,已陷入比孔子绝粮于陈还要惨的境地,他已无立足之地,只得去投靠占领幽州的鲜卑部段匹磾。而段匹磾尽管对刘琨颇示尊重,且"与琨结婚,约为兄弟"(《晋书·刘琨传》),但夷夏关隔,难以尽泯,表面好合,实颇相疑。刘琨寄人篱下,处境日蹙,他的心境也有了许多改变,这在《答卢谌》诗序中表露甚明:

> 琨顿首:损书及诗,备辛酸之苦言,畅经通之远旨,执玩反复,不能释手,慨然以悲,欢然以喜。昔在少壮,未尝检括,远慕老庄之齐物,近嘉阮生之放旷,怪厚薄何从而生,哀乐何由而至。自顷辀张,困于逆乱,国破家亡,亲友凋残。负杖行吟,则百忧具至;块然独坐,则哀愤两集。时复相与举觞对膝,破涕为笑,排终身之积惨,求数刻之暂欢。譬由疾疢弥年,而欲以一丸消之,其可得乎? 夫才生于世,世实须才,和氏之璧,焉得独曜于郢握? 夜光之珠,何得专玩于随掌? 天下之宝,固当与天下共之;但分析之日,不能不怅恨尔。然后知聃周之为虚诞,嗣宗之为妄作也……

卢谌其人,可以说是刘琨当时唯一知交。谌父卢志,惠帝时有才名,曾事成都王颖。永嘉末,匈奴部刘聪攻占洛阳,卢志率妻子北投姻亲刘琨,至阳邑而为匈奴部刘粲所害。后长子卢谌出逃至刘琨所,任司空主簿,转从事中郎,随琨多年。琨妻即谌之从母。晋阳失守,又随琨投段匹磾,其经历和心情与刘琨颇为接近。刘琨此时,已有十年转战奋斗和多次挫折失败的经验,所以对于卢谌来书中所写"辛酸之苦言"能够充分理解。十年奋斗,刘琨(以及卢谌)失去很多,琨父谌父及其他亲友皆死于乱中,所谓"亲友凋残"是也;而"国破家亡"一语,更透露出他的悲哀非仅来自个人的不幸,对于国家前程的忧虑占有更大比重。"天下之宝,固当与天下共之",说出了他献身天下的志愿。序文中对于早年在洛阳所过生活及当时思想,也有所反思,且颇表愧悔,显示他后期的练达和成熟。《答卢谌》为四言体,共八章,诗中历叙晋末祸乱之发生发展,以及诗人自己的遭遇和奋斗过程,同时也对卢谌甚多表彰。诗中写出"忠陨于国,孝愆于家"的复杂心态,以及壮志莫申的刻骨镂心感情:

> 厄运初遘,阳爻在六。乾象栋倾,坤仪舟覆。横厉纠纷,群妖竞逐。火燎神州,洪流华域。彼黍离离,彼稷育育。哀我皇晋,痛心在目。
>
> （一章）

> 咨余软弱,弗克负荷。愆衅仍彰,荣宠屡加。威之不建,祸延凶播。忠陨于国,孝愆于家。斯罪之积,如彼山河。斯衅之深,终莫能磨。
>
> （三章）

> 郁穆旧姻,燕婉新婚。不虑其败,唯义是敦。裹粮携弱,匍匐星奔。未辍尔驾,已隳我门。二族偕覆,三孽并根。长惭旧孤,永负冤魂。
>
> （四章）

> 光光段生,出幽迁乔。资忠履信,武烈文昭。旌弓骍骍,舆

马翘翘。乃奋长縻,是辔是镳。何以赠子?竭心公朝。何以叙怀? 引领长谣。

(八章)

他对国家倾覆"群妖竞逐"现实深感"痛心",对自己无力制止"祸延凶播"局势极表内疚,而对本家及卢家"二族偕覆"之不幸又十分惭恨。末章又强调"资忠履信,武烈文昭","竭心公朝",显示一位政治勇士不顾艰危不计利害顽强奋斗到底的决心。此时的刘琨,亲友凋零,又寄人篱下,无论如何也不能消除精神上的孤独落寞之感,唯有"引领长谣"来舒解心怀而已。

同为与卢谌的赠答诗,五言《重赠卢谌》写得更为苍凉悲慨:

握中有玄璧,本自荆山璆。唯彼太公望,昔在渭滨叟。邓生何感激,千里来相求。白登幸曲逆,鸿门赖留侯。重耳任五贤,小白相射钩。苟能隆二伯,安问党与仇?中夜抚枕叹,相与数子游。吾衰久矣夫,何其不梦周?谁云圣达节,知命故不忧。宣尼悲获麟,西狩涕孔丘。功业未及建,夕阳忽西流。时哉不我与,去乎若云浮。朱实陨劲风,繁英落素秋。狭路倾华盖,骇驷摧双辀。何意百炼刚,化为绕指柔。

一连串典故的运用,举出太公望、邓禹、陈平、张良、狐偃、管仲等历史上靖乱名臣,谓己欲与诸人共游,托出鸿图大志。又以孔子不遇于时自拟,"功业未及建,夕阳忽西流",功业不成,时不我待,既不甘失败,又无可奈何,英雄失路的悲剧心态毕现。末韵"何意百炼刚,化为绕指柔",既是自嘲,亦为事业失败后的悲叹。此诗据《晋书》本传,盖作于刘琨为段匹磾拘禁后,当时他已自知必死,故托意非常,撼忧发愤，以畅胸怀。而苍凉之气，喷薄宁不可止。《文选》收此诗入"诗"部"赠答"类。

综观刘琨诗文，今存皆后期作品。其前期之作，悉不可得睹，以故后人所了解的文学之刘琨，实际上仅得其半。当然这是极重要之半，为西晋其他文士所无之半，亦西晋一朝文学中仅见之半。就其后期诗文看，内容充实，风格突出，一时无两。钟嵘评其诗曰："其源出于王粲。善为凄戾之词，自有清拔之气。琨既体良才，又罹厄运，故善叙丧乱，多感恨之词。"（《诗品》卷中）又曰："刘越石仗清刚之气，赞成厥美。"（《诗品·总论》）所谓"善为凄戾之词"、"善叙丧乱，多感恨之词"，即指刘琨多纪战乱现实，抒发家国忧患之思，此是其内容风格；所谓"清拔之气"、"清刚之气"，则言刘琨诗之艺术风格。而形成这些风格特色之原因，即在于"琨既体良才"和"又罹厄运"这两点；前者为主观条件，后者为客观条件，刘琨兼具二者，遂能形成独特风格。钟嵘又指出其诗"源出于王粲"，就二人诗多忧愍乱离言，说自合理；刘琨出东京洛阳赴并州遭遇，与王粲在汉末战乱中自西京长安逃亡荆州，环境气氛皆颇相似。然而与王粲"发愀怆之词"（《诗品》卷上）相比较，刘琨"善为凄戾之词"诚然多了一股"清刚之气"、"清拔之气"。所谓"清刚之气"，大体上也就是刘勰所说"刘琨雅壮而多风"（《文心雕龙·才略》）之意，属于刚健含义。要之，刘琨诗风悲中有壮，所以刘熙载评论最称恰当："刘公干、左太冲诗壮而不悲，王仲宣、潘安仁诗悲而不壮，兼悲壮者，其唯刘越石乎！"（《艺概·诗概》）

不过就创作风格言，无论西晋东晋，其"清刚之气"皆独标一代，无与伦比。他是两晋作家中的"百炼刚"。元好问《论诗绝句》："曹刘坐啸虎生风，万古无人角两雄。可惜并州刘越石，不教横槊建安中。"以刘琨比拟于曹操，就气骨言，近是。

刘琨作品,《隋书·经籍志》著录《晋太尉刘琨集》九卷(注:"梁十卷"),又有《刘琨别集》十二卷。《旧唐书》、《新唐书》、《崇文总目》、《通志》等皆著录有集十卷。又《通志》著录:"《刘琨别集》十二卷。"今存辑本有《汉魏六朝百三名家集》所收《刘中山集》一卷,又严可均辑其文入《全晋文》卷一百八,逯钦立辑其诗入《晋诗》卷十一。

第三节　卢谌

卢谌(284—350),字子谅。高祖卢植,曾祖卢毓,汉魏时名儒;祖卢珽,在晋任卫尉卿;父卢志,惠帝时曾为中书监、卫尉等。谌出身名门,清敏有理思,好老庄,善属文,早有令誉,才行高洁,为时所重。晋武帝曾选他为荥阳公主婿,未成礼而公主卒。后举秀才,辟太尉掾。永嘉五年(311)六月,匈奴部刘聪攻破洛阳,卢谌随父北投姻亲并州刺史刘琨,途中为刘聪之子刘粲所虏,谌父、弟皆被害,后刘粲败,谌得赴刘琨所。时琨为司空,以谌为主簿转从事中郎。建兴四年(316),随琨奔蓟,投幽州刺史段匹磾,段以谌为别驾。刘琨被害后不久,段匹磾寻亦败亡。时南路阻绝,卢谌只得又投辽西段末波。二十年后,后赵石虎破辽西,复为石虎所得,以为中书侍郎、国子祭酒、中书监等。后冉魏冉闵诛石氏,谌又随闵军,不久于襄国被害。

卢谌今存诗,与刘琨有关者最多,有《赠刘琨诗》二十章、《重赠刘琨诗》、《答刘琨诗》等,显示彼此密切关系。诗中有述家族姻亲之谊的,如:

> 伊谌陋宗,昔遭佳惠。申以婚姻,著以累世。义等休戚,好同兴废。孰云匪谐? 如乐之契。

有述国难家祸的,如:

> 王室丧师,私门播迁。望公归之,视险忽艰。兹愿不遂,中
> 路阻颠。仰悲先意,俯思身愆。

另有数篇发挥玄思遐想,"因其自然,用安静退",他早年在洛似乎亦
颇濡染玄学清言,而嗣后始终不肯放弃老庄之学,以之作为战乱忧患
生活中的精神慰藉。如:

> 先民颐意,潜山隐几。仰熙丹崖,俯漱绿水。无求于和,自
> 附众美。慷慨遐踪,有愧高旨。
> 爰造异论,肝胆楚越。唯同大观,万涂一辙。死生既齐,荣
> 辱奚别。处其玄根,廓焉靡结。

这里标举遗形骸、一生死、齐荣辱,皆从个人精神需要出发,而与刘琨
从国家命运方面思考,悔愧当初"远慕老庄之齐物,近嘉阮生之放
旷",有所不同。

《答刘琨诗》今已残,不过从遗句看,此为答刘琨《重赠卢谌》
之作:

> 随宝产汉滨,摛此夜光真。不待卞和显,自为命世珍。……
> 谁言日向暮?桑榆犹启晨。谁言繁菜实?振藻耀芳春。百炼或
> 致屈,绕指所以伸。

自句中观,似乎卢谌并不曾感受到当时刘琨所面临的危险和急难,他

尚在宽慰被拘中的刘琨。琨诗言"功业未及建,夕阳忽西流",谌诗则谓"谁言日向暮? 桑榆犹启晨";琨诗言"朱实陨劲风,繁英落素秋",谌诗则谓"谁言繁菜(疑当作'英')实(疑当作'落')? 振藻耀芳春";琨诗言"何意百炼刚,化为绕指柔",谌诗则谓"百炼或致屈,绕指所以伸"。看来,《晋书·刘琨传》所载:"琨诗托意非常,摅畅幽愤,远祖张、陈,感鸿门、百登之事,用以激谌,谌素无奇略,以常词酬和,殊乖琨心。"颇为得要,卢谌对于刘琨内心深意,理解稍浅,以至答非其旨。尽管如此,卢谌对于刘琨的信仰和敬服,盖无可怀疑。当刘琨被段匹䃅杀害后,偏安江左的东晋朝廷无力制裁,又企图利用匹䃅对抗北方最强大因而亦最危险之敌石勒,以故未为刘琨举哀。二年后,卢谌率先上表,为刘琨申理冤情,终使元帝发明诏吊祭刘琨。后卢谌每谓诸子曰:"吾身没之后,但称'晋司空从事中郎'即尔。"以表示对于刘琨终生的感念,于此可见其深挚情义。

卢谌尚有《览古诗》、《时兴诗》、《赠崔、温诗》、《答魏子悌》等诗。《时兴诗》当是早期之作,诗中写"忽忽岁云暮,游原采萧藋。北逾芒与河,南临伊与洛",显系在洛中贵游之产物。诗末归结曰"澹乎至人心,恬然存玄漠",玄言成分颇重,正切合西晋士风。《览古诗》全篇咏蔺相如渑池会事:

> 赵氏有和璧,天下无不传。秦人来求市,厥价徒空言。与之将见卖,不与恐致患。简才备行李,图令国命全。蔺生在下位,缪子称其贤。奉辞驰出境,伏轼径入关。秦王御殿坐,赵使拥节前。挥袂睨金柱,身玉要俱捐。连城既伪往,荆玉亦真还。爰在渑池会,二主克交欢。昭襄欲负力,相如折其端。眦血下沾襟,怒发上冲冠。西缶终双击,东瑟不只弹。舍生岂不易,处死诚独难。稜威章台颠,强御亦不干。屈节邯郸中,俯首忍回轩。廉公

何为者,负荆谢厥罾。智勇盖当世,弛张使我叹。

诗中盛赞蔺氏"智勇盖当世,弛张使我叹",似以相如譬美刘琨;诗又言及"屈节邯郸中,俯首忍回轩。廉公何为者,负荆谢厥罾",可能隐指刘琨与段匹磾之关系。此篇取历史题材,处理相当巧妙,在西晋同类作品中允为佳品。《赠崔、温诗》一作《与温太真、崔道儒》,按"温太真"即温峤,亦刘琨内侄,曾随琨在并州任从事中郎、右司马等,故卢谌与温峤当是表兄弟,二人同在刘琨幕中任事,关系密切。诗中自"逍遥步城隅,暇日聊游豫。北眺沙漠垂,南望旧京路"写起,述并州边地戎幕生涯,感慨系之。诗中有对李牧、赵奢等先贤业绩之追思,亦有对时势及所任政务之体会,颇有贤士之德。此等诗中既有流离之叹,亦寓兴亡之感,刘勰谓:"刘琨雅仕而多风,卢谌情发而理昭,亦遇之于时势也。"(《文心雕龙·才略》)指出其含情寓理特点。唯谌诗缺少"清刚之气",是为不足处,以此诗格亦较刘琨为弱。

卢谌身世,颇类于刘琨,在北方动荡乱局中度过漫长时光。他是刘琨在寂寞奋斗中的唯一知友,其忠贞品格无可挑剔;在西晋文士中,论患难经历,刘琨而外,即推卢谌。然而才弱力拙,又性好玄理,乏进取勇气,固不能有大作为。对于卢谌诗之成就,钟嵘将他与刘琨并列于中品,评曰:"……中郎仰之,微不逮者矣。"(《诗品》卷中)意者谌诗于琨稍有不及。卢谌作品,《隋书·经籍志》著录有集十卷。严可均辑其文入《全晋文》卷三十四,逯钦立辑其诗入《晋诗》卷十二。

〔1〕 刘琨早年参与"二十四友",其行迹诚有所不检。据《晋书》本传载:"时征虏将军石崇,河南金谷涧中有别庐,冠绝时辈,引致宾客,日以赋诗。琨予其间,文咏颇为当时所许。秘书监贾谧参管朝政,京师人士无不倾心。石崇、欧

阳建、陆机、陆云之徒，并以文才降节事谧，琨兄弟亦在其间，号曰'二十四友'。"自文义观之，刘琨在二十四友中，主要以文咏为务，至于"降节事谧"，虽亦在其中，却非主要人物。

〔2〕　刘琨出洛阳为并州刺史时间，有关史籍所说不一。王隐《晋书》谓"年三十五，出为并州刺史"（《世说新语·言语》注引）。按刘琨三十五岁时在永兴元年（305）；而"敬澈按"谓"琨以永嘉元年为并州"（《世说新语·尤悔》注引），《晋书》本传亦谓"永嘉元年，为并州刺史，加振威将军，领匈奴中郎将"，永嘉元年则是 307 年。说有异。然《晋书·刘舆传》载："舆乃说越，遣琨镇并州，为越北面之重。"可知琨任并州刺史，乃是司马越所遣。而司马越入朝执政为太傅，始于永嘉元年，"永嘉元年春正月癸丑朔……以太傅、东海王越辅政"（《晋书》本传），以故永嘉元年之说当较可信。

〔3〕　刘琨兄弟在洛阳参与贵游活动，几为武帝外戚王恺所杀。《世说新语·仇隙》载："刘舆兄弟少时为王恺所憎，尝召二人宿，欲默除之，令作坑，坑毕垂加害矣。石崇素与舆、琨善，闻就恺宿，知当有变，便夜往诣恺，问二刘所在，恺卒迫不得讳，答曰：'在后斋中眠。'石便径入，自牵出，同车而去。语曰：'少年何以轻就人宿！'"

第 三 编

东 晋 文 学

第一章　东晋文学概说

第一节　东晋文学发展概况

东晋自元帝建武元年（317）起，至恭帝元熙二年（420）止，历十一帝，共一百零四年。东晋政权是在西晋皇朝经历近二十年战乱终于覆灭之后，在琅邪王司马睿（即元帝）主持下成立的。其骨干主要是自中原逃亡过江的一批显贵人物，以及江东地区的一些大族。前者如王（导、敦）、谢（尚）、庾（亮）、桓（彝）等，后者如顾（荣）、陆（晔）、纪（瞻）、贺（循）等。就时间言，比西晋长一倍。然而文学领域状况，则繁荣程度明显不逮西晋。至少从量方面看，作家及作品皆较少。今存东晋诗文，总量比西晋少，此自逯钦立所辑《晋诗》、严可均所辑《全晋文》即可得知。又从重要作家看，东晋除晋宋间陶渊明外（陶一人即占东晋诗四分之一左右），在文学史上有较大影响的诗文作家，为数甚少，此与西晋拥有"三张"、"二陆"、"两潘"、"一左"等大批名声显赫的重要作者相形见绌。东晋文学为何呈现如此状貌？主要有两方面原因：

首先，文学人才锐减，使东晋文坛气象寂寞，格局狭小。西晋

"人才实盛"(《文心雕龙·时序》),然自永康元年(300)之后,在诸王及诸胡的反复激烈争战杀伐中,文士在乱中被屠戮灭裂,死亡者很多。人谓魏末名士少有全者,其实西晋后期名士被杀者更多。张华、裴頠、潘岳、石崇、欧阳建、陆机、陆云、孙拯、嵇绍、嵇含、牵秀、曹摅、阮修、杜育、枣嵩、王浚、刘琨、卢谌等皆身首异处,死于非命,还有挚虞等在乱中饿死。太康、元康文坛大批精英,至西晋末而凋零殆尽,所剩无几。以故与政治方面状况略同,东晋文学亦承西晋之敝,虽有少数文士幸免于难,并转辗来到江东,但文坛规模及质量皆与西晋不可同日而语。嗣后百年中虽有不少新进文士成长,亦出现几位颇雅好文学的君主如元帝、明帝、简文帝等,文坛稍有恢复,但被损元气,终难全面振兴,文学人才始终呈匮乏状态,影响文学繁荣局面之出现。其次是东晋士大夫崇尚玄学,标榜旷达,谈玄风气很盛,许多文士热衷谈玄,常"达旦微言"(《世说新语·文学》述卫玠事),"既共清言,遂达三更"(同上,述殷浩、王导、桓温、王述、王闻、谢尚等事),为此怠于政事,疏于几案。玄学在鼓励文士追求高旷放达闲适精神境界之同时,也使他们与现实生活发生疏离,为达致个人闲适而遗落世事,不婴俗务,导致社会责任感的减弱。同时,玄学也使文士在人生态度上趋向淡漠,泯灭人生应有之热情。由于缺少社会责任感与人生热情,所以沉溺于玄学者大多缺乏文学写作激情。这对于文学而言,无疑是一极大不利因素。以故东晋出现不少以"雅量"、"任诞"、"简傲"、"高朗"、"旷放"著名的文士,而倾全力于文学著述者则不多。如建安文士以追求"三不朽"为目标而从事文学写作者很少,如左思那样"十年撰一赋"者更少。东晋文士撰写诗赋,往往随兴致所至,以平淡态度出之。此是时代士风对文学事业发展所起的影响。可以说,东晋百年间不曾出现过如建安、正始、太康那样的文学高潮。

　　当然,在整个中国文学史上,东晋不属于高潮期,并不意味着东晋无文学可言。事实上东晋也有为数不少的文士,在撰作诗、赋、文、史传、小说方面投入相当精力,产生不少成果,在承上启下方面起到作用,不能予以忽略;更重要的是,东晋特殊的社会环境和文化风习,使文学形成了特殊的性格和风貌,此种特殊性与文学成就的大小不是一回事,而它在古代文学史上是很令人关注的,事实上也显示了特殊性状。东晋文学的特殊性格,首先在于多表现作者自我精神体验,其题材往往与外在社会政治时事等无关,呈现一种普遍的内向性格;再者东晋文学改变了与玄学的疏离状态,受玄学熏染,形成大量"玄言诗"。玄言诗虽内容"平典",但其清虚恬淡的风格特点,却是诗史上前所未有,事实上创立了一种全新的诗歌风貌,对于中国诗歌来说,增添了一种重要的风格品类;此外因创作态度平淡,作品在词采方面,反而呈现质木无文面貌,与西晋的尚丽文风相比,有尚质的倾向,此种倾向也正与道家重质轻文的主张相合。要之,东晋文学虽繁荣程度不足,而其文学性格,颇富特色,因此值得予以认真看待。

　　东晋文学大略可分三个时期,即前、中、后期。

　　前期包括元、明、成、康四帝时,自 317 年至 344 年;中期包括穆、哀、海西、简文、孝武五帝时,自 345 年至 396 年;后期包括安、恭二帝时,自 397 年至 420 年。

　　前期是东晋政权初创时期。在过江人士中,亦有一些文学人物,如庾亮、温峤、郭璞、葛洪、李充、李颙、张亢、杨方、庾阐、干宝等。不过此皆西晋文士精英劫后之孑遗,从文学实力衡量,难侔西晋中朝之盛。而如郭璞,已是此时最引人注目文学人物。其《游仙诗》十馀首,以游仙写内心忧患,为游仙诗体别开一格,诗风接近阮籍《咏怀诗》,为本时期优秀诗作。而庾阐《游仙诗》十首,则仍持传统游仙写法,以描述昆仑南海、赤松王乔、轻举高蹈为能事,且杂以玄言内容,少现实感受,而轻灵飘忽,亦具特色。郭、庾二人作品,显示游仙诗创作领域出现了不同发展趋向。此外诸文士,或述志,或赠答,或拟古,或写景,或状物,亦发挥所长,成一时之选。其中庾阐、李颙,描绘山水景色,显示一定功力,已启山水诗创作之端。而葛洪《抱朴子》、李充《翰林论》,为东晋文论之巨擘。总体看,此时期因是东晋成立伊始阶段,纲纪初建,百废待兴,故文学亦自然生灭,未能形成大的规模和声势,同时也缺乏主流性格而呈驳杂状态。当时一些文士,存在亡国之痛与苟且求存矛盾心态,在诗文中多少有所反映。而玄学对诗歌的影响,亦甚明显。钟嵘谓:"永嘉时,贵黄老,稍尚虚谈,于时篇什,理过其辞,淡乎寡味。爰及江表,微波尚传。"(《诗品·总论》)此东晋前期,正是"微波尚传"状态。此时期又有一文学奇才干宝,所撰《搜神记》,为魏晋志怪小说代表作。干宝史才亦不弱,所著《晋纪》,简而能婉,咸称良史。

中期为东晋政权基本稳定阶段。其时间跨度也稍长,约五十年。此时期过江文士多已老耄,或已作古;在文坛活跃的是一批基本成长于江东的新秀,这批文士因此具有典型的"东晋性格"。他们大多出身门阀士族,拥有优越富足的物质生活条件,他们对于现状的满足度相当高,对于偏安江左的局势颇为适应,因此社会责任感普遍较为淡薄,而对于玄学清谈的爱好也发展到极致。此时为玄言诗的高潮期,钟嵘《诗品》中所论"微波尚传"之后,即曰:"孙绰、许询、桓、庾诸公诗,皆平典似《道德论》,建安风力尽矣!"所举孙、许、桓三人,皆此时期人物,此外又有王羲之、王胡之、郗超、谢安、张翼、袁宏、王彪之等,其所作诗,虽选题不一,写法各异,而玄言弥漫字里行间,乃是总体特色。然而在玄言之中,亦间或有写景诗之出现,显露出新的诗歌发展朕兆,即山水景物诗即将兴起。此时期有一传颂千古文学盛事,即兰亭雅集,以王羲之为核心的这次活动,鸠集文士数十名,逍遥山水美景之间,临觞各咏所怀,极一时之盛,差可比拟于西晋金谷雅集。

后期为东晋政权衰亡期。主弱臣强现象,贯串东晋始终,而以安、恭二帝时最甚。桓玄、刘裕,相继为虐,终灭晋祚。此时文坛领袖王羲之、谢安等皆已去世,后继不繁;而政争残酷,险象环生,又有文士罹祸事态发生。被害者有谢混、殷仲堪、殷仲文等。此时期文坛本颇落寞,幸有湛方生出,涵咏山水,描写景物,为末世文坛生色不少。其诗玄言成分已明显减少,显示玄言高潮之衰退。而其山水景物内容,实开谢灵运山水诗先河。刘勰所谓:“宋初文咏,体有因革。庄老告退,而山水方滋。”(《文心雕龙·明诗》)其“庄老告退,而山水方滋”之“因革”过程,应自东晋末算起,非仅“宋初”也。而陶渊明亦在此时期弃官,归园田居,饮酒赋诗,自然天成,可少补东晋无大诗人之缺憾。陶诗在中国古典诗歌发展史上,自创一格,自然朴素,影响深远,其于晋宋之交出现,既有偶然性,亦有必然性。除了生活环境个人经历性格气质等方面的诸多原因外,东晋清虚恬淡诗风,作为一种时代文学传统,对陶渊明肯定也发生了一定影响。从某种意义上说,陶渊明的出现,正是东晋文学发展的一结果。孕育了一代大诗人陶渊明,仅就此点而言,东晋文学也功不可没。

东晋文学在文体多样化方面有一定进展。诗、赋、文等传统正宗体裁仍为士大夫所重,仍为主要写作样式。在诗歌方面,从数量上说,基本仍是四言、五言平分秋色局面,四言体并未如所预料走向消失,相反,它在某些特定领域如赠答场合,似乎还占有一定优势。此情况与西晋大略相同。以郭璞为例,今存赠答诗四篇共十八章,全部为四言;而《游仙诗》十九首则为五言;双方正相匹敌。赠答之外的场合,如游览、咏史、游仙、杂诗之类,五言体较多。主要四言诗作者有王胡之、郗超、孙绰、谢安等,四言诗于西晋一朝无特别出色作品,包括一些名家如潘岳、陆机、陆云在内,更毋论其馀。东晋四言诗的总体创作状况亦平平,以谢安大才,运精思于四言,亦不见明效,所撰诸四言诗无多特色。五言情况稍好。东晋五言诗词采不竞,较之西晋繁缛靡丽雕琢堆砌文风,颇呈清朗淡雅面目;又对偶句之结撰功夫,东晋诗人若不经心,如张协诗中每韵皆对写法,竟不可得睹。此为时代风尚不同所致,非才力不足也。东晋五言诗在一个方面比西晋有明显进步,此即写景。自前期李颙、中期王羲之,至后期湛方生,以自然平淡方式描写景物,颇为成功,此为嗣后陶渊明田园诗及谢灵运山水诗中的景物描写,作了必要铺垫,提供了重要经验。可以认为,东晋五言诗在质的方面,比四言稍优。两种诗体在东晋表现出的差别,实质上反映了它们各自所处不同的发展阶段。四言经过先秦汉魏的长期发展,至两晋早已呈弱势,不再有大的发展馀地;而五言诗兴于汉魏,两晋时期尚在探索发展不断完善中,故而存在广大的拓展空间,其前景本来不同。

东晋辞赋基本承西晋脉络发展,形制短小之作以及体物大赋皆有作者,而大赋在当时更受重视,如郭璞《江赋》,孙绰《游天台山赋》,庾阐《扬都赋》,袁宏《东征赋》、《北征赋》等,在当时皆称名篇,影响甚大,"洛阳纸贵"事件竟在建康再现(详见本编第二章第二节),可知其受重视程度及轰动效应。不过当时亦有持异议者,谢安"屋下架屋"评语,颇为尖刻,然亦甚中肯。事实上东晋大赋创作已临近末路:沿袭汉晋大赋,继续走铺张扬厉、逞辞竞采一路,已无多发展馀地,以故东晋辞赋虽也产生若干佳作,在根本上却未能超越前代。直到末期陶渊明《归去来兮辞》、《闲情赋》出,东晋辞赋在抒情述志方面才迈上一更高阶级。

东晋文大体沿袭西晋旧轨,而词采不若,以故稍显平淡。其较优者有庾亮、殷仲文之表,温峤之疏,桓温之檄,干宝之史论,王羲之之序,袁宏之赞,等等。骈偶文章仍占优势,然而与西晋相比,不显突

出。而史传著作，藉文化空气较为松弛环境，得以蓬勃发展。刘
勰谓：

> 至于晋代之书，繁乎著作。陆机肇始而未备，王韶续末而不
> 终。干宝述《纪》，以审正得序；孙盛《阳秋》，以约举为能。按
> 《春秋》经传，举例发凡，自史汉以下，莫有准的，至邓粲《晋纪》，
> 始立条例。又摆落汉魏，宪章殷周，虽湘川曲学，亦有心典谟。
> 及安国立例，乃邓氏之规焉。
>
> ——《文心雕龙·史传》

所说王韶之、干宝、孙盛、邓粲诸人，皆东晋人氏，"繁乎著作"，洵非
虚语。诸书各有特色，殊为可观。虽无《三国志》那样完整作品留存
后世，然就史传著作的丰富多样而言，则东晋不让西晋。

东晋小说的发展最引人注目。知名小说作者有裴启、郭澄之等。
《世说新语·文学》载：

> 裴郎作《语林》，始出，大为远近所传。时流少年，无不传
> 写，各有一通。载王东亭作《经王公酒垆下赋》。甚有才情。

此"裴郎"盖即裴启，其《语林》一出，曾大受欢迎，几乎又成洛阳纸贵
局面；"甚有才情"一语，非赞王赋也，当是褒扬《语林》之言。又《世
说新语·轻诋》注引《晋阳秋》曰：

> 晋隆和中，河东裴启撰汉魏以来迄于今时言语应对之可称
> 者，谓之《语林》，时人多好其事，文遂流行。

《语林》以"汉魏以来迄于今时"的"言语应对之可称者"为记述内容，实际上为名人言论交往记录。事实上，《世说新语》一书即曾参酌《语林》，故有论者以为"《语林》乃《世说新语》之先驱之书"。[1]然裴、郭等所撰，皆属志人小说一类。此外尚有志怪小说，有戴祚《甄异传》，祖台之《志怪》等，而最重要作品即是干宝《搜神记》。此书"撰集古今神祇灵异、人物变化，名为《搜神记》，凡二十卷"（《晋书》本传），可知其具有一定集大成性质。事实上书中不少内容在此前有关史书、子书、杂传中可以找到出处，可证成其为"撰集"之书。《搜神记》以基本完整篇幅留存至今，为魏晋南北朝时期最具代表性志怪小说，在古代小说发展史上，极具重要地位。《搜神记》在东晋成书，决非偶然，是当时正统儒学衰颓、道佛思想在士大夫阶层蔓延，道教及民间鬼神信仰兴盛，社会文化多元发展的产物。"时人多好其事"，表明东晋存在"怪力乱神"驳杂思想文化土壤。《搜神记》虽亦寓一定道德教化含义，但已被众多似真似假奇异怪谲故事所淹没。以故此书之产生，相当程度上反映了东晋文化之时代特征。

第二节　时代社会与东晋文学

东晋文学无疑带有深刻时代印记。东晋时代社会最主要特点，就是偏安政局与门阀政治。这两点对于东晋文学性格的形成至关重要。

东晋政权僻处江左，与盘踞北方中原地区诸少数民族政权，彼此互有攻伐而难于取胜，形成长期对峙局面。这种局面对于诸少数民族匈奴、鲜卑、羯、氐、羌来说，无疑是一种成功，一种荣耀，因为他们原来只是西晋中央王朝治下僻处蛮荒四裔的种族集团或地区政权，在统一大帝国中分量很轻；对于司马氏皇朝来说，这种局面毋宁是一种耻辱，因为这是无力统治中原的不得已选择，是失去洛阳、长安两都之后依靠长江天险苟延残喘之举。当时东晋名义上保有全国十三州部统治权，实际仅控制扬、荆、交诸州，后又占领益州。加在一起，不过三国时吴、蜀旧域，故房玄龄等评论谓"（晋室）不出江畿，经略区区，仅全吴楚"（《晋书·元帝纪》）。此种情势，一般来说，应当引起朝野各阶层强烈的兴亡之思，和同仇敌忾的民族激情，对于朝政之振足和民气之发扬，都是一个契机。然而事实上并非如此。东晋王朝在百年之中虽曾有过几次北伐军事行动，有两次（362 年及 417 年）还分别在桓温、刘裕统率下打到洛阳、长安一带，但从历次军事行动的被动态势以及进击勇气不足之事态可知，他们并没有恢复中原的强烈愿望和灭此朝食的决心。元帝司马睿是东晋第一位皇帝，比较而言亦堪称出色人物，他的心态状况颇有代表性：

> 元帝始过江，谓顾骠骑曰："寄人国土，心常怀惭。"荣跪对曰："臣闻王者以天下为家，是以耿、亳无定处，九鼎迁洛邑。愿陛下勿以迁都为念！"

> ——《世说新语·言语》

元帝对骠骑将军顾荣说此，有特别含义，因顾荣是吴人，"寄人国土"，是说晋皇室由中原迁徙到昔日吴国地界来了，宁不"怀惭"？而顾荣的"对"答，也只能是一种宽慰"言语"而已，因为无论殷祖乙徙耿、盘庚迁亳，或是周武王迁九鼎于洛，事皆不出中原范围，而东晋朝廷已经"过江"，且被驱逐而来，岂是"王者以天下为家"一语所能开释？此是皇帝"怀惭"心态。至于诸大臣，亦不无类似感念：

　　过江诸人，每至美日，辄相邀新亭，藉卉饮宴。周侯中座而叹曰："风景不殊，正自有山河之异！"皆相视流泪。唯王丞相愀然变色曰："当共戮力王室，克复神州，何至作楚囚相对！"

——《世说新语·言语》

　　卫洗马初欲渡江，形神惨悴，语左右云："见此茫茫，不觉百端交集。苟未免有情，亦复谁能遣此！"

（同上）

周颛（"周侯"）、卫玠（"卫洗马"）之感伤叹息，为常人所应有；而王导之言，"克复神州"，颇振奋人心。可见东晋初君臣对于西晋中朝覆亡，毕竟不能无动于衷。然而他们的山河感慨又是有限的，另一则记载更能说明问题：

　　温峤初为刘琨使，来过江，于时江左营建始尔，纲纪未举。温新至，深有诸虑。既诣王丞相，陈主上幽越，社稷焚灭，山陵夷毁之酷，有黍离之痛。温忠慨深烈，言与泗俱，丞相亦与之对泣。叙情既毕，便深自陈结，丞相亦厚相酬纳。既出，欢然言曰："江左自有管夷吾，此复何忧！"

（同上）

温峤与王导相见，整个过程分前后两部分。前半陈"黍离之痛"，后半则是"厚相酬纳"。前半所陈，可以相信为真情，所以"言与泗俱"，且温峤初从幽并前线南来，对当时北方祸乱之酷肯定有痛切感受。而后半则属个人行为，表现了两位名士兼大臣在慷慨叙情之后便将

"黍离之痛"搁置一边,开始了个人结纳,待结纳完毕,更"欢然"起来,而且扬言"此复何忧!"看来温峤与王导的"黍离之痛",是浅层次的,他们更关心的是今后在朝廷中的彼此关系。事实上,王导在东晋初执政达二十馀年,历元、明、成三帝,任内却未见有任何重大的"克复神州"举动。所以说,西晋败亡的阴影虽一直投射在这批中土南渡的士大夫心里,但并未激起他们真正强烈的报国恢复决心和行动。而且应当指出的是,"黍离之痛"也仅发生于渡江之初,不久他们就将曾经颇浓烈的内心痛楚,化为一种淡淡的怅惘而已。即以王导为例,《世说新语·企羡》记载了他另一场合表现:

> 王丞相过江,自说:"昔在洛水边,数与裴成公、阮千里诸贤共谈道。"羊曼曰:"人久以此许卿,何须复尔?"王曰:"亦不言我须此,但叹尔时不可得耳!"

他过江之遗憾,只是不能再与裴颜、阮瞻诸人在洛水边"谈道"而已。

至于稍晚在东晋政权相对稳定之后,士大夫们的中朝故国之思也就更形淡薄了。此可以王羲之为例,王过江时尚年少,主要生活在东晋中期。在他的言行中少见恢复中原的意图。当时扬州刺史殷浩北伐,王羲之两次遗书劝止,其理由是认为东晋仅经营区区江左,且"疲竭根本",力量不足,时机不成熟,提出"保淮之志非复所及,莫过还保长江"。说虽亦有一定道理,但其只保长江主张,确实过于保守了些,很难说他还有多少克复神州思想。王羲之是东晋第二代士大夫中的领袖式人物,他的政治保守姿态,颇有代表性,而此与其生活环境和生活方式有直接关系。他作为过江士族中的第二代人物,当时已在浙东广置田产,生活早已安定下来。据《晋书》本传载,羲之家于会稽,其地山水风物绝佳,而"雅好服食养性,不乐在京师,初渡浙江,便有终焉之志"。王氏本出琅邪临沂,为晋名门世族,今则以会稽为归宿,全不以旧国故园为念。毋怪乎他对北伐这种政治军事上的冒险行动不予赞成了。而王羲之的这种生活方式,当时不是个别的,"会稽有佳山水,名士多居之,谢安未仕时亦居焉。孙绰、李充、许询、支遁等皆以文义冠世,并筑室东土,与羲之同好"(同上),原来谢安等一大批名士,皆与羲之同好,可知那种守江自保的因循苟且想法,在东晋为普遍的士大夫心态。

偏安江左的苟且心态,对东晋文学有直接影响。设若以局势相仿的日后南宋文坛作比较,以陆游、辛弃疾等人泣血慷慨诗风词风作参照,那么东晋文坛上的平静夷旷风气实令人惊讶不置。东晋诗赋中少有家国民族灾难的反映,就如这一历史上的重大事实不曾发生。东晋文士的苟且心态,在孙绰《谏移都洛阳疏》中有最为坦白的表露。当时大司马桓温北伐有成,河南粗平,桓温欲经纬中原,建议移都洛阳,而朝中竟不少人反对,孙绰为其中之一,其疏文中有云:

> ……何者?植根于江外数十年矣!一朝拔之,顿驱蹙于空荒之地,提挈万里,逾险浮深,离坟墓,弃生业,富者无三年之粮,贫者无一飡之饭,田宅不可复售,舟车无从而得,舍安乐之国,适习乱之乡,出必安之地,就累卵之危,将顿仆道途,飘溺江川,仅有达者。夫国以人为本,疾寇所以为人,众丧而寇除,亦安所取裁?此仁者所宜哀矜,国家所宜深虑也。自古今帝王之都,岂有常所?时隆则宅中而图大,势屈则遵养以待会。

所说意思,无非是士民"植根于江外数十年矣",人们不想"离坟墓,弃生业",不愿"舍安乐之国,适习乱之乡"。在孙绰的感觉中,江左与中原之亲疏区别就是如此明显,而其实孙氏正是自中土渡江来的太原世族。可见真正的原因是这些士大夫已经不想去"逾""克复神州"之"险"，他们已经将江左视为自己的家乡，所以要反对移都洛阳。孙绰在他的名篇《天台山赋》中还写道："……结根弥于华岱，直指高于九疑。应配天于唐典，齐峻极于周诗。"将僻处东南的天台山，驾华山、泰山而上之，也表明在孙绰心目中，江东的分量已经重于中原。孙绰是另一位东晋代表性文士，锺嵘《诗品》中所收不多几位诗人中即有他与王羲之，对于孙、王这样的东晋文士，当然不能要求他们多写故国山河之思。普遍的偏安心态产生一代偏安文学，其基本表现即是不关心国家社会，缺乏崇高精神，缺乏慷慨风格。

东晋为门阀政治时代。基本表现是皇室政治大权旁落，掌握在若干门阀人物之手，百年中几无例外。前期的王导、王敦，庾亮、庾冰，中期的桓温、桓豁、桓冲，谢尚、谢安、谢玄、谢石，后期的王珣、王恭，桓玄等，皆世家大族，执政治军事之牛耳，权倾人主，晋帝反成附庸，十一帝中有三名（海西公、安帝、恭帝）被大臣所废所弑，其馀亦"君若缀旒"（《晋书·孝武帝纪·赞》）而已。即使号称"中兴之主"的元帝司马睿，也失御强臣，面对起兵造反的王敦说："公若不忘本朝，于此息兵，则天下尚可共安也。如其不然，朕当归于琅邪，以避贤路。"（《晋书》本纪）门阀势力强大在文坛亦有相当反映，东晋文士出身大族者甚多，他们常居文坛核心，带动文坛风气。当时文坛虽尚不能说受门阀所垄断，有如政治一般，但东晋文学风尚之形成，很大程度上受世族文士左右，则是事实。尤其是王、谢两族，家族文学传统深厚，东晋时期涌现王导、王羲之、王献之、王胡之、王彪之、谢尚、谢安、谢道韫、谢混等众多文学好手，成为文学主流人物。东晋士族门阀拥有富足物质享受条件，其中不少人还拥有较高的精神文化修养。他们平时过着悠闲萧散舒适庄园生活，鄙弃世俗情趣，"不婴物累"，形成物质与精神之双重贵族倾向，这种倾向在文学创作上也就以旷放闲适不涉世务为基调,以适应其生活作风及思想情趣。于是,遗落世务,旷放闲适,便成为东晋世族文士文学创作的基本情趣和格调,而这也就成为东晋主流文学风格的核心特征。这种文学风格在在皆是,包括诗、赋、文诸体,几乎贯串东晋百年。

当然东晋非主流文学风格也是存在的。首先在某些作者笔下,时代风云变幻、国家乱离兴亡,也还有所反映,如郭璞《答贾九州愁诗》,对于天下"一朝分崩"情势,倍感哀悯,对于自身所处境遇所潜伏的危险,亦甚为忧虑,末韵"庶希河清"等语,表现出一定的社会责任心和正义感,因而也具有了崇高精神的闪亮色彩。又其《流寓赋》,纪自身流寓中所见战乱破坏情状,颇含家国之悲。此外尚有庾阐一首残诗,仅存二句:

> 志士痛朝危,忠臣哀主辱。

(《从征诗》)

此残句为《世说新语·言语》、《晋书·简文帝纪》所载,分别受到桓温、简文帝司马昱引用记诵。句中颇含慷慨悲凉之气。但此类关涉世务、突破"不婴物累"风气之作,在东晋百年中甚是少见,虽云难能可贵,终属凤毛麟角,不成气候。孙绰有一诗篇,部分内容与此接近,即《与庾冰诗》,诗共十三章,其中前四章述及西晋覆亡江左中兴往事,以及东晋外忧内乱不断等事实,并对于山河残破时局痛表哀伤,显示出关注现实的态度和较为开阔的历史眼光。不过此诗虽有此等内容,显示出世俗倾向,但其后诸章,则又入于另一路径,即由写山河之痛转入对事主的赞颂,谓"亲贤孰在?实赖伯舅。卓矣都乡,光此举首。苟云至公,身非己有。将敷徽猷,仰赞圣后"云云。此所赞者即庾冰也。按庾亮、庾冰,为成帝母舅,孙绰作此以赠,不无阿谀用意。以故前四章的世俗情调无以为继,被谀颂气氛所代替。且谀颂中又夹杂贵游描写,如谓"无湖之寓,家子之馆。武昌之游,缱绻夕旦。邂逅不已,同集海畔。宅仁怀旧,用忘侨叹",流露出攀附权贵的庸俗态度。如此则全诗不但前后脱节,且内容情调每况愈下,诚难与前引郭璞之作媲美。

至于旷放闲适之外的创作风格,东晋百年也只能举出少数人为例。郭璞忧患意识浓烈,诗文多忧生之嗟,饱含对人生辛苦之感叹,"坎壈咏怀"(《诗品》卷中),以故颇与闲适风气相违,郭璞诗中可以说毫无闲适情绪。然而在旷放之点上,郭璞与当时主流文风又有相近处。郭璞诗既寓"咏怀",其诗风自然与阮籍《咏怀诗》接近,"高蹈风尘外,长揖谢夷齐"(《游仙诗》之一)、"逸翮思拂霄,迅足羡远游"(之五)等等,皆高远旷放境界,为阮籍诗中常见。而此又是与东晋时代风习相应和的。要之郭璞能够出入东晋时代文风内外,既与主流文风存在若干相通处,又不被主流文风所淹没,这在当时也就可算不同凡响了。郭璞之外,唯有江逌、张望两位贫士诗人,因"营生生愈瘁,愁来不可割",以致"凄然无欣暇",难有闲适情趣了。

第三节 玄学与东晋文学

东晋玄学繁盛程度,比诸西晋有过之无不及。玄学在东晋的盛行,有其特定原因。面对事实上的国家残破,山河分崩,两都毁弃,异族入主中原,东晋士大夫毋论如何通达夷泰,亦难摆脱精神上的困扰和失落。而玄学以其崇尚虚无的本质特征,正好给士大夫们提供了精神解脱的良方,以及实现心理平衡的支撑点。要之玄学的虚冲退静精神,正适合于偏安政治及门阀士族闲适生活之需要,以故成为东晋士大夫阶层思想文化风尚,历百年而不衰。正因为玄风加入了苟且心态成分,所以东晋玄风所及,还包括朝廷最高统治者在内,此点又是不同于西晋的。即以晋室南渡初时朝廷情况言,元帝司马睿的一贯作风是"恭俭退让"、"简俭冲素"(皆见《晋书》本纪),正合老庄之旨。而执掌大权的丞相王导,则是位本格的玄学家:

> 旧云:王丞相过江左,止道"声无哀乐"、"养生"、"言尽意"三理而已。然宛转关生,无所不入。
>
> ——《世说新语·文学》

王导身为首辅,人称"江左管夷吾",却大谈玄学。所谈三理,皆魏晋以来诸玄学家悉心探讨的著名命题,"声无哀乐"、"养生"之论,嵇康早有精微辨说,"言尽意"论,欧阳建等亦曾详加论述。王导能在此类问题上"无所不入",可知其玄学修养之深厚。又据《世说新语·文学》另一则记载,王导曾于都城建康召集多人"共谈析理","既共清言,遂达三更",参加者有谢尚、殷浩、桓温、王濛、王述等,皆一时俊彦,亦朝中要员。当时玄学名家尚有殷融、庾亮等。至中期,又有谢安、庾翼、庾冰、孙盛、桓温、刘惔、孙绰、许询、庾阐、王献之、谢万等一大批重要人物兼为玄学家,其中最著名的是谢安。谢安与王羲之曾有一段对话:

> 王右军与谢太傅共登冶城,谢悠然远想,有高世之志,王谓谢曰:"夏禹勤王,手足胼胝;文王旰食,日不暇给。今四郊多垒,宜人人自效,而虚谈废务,浮文妨要,恐非当今所宜。"谢答曰:"秦任商鞅,二世而亡,岂清言致患邪?"
>
> ——《世说新语·言语》

其实王羲之并非纯儒，他也"每仰咏老氏、周任之诫"，而且自称"吾素自无廊庙志"（《晋书》本传），所以其志尚与谢安应无大差异。此时见谢安"有高世之志"，而说出一篇"勤政"道理，可以理解为玄学清谈中常见的"互为主客"的"往复"辩论手法。而谢安答以秦任商鞅之例，否定清谈误国论点，可知其玄学信仰。谢安声望卓著，其玄风影响，遍于士林。东晋末名士谢混、谢晦、王献之、韩伯、殷仲堪等，亦好玄学。最著者为荆州刺史殷仲堪，据载"殷仲堪精核玄论，人谓莫不研究"（《世说新语·文学》）；"能清言，善属文，每云三日不读《道德论》，便觉舌本间强。其谈理与韩康伯齐名，士咸爱慕之"（《晋书》本传）。甚至那位东晋末政治上的兴风作浪者桓玄，亦颇有玄学修养，与人清言，且甚有谈锋，如他曾与人谈《老子》，时在座者有主簿王祯，字"思道"，桓玄即曰："王主簿可顾名思义。"（《世说新语·排调》）不妨说东晋一代，玄学臻于极盛，而玄言清谈，也成为多数名士的重要精神文化生活方式。在这一点上，东晋与西晋情况颇有不同。如前所述，西晋玄学家多不习文事，而文学之士则少习玄学，因此造成文学与玄学之疏离。而东晋玄学家与文学家之间的界线已渐泯灭，玄学家兼为文学家者甚夥，二者疏离现象基本消失，由此玄学对文学发挥着很大的影响，渗透入文学的诸多方面。

　　玄学对文学的影响，首先表现于文学的内容情调风气上。对此刘勰曰：

> 自中朝贵玄，江左称盛。因谈馀气，流成文体。是以世极迍邅，而辞意夷泰，诗必柱下之旨归，赋乃漆园之义疏。
>
> ——《文心雕龙·时序》

这里指出玄学虽兴于"中朝"（西晋），但东晋更盛；又指出东晋"文体"，受清谈"馀气"影响，其结果即是：无论诗赋，内容皆以老庄思想为贯串，形成"世极迍邅，而辞意夷泰"之普遍创作风气。此即前述文学与时代相疏离表现，它与东晋士大夫偏安心态及闲适作风正相切合。与刘勰同时，沈约亦曰：

> 在晋中兴，玄风独秀。为学穷于柱下，博物止乎七篇；驰骋文词，义殚乎此。自建武暨于义熙，历载将百，虽比响联词，波属云委；莫不寄言上德，托意玄珠。遒丽之词，无闻焉耳。仲文始革孙、许之风，叔源大变太元之气。
>
> ——《宋书·谢灵运传论》

这里大意与刘勰相同，其云"遒丽之词，无闻焉耳"，与刘勰所说"辞意夷泰"，意近。然"遒"之与"丽"，实指二义，沈约在此指出东晋文学因玄学影响而造成两方面欠缺：即缺少遒劲之作和美丽之词。沈约所论，尚可与锺嵘之说互为发明。锺嵘之说，已见前引。锺氏所谓"建安风力"，即沈氏所谓"遒"义；"遒丽之词，无闻焉耳"，其部分意义，同于锺氏所说"建安风力尽矣"。总之，由于玄学的影响，东晋文学（尤其是诗），一方面缺乏遒劲风力，体质弱于建安；另一方面又缺少美丽词采，外观藻饰不及西晋。

玄学对文学影响，主要体现于玄言诗之产生。玄言入诗，自魏末已启其端，阮籍《咏怀诗》，嵇康《秋胡行》、《赠兄秀才入军诗》等，其中一些篇章玄言成分颇重，已如前述。西晋玄学昌明，但以玄言入诗者反不多，唯张华、石崇等少数人偶为之；其原因当与某些最著名玄学家如王衍、王戎、乐广皆不作诗有关，然而西晋末永嘉中，玄风扇起，枣腒、曹摅、张载、张协等皆有诗敷述玄理。至东晋，玄学家兼文学家增多，玄言入诗，遂成风气。东晋初玄言诗人，据锺嵘之说当有庾亮、桓温。此二人诗，今皆不存，无由得睹。然温峤有残诗二句，却是正格之玄言，其曰："宁神静泊，损有崇无。"（《回文虚言诗》）诗题即标榜"虚言"，可知其性质。又卢谌虽始终未能渡江，然其诗亦含浓重玄言色彩。而堪称代表性玄言诗人的，则推王胡之、孙绰、许询、谢安。诸人皆在东晋中期，配合清谈活动，彼此呼应酬唱，遂掀起玄言诗写作高潮：

支道林、许、谢盛德共集王家，谢顾谓诸人："今日可谓彦会。时既不可留，此集固亦难常。当共言咏，以写其怀。"许便问主人："有《庄子》不？"正得《渔父》一篇。谢看题，便各使四坐通。支道林先通，作七百许语，叙致精丽，才藻奇拔，众咸称善。于是四坐各言怀。毕，谢问曰："卿等尽不？"皆曰："今日之言，少不自竭。"谢后粗难，因自叙其意，作万馀语，才峰秀逸，既自难干，加意气拟托，萧然自得，四坐莫不厌心。支谓谢曰："君一往奔诣，故复自佳耳！"

——《世说新语·文学》

支道林、许询、谢安、王闿，四位玄学名家，雅集"彦会"，所作"言咏"，既有文，亦包括诗。可知玄学家雅集场合或清谈场合，也可以是玄言诗之写作场合。

今存东晋玄言诗，多赠答体，如孙绰《赠温峤诗》五章、《与庾冰诗》十三章、《答许询诗》九章、《赠谢安诗》等，占其玄言诗之绝大部分。可以推测，这些诗中至少有一部分是清谈场合所作，为"共言咏，以写其怀"之结果。所以清谈之兴盛，也促成玄言诗之兴盛。在东晋诗坛尤其是中期诗坛上，玄言诗竟占压倒优势，玄言之外，其他题材作品甚稀见，原因之一在此。

玄言诗基本特征在于以诗写玄理,如孙绰《答许询诗》:

> 仰观大造,俯览时物。机过患生,吉凶相拂。智以利昏,识由情屈。野有寒枯,朝有炎郁。失则震惊,得必充诎。
>
> （之一）

> 遗荣荣在,外身身全。卓哉先师,修德就闲。散以玄风,涤以清川。或步崇基,或恬蒙园。道足匈怀,神栖浩然。
>
> （之三）

孙、许两位玄言诗大师之对话,甚有范型性,充分体现"平典似《道德论》"、"合道家之言而韵之"特性。

东晋玄言诗有一新因素介入,此即佛教思想。曹魏西晋玄言尚少佛教痕迹,玄学以庄、老、易为根据。至东晋则佛学大举进入玄学体系中,"三玄"变成事实上的四玄,佛理从而也渗入文学领域。东晋玄言诗中的佛教影响程度因人而异,作者佛学修养深者则较为明显。郗超为奉佛名士,其援佛入诗亦最引人注目,如《答傅郎诗》:

> 森森群像,妙归玄同。原始无滞,孰云质通？悟之斯朗,执焉则封。器乖吹万,理贯一空。
>
> （一章）

> 昔在总角,有怀大方。虽乏超诣,性比不常。奇趣感心,虚飙流芳。始自践迹,遂登慧场。
>
> （二章）

兹所云"理贯一空"、"遂登慧场",皆佛语,道家崇"无",而佛家主"空",二者义近而有微妙区别。"慧"即观照空理之智慧。"器乖吹万"为《齐物论》中所说,作者调和道佛,而归结至"理贯一空"、"遂登慧场",可见其基本倾向。此外在当时道佛汇合背景下,一些学问高僧也加入玄学潮流中,成为清谈场合重要角色,于法开、康僧渊、支遁、慧远等皆是。前引材料已见支遁,此记康僧渊:

> 康僧渊初过江,未有知者,恒周旋市肆,乞索以自营。忽往殷渊源许,值盛有宾客,殷使坐,粗与寒温,遂及义理,语言辞旨,曾无愧色,领略粗举,一往参诣。由是知之。
>
> ——《世说新语·文学》

僧人清谈,较诸名士"曾无愧色",而所撰玄言诗固亦以援佛入玄胜。如康僧渊之诗:

> 真朴运既判,万象森已形。精灵感冥会,变化靡不经。波浪生死徒,弥纶始无名。舍本而逐末,悔吝生有情。胡不绝可欲,反宗归无生？达观均有无,蝉蜕豁朗明。逍遥众妙津,栖凝于玄冥。大慈顺变通,化育曷常停。幽闲自有所,岂与菩萨并？摩诘风微指,权道多所成。悠悠满天下,孰识秋露情？
>
> ——《代答张君祖诗》

会通道释,出以"菩萨"、"摩诘",其玄言已归于佛言。佛教三世之说,与老庄无为之学结合,使东晋玄言诗更趋虚空,正所谓"止观著无无,还净滞空空"(张翼《赠沙门竺法颀》)。

玄学对东晋文学影响既大,对于其结果评价,则论者多以为弊大于利,如以上钟嵘、刘勰等所云。其弊在于以诗谈玄,抽象枯燥,"淡乎寡味",韵味大失,诗将不诗。此理易明,不烦赘说。要之玄言诗之兴盛,为诗歌发展史上一段歧途,此无疑问。然而,在充分认识玄言诗弊端同时,亦应理解到玄学对东晋诗歌影响,并非全是负面性质。至少在以下两方面,玄学对诗歌发展也起到某种正面作用,即促进哲理诗之逐渐成熟和诗歌清虚恬淡风格之形成。哲理诗不等于玄言诗。哲理诗是寓含某种哲理感悟之诗,为诗歌应有品种之一。优秀哲理诗是艺术与哲理的巧妙结合,它使诗歌内涵深刻,意味隽永,启人智慧,发人深思,具有独自魅力。随着人类对自然和人生、社会认识逐渐深化,逐渐由感性到理性,由具象到抽象,由经验到哲理,哲理文乃至哲理诗的出现为必然趋势。事实上华夏自先秦时期,哲理诗即已萌生。《诗经》中不少篇章中已有哲理性颇强诗句出现,如"百尔所思,不如我所之"(《鄘风·载驰》)、"嘤其鸣矣,求其友声"(《小雅·伐木》)、"兄弟阋于墙,外御其侮"(《小雅·常棣》)等等,甚至有全篇寓哲理意味者,如《唐风·山有枢》:"山有枢,隰有榆。子有衣裳,弗曳弗娄。子有车马,弗驰弗驱。宛其死矣,他人是愉!"虽格调不甚高,但揶揄守财奴,说出一定人生理念。此外如《小雅·无将大车》、《大雅·瞻卬》、《小雅·北山》等,皆有成段哲理性诗句,有益于增添诗歌容量及深度。屈原眼光博大,思虑深刻,《离骚》中亦有不少哲理警句,如"鸷鸟之不群兮,自前世而固然;何方圆之能周兮,夫孰异道而相安?""路漫漫其修远兮,吾将上下而求索"等等,皆在相当抽象层次上披露内心活动,因此具有普泛意义。汉末"古诗"及建安诗歌,颇多对于生命之思考,曹操"对酒当歌,人生几何","老骥伏枥,志在千里;烈士暮年,壮心不已"等名句,很大程度上得益于其哲理内涵。魏末嵇康、阮籍以玄言入诗,为哲理诗辟一特殊品类;同时在其旷放冲淡诗风(尤其是阮籍《咏怀诗》)形成中,起了重要作用。

东晋玄言诗,既为哲理诗之一种,对于诗歌哲理性的加强,当然有一定作用。问题在于,诗歌中哲理之存在应有适当比重,尤其应当与文学性密切结合,通过文学性表现出来,如此便可起到积极正面作用。而东晋玄言诗大部分在此问题上把握失当,一是哲理过多,甚至全篇唯有哲理,别无其他;二是哲理独立于诗歌之中,缺少与文学性之结合渗透;结果便是"合道家之言而韵之",不能不"淡而寡味"。然而亦有少数玄言诗,因分寸把握较好,竟能取得正面效果,如王羲之《兰亭诗》即是。看来确实存在成功与否之差别。不过无论成功与否,从哲理诗角度看,东晋玄言诗既包含了诗人们的社会体验和人生信念,亦表现了其审美感受乃至哲学遐思。所以从东晋玄言诗中,可以窥见当时诗人们特殊内心世界,此世界以理性思考和追求智慧为其基本特色。

至于在诗风形成方面,玄言入诗也能起一定营造烘托作用。东晋诗在诗风方面总体上具有清虚恬淡特色,此与玄学清言特点相表里,亦与玄学本质观念相一致。对此特色的价值评判可以有不同结论,或褒或贬,皆无妨于此诗风之客观存在。"清虚"、"恬淡",语出锺嵘《诗品》卷下:"永嘉以来,清虚在俗。王武子辈为诗,贵道家之言。爰洎江表,玄风尚备,真长、仲祖,桓、庾诸公,犹相袭。世称孙、许,弥善恬淡之词。"此二语用以概括东晋玄言诗总体风格,颇为得要。[2]东晋清虚恬淡诗风代表,即是孙绰、许询等,此外尚有庾亮、谢安、桓温等,不一而足。要之东晋玄言诗人,风致大多不出此四字所指。此种诗风,实前代所无,是"永嘉以来"实即东晋特定文化环境下所形成,因此具有东晋时代特征。对于华夏诗歌而言,此是增添了一种全新风格类别。没有玄言诗之出现,此种诗风就不会在东晋形成,至少将推迟产生。从诗歌发展史来鉴衡,这不能不说是一重要贡献,尽管它本身还存在局限甚至比较严重的局限。玄言诗之为物,原是一矛盾体:它在损害着诗歌文学性之同时,又创造了一种全新风格品类。前者是破坏,后者却是贡献。清虚恬淡诗风,从此成为一种传统,对于后世影响深远。其影响的直接对象首先就是晋宋之交陶渊明、谢灵运两位大诗人。陶、谢诗风不同,陶自然真朴,谢自然巧丽,然亦皆有清新平淡一面,此即继承东晋诗风所致。杨时曰:"陶渊明诗所不可及者,冲澹深粹,出于自然。"(《龟山先生语录》卷一)此"冲澹"即平淡、清淡也。又鲍照曰:"谢五言如初发芙蓉,自然可爱。"(《南史·颜延之传》)亦有清淡之意。此后诗歌发展虽代有特色,人有特色,不可能重复再现前代前人风貌,但清虚恬淡传统在诗风中影响,却始终存在。司空图《诗品》条叙古今诗歌品类作二十四类,其中有数类如"冲淡"、"自然"、"清奇"、"飘逸"、"旷达"等品,皆与清虚恬淡传统多少相关,存在继承或影响关系。其说"冲淡"曰:

> 素处以默,妙机其微。饮之太和,独鹤与飞。犹之惠风,冉冉在衣。阅音修篁,美曰载归。遇之匪深,即之愈稀。脱有形似,握手已违。

所谓"素"、"默"、"妙"、"微"等,皆与玄言相近,此品文本身颇似玄言诗,其意蕴固亦有内在关联。

玄学对东晋文学的影响是总体性的,也包括对赋、文影响。玄言之赋如庾阐《闲居赋》等;然影响最著者为诗,故详说玄言诗如上。

〔1〕 说引自日本兴膳宏、川合康三所撰《隋书经籍志详考》,汲古书院

1995 年版。

　　〔2〕　关于"清虚"、"恬淡"含义,此略作梳理。按汉末名士,辄以"清流"自许。"清"为极高品誉,故李膺称荀淑"清识难尚"(《世说新语·德行》);又谢承《后汉书》称徐孺子"清妙高峙,超世绝俗";"清"与"高"义通,如刘义庆称李膺"风格整秀,高自标持,欲以天下名教是非为己任"(《世说新语·德行》);薛莹《后汉书》则谓"李膺字元礼,抗志清妙",可知"清"与"高"义同。王导目王衍曰"岩岩清峙"(《世说新语·赏誉》),"清峙"者,高峙也。魏晋以下,"清"又与"虚"常连用,玄言又称"清言",而玄谈又称"虚谈",故玄学本身即具"清""虚"表征。至于"恬淡",《庄子·天道》:"夫虚静恬淡,寂寞无为者,天地之平,而道德之至。"又同书《刻意》:"平易恬淡,则忧患不能入,邪其不能袭,故其德全而神不亏。"是则恬于得失,淡于名利之谓也。此亦玄学家理想性格,故曰"道德之至"。可知"清虚"、"恬淡"皆有出处,而其意蕴亦正与玄言诗特征相符合融通。

第二章　东晋前期文学

第一节　庚亮、温峤等过江文士

永嘉初（307），中原诸王及诸胡混战不可开交之际，琅邪王司马睿（晋元帝）渡江任"都督扬州、江南诸军事，镇建邺"（《晋书·怀帝纪》），其时幕中主要官佐有王导、王敦、周顗、刁协等，不久陆续加入庚亮、桓彝、郗鉴、温峤、刘隗、顾荣、纪瞻等。司马睿又广辟掾属百馀人，时人谓之"百六掾"。在这一批大臣和掾属中，不少人具有较高文化修养和文学才能，可谓文士成群。此现象当与司马睿及王导本人喜好文事有关。刘勰曾指出："元皇中兴，披文建学。刘、刁礼吏而宠荣，景纯文敏而优擢。"（《文心雕龙·时序》）"披文建学"，泛指文化和经术，但文章之学无疑也在其内，所以才有郭璞的被"优擢"。而被称为"礼吏"之刘隗，实亦颇涉文学，《晋书》本传载其"少有文翰"、"雅习文史"。刘勰接着又说："逮明帝秉哲，雅好文会，升储御极，孳孳讲艺。练情于诰策，振采于辞赋。庚以笔才逾亲，温以文思益厚。揄扬风流，亦彼时之汉武也。"此以东晋明帝拟于西汉武帝，似有不伦；然而明帝其人"钦贤爱客，雅好文辞"（《晋书》本纪），当为事实,所亲信者庾亮、温峤等,亦皆以文雅著称。要之当时自元、明二帝、丞相王导,到大批官佐,皆有文采。而文学成就较著者,当推郭璞、葛洪、李充、庾阐、曹毗、庾亮、温峤等。

庾亮(289—340),字元规,颍川鄢陵(今属河南)人。美姿容,善谈论,好老庄。而风度整峻,时人拟之为夏侯玄、陈群。先为司马睿镇东将军掾属,深受敬重,聘其妹为太子妃。后睿践祚,为给事中、散骑常侍等。明帝时为中书监,成帝年少即位,庾亮以帝母舅身份辅政多年。作为东晋初重臣,庾亮对奠定国基作出一定贡献,然而他"智小谋大,昧经邦之远图;才高识寡,阙安国之长算"(《晋书》本传房玄龄等评),举措多有失当,且苏峻、祖约之乱,庾亮亦有相当责任,以故政誉不佳。然而其文章见重当时,非虚揽而得。房玄龄等评曰:"然其笔敷华藻,吻纵涛波,方驾缙绅,足为翘楚。"(同上)

庾亮著作,以文较多,其章表闻于世。刘勰曾谓:"庾公之让中书,信美于往载。序志显类,有文雅焉。"(《文心雕龙·章表》)此"信美"之文,即《让中书监表》。表当作于明帝初即位之太宁元年(323),时元帝新亡,江东草创,外有强胡石勒侵逼,内有权臣王敦觊觎,情势不固。朝中虽有元老王导辅弼,然导为敦从弟,不无嫌疑。以故明帝需要庾亮这位元舅执掌中书监要职,以平衡权力,为帝室腹心。但庾亮身为外戚,深感情势复杂,遂草具此表,上书固让。表文先述本人"凡庸固陋","累忝非服",强调谦退之德;然后入于正题,谓"康哉之歌实存于至公",而"臣领中书,则示天下以私矣",并引汉代史事为例,说"前后二汉,咸以抑后党安,进婚族危";又分析外戚任要职诸多弊端,最后恳请明帝"察臣之愚",收回成命。文章析理颇为透彻,深切著明:

……臣历观庶姓在世,无党于朝,无援于时,植根之本,轻也薄也。苟无大瑕，犹或见容。至于外戚，凭托天地，势连四时，根援扶疏，重矣大矣。而财居权宠，四海侧目；事有不允，罪不容诛。身既招殃，国为之弊。其故何邪？直由姻媾之私，群情之所不能免，故率其所嫌，而嫌之于国。是以疏附则信，姻进则疑。疑积于百姓之心，则祸成重闱之内矣！此皆往代成鉴，可为寒心者也。夫万物之所不通，圣贤因而不夺。冒亲以求一才之用，未若防嫌以明公道。今以臣之才，兼如此之嫌，而使内处心膂，外总兵权，以此求治，未之闻也；以此招祸，可立待也。虽陛下二相，明其愚款；朝士百僚，颇识其情；天下之人，安可门到户说，使皆坦然邪？

陈说事理，估量人心，皆颇合于实际情理，"冒亲以求一才之用，未若防嫌以明公道"，身为外戚，而能出此言，字里行间，透出公亮坦荡之心，实难能可贵。而其行文不受骈偶所限，素朴畅达，正与内容相谐。刘勰评语，甚为恰当。萧统《文选》亦收入此表，以为百世垂鉴。[1]

庾亮在多数场合，为人并不如此谦恭退让，相反颇为峻刻。史载王导辅政，以宽和得众；后成帝践祚，太后临朝，庾亮为中书令，政事一决于亮，而亮任法裁物，颇失人心。他与王导、陶侃、祖约等大臣及宗室诸王皆关系紧张，颇相猜疑。他曾不止一次锻造他人罪名，颇有翦除异己作风。如陶侃死后，他曾擅斩陶侃之子陶称；又欲谋废丞相王导。因其好滋是非，而谋虑不周，又加才具稍弱，往往成事不足。一旦事败，则态度骤变，谦恭不已。庾亮今存另一篇奏疏《上疏乞骸骨》，文中词旨，较前表更加哀感，且多自谴之语，如"才下位高，知进忘退，承宠骄盈，渐不自觉"，"臣负国家，其罪莫大，实天所不覆，地所不载"，甚至说出"自古及今，岂有不忠不孝如臣之甚"这样的话来。出此自谴之词原因，盖其时在苏峻乱后，庾亮自感有启衅肇祸之责，又荷战败之过，畏陶侃等追究，故卑辞乞骸骨。由此出现畏罪求免矫情自饰态度，与平时表现大异，何前倨而后恭也。

据锺嵘《诗品》，知庾亮亦能诗，然作品今已不存，难睹其真。庾亮著作，《隋书·经籍志》著录有集二十一卷；《论语·君子无所争》一卷；《杂乡射等义》三卷。其本集宋时尚存，《旧唐书》、《新唐书》、《通志》皆有著录，作二十集，宋以后亡。自本集卷数观，庾亮著述甚丰，为多产作者。严可均辑其文入《全晋文》卷三十六、三十七。

温峤（288—329），字太真，太原祁（今属山西）人。世代官宦，少以清澈英颖显名。永嘉中为司空刘琨左司马，琨妻即峤姨母。是时二都倾覆，天下大乱，刘琨在北，闻司马睿于建邺继位，遂遣温峤为特使，赴江左奉表劝进。峤对曰："峤虽乏管、张之才，而明公有桓、文之志，敢辞不敏，以违高旨！"（《世说新语》注引虞预《晋书》）过江后元帝以峤为散骑侍郎，自此入东晋朝廷效命，历太子中庶子、侍中、中书令、丹阳尹、江州刺史等，成为东晋前期重臣，在平定王敦及苏峻之乱中，颇建功勋。

温峤博学能属文，文章在朝中与庾亮齐名。刘勰谓："庾元规之表奏，靡密以闲畅；温太真之笔记，循理而清通。亦笔端之良工也。"（《文心雕龙·才略》）刘勰所说"笔记"，非特殊文体，泛指一般文章。[2]今存温峤完整文章不多，而章表、书疏、笔记、颂赞、箴言等体类不少。其中《奏军国要务七事》，条奏耕战之策、安国方略，明练著要，对东晋初时局及朝廷措置颇有建言，深得刘勰好评，谓"温峤恳切于费役，并体国之忠规矣！"（《文心雕龙·奏启》）奏文中有云：

其四曰：建官以理世，不以私人也。如此，则官寡而材精。周制六卿莅事，春秋之时，入为卿辅，出将三军。后代建官渐多，诚由事有烦简耳。然今江南六州之土,尚又荒残,方之平日,数十分之一耳。三省军校无兵者,九府寺署可有并相领者,可有省半者,粗计闲剧,随事减之。荒残之县,或同在一城,可并合之。如此,选既可精,俸禄可优,令足代耕,然后可责以清公耳。

提出官寡材精、责以清公主张,不仅适合东晋当前"十分之一"狭仄国情,亦且长治久安之计也。又温峤作为太子中庶子与太子"为布衣之交",多陈规讽,甚有弘益,所以太子即位(即明帝)后,深受信重。明帝疾笃,又与王导、庾亮、郗鉴等元老同为顾命大臣。而自资望言,温峤无疑比王、庾诸公浅得多。刘勰谓:"晋氏中兴,唯明帝崇才,以温峤文清,故引入中书。自斯以后,体宪风流矣。"(《文心雕龙·诏策》)由是亦可推知,当时明帝诏策文章,颇多温峤所拟。按今存明帝《与温峤书》、《答温峤书》等,书中颇含肺腑言,知当时君臣往还密切,关系非同一般。

温峤亦擅诗赋,惜无完篇存者。今唯有《蝉赋》及《回文虚言诗》残句。关于回文诗,今所见较早作品有苏伯玉妻(西晋人)《盘中诗》,苏蕙(苻秦时人)《璇玑图诗》,然皮日休《杂体诗序》云:"晋温峤有《回文虚言诗》'宁神静泊,损有崇无',繇是回文兴焉。"(《松陵集》卷十)可知温峤亦是回文诗早期作者。温峤诗虽不存,然而他在东晋前期诗坛上地位仍有案可稽。今存东晋初诸诗人,与温峤有诗相赠者,即有卢谌(《赠崔、温诗》)、郭璞(《赠温峤诗》五章)、孙绰(《赠温峤诗》五章)、梅陶(《赠温峤诗》五章)等,诸诗皆在,可证当日温峤于诗坛重要地位。诸诗除颂赞温峤功德盛大、风神清朗,申明彼此情谊同契外,又皆言及文咏之事,"我怀我永,载咏载吟"(郭璞)、"武有七政,文敷五教"(梅陶),皆温峤"体宪风流"之征。

温峤著作,《隋书·经籍志》著录有集十卷,《旧唐书》、《新唐书》、《通志》著录亦同。其集亡于宋以后,严可均辑其文入《全晋诗》卷八十;逯钦立辑其诗仅得二句,入《晋诗》卷十二。

第二节　庾阐

庾阐(298前—351前),[3]字仲初,颍川鄢陵(今属河南)人,庾亮族人。少好学,九岁能属文。早年随舅父过江,后为西阳王司马羕掾属,累迁尚书郎。苏峻之乱(咸和二年,327),阐出奔司空郗鉴,为鉴参军。峻平,为彭城内史,又转散骑侍郎,领大著作。后又任零陵太守、给事中等。在东晋初文坛上,温峤、庾亮等皆高居台辅,为政要人物。庾阐属于官位稍低之流,然其文学业绩及影响则不低,故《晋书》入于《文苑传》。

庾阐名声最著作品为《扬都赋》。此赋作意在于颂美"扬都"建康,因元帝在此践祚,建康已成皇都故也。自今存残文观,此为按照传统京都之赋格局所撰大赋无疑,其规模气象颇为恢宏。赋中极力铺排张扬,以赞"扬都之巨伟"。为此不仅详述扬都建康以及整个扬州风物,且与扬州距离甚远之众多山川,亦辐凑而来,写入赋中。如"左沧海,右岷山;龟鸟津其落,江汉淹其源,碣金标乎象浦,注桐柏乎玄川",而与扬州平野不同之地形,亦汇集而成句,如"其山则重冈峨屼,峻岭嶵嶭,'苍梧之岭,峻极丹霄'"等等;又诸多异域珍宝,亦总杂以标举,"琉璃冰朗而外映,珊瑚触石而构翘;牙箪裂文于象齿,火布濯秽于炎焱",要之,夸饰之辞颇多,而刻意经营之迹毕现。庾阐此赋,当日颇收声誉,与庾亮鼓吹甚有关系。据载:

庾阐始作《扬都赋》,道温、庾云:"温挺义之标,庾作民之望。方响则金声,比德则玉亮。"庾公闻赋成,求看,兼赠贶之。阐更改"望"为"俊",以"亮"为"润"云。

——《世说新语·文学》

庾仲初作《扬都赋》成,以呈庾亮。亮以亲族之怀,大为其名价,云:"可三'二京',四'三都'!"于此人人竞写,都下纸为之贵。谢太傅云:"不得尔,此是屋下架屋耳!事事拟学而不免俭狭。"

(同上)

庾亮"三'二京',四'三都'"之誉,本身标准有问题,虽"都下纸贵",经谢安"屋下架屋"一言道破,其弊立见。以故后来刘勰总论"魏晋之赋首"(《文心雕龙·诠赋》),共列举八家,东晋唯录郭璞《江赋》、袁宏《东征赋》二篇,而不及《扬都赋》,宜其采择也。相比之下,庾阐另一些赋,如《海赋》、《涉江赋》、《狭室赋》、《浮查赋》、《恶饼赋》等,更具特色。

《海赋》集中写海之波澜壮阔,"扬波于万里之间,漂沫于扶桑之外","腾龙掣水,巨麟吞舟",气势磅礴。赋中佳句颇有,如"映晓云而色暗,照落景而俱红",奔腾之馀有平静,苍茫之中显色泽。与木华同题之赋,前后相映,各见所擅。《涉江赋》仿楚辞而作,"溯晨风而遥迈,乘涛波而容与",然状江上物色有馀,而兴托不寄,是其功力稍逊处。《恶饼赋》、《藏钩赋》皆游戏文字,《闲居赋》则是敷述玄理之作,"至于体散玄风,神陶妙象;静因虚来,动率化往。萧然忘览,豁尔遗想;荣悴靡期,孰测幽朗?故细无形骸之狭,巨非天地之广。音兴乎万韵,理绝乎一响"。此是以赋谈玄。东晋玄言诗之外,尚有玄言赋,庾阐此篇即其代表。

庾阐赋之最为秀出者,应推《浮查赋》。"查"即槎,木筏也。赋文曰:

> 有幽岩之巨木,邈结根于千仞;体洪钧以秀直,枕瑰奇而特俊。冠岑岭以高栖,独雍容于岩峻;混全朴于不才,倬凌霄而绝韵。故能纡馀盘骪,森萧颓靡;阳飘飙结,华裂水洒。遗美贾于翠壁,躐悬根于朽壤;曳洪波于海湄,鼓长风而飘荡。旦驭波而乘飞潦,夕举浪而赴奔潮;吹云雾而出洞穴,灌炎石而过沃焦。江河不俄晷,万里不一朝。

"千仞"、"巨木"、"秀直"、"特俊"、"雍容"、"高栖"、"全朴"、"绝韵"等,皆托物取譬,以示己之品质才具。而"乘飞潦"、"赴奔潮"、"江河不俄晷,万里不一朝",则寓对于前程信心及志望。赋中既写物态,兼抒情志,精练警策,较之《扬都赋》之漫漶无际涯,在文学价值上高出一筹。

庾阐之文,以《吊贾生》为代表。其文曰:

> 中兴二年三月,余忝守衡南,鼓枻三江,路次巴陵。望君山而过洞庭,涉湘川而观汨水。临贾生投书之川,慨以永怀矣!及造长沙,观其遗像,喟然有感,乃吊之云。
>
> 　伟哉! 兰生而芳,玉产而洁。阳葩熙冰,寒松负雪。莫邪挺锷,天骥汗血。苟云其隽,谁与比杰?是以高明倬茂,独发旨秀;道率天真,不议世疢。焕乎若望舒耀景而焯群星,矫乎若翔鸾拊翼而逸宇宙也。飞荣洛汭,擢颖山东;质清浮磬,声若孤桐;琅琅其璞,岩岩其峰。信道居正,而以天下为公;方驾逸步,不以曲路

期通。是以张高弦悲,声激柱落;清唱未和,而桑濮代作。虽有
惠音,莫过韶濩;虽有腾鳞,终仆一鳖。呜呼!大庭既邈,玄风悠
缅。皇道不以智隆,上德不以仁显。三五亲誉,其轨可仰而标;
霸功虽逸,其涂可翼而阐。悲矣先生,何命之蹇!怀宝如玉,而
生运之浅……

文中"焕乎若……矫乎若……",皆自《高唐赋》、《洛神赋》等前贤名
篇中采撷,以形状贾谊高标卓绝。赋写"悲矣先生,何命之蹇",指出
贾生怀才不遇。以下又举咎繇、吕尚、管仲、萧何、张良、诸葛亮等创
业兴国贤相,对比突出贾生命运乖蹇。按贾谊有《吊屈原文》,庾阐
此文显系仿作,为吊吊者。就文字言,独发感怀,哀悯才士,诚致恳
切,可谓不辱前修。然而贾谊吊屈原,糅合本人身世感受,"谊追伤
之,因以自喻"(《吊屈原文》序),以故其文悲风凛冽,凄怆动人。而
庾阐本人虽云"忝守衡南",却无贾谊"俟罪长沙"(同上)不幸际遇,
"士不遇"之痛切感受显然不深,所以文中客观描述虽佳,而主观情
绪强烈程度稍不如之。

庾阐撰有不少杂论文章,如《列仙论》、《蓍龟论》、《断酒戒》等。
又有颂赞文字如《虞舜像赞》、《二妃像赞》、《孙登赞》等。又有书檄
文,如《檄石虎文》、《檄蜀文》、《檄青州文》、《讨苏峻盟文》等;前二
篇代庾翼(荆州刺史、都督六州军事)作,后二篇代郗鉴(兖州刺史、
车骑将军)作。此类文章,无论自出机杼,或代人立言,皆含章蓄采,
妙尽文理;而骈偶文章技巧,亦颇成熟,如"百姓受灰没之酷,王室有
黍离之哀。不有少康之隆,孰能祀夏?不有宣王之兴,谁克旧物"
等等。

庾阐之诗,于东晋前期诸文士中数量较多。其诗大要可分二类,
一为观赏山川风物之作,一为游仙诗。前者如《三月三日临曲水

诗》：

　　暮春濯清汜，游鳞泳一壑。高泉吐东岑，迥澜自净荣。临川
迭曲流，丰林映绿薄。轻舟沈飞觞，鼓枻观鱼跃。

又一首《三月三日诗》：

　　心结湘川渚，目散冲霄外。清泉吐翠流，渌醽漂素濑。悠想
眇长川，轻澜渺如带。

三月三日上巳川上郊游风习，西晋颇盛行，至江左而不绝。然二诗与
西晋张华、陆机、潘尼、闾丘冲诸人同题之作，存在显著差异。主要在
于庾阐诗中已不见繁华绮丽内容，更多清净萧散气氛；文字上则较为
精致，如"高泉吐东岑"、"丰林映绿薄"等，皆显出造语结撰功夫。此
外如《观石鼓诗》、《登楚山诗》、《衡山诗》、《江都遇风诗》、《采药诗》
等，风致略同。如《衡山诗》：

　　北眺衡山首，南睨五岭末。寂坐挹虚恬，运目情四豁。翔虬
凌九霄，陆鳞困濡沫。未体江湖悠，安识南溟阔？

诗人逐字锻炼雕刻，努力于骈偶对当。由此颇得佳句，如末二句甚为
畅达，亦有韵味。然亦不免有拙者，如首韵以"首"对"末"，未免痕迹
太重，有失自然雅致。
　　庾阐此类以景观为主要对象的作品，有的似含寄托，有的无明显
寄寓。然无论如何，皆以清虚恬淡为基本情调。另外，它们刻画自然
山川，兼写人物活动，实际上已进入山水诗畛域。特别是诗人非偶一

为之,而是多量写作(今存七首),已形成一种创作倾向,为此值得重视。在他之前,山水题材虽在魏晋时期逐渐多见,但尚无人投入很大精力,将它作为主要题材来写,所以庾阐的出现为一标志,山水诗歌开始登上诗坛。是故在谢灵运之前,庾阐是山水诗发展过程中重要人物。

庾阐游仙诗今存十首。其中五言体四首,六言体六首。此类诗在写作风格上与其山水景观诗接近,皆注意于造语炼字,讲求辞整句饰。较有特色者如:

> 三山罗如粟,巨壑不容刀。白龙腾子明,朱鳞运琴高。轻举观沧海,眇邈去瀛洲。玉泉出灵鼍,琼草被神丘。
>
> (第四首)

> 荧荧丹桂紫芝,结根云山九嶷。鲜荣夏馥冬熙,谁与薄采松期?
>
> (第五首)

> 赤松游霞乘烟,封子炼骨凌仙。晨漱水玉心玄,故能灵化自然。
>
> (第六首)

> 乘彼六气渺芒,辒驾赤水昆阳。遥望至人玄堂,心与罔象俱忘。
>
> (第七首)

诗中如"三山罗如粟,巨壑不容刀"等,设譬形容,新颖奇崛,颇为醒目。而五首写九嶷桂芝,境界不俗。自游仙诗发展历程看,庾阐与郭璞为东晋初两大作者,二人几乎同时大量创作游仙诗。然而二人写作倾向有不小差异:郭璞《游仙诗》"词多慷慨","乃是坎壈咏怀,非列仙之趣也"(锺嵘《诗品》卷上);庾阐《游仙诗》则既非咏怀抒忧,亦非列仙之趣,而是藉游仙以表达老庄玄理。此从上举数例中即可察知,"晨漱水玉心玄,故能灵化自然"、"遥望至人玄堂,心与罔象俱忘",皆是也。以游仙方式写玄思,阮籍、嵇康已启其端。庾阐之作上承嵇、阮之统,同时也契合东晋玄学盛行时代风气。然描写手段不高,文字略显滞拙,气韵不够畅达,与郭璞相比,只能稍逊一筹了。不过庾阐《游仙诗》精致整饬,而六言诗本属难能之事,阐尝试为之,自成一家,亦甚不易。

庾阐著作,《隋书·经籍志》著录有集九卷(注:"梁十卷,录一卷"),《旧唐书》、《新唐书》皆著录其集十卷。原集久亡,严可均辑其文入《全晋文》卷三十八,逯钦立辑其诗入《晋诗》卷十二。

第三节　李充父子的创作和理论

李充(生卒年不详),字弘度,江夏平春(今河南罗山县西)人。祖、父皆有美名。充少好刑名之学,深抑浮虚之士,曾著《学赋》,显扬仁义之学,谓"非仁无以长物,非义无以齐耻。仁义固不可远,去其害仁义者而已。力行犹惧不逮,希企邈以远矣!"辟丞相王导掾,转记室参军。因家贫,苦求外任,为剡县令。后又迁大著作郎。据《晋书》本传,时当渡江未久,典籍混乱,李充悉心整理,"以类相从,分作四部,甚有条贯,秘阁以为永制"。[4]卒于中书侍郎任上。其事迹入《晋书·文苑传》。李充著作,《晋书》本传载:"充注《尚书》及《周易》旨六篇,《释庄论》上下二篇,诗、赋、表、颂等杂文二百四十首,行于世。"《隋书·经籍志》著录有集二十二卷(注:"梁十五卷,录一卷"),又著录《翰林论》三卷(注:"梁五十四卷"),《论语》注十卷,《论语释》一卷。[5]《旧唐书》、《新唐书》皆著录有集十四卷,而《通志》著录作二十二卷。原本久亡,严可均辑其文入《全晋文》卷五十三,逯钦立辑其诗入《晋诗》卷十一。

李充在东晋,文名颇著。他家居会稽,与孙绰、许询、支遁、王羲之、谢安等皆以文义冠世,并称同好。李充作品虽众,今存无多,完整者唯诗一首,文若干。其诗即《嘲友人》:

> 同好齐欢爱,缠绵一何深。子既识我情,我亦知子心。燕婉历年岁,和乐如瑟琴。良辰不我俱,中阔似商参。尔隔北山阳,我分南川阴。嘉会罔克从,积思安可任!目想妍丽姿,耳存清媚音。修昼兴永念,遥夜独悲吟。逝将寻行役,言别泣沾襟。愿尔降玉趾,一顾重千金。

此为拟作征夫词。自汉魏以来,征夫思妇为文士诗中常见主题,取材已不新鲜。西晋张华、陆机等拟乐府诗中不少。然而东晋文人则少涉此领域,李充此篇为今存东晋诗中仅见者。唯其少见,而显出一定个性,显示乐府诗影响在东晋之存在。又东晋诗坛玄言弥漫,此诗竟不为所染,显出独到质朴境界。此诗另一值得注意之点,为自第二韵开始,即成偶句,虽以"言对"、"正对"为主,如刘勰所云"言对为易,事对为难;反对为优,正对为劣"(《文心雕龙·丽辞》),但李充努力加重诗中骈偶化色彩,符合诗歌格律化发展方向。

李充之文,有《九贤颂》、《学箴》、《吊嵇中散》等。"九贤"指汉魏间名士郭泰、管宁、陈寔、华歆、嵇康等。自思想倾向言,这些人物或服膺儒术,或宗奉道家,并不一致,但他们有一共同点,即率皆汉魏间名士,皆以"有道"、"含道"或"懿德"闻。李充对"九贤"礼赞有加,谓其"慧心秀朗"、"履信依仁"、"诞纵淑姿"云云。其中对嵇康赞颂最高:"肃肃中散,俊明宣哲;笼罩宇宙,高蹈玄辙。"对于这位被司马昭杀害的名士表达由衷敬仰。而其《吊嵇中散》文,更对嵇康极表景慕:

> 先生挺藐世之风,资高明之质。神萧萧以宏远,志落落以退逸。忘尊荣于华堂,括卑静于蓬室。宁漆园之逍遥,安柱下之得一。寄欣孤松,取乐竹林;尚想蒙庄,聊与抽簪。味孙觞之浊醪,鸣七弦之清琴。慕义人之元旨,咏千载之徽音。凌晨风而长啸,托归流而咏吟。乃自足乎丘壑,孰有愠乎陆沉。马乐原而翘足,龟悦涂而曳尾。畴庙堂而足荣,岂和铃之足视?久先生之所期,羌元达于退旨。尚遗大以出生,何殉小而入死?嗟乎先生!逢时命之不丁。冀后凋于岁寒,遭繁霜于夏零。灭皎皎之玉质,绝琅琅之金声。援明珠以弹雀,损所重而为轻。谅鄙心之不爽,非大雅之所营。

文章清切沉着,悲风萧瑟,在赞颂嵇康"藐世之风"及"高明之质"同时,亦对其死于非命深表痛惜。认为嵇康"遗大以出生"、"殉小而入死","援明珠以弹雀,损所重而为轻",事有不值;此处对嵇康亦小有批评。然而总体言,这是嵇康死后不足百年所出现的第一篇赞美凭吊文章,文中明确为嵇康之死鸣不平,在司马氏政权下如此写作,颇具挑战姿态。此亦司马氏皇室至东晋时已经沦失威权之表征。

　　李充最重要著作当推《翰林论》,此为一文体论著作,大致分两

部分内容,一为文之总论,一为分体论。惜原书已散佚,今仅存残文,不能得睹原著全貌。其文之总论如:

> 或问曰:何如斯可谓之文? 答曰:孔文举之书,陆士衡之议,斯可谓之文矣。
>
> 潘安仁之为文也,犹翔禽之羽毛,衣被之绡縠。

此仅举例以明"何如斯可谓文"问题,缺乏正面详细阐述;其分体论则分别涉及"表"、"驳事"、"论"、"议奏"、"盟檄"等,既有例,又提出该文体之写作要求:

> 表宜以远大为本,不以华藻为先。若曹子建之表,可谓成文矣。诸葛亮之表刘主,裴公之辞侍中,羊公之谦开府,可谓德音矣。
>
> 驳不以华藻为先。世以傅长虞每奏驳事,为邦之司直矣。
>
> 研玉名理,而论难王马。论贵于允理,不求支离。若嵇康之论,文矣。
>
> 在朝辨政而议奏出,宜以远大为本。陆机议晋断,亦名其美矣。
>
> 盟檄发于师旅。相如喻蜀父老,可谓德音矣。

自残文观,《翰林论》写法受挚虞《文章流别论》一定影响,不过稍简括。其文章观念则与西晋陆机、挚虞等有所不同。他在论及"表"时两次强调"宜以远大为本",在论及"表"、"驳事"时两次主张"不以华藻为先",显示与西晋文论重华藻相异倾向。李充在论"论"时又提出"研玉名理"、"论贵于允理",此亦反映在东晋玄学高潮中,文贵

达理不尚藻饰之普遍风气。可以说，《翰林论》为具有东晋时代特色
之文论。

李颙（生卒年不详），字长林，李充之子，曾任江夏太守，封乐安
亭侯。文名不及其父响亮，而诗赋成就实不在充下。李颙之诗，今存
较李充稍多。其所居江夏地区，想四季气候温差甚大，故作有《夏日
诗》、《羡夏篇》等咏溽暑之作，又有《感冬篇》等述"寒气"之诗。然
最能代表其诗歌成就者当是《涉湖诗》：

> 旋经义兴境，弭棹石兰渚。震泽为何在？今唯太湖浦。圆
> 径萦五百，眄目渺无睹。高天淼若岸，长津杂如缕。窈窕寻湾
> 漪，迢递望峦屿。惊飙扬飞湍，浮霄薄悬岨。轻禽翔云汉，游鳞
> 憩中浒。黯蔼天时阴，岂岂舟航舞。凭河安可殉，静观戒征旅。

此咏太湖之篇，写其阔大无垠，写出浩茫气势；又多方状其湖光山色，
写出如画景致。全篇由总述震泽规模，到细写波澜禽鳞，末又托出诗
人涉湖感兴，以写景为主，而情景兼具，诗体完足。又全篇呈动态结
构，自首韵言诗人乘舟将航太湖，以下逐步展开，由宏观而微观，由高
远而浅近，由自然风致而湖中生物。要之此诗与庾阐《三月三日临
曲水诗》等，同为东晋前期优秀写景诗，亦为颇具水准山水诗，而此
篇比庾阐之诗更加成熟。与后世谢灵运同类诗作相比，手法精巧程
度有所不及，而山水诗形态固已毕备。

李颙赋亦有佳篇，甚有趣者，其赋亦多以季候为题，如《雪赋》、
《雷赋》、《悲四时赋》等。《雷赋》写巨雷轰鸣，颇惊心动魄：

> 若乃骇气奔激，震响交搏，溃沦隐辚，崩腾磊落，来无辙迹，

去无阡陌,君子恐惧而修省,圣人因象以制作。审其体势,观其
曲折,轻如伐鼓,袤若走辙,業犹地倾,缅似天裂,比五音而无当,
校众响而称杰。

绘声绘色,颇收振聋发聩之效。

李颙著作亦不少,《隋书·经籍志》著录有集十卷;又有《周易卦
象数旨》六卷,《尚书集解》十一卷,《尚书新释》二卷。《旧唐书》、
《新唐书》、《通志》皆著录其集十卷。宋以后其集亡,严可均辑其文
入《全晋文》卷五十三,逯钦立辑其诗入《晋诗》卷十一。

第四节　干宝及其《搜神记》

干宝(?—336),[6]字令升,新蔡(今属河南)人。少勤学博览,
好阴阳术数,以才器召为著作郎。时东晋政权草创,未置史官,王导
上疏建议干宝领国史。以家贫,求补山阴令,迁始安太守。转王导司
徒右长史、散骑侍郎等。著《晋纪》,自"宣帝"司马懿迄于愍帝,凡二
十卷。其书简略,直而能婉,咸称良史。干宝对经史之学,投入精力
颇多。然所撰诸书皆已散佚,唯小说《搜神记》一书基本留存。

《搜神记》原本三十卷,唐时尚存,宋以后唯存十卷本。今本二
十卷,始见于明胡震亨《秘册汇函》本,当是明人辑本。[7]除极少数
篇章,可以判断非干宝原书所有,为误辑入之文,[8]大部分文篇尚称
可靠。原书有干宝序,其云:

虽考先志于载籍,收遗逸于当时,盖非一耳一目之所亲闻睹
也,亦安敢谓无失实者哉!……今之所集,设有承于前载者,则

非余之罪也。若使采访近世之事，苟有虚错，愿与先贤前儒分其讥谤。及其著述，亦足以明神道之不诬也。群言百家，不可胜览；耳目所受，不可胜载。今粗取足以演八略之旨，成其微说而已。幸将来好事之士录其根体，有以游心寓目而无尤焉。

序中略述《搜神记》中故事来源，有两种情况，一是"考先志于载籍"、"承于前载者"，亦即转录自前人著作；一是"收遗逸于当时"、"采访近世之事"者，即干宝自行采集编写而得。这两类情况，其实有一共同点，即皆自他处所得，非干宝本人创作。此点可在书中得到证实。如《李少翁》则（卷二）所述汉武帝致李夫人神灵故事，即取自《史记·封禅书》、《汉书·外戚传》、桓谭《新论》、王充《论衡·自然》等典籍，文字大同小异；同卷《贾佩兰》则，述戚夫人侍儿贾佩兰事，取自《西京杂记》，文字略同；《燕生崔》则，全取自《汉书·五行志》；《三足驹》则，亦取自《汉书·五行志》，连起句"哀帝建平二年"亦照录不误。总之《搜神记》中取自班固《汉书·五行志》、司马彪《续汉书·五行志》者最多，其第六、第七两卷，基本皆是；取自《墨子》、《吕氏春秋》、《淮南子》、《史记》、《论衡》、《东观汉记》、《风俗通》、《三国志》等书者，亦复不少；又有取自汉代纬书《春秋演孔图》、《孝经右契》、《孝经援神契》等书者。另外，与魏晋间《列异传》、《博物志》、《傅子》等书及后出的《宋书》、《洞林》、《开元占经》、《法苑珠林》等书中，亦有内容略同故事。总之，《搜神记》二十卷共四百六十馀则故事，其中有前代典籍可据，或有当代及稍后其他著作可资相互参证者，竟占什之八九，作为故事仅见于《搜神记》者，唯有五十馀则。由此可知，《搜神记》内容，大部分皆有所本，真正属于干宝创作的虽有，却很少。干宝主要是做了一件集大成工作。

《搜神记》中故事，就取材而论，类别甚广且杂。有写历代神仙，如赤松、彭祖、老君、汉明生、左慈者；有写卜筮术士，如汉钟离意、段医、许季山、淳于智者；有写诸河伯、山神，如华山使、泰山府君、庐君、黄石公、火神、水神者；有写历代妖异灾祥之事者，有述历代谶纬之说者，有写历史人物奇异遭遇者，如贾谊"有鵩鸟飞如其舍"、翟义见狗啮群鹅等事；有写奇异梦境者；有写诚心感应故事者，如孝子王祥、周畅、盛彦、郭巨等事迹；有述事物变异之事，以及人与动物互生互变者；有写人死而复生者，有写人鬼婚配故事者；又有写什物作怪之事者，以及人兽相报者，等等。其中有上古神话衍变，以及后世鬼神妖异故事，以及历史人物奇异之事。

序文明言撰集《搜神记》用意，在于"明神道之不诬也"，同时又说在于"游心寓目而无尤焉"。这两层用意的存在，使《搜神记》全书呈复杂思想倾向。另外，因本书多自他书中收集撷采而得，取材来源情况复杂，原始作者既非一时一地之人，更增添内容的多样性。首先书中确有一些部分内容，在努力"明神道"，证明有神论之正确。例如《阮瞻》（卷十六）一则，写"阮瞻字千里，素执无鬼论，物莫能难。每自谓此理足以辨正幽明。忽有客通名诣瞻，寒温毕，聊谈名理。客甚有才辩，瞻与之言良久，及鬼神之事，反复甚苦，客遂屈，乃作色曰：'鬼神，古今圣贤所共传，君何得独言无？即仆便是鬼！'于是变为异形，须臾消灭。瞻默然，意色大恶。岁馀病卒。"按阮瞻为西晋后期人，永嘉时尚在世，其年岁略长于干宝，故此则有可能为干宝"采访近世之事"所得，或其自撰。此外又有《施续》一则（卷十六），内容类似《阮瞻》，亦述施续"常秉无鬼论"，有一鬼前来论辩，辞屈而自言即鬼。不同处只在此鬼略通人情，原欲取施续之命，经"门生"请乞，乃以一都督代之。此二则用意甚明：无鬼论者可恶，人神共愤，应予消灭！撰者为鬼神辩护，态度不可谓不强烈。然而书中此类内容不多，更多的故事则以描写鬼神怪异为由，演绎不同伦理道德观念，寄托种种人生体验。唯因此,《搜神记》具有更多社会意义及文学价值。

《搜神记》中所写鬼神,多有善恶之区分。较引人注目者,如《丁新妇》(卷五)述一善良少女,被姑迫害而死,死后为神现形,有居心不良男子亵言调戏,便予惩罚,有忠厚老者帮助渡河,便予善报。于是"丁姑"神灵名闻江南,因其九月九日自经而死,百姓纪念,咸以为休息之日,所在祭祀。如《庐君》(卷四)述神道为礼义所感,归还掠去二女;《病龙雨》(卷二十)述一龙病疽,孙登为之治,病愈而雨,又大石中开一井,解救旱灾以报人;诸如此类,皆善神故事。另有恶神故事,如有关"蒋侯"故事四则,皆收于卷五。所谓"蒋侯",名蒋子文,原为恶人,"蒋子文者,广陵人也。嗜酒好色,挑达无度",死后为神,号"蒋侯",专以灾眚威逼百姓为己立祠致祭,百姓屡受其害:

> 刘赤父者,梦蒋侯召为主簿。期日促,乃往庙陈请:"母老子弱,情事过切,乞蒙放恕。会稽魏过,多材艺,善事神,请举过自代。"因叩头流血。庙祝曰:"特愿相屈,魏过何人,而有斯举?"赤父固请,终不许。寻而赤父死焉。
>
> (卷五)

蒋侯任意致人以死命,为害一方,百姓无可如何。此外如《虞定国》则(卷十七)述妖魅冒名虞定国之名而淫人女;《朱诞给使》则(卷十七)述妖物祟人妻;《顿丘鬼魅》则(卷十七)述鬼魅恐吓人等等,皆写鬼神为恶,肆虐百姓。此类善恶鬼神故事,其意义当然已非"明神道"所能范围笼盖,事实上已进入劝善惩恶道德领域。

劝善惩恶之外,又有描写各种正面道德品行者。如《紫玉》(卷十六),述吴王女紫玉,生前与韩重相悦,私订婚姻,而父王不许,紫玉含恨病亡,死后为鬼,与韩重人鬼相见于墓穴,赠以明珠。与此故

事相类者,尚有《辛道度》、《谈生》、《钟繇》等,皆人鬼姻缘,寓追求婚姻自由之意。又如《古冶子》则:

> 齐景公渡于江沅之河,鼋衔左骖,没之。众皆惊惕。古冶子于是拔剑从之。邪行五里,逆行三里,至于砥柱之下。杀之,乃鼋也。左手持鼋头,右手持左骖,燕跃鹄踊而出,仰天大呼,水为逆流三百步,观者皆以为河伯也。

(卷十六)

古冶子为历史人物,与巨鼋搏斗,写来颇惊心动魄,盖为勇士赞歌。又《熊渠子》则,写熊渠子射虎得石,又写及李广射石没镞等,亦皆赞颂勇烈人物。熊渠子事,亦见于《韩诗外传》、《新序》,李广事见于《史记》。又《周处》、《李寄》则,前者述除三害,后者述斩蛇,皆表彰为民除害事。此外又有不少述孝行故事者,所涉及人物,自上古曾参事母始,又叙周畅、王祥、王延、董永、楚僚、盛彦、郭巨、刘殷、杨伯雍、衡农、罗威、王哀、徐宪、东海孝妇等故事,后世所传“二十四孝”中有多则出现于《搜神记》。此外又有表彰清正官员之篇,如《谅辅》则,写清廉官员谅辅求雨成功事;又如《王业》则,述荆州刺史王业“在州七年,惠风大行,苛慝不作,山无豺狼”,卒后竟有二白虎“宿卫其侧”云。至于《宋定伯捉鬼》(卷十六)、《秦巨伯杀鬼》(同上)等则,写人克服鬼魅故事,虽仍主有鬼论,却颇突出人的力量,而以鬼为反面角色,其作意更与“明神道”无关,而是另有所寄寓。

　　然而书中亦有道德寄寓较少甚至无所寄寓之作,只是以“游心寓目”面貌出现。此类故事,或写人,或述鬼神,一般无甚深意,只是好奇述异而已。如全书中最长一则《李娥》(卷十五),篇中述老妇李娥,误被司命所召,死而复生过程,并无何种启示寓意,只是一篇白日见鬼离奇故事。同卷《贺瑀》则，亦述人死复生事，篇幅短小，虽无深意，却饶有趣味：

> 会稽贺瑀，字彦琚，曾得疾，不知人，唯心下温。死三日，复苏，云："吏人将上天，见官府。入曲房，房中有层架，其上层有印，中层有剑，使瑀唯意所取。而短不及上层，取剑以出。门吏问：'何得？'云：'得剑。'曰：'恨不得印，可策百神。剑，唯得使社公耳。'"疾愈，果有鬼来，称"社公"。

死而复生，已是奇事；复生之后，又当"社公"，且有鬼来称呼之，二奇；得"社公"缘由，只是身材矮小，"短不及上层"所致，可发一噱！又如《千日酒》则（卷十九），述刘玄石饮酒醉千日，家人误以为死，葬后三年，发冢，玄石酒气冲入众人鼻中，"亦各醉卧三月"，夸张文字，滑稽好笑，调侃人生。此等诙谐调笑文字，显出作者轻松娱乐撰述心态。

"游心寓目"，为文学娱乐功能，"无尤"则仍贯彻遵守一定道德规范，并非"纯娱乐"性质，如此则体现文学应有内涵和作用。"游心寓目"作品在《搜神记》全书所占比例很大，它们决定了本书作为小说的基本性质。而《搜神记》的艺术魅力，主要也就来自这一部分作品。与鬼神素材的神奇怪异相配合，它们大多表现出丰富的想象力，以及亦庄亦谐的文风。若干篇章想象力十分突出，如《宋士宗母》则（卷十四）：

> 魏黄初中，清河宋士宗母，夏天于浴室里浴，遣家中大小悉出，独在室中良久。家人不解其意，于壁穿中窥之，不见人体，见盆水中有一大鳖。遂开户，大小悉入，了不与人相承。尝先着银

钗，犹在头上。相与守之啼泣，无可奈何。意欲求去，永不可留。视之积日，转懈，自捉出户外，其去甚驶，逐之不及，遂便入水。后数日，忽还，巡行宅舍，如生平，了无所言而去。时人谓士宗应行丧治服，士宗以母形虽变，而生理尚存，竟不治丧。此与江夏黄母相似。

此为一篇古代东方的"变形记"。老妇人浴时忽变为鳖，且银钗犹着头上，发想奇特。大鳖一方面"了不与人相承"，显示出鳖性；另一方面又数日后还家，"巡行宅舍，如生平"，似乎还保留些许人性。家人惊愕悲伤，"无可奈何"。篇末又生发出一个两难的伦理问题：宋士宗是否应为母服丧？自其母突然消失暌违人世言，应服；而自其母只是"变形"并未死去言，则不应服。故事本身充满兴味，而服丧问题同样有趣。此故事亦见于《宋书·五行志》《晋书·五行志》，皆作"魏文帝黄初初，清河宋士宗母化为鳖，入水"，记述甚简约，粗具梗概而已，可知其事流传甚广。然自文学性观之，则《搜神记》远出二史之上。

《搜神记》故事因来源情况复杂，导致各篇文字描写水准参差不一，除想象力方面外，在情节设置、造语措词方面也颇存巧拙区分。其中优秀篇章，往往能写出一定个性，毋论为人物为鬼神为精怪。如《干将莫邪》则（卷十一），为脍炙人口名篇，其中楚王凶暴残忍，枉杀贤良，赤比（"眉间尺"）为亲报仇，托付不疑，"客"仗义赴难，正气凛然，性格皆颇鲜明。此故事又见于《吴越春秋》《列异传》，文字各有差异，而《搜神记》此篇所写，情节较详，描绘亦细，人物更为生动；篇末三头同入汤镬，烂"不可识别"，使赤比、"客"亦得王者之葬，可谓绝妙构思。又如《庐君》（卷四）则：

　　张璞字公直,不知何许人也。为吴郡太守,征还,道由庐山,子女观于祠室。婢使指像人以戏曰:"以此配汝。"其夜,璞妻梦庐君致聘曰:"鄙男不肖,感垂采择,用致微意。"妻觉,怪之。婢言其情,于是妻惧,催璞速发。中流,舟不为行,阖船震恐,乃皆投物于水,船犹不行。或曰:"投女则船为进。"皆曰:"神意已可知也,以一女而灭一门,奈何?"璞曰:"吾不忍见之。"乃上飞庐卧,使妻沉女于水。妻因以璞亡兄孤女代之,置席水中,女坐其上,船乃得去。璞见女之在也,怒曰:"吾何面目于当世也!"乃复投己女。……

其后庐君服张璞道义而送还二女。此则篇幅不长,容量甚大,而情节一转三折,设置巧妙,间关递转,引人入胜,结局又颇出人意料。篇中人物张璞,在紧急关头,不肯以亡兄女代替己女,"吾何面目于当世也"一语,点出刚正重义品格,其人格力量终于感动庐君,成为扭转悲剧结局决定性因素。

　　魏晋小说著述颇盛,而取材以神怪之事为主,形制以短篇小章为主,是为"志怪小说","中国本信巫,秦汉以来,神仙之说盛行,汉末又大畅巫风,而鬼道愈炽;会小乘佛教亦入中土,渐见流传。凡此,皆张皇鬼神,称道灵异,故自晋讫隋,特多鬼神志怪之书"(鲁迅《中国小说史略》)。《搜神记》为魏晋志怪小说最重要著作,在中国小说发展史上具有重要地位。

　　干宝著作甚多,《晋书》本传备述其所撰《晋纪》二十卷、《搜神记》三十卷外,又谓:"宝又为《春秋左氏义外传》,注《周易》、《周官》凡数十篇,及杂文集皆行于世。"《隋书·经籍志》著录其书更多,有《周易》注十卷,《周易宗涂》四卷,《周易爻义》一卷,《毛诗音隐》一卷,[9]《周官礼》注十二卷,《周官驳难》三卷(孙琦问,干宝驳,晋散骑常侍虞喜撰),《七庙议》一卷,《春秋左氏函传义》十五卷,《春秋序论》二卷,《晋纪》二十三卷,《司徒仪》一卷,《搜神记》三十卷,《干子》十八卷,《晋散骑常侍干宝集》四卷,《百志诗》九卷等,共达十五种。其别集《旧唐书》、《新唐书》、《通志》皆著录四卷。又《旧唐书》、《新唐书》、《通志》皆著录"《正言》十卷,干宝撰",《旧唐书》、《新唐书》皆著录"《立言》十卷,干宝撰",此所谓"正言"、"立言",当是《干子》一书异名也。严可均辑其文入《全晋文》卷一百二十七,逯钦立辑其诗入《晋诗》卷十一。《搜神记》今存二十卷本,有汪绍盈校注本。

〔1〕 此处分析,皆就表文本身言。如按之史实,则尚有疑问可质:庾亮上此表文后,虽"帝纳其言而止"(臧荣绪《晋书》),事情有一解决。然而不久之后,他却自食其言,就任中书监。对此《晋书》本传曰:"王敦既有异志,内深忌亮,而外崇重之。亮忧惧,以疾去官。复代王导为中书监。及敦举兵,加亮左卫将军,与诸将距钱凤。"可知庾亮"代王导为中书监",在王敦举兵之前。而敦举兵事,据敦传即在太宁二年(324),据此推算,庾亮在上疏让中书监之后不足一年,就不再考虑"防嫌以明公道"问题,堂而皇之当起了中书监,且加领"左卫将军",真正居于"内处心膂,外总兵权"地位。如此,庾亮作此表文是否出于诚心,抑或另有某种权宜考虑,就难于按照文章表层意义来加判断;而对于此篇"序志显类,有文雅焉"之表文,也只能就文论文了。

〔2〕 "笔记"之名,义总多端。刘勰曰:"夫书记广大,衣被事体;笔札杂名,古今多品。是以总领黎庶,则有谱籍簿录;医历星筮,则有方术占试;申宪述兵,则有律令法制;朝市征信,则有符契券疏;百官询事,则有关刺解牒;万民达志,则有状列辞谚。并述理于心,著言于翰。虽艺文之末品,而政事之先务也。"(《文心雕龙·书记》)"笔记"者,盖"书记"、"笔札"之合言,其内容包括上列诸文体,极为"广大",诚属"多品"。

〔3〕 庾阐生卒年,史无明纪。《晋书》本传曰:"九岁能属文……永嘉末,

为石勒所陷,阐母亦没。阐不栉沐,不婚宦,绝酒肉,垂二十年,乡亲称之。"可知永嘉末(313)庾阐已年过九岁。本传又曰:"州举秀才,元帝为晋王,辟之,皆不行。"按司马睿为晋王,据《晋书·元帝纪》载,时在建武元年(317)三月。其时庾阐已被辟为属吏,年龄当在二十岁以上。由此推算,庾阐约生于此前二十年,即元康八年(298)或稍前。《世说新语·文学》注引何法盛《中兴书》曰:"阐……五十四卒"。据此推算,其卒年当于晋穆帝永和七年(351)或稍前也。

〔4〕　李充将秘阁典籍"分作四部",其具体分部方法,据《隋书·经籍志》:"魏秘书郎郑默,始制《中经》;秘书监荀勖,又因《中经》更著新簿,分为四部,总括群书。一曰甲部,纪六艺及小学等书;二曰乙部,有古诸子家、近世子家、兵书、兵家、术数;三曰丙部,有史记、旧事、《皇览》簿、杂事;四曰丁部,有诗赋、图赞、汲冢书。大凡四部合二万九千九百四十五卷。……东晋之初,渐更鸠聚,著作郎李充,以勘旧簿校之,其见存者,但有三千一十四卷。充遂总众篇之名,但以甲乙为次。自尔因循,无所变革。"由此可知李充分部,仍荀勖之旧,其甲乙丙丁四部,大体相当后世之经、史、子、集。

〔5〕　李充《尚书注》,《晋书》本传述及,而《隋书·经籍志》不录。然其子李颙有《尚书集解》十一卷,《尚书新释》二卷,可知颙之二种有关《尚书》著作,至少吸收了李充《尚书注》部分内容。

又,《隋书·经籍志》著录李充《翰林论》三卷(注:"梁五十四卷")。徐按:注所云"梁五十四卷",兹事至不可解,因其篇幅超出原著(三卷)几二十倍,而后世诸书志等皆著录《翰林论》为三卷(《新唐书》、《宋史》、《通志》著录),或二卷(《旧唐书》著录),无作五十馀卷者。此"梁五十四卷"者,当非《翰林论》,或是另一著作耶?西晋挚虞撰《文章流别志论》,同时又编《文章流别集》。前者为志论,评论性质;后者为被评作品分类集;二者互为对应,相辅相成。而前者《隋书·经籍志》著录为二卷,后者著录为四十一卷,篇幅相差亦二十倍。李充撰《翰林论》,此为评论性质无疑,今存佚文可证;意者充同时又编纂被评论原著,如挚虞《文章流别集》然,以为其评论之对应参阅物,是即五十馀卷之巨帙也。若是,则五十四卷之书,当作《翰林集》,为《翰林论》以外"配套"之书也。

〔6〕　关于干宝生卒年,此从曹道衡说。见所著《晋代作家六考》一文,收

入《中古文学史论集》,中华书局 1986 年出版。

〔7〕 关于今本《搜神记》,纪昀等主辑本说。又曰:"然其书叙事多古雅,而书中诸论,亦非六朝人不能作,与他伪书不同。疑其即诸书所引,缀合残文,傅以他说,亦与《博物志》《述异记》等。但辑二书者耳目隘陋,故罅漏百出;辑此书者则多见古籍,颇明体例,故其文斐然可观,非细核之,不能辨耳。"(《四库全书总目》卷一四二)

〔8〕 今本《搜神记》中杂有后世文字,如《吴兴老狸》则(卷十八),篇首言"晋时……",显为晋以后人语气。按此则又见于《法苑珠林》四二、《太平广记》四四二,今本辑者盖自二书中栏入,而未予细辩。类似文字尚有《天竺胡人》(卷二)等多则。又《夏侯弘》则(卷二),写及"镇西谢尚",按谢尚为镇西将军,事在穆帝永和十一年,事见《晋书·穆帝纪》。其时干宝早已去世,此则非宝所撰甚明。又《谢奉》则(卷十),写及谢奉,奉与谢安同时人,生当干宝之后,此则亦不可能为干宝撰;此则又见于《太平御览》四〇〇,引作"《续搜神记》",盖今本辑者未注意"续"字,误辑入本书。

〔9〕《毛诗音隐》一卷,《隋书·经籍志》著录于经部诗经类,署"干氏撰,亡"。兴膳宏、川合康三曰:"'干氏'者,干宝耶?《序录》所列诗音著作九家之中,举有干宝。"(《隋书经籍志详考》77 页,日本汲古书院 1995 年版)说可参考。

第三章　郭璞与葛洪

第一节　郭璞与文学

郭璞(276—324),字景纯,河东闻喜(今属山西)人。父瑗,曾为尚书都令史、建平太守等。璞少习经术,博学有高才,而讷于言论,好古文奇字,又妙于阴阳历算,精于卜筮。八王乱起,中原鼎沸,刘渊逼近京都洛阳,郭璞遂于永嘉初赴东南避乱。既过江,[1]王导深器之,引为参军。又因卜筮颇见重于元帝司马睿,以为著作佐郎,迁尚书郎。又与温峤、庾亮等大臣交好,且以才学受东宫太子(即明帝司马绍)信任。永昌二年(323),以母忧去职,未几,"大将军王敦以璞有才术,取为记室参军。璞畏,不敢辞"(《御览》卷二百四十九引《晋中兴书》)。敦将举兵谋反,使郭璞筮,璞拂王敦意,被杀。

郭璞生前以阴阳卜筮之术闻,当时誉为"璞之爻筮,虽京房、管辂不过也"(王廙《上中兴赋疏》);史籍中如《世说新语》所载亦多以一筮者面目出现,颇有神妙玄奥事迹。然而其文章亦优,朝廷曾令他与王隐共撰晋史,事见《晋书·王隐传》。又其诗赋成就,于东晋初亦称一流。以下分说其赋、文、诗。

《晋书》本传谓："璞著《江赋》,其辞甚伟,为世所称。后复作《南郊赋》,帝见而嘉之,以为著作佐郎。"这是在过江之初,其时郭璞已有赋名,而且因此受到元帝重视。《江赋》为一长篇大赋,写长江源流始终,气势雄奇,词采蔚丽,造语壮伟:

> 咨五才之并用,实水德之灵长。唯岷山之导江,初发源乎滥觞。聿经始于洛沬,拢万川乎巴梁。冲巫峡以迅激,跻江津而起涨。极泓量而海运,状滔天以森茫。总括汉泗,兼包淮湘,并吞沅澧,汲引沮漳。源二分于岷嶓,流九派乎浔阳。鼓洪涛于赤岸,沦馀波乎柴桑。网络群流,商榷涓浍。表神委于江都,混流宗而东会。注五湖以漫漭,灌三江而澎沛。浩汗六州之域,经营炎景之外。所以作限于华裔,壮天地之嶮介。呼吸万里,吐纳灵潮;自然往复,或夕或朝。激逸势以前驱,乃鼓怒而作涛……

然而此赋佳处尚不止于是,后部由状物理转而写人事,更使赋之境界提高一层次:

> ……纳隐沦之列真,挺异人乎精魄。播灵润于千里,越岱宗之触石。及其谲变倏恍,符祥非一。动应无方,感事而出。经纪天地,错综人术。妙不可尽之于言,事不可穷之于笔。……悲灵均之任石,叹渔父之棹歌。想周穆之济师,驱八骏于黿鼍。感交甫之丧佩,愍神使之婴罗。焕大块之流形,混万尽于一科。保不亏而永固,禀元气于灵和。考川渎而妙观,实莫著于江河。

人事之中,杂糅以神话传说。"列真"、"异人"、"谲变"、"符祥",加上"要离"、"灵均"、"周穆"、"交甫"等等,创造了"妙不可尽之于言,事不可穷之于笔”的迷离恍惚气氛，此气氛与大江潜光流彩相映照，遂使赋于壮丽之外，再添以神秘色彩，由此形成此赋独特风貌境界。此赋与西晋木华《海赋》，为赋史上描写水域名声最著作品，《文选》“赋”部专设“江海”类，收此二篇以为典范之作。《文选》注引《晋中兴书》曰：“璞以中兴王宅江外，乃著《江赋》，述川渎之美。”

至于《南郊赋》，亦称名篇。刘勰曾谓：“景纯艳逸，足冠中兴。《郊赋》既穆穆以大观，《仙诗》亦飘飘而凌云矣。”（《文心雕龙·才略》）以《南郊赋》与《游仙诗》为郭璞赋、诗之两大代表作。不过《文选》则不予收录，显示出萧统对此赋并不重视。此评价上的分歧，固仁智之见，各有所据，然而萧统见解当为近是。此赋内容，自《艺文类聚》所存一段文字观，主要写元帝践祚建邺之郊祀典礼，“我后方将受命于灵坛，乃改步而鸣玉。升金轩，抚太仆，扬六鸾，齐八騄。列五幡于一元兮，靡日月乎黄屋”。虽曰场面宏壮，气氛庄严，“穆穆大观”，然而终究为代帝王立言之郊庙作品，内容不免于空洞疏阔，形式亦略嫌呆板常套。

郭璞今存赋中，除《江赋》较能体现作者才力及精神外，包含较多社会内涵的则是《流寓赋》。赋名所示，此盖流离中撰，赋云：

> 戒鸡晨而星发，至猗氏而方晓。观屋落之隳残，顾徂见乎丘枣。嗟城池之不固，何人物之稀少。越南山之高岭，修焦丘之微路。骇斯径之峻绝，感王阳而增惧。诘朝发于解池，辰中暨乎河北。思此县之旧名，盖曩日之魏国。咏诗人之流歌，信风土之俭刻。背兹邑之迥逝，何险难之多历！望陕城于南涯，存虢氏之疆埸。实我姓之攸出，邈有怀乎乃迹。陟函谷之高关，壮斯势之险固。过王城之丘墉，想谷洛之合斗。恶王灵之壅流，奇子乔之轻举。游华辇而永怀，乃凭轼以寓目。思文公之所营，盖成周之

墟域。

赋中写及地点,除出发地闻喜外,依次为"猗氏"(今山西临猗)、"解池"(山西运城境)、"河北"(古魏国,山西芮城,在黄河北岸)、"陕城"(河南陕县故城)、"虢氏"(古虢国,河南灵宝境)、"函谷"(河南陕县境)、"王城"(即洛阳)。诸地点串连成线,便是郭璞"流寓"路径。要之,郭璞自故乡闻喜出发,经山西西南部,渡黄河入河南西部,再东达洛阳。此赋写作时间,大体可以推定于永嘉二年。[2] 赋中写一路所见情状,房舍隳残,城池破坏,人民稀少,河东地区经刘渊侵扰,已呈一派荒残破败景象。赋又写及"谷洛之合斗",此当指惠帝永平元年以来晋室内乱及继之而发生的八王之乱。总之,赋虽言及王侨轻举,有出世之想,但基本上能面对现实,怀乡土之眷恋,兴时局之感慨,诉流离之苦难。其关心国家黎庶,显示出相当社会责任感。而情绪沉郁,态度真切,又使之具有较强感染力。西晋末纪乱文学不多,此为宝贵一篇。然而今存不完,颇为可惜。

郭璞尚有《盐池赋》,此为赋其家乡风物。河东郡有解池,为古老内陆盐湖,盛产"潞盐"。赋中谓"饴戎见轸于西邻,火井擅奇乎巴濮;岂若兹池之所产,带神邑之名岳。吸灵润于河汾,总膏液乎洚涑",充满故里思念,流露家乡自豪感。赋当作于入东晋后,寄寓作者浓烈乡思。此外又有《蜜蜂赋》、《蚍蜉赋》等,显示郭璞写物图貌精湛技巧。郭璞赋总的成就颇高,刘勰总括"魏晋之赋首"时,共列举八家,其中东晋仅二家,即郭璞与袁宏,可知地位重要。其具体评语为"景纯绮巧,缛理有馀;彦伯梗概,情韵不匮"。所谓"绮巧"、"缛理有馀",盖言郭赋文辞绮丽精巧,而条理细密也。

郭璞之文,今存书疏不少,如《省刑疏》、《因天变上疏》、《皇孙生上疏》、《谏留任谷宫中疏》等。作为尚书郎,官位不显,但他颇为尽职，"数言便宜，多所匡益"（《晋书》本传）。疏文中常以阴阳之理，说天象人事。然而所持立场，颇为正道，不妄发蛊惑言论。如《因天变上疏》中说"升阳未布，隆阴仍积，坎为法象，刑狱所丽。变坎加丽，厥象不烛，疑将来必有薄蚀之变"等等，此皆阴阳家卜筮者言。然而他提出消灾之法，却是要求元帝"陛下宜恭承灵谴，敬天之怒，施沛然之恩，谐玄同之化，上所以允塞天意，下所以弥息群谤"，行仁爱之政。更说明问题的是，他曾上《谏留任谷宫中疏》，主张将"妖蛊诈妄者"任谷逐出皇宫，力劝元帝"简默居正，动遵典刑"，"不宜令谷安然自容，肆其邪变"。

《客傲》一文，仿东方朔《答客难》而作。据《晋书》本传，"璞既好卜筮，缙绅多笑之，又自以才高位卑，乃著《客傲》"。文中自辩之词，无多新意，但亦有采润，如曰："若乃庄周偃蹇于漆园，老莱婆娑于林窟，严平澄漠于尘肆，梅真隐沦乎市卒，梁生吟啸而矫迹，焦光混沌而槁杌，阮公昏酣而卖傲，翟叟遁形以倏忽，吾不能几韵于数贤，故寂然玩此员策与智骨。"本传全文引述，以见其思想文采。刘勰对此文曾予好评，谓："景纯《客傲》，情见而采蔚。"（《文心雕龙·杂文》）并与东方朔《答客难》、扬雄《解嘲》等历代名篇，同归为"属篇之高者"一类。

郭璞还曾注《尔雅》、《方言》、《山海经》，对于三部重要古代典籍，作缀集整理解释辨正，在学术史上厥功甚伟。后世研阅诸书者，莫不以郭注为重要依傍。"郭景纯注，于训诂、地理，未甚精彻，然晋人之言，已为近古。"（阮元《刻山海经笺疏序》）而郝懿行撰《山海经疏》，亦以郭璞注为基本依据。又其《尔雅注》，"至唐代，但用郭景纯之注，而汉学不传；至宋，邢氏作疏，但取唐人《五经正义》缀辑而成"（宋翔凤《尔雅义疏序》）。自文学角度观，郭璞所撰《尔雅叙》、《方言叙》、《注山海经叙》，文章亦颇典丽可观，如《注山海经叙》：

世之览《山海经》者,皆以其闳诞迂夸,多奇怪倜傥之言,莫不疑焉。尝试论之曰:庄生有云:"人之所知,莫若其所不知。"吾于《山海经》见之矣!夫以宇宙之寥廓,群生之纷纭,阴阳之煦蒸,万殊之区分。精气混淆,自相喷薄;游魂灵怪,触象而构。流形于山川,丽状于木石者,恶可胜言乎!然则总其所以乖,鼓之于一响;成其所以变,混之于一象。世之所谓异,未知其所以异;世之所谓不异,未知其所以不异。何者?物不自异,待我而后异;异果在我,非物异也。

指出《山海经》虽"闳诞迂夸",但其中有许多人所未知事物,不应见其有"异",便予轻视,"莫不疑焉"。"异"或"不异",皆应以"知"为基本出发点。"异果在我,非物异也",其说有相当深刻性。

郭璞研究《尔雅》、《山海经》等古籍,自多角度入手,产生多方面成果。他不但作注,又画图,且有"赞"文,可谓三管齐下。今存《尔雅图赞》、《山海经图赞》,虽不全,篇数亦复不少。尤其是后者,今存二百六十七则,严可均辑为二卷,约占郭璞原著半数以上。赞文亦颇精要警策:

桂生南裔,拔萃岑岭。广莫熙葩,凌霜津颖。气王百药,森然云挺。(桂)

鹿蜀之兽,马质虎文。骧首吟鸣,矫矫腾群。佩其皮毛,子孙如云。(鹿蜀)

彗星横天,鲸鱼死浪。鸱鸣于邑,贤士见放。厥理至微,言之无况。(鸱鸟)

华岳灵峻,削成四方。爰有神女,是挹玉浆。其谁游之?龙

驾云裳。（华山）

　　龙冯云游，腾蛇假雾。未若天马，自然凌霄。有理悬运，天机潜御。（天马）

　　妙哉工巧，奇肱之人。因风构思，制为飞轮。凌颓遂轨，帝汤是宾。（奇肱国）

这些赞文，熔自然原理、地理知识、神话传说、历史故事于一炉，内容既丰厚，词采亦斐然，甚至比兴等手段也有所运用，如上引"鹪鸟"、"天马"等，诗歌形式毕备，写法殊异乎一般赞词。刘勰亦曾论及郭璞之赞文，谓："及景纯注雅，动植必赞，义兼美恶，亦犹颂之变耳。然本其为义，事生奖叹，所以古来篇体，促而不广，必结言于四字之句，盘桓乎数韵之辞，约举以尽情，昭灼以送文……"（《文心雕龙·颂赞》）。对于郭璞赞文特色，有准确把握。一为"义兼美恶"，二为"约举以尽情，昭灼以送文"。

第二节　《游仙诗》

　　郭璞文学成就，主要还在诗领域。其诗今存完整者有赠答诗四篇，《游仙诗》十馀首。其赠答诗之对象，分别为贾九州、王使君、王门子、温峤四人。《答贾九州愁诗》三章，题中有"愁"字，点破此诗作意在忧时愍乱。其第二、三章曰：

　　顾瞻中宇，一朝分崩。天网既紊，浮鲵横腾。运首北眷，邈哉华恒。虽欲凌霄，矫翮靡登。俯惧潜机，仰虑飞罾。唯其崄哀，难辛备曾。庶晞河清，混焉未澄。

自我徂迁，周之阳月。乱离方娀，忧虞匪歇。四极虽遥，息驾靡脱。愿言齐衡，庶几契阔。虽云暗投，圭璋特达。绵驹之变，何有胡越？子固乔楚，我伊罗葛。无贵香明，终自潨渴。未若遗荣，闵情丘壑。逍遥永年，抽簪收发。

诗以沉痛心情述西晋王朝"一朝分崩"局面。诸王纷起争权，众胡乘机造衅，遂致天下大乱，苍生蒙厄。诗亦写本人乱离中窘迫之状，为避乱逃亡"息驾靡脱"。又表示对贾九州感激之情，似乎郭璞在困顿流寓中曾受到对方照应，"幸赖吾贤，少以慰藉"（一章）。此诗哀悯乱离，且有切身感受，为一优秀愍乱之作。当时同类作品不多，能直面时局，揭示战乱祸害者甚鲜见。任其事者，唯刘琨、郭璞而已，由此可见此类作品弥足珍贵。

《与王使君诗》（五章）亦写及时势大局："道有盈亏，运亦陵替。茫茫百六，孰知其弊？蠢蠢中华，遭此虐戾。遗黎其咨，天未忘惠。云谁之眷？在我命代。……"对于国家百姓所受灾祸，深表哀恸。而对局势好转，亦寄以希望。诗中写及"穆穆皇帝"、"英英将军"，是为希望主要寄托者。诗人表示相信，他们定能"怀远以文，济难以略"，"方恢神迹，天衢再廓"，达致国家重新治平。诗中对"王使君"、"将军"颇加颂赞，此"王使君"、"将军"为谁？疑即王导。导为元帝辅佐元勋大臣，有"匡主宁邦"（《晋书》本传）之功，初过江时任骠骑将军。故诗中有"英英将军，唯哲之秀"、"化扬东夏，勋格宇宙"等语。史载郭璞过江，王导"深器之"，故璞颇感恩戴德，此诗盖投赠之作。《答王门子诗》（六章）及《赠温峤诗》（五章），则基本不涉时局，唯叙彼此友谊，并述遗物任性、逍遥永年之想。郭璞不以玄学闻，但亦不乏玄思，尤其在面对玄学家场合。试观《赠温峤诗》（之四）："子策骐骏，我案骀骖。进不要声，退不傲位。遗心隐显，得意荣悴。尚想李严,逍遥柱肆。"对此,可以理解为是郭璞自身退静心态表白,亦可视为与玄学家温峤的刻意对话,迎合温峤柱下逍遥之想。

郭璞诗主要代表作无疑是《游仙诗》。今存完整者十首,《文选》录其七,另三首存于《初学记》、《诗纪》、《广文选》等书中。另有佚句若干。自十首内容观,各有侧重不同,非一时一地之作,有类乎阮籍《咏怀诗》,当分别论之。大约可分两种,一为传统"正宗"的游仙诗,一为有较明显寄托作品。前者如第三、六、七、八、九、十诸首,后者如第一、二、四、五诸首。正宗游仙诗继承秦汉以来游仙作品传统,以描写轻举高蹈神仙生活为主,表达对于神仙长生境界的向往追求:

翡翠戏兰苕,容色更相鲜。绿萝结高林,蒙笼盖一山。中有冥寂士,静啸抚清弦。放情凌霄外,嚼蕊挹飞泉。赤松临上游,驾鸿乘紫烟。左挹浮丘袖,右拍洪崖肩。借问蜉蝣辈,宁知龟鹤年?

(之三)

杂县寓鲁门,风暖将为灾。吞舟涌海底,高浪驾蓬莱。神仙排云出,但见金银台。陵阳挹丹溜,容成挥玉杯。姮娥扬妙音,洪崖颔其颐。升降随长烟,飘摇戏九垓。奇龄迈五龙,千岁方婴孩。燕昭无灵气,汉武非仙才。

(之六)

采药游名山,将以救年颓。呼吸玉滋液,妙气盈胸怀。登仙抚龙驷,迅驾乘奔雷。鳞裳逐电曜,云盖随风回。手顿羲和辔,足蹈阊阖开。东海犹蹄涔,昆仑蝼蚁堆。遐邈冥茫中,俯视令人哀。

（之九）

诗中或写"静啸抚清弦"之"冥寂士"，居于青翠幽美山林中，此颇类
于招隐诗；然全篇基本内容仍是驾鸿乘烟，放情九霄，与洪崖、浮丘等
神仙为伍。"遐邈冥茫中，俯视令人哀"，为哀悯世人蚁蝼似生活、蜉
蝣般短命，无他更多寄托，不脱游仙之本旨；且前人所撰游仙诗中，不
乏类似文句。至于"燕昭无灵气，汉武非仙才"云云，只是说历史上
帝王非神仙材也，并无否定神仙本身意。以故此类诗作，不必推求过
甚，搜剔其"寄托"或言外之意。刘勰评郭璞谓"郊赋既穆穆以大观，
仙诗亦飘飘而凌云矣"，后句当指《游仙诗》中此一类作品。

寓含寄托之游仙诗，如：

> 京华游侠窟，山林隐遁栖。朱门何足荣，未若托蓬莱。临渊挹
> 清波，陵冈掇丹荑。灵溪可潜盘，安事登云梯？漆园有傲吏，莱氏有
> 逸妻。进则保龙见，退为触藩羝。高蹈风尘外，长揖谢夷齐。

（之一）

> 青溪千馀仞，中有一道士。云生梁栋间，风出窗户里。借问此
> 何谁？云是鬼谷子。翘迹企颍阳，临河思洗耳。阊阖西南来，潜波
> 涣鳞起。灵妃顾我笑，粲然启玉齿。蹇修时不存，要之将谁使？

（之二）

> 六龙安可顿？运流有代谢。时变感人思，已秋复愿夏。淮
> 海变微禽，吾生独不化。虽欲腾丹溪，云螭非我驾。愧无鲁阳

德,回日向三舍。临川哀年迈,抚心独悲吒。

(之四)

逸翮思拂霄,迅足羡远游。清源无增澜,安得运吞舟?圭璋
虽特达,明月难暗投。潜颖怨清阳,陵苕哀素秋。悲来恻丹心,
零泪缘缨流。

(之五)

此所列举,当然皆有游仙内容,但别有寓意,亦甚明显。第一首前二
韵否定"京华"朱门生活,以山林隐栖为清高理想生活范型。"进则
保龙见,退为触藩羝"二句,言托于蓬莱则可"龙见"得仙,否则退而
入仕,则为触藩之羝,进退失据。[3]第二首捧出一道士"鬼谷子",写
其清高姿态;后半自"闾阖"句起,渐入楚辞境界,而末韵托出主旨:
"蹇修时不存,要之将谁使?""蹇修"为传说中媒理,"灵妃"即传说
中宓妃,诗言时无媒人而不能通于宓妃。屈原在《离骚》中写"吾令
蹇修以为理"、"求宓妃之所在",宓妃为理想之象征,或圣君之象征。
郭璞亦写宓妃不可通,实际上透露了他在现实政治中的失意及不满
情绪。此即寄托。第四首最为特别,诗中基本未写及神仙行为,"六
龙安可顿"云云,皆自常人常理角度,说时光不驻,岁序代谢。"吾生
独不化"、"云螭非我驾"云云,更说出不能成仙之无限遗憾。末韵
"临川哀年迈,抚心独悲吒",写出一老者对岁月流逝无可奈何之悲
哀。实际上,此为生命感慨之诗。第五首亦略同,"逸翮思拂霄,迅
足羡远游",只是一种对游仙的心向往之,而非正面说轻举高蹈神仙
行为;篇中所谓"圭璋虽特达,明月难暗投"云云,亦只说本身材质非
凡,而不能暗投,为此而悲哀流泪。所以第四、五两首,实际上游仙色

彩已不甚浓厚,主要为诗人自叙胸臆,与一般抒情言志之作性质接近。其中社会人生内容,已不难体味。其与阮籍《咏怀诗》,实无大的区别,可以视为游仙为名,咏怀其实。

郭璞《游仙诗》,历来颇受推重。刘勰谓:"江左篇制,溺乎玄风……袁、孙已下,虽各有雕采,然辞趣一揆,莫与争雄。所以景纯仙篇,挺拔而为俊矣!"(《文心雕龙·明诗》)这是就"辞趣"方面言《游仙诗》优点,它跳出玄言诗窠臼,因此在当时显得挺拔俊秀,独立特达。锺嵘则谓:"但游仙之作,词多慷慨,乖远玄宗。其云'奈何虎豹姿',又云'戢翼栖榛梗',乃是坎壈咏怀,非列仙之趣也。"(《诗品》卷中)一方面指出其"乖远玄宗",另一方面又说诗篇正面内容在"坎壈咏怀,非列仙之趣"。这就比刘勰仅曰"仙诗亦飘飘而凌云矣"更为深入。不过对锺嵘之说,理解亦应加以限制,即其适用范围,仅止于《游仙诗》中有寄托篇章;至于无明显寄托篇章,既无"坎壈咏怀",则难言"非列仙之趣"了。《游仙诗》中事实上分为旨趣不同两部分,恐与写作时间、环境不同,因此写作心情及出发点有异。李善等论者注意到《游仙诗》中某些篇章写及荆州一带地名,如"灵溪"、"青溪"等,结合郭璞生平,判断该篇章等为晚年任职王敦幕中时所撰;其时王敦于荆州拥兵自强,正谋反之际,郭璞不愿附逆,处境危难,心情复杂,其时所撰《游仙诗》,遂多"坎壈咏怀"内容,乃以"虎豹"喻王敦等军阀,以"戢翼栖榛梗"喻己处境。是当与此前所作篇章,不可一概而论者。

关于郭璞诗之总体评价,刘勰曰:"景纯艳逸,足冠中兴。"(《文心雕龙·才略》)锺嵘曰:"(郭璞)始变永嘉平淡之体,故称中兴第一。"(《诗品》卷中)二人共同推许郭璞诗为东晋第一。对于"足冠""第一"之义,可作如下理解:一,郭璞为东晋政权建立后第一位重要诗人;同时其他文士,如刘琨诗歌成就不在郭璞之下,但刘琨基本为西晋人物，理由已见前述。二，东晋前期、中期，亦有不少重要诗人，如庾阐、孙绰、李充、王羲之等，但成就稍有不如，年岁亦略晚于郭璞。三，陶渊明诗歌成就在郭璞之上，然其生活时代在晋、宋之交，那是晋室末世，固不得以"中兴"视之。要之所谓"足冠中兴"或"中兴第一"之说，大体可以成立。

郭璞著作，《晋书》本传曰："所作诗、赋、诔、颂亦数万言。"《隋书·经籍志》著录有集十七卷，又有《毛诗拾遗》一卷，《尔雅注》五卷，《尔雅图》十卷，《方言注》十三卷，《三苍注》三卷，《穆天子传注》六卷，《山海经注》二十三卷，《水经注》三卷，《山海经图赞》二卷，《管郭近要决》一卷，《周易新林》四卷，《易洞林》三卷，《易八卦命禄斗内图》一卷，《易斗图》一卷，《楚辞注》三卷，《子虚上林赋注》一卷等，共十七种。其别集今存辑本，有《汉魏六朝百三名家集》所收《郭弘农集》，严可均辑其文入《全晋文》卷一百二十至一百二十三，逯钦立辑其诗入《晋诗》卷十一。

第三节　葛洪及其《抱朴子》

葛洪（284—364），字稚川，丹阳句容（今属江苏省）人。祖为吴国光禄勋、辅吴将军，父入晋为太中大夫、邵陵太守。洪十三岁时，父卒于官，家道顿衰，躬耕稼穑，发愤攻书，勤事著述。其从祖葛玄，吴国方士，号"葛仙公"，洪得其传，又师事南海太守鲍玄，传之以"内学"。洪学风角、望气、三元、遁甲、六壬太一之法，后欲赴京师观书，适遇大乱，半道而还。后参广州刺史嵇含军事。司马睿为丞相，辟为掾，东晋初曾为王导司徒掾、咨议参军。洪与干宝深相交友。晚年至广州罗浮山炼丹，自号"抱朴子"。

葛洪其人,在当时及后人印象中,基本为一位方士,或神仙家。不过实际上,他的活动领域十分广泛,他任过元帝及丞相王导之僚佐,也做过统领军队的都尉,曾以自豪语气忆及当时征战之事,见所著《抱朴子·自叙》。著述内容极庞杂,《晋书》本传谓:"自号'抱朴子',因以名书。其馀所著碑诔诗赋百卷,移檄章表三十卷,神仙、良吏、隐逸、集异等传各十卷,又抄五经、史、汉、百家之言、方技杂事三百一十卷,《金匮药方》一百卷,《肘后要急方》四卷。"可知其知识面极广,著作量极多。就文学言,葛洪亦诗、赋、文无所不能。

葛洪今存诗赋无多,赋唯《遐观赋》残文,诗仅存五首。其中四首为《汉武帝内传》中所载"步玄之曲"及"四非歌",此皆拟为神仙之曲,咏轻举高蹈之事。如《法婴玄灵之曲》,曲前有文云:"元封元年七月七日,西王母降于汉宫。王母自设天厨,精妙非常。酒馔数遍,王母命诸侍玉女作乐,命法婴歌玄灵之曲。"又《上元夫人步玄之曲》等亦有类似文字,率皆述"列仙之趣",而歌辞亦了无寄托,如"昔涉玄真道,腾步登太霞。负笈造天关,借问太上家"云云。馀一首即《洗药池诗》:

> 洞阴泠泠,风佩清清;仙居永劫,花木长荣。

此篇见载于《金陵玄观志》及《诗纪》。[4]诗有序云:"池在赣州兴国县。洪过境,见山灵水秀,遂结庐筑坛,凿池洗药,留四言诗一首。"此诗无多描绘,仅写清泠环境气氛。"花木长荣"本为生命繁荣景象,此处组合进神仙境界,作用在于昭示仙居美妙。"劫"为梵语 Kalpa,"夫劫者,盖是纪时之名"(《法苑珠林·劫量述意》),"仙居永劫"乃佛道结合之句,可知葛洪亦涉足佛理。要之自今存葛洪诗观,实皆游仙一类,然而既不同于郭璞之"坎壈咏怀",亦有异于庾阐之托意玄珠，其为"正宗"游仙诗无疑。葛洪本人既坚信神仙，且致力于修炼之术，晚年更不婴世务，专意于黄白之事，真正神仙家乃得撰写真正游仙诗。其社会意义及思想内涵固不如郭、庾所撰《游仙诗》，但游仙之诗三大类型，由此得以于东晋前期齐备，亦诗歌史上大事。

葛洪文章，虽散佚甚多，然《抱朴子》内外篇，基本完整，足以展示其文章风采。《抱朴子》含内篇二十卷，外篇五十卷。内篇全系神仙家言，《畅元》、《论仙》、《对俗》、《祛惑》等篇，论神仙之存在，而《金丹》、《仙药》、《勤求》、《黄白》、《登仙》诸篇，则述神仙之可致。值得注意者，葛洪并非止求神仙，不及其馀，在其神仙理论中，道德因素占颇大比重。如认为求仙一事，非仅实行"行气"、"导引"、"药饵"、"房中术"等即可解决，此皆"浅见之家，偶知一事，便言已足，而不识真者"。何为"真者"？需要"有德"。"欲求长生者，必欲积善立功，慈心于物，恕己及人……乃为有德"。有德则"求仙可冀也"。葛洪又自反面列举诸多"恶事"，谓"能尽不犯之，则必延年益寿，学道速成也"。这些"恶事"为：

> 憎善好杀，口是心非，背向异辞，反戾直正，虐害其下，欺罔其上，叛其所事，受恩不感，弄法受赂，纵曲枉直，废公为私，刑加无辜，破人之家，收人之宝，害人之身，取人之位，侵克贤者，诛戮降伏，谤讪仙圣，伤残道士，弹射飞鸟，刳胎破卵，春夏燎猎，骂詈神灵，教人为恶，蔽人之善，危人自安，佻人自功，坏人佳事，夺人所爱，离人骨肉，辱人求胜，取人长钱，还人短陌，决放水火，以术害人，迫胁尪弱，以恶易好，强取强求，掳掠致富，不公不平，淫佚倾邪，凌孤暴寡，拾遗取施，欺绐诳诈，好说人私，持人短长，牵天援地，祝诅求直，假借不还，换贷不偿，求欲无已，憎拒忠信，不顺

上命,不敬所师,笑人作善,败人稼苗,损人器物,以穷人用,以不
清洁,饮饲他人,轻秤小斗,狭幅短度,以伪杂真,采取奸利,诱人
取物,越井跨灶,晦歌朔哭……

——《微旨》

几乎当时各社会阶层、凡百生活领域中所能发生之"恶事",无论巨
细,皆在其中,连"弹射飞鸟"、"春夏燎猎"等属于破坏生态环境行
为,亦无遗漏。葛洪虽是从求仙积善角度提出儆戒以上诸多"恶
事",但从中可见他对于当时社会人生丑恶一面,有颇全面了解。他
将诸"恶事"作为成仙障碍提出,实际上实施社会道德批判,而此种
批判,显示出其正直人格及鲜明是非感。

外篇五十卷,几乎全不涉及神仙事,所论内容,则有哲学(《循
本》等)、伦理(《崇教》等)、道德(《刺骄》、《酒诫》等)、政治(《君
道》、《臣节》等)、史评(《汉过》、《吴失》等)、品鉴(《清鉴》、《行品》
等)以及文章论等,要之"言人间得失,世事臧否"(《自叙》),其社会
内涵十分丰富。就思想体系言,葛洪自称:"其内篇言神仙方药、鬼
怪变化、养生延年、禳邪却祸之事,属道家;其外篇言人间得失、世事
臧否,属儒家。"(《自叙》)不过其自我概括,未必十分准确,如其所说
"道家",实为魏晋间方术化之"道家",与老庄道家不完全一致,与玄
学家所言"道家"亦有差异,而颇近于道教。书中某些社会政治见
解,亦未必高明,如强调"君人者,必修诸己以先四海,去偏党以平王
道,遗私情以标至公,拟宇宙以笼万殊";"臣喻股肱,则手足也。履
冰执热,不得辞焉",皆老生常谈,缀拾前贤之说而已。又诋斥鲍敬
言《无君论》(《诘鲍》),亦示其颇为固陋。但书中亦有不少有价值
思想主张。即在文章写作方面,《钧世》、《辞义》、《百家》、《文行》、
《重言》等篇,皆有相当精彩阐述,撮其要者,有如下诸点:

　　首先，葛洪阐述了今胜于古文章史观。在《钧世》篇中，针对有人以为"古之著书者才大思深，故其文隐而难晓；今人意浅力近，故露而易见"之误解，他反驳说："且古书之多隐，未必昔人故欲难晓。或世异语变，或方言不同，经荒历乱，埋藏积久，简编朽绝，亡失者多，或杂续残缺，或脱去章句，是以难知，似若至深耳。"他认为，一些人有贵远贱近倾向，也是造成重古轻今观念原因。他指此种人为"守株之徒"，是"有耳无目"。他说："其于古人所作为神，今世所著为浅，贵远贱近，有自来矣。"此种错误观念，造成不良社会后果，"故新剑以诈刻加价，弊方以伪题见宝也。是以古书虽质朴，而俗儒谓之堕于天也；今文虽金玉，而常人同之于瓦砾也"。葛洪坚持今胜于古观点，并举例说："且夫《尚书》者，政事之集也；然未若近代之优文诏策军书奏议之清富赡丽也。《毛诗》者，华彩之辞也，然不及《上林》、《羽猎》、《二京》、《三都》之汪濊博富也。""若夫俱论宫室，而奚斯路寝之颂，何如王生之赋灵光乎？同说游猎，而《叔田》、《卢令》之诗，何如相如之言上林乎？并美祭祀，而《清庙》、《云汉》之辞，何如郭氏《南郊》之艳乎？等称征伐，而《出车》、《六月》之作，何如陈琳《武军》之壮乎？则举条可以觉焉！"葛洪今胜于古的文章史观，继承了汉代王充思想。王充《论衡》中批评当时好古崇古风气，"世儒学者，好信师而是古，以为贤圣所言皆无非，专精讲习，不知难问"（《问孔》）；"俗儒好长古而短今"（《须颂》）；"夫俗好珍古不贵今，谓今之文不如古书。夫古今一也，才有高下，言有是非，不论善恶而徒贵古，是谓古人贤于今人也"（《案书》）。与今胜于古观点相表里的是，葛洪又肯定当时文章注重藻饰风气，认为此盖时代发展必然现象："且夫古者事事醇素，今则莫不雕饰，时移世改，理自然也。"此观点既道出了文学艺术发展史上的一般规律，也体现了西晋以来文坛尚丽主流风气，与张华、陆机、潘岳等文风及文学主张相呼应。

　　其次,葛洪强调文章写作应面向现实,强调实用性,认为文章必须内容切合世用。"不能拯风俗之流遁,世涂之凌夷,通疑者之路,赈贫者之乏,何异春华不为肴粮之用,芷蕙不救冰寒之急?古诗刺过失,故有益而贵;今诗纯虚誉,故有损而贱也。"(《辞义》)出于实用之目的,葛洪在诸多文体中最重视子书。"百家之言,虽不皆清翰锐藻,弘丽汪濊,然悉才士所寄心,一夫澄思也。正经为道义之渊海,子书为增深之川流。仰而比之,则景星之佐三辰,俯而方之,则林薄之禆嵩岳。"(《百家》)基于此种认识,葛洪对王充《论衡》、曹丕《典论》及"汉代以来,群文滋长"的子书极表推重,而《抱朴子》就是葛洪本人"不复投笔十馀年","著一部子书,令后世知其文儒而已"(《自叙》)的成果。要之,葛洪对于文章之事,极为重视,"是以圣人实之于文,铸之于学。夫文学者,人伦之首,大教之本也"(《抱朴子》轶文,《太平御览》卷六百七)。他因此对于为文之道,亦颇多思考,在《抱朴子》中阐述了关于古今文章发展关系,对于文人在道德、才思、知识等方面的应有修养,以及文章鉴赏和批评的原则等,也都作了论述,发表了不少独到的见解,可谓自成一家,在魏晋文论史上占有重要地位。

　　《抱朴子》作为一部子书,本身写法亦有特色,凝重沉着,少雕琢,为其文章基本风格。其说理部分,文字平易通达,不故作艰深奇崛,平铺直叙,不尚藻采,不务雕饰,唯以说理透彻为目标。此与当时一般文士喜作骈辞矜采文章,风习不同。从中亦可见《论衡》、《典论》文章风范,对于葛洪之影响。然而《抱朴子》中亦有少数篇章,颇以精心结撰、词采繁丽见胜,尤以《博喻》、《广譬》二篇为甚。此二篇题目,即对偶为文,显示其别具匠心。而篇中写法,更不同于他篇之平铺直叙,其简洁精警,富于采润,颇为突出。如:

抱朴子曰:琼艎瑶楫,无涉川之用;金弧玉弦,无激矢之能。是以介洁而无政事者,非拨乱之器;儒雅而乏治略者,非翼亮之才。

——《博喻》

抱朴子曰:小鲜不解灵虬之远规,凫鹥不知鸿鹄之非匹。是以耦耕者笑陈胜之投耒,浅识者嗤孔明之抱膝。

(同上)

抱朴子曰:登峻者戒在于穷高,济深者祸生于舟重。是以西秦有思上蔡之李斯,东越有悔盈亢之文种。

(同上)

抱朴子曰:登玄圃者悟丘阜之卑,浮溟海者识池沼之褊。披九典乃觉墙面之笃蔽,闻至道乃知拘俗之多迷。

——《广譬》

抱朴子曰:人才无定珍,器用无常道。进趋者以适世为奇,役御者以合时为妙。故玄冰结则五明捐,隆暑炽则袭炉退;高鸟聚则良弓发,狡兔多则卢鹊走;干戈兴则武夫奋,韶夏作则文儒起。

(同上)

抱朴子曰:玄冰未结,白雪不积,则青松之茂不显;俗化不弊,风教不颓,则皎洁之操不别。在危国而沉贱,故庄、莱抗遗荣之高；居乱邦而饥寒，故曾、列播忘富之称。

（同上）

比兴迭出，妙喻屡见，文句整饬，音节铿锵，而其义旨或总结生活经验，或概括历史教训，多精练警策，有相当深度，因此具有较高文学含量。此外如《应嘲》、《喻蔽》等篇，亦有文采，显示葛洪文学描写手段，实颇高超。在东晋文的领域中，葛洪堪称一大家。

葛洪享八十遐寿，著作极多，前已引其自述撰作诸种，《隋书·经籍志》则著录有《丧服变除》一卷，《汉书钞》三十卷，《神仙传》十卷，《抱朴子内篇》二十一卷，音一卷，《抱朴子外篇》三十卷，《遁甲肘后立成囊中秘》一卷，《三元遁甲图》三卷，《遁甲返覆图》一卷，《遁甲要用》四卷，《遁甲秘要》一卷，《遁甲要》一卷，《龟决》二卷，《周易杂占》十卷，《肘后方》六卷，《玉函煎方》五卷，《神仙服食药方》十卷，《抱朴君书》一卷等，总十七种。除《抱朴子》外，别集及诸书皆已散佚不存，严可均辑其文入《全晋文》卷一百十七，逯钦立辑其诗入《晋诗》卷二十一。此外又有《汉武帝故事》、《西京杂记》二种，不署作者姓名，然亦可能为葛洪所撰，说详下节。

第四节　《西京杂记》《汉武帝故事》

《西京杂记》二卷，《汉武帝故事》二卷，《隋书·经籍志》史部"旧事"类著录，皆不署撰者姓名。关于《汉武帝故事》作者问题，晁公武《郡斋读书志》云："世言班固作"；又云："唐张柬之书《洞冥记》后云：'《汉武故事》，王俭造也。'"《宋史·艺文志》著录"班固《汉武帝故事》五卷"。《四库全书总目》谓："唐初去齐梁未远，（张柬之）

当有所考也。"要之有二说,一说班固作,一说王俭作。鲁迅《中国小说史略》提及此二说,而云:"然后人遂径属之班氏。"

关于《西京杂记》作者问题,据葛洪《西京杂记序》,是书殆自刘歆《汉书》中"钞出",故作者当是刘歆。《汉书·匡衡传》颜师古注谓:"今有《西京杂记》者,出于里巷。"不言作者为谁。段成式《酉阳杂俎·广动植篇》云:"葛稚川就上林令鱼泉,问草木名,今在此书第一卷中。"张彦远《历代名画记》载毛延寿画王昭君事,亦引为"葛洪《西京杂记》"。《四库全书总目》引以上二书,谓"指为葛洪者实起于唐"。《旧唐书·经籍志》著录:"《西京杂记》一卷,葛洪撰。"自此历代书志皆以作者为葛洪。鲁迅《中国小说史略》亦用此说,谓"固以葛洪所造为近是"。

由以上所引诸资料可知,《西京杂记》作者为葛洪,学界历来分歧不大。而《汉武帝故事》作者则颇有异说,或曰班固,或曰王俭。然而葛洪所撰的可能性,亦不能排除,根据即是洪所作《西京杂记序》:

> 洪家世有刘子骏《汉书》一百卷,无首尾题目,但以甲乙丙丁纪其卷数,先人传之。……今钞出为二卷,名曰"西京杂记",以补《汉书》之阙耳。后洪家遭火,书籍都尽,此两卷在洪巾箱中,常以自随,故得犹在。刘歆所记,世人稀有,纵复有者多不备足。见其首尾参错,前后倒乱,亦不知何书,罕能全录。恐年代稍久,歆所撰遂没,并洪家此书二卷,不知所出,故序之云尔。洪家复有《汉武帝禁中起居注》一卷,《汉武故事》四卷,世人稀有之者。今并五卷为一秩,庶免沦没焉。

葛洪序文中主要说《西京杂记》。关于此书,学界已断定原是葛洪本人所撰,其"刘歆所记"、"洪家世有"、"先人所传"云云,皆是假托之辞。即序文中所说"遭火"一事,亦颇有疑窦,家中"书籍都尽",此《西京杂记》竟能独存,令人怀疑此是葛洪故设迷雾,以障人眼目。其目的则是投合"夫俗好尊古不贵今"风气,使己造之书冒得"古书"之名,以售其技。《西京杂记》既如此,《汉武帝故事》恐亦其类。序文中附带说及"洪家复有"、"世人稀有"云云,便是故技,明示《汉武帝故事》性质与《西京杂记》略同。要之,葛洪既是《西京杂记》作者,亦可能是《汉武帝故事》作者,至少是《汉武帝故事》整理传写者(如其本人所宣称)。以故二书置之于葛洪名下,合而论之。

　《西京杂记》今本六卷,杂载人间传说故事,其内容未必与史实相合,甚至亦有虚妄怪诞情事,然而作为小说,本不必苛责以史实,自有其创作价值。鲁迅谓:"若论文学,则此在古小说中,固亦意绪秀异,文笔可观者也。"(《中国小说史略》)如叙司马相如、卓文君故事:

　　　　司马相如初与卓文君还成都,居贫愁懑,以所着鹔鹴裘就市人阳昌贳酒,与文君为欢。既而文君抱颈而泣曰:"我生平富足,今乃以衣裘贳酒!"遂相与谋,于成都卖酒。相如亲着犊鼻裈涤器,以耻王孙。王孙果以为病,乃厚给文君,文君遂为富人。文君姣好,眉色如望远山,脸际常若芙蓉,肌肤柔滑如脂,为人放诞风流,故悦长卿之才而越礼焉。

　　　　　　　　　　　　　　　　　　　　　　　　　　(卷二)

此节文字,对照《史记·司马相如列传》,基本情节相合,《史记》中亦写及司马相如"身自着犊鼻裈,与保庸杂作,涤器于市中","卓王孙不得已,分予文君僮百人,钱百万",文君"乃……为富人"等。然描写亦有不同处,《史记》写相如"尽卖其车骑,买一酒舍酤酒,而令文君当垆"，而《杂记》则凭空添出"鹔鹴裘"事；又《杂记》写卓文君"姣好"以下数句，凡"眉色"、"脸际"、"肌肤"、"为人"等，皆《史记》所无，属藻饰形容之词，为小说家夸张之语。而此"虚妄"及"夸饰"之处，正是小说不同于史传之特点所在，其"意绪"及"文笔"往往藉此得以表现。

上引司马相如、卓文君故事，采取历史素材为基本描写内容，虽有虚构夸张，不影响基本人物及情节之真实；此类故事，可归入历史小说。自历史小说角度看，《西京杂记》中有关篇章，比刘向《说苑》等，无论虚构成分或夸张描写，皆有明显增加，因此其文学性也更强。另有一类故事，则基本内容以怪谲奇诡为特征，不具有社会真实性及历史真实性，基本上纯系虚构性质，此类文字不能视为历史小说，只可归入志怪小说了：

> （广川王去疾聚无赖发）栾书冢，棺柩明器，朽烂无馀。有一白狐，见人惊走，左右击之，不能得，伤其左脚。其夕，王梦一丈夫须眉尽白，来谓王曰："何故伤吾左脚？"乃以杖叩王左脚。王觉，脚肿痛生疮，至死不差。
>
> （卷六）

此故事中广川王自是真实人物，发掘栾书冢亦可能实有其事；然而梦中之事作为基本情节，则颇怪诞，显系虚造。作为志怪小说，其情节奇崛突兀，故事引人入胜，盖得益于虚构不小。在魏晋志怪小说潮流中，《西京杂记》占有重要地位。在南朝影响亦大，梁武帝使殷芸钞撮故书，撰为《小说》，即抄引《西京杂记》故事不少。

《汉武帝故事》今存一卷。内容述武帝刘彻自出生直至死后故事，所述皆其生平事，如宫中废立，所幸宫女，武帝与长公主、陈皇后、栗姬、王皇后等关系,武帝与周亚夫、董仲舒、田蚡、窦婴、东方朔等人之间事,建造宫殿苑囿,伐匈奴、伐南越,武帝数微服出游事等。既涉及军国要务,更有各种琐事,又多说鬼神之事,如少翁、李少君、栾大、公孙卿等方士活动,皆有所载,而武帝服食求仙,登山封禅等,亦颇见描述。诸事不依年代先后编次,故事亦不连贯,各成段落。其中某些段落,叙写人物、故事颇有入胜者,如:

> 上尝辇至郎署,见一老翁,须鬓皓白,衣服不整。上问曰:"公何时为郎?何其老也!"对曰:"臣姓颜名驷,江都人也,以文帝时为郎。"上问曰:"何其老而不遇也?"驷曰:"文帝好文而臣好武,景帝好老而臣尚少,陛下好少而臣已老,是以三世不遇。"上感其言,擢拜会稽都尉。

此"三世不遇"之说,道出众多下级官吏困惑。颜驷偶遇武帝,终得拔擢;其他人无此侥幸,又奈命运何?文中述三帝所"好"不同,造成后果,语颇精警。又如:

> 七月七日,上于承华殿斋,日正中,忽见有青鸟从西方来。上问东方朔,朔对曰:"西王母暮必降尊像,上宜洒扫以待之。"……是夜漏七刻,空中无云,隐如雷声,竟天紫气。有顷,王母至,乘紫车,玉女夹驭,戴七胜,青气如云,有二青鸟,夹侍母旁。下车,上迎拜,延母坐,请不死之药。母曰:"……帝滞情不遣,欲心尚多,不死之药,未可致也。"因出桃七枚,母自啖二枚,与帝五枚,帝留核着前。王母问曰:"用此何为?"上曰:"此桃美,欲种之。"母笑曰:"此桃三千年一着子,非下土所植也。"留至五更,谈语世事,而不肯言鬼神,肃然便去。东方朔于朱鸟牖

中窥母，母曰："此儿好作罪过，疏妄无赖，久被斥逐，不得还天；
然原心无恶，寻当得还，帝善遇之！"母既去，上惆怅良久。

青鸟翻飞，玉女夹御，王母降临，共啖仙桃，遂使汉武帝惆怅良久。此西王母故事，场面绮丽喧阗，为后世同类神仙故事滥觞。主要特色在于其想象力，末"东方朔"云云，又添滑稽，写来从容。《西京杂记》、《汉武帝故事》二作，皆以西汉事为主要描写对象，为魏晋小说史上重要作品。葛洪年岁略早于干宝，在此显示其多方面文学才能。

〔1〕　郭璞过江时间，史无明纪。据《晋书》本传，"时元帝初镇建邺，（王）导令璞筮之"，知元帝"初镇建邺"时，璞亦已过江。又据《晋书·元帝纪》"永嘉初，用王导计，始镇建邺"知其时在"永嘉初"。永嘉年号，共历七年（307—313）。

〔2〕　关于《流寓赋》之作年，有以下二材料可作资证。一为《晋书》郭璞本传所云"惠、怀之际，河东先扰，璞筮之，投策而叹曰：'嗟乎！黔黎将湮于异类，桑梓其剪为龙荒乎！'于是潜结姻昵及交游数十家，欲避地东南……"。据此可知郭璞确有一段流寓经历，路线自其故里闻喜向"东南"方。时间则在"惠、怀之际"；流寓原因是为避"异类"（一般指非汉族）侵掠。二为《晋书·怀帝纪》："（永嘉二年）秋七月甲辰，刘元海寇平阳，太守宋抽奔京师，河东太守路述力战，死之。"平阳郡治在平阳县，即今山西临汾，距闻喜县仅百馀里；而河东郡即闻喜所在之郡，与平阳为邻郡，二者原为一郡，曹魏正始年间，始分立为郡。故"河东先扰"之记载，与"刘元海寇平阳"，当是同一事。河东太守力战死之，可知刘元海（即刘渊）寇掠范围，亦包括河东闻喜一带，当时还曾遭到抵抗，发生激烈战斗。刘渊为匈奴部，其时情景，正是"黔黎将湮于异类"。其时郭璞乃始流徙他乡，"避地东南"。其始出路线，据《流寓赋》，为自闻喜至洛阳。此路线与平阳太守宋抽"奔京师"亦正相同。要之郭璞《流寓赋》作年，盖在永嘉二年。

〔3〕　对于"进则保龙见，退为触藩羝"二句，说有歧义。李善曰："进，谓求

仙也;退,谓处俗也。《周易》曰:'九二,见龙在田,龙德而正中者也。'又曰:'羝
羊触藩,羸其角,不能退,不能遂,无攸利。'"(《文选》注)沈德潜曰:"进谓仕进,
言仕进者为保全身名之计,退则类触藩之羝,孰若高蹈风尘、从事于游仙乎?"
(《古诗源》)徐按:沈氏释"进"为"仕进",释"退"为不仕,如此,则释郭璞诗为
赞成仕进,反对退隐,显然不合诗旨。诗既否定"京华"、"朱门",亦即否定仕
进,赞成隐遁。故以李说为优。又按:郭璞《客傲》一文中"客"曰:"傲岸荣悴之
际,颉颃龙鱼之间,进不为谐隐,退不为放言,无沉冥之韵,而希风乎严先。"此
"进"亦非仕进义,盖"谐隐"也。

〔4〕 关于此诗,逯钦立曰:"诗殆后人伪托。"(《全晋诗》卷二十一)按:逯
疑其"伪托",然未加论证,亦未言所据。然葛洪晚岁由建康赴广州罗浮山炼丹,
途经赣州可能颇大,固不得遽言其伪也。

第四章　东晋中期文学

第一节　孙绰　许询

东晋以玄言诗闻,而玄言诗代表作者即为孙绰、许询。所谓"爰洎江表,玄风尚备,真长、仲祖,桓、庾诸公犹相袭。世称孙、许,弥善恬淡之词"(锺嵘《诗品》卷下)是也。

孙绰(314—371),[1]字兴公,太原中都(今山西平遥附近)人。祖孙楚,西晋著名才士,曾为将军石苞撰《遗孙晧书》。绰于少时,即游放山水十有馀年,曾作《遂初赋》,以表其止足之意。征西将军庾亮请为参军,后补章安令,征拜太学博士,迁尚书郎。又历任扬州刺史建威将军殷浩长史、右军将军王羲之长史;又转永嘉太守,迁散骑常侍等。孙绰为东晋中期玄学中坚人物之一,其思想在《喻道论》一文中有集中表现。此文不仅缕述"无为,故虚寂自然,无不为,故神化万物"的道家学说,更以老庄"至道"归结于佛理。"夫佛者,体道者也"。文中还以答难方式,发挥佛家善恶报应之说,宣喻其"兼善大通之道",认为佛理是"方外之妙趣,寰中之玄照"。文章扬言"周孔即佛,佛即周孔",同时还将佛教置于周孔儒术之上,说"周孔救极弊,佛教明其本"。这是玄学发展到东晋时期才出现的新趋势,即由曹魏西晋时期的庄、老、易"三玄",演变而为佛道融通的事实上的四玄之学。

与《喻道论》思想倾向相一致,孙绰在《列仙传赞》中也大倡佛道合一之说。被孙绰所赞之"列仙",除"老子"、"商丘子"(即"王子晋")等传统道家神仙家人物外,尚有"释道安"、"竺法兰"、"竺道壹"、"支愍度"、"支孝龙"、"康僧会"等佛门僧众。以佛为仙,此亦东晋以后才有的独特现象。而在其赞语中,又以《老》、《易》之言,说沙门人物,如《于法威赞》曰:"易曰翰白,诗美蘋藻。斑如在场,芬若停潦。于威明发,介然遐讨。有洁其名,无愧怀抱。"出入于佛道儒之间,并无明确界线。

在文学方面,孙绰在当时地位很高,史载"于时文士,绰为其冠"(《晋书·本传》)。绰诸文体皆能。其文以碑文最受时人推重,东晋前期位望最高的大臣如王导、庾亮、郗鉴、褚裒、庾冰等死后,皆由孙绰撰制碑文,然后刊石。其碑诔风格峻整,而不避尊贤。如所撰《庾公诔》,有"虚中纳是,吐诚悔非"等语,甚不合"诔谓积累生时德行以锡之命"(《周礼·春官·大祝》郑注)书写传统。又诔文多融括玄言,自诔主事迹入,而以自然玄旨出。如《丞相王导碑》有云:"公胄兴姬文,氏由王乔,玄圣陶化以启源,灵仙延祇以分流。……玄性合乎道旨,冲一体之自然。"王导生前颇好玄理,如此说固无不可。然所撰《太傅褚裒碑》亦云:"深量体于自然,冲识足乎弱冠。"裒虽为名士,"少有简贵之风",又得"皮里阳秋"之目(《晋书·外戚传》),后为康帝后父,以外戚权重一时,而未闻裒有庄老之好也;孙绰之诔,颇强加以己意。再者其诔中往往有"托寄"之辞,即藉诔主显扬绰本人。如所作《庾公诔》中曰:"咨予与公,风流同归。拟量托情,视公犹师。君子之交,相与无私。……虽实不敏,敬佩弦韦。永戢话言,口诵心悲。"据载庾亮之子庾道恩见此文,颇为不满,"慨然送还之,曰:'先君与君,自不至于此'"(《世说新语·方正》)。缘此亦颇为时人非议。孙绰之赋,《遂初赋》仅存其序,其云:

> 余少慕老庄之道,仰其风流久矣! 却感於陵贤妻之言,怅然悟之。乃经始东山,建五亩之宅,带长阜,倚茂林,孰与坐华幕击钟鼓者同年而语其乐哉!

此言撰者自玄学出发,感悟出与自然山水相倚相合的生活乐趣,且深以此为老庄风流,并鄙弃传统富贵荣名生活享受。体现出玄学家——文学家超脱物欲、移情自然的高邈旨趣。其后所撰《游天台山赋》,于崇尚玄风之外更增添神仙遐想,成为玄学与游仙文学之结合体。此赋在东晋颇有代表性,其序曰:

> 天台山者,盖山岳之神秀者也。涉海则有方丈、蓬莱,登陆则有四明、天台,皆玄圣之所游化,灵仙之所窟宅。夫其峻极之状,嘉祥之美,穷山海之瑰富,尽人神之壮丽矣! 所以不列于五岳、阙载于常典者,岂不以所立冥奥,其路幽迥,或倒景于重冥,或匿峰于千岭,始经魑魅之涂,卒践无人之境;举世罕能登陟,王者莫由禋祀;故事绝于常篇,名标于奇纪。然图像之兴,岂虚也哉! 非夫遗世玩道,绝粒茹芝者,乌能轻举而宅之? 非夫远寄冥搜,笃信通神者,何肯遥想而存之? 余所以驰神运思,昼咏宵兴,俯仰之间,若已再升者也。方解缨络,永托兹岭,不任吟想之至,聊奋藻以散怀。

道家玄风,与列仙之趣,自正始以来,即关系紧密,渐成思想及文学传

统。这里更以"玄圣"与"灵仙"并列,以天台山为舞台,尽情加以展示。而赋末又云:

> ……肆觐天宗,爰集通仙。挹以玄玉之膏,嗽以华池之泉。散以象外之说,畅以无生之篇。悟遣有之不尽,觉涉无之有间。泯色空以合迹,忽即有而得玄。释二名之同出,消一无于三幡。恣语乐以终日,等寂默于不言。浑万象以冥观,兀同体于自然。

这里不仅在沟通有无,以有为无,亦兼泯合色空,色即是空。道佛同体,一归于自然。所以《天台山赋》可以视为游仙文学在东晋时期的发展一形态,而其"浑万象以冥观,兀同体于自然"的义指及风格,亦具全新意义。此赋当时影响甚巨,孙绰亦颇以此自负,曾示其友人范荣期曰:"卿试掷地,要作金石声也。"荣期曰:"恐此金石非中宫商。"然每至佳句,辄云:"应是我辈语。"(见《世说新语·文学》)

孙绰之诗,向被目为玄言诗代表,此种看法,当然不诬。今存绰诗,多玄言,在东晋诗人中最为突出。如其《与庾冰诗》、《答许询诗》、《赠温峤诗》、《赠谢安诗》等,皆是。"合道家之言而韵之",为其基本风貌。然亦有部分诗作,包含特定生活内容,并非全是玄理。如所撰《表哀诗》,为悼母之诗,感情之真挚沉痛,不让他人。诗中言"上天极祸,怨痛莫诉"、"酷矣痛深,剖髓摧肝"之馀,又写"悠悠玄运,四气错序"、"寥寥堂室,寂寂扃户;尘蒙几筵,风生栋宇"等,哀思幽深。即如《赠温峤诗》中,虽以玄言为主,亦含若干玄言与俗情相错相生内容,所谓"既综幽纪,亦理俗罗"者也。诗中既说政务,如"业大德盛"等,又说军事,如"仗钺斯征"等。作为赠答之诗,并非全是虚语玄胜。孙绰又有《秋日诗》,虽不免于玄言影响,却是一首不可多得写景篇什:

萧瑟仲秋月，飔戾风云高。山居感时变，远客兴长谣。疏林积凉风，虚岫结凝霄。湛露洒庭林，密叶辞荣条。抚菌悲先落，攀松羡后凋。垂纶在林野，交情远市朝。澹然古怀心，濠上岂伊遥。

全篇写秋日之萧瑟，于自然景致描摹中，不着痕迹，透出悲凉凄怆情调；末二韵道出诗人清澹自然心态，与前部写景韵致连贯契合，浑然无间。此篇风格虚实相印，玄默参同，实际上亦一优秀前期山水诗或景物诗。

孙绰著作，《隋书·经籍志》著录有集十五卷（注："梁二十五卷"），又有《至人高士传赞》三卷、《列仙传赞》三卷、《孙子》十二卷。今存辑本有《汉魏六朝百三名家集》所收《孙廷尉集》，又严可均辑其文入《全晋文》卷六十一、六十二，逯钦立辑其诗入《晋诗》卷十三。

许询（生卒年不详），字玄度，高阳新城（今属河北）人。少有高尚之志，与王羲之、支遁、谢安、李充等，并有迈世之风，俱优游简默，而文义彰著。许询又有山水爱好，"许掾好游山水，而体便登陟。时人云：许非徒有胜情，实有济胜之具。"（《世说新语·栖逸》）当时"孙、许"齐名，《世说新语·赏誉》载："孙兴公、许玄度共在白楼亭，共商略先往名达。林公既非所关，听讫，云：'二贤故自有才情。'"可知孙、许二人才情同被支道林所称。又同书《品藻》载："支道林问孙兴公：'君何如许掾？'孙曰：'高情远致，弟子蚤已服膺；一吟一咏，许将北面。'"可知在孙绰目中，许询以情致胜，而文采则不及孙。然而许询玄学修养及清言才能，实极出众，在当时清谈场合，常充当主角，颇为人所倾服。又其品行亦优于孙绰，因此在当时士流中声望极高。

"孙兴公、许玄度皆一时名流。或重许高情，则鄙孙秽行；或爱孙才藻，而无取于许。"（同上）

许询亦一玄言诗代表作者，刘勰、锺嵘等皆有所说，已如前引。然今存诗甚少，唯有残句若干，自"亹亹玄思得，濯濯情累除"（《农里诗》残句）等句观，其诗亦有"合道家之言而韵之"风概，信为玄言诗大家。然自另一残篇"良工眇芳林，妙思触物骋。篾疑秋蝉翼，团取望舒景"（《竹扇诗》）观，则除了玄言之外，许询亦颇具托物取譬文学手段，功力不浅。其诗亦非一概"平典似《道德论》"者，故简文帝司马昱有"玄度五言诗，可谓妙绝时人"（《世说新语·文学》）之评语。许询今存二篇铭文，一定程度上亦表现其诗致：

> 卑尊有宗，贵贱无始。器以通显，废兴非己。伟质软蔚，岑条疏理。体随手运，散飙清起。通彼玄咏，申我先子。

——《墨麈尾铭》

> 蔚蔚秀气，伟我奇姿。荏弱软润，云散雪飞。君子运之，探玄理微。因通无远，废兴可师。

——《白麈尾铭》

麈尾本魏晋名士清谈时必备器物，而此二铭以"岑条疏理"、"云散雪飞"写其物态，同时寄以委运顺化玄思，自然之致存焉。

许询著作，《隋书·经籍志》著录有集三卷（注："梁八卷，录一卷"），《旧唐书》、《新唐书》、《通志》皆著录作三卷。宋以后原集亡，严可均辑其文入《全晋文》卷一百三十五，逯钦立辑其诗入《晋诗》卷十二。

第二节　王羲之和《兰亭诗》

　　王羲之(303—361)，字逸少，出身琅邪临沂(今属山东)王氏世族，父王旷为淮南太守，元帝过江，旷首创其议。羲之幼讷于言，人未之奇。及长，有风操才辩，深为从伯王敦、王导所器重。太尉郗鉴选婿，独钟意于羲之，有"东床快婿"佳话。起家秘书郎，征西将军庾亮请为参军，累迁长史，又迁宁远将军、江州刺史。后又历护军将军、右军将军、会稽内史等。因与扬州刺史王述不睦，遂称病去官，终于家。羲之雅好服食养生，会稽有佳山水，名士多居之，与孙绰、许询、谢安、支遁、李充等，常宴集于山阴之兰亭，事载王隐《晋书》。在东晋名士玄学好尚风气中，王羲之居于颇特殊地位。他受玄风一定影响，亦颇倾心于老庄道家自然之说，尤喜优游山水闲适生活。然而对于玄理虚胜并不十分投入，而是保持一定距离，同时对于人生社会取比较务实态度。他与谢安一段对话(见本编第一章第三节所引)，颇表明二人思想观念之差异，羲之持"虚谈废务，浮文妨要"之说，实为清谈亡国论；谢安的反驳虽似有理，实为诡辩，平心而论，羲之论点更具说服力。对于当时一些最著名玄学家，王羲之也不无微词。如：

　　　　刘真长为丹阳尹，许玄度出都，就刘宿，床帷新丽，饮食丰甘。许曰："若保全此处，殊胜东山。"刘曰："卿若知吉凶由人，吾安得不保此！"王逸少在坐，曰："令巢、许遇稷、契，当无此言。"二人并有愧色。

　　　　　　　　　　　　　　　　　　　　——《世说新语·言语》

刘惔与许询,皆当时玄学首领,二人言谈中流露出对物质享受的迷恋,此种庸俗态度当即受到王羲之的嘲讽。

王羲之艺术修养深厚,其书法草、隶兼善,堪称一代巨匠。在文学方面亦有造诣,为东晋重要作者。羲之诗、文并擅,其文今存甚多,主要为流传法帖文字。其中虽有大量日常琐事,亦有颇见羲之品格胸怀者。如:

> 若治风教可弘。今忠著于上,义行于下,虽古之逸士,亦将眷然,况下此者? 观顷举厝,君子之道尽矣! 今得护军还,君屈以申时,玄平顷命,朝有君子,晓然复谓有容足地,常如前者。虽患九天不可阶,九地无所逃,何论于世路? 万、石、仆虽不敏,不能期之以道义,岂苟且? 若复以此进退,直是利动之徒耳。所不忍为,所不以为。

> ——《法书要录》

此文写作背景不详,当为一书笺,又与谢万、谢石有关。文中标榜"君子之道"、"道义",斥责"利动之徒",颇义正词严,显示羲之独有"骨气"。《世说新语·品藻》载:"时人道阮思旷骨气不及右军。"按羲之杂帖文章,多率意而作,其精心撰制者,当推《与会稽王笺》、《遗谢安书》、《又遗殷浩书》等。又其《书论》、《题卫夫人笔阵图后》,作为杰出书法家,以文学笔触描述书法奥妙,甚见风采:

> 夫纸者,阵也;笔者,刀矟也;墨者,鍪甲也;水砚者,城池也;心意者,将军也;本领者,副将也;结构者,谋略也;扬笔者,吉凶也;出入者,号令也;曲折者,杀戮也。夫欲书者,先干研墨,凝神静思,预想字形大小,偃仰、平直、振动,令筋脉相连。意在笔前,

然后作字。

——《题卫夫人笔阵图后》

自物质准备到心理准备,写"作字"过程,应当"意在笔先",真专家言也。而文章连用比兴,以战阵喻"作字",极见匠心。文章又谓:

> 若平直相似,状如算子,上下方整,前后齐平,便不是书,但得其点画耳尔。昔宋翼常作此书,翼是锺繇之弟子,繇乃咄之,翼三年不敢见繇。即潜心改迹,每作一波,常三过折笔;每作一点,常隐锋而为之;每作一横画,如列阵之排云;每作一戈,如百钧之怒发;每作一点,如高峰坠石;(每作一□,)曲折如钢钩;每作一牵,如万岁枯藤;每作一放纵,如足行之趣骤……

此又说书法要领,在于发扬个性,"若平直相似……便不是书",显出羲之艺术见解精髓。锺繇怒"咄"宋翼,正与王羲之同意。以下形容宋翼练习书法情形,"每作一……如……",中心意思亦强调笔法应有个性,避免"上下方整"之类平庸化、雷同化。而一连串比喻,再见其文采,使文章本身体现作者所论重个性之艺术主张。此文对于了解王羲之艺术思想及文章创作,皆有重要意义。

王羲之诗今存无多,完整者仅有《兰亭诗》二首,其中四言一首,五言一首五章。然而文采秀出,为东晋诗中所少见:

> 代谢鳞次,忽焉以周。欣此暮春,和气载柔。咏彼舞雩,异世同流。乃携齐契,散怀一丘。

(四言)

悠悠大象运,轮转无停际。陶化非吾因,去来非吾制。宗统竟安在?即顺理自泰。有心未能悟,适足缠利害。未若任所遇,逍遥良辰会。

(五言章一)

三春启群品,寄畅在所因。仰望碧天际,俯磐绿水滨。寥朗无厓观,寓目理自陈。大矣造化功,万殊莫不均。群籁虽参差,适我无非新。

(五言章二)

合散固其常,修短定无始。造新不暂停,一往不再起。于今为神奇,信宿同尘滓。谁能无此慨?散之在推理。言立同不朽,河清非所俟。

(五言章五)

诸诗主旨皆在"散怀"、"寄畅"。对于自然代谢之客观性,诗人有充分体认,"陶化非吾因,去来非吾制",因此人生虽然信宿短暂,却应当欣然体悟,顺应此理,"即顺理自泰"。体悟此理之后,便应当舍弃利害,"未若任所遇,逍遥良辰会",实现散怀目的,此即是"散之在推理"。诗人在此表现出达观人生态度。更为可贵者,诗中于达观之外,又有一种乐观精神洋溢其间。诗人不止于委运任化而已,且以欣然心情看待大自然"轮转无停际","欣此暮春,和气载柔","群籁虽参差,适我无非新",突出一种新陈代谢的乐观眼光。此与汉魏以来咏叹光阴流逝、生命不永诗歌往往伴随悲哀忧伤情绪,所谓"生年不满百,常怀千岁忧"(《古诗》)之传统颇异其趣。王羲之自述这是

"咏彼舞雩,异世同流",是上承孔子人生态度。要之在东晋时期,甚至在整个魏晋时期,这种达观而又积极的人生态度颇少见,显示了王羲之与众多玄学家在思想意识上的重大差异。

《兰亭诗》中五言章二("三春启群品")在艺术表现上最称优秀。此章前三韵以写景为主,开阖有方。后三韵虽有清言意味,然末二句"群籁虽参差,适我无非新",却脱出一般玄言诗常套,以精辟语词点出物我关系之玄奥:"群籁"万象,参差不一,大自然造化万殊,然而对于诗人来说,由于有了即顺理泰之思想胸怀,所以他尽管就是"兰亭"周围一片山林庄园之主人,早已熟稔此地自然环境,却"适我无非新",在旧景物中体察出全新的意味来。这种心境,也可以理解为艺术家在审美过程中,因把握对象的不断深化,从而不断产生新的美感体验。由此透出王羲之独到的艺术心解。

王羲之在诗歌领域的贡献,不止于本人创作实践及其成果。他还组织了东晋时期一次规模最大的诗歌盛会——兰亭雅集。他的《兰亭诗》,就是此次文学雅集成果之一部分。关于此次文学活动情况,所撰《兰亭诗序》纪其事:

> 永和九年,岁在癸丑,暮春之初,会于会稽山阴之兰亭,修禊事也。群贤毕至,少长咸集。此地有崇山峻岭,茂林修竹;又有清流激湍,映带左右,引以为流觞曲水。列坐其次,虽无丝竹管弦之盛,一觞一咏,亦足以畅叙幽情。是日也,天朗气清,惠风和畅;仰观宇宙之大,俯察品类之盛,所以游目骋怀,足以极视听之娱,信可乐也。夫人之相与,俯仰一世,或取诸怀抱,悟言一室之内;或因寄所托,放浪形骸之外。虽趋舍万殊,静躁不同,当其欣于所遇,暂得于己,快然自足,曾不知老之将至。及其所之既倦,情随事迁,感慨系之矣! 向之所欣,俯仰之间,已为陈迹,犹不能

不以之兴怀,况修短随化,终期于尽。古人云:死生亦大矣!岂不痛哉!每览昔人兴感之由,若合一契,未尝不临文嗟悼,不能喻之于怀。固知一死生为虚诞,齐彭殇为妄作,后之视今,亦犹今之视昔。悲夫!故列叙时人,录其所述,虽世殊事异,所以兴怀,其致一也。后之览者,亦将有感于斯文。

序文前部写山水春色:风光幽美,人物繁盛,而文章本身笔致优雅,节奏铿锵,令读者随之游目骋怀,"信可乐也"。其后则感慨系之:先述人生万殊,修短随化,而终归于尽,令人思之感慨,难以释怀;然后说"一死生为虚诞,齐彭殇为妄作",否定老庄道家生死观念;最后表示盛会难得,还应赋诗兴怀,录以纪念。[2]文章表现王羲之特有性格,心胸开阔,情绪乐观,顺应造化运转大势,享受人生无限乐趣。

《兰亭诗集》今存"戏鸿堂"帖本,又《诗纪》亦录载。当时参与雅集活动者有四十一人,其中赋诗者有二十六人,作品四十一首,包括四言十四首,五言二十七首。作为诗人集团同题作品集,兹为有史以来数量最大者,不仅超过建安文士同写《神女赋》、《玛瑙勒赋》、《迷迭香赋》等,亦超过西晋文士同作《金谷诗》。金谷雅集参与者,据石崇《金谷诗序》总"凡三十人",其中亦含不能赋诗者,产生作品多已不存,其总篇数难以确考,大体上可以肯定少于《兰亭诗集》。而且如此规模文士雅集同题赋诗,在后世亦极少发生,所以此为整个中国文学史上突出事件,其意义颇为深远。对于兰亭雅集一事,王羲之作为东道主,颇为自得,史载"王右军得人以《兰亭集序》方《金谷集序》,又以己敌石崇,甚有欣色"(《世说新语·企羡》)。事实上,兰亭雅集在做法上有仿效金谷雅集迹象,如皆以游晏山水、饮酒赋诗为基本内容;不能赋诗者"罚酒各三斗",亦自金谷雅集中借来,《金谷集序》即有"遂各赋诗,以叙中怀;或不能者,罚酒三斗"之语。

　　当然，《兰亭诗集》中四十一首作品，并非每篇皆好，有不少人诗才贫乏，勉为其难，应命充数而已。在四十一首作品中，王羲之自撰之章，诚为上品，此外尚有若干首，亦称佳作。如孙统（馀姚令，孙绰之兄）之诗：

　　　　茫茫大造，万化齐轨。罔悟玄同，竟异标旨。平勃运谋，黄绮隐几。凡我仰希，期山期水。

　　　　地主观山水，仰寻幽人踪。回沼激中逵，疏竹间修桐。因流转轻觞，泠风飘落松。时禽吟长涧，万籁吹连峰。

前一首四言体，前半玄言，后半转为咏史，说平勃进取，黄绮隐退，各遂其志；末韵转出山水之思，意境隽永，淡泊悠长。后一首五言体，全以山水为对象，写出幽深景致，而写景中透出闲雅情趣。末句“万籁吹连峰”，由近及远，意味旷放，令人遐想无涯，结束绝妙。又如曹华之诗，亦见个性，其佳处在于以闲适之体写出豪宕之气：

　　　　愿与达人游，解结遨濠梁。狂吟任所适，流浪无何乡。

曹华其人身世不详，史载阙略，想为一奇士也，乃发此“狂吟”、“流浪”奇语。

　　综观四十一首《兰亭诗》，包括王羲之本人所撰诸诗，及谢安、孙绰等名家之作，率以抒发闲适萧散情致，为其共同趋向。“寄傲林丘”（谢安），“散豁情志畅”（王蕴之），“散怀山水，萧然忘羁”（王徽之），“在昔暇日，味存林岭；今我斯游，神怡心静”（王肃之），“驾言兴时游，逍遥映通津”（王凝之），“消散肆情志，酣畅豁滞忧”（王玄之），“豁尔累心散，遐想逸民轨”（袁峤之），“时来谁不怀？寄散山林间"（曹茂之）等等，皆是。此类"寄散"诗句，与"地主"王羲之诗中"寄畅"、"散怀"之旨相合，为雅集文士共同心声。东晋时期，地主庄园经济发达，浙东一带，山明水秀，农业资源丰饶，成为士族庄园主要所在地。士族庄园主如王谢等家族，往往又文化修养极高，他们物质生活优裕固不待言，而精神上却追求一种超越尘俗摆脱物累的洒脱境界，要"消散肆情志"。主客观多方面因素结合，形成其优雅闲适生活特征。东晋士大夫之闲适生活，与西晋士大夫之奢靡生活有所不同。西晋士大夫以都市生活为主，东晋士大夫则以山林生活为主；西晋士大夫逞繁炫富纵诞逸乐，东晋士大夫则以优游闲适生活为目标。《兰亭诗》反映了此一生活特征。其次，东晋士大夫中盛行玄言，在《兰亭诗》中亦占很大比重。如孙绰、谢安、王徽之等人之作，基本上亦可视为玄言诗。"先师有冥藏，安用羁世罗；未若保冲真，齐契箕山阿"（王徽之），诸如此类不少。即王羲之本人之作，亦不免于玄言之熏染。如其五言之三："散与二三子，莫非齐所托。造真探玄根，涉世若过客。前识非所期，虚室是我宅。远想千载外，何必谢曩昔？相与无相与，形骸自脱落。"以故玄言亦《兰亭诗》之一大特征。玄言的渗透，增添了诗之虚无内涵及清幽澹泊气氛，其清虚境界与闲适情调正相合拍。另外《兰亭诗》又多取山水自然为重要对象，以为"寄散"之依托。"散怀山水"、"寄散山林间"，成为基本的抒发方式。上举孙统之作（五言），表现闲适生活情趣，山水贯串始终，手法熟练，可以认为是一成熟山水诗。王羲之（五言之三）写山水，亦臻胜境。

要之兰亭雅集，荟萃东晋中期众多著名文士，为文坛一大盛事；兰亭诗总体上以山水自然为背景，抒述士族文士萧散心境，风格清雅幽深，又多玄言，兴味澹泊，表现出鲜明的闲适倾向，实为山林闲适诗之集大成，又为闲适诗与玄言诗之结合物，同时亦启山水诗之端倪，代表了东晋时期主流诗风。欲知东晋一代诗风,当自《兰亭诗集》中体味。而王羲之以其兰亭雅集之"地主"身份,又以其出类拔萃之《兰亭诗》,成为东晋中期诗坛当然领袖。

王羲之著作,《隋书·经籍志》著录有集九卷(注:"梁十卷,录一卷")。《旧唐书》、《新唐书》皆著录有集五卷,而《通志》著录作十卷。今存辑本有《汉魏六朝百三名家集》所收《王右军集》。又今存大量书法文字,散见各杂帖中,严可均辑其文为五卷,收入《全晋文》卷二十二至二十六,逯钦立辑其诗入《晋诗》卷十三。

第三节　袁宏

袁宏(328—376),陈郡扶乐(今河南扶沟)人,字彦伯,小字虎。少年孤贫,以运租为业。宏有逸才,文章绝美,时谢尚(谢安从兄)以建武将军历阳太守镇牛渚,秋夜乘月,微服泛江,偶闻袁宏在舟中讽咏自作《咏史诗》,大为赞赏,引为参军,自此名誉日茂。后又为大司马桓温记室,再为吏部郎,出为东阳太守,卒于官。在东晋中期,袁宏文名最高,被誉为"一时文宗"(《世说新语·文学》注引《续晋阳秋》),又是当时清谈名士之一,与王羲之、谢安、殷浩、支遁、孙绰、许询等交好。在吏部任职时,还曾参与孝武帝讲经,有谢安侍坐,陆纳侍讲,卞耽执读,谢石与袁宏执经,车胤、王混摘句,场面高雅,时论荣之,事见《晋书·车胤传》。袁宏著作甚多,《晋书》本传载"撰《后汉纪》三十卷及《竹林名士传》三卷,诗、赋、诔、表等杂文凡三百首,传于世"。《隋书·经籍志》著录有集十五卷(注:"梁二十卷,录一卷");又有《后汉纪》三十卷,《正始名士传》三卷,《集议孝经》一卷。[3]诸书皆已佚,严可均辑其文入《全晋文》卷五十七,逯钦立辑其诗入《晋诗》卷十四。

袁宏作品,最收盛誉的是《东征赋》。赋作于桓温幕中,述元帝渡江定都建康事。开篇奇警,韵调不凡:

> 唯吾生于末运,托一叶于邓林。顾微躯之眇眇,若绝响之遗音。壮公瑾之明达,吐不世之奇策;挫百胜于崇朝,靡云旗于赤壁。三光一举而参分,四海指麾而中隔。过武昌以逍遥,登樊山以流眄;访遗老以证往,乃西鄂之旧县。

自三国时赤壁之战写起,然后乘势而下,说司马睿于乱局中奋起,建立东晋政权,挽狂澜于既倒,延晋祚于将亡。此类"述征"、"撰征"之赋,汉魏以来已书写极多,内容雷同固难避免,文章亦鲜见新意。而袁宏此赋颇有精彩之句,少凡俗套语,表现了喷薄才气,如"风寨林而萧瑟,云出山而蓬勃"等。惜今存前部小半,难睹全豹。袁宏又有《北征赋》,据载为受桓温之命而作,"桓宣武命袁彦伯作《北征赋》,既成,公与时贤共看,咸嗟叹之。时王珣在坐,云:'恨少一句,得写字足韵当佳。'袁即于坐揽笔益云:'感不绝于余心,溯流风而独写。'公谓王曰:'当今不得不以此事推袁'"(《世说新语·文学》)。颇有奸雄气又颇有才气的桓温"当今不得不以此事推袁"一语,表明袁宏在当时文坛地位得到公认。此赋今亦不完,仅存残句,其中如"天高地涸,木落水凝;繁霜夜洒,劲风晨兴。日暖暖其已颓,月亭亭而虚升",描绘北方秋冬风物,语约义精,音节浏亮,可谓心得独写。关于袁宏辞赋成就,刘勰在概括"魏晋之赋首"时,共提及八人,其中东晋仅得二人,即是郭璞、袁宏,谓:"……景纯绮巧,缛理有馀;彦伯梗概,情韵不匮。亦魏晋之赋首也"(《文心雕龙·诠赋》)。

袁宏之文,今存《三国名臣序赞》最为完整,《文选》及《晋书》本传皆全文收录。文章所赞之人，有魏九人，蜀四人，吴七人。包括荀彧、荀攸、崔琰、袁涣、夏侯玄、徐邈、陈群、王经、陈泰；诸葛亮、庞统、蒋琬、黄权；周瑜、张昭、鲁肃、诸葛瑾、陆逊、顾雍、虞翻。文章对魏、蜀、吴三方面人物不故作轩轾，既能标举其功绩，亦不讳言其过失，态度客观平允；而所下赞词精练切要，颇收刻画之效，如：

> 公瑾英达，朗心独见。披草求君，定交一面。桓桓魏武，外托霸迹。志掩衡霍，恃战忘敌。卓卓若人，曜奇赤壁。三光参分，宇宙暂隔。（周瑜）
> 仲翔高亮，性不和物。好是不群，折而不屈。屡摧逆鳞，直道受黜。叹过孙阳，放同屈贾。（虞翻）
> 诜诜众贤，千载一遇。整辔高衢，骧首天路。仰揖玄流，俯弘时务。名节殊涂，雅致同趣。日月丽天，瞻之不坠。仁义在躬，用之不匮。尚想遗风，载揖载味。后生击节，懦夫增气。（合赞）

上举三例，前二例写出事主不同个性风范，周瑜"英达"，虞翻"高亮"；周有赤壁之功，虞有摧鳞之举，皆其毕生行事之要。而后一例合赞三国诸名臣，指出"名节殊涂，雅致同趣"，遗风垂芳，千载所仰，总述可谓得体。末二句"后生击节，懦夫增气"，堪称奇语，突出"气"、"节"二字，正说透三国众多名臣共同时代特点。所谓"后生"，盖以自指，而"懦夫"则隐指当时靡弱士风，从中可见袁宏"强正亮直"（《晋书》本传）性格。

袁宏又有《七贤序》、《去伐论》、《祖逖碑》、《孟处士铭》等文，亦有文采。其《七贤序》实即所撰《名士传》之一部分。据《世说新语·文学》："袁彦伯作《名士传》成，见谢公，公笑曰：'我尝与人道江北事,特作狡狯耳,彦伯遂以作书。'"可知袁宏撰写《名士传》,是受谢安启发,其中不少素材可能还自谢安处听得。此书在学术史上有重要地位,魏晋名士区分为"正始名士"、"竹林名士"、"中朝名士",盖由袁宏始。"(袁)宏以夏侯太初、何平叔、王辅嗣为正始名士;阮嗣宗、嵇叔夜、山巨源、向子期、刘伯伦、阮仲容、王濬仲为竹林名士;裴叔则、乐彦辅、王夷甫、庾子嵩、王安期、阮千里、卫叔宝、谢幼舆为中朝名士"(《世说新语·文学》刘孝标注)。这里概括魏晋两朝主要名士及其集团组成状况,反映了东晋名士对先朝名士看法,较为恰当,有一定代表性,并为此后学界所广泛接受。[4] 袁宏为"正始名士"、"竹林名士"作传,表现了一定勇气和正直态度,因其中有几位名士如夏侯玄、何晏、嵇康,皆被司马懿、司马昭父子所害。杀戮此数位思想及文学领域中第一流名士,为司马氏重大恶行,然西晋一朝无人敢言其枉;至东晋,司马氏皇祚虽一脉相承,但朝廷靡弱,威权大减,遂有若干文士,敢冒不韪,大胆提起此事。如王导曾对明帝"具叙宣王创业之始,诛夷名族,宠树同己,及文王之末高贵乡公事"(《世说新语·尤悔》),又如李充作《吊嵇中散》文,见本编第二章第三节。稍谨慎者如谢安,则不愿公开谈论,但也在非正式场合"与诸人道江北事",且自谓"特作狡狯耳",意为"讲讲笑话罢了"。不想袁宏竟就此写出,引起谢安注意。袁宏如何写诸名士之传,惜原书已佚,然今存《七贤序》残文,从中仍可窥见若干眉目。残文涉及"竹林名士"之三人:阮籍、嵇康、山涛。关于嵇康之文为:

> 中散遣外之情,最为高绝;不免世祸,将举体秀异,直致自高,故伤之者也。

这里首先说嵇康"最为高绝",然后说康罹祸原因为"举体秀异"、"直致自高”，意谓高者易折。看来袁宏对于嵇康虽表示无限景仰，但在其死因问题上所说仍颇含蓄有保留。但嵇康之死，非其罪也，此点极明白，当时人所共知，因此袁宏只写到“直致自高，故伤之者也”，实际上亦已表示了对置嵇康于死地的司马昭、锺会者流的否定。

在此应一并叙介袁宏妻李氏所撰《吊嵇中散文》。此文意义明朗，可以进一步照见袁宏在嵇康问题上观点：

> 宣尼有言曰：唯仁者能好人，能恶人。自非贤智之流，不可以褒贬明德、拟议英哲矣。故彼嵇中散之为人，可谓命世之杰矣！观其德行奇伟，风韵劭邈，有似明月之映幽夜，清风之过松林也。若夫吕安者，嵇子之良友也；锺会者，天下之恶人也。良友不可以不明，明之而理全；恶人不可以不拒，拒之而道显。夜光非与鱼目比映，三秀难与朝华争荣。故布鼓自嫌于雷门，砾石有忌于琳琅矣！嗟乎，道之丧也！虽智周万物，不能违颠沛之难。故存其心者，不以一眚累怀；检乎迹者，必以纤芥为事。慨达人之获讥，悼高范之莫全；凌清风以三叹，抚兹子而怅焉！闻先觉之高唱，理极滞其必宣；候千载之大圣，期五百之明贤。聊寄愤于斯章，思慷慨而炫然。

吊文对于嵇康推尊诚服之意，又过于袁宏之文，“德行奇伟，风韵劭邈”，“达人”，“高范”，“可谓命世之杰矣”，所下皆极高级赞语。连及吕安，亦以为是“良友”。对于锺会，则直斥之为“恶人”。吊文又以为嵇康对于吕安及锺会之态度，亦极正确，因为“良友不可以不明，明之而理全”，“恶人不可以不拒，拒之而道显”。文末对嵇康之死，极表痛悼愤慨，而“闻先觉之高唱”四句，明白表示要翻此冤案，历史必将作出公正判断。在嵇康之死此一敏感而激动人心话题上，东晋文士颇有所说；然以是非之鲜明、态度之强烈论，则李氏此文超过同样为嵇康撰写吊文的李充，亦超过其夫袁宏，为东晋一代之最。而文章本身亦流贯畅达，气韵充盈，骨力强劲。不意闺阁之中，竟有此义肝侠胆奇女子！

袁宏敢于在嵇康问题上做文章，亦其"强正亮直"性格之表现。史载其"虽被（桓）温礼遇，每不阿屈，故荣任不至"（《晋书》本传），似乎还影响及前程。不过袁宏偶亦为"阿屈"之事，据载他曾被迫为桓温作《九锡文》，但他与谢安、王彪之等通谋，"逡巡其事"，至桓温病死而未表，终于寝其事。[5]

袁宏亦有诗。今存止得六首，且不完。《从征方头山诗》写及"峨峨太行"，当从桓温北伐时作。"澄流入神，玄谷应契"等，能融通物我，相得相待，然玄意稍多，诗味略淡。唯《咏史诗》二首，讽咏古贤，感慨世道，颇可观：

> 周昌梗概臣，辞达不为讷。汲黯社稷器，栋梁表天骨。陆贾厌解纷，时与酒樽杌。婉转将相门，一言和平勃。趋舍各有之，俱令道不没。

> 无名困蝼蚁，有名世所疑。中庸难为体，狂狷不及时。杨恽非忌贵，知及有馀辞。躬耕甽山下，芜秽不遑治。赵瑟奏哀音，秦声歌新诗。吐音非凡响，负此欲何之？

此即当初江中吟咏，偶为谢尚所闻之诗。前首所咏周、汲、陆等，皆西汉人，周昌口吃，而刚直敢言，刘邦欲废太子，昌"期期以为不可"。陆贾则口给有辩才，劝丞相陈平结纳太尉周勃，合谋诛诸吕。汲黯敢于强直廷争，武帝外虽敬重，内颇不悦。诸人性格不同，行事各异，然皆守正不阿,各有建树,并垂史册,"俱令道不没"。袁宏咏此数人,亦以喻己志尚。后一首唯咏杨恽一人,恽亦西汉人,因发举霍氏谋逆,有功封侯,后又受他人告发其过,而被贬为庶人,终以"大逆无道"罪名腰斩。此首主旨在于慨叹处世之难,有名、无名,中庸、狂狷,皆各有所难,而躬耕垄亩,亦非易事。末二句道出诗人负才而彷徨莫知所从的矛盾复杂心理。锺嵘叙袁宏诗于中品,与郭璞同列,谓:"彦伯《咏史》,虽文体未遒,而鲜明紧健,去凡俗远矣!"(《诗品》卷中)"鲜明"当指藻采,"紧健"或言骨力,要之东晋一代咏史诗中,此二首为上乘佳作。

第四节　曹毗等东晋中期文士

曹毗(生卒年不详),字辅佐,曹魏大司马曹休之后,父为西晋末右军将军曹识,从父为西晋作家曹摅。毗少好文籍,善作文,郡察孝廉,除郎中,司徒蔡谟举为佐著作郎。后历任句章令、太学博士、下邳太守、光禄勋等。

曹毗今存著作,有诗、赋、文等。其赋当时颇著名,有《扬都赋》,可与庾阐同名之作相抗衡,惜已散佚,不能睹其原貌。今所存较完整者有《箜篌赋》、《鹦鹉赋》等,亦有文采。不过孙绰对曹毗之赋颇有贬词,谓:"曹辅佐才如白地明光锦,裁为负版绔,非无文采,酷无裁制。"(《世说新语·文学》)意为有文采而缺乏适当剪裁。曹毗之文,以《对儒》为代表,此为"对问"体,文中设一"客"问,然后由"曹子"对。其写法承东方朔《答客难》、扬雄《解嘲》、班固《答宾戏》等传统。"客"所问内容为:"何必以刑礼为己任,申韩为宏通?既登东观染史笔,又据太学理儒功?曾无玄韵淡泊,逸气虚洞;养采幽翳,晦明

蒙茏。不追林栖之迹,不希抱鳞之龙;不营炼真之术,不慕内听之聪……"主人"曹子"则"焕耳而笑,欣然而言",答曰:

> ……大人达观,任化昏晓;出不极劳,处不巢皓。在儒亦儒,在道亦道。运屈则纡其清晖,时申则散其龙藻。此盖员动之用舍,非寻常之所宝也。今三明互照,二气载宣,玄教夕凝,朗风晨鲜,道以才畅,化随理全。故五典克明于百揆,虞音齐响于五弦;安期解褐于秀林,渔父摆钩于长川。如斯则化无不融,道无不延,风澄于俗,波清于川。

要之曹毗表述的是不拘于儒道畛域,申屈出处自如,委运任化的"大人达观"观念。这种观念在东晋有相当代表性,当时许多名士,基本上皆取此"在儒亦儒,在道亦道"处世态度,如王导、庾亮、王羲之、谢安等等。这也是玄学经历了几个发展阶段,名教归入自然趋势之反映。

曹毗今存诗十馀首,大部为五言体。其中最堪注意者为《夜听捣衣诗》:

> 寒兴御纨素,佳人理衣襟。冬夜清且永,皎月照堂阴。纤手叠轻素,朗杵叩鸣砧。清风流繁节,回飙洒微吟。嗟此往运速,悼彼幽滞心。二物感余怀,岂但声与音。

诗题或作"捣衣诗"(《广文选》)。捣衣为江南一带女子劳作内容。诗写捣衣活动中妇女心态,冬夜环境,月下气氛,甚是清幽,而女子似有忧思。其所"悼"者为何?诗中并未明写,然自"二物"观,则以砧杵暗示夫妇也。故而诗篇所含淡淡忧愁,原是思妇之词。此诗一出,颇受文士重视，仿作者不绝，如谢惠连、鲍令晖、谢朓、柳恽、吴均、萧衍、江洪、王筠等，皆有"捣衣诗"，南朝至唐代，陆续产生数十篇"捣衣"题材之作，沿袭而下，竟成为中古诗歌中一个显著的诗歌品题。而曹毗为首开风气者。

曹毗另一奇特作品为《杜兰香诗》及《传》。后者见载于《艺文类聚》、《北堂书钞》、《太平御览》及《搜神记》，诸书所录文字稍有不同，《类聚》所记为：

> 杜兰香，自称南阳人，以建兴四年春数诣张傅。傅年十七，望见其车在门外，婢通言："阿母所生，遗授配君，君可不敬从！"傅先改名"硕"。硕呼女前，视，可十八九，说事邈然久远。有婢子二人，大者萱枝，小者松枝。钿车青牛，上饮食皆备。作诗曰："阿母处灵岳，时游云霄际。众女侍羽仪，不出墉宫外。飙轮送我来，岂复耻尘秽？从我与福俱，嫌我与祸会！"至其年八月旦，来，复作诗曰："逍遥云雾间，呼吸发九嶷。游女不稽路，弱水何不之？"出薯蓣子三枚，大如鸡子，云："食此令君不畏风波，辟寒温。"硕食二枚，留一。香令硕尽食，言："本为君作妻，情无旷远。以年命未合，有小乖，太岁东方卯，当还求君。"

诸书皆署作者为"曹毗"，而《晋书·文苑传》亦云"时桂阳张硕为神女杜兰香所降，毗因以二篇诗嘲之，并续《兰香歌诗》十篇，甚有文采"。据此，杜兰香当实有其人，她与张硕间传奇故事，亦非纯系虚构。故事发生时间"建兴四年"为西晋愍帝最后一年，可知距曹毗年代不远。杜兰香与张硕故事本身，具有浓郁神巫色彩，曹毗记述此神人姻缘，基本上为正面描写，可称之"好奇"，而无"嘲"意，《晋书》所说不确。不过说"甚有文采"，则颇是。传文及诗写得虚实相间，恍惚迷离,甚见兴会奇趣。《晋书》所纪"《兰香歌诗》十篇"已佚。

曹毗还参与撰写东晋宗庙歌辞。歌共十三首,除《歌太宗简文皇帝》、《歌烈宗孝武皇帝》二首为王珣所作外,馀十一首皆曹毗手笔。此类宗庙歌辞当然以赞颂功德为主,且诗风要求雍熙辑穆,固难有充实社会内容及个人风格,因此总体上难免平庸。但个别篇章尚能写出某一皇帝作风特点,避免了一般化。如哀帝司马丕,在位"雅好黄老,断谷,饵长生药,服食过多,遂中毒,不识万机,崇德太后复临朝摄政"(《晋书·哀帝纪》),而曹毗作歌曰:"于穆哀皇,圣心虚远。雅好玄古,大庭是践。道尚无为,治存简易。化若风行,民犹草偃。虽曰登遐,徽音弥阐。喈喈云韶,尽美尽善。"虽有掩饰虚美之词,而"虽曰"云云,似有微词,尚见特色。

《晋书·文苑传》论及两晋文士时说:"至于吉甫、太冲,江右之才杰;曹毗、庾阐,中兴之时秀。信乃金相玉润,林荟川冲,埒美前修,垂裕来叶。"此以曹毗为东晋最具代表二位文士之一,虽有可议之处,但亦可知其见重一时。纵观曹毗文学创作,其特点在于品类多,不仅文体上诗赋文皆能,且纵敛自如,无所拘束,雅者极雅(宗庙歌辞),俗者极俗(神巫故事),诚所谓"在儒亦儒,在道亦道",无可无不可。故《晋书·文苑传》又评曰:"曹毗沉研秘籍,踠足下僚,绮靡降神之歌,朗畅对儒之论。"体现一种"达观"风概,而此亦正是东晋士风文风基本特征之一。

曹毗著作,《隋书·经籍志》著录有集十卷,又有《论语释》一卷,《曹氏家传》一卷。诸书皆亡,严可均辑其文入《全晋文》卷一百七,逯钦立辑其诗入《晋诗》卷十二。

王胡之(?—371),字修龄,亦琅邪王氏子弟。父王翼为王导从弟,亦善属文,有《中兴赋》,在东晋初颇有名。胡之弱冠有声誉,历郡守、侍中、丹阳尹。王胡之亦东晋中期一名士，与谢安、谢尚等友善，"谢太傅称王修龄：'司州可与林泽游'"（《世说新语·赏誉》）。又《王胡之别传》载："胡之常遗世务，以高尚为情，与谢安相善也。""胡之治身清约，以风操自居"（《世说新语》注引）。可知其为人风概。又《世说新语·品藻》载："或问林公：'司州何如二谢？'林公曰：'故当攀安提万。'"此"林公"即支遁，在支遁看来，王胡之在谢安之下，谢万之上。

王胡之于文坛颇活跃，《王胡之别传》载："胡之好谈谐，善属文辞，为当世所重。"今存诗有《赠庾翼诗》八章、《答谢安诗》八章（谢安有《赠王胡之诗》六章）。其诗皆四言体，以玄言为主。诗中重在阐扬自然之旨，然某些章节颇有情致，如：

> 友以淡合，理随道泰；余与夫子，自然冥会。暂面豁怀，倾枕解带。玉液相润，琼林增蔼。心齐飞沉，相望事外。譬诸龙鱼，陵云潜濑。

——《赠庾翼诗》之五

述彼此友情，虽云"友以淡合"，"相望事外"，然而二人之间"自然冥会"，"心齐飞沉"，无猜无忌，推衣解带，赤诚相待，此自然天成之友谊，更显纯净高尚。又有章节写出闳大气势，如：

> 回驾蓬庐，独游偶影；陵风行歌，肆目崇岭。高丘隐天，长湖万顷；可以垂纶，可以啸咏。取诸匈怀，寄之匠郢。

（同上之八）

首二韵出现人物身影,其高士"独游"形象,颇为鲜明突出;"陵风"二句,极写逍遥游风姿。"高丘"一韵,境界何其阔大! 而"取诸"二句,又写出自身胸怀。要之如此特色鲜明作品,实不可多得,固不应以玄言而弃之也。

王胡之著作,《隋书·经籍志》著录有集十卷。严可均辑其文入《全晋文》卷二十,逯钦立辑其诗入《晋诗》卷十二。

东晋中期,又有二位贫士诗人,颇引人注目。此即江逌、张望。

江逌,字道载,陈留圉(今河南)人。曾避乱临海,后历蔡谟征北将军参军、何充骠骑将军功曹,以家贫,求为太末令,迁吴令,累迁侍中、太常等。《晋书》有传,有集九卷。江逌在朝,以清俭闻,史载"孝宗欲于后园修立池苑,江逌谏以'强贼未灭,宜精军备,常存俭约,以率群下'"(王隐《晋书》卷七)。其所作赋今存《风赋》、《井赋》、《述归赋》、《羽扇赋》、《竹赋》等。又有咏秋、咏贫等诗,其《咏贫诗》曰:

> 荜门不启扉,环堵蒙蒿榛。空瓢覆壁下,箪上自生尘。出门谁氏子? 惄哉一何贫!

切实写出贫态,而藻润恨少,文采不足。相比之下,张望《贫士诗》更优:

> 荒墟人迹稀,隐僻间邻阔。苇篱自朽损,败屋正寥豁。炎夏无完绤,玄冬无暖褐。四体困寒暑,六时疲饥渴。营生生愈瘁,愁来不可割。

同样实写贫状,不用比兴,而以多方位着笔故,更显真切生动。首韵写其大环境,次韵写小家屋,三韵又转换视角,从人物衣着入手,四韵述人物切身感受,末韵写生活情绪。"营生生愈瘁,愁来不可割",真是"贫"到无法可想地步,穷困之极至。

张望生卒年不详,亦不知其里籍,史书中失载,当时知名度显然较江逌为低。[6]当然江逌、张望能否算作真正贫士,尚有可议馀地,然而他们至少曾经一段贫困生活,此点盖无疑义。东晋时代战乱频仍,内忧外患不断,士大夫横死于难者虽不如西晋之夥,而命乖运塞、生活沦落多舛者不少,加之其他种种原因,"贫士"的出现较别朝为多。以故此类贫士诗,反映社会一侧面,有相当现实意义。对于后世同类作品例如陶渊明描写贫困乡居生活之作,亦有一定影响。

东晋中期,又有若干佛理诗人,有郗超、张翼等。郗超(330?—371?),字景兴,一字嘉宾。出身名门,祖为东晋初太尉郗鉴,父为会稽内史郗愔。超少卓荦不羁,有旷世之度,善谈论,义理精微。父愔事天师道,而超奉佛。与沙弥往还甚笃,对支遁极为推崇,曾谓"林法师神理四通,玄拔独悟;数百年来绍明大法,令真理不绝者,一人而已"(《与亲友书论支遁》,载《高僧传》卷四)。今存所撰长篇论文《奉法要》,解释"三自归"蕴义,谓"归佛,归十二部经,归比丘僧。过去、现在、当来,三世十方佛,三世十方经法,三世十方僧"(《弘明集》卷十三)。旁征博引,显示精深佛学修养。郗超亦能诗,今存《答傅郎》六首,其二、三首曰:

　　　昔在总角,有怀大方。虽乏超诣,性不比常。奇趣感心,虚飙流芳;始自践迹,遂登慧场。

迹以化形，慧以通神。时欤运欤？遘兹渊人。澄源领本，启此归津。投契凯入，挥刃擢新。发悟虽迹，反观已陈。

此述其奉佛感悟过程。"始自践迹"，谓始来到世界；"遂登慧场"，谓进入佛门。"慧场"即"慧学"，为佛教徒所应致力三种学问之一，言如理思维，照见真实，故又云"慧以通神"。在当时文士诗中，颇见特色。

张翼（生卒年不详），字君祖，下邳（今江苏邳县境）人，曾为东海太守。善草隶。今存诗有《咏怀诗》三首、《赠沙门竺法頵》三首、《答康僧渊》等。其《咏怀诗》与一般玄言诗略同，"运形不标异，澄怀恬无欲"、"抚卷从老语，挥纶与庄咏"等等。而后二题，则甚多般若之语："止观着无无，还净滞空空。外物岂大悲，独往非玄同。不见舍利佛，受屈维摩公"；"蔚蔚沙弥众，粲粲万心仰。谁不欣大乘，兆定于玄曩。三法虽成林，居士亦有党……"诸如此类，其佛家色彩更甚于郗超诗。此为另一种玄言诗，其特别之处在于"合道佛之言而韵之"，甚至"合佛家之言而韵之"。

佛理诗登上诗坛，为当时佛教广泛流布之反映，由此文学增添一新品类。然终因其重在弘扬佛法，言理过多，难免"淡而寡味"之弊，脍炙人口佳篇殊少，于诗歌史上亦难入主流。

东晋中期，又涌现一位出色女诗人，为多元文坛格局增光添彩。此即谢道韫。道韫出身名门，为谢安兄谢奕之女。少有才情，《世说新语·言语》载："谢太傅寒雪日内集，与儿女讲论文义。俄而雪骤，公欣然曰：'白雪纷纷何所似？'兄子胡儿曰：'撒盐空中差可拟'；兄女曰：'未若柳絮因风起。'公大笑乐。即公大兄无奕女，左将军王凝之妻也。"此"兄女"即谢道韫也，所对诗句，显然优于族兄谢朗（小名

"胡儿")。后嫁王羲之第二子王凝之。谢道韫"有文才,所著诗、赋、诔、颂,传于世"(《世说新语》注引《妇人集》)。《隋书·经籍志》著录有集二卷。今存《论语赞》一篇,诗二首。其《泰山吟》曰:

> 峨峨东岳高,秀极冲青天。岩中间虚宇,寂寞幽以玄。非工复非匠,云构发自然。气象尔何物? 遂令我屡迁。逝将宅斯宇,可以尽天年。

前三韵极言泰山之高耸幽玄,自然天成。后二韵转说人事,"气象"者,命运也,感叹东晋士大夫由北方中原徙转江东,远离家乡。末韵"逝将宅斯宇,可以尽天年",意谓百年之后,可以魂归故里。[7]表达了眷念故土恢复中原期待。又有《拟嵇中散咏松诗》:

> 遥望山上松,隆冬不能凋。愿想游下憩,瞻彼万仞条。腾跃未能升,顿足俟王乔。时哉不我与,大运所飘摇。

说不尽的嵇中散! 而且作者又是一位闺阁中人! 不过此诗非直写嵇康故事,而是"拟"嵇康之作。所拟者实为嵇康《游仙诗》:"遥望山上松,隆谷郁青葱。自遇一何高,独立迥无双。愿想游其下,蹊路绝不通。王乔弃我去,乘云驾六龙。飘摇戏玄圃,黄老路相逢。授我自然道,旷若发童蒙。采药锺山隅,服食改姿容。蝉蜕弃秽累,结友家梧桐。临觞奏九韶,雅歌何邕邕。长与俗人别,谁能睹其踪?"嵇康之诗咏神仙,实咏本人出世"长与俗人别"理想。谢道韫之诗题虽作"咏松",实亦咏嵇康生不逢时,"大运"不济。而前半"遥望"、"瞻彼"云云,比兴之中充满景仰企羡之情。嵇康受到多位东晋文士包括不止一位才女之同情赞美,主要是孤高正直义侠人格及其悲剧遭遇,具有"山上松"般强大吸引力,令人瞻仰感慨无已;抑亦与其风姿特秀有关。作为女性诗人,谢道韫诗中亦流露出对于一位公认美男子风神的仰慕心仪。

〔1〕 关于孙绰生卒年,此从曹道衡说,见所撰《晋代作家六考》一文,收入《中古文学史论文集》,中华书局 1986 年版。

〔2〕 《兰亭诗序》,载于《艺文类聚》卷四,《晋书》本传,《法书要录》卷十。又《世说新语·企羡》注所引《临河叙》,与《兰亭诗序》大同而文字简略,然于"故列序时人,录其所述"以下,又多出如下数句:"右将军司马太原孙丞公等二十六人赋诗如左,前馀姚令会稽谢胜等十五人不能赋诗,罚酒各三斗。"严可均曰:"此与帖本不同,又多篇末一段,盖刘孝标从本集节录者。因《兰亭序》世所习见,故别载此。"按严说可供参考。又关于《兰亭诗序》,清人李文田以为"夫人之相与"以下一百六十七字为后人"妄增"。郭沫若赞同其说,认为:"世传《兰亭序》既不是王羲之作的,更不是王羲之写的。思想和书法,和晋人相比,都有很大的距离。"而高二适等论点相反,肯定《兰亭序》为真。逯钦立则以为:"世传《兰亭序》或者说《晋书》王(羲之)传的兰亭宴集序文,符合王羲之的思想和生活情况,是王羲之做的文章,不是后人假造的,后人也是假造不出来的。""肯定世传《兰亭序》是王羲之所做,并不等于肯定它是王羲之亲笔所写。因此,郭老说世传《兰亭序》不是王羲之写的,我倒有些同意。"说详所撰论文《兰亭序是王羲之之作的,不是王羲之之写的》,文收入逯钦立《汉魏六朝文学论集》,吴云整理,陕西人民出版社 1984 年版。

〔3〕 按《正始名士传》三卷、《集议孝经》一卷,《隋书·经籍志》皆署撰者名作"袁敬仲"。兴膳宏、川合康三《隋书经籍志详考》曰:"袁敬仲,据《序录》,盖袁宏之误。""《序录》中注《孝经》诸家中已举袁宏之名。"其说是。

〔4〕 南朝刘宋刘义庆又撰《江左名士传》,概括东晋一朝主要名士,内容上承袁宏《名士传》,实为《名士传》三部分之接续,其写作显然受袁宏影响。

〔5〕 袁宏为桓温撰《九锡文》,《晋书》本传不载,事见《儒林传》所载范弘之《与会稽王道子笺》:"……(桓)温又逼胁袁宏,使作九锡,备物光赫,其文具

存,朝廷畏怖,莫不景从。"又《晋书·王彪之传》亦载:"温遇疾,讽朝廷求九锡。袁宏为文,以示彪之。彪之视讫,叹其文辞之美,谓宏曰:'卿固大才,安可以此示人!'时谢安见其文,又频使宏改之,宏遂逡巡其事。既屡引日,乃谋于彪之。彪之曰:'闻彼病日增,亦当不复久支,自可更小迟回。'宏从之,温亦寻薨。"又《晋书·谢安传》亦纪其事略同。

〔6〕　关于张望事迹,诸史籍皆阙载,无从得知。唯《隋书·经籍志》集部别集类著录"晋征西将军张望集十卷"。此为唯一有关史料。另《北堂书钞》、《艺文类聚》、《太平御览》载其赋三篇,《初学记》、《艺文类聚》、《玉烛宝典》等载其诗三篇,今皆收入严可均《全晋文》及逯钦立《晋诗》。徐按:严可均于张望名下谓:"望为征西将军,有集十二卷。"此全据《隋书·经籍志》之说甚明。而逯钦立于张望名下则谓:"望曾为桓温征西参军。有集十二卷。"此当亦据《隋书·经籍志》之说,然以为"将军"乃"参军"之误,遂改之(未见其考证说明文字,此盖推论)。严说既守《隋书·经籍志》之说,自不必再评。兹就逯说略陈鄙见:逯说以为《隋志》"征西将军"有误,甚有道理。因征西一职,官位颇高,如张望曾任此职,即为当世高官,《晋书》诸纪传无失载之理。东晋曾任征西将军者,前有陶侃、庾亮、庾翼,后有桓温,未闻有张望者也。以故逯疑之甚是。然"将军"改作"参军"诚是,而谓"曾为桓温征西参军"则未必是也。如上所述,东晋"征西将军"前后有数人,此无任何史料,可证"征西将军"必是桓温,不能排除此"征西将军"为庾亮或庾翼,故逯说稍有武断之嫌。正确之说,应为"张望曾任征西将军参军",不必附着于某人名下。

〔7〕　"逝将宅斯宇,可以尽天年","斯宇"盖指"东岳"。余冠英释曹植《杂诗六首》之六"甘心思丧元"、"思欲赴太山"二句曰:"'思欲'句和'甘心思丧元'同意。'赴太山'犹言'赴死'。""汉以来迷信人死后魂魄归于泰山,古乐府《怨诗行》'人间乐未央,忽焉归东岳',应璩《百一诗》'年命在桑榆,东岳与我期',刘桢《赠五官中郎将》诗也有'常恐游岱宗,不复见故人'之句,可见汉魏人惯用这种说法。"(《汉魏六朝诗选》)按:余先生说极是,晋代人亦多用此义,如陆机《太山吟》:"太山一何高,迢迢造天庭。峻极周以远,曾云郁冥冥。梁甫亦有馆,蒿里亦有亭。幽涂延万鬼,神房集百灵。长吟太山侧,慷慨激楚声。"谢道韫此诗,亦用其义。

第五章　东晋后期文学

第一节　谢混　殷仲文

东晋政权外有强胡侵逼，内有权臣谋篡，数度危殆，势将倾覆，却数度起死回生，一脉苟延，前后几将百年，不能不说是个奇迹。不过时至东晋后期，亦即孝武帝司马曜之后，君主或昏聩，或短祚，强臣更见跋扈，国运日见衰微，败亡之兆迭现，已是日薄西山，无可挽回趋势。此时虽在乱局中，文学之士仍然不少，而且有若干人成绩不小，其主要趋向为玄言诗风由东晋中期之大盛，至此渐趋消歇，超然玄著言理风气，渐为写实倾向所取代，或抒情，或写景，要之回到人生社会现实。这在中国诗歌史上，亦一颇重要转折点。刘勰论述诗歌发展演变史时谓："宋初文咏，体有因革；庄老告退，而山水方滋。"（《文心雕龙·明诗》）事实上这一"因革"过程自东晋后期已经开始。在东晋后期文士中，谢混、殷仲文，为当时名声最著者。

谢混（？—412），字叔源，小字益寿。出身名门，为谢安之孙，又尚孝武帝女晋陵公主，故显贵于时；历任中书令、中领军、尚书左仆射等要职。后因于军阀之争中结纳刘毅，被刘裕所杀。谢混“少有美誉，善属文”（《文选》注引臧荣绪《晋书》），曾有“禁脔”美称（王珣语）。死后刘裕受晋禅，谢晦谓刘裕曰：“陛下应天受命，登坛日，恨不得谢益寿奉玺绂。”裕亦叹曰：“吾甚恨之，使后生不得见其风流！”（同上）其盛誉可见一斑。谢混著作，以诗最受称赏，其《游西池诗》：

> 悟彼蟋蟀唱，信此劳者歌。有来岂不疾，良游常蹉跎。逍遥越城肆，愿言屡经过。回阡被陵阙，高台眺飞霞。惠风荡繁囿，白云屯曾阿。景昃鸣禽集，水木湛清华。褰裳顺兰沚，徙倚引芳柯。美人愆岁月，迟暮独如何？无为牵所思，南荣戒其多。

全篇以写景抒怀为主，所写景物为城边“西池”、“高台”、“繁囿”，此皆人工苑囿，受曹丕《芙蓉池作》（“乘辇夜行游，逍遥步西园”）影响较多。总的看，此诗虽尚有玄言痕迹，如末韵用《庄子》典，但基本已摆脱了玄言笼罩，表现人与自然融合氛围，“水木清华”，意境清新。末感叹时光流逝，自慰自诫。此为今存谢混代表性诗作，《文选》收入“游览”类。另外今存尚有《诫族子诗》一首：

> 康乐诞通度，实有名家韵；若加绳染功，剖莹乃琼瑾。宣明体远识，颖达且沉隽；若能去方执，穆穆三才顺。阿多独标解，弱冠纂华胤；质胜诚无文，其尚又能峻。通远怀清悟，采采标兰讯；直辔鲜不踬，抑用解偏吝。微子基微尚，无倦由慕蔺；勿轻一篑少，进往必千仞。数子勉之哉，风流由尔振；如不犯所知，此外无所慎。

“康乐”为谢灵运爵号，“宣明”为谢晦字，“阿多”为谢曜小字，“通远"为谢瞻字,"微子"指谢弘微,五子皆有所诫,每诫四句为文,末四句则"数子"同勉。据《南史·谢弘微传》载:混风格高峻,少所交纳,唯与族子灵运、瞻、晦、曜以文义赏会。尝居在乌衣巷,故谓之"乌衣之游",因宴饮之馀,为韵语以奖劝灵运等。其所诫皆有理有据,如对于谢灵运之告诫,即颇切中要害。然而谢混似乎明于知人而黯于知己,终于自蹈祸机遇害。此诗以训诫之体,质而不文,采润嫌少。

对于谢混之诗,刘勰曾曰:"殷仲文之孤兴,谢叔源之闲情,并解散辞体,缥缈浮音,虽滔滔风流,而大浇文意。"(《文心雕龙·才略》)所说"闲情",所指不甚明了。李详曰:"按《文选》载有叔源《游西池》诗,本'思与友朋相与为乐'(李善注语)之作。殆舍人所谓'闲情'者欤?"(《文心雕龙补注》)然而无论所指为何篇,要之刘勰针对谢混诗作提出批评,"解散辞体"者,当谓其文辞散漫不集中;"缥缈浮音",则谓其诗义肤浅欠深刻。总评是"虽滔滔风流,而大浇文意",意见颇为严厉。钟嵘对于谢混,则相对评价较高,谓"逮义熙中,谢益寿斐然继作"(《诗品·总论》),言在东晋玄言"平典"之体盛行背景下,谢混于郭璞、刘琨之后,在"变创其体"方面有所贡献。钟嵘又于《总论》中说及"叔源离宴",与"陈思赠弟,仲宣《七哀》"等等魏晋诸重要诗人代表作并列,谓:"斯皆五言之警策者也。所以谓篇章之珠泽,文采之邓林。"评价不可谓不高。以下《诗品》又叙谢混于中品,与谢瞻、袁淑、王微、王僧达同列,谓:"其源出于张华。才力苦弱,故务其清浅,殊得风流媚趣。课其实录,则豫章、仆射,宜分庭抗礼。"此"豫章"指谢瞻(曾任豫章太守),"仆射"即谢混,意为二人成就相当。至于所说"才力苦弱"问题,以及诗作"清浅"特征,概括亦大体正确。"风流媚趣"之说,其义当为风流潇洒、婉约柔媚;其反面含义即是骨力较弱。[1]钟嵘此说又与上引刘勰之评相合。至于被钟嵘盛赞为"珠泽"、"邓林"的"离宴"之诗,则非指《游西池》,而是

另一首《送二王在领军府集》诗。[2]其诗不完,残篇见录于《初学记》及《诗纪》:

> 苦哉远征人,将乖萃余室。明窗通朝晖,丝竹盛萧瑟。乐酒辍今辰,离端起来日。

自此残文观,诗以述离思别绪为主,较《游西池》更见清切,而"风流媚趣"稍少。由此可知,锺嵘与萧统二人,对于谢混诗取舍方面,存在微妙分歧。萧主"事出于沉思,义归乎翰藻",又重"入耳之娱"、"悦目之玩"(《文选序》),故取《游西池》;锺主"风力"、"滋味"(《诗品·总论》),故取其"离宴"之篇。

然而无论如何,谢混在东晋后期,为诗风转变代表人物,"叔源大变太玄之气"(沈约《宋书·谢灵运传论》),其文学史地位不可忽视。谢混著作,《隋书·经籍志》著录有集三卷(注:"梁五卷"),三卷本宋时尚存后佚。严可均辑其文入《全晋文》卷八十一,逯钦立辑其诗入《晋诗》卷十四。

殷仲文(?—407),陈郡长平(今河南西华县)人。"有器貌才思"(《世说新语·品藻》注引《晋安帝纪》),曾任会稽王司马道子骠骑参军,司马元显征虏长史,迁新安太守。其妻为桓玄姊,玄起兵占领京师建康,仲文宠遇隆重,为侍中、领左卫将军,曾为桓玄撰九锡文。玄败走,仲文奉帝后反正,为刘裕镇军长史,转尚书,迁东阳太守,不久以谋反罪名被刘裕所杀。殷仲文人品不佳,据载"及玄篡位,以佐命亲贵,厚自封崇,舆马器服,穷极绮丽,后房妓姜数十,丝竹不绝音。性甚贪吝,多纳贿赂,家累千金,常若不足"(《世说新语·言语》注引《续晋阳秋》)。然才思宏赡,善属文,为世所重。傅亮曾谓:"若使殷仲文读书半袁豹,才不减班固。"(《世说新语·文学》)[3]《隋书·经籍志》著录有集七卷,又有《孝经注》一卷。严可均辑其文入《全晋文》卷一百二十九,逯钦立辑其诗入《晋诗》卷十四。

殷仲文诗,今存完整者唯一首,即《南州桓公九井作诗》:

> 四运虽鳞次,理化各有准。独有清秋日,能使高兴尽。景气多明远,风物自凄紧。爽籁惊幽律,哀壑叩虚牝。岁寒无早秀,浮荣甘夙陨。何以标贞脆,薄言寄松菌。哲匠感萧晨,肃此尘外轸。广筵散泛爱,逸爵纤胜引。伊余乐好仁,惑祛吝亦泯。猥首阿衡朝,将贻匈奴哂。

诗当作于桓玄居姑孰即"南州"时,其地有九井山。诗述秋日观览兴怀。写清晨山野秋色,颇有胜句,如"独有清秋日,能使高兴尽","岁寒无早秀,浮荣甘夙陨"等,景中有理致;又寄以乐仁祛惑,高标道义。诗中尚存玄言残馀,如首韵即是,然就主体而言,已脱出玄言诗藩篱,入于写物抒情之途,是为可取之处。此诗收入《文选》。对于殷仲文诗之评论,沈约谓:"仲文始革孙、许之风。"(《宋书·谢灵运传论》)充分肯定其在诗史上变革玄言诗风贡献。刘勰对于殷仲文评价不高,一如对谢混;其"虽滔滔风流,而大浇文意"之说,已见上文所引。钟嵘则首先肯定其成就,同时指出不足:"义熙中,以谢益寿、殷仲文为华绮之冠;殷不竞矣!"(《诗品》卷下)殷、谢同为东晋末之"冠",同以"华绮"为特点;然而二人相比,殷又不如谢。以故谢混列于中品,殷仲文列于下品。应当说,钟嵘评论更为确切有分寸。此外萧子显之说,亦颇得要:"仲文玄气,犹不尽除;谢混情新,得名未盛。"(《南齐书·文学传论》)殷仲文诗,尚存若干"玄气",是为事实。

第二节　顾恺之等东晋后期文士

　　谢混、殷仲文二人，为东晋后期最受评论家注目诗人。殷、谢之外，尚有若干重要作者，如顾恺之、殷仲堪、桓玄等。

　　顾恺之(344？—405？)，字长康，晋陵无锡(今属江苏)人。初为桓温大司马参军，后为殷仲堪参军，年六十二卒于官。著名画家，时誉极高，谢安曾谓："顾长康画，有苍生来所无！"(《世说新语·巧艺》)宋明帝《文章志》谓恺之"有三绝：画绝，文绝，痴绝"(《世说新语·文学》注引)。《晋书》本传又云其三绝为"才绝，画绝，痴绝"。恺之善画人物，写形传神，妙绝于时。据云每画人物成，或数年不点目睛，人问其故，答曰："四体妍蚩，本无关妙处；传神写照，正在阿睹中！"(《世说新语·巧艺》)恺之亦喜读嵇康诗，并为之作画，曰："画'手挥五弦'易，'目送归鸿'难。"(同上)此语既表明顾恺之为嵇康知音，亦道出绘画中形似神似关系，得丹青艺术真谛。

　　顾恺之博学有才，出口成文章。任桓温参军期间，江陵城甚壮丽。据《世说新语·言语》载，桓温曾"会宾僚，出江津望之，云：'若能目此城者，有赏。'顾长康时为客在坐，目曰：'遥望层城，丹楼如霞。'桓即赏以二婢。"桓温死后，顾恺之曾拜温墓，作诗曰："山崩溟海竭，鱼鸟将何依？"有人问顾哭之状，即应之曰："鼻如广莫长风，眼如悬河决溜。"又曰："声如震雷破山，泪如倾河注海。"又载："顾长康从会稽还，人问山川之美，顾云：'千岩竞秀，万壑争流；草木蒙笼其上，若云兴霞蔚。'"顾恺之对于文章亦颇自负，曾作《筝赋》，人问："君《筝赋》何如嵇康《琴赋》？"顾曰："不赏者作后出相遗，深识者亦以高奇见贵。"(《世说新语·文学》)其作品今存以赋为主,较完整者有《冰赋》、《观涛赋》、《雷电赋》等。他的赋铺采摛文,自不让人,而体物图貌,更是其长技。对于物态形容描状,极是熟练精彩,表现出画家观照物体所具独特美感眼光:

> ……尔乃连绵络幕,乍结乍无。翕然灵化,得渐已粗。缃白随川,方圆随渠。义刚有折,照壶则虚。托形超象,比朗玄珠。一宗理而常全,经百合而弥切。转若惊电,照若澄月。积如累空,泮若堕节,临坚投轻,应变娄裂。琼碎星流,清练流越。若乃上结薄映,下镜长泉,灵葩随流,含馨扬鲜……
>
> ——《冰赋》

这里描绘各种独特形态,又运用鲜明色泽,写出一片具象冰世界。而"缃白随川","琼碎星流","转若惊电,照若澄月","清练流越"等佳句,蕴含清新优美形象,不啻幅幅景物画。顾恺之赋中优美景句正多,如《观涛赋》之"水无涯而合岸,山孤映而若浮","珊瑚明月,石帆瑶瑛","崩峦填壑,倾堆渐隅";《雷电赋》之"窥岩四照,映流双绝","雷电赫以惊衡,山海磕其奔裂",等等,皆具鲜明景观特性,可谓赋中有画。

顾恺之此一特点,在赋之外文体中,亦有表现。如其《王衍画赞》有曰:"岩岩清峙,壁立千仞。"《虎丘山序》有曰:"隐磷陵堆之中,望形不出常阜。至乃岩崿,绝于华峰。"诸如此类,皆有传统中国画意,透露其艺术家本色。《晋书》本传载他曾画西晋末名士谢鲲像,背景为岩石,云:"此子宜置丘壑中。"顾恺之本人文章亦多"丘壑",是为重要特点。

顾恺之之能诗,据载他"为散骑常侍,与谢瞻连省,夜于月下长咏,

自云得先贤风制"(《世说新语·文学》注引《续晋阳秋》)。惜作品流传不多,今存唯《神情诗》一首:

> 春水满四泽,夏云多奇峰;秋月扬明辉,冬岭秀寒松。

既不用比兴,又鲜事理寄托,仅就诗的角度言,此篇似乎不能说很优秀。然而其特色却在于,每句皆实写自然景色,四句写四季,四季有四景,景随季移,犹如一组四幅画屏,仍是奇妙的景观性,其佳处原来在此不在彼!若谓其"诗中有画",当非妄言也。[4]钟嵘叙顾恺之诗于中品,品第高于孙绰、许询、殷仲文等,而与郭璞、袁宏、谢混同品,可知评价不低。其品语则谓:"长康能以二韵答四首之美。……观此五子,文虽不多,气调警拔,吾许其进,则鲍照、江淹,未足逮止。越居中品,允曰宜哉!"(《诗品》卷中)此所举代表作"以二韵答四首之美",当指《神情诗》也,由此亦可知,此诗原是"答"诗,此前当有人赠顾恺之"四首"诗,而顾以"二韵"答之。

顾恺之著作,《隋书·经籍志》著录有集七卷(注:"梁二十卷"),又有《启蒙记》三卷,《启疑记》三卷。[5]其集宋以后佚,严可均辑其文入《全晋文》卷一百三十五,逯钦立辑其诗入《晋诗》卷十四。

殷仲堪(?—400),出身世家,先辈为殷融、殷浩等名士,殷仲文即其从弟。仲堪好学而有思理,能清言,为当时清谈名士之一,善老、庄、易。以孝闻,有美誉,曾为谢玄参军,黄门侍郎,"孝武帝召为太子中庶子,甚相亲爱"(《晋书》本传)。后为荆州刺史,在州八年,性俭约,然无政略。桓玄起兵袭江陵,仲堪战败自杀。

殷仲堪政绩不著,然文名极盛。其诗赋散佚太甚,今唯有《游园赋》、《将离赋》等残篇,难睹其全貌。诗则片言无存,莫由讽咏。今

存文较多,有《致谢玄书》、《答桓玄四皓论》等。其中《致谢玄书》述当时北界边防情势,愍乱伤离,颇含同情百姓遭遇之心:

> ……顷闻抄略所得多,皆采樵饥人。壮者欲以救子,少者志在存亲;行者倾筐以顾念,居者吁嗟以待延。而一旦幽絷,生离死绝,求之于情,可伤之甚。昔孟孙猎而得麑,使秦西以归之;其母随而悲鸣,不忍而放之。孟孙赦其罪,以传其子。禽兽犹不可离,况于人乎?夫飞鸮恶鸟也,食桑葚犹怀好音;虽曰戎狄,其无情乎?苟感之有物,非难化也;必使边界无贪小利,强弱不得相陵。德音一发,必振声沙漠;二寇之党,将靡然向风。何忧黄河之不济,函谷之不开哉!

此书自"边界""采樵饥人"利益出发,批评当时边地秩序混乱,盗寇孳生,要求东晋一代名将谢玄解民倒悬,主张即使对"戎狄"百姓,也应善体亲情,施以恩德。此种文章,表现出对人的同情心及仁爱精神,在当时上层人物中颇少见。此文所反映精神,与作者平素行为作风相一致。史载荆州连年天灾,百姓饥馑,仲堪食常五碗,盘无馀肴,饭粒落盘间,辄拾以啖之。虽欲率物,亦缘其性真素也。"每语子弟云:'勿以我受任方州,云我豁平昔时意,今吾处之不易。贫者,士之常,焉得登枝而捐其本!尔曹其存之。'"(《世说新语·德行》)由此可知,殷仲堪文章所述,并非矫情自饰,其恤下之念,为本性所存。

殷仲堪著述极丰,《隋书·经籍志》著录有集十二卷,又有《论集》八十六卷(注:"梁九十六卷");《杂论》五十八卷。篇帙之多,为东晋一代之冠。诸文集宋以后佚,严可均辑其文入《全晋文》卷一百二十九。

　　桓玄（369—404），字敬道，一名灵宝。谯国龙亢（今安徽怀远）人。父桓温，东晋中期权臣，曾北伐中原，略定西蜀，然颇有"奸雄"气概，拥兵自强，心怀不臣，几倾晋室。桓玄为桓温小子，初托庇于荆州刺史殷仲堪，后渐得志，袭取荆州，害殷仲堪。旋又举兵东向，直下石头，自为丞相、录尚书事，都督中外诸军事，总百揆。元兴三年（403）末称帝，立国号曰"楚"，八十日而事败被杀。桓玄以一戏剧性政治人物，观衅而动，伺机而起，窃图非望，挑起一场战乱。从历史上看，自无功业可陈，只是为日后刘裕灭晋作一预演；但桓玄其人，亦有名士气，能清言，"玄善言理，弃郡还国，常与殷荆州仲堪终日谈论不辍"（《世说新语·文学》注引周祗《隆安记》）。桓玄又颇有文采，《世说新语·文学》载其初领荆、江二州刺史，"于时始雪，五处俱贺，五版俱入。玄在听事，上版至，即答版后。皆粲然成章，不相揉杂"。桓玄这种写作才华，颇为当世倾服。《晋安帝纪》曰："玄文翰之美，高于一世。"（《世说新语·文学》注引）其著作甚丰，《隋书·经籍志》著录有集四十三卷，《要集》二十卷，《周易·系辞注》二卷，亦一多产作者。严可均辑其文入《全晋文》卷一百十九，逯钦立辑其诗入《晋诗》卷十四。

　　桓玄诗赋皆能。今存赋皆咏物之作，如《凤赋》、《鹦鹉赋》、《鹤赋》等。今存诗二首，《登荆山诗》（四言），尚多玄理，诗意嫌淡；《南林弹诗》（五言）稍好，在描写技巧方面显示相当功力：

　　　　散带蹑良驷，挥弹出长林。归翮赴旧栖，乔木转翔禽。轻丸承条源，纤缴截云寻。落羽寻绝响，屡中转应心。

形容精妙射技，写出得心应手，丸不虚发，同时亦述长林翔禽，自然景色壮丽。

桓玄文今存颇多，其中言理之篇不少，如论"沙门应致敬王者"问题，竟有分别与桓谦、慧远、王谧等人辩难文章共七篇之多。自文学方面言，桓玄文章亦有可观者。如《王孝伯诔》，"孝伯"即王恭，东晋末大臣，名士，曾与桓玄等诸刺史联盟，兴兵共讨王国宝、司马尚之等，对抗朝廷，事败被杀。不久桓玄又攻入建康，即追赠王恭侍中、太保。诔文作于恭死噩耗传至江陵时，"桓玄尝登江陵城南楼，云：'我今欲为王孝伯作诔。'因吟啸良久，随而下笔，一坐之间，诔以之成"（《世说新语·文学》）。诔文今存叙：

> 隆安二年九月十七日，前将军青、兖二州刺史、太原王恭薨。川岳降神，哲人是育。既爽其灵，不贻其福。天道茫昧，孰测倚伏？犬马反噬，豺狼翘陆。岭摧高梧，林残故竹。人之云亡，邦国丧牧。于以诔之？爰旌芳郁。

造语清新，比兴不匮，文笔确乎不俗。又如《南游衡山诗序》，原诗已佚，今存序：

> 岁次降娄夹钟之初，理楫将游于衡岭。涉湘千里，林阜相属。清川穷澄映之流，涯涘无纤埃之秽。修涂逾迈，未见其极；穷日所经，莫非奇趣。姑洗之旬，始系于衡岳。于是假足轻舆，宵言载驰；轩涂三百，山径彻通。或垂柯跨谷，挟巘交荫；或曲溪如塞，已绝复开。或承步长岭，邈眺遥旷；或憩舆素石，映濯水湄。所以欣然奔悦，求路忘疲者，触事而至也……

由水路转山径，胜景奇趣，美不胜收。而措语典雅，文藻凝练，不能不承认这位军阀文思甚精，不可因人废文也。

第三节　湛方生

湛方生（生卒年不详），堪称文学史上一位奇人。奇在他留存诗文不少，而生平事迹竟渺焉无闻，《晋书》等诸史籍皆不载其名。今存有关线索极少，《隋书·经籍志》著录曰："晋卫军谘议《湛方生集》十卷。"由此得知其为晋人。[6]又其文集次于桓玄、殷仲文、王谧、孔璠诸人之后，于祖台之、顾恺之、刘瑾、谢混诸人之前，而《隋书·经籍志》著录次序，大体上皆按年代先后排列，由此得知其为东晋后期人。又其《庐山神仙诗》序中有"太元十一年"之语，可证他确为东晋后期孝武帝、安帝时人。又《艺文类聚》卷十八载湛方生所撰《上贞女解》，文中表彰一"贞女"名龙怜，而《晋书·列女传》有"皮京妻龙氏"之传，传主正是龙怜；《列女传》中诸传皆按时代先后排列，而该传次于"王凝之妻谢氏"（即谢道韫）、"刘臻妻陈氏"之后，在"孟昶妻周氏"、"何无忌母刘氏"之前，可知龙怜当为东晋后期人，由此亦可推知湛方生生活大概时间。

湛方生之诗，最擅景物描写，凡山川草木，高岳长湖，荟萃笔端，无不优美清新，生机郁勃。如：

> 高岳峻万丈，长湖千里清。白沙穷年洁，林松冬夏青。水无暂停留，木有千载贞。寤言赋新诗，忽忘羁客情。
>
> ——《还都帆诗》

> 彭蠡纪三江，庐岳主众阜。白沙净川路，青松蔚岩首。此水何时流？此山何时有？人运互推迁，兹器独长久。悠悠宇宙中，

古今迭先后。

──《帆入南湖诗》

屏翳寝神辔,飞廉收灵扇。青天莹如镜,凝津平如研。落帆修江渚,悠悠极长眄。清气朗山壑,千里遥相见。

──《天晴诗》

前二首题材相近,故景物境界亦相仿。高山峻岭,平湖长川,青松白沙,极写其高耸,阔大,清澈,幽净,营造大自然佳境,其描绘手段可谓前无古人。湛方生工起句,第一首"高岳"一韵,高标领起,气象森然。第二首"彭蠡"一韵,辽阔雄浑,大气磅礴。以下"白沙"、"青松",拓出清拔之境。尤其"白沙净川路,青松蔚岩首",色彩分明,清静圣洁。想必诗人极得意于此,故二首皆写此景,不避重复。以下由山水景物推衍出人事感兴,一首强调人与自然的融合,置身山水美景中,"忽忘羁客情"。二首则感慨自然物的长久与人道之短暂,形成鲜明对比。"古今迭先后",说出深沉的历史感。《天晴诗》前半用典,用比兴,后半直写景物,山光水色,浑茫渺远,"清气朗山壑,千里遥相见",写出天地间清朗透彻大境界。要之此三首诗,情景融合,意境优美,体式完整,手法独到,皆可列为山水上品,标志着东晋一代山水景物诗,自前期李颙《涉湖诗》、庾阐《观石鼓诗》、《衡山诗》,到中期王羲之《兰亭诗》、孙统《兰亭诗》、袁宏《从征方头山诗》,再到后期谢混《游西池诗》、殷仲文《南州桓公九井作诗》、顾恺之《神情诗》、桓玄《南林弹诗》等等,渐次发展的结束。至此,山水景物诗已经基本成熟,即使与接踵而至的谢灵运相比,湛方生亦略不逊色。

湛方生尚有《怀归谣》、《游园咏》、《后斋诗》等诗作。前二篇皆楚辞体,内容皆寓思归意。观诗中"对荆门之孤阜,傍鱼阳之秀岳","望归途兮漫漫,盼江流兮洋洋"等语,当时方生似在荆州任事,又观"辞衡门兮至欢,怀生离兮苦辛;岂羁旅兮一慨,亦代谢兮感人"等句,则知方生离家已久,且仕途不甚得意,故怀归之心日增。[7]《后斋诗》为四言体,亦甚可观,且对了解诗人身世极重要:

> 解缨复褐,辞朝归薮。门不容轩,宅不盈亩。茂草笼庭,滋兰拂牖。抚我子侄,携我亲友。茹彼园蔬,饮此春酒。开棂攸瞻,坐对川阜。心焉孰托? 托心非有。素构易抱,玄根难朽。即之匪远,可以长久。

起句"解缨复褐"云云,明白说出他已辞官,恢复平民身份,来归故里。接写"门不容轩"云云,表明他家境并不富裕。以下"抚我子侄"等,说归家后愉悦心情,写出家庭亲切温馨气氛。"开棂攸瞻"二句,宕开境界,写他从此面对大自然。"心焉孰托"以下,说归家后平静心态,无欲无求,虽云"素构"、"玄根",略带玄言色彩,而主要在于强调"可以长久"愿望。由此可知,湛方生先曾任"参军"之类属吏,后来又有"辞朝归薮"之举动。他为何辞官归里? 诗中未说原因,难以遽断。但有一点颇清楚,即他归家之后,过乡居贫困生活,心情反倒平静满足。这里反衬出他在外任职时,心情至少并不愉快舒畅。

至此,湛方生身世已有一极简单轮廓。就此轮廓,已令人不由得联想及陶渊明。陶氏身世,大体上亦有先出仕后归里过程,二者人生道路颇相近似。身世相似之外,二人思想亦颇相近。对于仕途鞅掌劳顿之厌倦,对于乡居朴素生活之满足,对于山川自然之喜悦爱好,以及对于玄学之略有濡染,皆所攸同。此外尚有第三层相似处,即其诗作。上举湛方生诗,其中感叹"羁旅""苦辛",述"归薮"心情,以亲切语气写乡里家居,写"园"、"庭"、"牖"状况,以及"茹蔬"、"饮酒"等生活场面,在陶渊明作品中亦多见,而"衡门"、"春酒"等语,在陶渊明归家后作品中,亦颇有,如"寝迹衡门下,邈与世相绝"(《癸卯岁十二月中作与从弟敬远》),"静寄东轩,春醪独抚"(《停云》)等。而且读《后斋诗》之后,直接令人联想起陶渊明《归园田居》、《归去来兮辞》。此《后斋诗》中所写场面、意境,甚至某些用语,陶于二篇作品中几乎亦皆有类似描写。如陶"羁鸟恋旧林,池鱼思故渊",即湛"归薮"之意("渊薮"为合用语);"方宅十馀亩,草屋八九间"与"门不容轩,宅不盈亩"义近;"榆柳荫后檐,桃李罗堂前"、"三径就荒,松菊犹存"与"茂草笼庭,兹兰拂牖"义近;"试携子侄辈"、"携幼入室"与"抚我子侄,携我亲友"义近;"有酒盈樽"与"饮此春酒"义近;"倚南窗以寄傲"、"时矫首而遐观"与"开棂攸瞻,坐对川阜"义近;等等,皆显示湛方生与陶渊明之间存在创作倾向上相近之处。

要之湛方生诗,虽有若干东晋玄言之痕迹,但已基本脱出玄言之藩篱,此点与谢混、殷仲文、顾恺之等略同;而其诗名声不著,历来远不如殷、谢受重视,揆其实则优于殷、谢诸人,当是东晋诗坛最后一员大将(跨越晋宋两朝之陶渊明除外);同时其诗既有山水之美,又有田园之趣,实又开谢灵运山水诗及陶渊明田园诗之先河。如前所述,"宋初文咏,体有因革;庄老告退,而山水方滋"(《文心雕龙·明诗》),这种因革转变事实上在东晋末即已开始,而其体现者首先就是湛方生。在东晋末这一中国诗歌发展重要转折时期,他是一位具有关键意义人物,过去对于此认识不足,钟嵘《诗品》不予品评,又谓:"晋宋之际,殆无诗乎?"不但抹煞陶渊明之成就,又无视湛方生之存在,其判断不无问题。后世论诗者亦鲜有道及湛方生者,自当刮目相看,重新给予估价。

湛方生赋,今存《风赋》、《怀春赋》二篇,其特色仍在写景方面,如"若乃春惠始和，重褐初释，遨步兰皋，游眄平陌；响咏空岭，朗吟竹柏。穆开林以流惠，疏神襟以清涤；轩濠梁之逸兴，畅方外之冥适"（《风赋》）。写春风和煦，逸兴酣畅，人与自然，相得互彰。"濠梁"、"方外"等，仍是"归薮"之后语气。

　　湛方生文，最重要者为《七欢》。此为"七"体系列文中又一佳篇。在东晋文士中，此亦为数不多的"七"体文之一。汉魏以来"七"体文，形成固定写作格局，一人主说，一人被说，主说者说七事，最后说服被说者。陈陈相因，无所新变。唯左思《七讽》，于观念及写法上，皆有所变革，曾受到刘勰批评，谓"左思《七讽》，说孝而不从，反道若斯，馀无足观矣！"详见本书《左思》章。湛方生《七欢》，尽管结尾部分不完，但可以判断，在写法上未沿袭传统，而是继承了"反道若斯"的左思《七讽》独特之处。文中"朝隐大夫"对"岩栖先生"说以"清弄宫商"、"游猎"、"舟楫之骏游"、"听乐"、"尝食"、"功业"等"欢"事，皆不能使之动心，最后说以第七事：

　　　　盖闻至道以无主员应，囊籥以内盛无穷。阴阳以烟煴咸化，五行之守分相攻。是以抚往运而长揖，因归风而回轩；挂长缨于朱阙，反素褐于丘园。靡闲风于林下，镜洋流之清澜；仰浊酒以箕踞，间丝竹而晤言。

此意亦即"朝隐"，终于说服"岩栖先生"。所谓"朝隐"，即亦朝亦隐，指在朝廷任职，而澹泊无欲，不以功名为念。对于功名出处问题实际上持无可无不可的折中态度。东晋时期，"朝隐"风气颇盛，大臣如谢安、王羲之等时出时处，其馀一般文士，亦往往为人掾吏而作暂栖手段。葛洪有云："良才远量无援之士，或被褐而朝隐，或身沦于穷否。"（《抱朴子·君道》）所以"朝隐"也是一部分寒士无可奈何的处世方式,而其本质在于士大夫功业观念的淡化。《七欢》是第一篇谕扬朝隐思想的"七"文,可以说本身亦包含"反道"倾向。从写法看,《七欢》可以说是今存所有"七"体文中最简括一篇。传统写法"高谈宫馆,壮语田猎,穷瑰奇之服馔,极蛊媚之声色;甘意摇骨髓,艳词动魂识"(《文心雕龙·杂文》),在此篇中荡然无存。命意既已"反道",措词乃能违俗。如其说第二事舟游之欢一节:

> 大夫曰:青阳开运,和气流人;天无纤翳,地无飞尘;五湖静波,四渎凝津。命向方之嘉友,聊泛舟以游春;此舟楫之骏游,子能从我而乘之乎?

曹植《七启》中写过"御文轩,临洞庭"等,张协《七命》中也写过"纵棹随风,弭楫乘波"等,皆铺张扬厉鸿篇文字;两相比较,内容及文风皆颇有差异。自所写内容看,曹植、张协等皆大肆渲染华靡"壮游"气氛,相比之下,《七欢》的描写亦仅幽静之雅游,格调完全不同。自文风看,此节篇幅仅得曹、张之作相应部分七八分之一,只能算短章小札,且朴实简洁,无多赘辞,显出清新文风。

总之,湛方生为东晋文学事实上的"结束者",至此,东晋文学完成了其"朝代形态"。湛方生又是东晋文学与陶渊明之间的过渡者,在他的为人行止及文学创作中,可以明显地看到既有东晋时代的馀绪,亦有陶渊明精神和文学之先机。有了湛方生,陶渊明之出现就不再是突发的、偶然的。此亦湛方生文学史意义一重要方面。

湛方生著作,《隋书》之后《旧唐书》、《新唐书》、《通志》等皆有著录,作十卷。严可均辑其文入《全晋文》卷一百四十,逯钦立辑其诗入《晋诗》卷十五。

第四节　释道诗文作者

东晋一朝,释、道二教,风行于世。这与帝王及士大夫奉佛事道风气直接有关。前期皇帝如明帝司马绍,在位仅四年,而奉佛甚有名,庾阐《乐贤堂颂》记其事。后期皇帝如孝武帝司马曜,在位二十馀年,一方面"溺于酒色,殆为长夜之饮"(《晋书》本纪),一方面又勤于事佛,常与僧人交往,多次诏赠沙门,还扬言"思与和尚同养群生"(《与朗法师书》)。当时士大夫兼事释道者颇有其人,如孙绰宣称"周孔即佛,佛即周孔",如此调和混合之论,实代表一时风气。由于上层人物倡导,佛教迅速流传,士大夫在清静佛门中寻求精神寄托,下层百姓则除了希冀来世冥福外,还在佛寺中逃遁此生中的现实苦难,当时为避役逃赋而寄身空门者甚众。所以桓玄惊叹佛教在当时"京师竞其奢淫","逋逃盈于寺庙,乃至一县数千",认为佛教的急剧发展膨胀,已到了"伤治害教"(此"教"当指世俗"教化"之教)地步,主张应"沙汰众僧"(《沙汰众僧教》)。

道教在东晋也有长足发展,江南地区在孙吴时,道教影响已不小,于吉所创立之"于君道","立精舍、烧香、读道书,制作符水以治病"(《吴志》注引虞溥《江表传》),民众一时信奉者极多。此外又有李八百所创、李宽所传"李家道",其传人李脱在东晋初"自中州至建邺,以鬼道疗病,又署人官位,时人多信事之"(《晋书·周抚传》)。东晋道教兴盛的重要人物还有葛洪,他极力论证神仙可致,提出"内修形神,使延命愈疾"、"外攘邪恶,使祸害不干"之成仙理论,影响亦不小。东晋世家大族多奉道教,著名者有王羲之、殷仲堪等;帝王奉道者则有哀帝、简文帝、孝武帝等,哀帝即因行道教之术"断谷、饵长生药,服食过多,遂中毒,不识万机"(《晋书》本纪)。

佛道二教之兴盛,对东晋文学发生相当影响,一些文士诗文中渗透进佛理及道说,前者如郗超、张翼等,所撰诗以玄言融合佛理,使玄言诗呈现新面貌;后者如葛洪《洗药池诗》、曹毗《杜兰香传》及诗等,写道教神仙境界及人物;前皆已述。除此类文士佛道文学外,还出现了由僧人、道士撰写的佛道诗文,为东晋文学增添一新成分。由于僧道人物与士大夫的密切接触,不但使部分文士佛道化,亦使部分僧道文士化。若干文士化的僧道,甚至也跻入文学创作行列,成为僧道文学作者。整个东晋时期皆有此类人物,而以东晋末更多,故本节姑附于"东晋后期文学"章内论列。

东晋时期僧众,能诗文者不少。如康僧渊、帛道猷、释道宝、竺度僧等皆是,而最著名者当推中期支遁、后期释慧远。

支遁(314—376),字道林,俗姓关,陈留(今河南开封)人,或云河东林虑(今河南林县)人。年二十五为僧,居吴之支山,后移居剡之沃州,哀帝曾征讲于建康东安寺。支遁与当时名士谢安、王羲之、孙绰、许询、郗超、刘惔等往还于浙东一带,过从甚密。支遁以善清言著于时,文章亦有高名。《高僧传》有传。所撰《即色论》、《妙观章》、《大小品对比要钞序》等,皆弘扬佛法,宣讲般若,为重要释家文献。而其《释迦文佛像赞》(并序)、《阿弥陀佛像赞》(并序),以骈体文写西方佛祖等事迹,圆熟典雅,妙谐俪偶,令读者绵邈心仪,诚为难能。文中参以仁义道德,援儒道而入释,显示作者参同化合之优学卓识。表现支遁文学才华者,尚有其为数众多菩萨赞及僧人像赞,此类赞词,多以五言句写成,虽云佛义玄奥,居然清朗可读:

维摩体神性,陵化昭机庭;无可无不可,流浪入形名。民动则我疾，人恬我气平；恬动岂形影，形影应机情。玄韵乘十哲，颉颃傲四英；忘其遇濡首，亹亹赞死生。

——《维摩诘赞》

乃昔有嘉会，兹日多神灵；维摩发渊响，请定不二名。玄音将进和，发作率所情。亹亹玄心运，寥寥音气清；粗二标起分，妙一寄无生。

——《法作菩萨、不二菩萨赞》

支遁又有《五月长斋诗》、《四月八日赞佛诗》、《咏大德诗》等，此虽名为诗，实则枯涩乏味，尚不及其所作赞词。此外又有《咏怀诗》五首、《述怀诗》二首等，虽以"咏怀"、"述怀"为题，所咏所述内容，却缺少常人情怀，唯以高吟神理、长想玄远为主，本质上与玄言诗无大异，是以沙门诗形态，加入东晋玄言诗潮流而已。其可读性甚差，文学价值难与阮籍《咏怀诗》等并比。[8]支遁著作，《隋书·经籍志》著录有集八卷。

释慧远（334—416），俗姓贾，雁门楼烦（今山西神池、五寨一带）人。"年十二，随舅令狐氏游学许、洛"（《世说新语》注引张野《远法师铭》）；年二十一从师释道安，初在恒山，后随道安至襄阳，后又移庐山，江州刺史桓伊为起东林寺，在寺三十馀年，播扬佛学，不遗馀力。慧远有鉴裁，于东晋后期文士中影响甚大，当时士大夫多与之游，刘程之、王乔之、张野等文人，皆有《奉和慧远游庐山诗》；陶渊明亦与之有交往，宗炳、雷次宗、谢灵运等，亦皆曾入庐山见慧远。远曾与当时诸多名士，发誓共往生西方净土。慧远学识广博，《高僧传》

载其少时“博综六经”,通儒学,又善老庄之学;《世说新语·文学》载其与殷仲堪谈《易》。而其文章,颇有引述老庄者,故慧远实兼通佛道儒,曾云:“苟会之有宗,则百家同致。”(《与刘程之等书》)《隋书·经籍志》著录有集十二卷。《高僧传》有传。

慧远今存诗,仅得一首,即《庐山东林杂诗》,一作“游庐山”,当是与刘、王、张三人唱和之作。此诗虽以“游览”为题,内容唯敷述玄趣佛理为主,殊不足观。今存慧远之文颇多,文章多申佛典精义,说释氏妙言。如《明报应论》、《三报论》等,说善恶之有报应:“见报”、“生报”、“后报”;《答桓玄》、《与桓玄书论料简沙门》等,是与桓玄排佛主张相抗争;《沙门不敬王者论》,则自五方面详论沙门不应敬事王者;《沙门袒服论》、《答何无忌难沙门袒服论》,又为沙门右袒辩护,论述“释迦与周孔,发致虽殊,而潜相影响;出处诚异,终期则同”之理。慧远还撰有不少佛经序文,《阿毗昙心序》、《三法度经序》、《大智论钞序》等,提要撮旨,表现出佛家经典方面深厚学识。要之慧远在阐释佛家理论及融儒道入释方面,业绩甚多,不愧为一时高僧。自文学角度言,其文章最堪重视者为《庐山记》,此文记述庐山种种胜景以及有关历史故事,甚精彩;其景色描写,既有高岩峭壁之雄峻,又有鸟兽草木之奇异,层次递转,气象森然:

> 山在江州浔阳南,南滨宫亭,北对九江。九江之南为小江,山去小江三十里馀,左挟彭蠡,右傍通州,引三江之流而据其会。《山海经》云:“庐江出三天子都”。入江彭泽西,一曰“天子障”。彭泽也,山在其西,故旧语以所滨为“彭蠡”。有匡续先生者,出自殷周之际,遁世隐时,潜居其下。或云:续受道于仙人,而适游其岩,遂托室岩岫,即岩成馆,故时人谓其所止为神仙之庐而名焉。其山大岭,凡有七重;圆基周回,垂五百里,风雨之所

撼，江山之所带。高岩仄宇，峭壁万寻，幽岫穿崖，人兽两绝。天将雨，则有白气先搏，而缨络于山岭下。及至触石吐云，则倏忽而集。或大风振岩，逸响动谷，群籁竞奏，其声骇人。此其化不可测者矣！众岭中，第三岭极高峻，人之所罕经也。太史公东游，登其峰而遐观，南眺五湖，北望九江，东西肆目，若登天庭焉！

文中自不免有若干宣扬佛法语句，如"野夫见人着沙弥服，凌云直上"之类，然自整体观，其主要内容皆为描绘庐山景色之雄奇壮丽，可以认为是一篇完整的山水游记。文章结构，先述庐山全貌，然后分说各局部。上引文字即是写其全貌者，局部则自"第三岭"写起，再写"北岭"，再写"东南有香炉山"，等等，作者犹如导游，夹叙夹议，娓娓道来，或逞其辞藻，集中描绘一番，或杂引史事，解说来龙去脉，颇引人入胜。东晋一代写景之文，此《庐山记》为杰构之一。此文在东晋末出现，为必然现象。它与山水诗于此时兴起一样，表现当时文士美感欣赏眼光专注于山水自然总趋势，为玄学中人与自然（名教与自然）关系命题经过数阶段发展变化，至东晋后期更加注重自然精神和自然状态乃至自然物，在文学上的反映。以千馀字较长篇幅集中写一山，山成为文章唯一描写对象，此于山水景物文章发展史上，实前所未见，因此堪称开拓性作品。它比《水经注》、《洛阳伽蓝记》等备受重视的地理—文学作品，文学性更强，而且早出现一百多年。时代最接近于它，写法亦类似的鲍照《登大雷岸与妹书》，亦晚出半个世纪。可知在写景纪游文之发展史上，《庐山记》实居极重要地位。若论慧远在文学上贡献，当以此文为代表。

支遁、慧远之外，东晋佛家人物善属文者，尚应说及帛道猷。帛道猷生卒年不详，山阴（今浙江绍兴）人，居若邪山，少以篇牍著称，性率素,好丘壑,一吟一咏,有濠上之风。其诗尤佳,惜今仅存一首《陵峰采药触兴为诗》。此诗据《高僧传》卷五载"(猷)与道壹,经有讲筵之遇,后与壹书",因赠诗云:

> 连峰数千里,修林带平津。云过远山翳,风至梗荒榛。茅茨隐不见,鸡鸣知有人。闲步践其迳,处处见遗薪。始知百代下,故有上皇民。

全篇写景,不涉玄言佛理。前四句写山林风物如画,阔大之中见平静。三、四韵写景中之人,却隐而不见,唯有茅茨鸡鸣,道路遗薪,此外便是诗人"闲步"独在。末二句以"上皇民"作结,加重朴素自然情调。此诗写山野景物及自然生活场景,格调浑朴淡雅,意境优美独绝,在东晋写景抒情诗中,别开生面,堪为翘楚。对于后世诗歌意境之经营,亦影响颇巨。[9]

东晋末佛家文学人物,尚有支昙谛(347—411)。昙谛本康居(古代中亚国名,在今吉尔吉斯斯坦境内)人,居吴兴乌程之千秋里,后徙昆山。《隋书·经籍志》著录有集六卷。当时沙弥作文者甚夥,作诗者不多,而作赋者尤眇。东晋佛家之赋,今存唯昙谛《庐山赋》、《赴火蛾赋》二篇,后者赋"愚人忘身,如蛾投火"之理,前者则亦一写景佳构:

> 嗟哉壮丽!峻极氤氲。包灵奇以藏器,蕴绝峰乎青云。景澄则岩岫开镜,风生则芳林流芬。岭奇故神明鳞萃,路绝故人迹自分。严清升山于玄崖,世高垂化于斯亭;应真陵云以踞峰,眇忽翳景而入冥。咸豫闻其清尘,妙无得而称名也。若其南面巍

崛,北背菩蒂;悬溜分流以飞湍,七岭重嶂而叠势。映以竹柏,蔚以栝松;萦以三湖,带以九江。嗟四物之萧森,爽独秀于玄冬。美二流之潺湲,津百川之所冲。峭门百寻,峻阙千仞。香炉吐云以像烟,甘泉涌溜而先润。

写出庐山灵奇之气,壮丽之景,是一动态风景画,与慧远《庐山记》适成对照,一文一赋,相得益彰。

东晋时期与佛家有关文学作品,尚有竺僧度与杨苕华之赠答诗值得一提。据《高僧传》卷四载,僧度本姓王名晞,字玄宗,东莞(今山东莒县)人。少孤独,与母居,求同郡杨德慎女。女字苕华,未及成礼,苕华父母皆亡,晞母亦卒。晞感人世无常,乃舍俗出家,改名"僧度"。苕华服毕,乃与度书并赠诗,度答书报诗,后专精佛法,不知所终。杨苕华赠诗曰:

　　大道自无穷,天地长且久;巨石故叵消,芥子亦难数。人生一世间,飘若风过牖。荣华岂不茂?日夕就雕朽。川上有馀吟,日斜思鼓缶。清音可娱耳,滋味可适口。罗纨可饰躯,华冠可曜首。安事自剪削?耽空以害有。不道妾区区,但令君恤后。

僧度答诗五篇,其一曰:

　　机运无停住,倏忽岁时过。巨石会当竭,芥子岂云多?良由去不息,故令川上嗟。不闻荣启期,皓首发清歌。布衣可暖身,谁论饰锦罗?今世虽云乐,当乃后生何!罪福良由己,宁云已恤他?

一双未婚夫妻,遽遭人生变故,竟以分离告终。杨苕华以现实态度看待人生,主张享受生活,"安事自剪削?耽空以害有",从尚"有"立场,否定佛家"空"观;"不道妾区区,但令君恤后"二句,又自道义出发,向僧度提出问难,责以人伦义务和责任。而僧度答诗则坚持色空观,以"后生"为由,否定今世人生之"乐"。彼此人生观念不同,于是各持己见,分道扬镳。二诗反映一生活悲剧,就诗言,则杨苕华之作更富人情,亦更见个性。

在东晋道教人士中,文学修养最高者为葛洪,已见前述,兹不赘。此外如杨羲、许玦等亦有若干诗文传世。

杨羲(?—387),字义和,吴人,幼有"通灵之鉴",与许迈、许穆等道士为友,曾为公府舍人。今存诗达八十馀首,数量颇多,散见于《真诰》、《云笈七签》、《仙歌品》、《诸真歌颂》以及《诗纪》等书。诗多为拟作之仙人诗,其内容自以摅写游仙及有关道教法事为主。诗中虚妄之语既多,又玄言错杂其中,措词生硬,雅俗不伦,鲜有佳篇。然少数作品尚可读:

> 松柏生玄岭,郁为寒林桀。繁蕤盛严冰,未肯惧白雪。乱世幽重岫,巡生道常洁。飞此逸辔轮,投彼遐人辙。公侯可去来,何为不能绝?

> ——《四月十四日夕右英作》

诗中鄙弃"乱世",向往"遐人",又笑傲公侯,表现出超然人生态度。其中"松柏"、"繁蕤"等语,突出亮洁精神,实亦坎壈咏怀,有类于阮籍《咏怀诗》及郭璞《游仙诗》矣。

〔1〕　曹旭《诗品集注》曰:"风流媚趣:风流潇洒,婉约柔媚之致。《晋书·王献之传》:'献之骨力远不及父(羲之),而颇有媚趣。'王运熙《魏晋南北朝文学批评史·诗品》云:'南朝书法理论中有以媚与骨力相对的例子。如刘宋羊欣《采古来能书人名》评王献之云:'骨势不及父,而媚趣过之。'齐王僧虔《论书》评郗超云:'紧媚过其父,骨力不及也。'……锺嵘此处'风流媚趣'之论,当受书论影响。书论中的骨力与媚好,犹如文论中的风骨与文采。"说甚是。

〔2〕　关于锺嵘所云"叔源离宴"之诗,究为何指?陈延杰曰:"今谢混止有《游西池》一首,然是思与朋友相与为乐,非离宴也。"(《诗品注》)古直曰:"案《初学记》十八引谢混《送二王在领军府集》诗曰云云,离宴,当指此也。"(《锺记室诗品笺》)徐按:古说近是。

〔3〕　一说此语为谢灵运所言,见《晋书·殷仲文传》:"谢灵运尝云:'若殷仲文读书半袁豹,则文才不减班固。'言其文多而见书少也。"

〔4〕　此《神情诗》,又见于《陶渊明集》中。然历来论者,多以为顾恺之作。如宋代许顗曰:"此顾长康诗,误编入陶彭泽集中。"(《彦周诗话》)明代张自烈曰:"气格不似渊明,宜删。"(《笺注陶渊明集》卷三)亦有少数论者以为陶作,谓:"唯此四句酷似陶体,非靖节无此超警之作。"(清代温汝能《陶诗汇评》卷三)徐按:前说近是,此诗宜列顾恺之名下。且锺嵘《诗品》云"长康能以二韵答四首之美",实已指此《神情诗》为顾恺之所作,锺嵘与顾年代最近,说当可信。

〔5〕　《隋书·经籍志》著录顾恺之有《启蒙记》及《启疑记》各三卷,见经部小学类。《晋书》本传谓:"所著文集及《启蒙记》行于世。"未言另有《启疑记》。而《旧唐书》、《新唐书》皆著录《启疑》三卷,无《启蒙记》。《通志》则一仍《隋志》,同时著录《启蒙记》、《启疑记》各三卷。而《日本国见在书目》则著录《启蒙记》三卷。徐按:疑《启蒙记》即《启疑记》,名称稍不同,实一书也,以故本传及诸典籍多仅著录其一,同时著录作二书者,唯《隋志》而已,当是《隋志》编纂者误录。

〔6〕　"卫军谘议",盖即"卫军将军谘议参军"简称。检史籍,谢安曾任卫军将军多年。谢安之后,东晋后期任卫军将军者,先后有谢石、司马德文、王珣、

谢琰、刘毅等,不知湛方生所奉主官为何人。刘毅于义熙五年(409)正月为卫军将军、开府仪同三司,先镇江州,后又移镇豫章,再移镇江陵,而湛方生诗文中多写及庐山、彭蠡湖、荆门等处,二者颇相合。湛方生抑为刘毅在江州时幕僚,亦未可知。

〔7〕 湛方生《怀归诗》及《游园咏》,不免令人联想到稍后陶渊明的《归去来辞》,内容十分接近;而其《后斋诗》亦与陶渊明的一些诗如《归田园居》、《始作镇军参军经曲阿诗》等存在诗风上的某种关联。

〔8〕 钱锺书曰:"……然支道林存诗,篇篇言理,如《八关斋》、《述怀》、《咏怀》、《利城山居》等作,偶点缀写景一二语,呆钝填砌,未见(沈)子培所谓'模范华妙'者。"(《谈艺录》)

〔9〕 此诗所创造意境极优美,感染力甚强。后世诗人描写山野乡居朴素生活场景者不少,帛道猷实启其端。如唐代顾况《过山农家》"板桥人渡泉声,茅檐日午鸡鸣",温庭筠《商山早行》"鸡声茅店月,人迹板桥霜",此等写景传颂佳句,盖皆自帛道猷诗中化出。

第六章　陶渊明（上）

第一节　生平经历与任真性格

陶渊明（365？—427），字元亮，一说名潜字渊明，[1] 浔阳柴桑（今江西九江）人。曾祖为东晋初名臣陶侃，祖父陶茂曾任武昌太守，但在侃十七子中属于"不显"（《晋书·陶侃传》）之列。父早亡，母为东晋名士孟嘉之女。陶渊明少时在家闲居，向无出仕意，为其生活第一期。二十九岁时，因亲老家贫，起为江州祭酒，"是时向立年"（《饮酒》），以不堪吏职，少日自解归，躬耕自资。又因穷困抱羸疾，复先后为镇军将军参军、建威将军参军等，为此离家远出，东赴海隅，西至江陵。后又得"家叔"之助，为彭泽令，在官八十馀日，即因妹丧去职，时已四十一岁（义熙元年，405）。[2] 在前后十三年中，他多次出仕，为其生活第二期。自此长归园田，再不出仕，亲执耒耜，躬自劳作，终老在家。此是其生活第三期。

陶渊明毕生走过三个时期，各时期界线分明，分别为在家闲居、出仕、隐居。他终以隐居闻，《宋书》、《晋书》、《南史》皆入《隐逸传》。

陶渊明自少好学，"少年罕人事，游好在六经"（《饮酒》），"弱龄寄事外，委怀在琴书"（《始作镇军参军经曲阿作》），但其学与一般儒生不同，他是"学不称师，文取指达"（颜延之《陶征士诔·序》），通大旨，并不钻求章句。陶渊明自少形成高洁品格，"少有高趣"（萧统《陶渊明传》），自述"少无适俗韵，性本爱丘山"（《归园田居》），爱好大自然，而对人事交往不甚经意。然而他也怀有济世之志："忆我少壮时，无乐自欣豫。猛志逸四海，骞翮思远翥。"（《杂诗》）"少时壮且厉，抚剑独行游；谁言行游近？张掖至幽州。"（《拟古》）似乎还颇有些任侠精神。从他扬言要去张掖、幽州，还有"易水"等地"行游"看，其"猛志"不凡，因所说诸地区当时皆在北方民族政权辖治中，在此他多少表露出有荡平中原意向，恐是受了曾任都督八州军事、立志"枭雄斩勒"（陶侃《上表让大将军》）的曾祖功业鼓舞。然而此种壮心猛志并未化为他积极从政、入世致用的行动，在他思想性格中占主导地位的一直是欣豫自适、委心事外态度。陶渊明青少年时代生活态度及精神面貌，在所著《五柳先生传》中有真确表露：

> 先生不知何许人也，亦不详其姓氏，宅边有五柳树，因以为号焉。闲静少言，不慕荣利。好读书，不求甚解；每有会意，便欣然忘食。性嗜酒，家贫不能常得；亲旧知其如此，或置酒而招之。造饮辄尽，期在必醉。既醉而退，曾不吝情去留。环堵萧然，不蔽风日；短褐穿结，箪瓢屡空，晏如也。常著文章自娱，颇示己志。忘怀得失，以此自终。

沈约《宋书·隐逸传》引此文，谓"其自序如此，时人谓之实录"；萧统《陶渊明传》亦云："尝著《五柳先生传》以自况，时人谓之实录。"可知文章盖自述其事，"五柳先生"者，作者本人自我形象也。传中所写诸事，如"好读书，不求甚解"，"性嗜酒"，"家贫"等等，皆为实情，颇说明陶渊明性格作风及其早岁生活状况。而最可注意者，乃是传中所述"闲静少言，不慕荣利"二语。"闲静少言"，谓其性格内向，不好活动，亦不好交游，此为"少年罕人事"的性格基础；陶渊明四十岁时曾自述"我爱其静"（《时运》），于晚年所作《与子俨等疏》中，也自述"少学琴书，偶爱闲静，开卷有得，便欣然忘食。见树木交荫，时鸟变声，亦复欢然有喜"。陶渊明一生爱在大自然环境中生活，不喜社交活动，有此好"闲静"性格因素，非纯是思想观念所致。"不慕荣利"，谓其轻视世俗名利而重视精神高洁境界。"闲静少言"为先天性格；"不慕荣利"，"忘怀得失"，则是一种思想倾向、人生态度。陶渊明人生态度形成原因，大致有两方面。一为家庭教育传统，一为魏晋以来名士传统。

陶渊明出身虽非汉魏望族，但自陶侃建立殊勋被封为长沙郡公以来，在东晋也可属名门。陶氏家风素谨，自陶侃始，即尚道义，重名节；陶渊明本人对于家族传统，极为重视，其所撰《赠长沙公》中以极自豪语气说到"我曰钦哉！实宗之光"，且充满自视为"圭璋"般道德优越感。他又于《命子》诗中言及祖辈传统：

> 肃矣我祖，慎终如始；直方二台，惠和千里。於皇仁考，淡焉虚止，寄迹风云，冥兹愠喜。

其祖"慎终如始"，似得陶侃嫡传；其父则"淡焉虚止"，更具东晋名士风韵。陶渊明对于这些，都有所继承。应予提出者，陶氏家族于东晋后期出过著名隐士，即陶淡。淡为渊明族叔，"雅好导养，谓仙道可祈"，"本州举秀才，淡闻，遂逃罗县山中，终身不返，莫知所终"（何法盛《中兴书·浔阳陶录》，《太平御览》卷五百三）。此虽入于道家者流,然鄙弃仕宦荣名,为其要旨。不过因陶渊明父早亡,所以母系亲族对他影响更大。陶渊明母孟氏,外祖为东晋名士孟嘉,孟嘉又是陶侃之婿,故陶、孟二家实为世亲。陶渊明对孟嘉至为推崇,所撰《孟府君传》,盛赞孟"冲默有远量","温雅平旷","行不苟合,言无夸矜","至于任怀得意,融然远寄,傍若无人","在朝頹然,仗正顺而已"等等,写出孟嘉身处官场,而冲詹旷达,风致高雅,与一般俗吏不同。传文还写孟嘉"好饮酒,逾多不乱",此皆与"五柳先生"作风相近,实亦渊明榜样。传文还特别记述孟嘉与桓温一节对话:

> (桓)温尝问君:"酒有何好,而君嗜之?"君笑而答曰:"明公但不得酒中趣耳!"又问听妓丝不如竹,竹不如肉,答曰:"渐近自然。"

这里所说"酒中趣",亦为渊明本人体验。而所说"渐近自然",更是渊明思想宗旨,精神渊源。

汉魏以来名士传统,多以清高相尚。自汉末清流儒生在与宦官对抗中形成"党人"集团之后,名士阶层的自我意识便大为增强,此种意识的核心即清高。"陈仲举言为士则,行为世范,登车揽辔,有澄清天下之志";"李元礼风格秀整,高自标持,欲以天下名教是非为己任"——此《世说新语·德行》第一、四则所写,即是树立起了名士"清"、"高"风范之标的。自魏末玄学勃兴,汉末儒生的清高意识,又与道家尚"无"尚"自然"精神相结合,发展成魏晋名士的遗世脱俗风致。《世说新语·品藻》记载东晋王徽之(子猷)、王献之(子敬)兄弟对话:"王子猷、子敬兄弟共赏《高士传》人及赞。子敬赏'井丹高洁';子猷曰:'未若长卿慢世'。"《高士传》为嵇康所撰,其中井丹赞词为"井丹高洁,不慕荣贵",司马长卿赞词为"长卿慢世,越礼自放"，"高洁"具体表现是"不慕荣贵"，"慢世"具体表现是"越礼自放"。王氏兄弟一人赏"高洁"（即"清高"），一人赏"慢世"，道出两晋时期名士观念与汉末名士之差异，具有相当代表性。陶渊明自述"不慕荣利"，显然接受了嵇康"高士""不慕荣贵"及"慢世"观念影响；他弱年"不洁去就之迹"（《宋书》本传），后来隐居在家，皆是"不慕荣贵"、"慢世"作风表现。东晋名士对于功名荣利多取淡薄态度，玄学以及佛理影响为重要原因。玄学家重视自身内心的夷泰豫适、消散醽畅，而视功名及世俗事务为畏途。"散豁情志畅，尘缨忽已捐"（王蕴之《兰亭诗》），"尚想虚舟说，俯叹世上宾。朝荣虽云乐，夕弊理自因"（庚蕴《兰亭诗》），"遗荣荣在，外身身全"（孙绰《答许询》），即是他们的典型生活态度。佛学更是"内学"（孙绰语），尤重内在精神之把握修炼。陶渊明身当晋末，自然不免受到前贤影响。在《孟府君传》中他特意写及许询：

> 　　高阳许询，有俊才，辞荣不仕，每纵心独往。客居县界，尝乘船近行，适逢君过，叹曰："都邑美士，吾尽识之，独不识此人；唯闻中州有孟嘉者，将非是乎？然亦何由来此？"使问君之从者，君谓其使曰："本心相过，今先赴义，寻还就君。"及归，遂止信宿；雅相知得，有若旧交。

许询为东晋高洁名士之一，有"清风朗月"（刘惔语，见《世说新语·言语》）之誉，而终身不仕，逃荣辞禄。此处写其与孟嘉"雅相知得"，亦陶渊明心目中处世范式。"五柳先生"自我形象，实孟嘉、许询等东晋名士传统精神继承发展。渊明自述："历览千载书，时时见遗烈；高操非所攀，谬得固穷节。"（《癸卯岁十二月中作与从弟敬远》）他正是攀仰着先贤尤其是魏晋名士"遗烈"，养成自己"高操"。

陶渊明既有高操,"不慕荣利",又为何出仕? 主要为贫困所驱。对此他在不少诗文中直言不讳。"畴昔苦长饥,投耒去学仕。将养不得节,冻馁固缠己。是时向年立,志意多所耻……"(《饮酒》)他在家闲居时期,已经生活困苦,不得已于二十九岁"去学仕"。不过当初始出仕时,也还多少怀着一点实现少时"猛志"心愿。看他当时一些作品中,颇表现复杂心绪:

> 弱龄寄事外,委怀在琴书。被褐欣自得,屡空常晏如。时来苟冥会,踠辔憩通衢;投策命晨装,暂与园田疏。眇眇孤舟逝,绵绵归思纡。我行岂不遥,登降千里馀;目倦川涂异,心念山泽居。望云惭高鸟,临水愧游鱼;真想初在襟,谁谓形迹拘。聊且凭化迁,终返班生庐。

> ——《始作镇军参军经曲阿作》

此诗作于陶渊明三十馀岁时,当在"始作"参军之际。诗中述己离家赴任心情,留恋山泽乡居生活。然而诗中对于出仕,尚无强烈厌恶态度流露,与若干年后弃官时明显不同,总体上心态尚称平稳。尤应注意者"时来苟冥会,踠辔憩通衢"二句,含有委运顺化之意,视出仕为时运体现,不无欣然接受心情。《文选》作"时来苟宜会",义更明了,一"宜"字,表示出仕为正当事。而"投策命晨装,暂与园田疏"二句,则透露一种轻快情绪,对于前程显示信心。可知其时陶渊明少年"猛志",有所保留,至少尚未销蚀殆尽。然而未几,陶渊明即对官场生活表现出明显抵触情绪,在其诗中,遂有"久游恋所生,如何淹在兹。静念园林好,人间良可辞"(《庚子岁五月中从都还阻风于规林》)、"诗书敦夙好,园林无世情。如何舍此去,遥遥至西荆"(《辛丑岁七月赴假还江陵夜行涂口》)等语,对于仕途"人间"(王瑶曰:

"指仕途。"见所撰《陶渊明集》）根本上已无兴趣，"如何……"诸语，对自己出仕行动正确与否亦颇表怀疑。而退隐之心，日有所增。在出仕稍后时期，所撰诗文几乎每篇皆述归意。如：

> 我不践斯境，岁月好已积。晨夕看山川，事事悉如昔。微雨洗高林，清飙矫云翮。眷彼品物存，义风都未隔。伊余何为者，勉励从兹役？一形似有制，素襟不可易。园田日梦想，安得久离析！终怀在归舟，谅哉宜霜柏。
>
> ——《乙巳岁三月为建威参军使都经钱溪》

对于自己"勉励从兹役"行为，再次提出怀疑。而"园田"之吸引力日益强劲，已经下定终将归去决心。在此基础上，遂有弃官彭泽令"归去来"之一幕发生。

陶渊明弃官归里之后，躬耕自资，生活清苦。然因远离官场，投入大自然怀抱，日与家人及淳朴农夫为伍，心情反而转佳。其日常生活内容，以农耕劳作、欣赏山野景色、饮酒为主，自得其乐。有时因饥馁，不免于忧思焦虑；因年老，不免于颓丧消沉。然而总体言，其心情颇平静充实。而其诗文亦更趋自然。此时期他无心于功名，而名声竟日盛，当时在庐山附近尚有隐士周续之、刘程之，时有合称"浔阳三隐"。盛名之下，于是有若干官员前来趋访。其中有先后任江州刺史的王弘、檀道济等。[3]与陶渊明有交往者尚有庐山东林寺高僧慧远："远法师与诸贤结莲社，以书招渊明，渊明曰：'若许饮则往。'许之，遂造焉；忽攒眉而去。"（《莲社高贤传》）刘宋诗人颜延之曾任刘柳后军将军功曹，在浔阳时亦与渊明情款；延之后为始安太守，"道径浔阳，常饮渊明舍，自晨达昏"（《文选》注引何法盛《中兴书》），临去留二万钱，渊明悉付酒家以为酒资。在陶渊明后期生活中，日常与

之交往者,以下层人物为主,如邻里农夫等,此于诗文中多所言及,如
"邻曲时时来,抗言谈在昔"(《移居》),"过门更相呼,有酒斟酌之。
农务各自归,闲暇辄相思;相思则披衣,言笑无厌时"(同上)。彼此
保持着朴实真诚友好关系。

陶渊明后期生活情状,以《归园田居》五首、《饮酒》二十首描写
最为全面真切,其思想生活一切方面,几乎皆有所表现。其馀如《杂
诗》十二首、《咏贫士》七首、《移居》、《挽歌诗》等,亦皆真情流露,其
艰难人生,自我形象,有如赤子之心,无所饰掩。又如《有会而作》及
序云:

> 旧谷既没,新谷未登。颇为老农,而值年灾。日月尚悠,为患未已。
> 登岁之功,既不可希;朝夕所资,烟火裁通。旬日以来,始念饥乏。岁云夕
> 矣!慨然永怀。今我不述,后生何闻哉?

> 　弱年逢家乏,老至更长饥。菽麦实所羡,孰敢慕甘肥?惄如
> 亚九饭,当暑厌寒衣。岁月将欲暮,如何辛苦悲!常善粥者心,
> 深念蒙袂非。嗟来何足吝?徒没空自遗。斯滥岂攸志,固穷夙
> 所归。馁也已矣夫,在昔余多师。

诗当作于晚岁,极写遭灾后饥馑苦状,为自来诗歌中所少见,与东晋
前期两位著名贫士诗人江逌、张望一脉相承,而意蕴深切过之。陶渊
明晚年颇受冻馁煎熬,隐居固非易事,而"斯滥"二句,用孔子"君子
固穷,小人斯滥矣"典,愈显出渊明之精神境界清高,非一般沽名钓
誉"隐士"可比。

综观陶渊明性格,任真为最突出之点。无论为人处事,皆表现出
真率态度。《五柳先生传》所描述自我形象,正是以真率态度对待一
切:他"不慕荣利","好读书,不求甚解","性嗜酒","短褐穿结,箪

瓢屡空，晏如也"等等，无不体现出任真精神。对于陶渊明而言，凡心之所好，无论社会传统，不管世俗看法，不计利害，不问得失，一切从任情适性出发，我行我素，"死去何所知？称心固为好"（《饮酒》）。他"不慕荣利"，是将荣利视为身外之物，为身心之累赘，前期他出仕在外，黾勉从事，然而却常有悔意，感叹"久游恋所生，如何淹在兹?"他"好读书"，是出于对文化精神生活的需求，他读书颇多，观其《读〈山海经〉》及咏史诸作品，可知其知识广博；但读书而"不求甚解"，则是性格豁达，不愿钻求章句之学表现。他嗜酒，也是性之所好，不愿多加克制，至于"酒以助礼"之类古训，则置诸度外；他曾以自嘲语气咏《止酒》，其中说"平生不止酒，止酒情无喜。暮止不安寝，晨止不能起。日日欲止之，营卫止不理。徒知止不乐，未知止利己。……"他"不止酒"的原因无它，即在"情无喜"、"不乐"。在人事交往方面，渊明率真性格亦表露无遗。慧远组织莲社，参加者皆一时名流，而陶渊明不顾佛门禁酒，竟提出"若许饮则往"要求，将饮酒一事置于参与盛会之上。他本不愿与官场人物交往，江州刺史王弘欲致之见，被拒。弘遣人于庐山"半道""邀之"，渊明见有酒，"欣然便共饮酌，俄顷弘至，亦无忤也"（《宋书》本传），为了酒，竟也不再拒见。后任江州刺史檀道济登门专程拜访，并馈以粮肉，他却不肯接受，"麾而去之"（《南史》本传）。在弃官隐居以后，他与若干官员不时有所接触，如今存诗集中即有与"庞参军"、"丁柴桑"、"戴主簿"、"郭主簿"、"羊长史"、"张常侍"等人赠答之作，该人等多江州一带地方官吏。然而这种接触，毫无结纳笼络之意，属一般友情酬唱，仍不违背其任真性格。他既与慧远和尚颇相交往，并且同意参加立誓活动，但上山后"忽攒眉而去"。诸如此类表现，当然不能谓之反复无常，也不是行无准的，无非任情适性"任真"性格之表现而已。又他过着穷困生活而能"晏如也"，尤显示其真率本性。古来虽隐士不少,但多数皆有基本物质生活保障,至如东晋谢安等隐士,更有士族庄园经济为后盾,略无冻馁之虞。隐士如陶渊明之贫病交困者绝少,所谓"浔阳三隐"中其他二位,实亦不堪与渊明并论,且与达官等多所往还,如周续之还曾应刘裕之召,"尽室俱下"赴建康,"上为开馆东郭外,招集生徒"(《宋书》本传),其隐居目的也就令人怀疑,多少有造作声价之嫌。当时隐者唯宗炳累不应征召,又"家贫无以相赡,颇营稼穑"(《宋书》本传),差可与陶渊明相拟。由此可知陶渊明之隐居,非真心诚心,实难为。与其为人及行止相应,陶渊明在诗文作品中也一再强调"真"。他宗尚"抱朴含真"(《劝农》),提出"任真无所先"(《连雨独饮》),感叹季世"真风告逝,大伪斯兴"(《感士不遇赋序》),"羲农去我久,举世少复真"(《饮酒》);而其诗文中,亦以表现真观念、真性情为特色,如《饮酒》第五篇,全篇皆主一"真"字:"此中有真意,欲辨已忘言。"萧统评其性格为"任真自得"(《陶渊明传》),颇得其要。而其诗文魅力,出于任真者实多。任真为本性自然流露,不是技巧手法,故陶诗最难效仿。陶渊明为中国文学史上最真诚诗人之一。

第二节 《归去来兮辞》与"质性自然"

陶渊明四十一岁彭泽令弃官一事,堪称其人生最重要转折点,是他思想性格发展标志性事件。对此他曾撰文自明,即《归去来兮辞》及序:

> 余家贫,耕植不足以自给;幼稚盈室,瓶无储粟,生生所资,未见其术。亲故多劝余为长吏,脱然有怀,求之靡途;会有四方之事,诸侯以惠爱为

德，家叔以余贫苦，遂见用于小邑。于时风波未静，心惮远役，彭泽去家百里，公田之利，足以为酒，故便求之。及少日，眷然有归欤之情。何则？质性自然，非矫厉所得；饥冻虽切，违己交病。尝从人事，皆口腹自役；于是怅然慷慨，深愧平生之志。犹望一稔，当敛裳宵逝；寻程氏妹丧于武昌，情在骏奔，自免去职。仲秋至冬，在官八十馀日。因事顺心，命篇曰《归去来兮》；乙巳岁十一月也。

　　归去来兮，田园将芜胡不归！既自以心为形役，奚惆怅而独悲？悟已往之不谏，知来者之可追。实迷途其未远，觉今是而昨非。舟遥遥以轻扬，风飘飘而吹衣。问征夫以前路，恨晨光之熹微。乃瞻衡宇，载欣载奔；僮仆欢迎，稚子候门。三径就荒，松菊犹存；携幼入室，有酒盈樽。引壶觞以自酌，眄庭柯以怡颜；倚南窗以寄傲，审容膝之易安。园日涉以成趣，门虽设而常关；策扶老以流憩，时矫首而遐观。云无心以出岫，鸟倦飞而知还；景翳翳以将入，抚孤松而盘桓。归去来兮，请息交以绝游。世与我而相违，复驾言兮焉求？悦亲戚之情话，乐琴书以消忧。农人告余以春及，将有事于西畴。或命巾车，或棹孤舟；既窈窕以寻壑，亦崎岖而经丘。木欣欣以向荣，泉涓涓而始流；善万物之得时，感吾生之行休。已矣乎！寓形宇内，能复几时？曷不委心任去留，胡为乎遑遑欲何之？富贵非吾愿，帝乡不可期。怀良辰以孤往，或植杖而耘籽。登东皋以舒啸，临清流而赋诗。聊乘化以归尽，乐夫天命复奚疑？

　　序及辞自述出仕及弃官过程，最称详核，其可靠性无可置疑，当是理解渊明最重要文献。文中要点有五：

　　一，渊明二十九岁出仕原因，首先是"家贫"，生活所迫；此点《饮酒》"畴昔苦长饥，投耒去学仕"等可作印证。

二,渊明出仕尚有第二原因,即"脱然有怀"。此语于义未豁,所谓"有怀"者,当指渊明本人原"有"相当政治志尚胸"怀",而此时亦有所激发;此点上节所引《杂诗》"忆我少壮时……",《拟古》"少时壮且厉……"等可作印证。陶渊明"少壮时"虽有"猛志",实际上只是对古人包括先祖的崇仰中产生的志尚,是在"少年罕人事,游好在六经"的读书环境中激发出的雄心,本质上是由孔孟所阐述、由汉儒所笺疏,带有羲农黄唐色彩的,理想化的政治社会道德理念。以此种内涵为主的"猛志",为未经"人事"之"少年"感兴,朦胧模糊。今存陶集中未曾见他本人对于"猛志"有何具体解释,唯有《桃花源诗》及"记"提供有关社会政治理想模式,而那却是"俎豆犹古法"、"于何劳智慧"之社会,可知只是一种"高士"的理想期待,与现实严重脱节。怀抱此种理想化"猛志",一经接触社会现实"人事",便不能不大失所望,尤其在东晋末王纲弛废,军阀跋扈,时政混乱局势中,人间何处存在"六经"般政治?怀此"猛志"加上任真性格,而入于官场势利恶浊环境,澡沐烦冗伪饰风气,陷身繁杂俗务之中,鲜有不沮丧失气者也。渊明性格及志望两方面皆与现实政治不能调和融合,剩下的便只是"口腹自役"了,其情绪抑郁心神苦恼可以想见。对此,渊明"学仕"期间所撰诸诗文中,皆有所纾述。渊明"学仕"多年,"猛志"既无从实现,对现实唯馀失望,弃官遂成必然结局。

三,序及辞中,可见陶渊明对于当时政治局势及官僚集团或官员个人态度。其谓"会有四方之事,诸侯以惠爱为德;家叔以余贫苦,遂见用于小邑",对"诸侯"及"家叔"颇有感激之词。所说"四方之事",当指征伐或行役之事,而"诸侯"当指其他诸诗中所述及"镇军将军"、"建威将军",以及桓玄。关于所述二将军为谁问题,说者意见不一。镇军将军,有说为刘裕(李善注引臧荣绪《晋书》说,吴仁杰《年谱》引叶梦得说,朱自清《陶渊明年谱中之问题》说等),有说为刘牢之（陶澍《年谱考异》，梁启超《年谱》等说）；建威将军，有说为刘怀肃（吴仁杰《年谱》说），有说为刘敬宣（吴瞻泰《陶诗汇注》，陶澍《年谱考异》，古直《年谱》，朱自清《年谱中之问题》等说）；关于桓玄，渊明诗文中虽未道其名，然所撰《辛丑岁七月中赴假还江陵夜行涂口作》一诗，时间地点颇凿，"赴假还江陵"语义明确，而其时正是桓玄在荆州刺史任上，故渊明曾任桓玄幕宾，论者少有异词。"家叔"则可能是陶夔（据陶澍说，同上），时任太常卿。渊明所事诸官长，皆当时政要风云人物，渊明先后任其僚佐掾属，似无所简择，而此处谓"诸侯以惠爱为德"，尤表明其个人态度，对于"诸侯"颇存感激。可见在渊明任职期间，与诸官长相处，个人关系似乎尚可，至少不曾发生明显冲突。而在具体政治见解及措置上，渊明亦未曾表示任何异议，此点不仅在本篇中如此，于今存其他诗文中亦无。由此可知渊明在出仕期间的不快心情，其产生原因与具体人事关系及政见基本无涉。

四，其弃官原因，则为："何则？质性自然，非矫厉所得；饥冻虽切，违己交病。尝从人事，皆口腹自役；于是怅然慷慨，深愧平生之志。"——此为基本原因。渊明"质性自然"与"从人事"之间，亦即"自然"本性与官场"矫厉"生活之间，存在巨大矛盾，此矛盾造成"违己交病"事态，无法解决，于是只能"怅然慷慨"，作去职计。兹所谓"矫厉"者，义即伪饰也。官场本重礼法，上下等级森严，彼此委蛇周旋，而末世更多钩心斗角，争权夺利，此皆"矫厉"伪饰之渊薮。渊明以自然质性，以任真性格作风，与官场"矫厉"伪饰风气，形成正面矛盾。此"自然"与"矫厉"矛盾，为理想与现实矛盾，亦是性格矛盾，无法调和。至于"深愧平生之志"，此"志"又指少时"猛志"也，言少壮时既有此"志"，而入官场则唯"口腹自役"，以此"深愧"。此点正面叙述弃官原因，最为重要。

五，其弃官又有具体事因，即"程氏妹"于武昌去世，"情在骏奔"，急于前往奔丧。渊明原拟"犹望一稔，当敛裳宵逝"，打算一年后再去职，为此提前"自免"。

自以上五要点观之，陶渊明弃官，并无具体政治问题或个人关系方面原因，基本上就是人生观问题，或曰性格问题。是其"自然"、"质性"与官场"矫厉"生活无法适应谐调的结果，为主、客观不能调和，产生严重心理冲突结果。"云无心以出岫，鸟倦飞而知还"，二句譬喻渊明之出仕及弃官，最为切合。旧说以为与督邮事件（即所谓"不为五斗米折腰"事）有关，为一时冲动下偶发事件；又以为与当时晋宋之交政权废替有关，出于特定政治立场，谓"自以曾祖晋世宰辅，耻复屈身后代，自高祖王业渐隆，不复肯仕"（《宋书》本传）。诸如此类说法，皆管窥蠡测之见，非但于史实无据，亦复曲解渊明人品境界。唐王维依据"不为五斗米折腰"说，批评陶渊明，谓"近有陶渊明，不肯把板屈腰见督邮，解印绶弃官去。后贫，《乞食》诗云'叩门拙言辞'，是屡乞而惭也。尝一见督邮，安食公田数顷。一惭之不忍，而终身惭乎？此亦人我攻中，忘大守小，不□其后之累也"（《与魏居士书》），甚无道理。至于晋宋易代问题，如上所述，渊明出仕十馀年间，曾于刘裕、刘敬宣、刘牢之、桓玄等幕中任事，诸人代表不同政治派别，当时互相牵制，互为犄角，尤其刘裕、桓玄，皆觊觎王室，野心勃勃，而渊明于诸人幕中任事，对于政治派别问题感受，似乎并不强烈，且在诸人幕中，感受似无大差异，至少自其诗文中表现如此。可知渊明对于具体政治是非，实不甚重视。由此亦可见，旧说种种，皆不谙渊明"质性自然"所致，不知渊明初非特定政治集团中人，与当时诸政治派别人物并无任何利益关系，即与东晋皇室亦无特殊感情牵连可言。至于"耻复屈身后代"之类观念，恐亦非其所有。要之陶渊明并非与某一特定政治势力不合，实与当时政治社会总体环境及气氛不合。渊明所不合者，为世道，为"世情"，为世俗，故云"世与我而相违"，又云"善万物之得时，感吾生之行休"。陶渊明本是"自然"之人，非政治之人，其"质性"既如此，难以改变，"非矫厉所得"也。"自然"不能"矫厉"，政治正是"矫厉"，二者本不兼容，无系于具体人事。渊明早有明剖，不应误解。陶渊明弃官原因，非徒《归去来兮辞·序》如是说，陶集内其他诗文所说亦皆略同。如：

> 闲居三十载，遂与世事冥。诗书敦夙好，园林无世情。如何舍此去，遥遥至西荆？叩枻新秋月，临流别友生。凉风起将夕，夜景湛虚明。昭昭天宇阔，晶晶川上平。怀役不遑寐，中宵尚孤征。商歌非吾事，依依在耦耕。投冠旋旧墟，不为好爵萦。养真衡门下，庶以善自名。

——《辛丑岁七月赴假还江陵夜行涂口》

此诗作于前期出仕中，在作《归去来兮辞》之前数年，一般论者认为此诗作于三十七岁时，约当其"误落尘网"十三年中的第八年。诗说及任职中心情，已明确表示隐退意，而其原因无非有二：一则为对于家乡"园林"之怀恋，一则为对于官场生活不能适应。"诗书敦夙好，园林无世情。如何舍此去，遥遥至西荆？""目倦川涂异，心念山泽居"，怀念"园林"情绪十分强烈。至于对官场生活之隔阂反感，则是为了"世情"的庸俗烦琐气氛，以及"怀役不遑寐，中宵尚孤征"之类的辛苦劳碌，而无任何政治是非或特定政治立场方面因素。诗中又明白表示将不久于吏职，将要采取"投冠旋丘墟"行动。可谓弃官之志，早萌于心怀，早著于诗文。

"自然"本义，当如《老子》所云："人法地，地法天，天法道，道法自然。"自然为天地宇宙万物根本原理（"道"）之核心，终极形态。自然又是一种天地万物之生存方式，即所谓"自然而然"。在魏晋玄学中，"自然"作为终极真理及其存在方式，是一切事物出发点，亦是一切事物最终归结。王弼提出"名教出于自然"，嵇康提出"越名教而任自然"，郭象提出"名教即自然"，三人对名教或褒或贬，各有不同，而其论点之依据则皆在"自然"。至东晋，同一论题上又发生微妙变化，即玄学家已不再臧否名教礼法，亦不再争论名教与自然关系，而是采取轻忽名教而倚重自然之态度，甚至以自然为唯一思想观念和道德伦理依据。当时名士多以自然精神相高，如王胡之称己与庾翼"余与夫子，自然冥会"（《赠庾翼诗》），又谓谢安"自然挺彻"（《答谢安诗》），他们甚至以"自然"称许皇帝，"烝哉我皇，质拟自然"（孙绰《与庾冰诗》），可见"自然"在东晋名士那里的分量。东晋士风重自然，首先表现为人生态度上的委运任化，其次是澹泊功名，超尘脱俗。王羲之《兰亭诗》（五言）之一（见本编第四章第二节），即是此种自然人生观念的完整表述者。诗写自然及其存在方式、"运""化"方式，是自然而然的，不以人的意志为转移，人无法加以改变。人对于自然之正确态度，便是"即顺理自泰"，顺从自然，委运任化。若不能悟此道理，便将陷入世俗是非利害，适足以增添无数烦恼。正确人生态度，为委运任化、入逍遥游境。此种观念，于东晋一代最为流行。陶渊明"自然"观念，无疑受此影响甚大，其《形影神·神释》诗云：

> 大钧无私力，万理自森著。人为三才中，岂不以我故！与君虽异物，生而相依附。结托既喜同，安得不相语！三皇大圣人，今复在何处？彭祖爱永年，欲留不得住。老少同一死，贤愚无复数。日醉或能忘，将非促龄具。立善常所欣，谁当为汝誉？甚念伤吾生，正宜委运去。纵浪大化中，不喜亦不惧。应尽便须尽，无复独多虑。

所说"大钧"云云，义即王羲之诗所说"大象运"、"陶化"也。所说"正宜委运去"、"纵浪大化中"云云，义即王羲之诗所说"未若任所遇，逍遥良辰会"也。全篇皆是自然之旨，可作"质性自然"一语注脚。不过说虽如此，在行为上真正做到委运任化者，实不多。王羲之后期澹泊功名，实际上与他受到王述排挤有关，优游山水乃是无奈之举。陶渊明"正宜委运去"，则出自"质性"，基本是他出于本人性情采取的自然行为。

关于陶渊明"自然"观念，陈寅恪曾谓之为"新自然说"，以区别于嵇康等所持与服食养生相联系之"旧自然说"；又谓"新自然说之要旨在委运顺化。夫运化亦自然也，既随顺自然，与自然混同，则认己身亦自然之一部，而不须更别求腾化之术，如主旧自然说者之所为也"（《陶渊明之思想与清谈之关系》，《金明馆丛稿》）。陈说诚是，然尚应指出一点，即陶渊明"自然"观念，除包含委运顺化人生态度之外，又具有重视性情或精神之特质，即其"自然"观念更多从自身性情出发，认为人之本性应得到舒展散发，而不应加以羁縻束缚。此可称之为性情之自然或曰精神之自然。缘于此，陶渊明一生形迹，不谨细节，唯重大端而已。在出处问题上如此，在待人接物上如此，在生活习惯等各方面无不如此，此之谓"纵浪大化中，不喜亦不惧"。正是在此基础上，形成其"任真"性格，"真者，所以受于天也，自然不可易也。故圣人法天贵真，不拘于俗"（《庄子·渔父》）。

基于自然观念的"不拘于俗"，即超尘脱俗，为魏晋玄学家普遍作风。自夏侯玄、嵇康、阮籍以下，诸多"高士"莫不如此，王衍口不言"钱"字，指为"阿堵物"，即其脱俗表示。至东晋，士风尤鄙薄世务俗情。王导高居相位，而"迈达冲虚"（《晋书》本传）、"务存大纲，不拘细目"（《晋书·庾亮传》）；郭璞称己与温峤"携手一壑，安知尘冥"(《赠温峤诗》)。《世说新语·品藻》载:"孙兴公、许玄度皆一时名流。或重许高情,则鄙孙秽行;或爱孙才藻,而无取于许。"刘孝标注引宋明帝《文章志》曰:"绰博涉经史,长于属文,与许询俱有负俗之谈。询卒不降志,而绰婴纶世务焉。"东晋不少名士鄙薄孙绰,即因绰"婴纶世务",未能免俗;许询不仕,便许之以"高情"。谢安四十岁不仕,高卧东山,而时誉竟高于多年任官的其兄谢尚。流风所及,陶渊明亦颇以脱俗为怀,他在各时期各场合常以轻蔑语气所说及的"俗"("少无适俗韵","咄咄俗中愚"),"世情"("诗书敦夙好,园林无世情"),"尘事"("闲居三十载,遂与尘事冥"),"尘网"("误落尘网中,一去十三年"),"尘羁"("吾生梦幻间,何事绁尘羁")等,皆是。陶渊明鄙薄世情俗务,一方面固亦继承东晋之名士清高,同时亦含不甘同流合污、洁身自好精神,然而更主要的还是出于对精神旷放自由境界之追求。他视世俗"人事"为"网"、为"羁",是对人本性的束缚,所以他不肯"适俗"。正因为陶渊明的脱俗中含有更多的精神成分,所以更显真诚。朱熹曰:"晋、宋人物,虽曰尚清高,然个个要官职,这边一面清谈,那边一面招权纳货。陶渊明真个能不要,此所以高于晋、宋人物。"(陶澍《陶靖节集》引《朱文公语录》)与陶渊明高情远致相比较,王衍、孙绰等人实为俗物假清高。

陶渊明宗尚自然精神,又成为他隐居乡里村野的主要思想依凭。按照"人法地,地法天,天法道,道法自然"基本逻辑,"天"、"地"比人更接近也更能体现"自然"精神,所以天地为体"道"体"自然"之物,成为"自然"及"道"之载体,成为"人"与"自然"及"道"之中介。于是古来一切追求自然之道者,多以天地即山水自然为栖身之所,"凡我希仰,期山期水"(孙统《兰亭诗》);而"山栖嘉遁",便是"千载绝尘"(孙绰《答许询诗》)之脱俗途径。不过历来隐士虽标榜清高,亦有栖居山林泽薮行为,而实际上多不忘世俗物欲享受,身在山泽而心慕荣华,鲜能真正做到"外身遗荣"。另有少部分隐士虽清贫自处,甚至亦有穷困艰苦类陶渊明者,但又难做到处清贫而能心境怡然。前述张望,似亦乡里隐居者,"荒墟人迹稀,隐僻闾邻阔"(《贫士诗》),贫苦与渊明相仿佛,而心境凄苦焦虑,"营生生愈瘁,愁来不可割",与陶渊明殆不可同日而语。渊明之所以能经受贫病煎熬,终老乡里,除坚持传统"固穷节",具有强大精神力量之外,他出于自然"质性",对于山林"园田"乡居生活怀有始终如一的爱,亦为重要原因。今存陶集中,无论前、中、后期,皆充满对"园田"极亲切极深厚感情。"静念园林好,人间良可辞"(《庚子岁五月中从都还阻风于规林》之二),为何"园林好"? 当是他从"质性"出发,于田园乡居生活中体味到自然之"道",寻求到自然之"真意",并在感情上获得"自然"之无限快慰与乐趣。要之,他在"园林"中实现了主观精神与客观世界之充分平衡契合,因此而"好"。于此基础上,陶渊明成为中国文学史上最著名的"田园诗人"。

第三节 田园诗(上)

此所谓"田园诗",泛指陶渊明所撰描写其乡居生活及内心感受之诗,少数为前期作品,大部作于弃官归里之后。此类作品为陶渊明最具个性之作,最能代表其诗歌风格,自成一体("陶彭泽体"),在中国诗歌上影响亦最大。陶渊明的田园诗,皆以"园林好"为基本主旨,已如上述。他自"质性自然"出发,毕生执着热爱田园,相生相守,无怨无悔,乐此不厌,终老其中。然而在不同生活时期,其"园林好"共同主旨之外,又有不同内涵特点。

陶渊明弃官前田园诗作品有《和郭主簿》二首、《癸卯岁始春怀古田舍》二首、《癸卯岁十二月中作与从弟敬远》、《荣木》等。^[4]诸诗皆"学仕"间歇期在家时所作。由于当时经济条件稍好,至少有出仕所得俸禄补助,家用不乏,因此在所写"园林好"之中,洋溢着欢欣愉悦、自满自得情调。而正由此情调之故,田园亦更加亲切美妙可爱:

> 蔼蔼堂前林,中夏贮清阴。凯风因时来,回飙开我襟。息交游闲业,卧起弄书琴。园蔬有馀滋,旧谷犹储今。营己良有极,过足非所钦。春秫作美酒,酒熟吾自斟。弱子戏我侧,学语未成音。此事真复乐,聊用忘华簪。遥遥望白云,怀古一何深。
>
> ——《和郭主簿》之一

田园景色固然美好,闲弄琴书、自斟春酒悠闲生活亦令人陶醉,而弱子戏侧场景更增添温馨亲切气氛,全诗呈现一种"暖色调"倾向,诗人自内心发出感喟"此事真复乐"!这种情绪倾向,在陶渊明作品中颇少见,也只是在弃官之前才有所流露,表明他在中、青年时期,生活态度中曾经含有若干乐观成分。而"园蔬有馀滋,旧谷犹储今",显示他当时具有相当的经济生活基础,实际上这正是诗篇乐观情绪存在之物质前提。又此时期田园诗有受玄言诗影响痕迹,如在诗中出现"即理愧通识,所保讵乃浅","寄意一言外,兹契谁能别"(《癸卯岁始春怀古田舍》),"贞脆由人,祸福无门,匪道曷依?匪善奚敦"(《荣木》)等语,显示陶诗与东晋玄言诗之间微妙承续关系。

陶渊明弃官之后为创作田园诗的主要时期。代表性作品有《归园田居》五首、《饮酒》二十首、《杂诗》八首、《咏贫士》七首等。此时期田园诗,又可以写作先后时间,再分为始弃官至五十岁以前,及五十岁以后至晚年两部分。始弃官时,陶渊明心情,在《归去来兮辞》中已有真切祖露,其思想为"实迷途其未远,觉今是而昨非",其表现为"乃瞻衡宇，载欣载奔"，"引壶觞以自酌，眄庭柯以怡颜"，其感受为"悦亲戚之情话，乐琴书以消忧"，"木欣欣以向荣，泉涓涓而始流"，在一片欣悦甚至颇为兴奋心情下，他还有兴致"或命巾车，或棹孤舟；既窈窕以寻壑，亦崎岖而经丘"，作纯粹山水景物之游，颇存东晋名士风致。此种心境及风致，在《归园田居》中有进一步描写：

> 少无适俗韵，性本爱丘山。误落尘网中，一去十三年。羁鸟恋旧林，池鱼思故渊。开荒南野际，守拙归园田。方宅十余亩，草屋八九间。榆柳荫后檐，桃李罗堂前。暧暧远人村，依依墟里烟。狗吠深巷中，鸡鸣桑树巅。户庭无尘杂，虚室有余闲。久在樊笼里，复得返自然。

（之一）

> 野外罕人事，穷巷寡轮鞅。白日掩荆扉，虚室绝尘想。时复墟曲中，披草共来往。相见无杂言，但道桑麻长。我麻日已长，我土日已广；常恐霜霰至，零落同草莽。

（之二）

> 种豆南山下，草盛豆苗稀。晨兴理荒秽，带月荷锄归。道狭草木长，夕露沾我衣。衣沾不足惜，但使愿无违。

（之三）

> 久去山泽游，浪莽林野娱。试携子侄辈，披榛步荒墟。徘徊丘陇间，依依昔人居。井灶有遗处，桑竹残朽株。借问采薪者：此人皆焉如？薪者向我言：死殁无复余。"一世异朝市"，此语

真不虚！人生似幻化,终当归空无。

（之四）

　　怅恨独策还,崎岖历榛曲。山涧清且浅,遇以濯吾足。漉我新熟酒,只鸡招近局。日入室中暗,荆薪代明烛。欢来苦夕短,已复至天旭。

（之五）

陶渊明义熙元年冬弃官,《归园田居》作于其后不久,约在次年春夏间。第一首内容紧接《归去来兮辞》。前四韵总述本人“归园田”缘由。“性本爱丘山”,此语实为“质性自然”作一诠释,意为“自然”寓于“丘山”,“丘山”中有“自然”;因此“丘山”与“俗”、“尘网”相对,避俗便须入“丘山”,以臻于自然之境。自“方宅”句以下,写农村生活场景,真实而朴素,“一幅村居图”(蒋薰《陶渊明诗集》卷二评语),气氛亲切。末韵“久在樊笼里,复得归自然”,在否定“违己交病”的“学仕”经验同时,再次强调以“自然”(既指乡里“丘山”,亦指自然生活方式)为归宿。

　　二首述家居人事情状。摈弃官场繁杂伪饰“人事”,唯有墟曲农夫来往,“相见无杂言,但道桑麻长”,野外穷巷,真朴浑然,进入人际关系方面“自然”状态。

　　三首写亲理稼穑生活。“晨兴理荒秽,带月荷锄归”,又是一幅农耕图。尽管农事辛劳,草盛苗稀,陇亩荒秽,但对于渊明而言,皆不足忧,因他所最重视者,为“但使愿无违”。此意即《归去来兮辞》中所说“因事顺心”,为达致精神舒畅而不惜付出代价。

　　四首写游娱林野,见“昔人”居处,而故人已逝无孑遗,引出无限人生感慨。"人生似幻化,终当归空无",达观中带有消极情绪。按此所谓"空无",有特定含义。佛家有"性空"之论,而道家有"本无"之说,二者义近相渐,遂有"空无"一语。释道安撰有《性空论》,其弟子慧远承师说,著《法性论》,以为"本无"与"法性"同实异名。又裴頠《崇有论》言及当世之士"深列有形之故,盛称空无之美",并认为"形器之故有征,空无之义难检"。要之陶渊明"空无"之说,是受当时已经佛学化的玄学影响,此亦可作为他与佛学、玄学思想关系一证据。

五首述访寻故人不得,返家设酒招客为长夜之饮。"前首悲死者,此首念生者,以死者不复还,而生者可共乐也"(邱嘉穗《东山草堂陶诗笺》卷二)。二韵"濯吾足"云云,用楚辞《渔父》义,寓隐者随遇而安、洁身自好之意。

《归园田居》五首,为陶渊明弃官后田园生活初期之自我写照,颇表现诗人"复得返自然"后的欣悦心情,他甚至还有"试携子侄辈",作"浪莽林野娱"的雅兴。其笔下的村居生活,甚闲适自得。而全篇贯串思想,还在自然。对此,黄文焕缕析曰:"'返自然'三字,是归园田大本领,诸首之总纲。'绝尘想'、'无杂言',是返自然气象;'衣沾不足惜,但使愿无违',是返自然方法。至于生死者,天地自然之运,非一毫人力所得与。曰'终当归空无',一一以自然听之。田园中老死牖下,得安正命,与一切仕路刑辱不同,死亦得所,况存乎?知此则清浅遇濯,鸡酒辄饮,彻夜至旦,所期以享用,此自然之福者,何可一刻错过?"(《陶诗析义》卷二)其说得之。在艺术风格上,此篇亦陶渊明田园诗主要代表作。诗中用语质朴,不事雕琢,而意境天成。如"暧暧远人村,依依墟里烟。狗吠深巷中,鸡鸣桑树巅","相见无杂言,但道桑麻长","晨兴理荒秽,带月荷锄归"等,皆极质实语,然写出农村生活场景,极见真切,韵味深长。《归园田居》对后世影响颇大,唐代王维、孟浩然等好作田园山水诗,形成诗派,陶诗即为其仿效对象;[5]其他大诗人如李白、杜甫等,亦极景仰陶渊明,凡写及田园村舍,多以陶为榜样,而所学者,往往是《归园田居》。

陶渊明于戊申年(408)六月遇火灾,其时四十四岁,弃官未及三载。灾情颇严重,渊明有诗纪其事:"正夏长风急,林室顿烧燔;一宅无遗宇,舫舟荫门前……",由森林火灾殃及,竟至"无遗宇",损失很大。由此其经济生活发生逆转,"仰想东户时,馀粮宿中田;鼓腹无所思,朝起暮归眠",此前颇为富足,物质生活无所顾虑,然而水火无情,从此再次陷入贫困之中,而且比早年贫穷程度更甚。面对天灾打击,渊明不为所动摇,"既已不遇兹,且遂灌我园"(《戊申岁六月中遇火》),不愿再去"学仕",只是力耕代食而已。此后渊明生活长期艰苦,其状况在诗中有所描述:

> 人生归有道,衣食固其端。孰是都不营,而以求自安?开春理常业,岁功聊可观。晨出肆微勤,日入负耒还。山中饶霜露,风气亦先寒。田家岂不苦?弗获辞此难。四体诚乃疲,庶无异患干。盥濯息檐下,斗酒散襟颜。遥遥沮、溺心,千载乃相关。但愿长如此,躬耕非所叹!

> ——《庚戌岁九月中于西田获早稻》

诗作于陶渊明四十六岁时,火灾后二年。诗人为自营衣食,辛勤躬耕。此时陶渊明已无心再去"浪莽林野游",而是日出而作,日入而息,风餐露宿,饱尝"田家"劳作之"苦",而与普通农民无异。虽然,渊明坚持隐居生活,意志略不动摇,"四体诚乃疲,庶无异患干","但愿长如此,躬耕非所叹",显示强大精神力量。面对穷困劳作辛苦生活,此时陶渊明心境仍能保持平静乐观,而与二三知己友朋往还不辍。其《移居》二首曰：

> 昔欲居南村，非为卜其宅。闻多素心人，乐与数晨夕。怀此颇有年，今日从兹役。弊庐何必广，取足蔽床席。邻曲时时来，抗言谈在昔。奇文共欣赏，疑义相与析。

> 春秋多佳日，登高赋新诗。过门更相呼，有酒斟酌之。农务各自归，闲暇辄相思。相思则披衣，言笑无厌时。此理将不胜，无为忽去兹。衣食当须纪，力耕不吾欺。

诗约作于渊明四十六岁时(用李公焕说)。自诗中观，渊明所居"弊庐"，"足蔽床席"，贫穷境况毕现，为此须自纪衣食，力耕不辍，"农务"甚勤。然而暇时辄思知友，不废来往。其友皆"素心人"，即质性素净之人；交往内容，一是"抗言谈在昔"，即纵横放谈古今；二为"登高赋新诗"，或"奇文共欣赏，疑义相与析"，以文会友；同时少不了以酒助兴。这些表现，皆显示渊明坦然面对艰难物质生活条件，展现丰富精神世界，不失其文化人格之高雅和达观。

第四节　田园诗(下)

五十岁以后，陶渊明渐入晚年。长期乡居生活，并未使隐居意志消蚀，而随着年岁增长，思想品格更趋老成，同时也不免孳生若干消沉情绪。此时他的田园诗亦更显深沉，旷达依旧，而增添不少悲凉意味。《饮酒》为此时代表作。关于此诗撰写时间，有说为义熙十二三年间，渊明五十三岁左右，有说为始弃官不久，渊明四十二岁时，二说

皆有据,当以前说近是。诗有序曰:

> 余闲居寡欢,兼比夜已长。偶有名酒,无夕不饮。顾影独尽,忽然复醉。极醉之后,辄题数句自娱。纸墨遂多,辞无诠次,聊命故人书之,以为欢笑尔。

虽曰"自娱","以为欢笑",又名为"饮酒",实为诗人长期隐居生活感受之抒发,于人生社会诸多方面,感慨良深。与《归园田居》相比较,不同之处在于此皆酒后"偶"感,感兴色彩较浓,而少结构安排;另外,既为感兴,不免论议稍多,而实事较少。然正以感兴故,其思想内涵比较复杂,各首写法亦有不同。全部共二十首,以内容不同,略可区分为数类。以下分说各类作品。

《饮酒》中有篇章侧重写田园生活真意趣,如:

> 结庐在人境,而无车马喧。问君何能尔?心远地自偏。采菊东篱下,悠然见南山。山气日夕佳,飞鸟相与还。此中有真意,欲辨已忘言。

> (之五)

> 秋菊有佳色,裛露掇其英。泛此忘忧物,远我遗世情。一觞虽独进,杯尽壶自倾。日入群动息,归鸟趋林鸣。啸傲东轩下,聊复得此生。

> (之七)

前一首用玄学"言意之辨"中"言不尽意"说,表达其感觉中"真意"。

而所表达"真意"载体，则是诗中三、四韵："采菊东篱下"云云，此是表达方式上以具象代替抽象。蕴藏于"采菊"等句中"真意"，当是人与自然之和谐契合。此"真意"之形成，关键在于"心远地自偏"，唯有做到心远"人事"，方能妙得自然自在。王士禛曰："通章意在'心远'二字，'真意'在此，'忘言'亦在此。"（《古学千金谱》）后一首意蕴略同，所写采菊、饮酒，是为了"远我遗世情"，唯以远世情，方能进入"日入群动息，归鸟趋林鸣"自然境界。"啸傲东轩下"，比"采菊东篱下"只多出一点傲世之志，而所含"真意"无异。

又有篇章侧重写诗人与乡里父老交往，如：

> 清晨闻叩门，倒裳往自开。问子为谁欤？田父有好怀。壶觞远见候，疑我与时乖。"襤缕茅檐下，未足为高栖。一世皆尚同，愿君汩其泥。""深感父老言，禀气寡所谐。纡辔诚可学，违己讵非迷！且共欢此饮，吾驾不可回。"

> （之九）

> 故人赏我趣，挈壶相与至。班荆坐松下，数斟已复醉。父老杂乱言，觞酌失行次。不觉知有我，安知物为贵？悠悠迷所留，酒中有深味。

> （之十四）

前一首写诗人与"田父"对话。田父皆常人也，自不解渊明"真意"，故以"尚同"相劝；渊明答以"违己讵非迷"、"吾驾不可回"，坚持己志。所说"禀气寡所谐"，即《归去来兮辞》所谓"质性自然，非矫厉所得"意。此诗再申归园田初衷，历十馀年艰苦生活磨炼，而不改夙志,益显其难能可贵。后一首主旨较单纯,只写诗人与"父老"间亲密关系,酒酣耳热之际,托出物我交融浑然一体感受。末句"酒中有深味",当是回归自然之"味"。应当指出,此二首诗中所出现"田父"、"父老",非前引《移居》中"素心人"也。"素心人"等虽居乡里,亦颇有"农务",要皆文士者流,至少有相当文化知识,乃能"奇文共欣赏,疑义相与析",而此"田父"等显然为本土农夫,唯以壶觞相邀,与文人墨客大异。虽然,其质实淳朴及善良心地,与渊明更见契合无间,故曰"田父有好怀",又谓"深感父老言"云云。由此亦可见渊明交友不拘身份地位,唯以"赏我趣"为原则,晚年友朋中多乡里农民。

自写法看,前一首借鉴了楚辞《渔父》。屈原与渔父对话,以明己志。渔父所说"世人皆浊,何不掘其泥而扬其波",以及屈原所说"安能以皓皓之白,而蒙世俗之尘埃乎",文思与此正同,可知渊明颇以屈子自况。

又有篇章以饮酒为由,而涵咏古人古事为主者,实具咏史性质。如:

　　衰荣无定在,彼此更共之。邵生瓜田中,宁似东陵时! 寒暑有代谢,人道每如兹。达人解其会,逝将不复疑;忽与一觞酒,日夕欢相持。

(之一)

　　羲农去我久,举世少复真。汲汲鲁中叟,弥缝使其淳。凤鸟虽不至,礼乐暂得新。洙泗辍微响,漂流逮狂秦;诗书复何罪? 一朝成灰尘。区区诸老翁,为事诚殷勤。如何绝世下,六籍无一亲。终日驰车走,不见所问津。若复不快饮,恐负头上巾。但恨多谬误,君当恕醉人。

(之二十)

二诗一居首,一居末,前后挟持呼应,二十首遂名副其实得为"饮酒"。诗中列述前代人事,说明"衰荣无定在"、"寒暑有代谢"。天运如此,人道亦同,唯有"达人"能解其会要,而不致疑惑。既然,何不日夕饮酒欢乐! 后一首引述古事更多,自伏羲、神农、孔子以下,乃至汉代诸老师宿儒,虽致力于六艺,然而绝世而下,竟不再见儒者礼乐风范。世风既已日下,"若复不快饮,空负头上巾"。末谓己言"多谬误","君当恕醉人",盖自放自嘲之词。二诗旨在说世事不可为,亦不足为,遂不得不饮酒。这是以咏史方式说出饮酒之现实原因。此外第十一首("颜生称为仁")、第十八首("子云性嗜酒")也属此类。

又有毫不及于酒者,只是感叹身世。如:

> 少年罕人事,游好在六经。行行向不惑,淹留遂无成。竟抱固穷节,饥寒饱所更。弊庐交悲风,荒草没前庭。披褐守长夜,晨鸡不肯鸣。孟公不在兹,终以翳吾情。
>
> （之十六）

> 在昔曾远游,直至东海隅。道路迥且长,风波阻中涂。此行谁使然? 似为饥所驱。倾身营一饱,少许便有馀。恐此非名计,息驾归闲居。
>
> （之十）

此二诗或说自少以来经历感喟,或回顾出仕一段"道路""风波",一面坚持君子固穷之名节,同时因知音稀少而颇觉寂寞;寂寞中又透出一丝悲怆意味,此为前期田园诗中所无者。由此可知渊明晚年心境,达观之中未免悲凉。

又有以比兴为主,写诗人高洁卓拔品格者。如:

    栖栖失群鸟,日暮犹独飞。徘徊无定止,夜夜声转悲。厉响思清远,去来何依依。因值孤生松,敛翮遥来归。劲风无荣木,此荫独不衰。托身已得所,千载不相违。

(之四)

    青松在东园,众草没其姿。凝霜殄异类,卓然见高枝。连林人不觉,独树众乃奇。提壶挂寒柯,远望时复为。吾生梦幻间,何事绁尘羁?

(之八)

无论鸟或松,皆孤独无偶。鸟既"失群"而"独飞",松更被"众草"所"没",然而鸟"厉响思清远",松"卓然见高枝",清高之姿毕现。前首又写"失群鸟"与"孤生松"相值,全篇皆比。后首写"提壶挂寒柯"云云,诗人与青松同现,互为映衬,突出其绝尘高节。

《饮酒》内容庞杂,与曹植《杂诗》六首、阮籍《咏怀诗》八十二首、张协《杂诗》十首等相类,[6]一时有感,"辄题数句",故取材立意不拘一格,写法丰富多样。情感自然流露,文字不多经营,而往往臻于妙境。在全部二十首中,有不少篇章广受称颂,尤以"结庐在人境"一首为最。"渊明诗类多高旷,此首尤为兴会独绝,境在寰中,神游象外,远矣!"(温汝能《陶诗汇评》卷三)而诗中佳句,又以"采菊东篱下,悠然见南山"最为人所乐道。"因采菊而见山,此句最有妙处。"(苏轼《题渊明饮酒诗后》,《东坡题跋》卷二)"此其闲远自得之意,直若超然邈出宇宙之外。"(蔡启《蔡宽夫诗话》)

陶渊明另有《杂诗》十二首，[7]亦写人生感慨，或说"忆我少壮时"，或写"求我盛年欢"；而叹息衰老之词甚多，"气力渐衰损，转觉日不如"，"眷眷往昔时，忆此断人肠"；更有珍惜自勉之语，"及时当勉励，岁月不待人"，"古人惜寸阴，念此使人惧"，等等。与《饮酒》相比，《杂诗》内容相对集中，反而不"杂"。

陶渊明晚年所撰诗中，尚有《还旧居》、《岁暮和张常侍》、《九日闲居》、《游斜川》、《述酒》、《答庞参军》、《有会而作》、《乞食》、《挽歌诗》等，亦可视为田园作品。不过其中纾述田园生活之乐、歌咏山川风物之美者渐少，而凄苦悲凉情调转多，反映渊明晚岁生活愈加艰难，躯体日渐衰弱苍老，无论如何旷达，亦难免有所萦怀，前引《有会而作》即是。又如：

> 市朝凄旧人，骤骥感悲泉。明旦非今日，岁暮余何言？素颜敛光润，白发一已繁。阔哉秦穆谈，旅力岂未愆？向夕长风起，寒云没西山。厉厉气遂严，纷纷飞鸟还。民生鲜长在，矧伊愁苦缠。屡阙清酤至，无以乐当年。穷通靡攸虑，憔悴由化迁。抚己有深怀，履运增慨然。

——《岁暮和张常侍》

诗作于渊明约五十四岁时，"张常侍"为张野，亦浔阳柴桑隐者。诗中对生命悲苦感慨良深，"民生鲜常在，矧伊愁苦缠"，非唯泛说众生，亦自况也。而膂力衰颓，白发滋繁，憔悴人生，不能不"慨然"，于是凄风寒云，徒增悲感。至于渊明所撰《乞食》、《挽歌诗》等，虽为达人高致，不讳贫贱老死，亦颇寓悲凉辛酸意味。渊明晚年田园诗中情调趋于悲凉辛酸，实亦其自然心态流露，田园生活过到如此困顿地步，田园诗写到如此辛酸程度，古今唯陶渊明一人而已。

〔1〕 关于陶渊明之名、字及年岁,皆有异说,无定论。

其名、字异说有:1,名"潜"字"渊明"(《宋书·隐逸传》,萧统《陶渊明传》,《莲社高贤传》);2,名"渊明"字"元亮"(《宋书·隐逸传》,萧统《陶渊明传》);3,名"潜"字"元亮"(《晋书·隐逸传》);4,名"元亮"字"深明"(《南史·隐逸传》);5,先名"潜"字"渊明",入宋后改名"渊明"字"元亮"(吴仁杰《年谱》引叶梦得说);6,名"渊明"字"元亮",一名"潜"(晁公武《郡斋读书志》);7,名"渊明"字"元亮",入宋更名"潜"(吴仁杰《年谱》);8,义熙中名"渊明"字"元亮",元嘉中名"潜"字"渊明"(熊人霖说);9,名"渊明"字"元亮",小名"潜"(梁启超说);10,名"潜"字"元亮",小名"渊明"(古直《年谱》引罗翙云说);11,晋时名"渊明"字"元亮",入宋后改名"潜"字"元亮"(朱自清、宋云彬等说)。其年岁之异说有:六十三岁(《宋书·隐逸传》,萧统《陶渊明传》,《晋书·隐逸传》);七十六岁(张缜《吴谱辨正》,袁行霈《陶渊明享年考辨》);五十一岁(吴挚甫《古诗钞》);五十二岁(古直《陶靖节年谱》);五十六岁(梁启超《陶渊明》);五十九岁(圣旦《陶渊明考》,邓安生《陶渊明年谱》),等等。

〔2〕 关于陶渊明在彭泽令任上弃官原因,有"不为五斗米折腰"说,说始见于沈约《宋书》本传:"……郡遣督邮至县,吏白应束带见之。潜叹曰:'我不能为五斗米,折腰向乡里小人!'即日解印绶去职,赋《归去来》。"萧统《陶渊明传》、房玄龄等《晋书》、李延寿《南史》皆从其说。徐按:此说颇流行,然与陶渊明本人所说不合。遍检陶集,渊明从无"不为五斗米折腰"之说;对于彭泽弃官原因,则自有所说,谓:"……寻程氏妹丧于武昌,情在骏奔,自免去职。仲秋至冬,在官八十馀日。"(《归去来兮辞·序》)陶渊明为程氏妹奔丧,此事确凿无疑,有《祭程氏妹文》为证。祭文中有"维晋义熙三年五月甲辰,程氏妹服制再周"等语,"再周"相当十八个月,逆以推算,妹亡之时,为义熙元年之十二月,与《归去来兮辞·序》所说"仲秋至冬,在官八十馀日",弃官之时为冬日正相合。渊明自述弃官原因既如此,当信而从之。又陶渊明同时代人颜延之撰《陶征士诔》及序,亦无"五斗米"之说。沈约撰《宋书》时,陶渊明已去世六十馀年,难免有传闻不实之词掺入,故其说可供参考,而不足为据。

〔3〕　檀道济往访陶渊明，事见萧统《陶渊明传》。然置其事于陶任江州祭酒之后，为镇军、建威参军之前，亦即陶渊明前期，甚不合史传记载。按《宋书·文帝纪》载道济任江州刺史，时在元嘉三年（426）："夏五月乙未，以征北将军、南兖州刺史檀道济为征南大将军、江州刺史。"至元嘉九年（432）离任，"春三月……丁巳，征南大将军、江州刺史檀道济进位司空"。故檀道济见陶渊明事，必在以上数年间。而元嘉三年，其时陶渊明已六十二岁，为去世前一年也，以故其事在陶后期甚明。又萧统文所述当时状况，亦颇合于陶晚岁实情："江州刺史檀道济往候之，偃卧瘠馁有日矣。"再者，萧统叙檀道济见陶渊明事，在王弘见陶渊明事之前，亦颇不合史传所载。王弘为江州刺史，时在义熙十四年，见《宋书·王弘传》："十四年，迁监江州、豫州之西阳、新蔡二郡诸军事、抚军将军、江州刺史。至州，省赋简役，百姓安之。……（永初）三年入朝，进号卫将军、开府仪同三司。"可知王弘任江州刺史在前（418—422），檀道济任江州刺史在后（426—432）。萧统所述，时序倒置矣。《南史·隐逸传》从萧统之说，亦误。

〔4〕　《和郭主簿》诗中有"弱子戏我侧，学语未成音"等句，知当时诗人年岁约在三十馀。王瑶曰："……'学语未成音'乃两三岁时情形，因知这诗是晋安帝元兴元年壬寅（402）作，时渊明年三十八岁。"（《陶渊明集》）可参考。馀二诗皆作于"癸卯岁"（403），渊明年三十九，在弃官前二年。

〔5〕　如孟浩然《过故人庄》："故人具鸡黍，邀我至田家。……开轩面场圃，把酒话桑麻……"，明显学《归园田居》。

〔6〕　《文选》收入陶渊明《饮酒》诗共二首（"结庐在人境"、"秋菊有佳色"），题正作"杂诗"，可知萧统当时所见本中，《饮酒》题为《杂诗》。

〔7〕　《杂诗》十二首，旧本皆编入第四卷中，王瑶曰："前八首辞意一贯，内容多叹息家贫年衰，及力图自勉之意，当为晚年所作。第六首中说：'昔闻长者言，掩耳每不喜；奈何五十年，忽已亲此事！'渊明五十岁时当晋安帝义熙十年甲寅（414），前八首当为这一年所作。其馀四首多咏旅途行役之苦，另系于晋安帝隆安五年辛丑（401）。"（《陶渊明集》）其说是。

第七章　陶渊明(下)

第一节　咏史类诗创作

　　《归园田居》、《饮酒》等"田园诗",为陶渊明隐居乡里时期直抒胸臆之作。同一时期他还有另一类诗作,同样为渊明思想情绪之表露,然而采用另一手法,即以涵咏古人古事方式来寄托其情怀,此即咏史类诗。咏史诗自东汉班固创为其体以来,作者代不乏人,曹植、王粲、阮籍、嵇康、左思等最为著名。东晋诗坛,作者不多,唯袁宏所撰二首较佳。至陶渊明,又张扬其体,尤其在隐居以后,随着他对世情认识愈加深化,对于"举世少复真"现实愈加失望,他对当世社会时事关心渐已淡薄,精神更多注意于自我及古贤。以故其时除田园诗外,咏史类诗亦时有所吟。今陶集中有《读史述》九章,又《咏三良》、《咏荆轲》、《咏二疏》等皆是咏史诗,而《咏贫士》七首,"贫士"亦多古人,亦为咏史。此外又有《读山海经》十三首,性质实接近咏史。《山海经》中人物故事虽属神话传说,而在古人观念中却是史,《山海经》常被著录于史部,即是明证。[1]陶渊明以咏史方式,与古人沟通,与古人对话,以古人古事为依凭,说出自我心声。古今感应,千载共鸣,别具一种风情。

《咏贫士》作于陶渊明晚岁,七首当是一时之作。第一首述"贫士"之孤独少知己,"知音苟不存,已矣何所悲";第二首写贫士之穷厄,以述己为主,兼及古贤。此二首尚不失田园诗风味:

> 万族各有托,孤云独无依。暧暧空中灭,何时见馀晖?朝霞开宿雾,众鸟相与飞。迟迟出林翮,未夕复来归。量力守故辙,岂不寒与饥?知音苟不存,已矣何所悲!

> 凄厉岁云暮,拥褐曝前轩。南圃无遗秀,枯条盈北园。倾壶绝馀沥,窥灶不见烟。诗书塞座外,日昃不遑研。闲居非陈厄,窃有愠见言。何以慰吾怀?赖古多此贤。

饥寒交迫,解困乏术,现实处境犹如"孤云独无依",悲何如之!壶中绝沥,灶不见烟,眼前田园景色,亦成苦条盈园、圃无遗秀,此"凄"此"愠",竟无所释怀,唯有古贤孔子,君子固穷,可慰其心。以下第三至第七首,皆咏古代贫士,进入正式咏史。所咏者有荣启期、原宪、黔娄、袁安、阮公、张仲蔚、黄子廉等,此皆历代高节贤士,"荣叟老带索,欣然方弹琴;原生纳决履,清歌畅商音","安贫守贱者,自古有黔娄","仲蔚爱穷居,绕宅生蓬蒿",其安贫乐道态度,正与渊明同。他们的生活情状亦多有与渊明可相印者,如张仲蔚"翳然绝交游,赋诗颇能工",而这些古贤行事作风竟亦颇合于渊明,如第五首述阮公"即日弃其官",七首述黄子廉"一朝辞吏归",令人联想及渊明本人弃官彭泽令赋《归去来兮》事。又四首写黔娄"好爵吾不荣,厚馈吾莫酬"事迹,尤与渊明拒檀道济劝出仕并麾去所馈赠粮肉事相近似,可见陶渊明之《咏贫士》,虽多涉古贤,而实亦咏己,其第七首末韵曰:"谁云固穷难? 邈哉此前修。"此语既是赞许前贤,亦自勖勉之词。古贤实获渊明之心,孟子有"尚友古人"之说,亦即诗中所谓"知音"也。

《咏二疏》、《咏三良》、《咏荆轲》等三篇,论者多以为作于同时,且与时事有涉。[2]按"二疏"即汉代疏广、疏受叔侄二人,宣帝时为太子太傅、太子少傅,以仕宦至二千石,知足不辱,知止不殆,遂乞骸骨,相随出关,归老乡里,送者车数百辆,观者如云,皆曰"贤哉二大夫"! 三良为秦国武士,殉死穆公。荆轲为燕国侠士,有刺秦王壮举。陶渊明所咏,对于二疏、荆轲满怀景仰之情,诗中所写昭然;而于三良则虽寄以同情,然对秦穆公甚有微词,"忠情谬获露,遂为君所私",指出殉君之私,不无惋惜之意;诗中写及"黄鸟",盖用《毛诗》义,《诗序》曰:"《黄鸟》,哀三良也。国人刺穆公以人从死,而作是诗也。"诗既含刺君之意,自不可能为悼念亡国之君(晋恭帝)而作,与时事未必有关。要之文学史上咏三良、荆轲者甚多,咏三良者有王粲、曹植等,咏荆轲者有阮瑀、左思等,只是抒发各自感兴,不必与时事相牵合比附。自情绪抒发观之,则三篇之中以《咏荆轲》最为慷慨:

> 燕丹善养士,志在报强嬴。招集百夫良,岁暮得荆卿。君子死知己,提剑出燕京。素骥鸣广陌,慷慨送我行。雄发指危冠,猛气冲长缨。饮饯易水上,四座列群英。渐离击悲筑,宋意唱高声。萧萧哀风逝,澹澹寒波生。商音更流涕,羽奏壮士惊。心知去不归,且有后世名。登车何时顾,飞盖入秦庭。凌厉越万里,逶迤过千城。图穷事自至,豪主正怔营。惜哉剑术疏,奇功遂不成。其人虽已殁,千载有馀情。

此诗赞颂荆轲重义任侠精神，同时称美荆轲勇烈无畏气概，"雄发指危冠，猛气冲长缨"，表现英雄豪情。全篇慷慨凌厉，猛气流贯，音节高亢，语调激越，文与事谐，情韵深长。而诗篇所表现者已非"贫士"，而是豪士、猛士形象。以故论者谓："渊明诗，人皆说平淡，余看他自豪放，但豪放得来不觉耳。其露出本相者，是《咏荆轲》一篇，平淡底人如何说得出这样言语来！"（朱熹《朱子语类》卷一百三十六）《咏荆轲》等诗作，实表现出陶渊明诗风又一方面，即在自然平淡总体风格下，亦时有慷慨激越之作。

陶集中又有《读史述》九章。自序云："余读《史记》，有所感而述之。"诗中所"述"者，有夷齐、箕子、管鲍、程杵、七十二弟子、屈贾、韩非、鲁二儒、张长公。其文体四言有韵。苏轼以为"渊明作《述史》九章，《夷齐》、《箕子》盖有感而云。去之五百馀载，吾犹知其意也"（《东坡题跋》卷一）；宋葛立方亦以为《夷齐》、《箕子》、《鲁二儒》三篇"其间皆有深意"（《韵语阳秋》卷五）。苏、葛所谓"有感"、"有深意"，皆指晋宋易代之际陶渊明藉此表示某种政治立场。因三章中有"天人革命"、"矧伊代谢"、"易代随时"等语，似与刘裕篡晋事有关。此种理解，可备一说；然而不宜作过于凿实解释。如前所述，渊明"学仕"时期，曾进入当时不同政治实力人物幕中，显示出并不专事某一政治派别态度；对于政治是非，取超脱姿态，即使对反迹明显的桓玄，亦未曾置一贬词。隐居之后，渊明与时政逐渐疏远，对时事关心度更弱，更不可能介入政治势力间是非斗争，以故义熙末易代之际，渊明既未如夷齐那样上山"不食周粟"，亦未效箕子远走他国以示"不奉二主"，甚至连"二儒"那样谏言新朝如何"百年积德"之类举动亦无。要之夷齐为上古著名隐者，箕子去国，亦有远誉，渊明穷居乡里，读史至此，自感亲切，乃述而咏之，亦不足为奇。且同时所咏者远非此三五人，更有管鲍、七十二弟子等，皆泛咏古人，以寄情怀也。故"深意"之说,实无确据,不必强求。至于《读史述》文字,则措语省净,略无赘辞,仍以质朴为主。

《读山海经》十三首,大结构有类《咏贫士》,一首为冠,总说读《山海经》由头,二首以下,分写诸事。关于作意,前人大较有二说,一说"似无深旨",[3]一说"《读山海经》诗,借荒唐之语,吐忿涌之情,相为神怪,可以意逆"(陈祚明《采菽堂古诗选》卷十四),当以后说近是。不过亦不宜刻意求深,以免穿凿。要之读其首章,即可得诗人大旨:

> 孟夏草木长,绕屋树扶疏。众鸟欣有托,吾亦爱吾庐。既耕亦已种,时还读我书。穷巷隔深辙,颇回故人车。欢言酌春酒,摘我园中蔬。微雨从东来,好风与之俱。泛览《周王传》,流观《山海图》。俯仰终宇宙,不乐复何如?

其时似乎年成颇好,生活有着,"欢言酌春酒,摘我园中蔬",无匮乏之虞。其心境亦欢悦和畅,"微雨从东来,好风与之俱",身心俱泰状况下,"泛览《周王传》,流观《山海图》"。其读书方式"泛览"、"流观",正是"好读书,不求甚解"精神体现。在此情况下所撰《读山海经》,固然有一定寄托,亦以"不求甚解"解之为是。以下十二首,按所写内容,大略可分两部分:前七首写王母及玄圃、丹木、青鸟、扶木、珠树、不死民等,与游仙诗相近;后五首写夸父、精卫、刑天、钦䲹、窦窳、祖江、共、鲧等,皆神话传说人物,有善恶贤愚之别。兹各举二首为例:

> 迢递槐江岭,是为玄圃丘。西南望昆墟,光气难与俦。亭亭明玕照,落落清瑶流。恨不及周穆,托乘一来游。

> (之三)

翩翩三青鸟,毛色奇可怜。朝为王母使,暮归三危山。我欲因此鸟,具向王母言。在世无所须,唯酒与长年。

(之五)

夸父诞宏志,乃与日竞走。俱至虞渊下,似若无胜负。神力既殊妙,倾河焉足有! 馀迹寄邓林,功竟在身后。

(之九)

精卫衔微木,将以填沧海。刑天舞干戚,猛志固常在。同物既无虑,化去不复悔。徒设在昔心,良晨讵可待!

(之十)

之三形容昆仑景色,明玕、清瑶,极言其流光溢采;末云欲托周穆王一游。之五意蕴并不复杂,只是"在世无所须,唯酒与长年";陶诗中言酒甚多,而眇及于"长年"之想,此当是"吾亦爱吾庐"生活乐趣,激发出生命欲望。"夸父"一首,颂扬夸父"宏志"及"神力",尤盛赞其功在身后事迹。论者谓此诗"寓意甚远大。天下忠臣义士,及身之时,事或有所不济,而其志其功足留万古者,皆夸父之类,非俗人目论所能知也。胸中饶有幽愤"(黄文焕《陶元亮诗析义》卷四)。其说甚可取;然诗只是正面述夸父事,自末句"功竟在身后"体味,虽寓遗憾,而不必有"幽愤"。"精卫"一首,肯定精卫、刑天壮举胆略,赞扬其猛志常在。"同物"以下,既言精卫、刑天,亦隐指诗人本人,谓死生固可置之度外,不必忧悔,然而昔日猛志未能实现,时机不再重来,岂不抱恨! 此首意蕴略同于"夸父"一首,亦以正面赞颂为主,末稍示遗憾。

咏史诗为陶诗中一大类,体现陶诗取材及风格多样性。尤其重要者,此类作品中所表现的某种情绪及精神状态,于其他诗文中颇少见。鲁迅曾剖析过陶渊明的"静穆"与"怒目金刚"之关系,其所举例即为《读山海经》中诗:"……就是诗,除论客所佩服的'悠然见南山'之外,也还有'精卫衔微木,将以填沧海,刑天舞干戚,猛志固常在'之类的'金刚怒目'式。在证明着他并非整天整夜的飘飘然。这'猛志固常在'和'悠然见南山'的是一个人,倘有取舍,即非全人,再加抑扬,更离真实。"(《题未定草(六)》,《且介亭杂文二集》)所以不妨说,此一大类作品,对于陶诗总体而言,不可或缺。没有此一部分作品,也就没有陶诗整体面貌,也就没有陶渊明"全人"。

第二节 《桃花源诗》并《记》

在陶渊明诸多作品中,集中表现其社会理想,并极具艺术魅力者,当推《桃花源诗》并《记》。其云:

> 晋太元中,武陵人捕鱼为业。缘溪行,忘路之远近,忽逢桃花林。夹岸数百步,中无杂树,芳草鲜美,落英缤纷,渔人甚异之。复前行,欲穷其林。林尽水源,便得一山。山有小口,仿佛若有光,便舍船从口入。初极狭,才通人,复行数十步,豁然开朗。土地平旷,屋舍俨然,有良田美池桑竹之属,阡陌交通,鸡犬相闻。其中往来种作,男女衣着,悉如外人。黄发垂髫,并怡然自乐。见渔人,乃大惊,问所从来,具答之。便要还家,设酒,杀鸡作食。村中闻有此人,咸来问讯。自云先世避秦时乱,率妻子邑人来

此绝境，不复出焉，遂与外人间隔。问今是何世？乃不知有汉，无论魏晋。此人一一为具言所闻，皆叹惋。馀人各复延至其家，皆出酒食。停数日，辞去。此中人语云："不足为外人道也。"既出，得其船，便扶向路，处处志之。及郡下，诣太守说如此。太守即遣人随其往，寻向所志，遂不复得路。南阳刘子骥，高尚士也，闻之，欣然规往，未果，寻病终。后遂无问津者。

　　嬴氏乱天纪，贤者避其世。黄绮之商山，伊人亦云逝。往迹浸复湮，来径遂芜废。相命肆农耕，日入从所憩。桑竹垂馀荫，菽稷随时艺。春蚕收长丝，秋熟靡王税。荒路暧交通，鸡犬互鸣吠。俎豆犹古法，衣裳无新制。童孺纵行歌，斑白欢游诣。草荣识节和，木衰知风厉。虽无纪历志，四时自成岁。怡然有馀乐，于何劳智慧！奇踪隐五百，一朝敞神界。淳薄既异源，旋复还幽蔽。借问游方士，焉测尘嚣外？愿言蹑轻风，高举寻吾契。

此诗与记，就内容言，颇离奇。"忘路之远近，忽逢桃花林"，"山有小口，仿佛若有光"，描写扑朔迷离。文中"渔人甚异之"，读者亦不能不"异之"。晋人好作小说，张华、干宝等志怪述异，风习相尚，不止一二。故此《桃花源记》，不妨可入于小说。有论者早就说："这篇记，可以说是唐以前第一篇小说，在文学史上算是极有价值的创作。"（梁启超《陶渊明之文艺及其品格》）陶集中除《读山海经》外，一般不涉怪力乱神，其诗文或叙实事，或纾真情，要多纪实性质，此亦中国上古以来"诗言志"传统浸润结果。陶渊明以诗文宣讲一离奇故事，此为重要探索性实践。不过《桃花源诗》及《记》中所述故事虽曰离奇，却有所本。《记》中言及"南阳刘子骥"，为东晋名士，名"骥之"，《晋书·隐逸传》纪其事迹，谓："好游山泽，志存遁逸。尝采药至衡山，深入忘返。见有一涧水，水南有二石困，一困闭，一困开，水深广不得过。欲还，失道，遇伐弓人，问径，仅得还家。或说困中皆仙灵方药诸杂物,骥之欲更寻索,终不复知处也。"此段实事,与《记》所述故事情节颇相类,或转相传说,又加点染,遂成为陶渊明构思桃花源故事之因由。《记》末显言"刘子骥"云云,即是渊明参照其事加以创作之证据。[4]

陶渊明说此奇幻故事,含义之一在于否定乱世暴政。桃花源中人"自云先世避秦之乱"而至此处,显示反对暴政用心。而《诗》中所写更明确:"嬴氏乱天纪,贤者避其世。"与作者本人生活道路及志趣正相合拍。由此可知,此既为咏史,同时亦是刺时。陶诗中尝谓"何以慰吾怀?赖古多此贤"(《咏贫士》),贤者避世,古今相慰。有论者谓:"《桃花源》'嬴氏乱天纪,贤者避其世',与结语对照,渊明生平尽此二语矣。"(清吴菘《论陶》)说诚是。至于所写"乱世",既指嬴秦,亦隐括其后一切乱世。愤恨乱世,避之唯恐不及,盖人之常情,亦渊明所奉行。以故《桃花源诗》及《记》,显示作者向往治世向往仁政向往正义信念。然而又有"愤宋"之说,以为此《诗》及《记》,主要针对刘裕篡晋而发,"元亮此作,当属晋衰裕横之日,借往事以抒新恨耳"(黄文焕《陶元亮诗析义》),似乎专为批判刘宋而作,则嫌过凿。此皆过分夸大陶渊明对时事关注程度、对东晋皇室"忠"心程度所致。

陶渊明撰此奇幻故事,含义之二在于通过对桃花源方外世界描写,表现其社会理想。桃花源世界,无疑为一理想社会,"童孺纵行歌,斑白欢游诣","黄发垂髫,并怡然自乐"。此社会归纳其特点,大要有五。一、田土平旷,风调雨顺,农业得到充分发展,百姓勤劳,生活富足;二、平等友爱,少长和乐,民风淳朴,无欺诈剥削掠夺;三、"秋熟靡王税",可知此为无统治者之地;四、社会保持古老风俗,历五百年无变化;五、与外界完全隔绝。总之此为一美好和谐富足安乐社会,亦一浑朴淳厚质实古老社会,是充分体现自然风貌社会。陶渊明此一自然社会理想,有其古老思想来源,尤与老庄道家社会思想有密切关联。桃花源中"相命肆农耕，日入从所憩"，"荒路暧交通，鸡犬互鸣吠"，"虽无纪历志，四时自成岁"，"怡然有馀乐，于何劳智慧"，皆与《老子》所云"绝圣弃智"，"鸡犬之声相闻，民至老死不相往来""小国寡民"情景相仿佛。又《庄子》中亦有上古"至德之世"情形描写："当是时也，民结绳而用之，甘其食，美其服，乐其居，邻国相望，鸡狗之声相闻，民至老死，而不相往来；若此之时，则至治矣。"（《胠箧》）"故至德之世，其行填填，其视颠颠，当是时也，山无蹊隧，泽无舟梁，万物群生，连属其乡，禽兽成群，草木遂长。……夫至德之世，同与禽兽居，族与万物并，恶乎知君子小人哉？"（《马蹄》）此"至德之世"说，嵇康曾予发挥："昔鸿荒之世，大朴未亏，君无文于上，民无竞于下。物全理顺，莫不自得。饱则安寝，饥则求食，怡然鼓腹，不知为至德之世也。"（《难张辽叔自然好学论》）陶渊明无疑吸取了此方面思想。又桃花源中无君臣之分，亦道家无君思想表现。《老子》曰："圣人不仁，以百姓为刍狗"，"绝圣弃智，民利百倍"，为无君思想源头；发展而为阮籍、鲍敬言"无君论"。阮籍提出"盖无君而庶物定，无臣而万事理"，"君立而虐兴，臣设而贼生"（《大人先生传》）；鲍敬言"以为古者无君，胜于今世"，"曩古之世，无君无臣，穿井而饮，耕田而食，日出而作，日入而息，泛然不涅，恢而自得。不竞不营，无荣无辱，山无蹊径，泽无舟梁。川谷不通，则不相兼并；士众不聚，则不相攻伐……"（《抱朴子·诘鲍》）。以上老、庄、阮、嵇、鲍诸言论，皆成为《桃花源诗》及《记》思想来源，陶渊明将老庄等人社会主张，加以形象化，以一似真似假奇幻故事出之。陶渊明撰此故事，其意义及出发点，正如论者所说："《桃花源记》所写是一个理想底农业社会……这境界颇似卢梭所称羡底'自然状况'。渊明身当乱世，眼见所谓典章制度徒足以扰民，而农业国家的命脉还是系于耕作，人生真正底乐趣也在桑麻闲话，樽酒消忧，所以寄怀于'桃花源'那样一

个淳朴底乌托邦。"（朱光潜《陶渊明》）

陶渊明于《桃花源诗》及《记》中所寄托自然社会理想，既为无君无臣、不竞不争、与世隔绝、小国寡民思想，其本质只能是小农经济社会中一种美好理想，反映饱受战乱之苦广大农民善良愿望，也是人类希望过安定亲善平等富足生活天性表现。所以千载而下，桃花源理想始终具有广泛吸引力。此亦《桃花源诗》及《记》基本魅力所在。但自社会发展进步角度言，桃花源式社会只能是一农民乌托邦，事实上不可能真正实现。而且"俎豆犹古法，衣裳无新制"，"怡然有馀乐，于何劳智慧"，具有浓厚复古倾向，此倒退历史观，殊不足取。

《桃花源诗》并《记》之魅力，不但在于境界神奇，寄寓独特理想，其写法亦颇出色。《记》文始于"晋太元中，武陵人……"入桃花源，终于"太守"及"南阳刘子骥"云云，首尾所写，皆为实人实事实时实地，以示其内容之实有；此为以史传笔法述一奇幻故事，更具真实感，亦更显奇趣。又《记》中文字，叙事甚平淡流畅，保持自然朴素风致，然描写之处，亦见功力，如"夹岸数百步，中无杂树，芳草鲜美，落英缤纷"，"乃不知有汉，无论魏晋"等。末二句否认所处朝代，是其有民无君社会历史观念最明确表露。

《桃花源诗》并《记》，于内容、思想、文体及写法方面，皆显示其独特性，以故引起后世广泛注意，仿作、题咏者代不乏人。著名诗人王维、刘禹锡、王安石等皆撰有《桃源行》，韩愈则有《桃源图》诗，苏轼有《和桃源诗》，等等；而各种有关桃源之传说、考证，以及对于此诗及记之研究、诠释，更是汗牛充栋，成为陶渊明研究之热点。

第三节　陶渊明的赋、文

陶集中有赋二篇,即《闲情赋》、《感士不遇赋》。萧统评论谓:
"白璧微瑕,唯在《闲情》一赋。扬雄所谓劝百讽一者,卒无讽谏,何
足以摇其笔端! 惜哉! 无是可也。"对于萧统此一批评,后世聚讼不
已。苏轼反对萧说,认为"幽美《闲情赋》,正所谓'国风好色而不
淫',正使不及《周南》,与屈宋所陈何异? 而统乃讥之,此乃小儿强
作解事者"(《东坡题跋》卷二)。对于苏轼的反驳,其后论者又不全
赞同,元李治曰:"东坡以昭明为强解事,予以东坡为强生事。"(《敬
斋古今黈》卷一)明郭子章曰:"昭明责备之意,望陶以圣贤,而东坡
止以屈宋望陶。屈犹可言,宋则非陶所愿学者。东坡一生不喜《文
选》,故不喜昭明。"(《豫章诗话》卷一)方东树则完全赞成萧统之
说:"昔人谓正人不宜作艳诗,此说甚正。……如渊明《闲情赋》,可
以不作。后世循之,直是轻薄淫亵,最误子弟。"(《续昭昧詹言》卷
八)不妨说,在全部陶集中引起争议最多、意见分歧最大者,即此《闲
情赋》。然而以今视之,在此尖锐意见分歧中,正是包含了对于作品
特殊文学价值之发现。由此进一步了解到陶渊明人格及文格之丰富
性:陶渊明于澹泊静穆之外,尚有其激情;其激情不仅表现为政治社
会方面曾有"猛志",在生活及个人私情方面亦有所显示。

关于《闲情赋》之作意,渊明自序云:

初,张衡作《定情赋》,蔡邕作《静情赋》,检逸辞而宗澹泊,
始则荡以思虑,而终归于闲正。将以抑流宕之邪心,谅有助于讽
谏。缀文之士,奕代继作;并因触类,广其辞义。余园间多暇,复

　　染翰为之；虽文妙不足，庶不谬作者之意乎？

　　作者写作思想颇为明确，他要继踵张、蔡，"广其辞义"，撰写"抑流宕之邪心，谅有助于讽谏"的正面作品。自取名"闲情"，即知欲使"情""终归于闲正"。《广雅·释诂》："闲，正也。"《闲情赋》义即"正情赋"。此亦张、蔡以来传统：张衡《定情赋》，谓安"定"其"情"；蔡邕《静情赋》，谓安"静"其"情"，题义略同于《闲情赋》。又陈琳、阮瑀各有《止欲赋》，王粲有《闲邪赋》，应玚有《正情赋》，曹植有《静思赋》，皆其义也。要之《闲情赋》是要规范感情，而非纵任感情。然自赋实际内容观，作者初衷似未完全体现，"卒无讽谏"之论，似乎不无道理。

　　《闲情赋》全篇略可分为三段：一段写一美淑女子，引起"我"求偶情思。二段以"十愿"，写其思念之深切。三段写思念之不得，"徒勤思以自悲"。第三段末四句为："尤《蔓草》之为会，诵《邵南》之馀歌。坦万虑以存诚，憩遥情于八遐。"按所云"尤《蔓草》之为会"，语出《诗经·郑风·野有蔓草》小序："男女失时，思不期而会焉。"又所云"诵《邵南》之馀歌"，《诗经·召南·甘棠》小序："衰乱之俗微，贞信之教兴，强暴之男，不能侵陵贞女也。"此二句似有"终归闲正"之义；然而末二句更重要："坦万虑以存诚，憩遥情于八遐。"他要将男女相悦之情全部坦露表白出来，认为如此即做到了"存诚"，他只是要将"遥情"（"我"所思念对象似远隔两地，故曰"终阻山而带河"）舒散于八方。此二句毫无自谴自责意，实难看出有何"抑流宕之邪心"来。以故统观全赋，只能认为是一篇情爱之自赞，文士之恋歌。总之萧统所说似乎不诬。然其"白璧微瑕"价值判断，却有问题，因赋中缺乏传统道德说教，未必为"瑕"也。对此，宁取苏轼之说，"国风好色而不淫"，大体上可以概括此赋基本倾向，为"发乎情，止乎礼义"。苏轼又将此赋与屈、宋相比拟，突出作品文学价值，眼光高出萧统之上。不过《闲情赋》与《离骚》或《高唐赋》内容距离甚大，不可不予注意。《离骚》以香草美人比君臣，一篇之中，三致志焉，政治性质强烈；《高唐赋》则颇有淫佚之嫌。渊明此赋本唯写情，实无政治讽谏或象征托喻意图；[5]而所写之情，亦无惑溺之弊，其作意只在以情为题，做到"坦万虑以存诚"，所表述者仅仅是"坦""诚"之"情"而已。理解本篇关键，仍须从陶渊明"质性自然"及其任真性格作风出发，其所写之情，为"自然"之情，而"自然"之情，当即人之常情。此为陶渊明"闲情"或"正情"实质。

《闲情赋》写作时间及背景，历来说法不一。撇开过去一些影附时事说法不谈，自赋本身描写观，赋既"坦""诚"写"情"，则亦"此中有真意"一类，当是作者恋慕一美淑女子无疑。渊明有此"情"，当在中年之前，四十岁后尤其弃官后，作此可能甚小。渊明体弱早衰，中年后生活贫苦，饥寒侵迫，"遂抱羸疾"（萧统《陶渊明传》），四十岁后已"白发被两鬓，肌肤不复实"（《责子》），且"有五男儿"（同上），当无此等"国风好色"之想，故一般系年皆于前期。[6]至于赋所写对象为何人？则难以情测，亦不须过多推求，以免胶柱鼓瑟。唯赋中写"意夫人之在兹，托行云以送怀"，"徒勤思以自悲，终阻山而带河"，似双方曾经面见而当时分隔异地，以致思念无已。

《闲情赋》既写个人男女相悦感情，所以除自然任真基本风格之外，自有其描写表现方面独特性。此独特性在于一反渊明诗文质实淳朴一般风貌，以绮丽词采细腻笔法，写出微妙情感活动及内心蕴奥。在全篇三大段文字中，首段描绘女子美淑形象，尚多用传统手法，如"倾城之颜色"、"佩鸣玉以比德，齐幽兰以争芬"等。三段写"我"因山河阻隔，思恋不得，内心寂寞不安，则颇精彩，如"若凭舟之失棹，譬缘崖而无攀"等，写出心神不宁、恍然若失心态，无所凭恃之失落感。喻意贴切,文字灵动。不过全篇最精彩之处,还在中间一段,以十"愿"十"悲"写己心理活动。每一"愿"即一比喻,每一比皆围绕女子而设,每一"愿"皆引出一"悲",而无论"愿"或"悲",皆表现求女愿望:

> 愿在衣而为领,承华首之馀芳;悲罗襟之宵离,怨秋夜之未央。愿在裳而为带,束窈窕之纤身;嗟温凉之异气,或脱故而服新。愿在发而为泽,刷玄鬓于颓肩;悲佳人之屡沐,从白水以枯煎。愿在眉而为黛,随瞻视以闲扬;悲脂粉之尚鲜,或取毁于华妆。愿在莞而为席,安弱体于三秋;悲文茵之代御,方经年而见求。愿在丝而为履,附素足以周旋;悲行止之有节,空委弃于床前。愿在昼而为影,常依形而西东;悲高树之多荫,慨有时而不同。愿在夜而为烛,照玉容于两楹;悲扶桑之舒光,奄灭景而藏明。愿在竹而为扇,含凄飙于柔握;悲白露之晨零,顾襟袖以缅邈。愿在木而为桐,作膝上之鸣琴;悲乐极以哀来,终推我而辍音。

十"愿"十"悲",设喻巧妙,又各有特色,并无雷同重叠堆砌之弊,表现出丰富想象力及精巧构思。《闲情赋》不仅在内容上表现出陶渊明精神世界另一方面,在艺术风格上也另辟蹊径,显示其另一方面才华。此才华非如田园诗般以澹泊质实为特征,而是以文采绮丽取胜。

陶渊明今存另一篇赋《感士不遇赋》,表述有关仕途功名观念。赋中指斥"真风告逝,大伪斯兴;闾阎懈廉退之节,市朝驱易进之心"等社会恶浊不良风习,又慨叹"怀正志道之士,或潜玉于当年;洁己清操之人,或没世以徒勤"等世情。赋中对上古以来好学或行义之士所受不公正对待,颇示愤慨,而且指出士不遇现象,自古而然:"哀哉！士之不遇,已不在炎帝帝魁之世。"赋中历数伯夷、颜回、屈原、张释之、冯唐、魏尚、贾谊、董仲舒、李广、王商等遭遇,说明自古及今,"士不遇"为一普遍现象。其感慨之悠深,情绪之强烈,亦他篇中少见。赋末云:

> 苍昊遐缅,人事无已;有感有昧,畴测其理。宁固穷以济意,不委曲而累己;既轩冕之非荣,岂缊袍之为耻?诚谬会以取拙,且欣然而归止;拥孤襟以毕岁,谢良价于朝市。

归结于固穷笃志。此赋为董仲舒、司马迁之后又一篇"士不遇"赋佳作,有论者评赋中"夷投老以长饥,回早夭而又贫"等语,谓"语气悲咽,每读至此,不觉泫然欲涕,文之感人如此"(张自烈《笺注陶渊明集》卷五)。

陶渊明文,有《晋故征西大将军长史孟府君传》,前已述。传文写外祖孟嘉行状风范,主要通过与庾亮、褚裒、庾翼、桓温、许询等人交往,叙其"温雅平旷"个性,及自然之致。渊明与外祖,以性之相近,故传文所叙孟嘉,颇与本人风神类似。亦因此,文章写作,极见精心,"惧或乖谬,有亏大雅君子之德,所以战战兢兢,若履深薄云尔"。

陶渊明今存祭文三篇,即《祭程氏妹文》、《祭从弟敬远文》、《自祭文》。"程氏妹"即《归去来兮辞》序中所云"寻程氏妹丧于武昌"者。此文以同胞亲情,回忆少时共度艰辛及成长情景,哀戚缘于至诚,故能感动人心。《自祭文》当是作者违世前绝笔,与《挽歌诗》同作于刘宋元嘉四年九月中。此文实亦渊明毕生自我总结,其中述己乐天知命无怨无悔心情曰:

> ……冬曝其日,夏濯其泉。勤靡馀劳,心有常闲。乐天委

分,以致百年。唯此百年,夫人爱之。惧彼无成,愒日惜时。存
为世珍,没亦见思。嗟我独迈,曾是异兹。宠非己荣,涅岂吾淄?
捽兀穷庐,酣饮赋诗。识运知命,畴能罔眷。余今斯化,可以
无恨!

毕生思想行事,竟能一以贯之,临终略无悔咎,不亦难乎?千载而下,亦唯陶渊明一人也哉!

第四节　陶渊明在文学史上的地位

陶渊明是中国文学史上少数堪称大作家的人物之一,风格独特,成就巨大。

陶渊明是中国诗歌史上最具个人风格的诗人之一。其风格的特质是什么?一言以蔽之,曰:自然。陶诗的自然风格,出于其"质性自然"的气质和性情。陶渊明为自然之人,遂有自然之诗。

陶诗的自然风格,表现于多方面。首先表现于写作意图上,陶渊明作诗与他人显著不同处,即在于其有很强的自娱性,"自娱"同时"示己志"。前引《饮酒》诗序中所云"既醉之后,辄题数句自娱",即是自我表白。又《五柳先生传》中亦自云"常著文章自娱,颇示己志"。又有诗句云"衡门之下,有琴有书;载弹载咏,爰得我娱"(《答庞参军》)。陶渊明所谓"自娱",当然含有娱乐性意义,然而不可理解为单纯的娱乐。此"自娱"主要含义为抒发自我性情,以获得心理上精神上的愉悦;因此"自娱"是自我抒发、自我愉悦之意。它通向"示己志"。它与传统的"言志"或"缘情"说,具有明显的差异,主要是:在传统"诗教"中的"言志"说,与儒家政治教化紧密联系在一起,

"言志"是在政教框架内的行为,要受政教规制约束。"诗者,志之所之也,在心为志,发言为诗"(《毛诗序》),这是一方面;另一方面含义更为重要,即学诗应"迩之事父,远之事君"(《论语·阳货》),"故正得失,动天地,感鬼神,莫近于诗。先王以是经夫妇,成孝敬,厚人伦,美教化,移风俗"(《毛诗序》)。所以"诗言志",实际上要受政教规范限制,并非可以随心所欲地"在心为志,发言为诗"。这种政教诗学观念,经过汉儒的渲染张扬,竟成为文学创作的纲领,而为广大文士所遵奉。扬雄对于辞赋的区分,"诗人之赋丽以则,辞人之赋丽以淫",就是贯彻了政教原则。同时,从文章的社会政治教化功能出发,"立德、立功、立言"三"不朽"的观念,自汉魏以来亦深入人心,成为文士创作的重要出发点。陶渊明早年"游好在六经",有相当儒学根底,"诗教"传统观念影响浓重,何况他本人也曾有十年以上的"学仕"经历,诗中当然不可避免会有政教内容。陶集中有一句诗曾两次出现,即"道丧向千载"(《饮酒》之三,《示周续之祖企谢景夷三郎》),而此"道"即指孔子之道,为"孔业",又他在诗中亦曾写及"先师遗训,余岂云坠"(《荣木》)、"朝与仁义生,夕死复何求"(《咏贫士》)等。不过这些内容,在全部陶集中实不占主导地位,更主要的是,它们并未成为陶渊明诗文写作的准则和前提。陶诗所写,实以各时期自身性情抒发为主,前期在家"闲居"时期,则写闲居心情,中间"学仕"期间,便写学仕体验,后期隐居期间,便写"归园田"心境,这就是"常著文章自娱"之含义。其诗文并不绝对排斥政教内容,但政教精神决非其创作出发点,只能作为其性情之一部分出现,所以他也"颇示己志"。要之,在"言志"与政教原则二者关系上,陶渊明绝对以前者为主,后者服从于前者。这就与传统儒学诗教精神大异其趣,而接近于嵇康、阮籍做法,虽然在思想倾向上陶与嵇、阮存在很大差异。陶渊明这种撇开任何限制、束缚的纯粹"言志"倾向,实际上就是其任真性格作风在创作上的贯彻。

由于从"自娱"需要出发写作,所以形成陶渊明自然风格的又一表现,即其诗极为亲切真实,坦白诚恳。陶渊明作诗不带功利目的,也不想"不朽",他希冀的只是称心:"虽留身后名,一生亦枯槁;死去何所知,称心固为好。"(《饮酒》之十一)"人亦有言,称心易足"(《时运》)。有如此达观心态,加之"既醉之后,辄题数句自娱",以如此任意方式写诗,就不可能不真诚。读陶诗,让人看到一颗既甚有节操又毫无伪饰的赤诚之心,甚至连些微矜持亦无。他在诗文中能够做到不虚美、不隐恶,心之所想,皆入文章,真正实践了"在心为志,发言为诗"。尤可贵者,对人如此,对己亦如此。陶渊明写本人时多见自嘲语气,如《五柳先生传》中所写"好读书,不求甚解"、《饮酒》中自述"但恨多谬误,君当恕醉人"之类;又他作《挽歌诗》、《自祭文》,皆有自嘲之意,诗中设想死后情状:"在昔无酒饮,今但湛空觞。春醪生浮蚁,何时更能尝? 肴案盈我前,亲旧哭我傍。欲语口无音,欲视眼无光……"自我打趣,颇含幽默感,自嘲中表现出真诚态度。至于热衷仕进者那种浮华矜夸自炫自荐的诗文,或者为某权势者而发的谀颂文字,则在陶集中几无影踪。

陶渊明自然诗风第三方面表现,即是在诗歌形式上的朴实无华。由于陶诗真诚,所以无须饰以华丽,"抱朴含真"(《劝农》),说出"真"与"朴"之关系。"真想初在襟,谁谓形迹拘?"(《始作镇军参军经曲阿作》)只要有"真",毋论其馀。陶诗唯写心声,故能平淡质实,略无雕琢。如"少无适俗韵,性本爱丘山;误落尘网中,一去十三年"之类语句,直接自心胸中吐露而出,自然天成。文人诗歌,如此朴素无华者,自有诗以来所少见,"晋人诗,能以真朴自立门户者,唯陶元亮一人"(清贺诒孙《诗筏》)。然而陶诗不仅质朴,且饶有韵味,这就更非易事。锺嵘评论曰:

其源出于应璩，又协左思风力。文体省净，殆无长语。笃意真古，辞兴婉惬。每观其文，想其人德。世叹其质直。至如"欢言酌春酒"，"日暮天无云"，风华清靡，岂直为田家语耶！古今隐逸诗人之宗也。

——《诗品》卷中

"真古"二字，是说陶诗之"意"；"婉惬"二字，是谓其"兴"。"文体省净，殆无长语"，"世叹其质直"等，皆言其诗风质朴平淡，不事堆砌修饰雕琢也。所谓"岂直为田家语耶"，是为陶诗辩护，说陶诗不等于"田家语"；然而不可否认陶诗相当接近于"田家语"，否则锺嵘亦不必为之辩护。至于"风华清靡"，则是指出其风韵清澹优美。锺嵘所举二例，颇有代表性，文字皆平常语，而境界纯净，有天然之美。一方面不事雕琢似"田家语"，另一方面又能"风华清靡"，这就是"真"美，自然之美。陶诗能具此境界，仅有一片"真古"之"意"，当然不够，同时也须极高文学才能。"东坡尝曰：渊明诗初看若散缓，熟看有奇句，如：'日暮巾柴车，路暗光已夕。归人望烟火，稚子候檐隙。'又曰：'采菊东篱下，悠然见南山。'又：'霭霭远人村，依依墟里烟。犬吠深巷中，鸡鸣桑树巅。'大率才高意远，则所寓得其妙，造语精到之至，遂能如此。似大匠运斤，不见斧凿痕。"（惠洪《冷斋夜话》卷一）这里指出陶诗有"精到"之处，陶渊明"才高"，为"大匠"，极是。陶渊明有句云："翳然绝交游，赋诗颇能工。"（《咏贫士》）虽为咏张仲蔚，实亦自诩也，其诗学才能及功夫本极深厚，非等闲辈差可比拟。只是其才学功夫早已融入"质性"之中，遂能不露痕迹，不工而工，表现为"词旨冲澹，弥朴弥巧"（清吴瞻泰《陶诗汇注序》）。在此，陶诗之"质直"，又有别于"田家语"及民歌之类。

此外,陶渊明"性本爱丘山",爱好大自然,爱好田园乡居,甚至亲执耒耜,勤于农事,诗中多写其田园生活体验,亦是自然诗风之一表现,前已述,此不赘。

总之,陶渊明诗主要风格特点在于自然二字。有说渊明为"隐逸诗人"(如锺嵘)、"田园诗人"(明清以来多有此说)或其他某某诗人者,虽亦有一定道理,但从风格方面言,则称之为"自然诗人"更为贴切恰当。

陶渊明自然诗风,在文人诗发展史上,独标一体。自然风格面貌,本民间歌谣所特有,《诗经》、汉乐府民歌等,即是代表。至于文人学士,则历来在这方面亦有所追求,尤其是魏晋以还,玄学高标"自然"之旨,文士对于自然境界尤为看重,如嵇康、阮籍等,诗文创作中皆有相当体现。阮籍《咏怀诗》中不少篇章,"言在耳目之内,情寄八荒之表"(锺嵘《诗品》卷上),与宣扬"自然"思想同时,本身亦颇浑朴冲澹,"陶潜、阮籍之诗长于冲澹"(秦观《韩愈论》),说是。然而"嵇志清峻,阮旨遥深"(《文心雕龙·明诗》),与自然境界尚存距离。至于玄言诗兴起,多标榜自然,且形成清虚恬淡诗风,其中部分诗人,也有自恬淡而向自然发展趋势,如王羲之。然而玄言诗普遍"崇盛亡机之谈"(同上),"理过其辞"(《诗品·总论》),清虚而乏兴,恬淡而寡味,反而有失自然之旨。故东晋玄言诗人虽多,而能够入自然境界者少。东晋末诗坛开始发生"庄老告退,而山水方滋"变化,在此演变之初,出现殷仲文、谢混等,成就虽有限,而玄言之弊有所革除,尤其是湛方生,诗风向自然方向靠拢,可以说是陶渊明诗之前奏。然而,魏晋二百年中,兼具自然"质性",有"真古"浑朴自然写作态度,有对大自然之衷心爱好,又有"弥朴弥巧"文学才能者,百不得一。唯陶渊明兼具之,遂将自然诗风推向一全新境界。由此看来,陶渊明并不在魏晋诗歌发展的主流之内,但他以自然诗风,在魏晋诗歌发展史上独占据极重要地位。他是魏晋二百年中最后一位重要诗人,也是风格最为独特的诗人。

陶渊明自然诗风,在生前及相当一段时期内,少有知音。渊明当时有相当声誉,有一些景慕者,连王弘、檀道济等历任刺史亦愿与之交往,但他们主要是仰慕其为人,敬重其隐者之风,而非诗文。与之同时而年龄稍小的诗人颜延之亦如此。颜与渊明有所交往,且颇示敬重。渊明卒后,又撰《陶征士诔》,甚表悲悼。诔文盛赞渊明"宽乐令终之美,好廉克己之操",而对陶诗文则唯云"学非称师,文取达指"二语而已,评价实不甚高。可知颜延之对于陶诗并不十分佩服。沈约撰《宋书》,为之立传,传入《隐逸传》而不入他传,可知沈约视陶渊明主要是隐士,而非诗人。传文对渊明行事叙之甚详,而于文章则几无评语,唯引《五柳先生传》曰"其自序如此,时人谓之实录"。后来房玄龄等撰《晋书》,李延寿等撰《南史》,皆仿沈约之例,以渊明传入《隐逸传》。又沈约《宋书·谢灵运传论》缕述东晋刘宋间文学发展状况,甚为明晰,其所条陈者,则有"仲文始革孙许之风,叔源大变太元之气。爰逮宋氏,颜谢腾声,灵运之兴会标举,延年之体裁明密,并方轨前秀,垂范后昆"等,殷仲文、谢混、颜延之、谢灵运,皆已说及,唯独忽略陶渊明。沈约之外,有锺嵘叙陶诗于"中品",[7] 阳休之谓"余览陶潜之文,辞采虽未优,而往往有奇绝异语,放逸之致,栖托仍高"(《陶集序录》)。刘勰《文心雕龙·明诗》篇,历数"晋世群才"及于"宋初文咏",包括"张、潘、左、陆",郭璞、张协,以及"袁(宏)、孙(绰)以下",终不言陶;其《时序》篇亦详称"王、袁","颜、谢","何、范、张、沈之徒",而无视渊明,与沈约眼光,几同一辙。凡此之类,皆表明在南朝时期,陶诗作为文学,未受到应有重视。究其因,当是其时流行华靡绮丽文风,"俪采百字之偶,争价一句之奇,情必极貌以写物,辞必穷力而追新,此近世之所竞也"(《文心雕龙·明诗》），对于陶诗自然浑朴诗风，自不可能十分推重。唯一例外或许是萧统、萧纲兄弟。萧统谓："其文章不群，词采精拔；跌宕昭章，独起众类；抑扬爽朗，莫之与京。"（《陶渊明集序》）又《颜氏家训·文章》篇记梁简文帝（萧纲）"爱渊明文，常置几案，动静辄讽"。评价颇高，然而所说"词采"云云，并非陶诗真正佳处，虽有褒扬之意，着眼未免不确，反而暴露出以"词采"为准则来衡量陶诗，固难搔着痒处。且萧氏兄弟自身文学取向，与陶诗又颇暌隔，钱锺书指出："顾二人诗文，都沿时体，无丝毫胎息渊明处。昭明《与湘东王书》论文只曰：'古之才人，远则扬、马、曹、王，近则潘、陆、颜、谢。'宋陈仁子撰《文选补遗》，赵文作序，述仁子语，亦怪昭明选渊明诗，十不存一二。可见渊明在六代三唐，正以知希为贵。"（《谈艺录》）

陶诗至唐代，才真正受到重视，孟浩然、王维、李白、杜甫、韩愈、白居易等皆有题咏，颇表景仰。然王、孟、李等所咏，仍以隐逸高致为主："尝读《高士传》，最嘉陶征君；日耽田园趣，自谓羲皇人。……"（孟浩然《仲夏归南园寄京邑旧游》）"陶潜任天真，其性颇耽酒。自从弃官来，家贫不能有。……"（王维《偶然作》）"陶令日日醉，不知五柳春。……"（李白《戏赠郑溧阳》）皆不涉其诗；唯杜甫始咏其诗："……焉得思如陶谢手，令渠述作与同游。"（《江上值水如海势聊短述》）"陶谢"并列，且自"述作"角度说，此为有史以来首次。至宋代，陶渊明声誉大增，欧阳修、苏轼、黄庭坚等无不倾心赞美。"渊明文名，至宋而极。永叔推《归去来辞》为晋文独一；东坡和陶，称为曹、刘、鲍、谢、李、杜所不及。自是厥后，说诗者几于万口同声，翕然无间。"（钱锺书《谈艺录》）其中尤以苏轼为最，作"和诗"一百零九首，且谓"我即渊明，渊明即我也"（《书渊明东方有一士诗后》），俨然渊明再世。杨时揭示渊明自然诗风特征云："陶渊明诗所不可及者，冲澹深粹，出于自然。若曾用力者，然后知渊明诗非着力之所能成。"（《龟山先生语录》卷一）其后蔡宽夫、惠洪、张戒等续有论述，各有所获，陶诗风格渐得厘清，陶渊明文学成就遂有定评。

总之，陶渊明是中国古代为数不多的大诗人之一。他的任真人格，他的优秀诗文尤其是"田园诗"，具有极大魅力，在后世拥有众多仰慕者。他的诗以自然风格特性，在魏晋南北朝诗坛上以及整个中国诗歌史上独标高格。

陶渊明著作，今存诗一百二十五首，文七篇，赋二篇。沈约《宋书》陶传曰："所著文章，皆题其年月。义熙以前，则书晋氏年号；自永初以来，唯云甲子而已。"据此，渊明生前可能自编过文集。然而萧统曾为渊明编订文集，所撰《陶渊明集序》云："余爱嗜其文，不能释手，尚想其德，恨不同时，故更加搜求，粗为区目。"据此，则当时似乎尚无陶集行世，或者原集已散佚，故需"搜求"，并为"区目"。稍后，北齐阳休之《序录》云："（陶）其集先有两本行于世：一本八卷，无序；一本六卷，并序目。编比颠乱，兼复阙少，萧统所撰八卷，合序目诔传，而少五孝传及四八目，然编录有体，次第可寻。余颇赏潜文，以为三本不同，恐终致亡失。今录统所阙并序目等，合为一帙十卷，以遗好事君子。"据此，则萧统之前，似已"有两本行于世"，其中有一本为渊明自编，亦未可知。[8]

《隋书·经籍志》著录"宋征士陶潜集九卷"，注："梁五卷，录一卷。"此九卷加录一卷，当即阳休之所编十卷本；而"梁五卷"盖又一种本。至此，已有五种版本：八卷无序本；六卷有序目本；八卷有序目诔传本（萧统本）；十卷本（阳休之本）；梁五卷本。至五代，《旧唐书·经籍志》仅著录"陶渊明集五卷"；至宋，《新唐书·艺文志》著录"陶潜集二十卷，又集五卷"。又宋庠《宋丞相私记》、晁公武《郡斋读书志》皆言及所见陶集版本情况，知宋代陶集版本甚多，有数十种。然大凡皆为八卷、十卷两类，属萧统本、阳休之本系统。而宋本中最重要者,乃是僧思悦据萧统本、参校宋庠刊定本,重加编定之十卷本,此本所收作品篇数及卷数,皆与今存本基本相合,当是今所见诸本之母本。今存之本,主要有李公焕本、何孟春本、汲古阁本、焦竑本、张溥《汉魏六朝百三名家集》本、张尔公本、毛晋绿君亭本、何焯校正本、汤东涧本、黄文焕《陶诗析义》本、吴瞻泰《陶诗汇注》本、蒋薰本、詹若麟《渊明集补注》本、陶澍《靖节先生集注》本,等等。近代学者整理注释之本,则有古直《陶靖节诗笺定本》("层冰草堂丛书"本),丁福保《陶渊明诗笺注》(上海医学书局 1929 年版),王瑶《陶渊明集》(人民文学出版社 1956 年版),逯钦立《陶渊明集》(中华书局 1979 年版)等。[9]

〔1〕《汉书·艺文志》有《山海经》十三篇,著录于"术数略"之"形法"类,刘歆曰:"术数者,皆明堂羲和史卜之职也。"盖以史书视之。《隋书·经籍志》有《山海经》二十三卷,著录于"史"部之"地理"类。

〔2〕南宋汤文清曰:"'二疏'取其归,'三良'与主同死,荆卿为主报仇,皆托古以自见云。"(《陶靖节先生诗》)又元刘履曰:"(《咏荆轲》)此靖节愤宋武弑夺之变,思欲为晋求得如荆轲者往报焉,故为是咏。观其首尾句意可见。"(《选诗补注》)又明黄文焕曰:"咏二疏、三良、荆轲,想属一时之作,大约在禅宋后也。知止弃官,本朝犹不肯久恋,况事易代?此渊明之以二疏自比也。移祚弑君,有死而报恩如三良者乎?无人矣!有生而报仇如荆轲者乎?又无人矣!此则以吊古之怀,洒伤今之泪也。"(《陶元亮诗析义》)又清陶澍曰:"渊明云:'厚恩固难忘,投义志攸希',此悼张祎之不忍进毒,而自饮先死也。"(《陶靖节集》)以上诸家说,皆主与时事有关。然其说并无史实根据,皆推想之词。且所说不尽合理,如张祎自饮毒酒事,涉及刘裕弑君,当是宫廷秘事;后世史书虽有记述,当时陶渊明则无由得知。盖渊明非执着"世情"者也,观其出仕期间所撰诸诗,对时政甚少褒贬,况隐居乡里有年,身置局外已久,作诗美刺"时事",可能极小。诸人之说聊可参考。

〔3〕　说见明张自烈《笺注陶渊明集》卷四："予读《咏山海经》诗,颇类屈子《天问》,词虽幽异离奇,似无深旨耳。""愚意渊明偶读《山海经》,意以古今志林多载异说,往往不衷于道,聊为咏之,以明存而不论之意。如求其解,则凿矣。读是诗者,观其意可也。"

〔4〕　关于桃花源故事来源,又有一说,谓陶渊明同时人任安贫撰《武陵记》,备载渔人黄道真、太守刘歆姓名;渊明闻其说而作《记》。是当时实有此避世之人,非仙幻,亦非寓言。说见清方塾《桃源避秦考》(载《桃源县志》卷十三)。又有一说,谓渊明《记》主要材料,来自所撰《赠羊长史》一诗中所说西北人民逃避苻秦暴政,避入深山事,而其理想成分则与所撰《拟古》诗第二首所写田畴事迹略同。《魏志·田畴传》载畴"入徐无山中,营深险、平敞地而居,躬耕以养父母。百姓归之,数年间至五千馀家"。说见陈寅恪《桃花源记旁证》。陈寅恪对于《桃花源记》总的看法,主"纪实"说。其基本论点为:"(甲)真实之桃花源在北方之弘农,或上洛,而不在南方之武陵。(乙)真实之桃花源居人先世所避之秦乃苻秦,而非嬴秦。(丙)桃花源记实之部分乃依据义熙十三年春夏间刘裕率师入关时戴延之所闻见之材料而作成。(丁)桃花源记寓意之部分乃牵连混合刘骥之入衡山采药故事,并点缀以'不知有汉,无论魏晋'等语所作成。(戊)渊明拟古诗之第二首可与桃花源记互相印证发明。"(《桃花源记旁证》,载《清华学报》第十一卷第一期)

〔5〕　古来颇有自政治认识方面推测《闲情赋》作意者,如明张自烈谓"或云此赋为眷怀故主作,或又云续之辈虽居庐山,时从州将游,渊明思同调之人不可得,故托此以遣怀"(《笺注陶渊明集》卷五);又如清刘光蕡谓"身处乱世,甘于贫贱,宗国之覆既不忍见,而又无如之何,故托为闲情。其所赋之词以为学人之求道可也"(《陶渊明闲情赋注》)。是皆以意为之说,并无根据。

〔6〕　《闲情赋》系年,古直系于陶渊明三十二岁,其云:"《五柳先生传》云:'尝著文章自娱,颇示己志。'集中二赋,皆示志之作。"(《陶靖节年谱》)王瑶系于陶渊明三十岁,其云:"渊明在《五柳先生传》中说:'尝著文章自娱,颇示己志';《闲情赋》序说:'检逸辞而宗澹泊,始则荡以思虑,而终归闲正',《闲情赋》大概就是少年时的示志之作。渊明于晋太元十九年甲午(394)丧偶,见《怨诗

楚调示庞主簿邓治中诗》注;《闲情赋》是抒情文字,或即这年所作,时渊明年三十岁。"(《陶渊明集》)袁行霈系于陶渊明十九岁,其云:"《闲情赋》当系少壮闲居时所作,故其《序》曰:'余园闾多暇',姑系于此年下。"(《陶渊明研究·陶渊明年谱汇考》)

〔7〕 关于锺嵘《诗品》叙陶渊明于中品问题,甚有异说。古直曰:"靖节本在上品,《御览》可证。"(《锺记室诗品笺》)又陈延杰曰:"《太平御览》文部,诗之类曰:'锺嵘《诗评》曰:古诗、李陵、班婕妤、曹植、刘桢、王粲、阮籍、陆机、潘岳、张协、左思、谢灵运、陶潜十二人,诗皆上品。'是陶诗原属上品。迨至宋陈振孙著《直斋书录解题》,则云上品十一人,是又不数陶公也。王士祯曰:'彭泽宜在上品。'余甚然之。"(《诗品注》)对于古、陈二氏之说,钱锺书力驳其非,曰:"余所见景宋本《太平御览》,引此则并无陶潜,二人所据,不知何本。单文孤证,移的就矢,以成记室一家之言,翻征士千古之案。不烦傍引,即取记室原书,以破厥说。……使如笺者(徐按:指古、陈)所说,渊明原列上品,则渊明诗源出于应璩,璩在中品,璩诗源出于魏文,魏文亦只中品。譬之子孙,俨据祖父之上。里名胜母,曾子不入;书称过父,大令被讥。恐记室未必肯自坏其例耳。记室之评渊明曰:'文体省净,殆无长语。笃意真古,词兴婉惬';又标其'风华清靡'之句。此岂上品考语。固非一字之差,所可矫夺。"(《谈艺录》)

〔8〕 阳休之将《五孝传》、《四八目》编入陶集,实误。二文自内容观,非陶渊明所作甚明。

〔9〕 陶渊明年谱撰作,始于南宋李焘所撰《陶潜新传》(已佚),其后作者不少,今举其要者,以供参考:

一、(宋)王质《栗里谱》("十万卷楼丛书"本);

二、(宋)吴仁杰《陶靖节先生年谱》("灵峰草堂丛书"本);

三、(清)顾易《柳村谱陶》(雍正生七年刻本);

四、(清)丁晏《晋陶靖节年谱》("颐至斋四谱"本);

五、(清)陶澍《靖节先生年谱考异》(《陶靖节先生集注》附,道光二十年刊本);

六、(清)杨希闵《晋陶征士年谱》("豫章先贤九家年谱"本,光绪四年刊本);

七、梁启超《陶渊明年谱》(商务印书馆1923年版);

八、傅东华《陶渊明年谱》（《陶渊明诗》附，商务印书馆"国学丛书"本）；

九、古直《陶靖节年谱》（"层冰草堂丛书"本，中华书局 1935 年版）；

十、逯钦立《陶渊明事迹诗文系年》（《陶渊明集注》附，中华书局 1979 年版）；

十一、袁行霈《陶渊明年谱汇考》（《陶渊明研究》附，北京大学出版社 1997 年版）；

又历代评论陶渊明文字甚多，散见诸古籍，查阅不易，《古典文学研究资料汇编·陶渊明卷》（北京大学、北京师范大学中文系教师同学编，中华书局 1962 年版）上下编，收集古近代有关资料颇丰，又袁行霈《陶渊明研究》所附"主要参考书目"之一、之二，亦颇全面得要，皆可参考。

后　记

　　这是一项旷日持久的工作。本书草稿写于 1982—1985 年之间，大体上各章节皆已草成。记得当时有一突出自我感觉，即每撰一章，皆"下笔不能自休"，难以收束，心中总是存一"大文学史"概念，贪大求多，加之亦有"删削容易补写难"观念，以为文字涨出无妨，于是竟至一节有达二万字，一章有达六七万字者，粗计之总字数约近百万。其后多次念欲整理定稿，而面对大堆盈尺稿纸，及日渐漫漶圆珠笔字迹，竟产生无从下手之感，每每将自己吓退。于是延宕再三，日诸月居，光阴荏苒，不觉已过十稔。其间杂务牵缠，再未回归文学史事。眼见得其他各卷文学史先后付梓问世，颇觉自己已成龟兔赛跑中的兔子。有了精神压力亦有好处，乃自尘封旧箧中检出草稿，痛下决心，完竟其事。于是边删边改不免还要边另写，加上购买电脑、学习文字处理等，迭经一年有馀时间，终于大功告成，得以向编委会交卷。

　　本书稿撰写过程中，曾努力阅读参考前辈及时贤各种有关论著。学术研究本是一项"层累地"数代人积累的工作，或曰"站在前人肩膀上"的工作。编写文学史，理应注意此点。然而"站在前人肩膀上"一事，又谈何容易！资料搜求条件限制，闻见视野限制，还有理解力限制，皆制约当事人所"站"高度。本书稿所参考范围及程度，肯定不够全面周详，此为憾事。不过凡本书中所引述他人论点，例予注明出处；至于沿用一般学界公认的成说，则不再说明初为何人提出，以免冗赘。

在参考引述前人成果问题上，固应力求全面周到，同时亦不应要求过甚。对于文学史的编写，人们经常提出一种要求，即"充分反映直到目前为止的学术界研究成果"，似乎唯有做到此点，文学史才算基本成功。此一要求当然有其合理性；然而对所有文学史皆提出此种要求，或者以之作为衡量文学史成功与否唯一标尺，就不免有些偏颇。愚以为，此要求实为"集大成"要求，而"集大成"工作最难，《四库全书》、《中国大百科全书》勉强可算集大成，然而文学史自有独特性质，固不可仿效百科全书编撰。严格说来，真正集大成的文学史似乎不曾产生过，回顾百年中国文学史编写的一条收获，即是认识到成功的文学史，几乎都是"一家言"文学史，如王国维《宋元戏曲史》，刘师培《中国中古文学史》讲义，鲁迅《中国小说史略》，刘大杰《中国文学发展史》，等等。而抱有集大成美好愿望的文学史著作，鲜有出色者。过分强调集大成，甚或将会产生副作用，即限制学术个性的发挥。而缺少学术个性，文学史成为众多学说之粘合物，即使所容含学说悉皆"最新成果"，恐亦难以保证文学史本身成功。要之编写文学史，能"集大成"固好，未能"集大成"亦不足为病。对于文学史编写，针对不同编者不同情况，可以在科学性前提之下，提出两种不同要求。一为"充分反映……成果"，二为体现编撰者独到学术见解。两种要求，皆不易做到；二者兼备，至为困难，且几无先例，不如不求全责备为佳。区区自度功力不足，才识亦浅，断不敢以集大成自任。至于书中是否显示若干"学术个性"？亦不敢自鬻自炫于诸同好之前也。

本书稿完成后，蒙曹道衡先生仔细通阅一过，曹先生既予肯定鼓励，又提出许多宝贵意见，其意见我在最后修订时基本上都吸纳了。曹先生与我共事，同在余冠英先生指导下工作数十年，可谓乃我学长,其博学多识,蜚声学界;而旷以时日,读此冗稿,推敲切磋,一丝不苟,区区感何如之!书此谨志谢忱。人民文学出版社古典文学室宋红女士、冯伟民先生,在审读此稿时,指出诸多行文及资料上的疏误失察之处,又在我病中帮助核对全书引文,于此亦一并表示感谢。

徐公持

1997 年岁末记

修订再记:

兹书旧作,草成于上世纪。时值改革开放之初,"大文学史"国家立项,幸承主持人余冠英、邓绍基先生不弃,命我撰写魏晋篇章,附骥于群贤之后。小可当时正逾不惑,将及知命之年,精力充沛,信心十足,乃不顾思维局促,见识爰陋,遂知难而进,孜孜多年,撰成一稿,略成体统,初见眉目,斗胆奉上。又蒙余先生审理,准予出版,既得面世,不足名家。其后历经学界评论,以为虽不免疏失,而态度谨慎,材料不少,又时出己见,略显个性,大体尚可。其中尤以魏明安(兰州大学)、吴云(天津师范大学)、钱志熙(北京大学)三位同仁,学养深厚,所见深刻,前后指教,批评中肯。小可拜读,获益良多,心存感激,难以言表。嗣后亦偶有修订重张之想,以新易旧之念,然机会难得,日居月诸,竟渐见淡忘。

年来忽蒙人文社青睐,亟促其事。一时振奋,备受鼓舞,于是敢奋耄耋之力,不顾愚钝之失,略事修葺,勉为补正,再呈学友,以慰前愿。唯学识之有限,愧才情之不足,虽颇尽其能事,实难称之完善。谨呈学界,敬祈批评也。

徐公持书于本命之岁,获稻之月。